L,

Diesen Roman hat Stefan Heym 1942 als Emigrant in New York geschrieben und veröffentlicht. Es ist sein erster Roman. Den Schauplatz Prag kennt Heym aus seiner Emigration in der Tschechoslowakei. Zeitpunkt: 1941. Glasenapp, ein deutscher Offizier, wird tot aus der Moldau gefischt. Zur Lösung dieses angeblich rätselhaften Falles beginnt die Gestapo eine mörderische Jagd gegen die Widerstandskämpfer. Gnadenlos läßt Gestapo-Chef Reinhardt Geiseln verhaften und foltern, auch dann noch, als sich der Tod des Offiziers als Selbstmord herausstellt. Mit heimtückischen kriminalistischen Methoden gilt die Verfolgung den Widerstandskämpfern. Wer organisiert die Widerstandskämpfer? Wer ist Janoschik, der Schwejk des Zweiten Weltkriegs? Wer ist das schöne Mädchen Milada, um dessentwillen Glasenapp in den Tod ging? Wer ist Schuld am gewaltsamen Tod des Spitzels Kratochvil?
Ein Stück unmenschlicher Zeitgeschichte wird von dem engagierten Antifaschisten Stefan Heym in einer aufregenden Kriminalhandlung sichtbar gemacht. Ein Roman des Widerstands und auch der Liebe, der durch seine Realitätsbezogenheit erschüttert.

Stefan Heym, geboren am 10. April 1913 in Chemnitz, emigrierte 1933 in die Tschechoslowakei und ging noch im gleichen Jahr in die USA. Studium in Chicago, 1937–1939 Chefredakteur der Wochenzeitung *Deutsches Volksecho* in New York. Seit 1943 Soldat, nahm er als Offizier, zuständig für psychologische Kriegsführung, an der Invasion der Normandie teil. Die ersten Nachkriegsjahre verbrachte er in München. Mitbegründer der *Neuen Zeitung*, wurde dann wegen prokommunistischer Haltung in die USA zurückversetzt und aus der Armee entlassen. Aus Protest gab er Offizierspatent, Kriegsauszeichnungen und US-Staatsbürgerschaft zurück und übersiedelte 1952 in die DDR. Nationalpreisträger. Lebt als freier Schriftsteller in Berlin. Im Herbst 1994 wurde Stefan Heym, auf der Liste der PDS, als Abgeordneter in den Deutschen Bundestag gewählt.
Stefan Heym im Fischer Taschenbuch Verlag, siehe Anzeige am Schluß des Bandes.

Stefan Heym

Der Fall Glasenapp

Roman

Fischer Taschenbuch Verlag

Vom Autor besorgte Übersetzung aus dem Amerikanischen
Titel der Originalausgabe: »Hostages«

42.–43. Tausend: Juni 1995

Veröffentlicht im Fischer Taschenbuch Verlag GmbH,
Frankfurt am Main, März 1978

Lizenzausgabe mit freundlicher Genehmigung des
C. Bertelsmann Verlages GmbH, München

Druck und Bindung: Clausen & Bosse, Leck
Printed in Germany
ISBN 3-596-22007-6

Gedruckt auf chlor- und säurefreiem Papier

Dem Andenken meines Vaters,
der als Geisel verhaftet war

ERSTES KAPITEL

»Janoschik! Janoschi–i–i–k!«

Die schrille Altmännerstimme des Barkeepers hallte durch den engen Gang, der von der Bar ein Dutzend Stufen hinab zur Toilette führte.

Janoschik öffnete langsam die Tür und brummte zurück: »Was ist denn schon wieder los?«

Der Barkeeper holte Atem. Jetzt würde er diesem Janoschik endlich mal die Meinung sagen. »Immer treibst du dich oben herum, wenn ich dich nicht brauche. Aber wenn ich dich brauche, kann ich mir den Hals heiser schreien. Los, mach mal 'n bißchen rasch! Und bring Eimer und Besen mit!«

Janoschik knurrte etwas und warf die Tür zu.

Ihm gefiel die Ruhe hier unten. Jedesmal, wenn ein Gast die Tür aufmachte und an ihm vorbei in die Toilette ging, fühlte Janoschik sich gestört durch den Schwall von Lärm, den der Gast von oben mitbrachte – Stimmen und Melodienfetzen aus dem Grammophon.

Ihm gefiel die Ruhe. Er brauchte Ruhe und Zeit, denn er war ein ordentlicher und etwas langsam denkender Mann, der seine oder eines anderen Eindrücke und Ideen vornahm und sie umwandte und drehte und von allen Seiten betrachtete, bevor er sie in genau bestimmten Fächern seines Gehirns verstaute. Hatte er aber einmal etwas dort verstaut, so war er in der Lage, es zu jeder Zeit herauszuholen und es geschickt und systematisch in der Praxis anzuwenden.

Janoschik beeilte sich nicht. Er beeilte sich nie. Von all den Menschen, die ihn kannten, konnte keiner sich erinnern, ihn je in Eile gesehen zu haben. Sogar unten in der Grube in Kladno, als der Schacht einsackte und die Kumpel verzweifelt aufschrien oder wie Mäuse in der Falle herumliefen, beeilte er sich nicht. Er suchte sein Werkzeug zusammen, weil er glaubte, es vielleicht noch brauchen zu können. Er stellte das Licht in der Lampe so ein, daß die Batterie möglichst geschont wurde. Dann wartete er, bis die Männer um ihn die Lage begriffen hatten und aufhörten mit dem Lärm. Und in dem schrecklichen Schweigen, das auf die Katastrophe folgte, trat er vor, bereit, die Führung zu übernehmen.

Janoschik beeilte sich nicht. Er hörte, wie der Barkeeper schon wieder nach ihm rief.

Er holte Besen, Eimer und Scheuerhader aus dem Abstellraum, dann füllte er den Eimer mit Wasser aus der Leitung über dem

Ausguß und begab sich nach oben, langsam, mit schwerem, gemessenem Schritt.
Es war gut, daß seine Füße gewohnt waren, fest auf dem Boden zu stehen, denn die Treppe heruntergetorkelt kam ein Mann in deutscher Offiziersuniform. Der Offizier, verglasten Auges und käsig blaß, angelte nach Halt. Seine Hand fand Janoschiks breite Schulter.
»Immer schön langsam, mein Bester!« sagte Janoschik. »Halten Sie sich nur geradeaus – Sie können gar nicht dran vorbeigehen.«
Aber der Betrunkene rutschte an Janoschiks Leib entlang nach unten, bis er auf der Treppe saß. Dann begrub er sein Gesicht in den Händen und fing an zu schluchzen – ein lautes, wimmerndes, lächerlich weibisches Schluchzen.
Ein heulendes Stückchen Elend – aber Janoschik empfand keinerlei Mitleid. Er zuckte die Achseln und ging weiter.
»Ich dachte schon, du würdest überhaupt nicht mehr kommen!« begrüßte ihn der Barkeeper. »Ich bitte um Verzeihung, die Herren!«, und er bewegte entschuldigend die Hände.
Die Gäste an der Bar machten Platz für Janoschik, der sich die Bescherung ansah. Der Betrunkene, dem er auf der Treppe begegnet war, hatte sich offenbar hier oben erbrochen.
Janoschik drückte seine Mißbilligung durch ein halbes Kopfschütteln aus.
»Also los, aufwischen!« Die Stimme war scharf, und sie sprach deutsch.
Janoschik blickte auf, blickte direkt in das Gesicht eines Nazioffiziers.
»Aufwischen!« wiederholte der Barkeeper auf tschechisch und sprach weiter – laut, offensichtlich, damit die anderen Gäste es hören sollten: »Warum hast du so lange getrödelt? Von Rechts wegen müßtest du all die Herren hier um Verzeihung bitten, weil sie so lange auf dich warten mußten! Schließlich sind Bar und Grill im Café Parnaß doch kein Schweinestall!« Er lachte nervös.
Janoschik begann aufzuwischen. Der Offizier wandte sich an einen zweiten und sagte: »Faule Bande, diese Tschechen – verdreckt, liederlich, undiszipliniert. Brauchst dir nur den Kerl anzusehen.«
Der zweite Offizier zeigte kein Interesse für die Weisheiten des ersten. »Wir hätten den Glasenapp nicht mitnehmen sollen«, murmelte er. »Mit dem ist nichts los. Ein paar Schnäpse – und er wird sentimental und kotzt die ganze Bude voll.«
Der erste ließ sich nicht von seinem Thema abbringen. »Soll er kotzen, soviel er will. Die Tschechen wissen ganz genau, was ihnen passieren würde, wenn sie hier eine Lippe riskierten. Schau

dir an, wie respektvoll und manierlich sie sind – sagen kein Tönchen, wagen nicht mal zu verduften. Mein lieber Marschmann, die haben wir großartig abgerichtet. Angst haben die, alter Junge, Angst, daß wir beleidigt sein könnten, wenn sie wagten, sich zu verdrücken!«
Er schrie: »Bäh!« und fing an hysterisch zu lachen, daß es ihn schüttelte.
Die Tschechen, alle Zivilisten, sowohl die an den Tischen wie auch die an der Bar, hatten aufgehört zu sprechen. Wie unter den besseren Bürgern Prags üblich – und die Stammkundschaft des Parnaß gehörte zu dieser Klasse –, verstand fast jeder Deutsch.
Ein gutgebauter junger Mann, der an einem Ecktisch gesessen hatte, erhob sich: »Kellner, die Rechnung!« Und zu seinem Begleiter gewandt, sagte er: »Ich denke, wir gehen, Prokosch. Stickige Luft hier.«
Der Offizier mit der ausgeprägten politischen Haltung ging unsicheren Schritts auf den jungen Mann zu. Am Tisch angekommen, richtete er sich auf: »Gestatten, Hauptmann Patzer. Und Sie sind?«
Der junge Mann verharrte in Schweigen.
»Wer Sie sind, habe ich gefragt!« wiederholte Patzer lauter.
»Mein Name ist Peter Lobkowitz.«
»Also, Herr Lobkowitz, Sie wollen uns doch nicht etwa verlassen, weil ich oder Leutnant Marschmann oder der arme Leutnant Glasenapp, der den lausigen Schnaps hier nicht vertragen konnte, Ihnen unsympathisch sind?«
Lobkowitz wußte nicht recht, wie er die provokatorische Frage beantworten sollte. Dieser Hauptmann Patzer war offensichtlich angetrunken. Was man auch immer sagte, es würde zu Unannehmlichkeiten führen, und Unannehmlichkeiten dieser Art führten zu raschem Eingreifen der Polizei – und die Polizei griff immer zugunsten der Deutschen ein.
»Ich habe eine Verabredung«, sagte er.
Patzer grinste. »Aber vorhin haben Sie doch gesagt, daß Ihnen die Luft zu stickig wäre.« Er hörte auf zu grinsen und trat dicht an Lobkowitz heran. »Wenn die Luft gut genug ist für mich und Leutnant Marschmann, dann ist sie auch gut genug für euch Tschechen. Klar?«
»Bitte schön«, sagte Lobkowitz.
»Na sehen Sie, das ist schon besser.« Patzer wurde freundlich. »Ich würde mich freuen, wenn Sie darauf mit mir und Leutnant Marschmann einen trinken würden. Sehen Sie« – und er machte eine große Geste, durch die er sich an alle Anwesenden wandte –, »wenn ihr Tschechen euch vernünftig verhaltet, dann kommen

wir schon miteinander aus – sehr gut sogar.« Der Hauptmann nahm Lobkowitz beim Arm und stolperte zurück zur Bar.
Janoschik, der den Fußboden immer noch säuberte, beobachtete das Ganze mit wachsendem Unbehagen. Niemand konnte voraussagen, was geschehen würde, wenn deutsche Offiziere es sich in den Kopf setzten, die tschechische Bevölkerung zu erziehen. Außerdem befand sich unter den Gästen heute abend auch Breda, mit dem er zu sprechen hatte und der wohlbehalten wieder verschwinden mußte. Wie, wenn sich dieser Hauptmann Patzer jedesmal, wenn ein Gast gehen wollte, persönlich beleidigt fühlte?
Breda stand am Ende der Bar, so weit wie möglich von den deutschen Offizieren entfernt. Er nippte ruhig an seinem Bier.
Janoschik bückte sich nach dem Eimer. Als er sich wieder aufrichtete, begegneten seine und Bredas Blicke einander. Janoschik bewegte den Kopf leicht in Richtung der Tür zur Toilette, ein Zeichen, das nur für Breda wahrnehmbar war.
Auf dem Weg nach unten erinnerte sich Janoschik plötzlich, daß der betrunkene Offizier wahrscheinlich immer noch auf der Toilette war. Janoschik fluchte leise. Breda würde nach unten kommen, und sie würden nicht einmal miteinander reden können.
Aber zu seiner Überraschung fand Janoschik die Toilette leer. Er sah überall nach, aber der Betrunkene war tatsächlich nicht mehr da. Obwohl Janoschik das Schicksal des Kerls höchst gleichgültig war und sein ganzes Denken sich auf die Meldung richtete, die er von Breda erwartete, konnte er doch nicht völlig von dem Bild dieses Offiziers loskommen. Schließlich mußte dieser Glasenapp ja irgendwo sein!
Vielleicht war er durch die kleine Seitentür hinaus auf die Mole gegangen.
Sollte man nachsehen? Die Mole war nicht sehr breit, und es gab auch kein Geländer, das einen vor einem Sturz in die Moldau schützte.

Dieser kleine Seitenausgang zur Mole war einer der Gründe gewesen, die Janoschik veranlaßt hatten, die Stellung als Toilettenwärter und Faktotum im Café Parnaß anzunehmen. Ein weiser Mann, dachte Janoschik, sichert sich stets eine Rückzugslinie.
Überhaupt paßte so ziemlich alles am Café Parnaß zu Janoschiks Plänen. Er mußte eine Operationsbasis haben, wo man ihn besuchen und unauffällig mit ihm sprechen konnte. Und es ließ sich schon einiges besprechen und arrangieren, während man dem Besucher die Schuhe putzte! Sogar der kurze Moment, während

dessen man jemandem den Kragen abbürstete, gab Gelegenheit, ein paar Worte zu flüstern – eine Adresse, die weitergegeben werden mußte, eine Warnung, die verbreitet werden sollte.
Auch wenn er frei war, konnten Nachrichten für ihn in dem Arzneischränkchen hinterlassen werden, das das Notwendigste zur Ersten Hilfe enthielt – eine Flasche Jod, Gaze, Watte, Alkohol. Kleinere Pakete konnten unbeobachtet mit der Wäsche hereingebracht werden. Der Lieferjunge von der Wäscherei war in Ordnung; er war es sogar gewesen, der Janoschik auf die Möglichkeiten im Café Parnaß aufmerksam gemacht hatte.
Und schließlich war da noch der Zugang vom Wasser. Das Café Parnaß stand teilweise auf einer Mole, die in die Moldau hinausreichte. Im Hauptgeschoß befand sich das Café; das Obergeschoß war für Kunstausstellungen vermietet worden. Nachdem die Nazis in Prag einmarschiert waren, hörte das Parnaß jedoch auf, Zentrum der modernen tschechischen Kunst zu sein.
Ein Durchgang führte vom Café nach links zu Bar und Grillraum. Rechter Hand befand sich die Treppe, über die man zur Toilette und zu ein paar Abstellräumen gelangte. Und gleich am Fuß der Treppe befand sich das Türchen zum Wasser.
Janoschik, der schwimmen konnte wie ein Fisch, hatte die Stellung für ein sehr bescheidenes Gehalt angenommen. Hier und da gab es auch Trinkgelder. Er war ohnehin gewöhnt, von nahezu nichts zu leben, und hätte, wenn nötig, zugezahlt, um diese Stellung zu bekommen.
Jetzt arbeitete er schon mehr als vier Monate im Parnaß, und es war die ruhigste Zeit seines Lebens geworden. In früheren Jahren, als er noch unter den Bergarbeitern Organisationsarbeit machte oder sich bei den mährischen Landarbeitern herumtrieb, hatte er erheblich mehr Abwechslung gehabt – mal mußte der Name, mal das Quartier geändert werden, und gelegentlich geriet man auch ins Gefängnis. Aber jetzt? – er lächelte vor sich hin – jetzt hatte er ein warmes kleines Versteck, noch dazu mit einem Hinterausgang, und es schien, als hätten ihn die Behörden, die tschechischen wie auch die deutschen, entweder vergessen oder noch nicht entdeckt.
Natürlich machte sich Janoschik keine Illusionen. Er wußte, so konnte es nicht dauernd weitergehen. Über kurz oder lang würden sie ihn schnappen; dann war man eben an der Reihe. Angst davor glaubte er nicht zu haben. Als er damals im Krieg war – und er war vier lange Jahre dabeigewesen –, hatte er auch gewußt, daß es ihn treffen konnte. Ein Soldat mußte mit so etwas rechnen. Und Soldat war er wieder – aber diesmal aus freiem Willen.

Die Tür öffnete sich. Breda trat ein.
»Gib mir ein Stückchen Seife«, sagte er.
Janoschik gab ihm Seife und Handtuch. Der Mann wusch sich die Hände. Janoschik beobachtete ihn und seine Hände – große wohlgeformte Hände, Hände, die einem Vertrauen einflößten.
»Wir können sprechen«, begann Janoschik, »aber mach's kurz. Du mußt so rasch wie möglich weg von hier. Diese Offiziere da oben . . .«
»Laut sind sie«, berichtete Breda, »große Schnauze und nichts dahinter. Jetzt haben sie sich jemanden vorgenommen, den du kennen solltest – deinen früheren Chef, glaube ich.«
»Meinen Chef?« fragte Janoschik.
»Ja – Lev Preissinger vom Kohlensyndikat. Jetzt gehören ihm die ganzen Gruben in der Gegend von Kladno. Er ist hier mit einem Arzt, komischer Kauz, Wallerstein heißt er. Wallerstein hält den Nazis einen Vortrag über Psychoanalyse; er redet sich den Mund fusselig, um sie beschäftigt zu halten und zu beruhigen. Eigentlich eine ganz komische Situation.«
Breda trocknete sich gründlich die Hände ab und gab Janoschik das Handtuch zurück.
»Also gut«, sagte er, »alles ist vorbereitet und fertig. Heute ist Donnerstag. Nächsten Dienstag, spätestens Mittwoch soll die Lieferung hier durchkommen. Einen, höchstens zwei Tage werden die Waggons hier stehen. Wir wissen nicht genau, auf welchem Gleis – die Eisenbahner werden das selbst feststellen müssen. Was meine Gruppe betrifft, haben wir unsere Arbeit getan, die Pakete sind bereit. Die Eisenbahner wissen, daß sie ihren Auftrag erledigt haben müssen, bevor die Waggons umrangiert sind. Jetzt merk dir diese Adresse: Watzlik, Smichovska-Straße 64. Wiederhol mal!«
»Watzlik, Smichovska-Straße 64«, sagte Janoschik langsam. »Ich vergesse es schon nicht.«
Sie sahen einander an. Sie spürten, daß vielleicht noch etwas mehr zu sagen wäre, etwas von Bedeutung. Aber sie schüttelten sich nur die Hände.
»Wenn etwas Besonderes sein sollte, komme ich vorbei«, sagte Breda.
Janoschik wandte sich um und begann das Waschbecken zu säubern.
Der andere schloß leise die Tür.
Sieh einer an, dachte Janoschik, der Lev Preissinger ist hier. Und ich habe ihn nicht einmal erkannt. Sonderbar – dabei habe ich so viele Reden gegen ihn gehalten. Wie er uns nicht genug Grubenholz geben wollte, um die Decke abzustützen. Holz kostet Geld,

ein Menschenleben kostet nichts. Die paar Kronen – was bedeuteten sie einem Mann wie Lev Preissinger! Na ja, ein paar Kronen hier, ein paar Kronen da, wenn man's addiert, kommen ein paar Millionen heraus. Aber Petkas Gesicht, nachdem das Gestein ihn zerdrückt hatte – und Petka war fast noch ein Kind!
Nachher würde er mal hinaufschauen und sich den Preissinger genau ansehen. So genau, wie er sich damals Petkas Gesicht angesehen hatte. In diesem Leben, dachte er, wird nichts vergeben und nichts vergessen. Einmal wird Bilanz gezogen.
Jemand kam eilig die Treppe herunter. Der Barkeeper ließ sein Gesicht in der Tür sehen. »Sag mal – wo ist der Offizier? Richte ihm aus, er soll sich beeilen, und er soll auch nicht vergessen, sich die Hosen zuzuknöpfen.«
»Ich kann einem deutschen Offizier nicht vorschreiben, daß er sich die Hosen zuknöpfen soll«, bemerkte Janoschik trocken. »Das ist gegen seine Würde.«
»Richte ihm aus, daß Hauptmann Patzer das befohlen hat«, antwortete der Barkeeper. »Der Hauptmann möchte gehen. Bin ich froh, daß die den Aufenthalt bei uns endlich satt bekommen haben!«
Janoschik brauchte Zeit. Er mußte Zeit gewinnen für sich selbst, zum Nachdenken, und für Breda, der entkommen mußte.
»Hast du den Otto Krupatschka gekannt«, fragte er den Barkeeper, »dem der Goldene Engel in Zizkov gehört hat?«
»Was geht mich dein Otto Krupatschka an«, antwortete der Barkeeper. »Ich muß machen, daß ich zurückkomme, und willst du die Güte haben, dem Offizier auszurichten, was ich dir gesagt habe!«
Janoschik trat zur Tür und packte den Barkeeper am Ärmel. »Wenn ich dir aber von dem Krupatschka erzähle, so ist es nicht ohne Interesse für dich – verstehst du?«
Der Barkeeper machte ein saures Gesicht. »Laß mich gefälligst los!«
Janoschik fuhr ungerührt fort: »Dieser Krupatschka hatte eine junge Frau, die sehr gute Fleischklößeln machte, Fleischklößeln mit einer besonderen Soße mit einer Menge Pfeffer drin. Es muß was in der Soße gewesen sein – auf jeden Fall konnte der Krupatschka nicht so ganz mit ihr mitkommen – du verstehst?«
Des Barkeepers Neugier geriet in Konflikt mit seinem Pflichtgefühl. »Ich hab kein Zeit«, sagte er, »so erzähl schon, mach schnell, um Gottes willen!«
»Und dann«, spann Janoschik seine Geschichte weiter, »eines schönen Tages schickte der Krupatschka seinen Piccolo, er soll der Frau sagen, daß er zeitig nach Hause kommt, und sie soll das

Essen, bitte schön, fertig haben, weil er nämlich Hunger hat. Und der Piccolo geht, und nach einer langen Zeit kommt er zurück zum Goldenen Engel.«

»Erzähl mir den Rest morgen!« Der Barkeeper verlegte sich aufs Bitten. »Die Leute wollen was zu trinken. Und der Hauptmann Patzer wartet immer noch!«

»Wie soll ich dir eine Geschichte erzählen«, erkundigte sich Janoschik, »wenn du mich die ganze Zeit unterbrichst? Ich wär schon längst fertig gewesen damit, wenn du zugehört hättest, statt dauernd zu reden.

Jedenfalls, wie ich dir zu erklären versucht hab, kommt der Piccolo zurück zum Krupatschka. Also, sagt der Krupatschka, was hat sie gesagt? Sagt der Piccolo, nichts hat sie gesagt. Und wenn ich Sie wäre, Pan Krupatschka, würde ich heute abend außerhalb essen. Denn Ihre Frau ist durchgebrannt – mit einem gewissen Ludwig Pollatschek, ein sehr netter junger Mann, hab ich erfahren, und Student der Medizin . . .«

Dem Barkeeper war es gelungen, seinen Ärmel von Janoschiks Griff zu befreien.

»Und warum«, fragte er streng, »hältst du mich von meiner Arbeit ab, mit dieser dummen Geschichte, die keine Pointe hat?«

»Weil es da eine gewisse Parallele gibt, sozusagen«, erklärte Janoschik geduldig. »Wie die Frau von dem armen Oskar Krupatschka, die durchgebrannt ist mit dem Pollatschek, so muß nämlich dein Offizier auch davongelaufen sein. Hier ist er nicht mehr. Verschwunden ist er.«

»Unmöglich!« Angst klang in der Stimme des Barkeepers mit.

»Sieh dich doch selber um!«

Der Barkeeper sah sich um. Er machte jede einzelne Klosett-Tür auf, er blickte hinaus durch den Seitenausgang zur Mole – nirgendwo eine Spur von Leutnant Glasenapp.

»Heilige Mutter Gottes!« stöhnte er. »Das ist ja schrecklich! Das ist ja katastrophal!« Und schrie Janoschik an: »Weißt du, was das heißt?«

»Nein«, antwortete Janoschik freimütig, »das weiß ich nicht.«

Der Barkeeper war totenbleich geworden. Er hatte seine Stimme verloren und konnte nur noch flüstern: »Du bist so blöd, daß ich dich umbringen könnte!«

Janoschick, der ein Riese war verglichen mit dem ausgetrockneten Männchen, erkundigte sich voller Mitgefühl: »Wieso?«

Aber der Barkeeper rannte schon die Treppe hinauf.

Die Tür war offengeblieben, und Janoschik konnte das Theater, das nun anfing mit anhören.

Die ganze Zeit, während er die Krupatschka-Geschichte erfunden

hatte, waren Janoschiks Gedanken in einer ganz anderen Richtung gelaufen. Es war ihm einfach unklar, was aus dem Offizier geworden sein konnte. Es hatte auch nicht viel Sinn, sich darüber den Kopf zu zerbrechen – jetzt kam es darauf an, die eigene Taktik, das eigene Verhalten zu planen. Vielleicht war es am besten, man blieb bei der Wahrheit und sagte einfach: Ich weiß nicht. Als er den Offizier das letztemal sah, saß er auf der Treppe – das war alles. Mehr wußte er nicht. Mehr würde er nicht sagen. Und da konnte ihm auch keiner viel antun, und aller Wahrscheinlichkeit nach war dieser Offizier längst zu Hause in seinem Quartier.
Wenn es Breda nur gelungen war, sich rechtzeitig zu verdrücken!
Schwere Stiefel hallten auf der Treppe wider. Janoschik sah den Nazi kommen – erst die Stiefel, dann die Reithosen, dann den ganzen Mann.
Auf dem Gesicht des Mannes spiegelten sich seine Gefühle: Angst, Herrschsucht und Wut. Und in der rechten Hand hielt er drohend die Pistole.
»Wo ist Leutnant Glasenapp?« forderte Patzer.
»Woher soll so einer wie ich das wissen?« fragte Janoschik. »Ich möchte respektvoll zu bedenken geben, daß ich nicht die Ehre gehabt habe, jemals die Bekanntschaft des Herrn Leutnant zu machen.«
»Behalten Sie Ihre Weisheiten gefälligst für sich«, erwiderte Patzer in unheilverheißendem Ton. »Sie wissen sehr wohl, daß ich von dem Offizier spreche, der hier hinunter kam, um sich zu erleichtern. Wo ist er?«
Janoschik hob die Hände, ein Bild absoluter Hilflosigkeit. »Mein Ehrenwort, bester Herr, ich weiß nicht. Wie soll ich alle Leute im Gedächtnis behalten, die auf die Toilette gehen? Und manchmal bin ich drin, und manchmal bin ich draußen . . .« Er drehte sich um und fing an, ein frisches Handtuch aus dem Schrank zu nehmen. Was ihn, Janoschik, betraf, war das Gespräch vorbei, und er beabsichtigte, dem Offizier diese Tatsache sehr deutlich zu machen.
Aber Hauptmann Patzer wurde nur noch wütender auf diesen verstockten Tschechen.
»Mitkommen!« befahl er.
»Warum?« fragte Janoschik. »Wohin!«
Patzer stieß seine Pistole Janoschik zwischen die Rippen.
»Ich habe das Zucken im Finger«, drohte der Hauptmann. »Ich gebe Ihnen den guten Rat zu gehorchen, ohne dumme Fragen zu stellen. Habe ich mich klar ausgedrückt, Sie Idiot?« Und er drückte die Mündung der Pistole fester gegen Janoschik.

Janoschik lächelte, die verletzte Unschuld in Person. »Herr Offizier – ich habe mir nur gestattet zu fragen, weil mein Chef es nicht gern sieht, wenn ich mich von meiner Arbeitsstätte entferne. Ihre Gesellschaft ist mir ein Vergnügen, Ihre Einladung eine Ehre. Möchten Sie vielleicht, daß ich Ihnen helfen soll, ihn zu suchen, diesen – diesen Herrn Leutnant Glasenapp?«
Sie befanden sich schon auf der Treppe, auf dem Weg nach oben. Janoschik redete unentwegt weiter.
»Es kommt ja vor, daß Leute auf die sonderbarste Art und Weise verschwinden. Ich weiß da Bescheid, Herr Offizier, weil ich nämlich häufig Pinocle gespielt habe mit dem Herrn Inspektor Jan Poczporek vom zwanzigsten Polizeirevier. Jetzt ist er schon über zehn Jahre tot, Gott hab ihn selig, aber er war eine Quelle für Informationen. Nicht daß er gut gespielt hätte, das konnte man nicht von ihm sagen . . .«
»Halten Sie das Maul!« brüllte Patzer.

Oben im Grillraum herrschte große Aufregung. Die meisten Gäste waren aufgestanden, hielten sich aber bei ihren Tischen auf. Einige der mutigeren versuchten, Leutnant Marschmann Fragen zu stellen:
»Wird man uns gestatten, bald nach Hause zu gehen?«
»Ich muß meine Frau anrufen – sie wartet auf mich – dürfte ich vielleicht das Telefon benutzen?«
»Warum halten Sie uns hier fest? Ich habe nichts mit diesem Offizier zu tun. Ich habe hier die ganze Zeit gesessen. Bitte schön, Herr Doktor Wallerstein, stimmt das oder nicht?«
Auf all das gab Leutnant Marschmann keinerlei Antwort. Endlich konnte er einmal zeigen, daß er jemand war – wie Hauptmann Patzer hatte er seine Pistole aus der Tasche genommen. Die Gäste versuchten, den Anblick der bösartig aussehenden kleinen schwarzen Mündung zu vermeiden.
Sofort nach seiner Rückkehr nahm Patzer die Situation wieder in die Hand. Er stellte sich auf einen Stuhl, stemmte die geballte Faust in die Hüfte und wartete. Nach einem Weilchen merkte er, daß diese Maßnahme keinerlei sichtbare Wirkung auf das Verhalten der Gäste hatte. Sie waren viel zu erregt, um ihr Gerede einzustellen. Darum schnarrte er, so schneidend er konnte: »Ruhe!«
Sofort trat Ruhe ein. Hauptmann Patzer blickte um sich. Er sah Gesichter – viele Gesichter, ihm schien, viel zu viele. Gesichter, die er doppelt sah und die noch dazu anfingen, um ihn zu kreisen. Patzer hatte seine Erfahrungen mit solchen optischen Erscheinungen. Er wußte, im nächsten Augenblick würde ihm schwindlig werden.

Darum stieg er von seinem Stuhl herunter und hielt sich an der Stuhllehne fest.
»Etwas hat sich ereignet«, begann er langsam, um nicht die Gewalt über seine schwere Zunge zu verlieren. »Etwas hat sich ereignet, das mich veranlaßt, drastische Maßnahmen zu ergreifen. Wir waren drei, und Leutnant Glasenapp, der dritte, ist verschwunden. Unter geheimnisvollen Umständen verschwunden, ohne ein Wort, ohne eine Spur zu hinterlassen.
Die Zeiten sind nicht einfach. Wir Deutsche versuchen, Ordnung in dieses Land zu bringen. Aber unsere Bemühungen werden nicht immer genügend geschätzt. Mitunter geschieht es, daß einer von uns zum Verschwinden gebracht wird.
Das soll nicht heißen, daß ich einen von Ihnen, meine Damen und Herren, anklage. Jetzt noch nicht, jedenfalls.«
»Könnte er nicht einfach nach Hause gegangen sein«, warf jemand ein, »zurück in die Kaserne?«
»Wer hat hier dazwischengeredet?« fragte Patzer scharf.
»Ich«, antwortete Lev Preissinger. »Gestatten Sie, Lev Preissinger, Generaldirektor des Böhmisch-Mährischen Kohlensyndikats.«
Janoschik, der unauffällig in einer Ecke stand, warf Preissinger einen raschen Blick zu. Er sah einen untersetzten Mann, ein wenig gebückt, mit borstigem grauem Haar, kleinen zwinkernden Augen und rot angelaufenem Gesicht.
»Sehr interessant«, sagte Patzer herausfordernd, »vielleicht können Sie uns dann sagen, ob Sie Herrn Leutnant Glasenapp das Lokal durch diese Tür verlassen sahen« – er deutete auf die zur Straße führende Tür –, »und wann Sie bemerkt haben, daß er ging?«
»Tut mir sehr leid«, erwiderte Preissinger, »aber ich war in mein Gespräch mit meinem Freund, Herrn Doktor Wallerstein, vertieft.« Und an den Arzt gewandt: »Das können Sie doch bestätigen?«
»Anscheinend waren alle hier in irgend etwas vertieft«, fuhr Patzer fort. Die Sache machte ihm Spaß, den Preissinger hatte er großartig abgefertigt. »Und wir werden auch noch herausfinden, in was für Angelegenheiten Sie vertieft waren. So – wir werden Sie also hier festhalten müssen, bis die Polizei kommt. Das ist ein dienstlicher Befehl, und Befehle werden hier befolgt.«
Patzer ließ das Licht auf seine Pistole fallen, so daß keiner der Anwesenden das Funkeln des Stahls übersehen konnte.
Eine gedrückte Stille folgte. Nur das leise Klirren der Gläser, die der Barkeeper völlig unnötig und sinnlos immer wieder abwusch und abtrocknete, klang in sie hinein.

Janoschik lehnte seinen Kopf gegen die Wand und schloß die Augen.
Die Spannung, die in ihm gewesen war, hatte nachgelassen, und das Atmen machte ihm nicht mehr die Schwierigkeiten, die es ihm bereitet hatte, als Patzer ihn die Treppen hinauf- und in den Grillraum hineinschob. Denn Breda war nicht mehr da.
Janoschik war mit sich zufrieden. Die Eheprobleme des unglücklichen Otto Krupatschka hatten den Barkeeper unten in der Toilette festgehalten und Breda die Flucht ermöglicht.
Um sich selbst machte sich Janoschik nicht allzu viele Sorgen. Er hatte keine verdächtigen Papiere bei sich, unten in der Toilette befand sich gleichfalls nichts, was ihn verraten könnte, und sollten sie sich die Mühe machen, das kahle Stübchen in der Kralovska-Straße, wo er schlief, zu durchsuchen, so würden sie auch dort nichts finden.
Die ganze Sache war sowieso lächerlich. Glasenapp mochte sehr wohl auf die Mole geraten sein und von dort aus die Straße erreicht haben, indem er einfach die Böschung hinaufgekrochen war. Irgendwann würde er in seiner Kaserne auftauchen, oder man würde ihn im Rinnstein finden.
Die Polizei, die die beiden Besoffenen heranzitiert hatten, würde sich wahrscheinlich die Adressen aller Anwesenden aufschreiben, und damit würde der Fall erledigt sein. Und mit ziemlicher Sicherheit würde die Aufmerksamkeit der Polizei sich auch nicht auf Janoschik richten, der schließlich nur der Toilettenwärter war und nicht gerade intelligent aussah und ein Mundwerk hatte, das jeden Polizeibeamten zur Verzweiflung trieb.
Janoschik lächelte. Er erinnerte sich an den Sergeanten in Mährisch-Ostrau – das war nicht einmal ein so unebener Mensch gewesen; aber am Ende ihrer gemeinsamen Unterhaltung war der Sergeant über seinem Schreibpult zusammengebrochen und hatte geschrien: »Schafft ihn hinaus! Führt ihn ab! Ich kann ihn nicht mehr hören!«
Das war in der guten alten Zeit gewesen.
Die Gestapo war anders. Diese Menschen waren härter, und sie hatten keinen Sinn für Humor – doch gerade das müßte es erleichtern, sie aus der Fassung zu bringen.
Ganz früher hatte Janoschik einmal ein Buch gelesen über das Leben der Tiere. Es gab welche, die waren so schwach, daß sie sich überhaupt nicht verteidigen konnten. Aber ihre Farbe verändern konnten sie und aussehen wie ein totes Blatt, so daß niemand sich bemühen und sich bücken würde, um sie aufzuheben. So ähnlich war auch er. Das einzige, was einem solchen Tierchen passieren konnte, war, daß jemand zufällig darauf trat. Aber das war

unwahrscheinlich, ein Fall in einer Million.
Die immer die großen Reden gehalten hatten, taugten nichts in diesem Kampf. Ihr Name, ihr Ruf – wie ein Meteor war das aufgestiegen, nur um rasch wieder zu platzen und ins Dunkel zurückzusinken. Was war überhaupt Ruhm? Heutzutage bedeutete es nur, daß man sich zusätzlichen Gefahren aussetzte. Die große Kunst war, die Arbeit zu machen und trotzdem am Leben zu bleiben.
Das war Janoschiks Erfahrung, sie hatte sein Leben geformt, und er verhielt sich entsprechend. Daher sah er dem, was kommen sollte, mit Zuversicht entgegen.
Die Zeit bis zum Eintreffen der Polizei erschien unerträglich lang. Die Gäste wurden immer nervöser, und Leutnant Marschmann und Hauptmann Patzer kam es allmählich albern vor, mit ihren Pistolen herumzufuchteln.
Marschmann tuschelte mit seinem Vorgesetzten: »Und wenn Glasenapp nun doch irgendwie einfach weggegangen ist und längst in seinem Bett schnarcht – was dann?«
Patzer antwortete nicht sofort. Er dachte nach. »Auf alle Fälle«, sagte er schließlich, »hat es erzieherischen Wert für diese Herrschaften. Wir lassen uns eben nichts gefallen – das werden sie daraus lernen. Stimmt's?«
Marschmann schüttelte bedenklich den Kopf. Er befürchtete, Patzers Übereifer könnte ihnen endlose Scherereien bringen, und er wünschte, sie hätten den Trauerkloß Glasenapp zu Hause gelassen, statt zu versuchen, ihm alkoholischen Trost zu spenden. Es war immer am besten, dachte er, wenn man sich nicht in anderer Leute persönlichen Kummer mischte.
Er wurde in seinem Philosophieren durch das schrille Tuten des herannahenden Polizei-Einsatzkommandos unterbrochen.
Plötzlich war Stille. Hauptmann Patzer zog sich den Waffenrock straff und hob die Pistole wieder höher.
Genagelte Stiefelabsätze krachten auf dem Fußweg. Die Tür zur Bar wurde mit viel Getöse aufgerissen.
Die Patrouille schwarzuniformierter SS-Leute trampelte herein, geführt von einem Jüngling mit rosa Bäckchen, der aussah wie eine Jugendausgabe von Max Schmeling. Der Jüngling sah sich mit raschen Blicken um und bemerkte, daß die beiden Wehrmachtsoffiziere die Lage beherrschten. Mit einer Handbewegung wies er einen seiner Leute an, sich am Eingang zu postieren, und begab sich dann zu Hauptmann Patzer.
»Sturmführer Gruber, Herr Hauptmann! Persönlicher Adjutant des Sicherheitsbeauftragten Reinhardt von der Kriminalpolizei, der heute abend leider nicht im Amt sein konnte. Ich habe Befehl,

mich um Sachen zu kümmern, die während seiner Abwesenheit anfallen. Also, was ist hier los?«

Patzer spürte, daß er von diesem eifrigen Jüngling jede Unterstützung haben konnte. Seine Selbstsicherheit kehrte zurück, seine Stimme wurde metallisch.

»Hauptmann Patzer, 431. Infanteriedivision«, stellte er sich kurz und präzise vor. »Es handelt sich um eine recht unerfreuliche Angelegenheit, fürchte ich. Entführung. Einer unserer Kameraden, Leutnant Glasenapp. Möglicherweise Mord.«

»Und dieses Volk hier?« Gruber wies auf die Gäste, die verschüchtert herumstanden.

»Leutnant Marschmann und ich waren der Meinung, daß es besser wäre, sie hier bis zur Ankunft der Polizei festzuhalten. Einer von ihnen oder mehrere sind wahrscheinlich an dem Verbrechen beteiligt.«

Gruber nickte verständnisvoll. »Ausgezeichnet, Herr Hauptmann, ausgezeichnet. Ich wünschte, wir fänden immer so gute Zusammenarbeit. Und jetzt berichten Sie mir bitte, was sich hier abgespielt hat.«

Bevor Patzer jedoch beginnen konnte, drängte sich jemand nach vorn: Lev Preissinger.

»Sie sind der kommandierende Polizeioffizier?« sprach er Gruber an. »Ja? Warum lassen Sie uns dann nicht gehen – ich meine meinen Freund, Herrn Doktor Wallerstein, und mich. Ich heiße Lev Preissinger, bin Generaldirektor des Böhmisch-Mährischen Kohlensyndikats, und ich kann wohl darauf rechnen . . .«

Gruber nickte einem seiner Leute zu. Der Mann trat vor und stieß Preissinger so grob vor die Brust, daß der zurücktaumelte und gefallen wäre, wenn Dr. Wallerstein ihn nicht gestützt hätte.

Preissingers Gesicht färbte sich purpurrot. Er stammelte nur noch.

Ohne sich die Mühe zu machen, die Menschen anzublicken, an die er sich wandte, bemerkte Gruber: »Der nächste, der seine große Fresse aufmacht, ohne gefragt worden zu sein, wird noch ganz anders behandelt werden.« Und zu Patzer sagte er: »Tut mir leid, wir waren unterbrochen worden. Wann und unter welchen Umständen ist Leutnant Glasenapp verschwunden?«

»Ungefähr um 23.00 Uhr«, berichtete Patzer. »Er fühlte sich nicht ganz wohl und ging zur Toilette hinunter – und ist nicht wieder zurückgekommen.«

»Wann schöpften Sie Verdacht?«

»Nach fünfzehn, vielleicht auch zwanzig Minuten. Ich habe dann diesen Kerl runtergeschickt . . .«

Der Barkeeper erbleichte unter Grubers Blick.

Patzer fuhr fort: »Ich habe diesen Kerl runtergeschickt, er solle Glasenapp holen. Er kam zurück und stotterte ganz aufgelöst, er könne den Herrn Leutnant nicht finden. Ich bin dann selber runtergegangen. Nicht eine Spur. Er war einfach weg, völlig mysteriös.«
»Ich verstehe«, sagte Gruber mit so viel Gewicht, wie er den Worten geben konnte, und befahl: »Enzinger! Walters!«
»Jawohl!« Die beiden traten vor.
»Gehen Sie nach unten und prüfen Sie nach. Sehen Sie, was Sie finden können.«
Enzinger und Walters traten ab.
»Also jetzt . . .« Gruber begann seine Untersuchung. »Erinnern Sie sich, Herr Hauptmann, ob irgendwelche Gäste das Lokal verlassen haben, nachdem Leutnant Glasenapp gegangen war, um sein Bedürfnis zu verrichten?«
Patzer dachte einen Augenblick nach. »Offen gestanden ist mir das unmöglich«, sagte er. »Schließlich haben weder Leutnant Marschmann noch ich vermutet, daß ein so heimtückisches Verbrechen geplant war. Aber ich entsinne mich, daß zwei der Gäste – der junge Mann da drüben und sein Begleiter – ganz offensichtlich die Absicht hatten, sich zu entfernen. Ich hab sie aber schön hierbehalten.«
»Interessant, außerordentlich interessant!« bemerkte Gruber. »Treten Sie mal vor, Sie!«
Peter Lobkowitz folgte dem Befehl.
»Sie wollten sich also verdrücken?« erkundigte sich Gruber mit einem Grinsen. »Warum?«
»Weil ich eine Verabredung hatte«, erklärte Lobkowitz ruhig.
»Mit Ihren Mitverschworenen, was?« gab Gruber sofort zurück.
»Keineswegs. Ich möchte hier ein für allemal zu Protokoll geben, daß ich in keiner Weise mit dem Verschwinden irgendeines deutschen Offiziers irgend etwas zu tun habe.«
Enzinger und Walters kehrten von ihrer Expedition zu der Toilette zurück und bauten sich vor Gruber auf, bereit zum Bericht.
»Sie werden wir uns später noch vornehmen«, sagte Gruber zu Lobkowitz und wandte sich seinen Leuten zu.
»Na – was habt ihr gefunden?«
»Es ist tatsächlich nicht die geringste Spur von Leutnant Glasenapp zu entdecken«, stellte Enzinger, der Ältere von beiden, fest. »Aber wir haben etwas anderes gefunden, das von Wichtigkeit zu sein scheint: Es gibt da unten einen zweiten Ausgang, der auf die Mole hinausführt – und in den Fluß.«
Gruber war nun wirklich interessiert. »Aha!« sagte er. »Gar nicht

so schwer zu rekonstruieren! Sehr einfach sogar! Sehen Sie« – er wandte sich an Hauptmann Patzer –, »Ihr Herr Kamerad, der zur Zeit leider nicht im Vollbesitz seiner geistigen Kräfte war, entfernte sich von Ihnen, mehrere Leute lauerten ihm unten auf, oder sie schlichen ihm nach. Feige und hinterlistig, wie sie nun einmal sind, überwältigten sie ihn, brachten ihn entweder gleich um oder schlugen ihn nur bewußtlos und warfen den Körper in den Fluß.«
Patzer lief es kalt den Rücken hinunter. Genau dasselbe hätte auch ihm passieren können.
»Ein hundsgemeiner Anschlag!« fuhr Gruber fort. »Wirklich! Teuflisch!« Er schrie die Gäste an: »Aber die Verbrecher werden gefunden werden! Und büßen werden sie dafür!«
Plötzlich hatte er eine neue Idee. »Hat's denn da keinen Toilettenwärter gegeben?« erkundigte er sich.
Janoschik hatte in seiner Ecke gestanden und die Vorgänge beobachtet. Von dem Moment an, da die beiden Gestapo-Leute nach unten gegangen und dann zurückgekehrt waren und Gruber ihren Bericht gegeben hatten, hatte er dieses Stichwort erwartet. Nun trat er vor.
»Zu Diensten, Herr Offizier«, sagte er. »Toilettenwärter, das bin ich. Ich habe aber schon bessere Tage gesehen, das kann ich Ihnen versichern. Jawohl, es hat sogar Zeiten gegeben, da würde ich so einen wie mich keines Blicks gewürdigt haben. Und doch ist es ehrliche Arbeit, und schließlich muß man in Betracht ziehen, daß es gar nicht so leicht ist, heutzutage sein Brot zu verdienen...«
»Fresse!« sagte Gruber, nachdem er seinen ersten Schrecken über den Wortschwall überwunden hatte.
Janoschiks Gesicht brachte klar zum Ausdruck, daß er eine empfindsame Seele war, die nur versuchte, hilfreich zu sein.
Gruber sah ihn sich an. Da stand dieser Tscheche doch vor ihm fast wie ein Hund, der darum bettelte, nicht geprügelt zu werden. Besiegt und geschlagen sind sie, jawohl, Gruber empfand seine Macht.
»Sie haben gesehen, wie Leutnant Glasenapp zur Toilette ging? Antworten Sie einfach ja oder nein!« fügte Gruber hastig hinzu, denn er hatte Janoschik tief Atem holen sehen.
»Das kommt darauf an«, sagte Janoschik. »Ich hab ihn gesehen, aber man kann auch sagen, ich hab ihn nicht gesehen.«
»Ist der verrückt?« fragte Gruber verärgert. Er erhielt keine Antwort, denn offensichtlich war die Frage nicht an jemanden Bestimmten gerichtet. Schließlich meldete sich des Barkeepers gepreßte Stimme: »Er ist ein bißchen schwer von Begriff, wenn Sie gestatten, Herr.«
»Was heißt das?« fuhr Gruber mit Janoschiks Verhör fort. »Ent-

weder Sie sehen einen Menschen, oder Sie sehen ihn nicht – und Sie müssen Glasenapp gesehen haben!«
Janoschik lächelte beglückt. »Sehr richtig! Natürlich! Wenn Sie so fragen, ist es ganz einfach. Ich habe ihn gesehen – aber ich habe nicht gesehen, daß er in die Toilette hineingegangen ist, Herr Polizist.«
Grubers Augen verkniffen sich. Tief in seiner Magengrube stellte sich ein unsicheres Gefühl ein: Wurde er hier auf die Schippe genommen? »Wo soll er denn hingegangen sein?«
»Zur Toilette«, versicherte Janoschik dem Gestapo-Mann. »Er war nämlich sehr krank. Traurig hat er ausgesehen. Ich hab schon allerhand Besoffene gesehen in meinem Leben, aber der war einer von den Schlimmsten, wenn Sie gestatten. Er ist mir beinahe in die Arme gefallen, der arme Kerl. Und geweint hat er. Die Tränen kullerten ihm nur so die Backen herunter.«
Diesmal explodierte Hauptmann Patzer. »Herr Sturmführer! Ich mache Sie darauf aufmerksam, daß dieser elende Tscheche von einem deutschen Offizier spricht! Ich fordere ...«
»Mir macht das auch keinen Spaß«, erwiderte Gruber, ganz heiser vor unterdrücktem Ärger. »Aber ich muß Sinn und Ordnung in diesen Bericht kriegen. Der Mann hat gesagt, er hat gesehen, wie Leutnant Glasenapp auf die Toilette ging.«
Janoschik schüttelte den Kopf. »Nein, Herr Offizier, das habe ich nicht gesagt!«
Gruber brüllte. »Verflucht noch mal! Sie haben gesagt, Sie haben ihn gesehen!«
Janoschik hob beide Hände, als sei er vollkommen verzweifelt. Einige Gäste konnten ein Kichern nicht mehr unterdrücken.
Grubers Gesicht lief rot an. Er schluckte.
Janoschik wußte, was nun kommen würde; es war leicht, sich in die Denkweise des Gestapo-Jünglings zu versetzen. Gruber würde ihm eins über den Schädel ziehen. Aber Janoschik wollte nicht gern geschlagen werden. Er wollte nur seinen Ruf als ein harmloser Trottel begründen, und diesen Zweck hatte er wohl nicht erreicht. Und er wollte sich ein Alibi schaffen.
»Mit Ihrer freundlichen Genehmigung, Herr Offizier – ich kann ja alles erklären. Ich war auf der Treppe auf dem Weg nach oben. Mein unmittelbarer Vorgesetzter war hinter der Bar hervorgekommen und hatte mich gerufen. Ich sollte den Fußboden aufwischen. Eine schöne Schweinerei, das kann ich Ihnen sagen, hatte der unglückselige Leutnant, Gott segne ihn, dort hinterlassen. Und dieser Herr Offizier« – er zeigte auf Hauptmann Patzer –, »der hat sogar zu mir gesprochen. Er hat mir noch einmal ganz klar gesagt, ich soll's aufwischen.«

Patzer nickte.
»Das letzte, was ich von dem Herrn Leutnant gesehen habe, war, daß er sich auf die Treppe gesetzt hat und angefangen hat, sich das Herz aus dem Leibe zu weinen, aber ob er nun wirklich in die Toilette hineingegangen ist, das kann ich doch nicht wissen. Ich war eine ganze Zeit lang hier oben, eben weil es eine so große Schweinerei war . . .«
»Schon gut! Schon gut!« sagte Gruber. »Die Einzelheiten brauchen wir nicht!«
Der junge Gruber hatte keine Gelegenheit gehabt, das Polizeiwesen längere Zeit zu studieren. Frisch von der Schule war er in die schwarzuniformierte Mustergarde gekommen, aus der sich die Gestapo rekrutierte. Eines jedoch hatte man ihm ins Gehirn gehämmert – daß er und seine Kameraden unter Feinden lebten, daß sie gefürchtet und verhaßt waren und daß in jedem Fall die rücksichtslosesten Methoden die besten waren.
Gerechtigkeit war etwas, das nur in einem höheren Sinne existierte – soweit sie der Sache Deutschlands und Adolf Hitlers diente. Der einzelne zählte überhaupt nur, soweit er dieser Sache von Nutzen war. Außerhalb dessen besaß er keinerlei Rechte und war hart und energisch anzufassen.
Gruber erkannte, dieser Fall war hier und jetzt nicht lösbar. Natürlich konnte er die Leute verhören, aber er mochte die Verantwortung nicht übernehmen, die einen zu entlassen und die anderen einzubehalten.
»Sachen mitnehmen!« schnauzte er. »Sie kommen alle mit!«
Gestoßen und getrieben von den Gestapo-Beamten, sammelten die Gäste ihre Siebensachen zusammen. Vor der Tür mußten sie sich anstellen, und dann ging es im Gänsemarsch hinaus. Gruber stand neben der Tür und zählte – achtzehn waren es im ganzen, achtzehn Männer. Lobkowitz und Prokosch, gefolgt von dem Barkeeper und Janoschik, kamen zuletzt. – Zwei Herren jedoch blieben an ihrem Tisch sitzen – Lev Preissinger und Dr. Wallerstein. Preissinger paffte ruhig an einer Zigarre, und Wallerstein schien in den Anblick seines Tischnachbarn vertieft zu sein.
Gruber, die Hände in die Hüften gestemmt, marschierte zu ihnen hinüber.
Preissinger behielt seine Zigarre zwischen den Lippen, während er sprach. »Ich möchte doch nicht annehmen, daß Sie mich in Ihre Komödie da hineinziehen werden?«
Unter seinen Kameraden und Freunden hatte Gruber den Spitznamen »das Baby«. Sein rundes Gesicht leuchtete jetzt in einem wirklich kindhaften Lächeln auf. Dann hob er seine rechte Hand

und schlug Preissinger so hart ins Gesicht, daß die Zigarre durch den Raum flog.
Wallersteins Blick blieb auf Preissinger geheftet. Er interessierte sich außerordentlich für die Reaktion des Mannes auf diese rüde Behandlung. Die Ader auf Preissingers Stirn verdickte sich zu einem blauen Strang.
»Das wird Ihnen noch leid tun!« sagte er, und seine Stimme klang brüchig. »Zufällig bin ich sehr gut mit Herrn Göring bekannt...«
»Enzinger!« rief Gruber.
Enzinger, der gerade den Raum verlassen wollte, kehrte eilig zurück. Gruber wandte sich seinem Untergebenen zu und erläuterte ihm: »Dieser Herr behauptet, er sei ein Freund von Reichsmarschall Göring. Ich glaube daher, daß er nicht mit den gewöhnlichen Sterblichen mitlaufen kann. Also nehmen Sie ihn, binden Sie ihn schön fest und lassen Sie ihn im Wagen mitfahren. Und wenn er auch nur ein einziges Mal muckst, wissen Sie, was Sie zu tun haben!«
Enzinger hatte, was Menschenbehandlung betrifft, sehr große Erfahrungen. Lev Preissinger, der Generaldirektor des Böhmisch-Mährischen Kohlensyndikats, wurde von seinem Stuhl gezerrt. Er spürte eine plötzlichen stechenden Schmerz in den Schultergelenken – dann wurde er ohnmächtig.
Wallerstein sah, wie sie den willenlosen Körper hinausschafften. Zu Gruber gewandt, sagte er: »Saubere Arbeit. Könnte dem alten Herrn sogar ganz nützlich sein.«
»Wer sind Sie?« fragte Gruber. »Ein Witzbold?«
»Das gerade nicht«, antwortete Wallerstein sachlich. »Ich bin Arzt. Psychoanalytiker, wenn Sie wissen, was das ist.«
»Weiß ich nicht«, gab Gruber zu, »und es wird Ihnen auch nichts helfen. Los, mitkommen!«
Wallerstein senkte seinen unverhältnismäßig großen Kopf. Er ging unbeholfen, mit kleinen, schlurfenden Schritten.
»He, Sie!« sagte Gruber.
Wallerstein blieb stehen.
»Wissen *Sie* vielleicht, wie sich das hier tatsächlich abgespielt hat?« fragte Gruber, gar nicht mehr selbstsicher.
Wallerstein sah das Baby an, und seine Lippen verzogen sich zu einem dünnen Lächeln. »Weiß ich nicht«, sagte er. »Aber ich kann Ihnen mitteilen, daß das Problem in seinem abstrakten Sinn mich außerordentlich zu interessieren beginnt.«

ZWEITES KAPITEL

»Weitere Befehle?« fragte das Baby.
Reinhardt blätterte flüchtig in dem Aktenstück, das lakonisch mit »Erich Glasenapp, Leutnant« beschriftet war. Dann blickte er auf und sah, wie das Baby ihn mit sichtlicher Bewunderung anstarrte. Grubers Uniform saß wie immer schlecht. Der schlacksige, rosige, noch immer wachsende Körper schien die eng anliegende Uniform sprengen zu wollen. Die Kinderbäckchen sahen komisch über dem silbernen Totenschädel und den gekreuzten Knochen auf dem Abzeichen.
»Mißfällt Ihnen etwas an mir?«
»Keineswegs, entschuldigen, Standartenführer!« antwortete das Baby, durcheinandergebracht.
»Was starren Sie mich dann an? Und wie oft muß ich Ihnen noch sagen, daß Ihre Uniformtaschen jederzeit zugeknöpft sein müssen? Sie scheinen zu vergessen, daß Sie hierzulande das Deutsche Reich zu repräsentieren haben.«
Das Baby errötete, wodurch seine Backen noch rosiger und das blasse Blau seiner Augen noch blasser wurde.
»Abtreten! Heil Hitler!« Helmut Reinhardt konnte seine Worte knallen lassen wie eine Peitsche, besonders wenn er Befehle gab. Er beobachtete ihre Wirkung auf das Baby. Der ganze große Bursche schien sich zu straffen, krachte die Hacken zusammen und zog ab.
Leise schloß sich die Tür. Reinhardt war allein hinter seinem breiten Schreibtisch, von dem er selbst das kleinste Staubkörnchen fernzuhalten liebte. Jeder hat sein Schlachtfeld, pflegte er sich zu sagen, und dieser Schreibtisch ist meines. *Mein* Frontabschnitt – und muß daher in beispielhafter Ordnung sein.
Er lehnte sich in seinen Armstuhl zurück und streckte sich wohlig im Vorgenuß des ruhigen konzentrierten Denkens, dem er sich hingeben wollte. Vor ihm lag die dünne Akte mit der Aufschrift »Glasenapp«. Wie hatte das Baby in seiner kindlichen Überheblichkeit gesagt? »Ein Schwächling!«
Das Baby und seine Heldenverehrung fingen an, ihm auf die Nerven zu gehen. Daß er der Held dieses Knaben war, machte die Sache noch peinlicher, manchmal sogar beunruhigend.
Sehe ich denn aus wie ein Held? fragte sich Reinhardt. Das fliehende, schwach geprägte Kinn, die dunklen stechenden Augen, die viel zu nahe beieinander standen, die dünne, gebrechliche, viel zu sensitiv geformte Nase, die Stirn . . . Gut, die Stirn konnte sich einigermaßen sehen lassen, sie war hoch genug und hatte eine erfreuliche Wölbung. Ein unausgeglichenes Gesicht – das war das

Beste, was man davon sagen konnte.
Aber vielleicht, so wanderten Reinhardts Gedanken weiter, war sein Gesicht ganz eindrucksvoll in den Augen eines dummen Jungen, wie das Baby einer war. Schließlich galten ja die Arbeit, die einer tat, die Autorität, die einer hatte, die Befehlsgewalt, die er ausübte. Wenn man sich zum Beispiel Hitler ansah, glaubte man auch nicht, daß der Mann mehr als eine mittelgroße Schuhfabrik leiten konnte – von halb Europa gar nicht zu reden. Und doch war halb Europa Hitler untertan. Natürlich gab es Schwierigkeiten. Aber, dachte Reinhardt weiter, gerade um solche Schwierigkeiten aus dem Wege zu räumen, gab es Männer wie ihn selbst, die ständig hingebungsvoll arbeiteten. Eine ungeheure Maschine, und sie funktionierte. Wo auf Erden existierte Vergleichbares? Schließlich leben wir im Maschinenzeitalter. Individueller Heroismus ist Quatsch. Der Mann, der die Maschine zum Laufen bringt – der ist der wahre Held.
Zunächst hatte Reinhardt auf den alten Gruber geflucht, der seinen kostbaren Sprößling vor der Gefährdung durch irgendwelche sowjetischen Panzer zu behüten suchte, indem er ihn durch verschiedene Um- und Schleichwege in den Apparat der Gestapo verpflanzen ließ. Reinhardt hatte überhaupt nicht gewußt, was er mit dem unnötigen Zuwachs zu seinem Stab anfangen sollte, und hatte schließlich aus ihm einen Laufburschen mit mehr oder weniger hochklingendem Titel gemacht. Man konnte nie im voraus wissen, wann und wo ein Gefallen, den man dem alten Gruber tat, Zinsen bringen würde.
So unangenehm war es auch nicht, das Baby um sich zu haben. Mitunter, wenn man sich wirklich ärgerte, brauchte man einen Blitzableiter. Und schließlich – Reinhardt begann es mit einer gewissen Überraschung zur Kenntnis zu nehmen – brauchte man auch ein bißchen Bewunderung. Es war eben nicht genug zu wissen, daß man im Rahmen des großen Vorhabens der ganzen Volksgemeinschaft seine Pflicht tat. Auch die Männer, die im Apparat der Geheimen Staatspolizei arbeiteten, verlangten nach Anerkennung. Das Baby gab ihm ein wohltuendes Gefühl des Anerkanntwerdens. Doch mußte man ihn mit Strenge behandeln. Sonst erlaubte er sich Vertraulichkeiten, die man nicht dulden durfte.
Kriminaldirektor Reinhardt brach den Gedanken ab, ärgerlich auf sich selbst.
Er stand auf und trat zum Fenster seines Arbeitszimmers. Unten, vor dem Eingang zum Gebäude, ging der stahlbehelmte Wachposten auf und ab. Menschen eilten vorüber, niemand wagte stehenzubleiben, sich umzublicken, zu sprechen. Mit Genugtuung

stellte Reinhardt fest: Wir sind gefürchtet.
Er kehrte an seinen Schreibtisch zurück und begann die Akte Glasenapp zu bearbeiten.
Die persönlichen Daten waren knapp und ergaben nicht viel. Geboren 1909 in Mainz, Volksschule und Gymnasium in Mainz. Universität in Köln und Heidelberg – studierte Philologie. Dann Lehrer an der Höheren Mädchenschule in Mainz. Mitglied der Nationalsozialistischen Partei seit 1934. Lehrgang für Reserveoffiziere. 1938 zum Leutnant d. R. befördert. 1939 mobilisiert und seither im aktiven Dienst. Besatzungsdienst – Tschechoslowakei, Polen, Norwegen, Frankreich. Vom Frontdienst zurückgestellt: schwache Augen, Plattfüße.
Bekam wahrscheinlich nicht genug Kalk zu fressen im ersten Weltkrieg, dachte Reinhardt.
War er verheiratet? – Nein. Auch keine unehelichen Kinder. Na ja, die Männer gestehen das auch nicht gern ein, obwohl wir versuchen, ihnen ein bißchen Stolz einzuflößen, wenn sie den Anstoß zur Schaffung eines zukünftigen Soldaten gegeben haben.
Mal sehen, was sonst noch da ist. Soldbuch. Geld: zwei Mark, fünfundvierzig Pfennige, ein paar Tschechenkronen – die Sache passierte, bevor es Löhnung gab. Ein Ausschnitt aus einer Zeitung: Abiturientenfeier an der Mainzer Höheren Mädchenschule. Auch ein Andenken! Wie wenig der Mensch doch auf dieser Erde hinterläßt . . .
Wahrscheinlich haben sie ihn an seiner Höheren Mädchenschule schon längst vergessen.
Und hier ist der Brief, den das Baby erwähnt hat. Ein Brief, der nie fertiggeschrieben und nie abgeschickt wurde – und der vielleicht die einzig brauchbare Spur ist, auf der wir uns in den Fall hineintasten können.
Reinhardt las langsam und gründlich.

Liebste Milada! Ich bin in ziemlicher Verzweiflung, was Du schon aus der Tatsache ersiehst, daß ich Dir überhaupt schreibe, nach dem, was zwischen uns geschehen ist. Ich weiß, was Du empfinden mußt, und ich versichere Dich, daß ich in der besten Absicht gehandelt habe. Was hätte ich sonst denn tun können? Konnte ich ihn zurückbringen?
Ich war jedoch unendlich deprimiert bei dem Gedanken, daß Du so ganz ohne Hoffnung sein solltest. Wie dumm von mir, nicht vorauszusehen, daß Du eines Tages doch die Tatsachen erfahren würdest. Ja, und wenn Du mich auf Herz und Nieren prüfst – ich müßte Dir gestehen, ich habe es schon damals vorausgesehen.
Aber Dir die Hoffnung zu erhalten, war meine einzige Rechtferti-

gung, um überhaupt mit Dir zusammenzukommen. Und Du warst mir nach und nach für mein Leben so wichtig geworden, daß es sich nur schwerlich beschreiben läßt. Mein Leben war nicht mehr so leer.
Und jetzt ist all dies vorbei. Ich habe nicht einmal das Recht, Dich zu bitten –

Reinhardt trommelte ungeduldig auf den Schreibtisch, einen Marsch. Der Brief gefiel ihm ganz und gar nicht. Die Sache roch nach Selbstmord. Andererseits waren die paar Worte doch ein zu schmaler Ausschnitt aus dem Leben und den Erfahrungen eines Mannes, um so viel auszusagen. Um die ganze Geschichte zu rekonstruieren, dachte Reinhardt, müßte man wissen, worauf sich der Tote bezog.
Der Brief hatte über zwölf Stunden mit Glasenapp im Wasser gelegen. Gut hatten sie gearbeitet im Laboratorium bei der Wiederherstellung und Entzifferung des Textes. Mit einem durchweichten Stück Papier als einzigem Anhaltspunkt – es konnte eine ganz reizvolle Aufgabe sein, vielleicht. Reinhardts Polizistengehirn begann zu arbeiten, es schaltete fast automatisch. Er mußte nur ganz entspannt sein und seinen Gedanken freien Lauf lassen. Lange Jahre Praxis auf diesem Gebiet trugen ihre Früchte.
Er nahm sich das Foto des Leutnants Glasenapp vor, das das Baby von den Wehrmachtsonkels besorgt hatte. Er schloß die Augen halb und ließ die Gesichtszüge des Toten auf sich wirken, wobei er langsam in jeden Winkel, jede Rundung dieses Gesichtes eindrang. Wenn es einem gelang, sich den Mann lebendig vorzustellen, würde man beurteilen können, wie er agiert und reagiert haben mußte – wie er sich räusperte und wie er spuckte. Und damit war man schon ein Stückchen weiter.
Aber es war eine schlechte Aufnahme. Glasenapps Brillengläser hatten das Blitzlicht des Fotografen zurückgeworfen; es waren keine Augen zu sehen auf dem Bild, nur zwei leere, weißlich schimmernde Kreise. Vielleicht war aber gerade dieser ironische Zufall typisch. Denn das ganze Gesicht war eines von jenen, die man Mühe haben würde wiederzuerkennen, auch wenn man dem Mann ein dutzendmal begegnet war. Das Durchschnittsgesicht eines Durchschnittsmenschen. Der Mützenschirm verdeckte die Stirn fast gänzlich. Die Backenpartie, schien es, sagte noch am meisten über ihn aus – die hagere Haut zwischen Augenknochen und Kinnbacken war von den Schatten einer Menge Pusteln gemustert. Blasse Lippen, ohne Charakter, aber ein gut geformtes Kinn.
Was konnte einem solchen Menschen schon passieren? Wer sollte

ein Interesse daran haben, ihn loszuwerden? Aus welchen Gründen?
Er beschloß, bei den Wehrmachtsonkels anzurufen. Die Verbindung zu Major Grauthoff beim Divisionsstab wurde hergestellt, und nach dem üblichen Palaver über das gegenseitige Wohlergehen fragte er:
»Sagen Sie mal, Herr Major – ich habe da eine Sache. Es handelt sich um diesen unangenehmen Fall Glasenapp. Was hat der Bursche eigentlich gemacht? Dienstlich, meine ich. Hat er viel Gelegenheit gehabt, mit der hiesigen Bevölkerung in Konflikt zu kommen?«
Die Stimme am anderen Ende des Drahtes, die ganz froh und zuversichtlich geklungen hatte, veränderte sich und wurde bitter.
»Tja, mein lieber Herr Kriminaldirektor – Sie wissen doch, daß wir alle hier nicht gerade beliebt und geschätzt sind.«
»Weiß ich!« Daß die Leute bei der Wehrmacht immer so schwerfällig waren! »Wir sind auch nicht zum Zwecke der Verbrüderung in Prag. Aber der Glasenapp – hat man ihn vielleicht für besonders unangenehme Sachen eingesetzt?«
»Nicht daß ich wüßte. Der übliche Betrieb. Hier und da mal eine Schlange vor irgendwelchen Läden auseinanderjagen, Wachdienst, bei Tag oder bei Nacht – langweiliges Zeug.«
»War er bekannt als – nun, sagen wir – rigoros?«
Major Grauthoff murmelte etwas. Dann wurde seine Stimme wieder klarer. »Rigoros? – Sie meinen brutal? Nein, würde ich nicht sagen. Eher das Gegenteil. Seine Kameraden meinten, daß er doch mehr ein weicher Mensch gewesen ist.«
Reinhardt zögerte einen Augenblick. Was gab es sonst, weswegen er bei dem Major nachfragen könnte? Nichts weiter. Da drüben wußten sie ebensowenig wie er über Glasenapp.
»Also – schönen Dank, Herr Major. Wenn ich mal etwas für Sie tun kann, Sie brauchen nur anzuklingeln. Heil Hitler.«
Er hörte das leise Klicken, das kam, wenn der Hörer am anderen Ende aufgelegt wurde. Der Major, schien es, fand kein besonderes Vergnügen daran, mit der Gestapo zu verhandeln. Drüben beim Wehrmachtsstab waren sie wohl der Meinung, man tue am besten, die Affäre Glasenapp so rasch wie möglich zu vergessen. Staub darüber aufzuwirbeln könnte höchstens noch ein paar Tschechen auf dumme Gedanken bringen, wie leicht es nämlich wäre, deutsche Offiziere einzeln oder gruppenweise zu liquidieren.
Reinhardt zog eine Grimasse. Niemand liebt es, sein Leben zu riskieren, wenn er in angenehm ruhiger Stellung sitzt. Draußen im Felde würden sie wahrscheinlich ihren Mann stehen und kämp-

fen, aber hier haben sie alle eine höllische Angst vor dem Feind, der im Dunkeln lauert. Sehen konnten sie ihn nicht, fassen konnten sie ihn nicht – und doch war er da; nur spürte man ihn meistens erst, nachdem er zugeschlagen hatte.

Drüben beim Divisionsstab neigten sie zu einer Taktik der Besänftigung, elende Idioten! Sahen sie denn nicht, daß jedes Zeichen von Schwäche die Tschechen nur noch verbockter machte? Schlagt sie, schlagt sie zu Boden, damit sie den Kopf auch nicht um einen Zentimeter erheben – dies, und nur dies, war die einzig angebrachte Politik.

Reinhardt schlug die Beine übereinander. Seine Gedanken lösten sich von den äußeren Umständen und konzentrierten sich auf die eigentlichen Elemente des Falles. Zwar drängten sich noch ein paar Nebensächlichkeiten ein. Da war, zum Beispiel, sein Knie und wie das schwarze Tuch seiner Reithose dieses Knie so schön stramm und fest umschloß. Dann verschwamm all das immer mehr, und statt seines Arbeitszimmers tauchte ein anderes Bild auf: Glasenapp.

Glasenapp schien sich zu bewegen, langsamen Schritts, fast ohne die Füße vom Boden zu lösen. *»Ich war jedoch unendlich deprimiert . . .«*, sagte er in seiner weichen, waschlappigen Art, *». . . daß Du so ganz ohne Hoffnung sein solltest.«*

Reinhardt spürte kein Mitleid, er verachtete ihn.

»Und Du warst mir nach und nach für mein Leben so wichtig geworden, daß es sich nur schwerlich schreiben läßt.«

Krank bist du, mein bester Glasenapp, krank im Kopf, im Herzen, im Gemüt, und es ist eine Schande, daß ich mir deinetwegen überhaupt Gedanken machen muß.

»Mein Leben war nicht mehr so leer . . . Und jetzt ist all dies vorbei. Ich habe nicht einmal das Recht, Dich zu bitten . . .«

Um was zu bitten? Und wen zu bitten? Ich muß das wissen! Wir werden deinen blutlosen grinsenden Mund schon aufkriegen!

Also schön, du willst nicht sprechen. Du bist für immer verstummt. Macht auch nichts. Wir werden auch ohne deine lächerlichen Gedanken und dein verzweifeltes Gerede auskommen.

Wir werden die Fäden einfach aufgreifen, wo du sie fallengelassen hast.

Reinhardt griff nach einem Bogen Papier und begann zu schreiben:

1. Wer ist Milada? – Erkundigungen einziehen bei anderen Offizieren.
2. Was hat sich zwischen Milada und Glasenapp ereignet? – Milada offensichtlich tschechischer Name. Beziehung, welcher Art auch immer, gegen Dienstvorschrift. Drohte Erpres-

sung? Unwahrscheinlich, da Mädchen sich auch selbst belasten würde. Außerdem erwähnt er seine »besten Absichten«. Was tat er mit besten Absichten?

3. Unternahm er Versuch, »ihn« zurückzubringen? Wer ist dieser »er«? Wie ist dieser »er« ursprünglich verschwunden und wohin? War Glasenapp in irgendeiner Weise verantwortlich für das Verschwinden dieses »er«? Glasenapp – oder andere Deutsche?
4. Eines Tages würde sie die Tatsachen sowieso erfahren – Tatsachen in Verbindung mit dem Verschwinden von »er«? Wahrscheinlich – doch nicht klar genug für endgültige Schlußfolgerungen.
5. Rest der Geschichte ziemlich offensichtlich. G. benutzt seine besten Absichten als ein Mittel, um mit M. zusammenzukommen. Leben gewinnt neue Bedeutung ...

Reinhardt schob das Blatt, das jetzt von oben bis unten mit seinen präzisen, scharfen Schriftzügen bedeckt war, von sich.

So etwas Blödes! Hätte Glasenapp sich wie ein Mann benommen und nicht wie ein winselnder Köter, so brauchte man sich jetzt nicht zu bemühen. Aber würde man wirklich so viel Mühe anwenden müssen? Schließlich mußte man ja nur diese Milada finden und sie gründlich verhören, und man hatte die Lösung.

Die Lösung, soweit Milada betroffen war.

Was er jetzt zu entscheiden hatte, war, ob Glasenapps Tod überhaupt mit der Angelegenheit Milada zusammenhing.

Zunächst war er nicht abgeneigt, die Annahme gelten zu lassen. Natürlich bestand immer die Möglichkeit, daß andere, außerhalb dieses Verhältnisses stehende Kräfte im Spiel waren – aber die Wehrmachtsonkels hatten extra betont, daß Glasenapp weder wichtig noch irgendwie an exponierter Stelle gewesen war. Die Auskunft von Major Grauthoff deckte sich mit dem Eindruck, den Reinhardt durch den Brief und das Foto des Leutnants gewonnen hatte.

Es war höchst unwahrscheinlich, daß der Feind im Dunkel ausgerechnet diesen belanglosen Hohlkopf für einen so dramatischen Tod ausersehen hatte.

Ein gründliches Vergleichen von Für und Wider, ein sorgfältiges Abwägen beider Seiten der Frage mußte für Reinhardt ergeben, daß Glasenapp auf eigenen Wunsch und eigene Initiative aus dieser Welt geschieden war.

Glasenapp hatte Selbstmord begangen.

Oder vielleicht war er besoffen gewesen und einfach in den Fluß gefallen und hatte es aufgegeben, um sein Leben zu kämpfen, weil er dieses Leben satt hatte.

Widerlich. Widerlich einfach.
Reinhardt war enttäuscht. Das war nichts, worin man sich verbeißen konnte. Ein Vorgang, der bald in staubigen Archiven vergessen sein würde. Ein paar kurze Notizen in der Zeitung. Sogar weniger noch als das – eine Schande für Deutschland! Deutsche Offiziere, die sich selber umbrachten!
Die Verwandten des Mannes in Deutschland mußte man überwachen lassen. Fälle solcher Art wirbeln immer unangenehmen Staub auf im Lande. Totschweigen lassen, das war am praktischsten.
Warum nur konnte Glasenapp nicht ein Held gewesen sein! Warum konnte er nicht den Heldentod gestorben sein vorm Feinde!
Reinhardt richtete sich auf.
Ja – warum eigentlich nicht? sagte er nachdenklich vor sich hin.
Es gab nicht einen vernünftigen Grund dagegen.
Man mußte ihn zum Helden machen.
Schließlich war der Feind Wirklichkeit. Und der Feind war immer nahe, lauernd im Dunkeln.
Und wer wollte das Gegenteil behaupten? Höchstens das Baby – und das Weibsstück, die Milada. Das Baby würde sich hüten, Fragen zu stellen. Und Milada – Milada würde froh sein, wenn niemand sie behelligte, und würde den Mund halten, wenn man ihr klarmachte, was ihr sonst geschehen würde.
Also endlich eine Theorie, mit er man weiterkam! Er hatte dem Baby Krach geschlagen, weil der einfach blindlings mitgeschleppt hatte, was an dem Donnerstag abend in der Parnaß-Bar gewesen war. Viel zu plump, aber jetzt konnte es nützlich werden. Nicht nur standen all diese Leute unter Verdacht – man konnte sie auch ganz großartig als Geiseln verwenden.
Einen oder mehrere von ihnen konnte man in der Mordsache Glasenapp als Mittäter auftreten lassen.
Und einen von ihnen konnte man vielleicht sogar zum Mörder ernennen!
Was für großartige Propagandamöglichkeiten! Plakate an allen Straßenecken der Stadt – 30000 Kronen, ach was, 50000 Kronen Belohnung für den oder die, welche Auskunft geben konnten, die zur Dingfestmachung der niederträchtigen Mörder des Leutnants Glasenapp führte, der in der Nacht zum Donnerstag, dem 9. Oktober 1941, in oder in der Nähe der Bar des Café Parnaß in Prag meuchlings umgebracht worden war.
Zwanzig Geiseln werden innerhalb einer Woche standrechtlich erschossen werden, wenn der oder die Mörder den Behördern nicht ausgeliefert werden oder sich diesen nicht selbst stellen...

Reinhardt ging auf und ab, sein Gesicht von Erregung gerötet, schnippte mit den Fingern und hielt Selbstgespräche.
Dann griff er hastig nach einem neuen Bogen Papier und schrieb, sich über den Schreibtisch beugend, den ersten Entwurf der Bekanntmachung nieder. Dann klingelte er.
Das Baby trat geräuschvoll ein.
»Lassen Sie das durchsehen und sofort zum Druck geben«, befahl Reinhardt. »Verteilung durch Anschlag an Mauern und alle Plakatsäulen.«
Das Baby brannte offensichtlich darauf, den Wisch zu lesen.
»Na, tun Sie sich bloß keinen Zwang an!« gestattete Reinhardt gutmütig.
Er beobachtete das Baby, dessen Augen langsam den Zeilen folgten.
»Gestatten, Standartenführer, aber das ist wieder mal großartig«, sagte das Baby tief beeindruckt. »Wie Sie so feststellen, daß der ermordet worden ist! Nachdem wir den Brief von Glasenapp entziffert hatten, hätte ich eine ganze Kiste Pilsner gewettet, daß er sich selber umgebracht hat.«
Reinhardt lächelte. Wenn er lächelte, zeigte er sein Gebiß.
»Sie müssen da noch einiges lernen, Gruber. Bei unserer Arbeit kommt es immer auf die Wirkung an. Denken Sie mal darüber nach. Und jetzt beschaffen Sie mir die Liste der Leute, die Sie in der Sache Glasenapp verhaftet haben.«
»Sie werden sie erschießen lassen?« fragte das Baby.
»Nicht sofort. Ich möchte gern sehen, wie sich die Angelegenheit weiterentwickelt. Ich bin da selber neugierig. Ich habe einen Freund, der in unserer Pariser Dienststelle arbeitet, Murtenbacher heißt er – Sie haben vielleicht von ihm gehört.«
Das Baby nickte.
»Murtenbacher hat mir mal erzählt, daß diese Fälle mit Geiseln oft ganz überraschende Wendungen zeitigen. Murtenbacher berichtet auch von dem äußerst unterschiedlichen Verhalten seiner Geiseln, was ihn sehr fasziniert hat. Das ist so eine Liebhaberei von ihm, aber er hat es genau studiert. Ich glaube, er hat sogar einen Artikel darüber geschrieben, im ›Schwarzen Korps‹. Gelegentlich, wenn Sie Zeit haben, können Sie mal nachlesen. Und jetzt die Liste, bitte.«
»Jawohl!« Das Baby schoß aus dem Zimmer und war in so kurzer Zeit zurück, daß Reinhardt sich veranlaßt fühlte zu fragen: »Sie haben die Papiere wohl parat gehalten? Hatten Sie erraten, daß ich sie brauchen werde?«
Das Baby antwortete nicht gleich. Er machte kein sehr glückliches Gesicht.

»Heraus mit der Sprache! Was ist los?«
»Vielleicht sollte ich's Ihnen lieber sagen«, begann Gruber junior und trat von einem Fuß auf den anderen. »Einer der Verhafteten ist nämlich unglücklicherweise ein sehr großer Mann hierzulande. Er hat auch die ganze Zeit treu und brav mit uns zusammengearbeitet. Ich habe das erst entdeckt, als wir bei uns im Büro die Personalien aufnahmen. Noch dazu hat er ganz hübsch Prügel gekriegt von unseren Leuten, weil er eine dicke Lippe riskiert hat. Aber wie soll man so was vorher wissen!«
Reinhardt holte tief Atem. »Ich wünschte, Sie drückten sich nicht so gewunden aus. Wollen Sie mir nun bitte endlich mitteilen, wer der Mann ist?«
Verängstigt legte das Baby Reinhardt die Liste vor und zeigte mit dem Finger auf den Namen. »Ich dachte schon, ich könnte ihn still und leise laufenlassen, aber dann haben Sie den Fall selber übernommen, und ich hatte das Gefühl, daß Sie da lieber selber entscheiden würden ...«
Reinhardt stieß den stumpfen Finger des Babys zur Seite.
»Lev Preissinger, Generaldirektor, Böhmisch-Mährisches Kohlensyndikat«, las er.
»Bei Gott!« sagte er schneidend. »Es wäre besser, Sie überließen es mir, Entscheidungen zu treffen. Habe ich Ihnen nicht immer gesagt, daß es plump ist, einfach wild darauflos zu verhaften? Haben Sie denn kein Gehirn in Ihrem dicken Schädel? Alles, aber auch alles ist jetzt verdorben!« Dann hatte er sich wieder in der Gewalt. Er sah, wie der ganze zu groß geratene Bursche vor ihm zitterte.
»Was zittern Sie denn?« fragte er scharf,um seine innere Belustigung zu verbergen.
Das Baby sagte: »Wenn Sie gestatten, möchte ich Sie bitten, mich nicht strafzuversetzen. Ich möchte so gern hierbleiben. Ich möchte das wiedergutmachen. Ich möchte hierbleiben ...« Seine Stimme wurde immer schwächer und erstarb schließlich ganz.
Reinhardt begann zu verstehen. Dieser Klotz von Mensch hatte Angst vor dem Sterben, furchtbare Angst. Er hatte Angst, daß man ihn zur Front abschieben würde und daß er dort fallen würde wie so viele andere auch.
»Was mit Ihnen geschieht, werde ich später entscheiden«, ließ sich Reinhardt vernehmen. »Weggetreten!«
Gruber junior zog ab, schwer angeschlagen.
Soll er ruhig eine Weile knabbern, dachte Reinhardt, wird ihm nur guttun. Hübsch fügsam wird es ihn machen. Wie ein Hündchen wird er parieren, sobald es ihm in Leib und Seele übergegangen ist, daß sein ganzes Leben von mir abhängt.

Er rieb sich die Hände.
Dann jedoch kehrten seine Gedanken zu der bedauerlichen Tatsache zurück, daß sich unter den Verhafteten des Glasenapp-Falles dieser bekannte und bedeutende tschechische Industrielle befand. Er war zwar nicht in allen Einzelheiten über den Mann unterrichtet, aber er hatte genug gehört, um zu wissen, daß Lev Preissinger häufig nach Berlin fuhr, um persönlich mit einflußreichen deutschen Stahl- und Kohleleuten zu verhandeln. Auch hatte er gelesen, daß Preissinger auf einer Konferenz über die neue gesamteuropäische Wirtschaftsordnung oder so etwas ähnliches gesprochen hatte. Reichswirtschaftsminister Funk hatte auf dieser Konferenz den Vorsitz geführt, und Reinhardt wußte, was Funk billigte, ging gewöhnlich durch. Und schließlich war das gesamte Böhmisch-Mährische Kohlensyndikat damit beschäftigt, den Bestellungen der deutschen Regierung nachzukommen.
So einen Bockmist anzurichten! Beim Kohlensyndikat setzten sie jetzt wahrscheinlich Himmel und Hölle in Bewegung, um festzustellen, wo sich ihr geliebter Generaldirektor befand. Die Telegramme nach Berlin dürften sich wohl nur so häufen. Ein Glück, daß er noch nichts an die Presse gegeben hatte.
Vielleicht hatte das Baby recht. Wenn man Preissinger schön ruhig mit einer Entschuldigung entließ, in der eine Drohung geschickt mitklang, würde der Tscheche darauf verzichten, Krach zu schlagen.
Aber ganz sicher war sich Reinhardt dessen nicht.
Wahrscheinlich würde man die vertrackte Angelegenheit mit all ihren Komplikationen eben doch dem Protektor vortragen müssen. Denn selbst als Sicherheitsbeauftragter hatte Reinhardt nicht genug Gewicht, um autoritativ zu einem Mann in Preissingers Stellung sprechen zu können. Heydrich dagegen, der Reichsprotektor in Prag, mit der ganzen großen Macht der deutschen Regierung hinter sich und selbst einer der höchsten Funktionäre der Geheimen Staatspolizei, konnte sämtliche Preissingers der Welt nach seiner Pfeife tanzen lassen.
Reinhardt sah nach der Uhr. Es war nicht ganz fünf. Wenn er sich beeilte, würde er den Protektor mit ziemlicher Gewißheit noch in seinem Büro finden. Vor sechs Uhr verließ Heydrich seine Arbeitsräume im Hradschin nur selten. Und selbst wenn er schon fort wäre, wußte Reinhardt doch, welche Kunstgattung der Protektor zur Zeit bevorzugte und wo sich die Wohnung der Dame befand.
Reinhardt nahm sein Koppel vom Haken und schnallte es sorgfältig um. Er strich zärtlich über das glänzende Lederfutteral, in dem sich seine stets schußfertige Pistole befand. Er ging nie ohne Waffe

aus. Das war schon in Deutschland sein Grundsatz gewesen, und hier in Prag war es bittere Notwendigkeit. Zu gut hatte er die Blicke beobachtet, mit denen die Leute seine schwarze Uniform ansahen.
Vor dem Spiegel in der Ecke setzte er sich seine Mütze auf, korrekt und sorgfältig, Schädel und gekreuzte Knochen mußten genau über der Mitte der Stirn sein, obwohl die Mütze ein wenig schief saß, so daß der Gesamteindruck Strenge verbunden mit einer gewissen Flottheit war.
Dann verließ er mit langen Schritten sein Büro.
Unten an der Ecke wartete sein Wagen. Moenkeberg, sein Fahrer, nahm Haltung an.
Reinhardt sog die klare Luft des Oktobernachmittags ein. Auch in Prag, dachte er plötzlich, mochte sich leben lassen – in Friedenszeiten natürlich.
»Zum Hradschin«, sagte er, »Palais des Reichsprotektors.«
»Jawohl!«
Moenkeberg öffnete die Tür der großen schwarzen Limousine. Mit einem Seufzer der Erleichterung sank Reinhardt in den weichen, bequemen Sitz.
Obwohl er einer unangenehmen Unterredung mit Heydrich entgegensah, fühlte er sich sonderbarerweise wohl. War es die Luft, die mehr nach Frühling als nach Herbst duftete? War es, daß er den ruhigen, tüchtigen, aufs Wort gehorchenden Moenkeberg mochte, einen der wenigen Menschen, auf die man sich wirklich verlassen konnte?
Er hatte den Moenkeberg stets mitgenommen, wohin er auch immer versetzt wurde. Im Jahre 1931 waren sie einander zuerst begegnet, in Hannover, wo Moenkeberg, ruhig und tüchtig, der Republik während des Tages als Verkehrspolizist diente und während der Nacht Nazipropaganda verteilte. Reinhardt selbst war damals Chef der Kriminalpolizei gewesen und hatte kraft seines Amtes einen Haufen nützlicher Informationen über Funktionäre der Gewerkschaften und der Sozialdemokratischen und Kommunistischen Partei gesammelt. Gleichzeitig intrigierte er gar nicht ungeschickt gegen den Polizeipräsidenten, der ein Mitglied der Staatspartei war und immerzu betonte, daß man jedem gegenüber »objektiv« sein müsse. Reinhardt lächelte in Erinnerung an den kleinen Mann, der, wenn er schon gezwungen war, ein paar Nazis zu verhaften, sich nicht glücklich fühlte, bis er eine gleiche Anzahl Kommunisten eingelocht hatte. Er war eben objektiv. Und dann sorgte Reinhardt dafür, daß die Nazis ohne viel Lärm entlassen wurden; die Kommunisten bekamen Gefängnisstrafen.

Später, im Jahre 1934, war er dem Polizeipräsidenten von Hannover wieder begegnet. Der kleine Mann hatte seinen kleinen Schmerbauch verloren, der kleine runde Kopf war ihm kahl geschoren worden, und seine Hände zitterten. Das war im Konzentrationslager Oranienburg gewesen. Der Expolizeipräsident marschierte mit einer ganzen Horde von Leuten ins Moor, zum Torfstechen. Er schien Reinhardt nicht wiederzuerkennen, seine Augen starrten geradeaus – kleine, farblose Augen.
Zu der Zeit war Reinhardt schon damit betraut, besonders schwierige und wichtige politische Gefangene zu verhören. Bei so einer Arbeit war man immer auf der Achse, und Moenkeberg hatte sich als außerordentlich nützlich erwiesen, da er ebensogut chauffieren wie bei der Erzwingung von Geständnissen mithelfen konnte. Gemeinsame Erlebnisse dieser Art schaffen Bindungen zwischen Männern.
Reinhardt fuhr gern durch die Stadt. Über Moenkebergs breiten Rücken hinweg konnte er die alten Häuser Prags vorbeihuschen sehen. Moenkeberg fuhr immer mit überhöhter Geschwindigkeit. Und das, obwohl er die Dienstsirene kaum benutzte. Er wußte, daß ihr scharfes Heulen Reinhardt auf die Nerven ging. Das Fähnchen, das über der Kühlerhaube der Limousine flatterte, genügte gewöhnlich, um andere Wagen zu einem respektvollen Halt zu zwingen und die Fußgänger auf den Fußweg zurückzuscheuchen.
Sie näherten sich bereits der Karlsbrücke. Die Häuser der Prager Altstadt blieben hinter ihnen zurück. Die Reifen der Limousine sangen auf dem glatten Asphalt der Brücke.
Rechts jetzt das goldene Kruzifix.
Reinhardt wußte sehr gut, was es damit auf sich hatte. Es war notwendig, die Geschichte der Städte und Länder zu kennen, in die einen der Dienst verschlug. Irgendein Jid, noch im Mittelalter war das gewesen, war über die Brücke gegangen und hatte, als er an dem Kruzifix vorbeikam, vor unserm Herrn und Erlöser ausgespuckt. Der Jid wurde erledigt. Und die ganze jüdische Gemeinde wurde verurteilt zu zahlen, in Gold, genug um das Kruzifix von oben bis unten zu vergolden.
Die Anekdote war nicht ohne Reiz. Aber was für Amateure waren die damals gewesen! Mit einem Lächeln dachte Reinhardt an die viel wirkungsvolleren Methoden, die in den letzten Jahren entwickelt worden waren, um den Juden ihre Besitztümer abzuknöpfen.
Durch den großen gotischen Bogen am Ende der Karlsbrücke gelangte der Wagen aufs linke Ufer der Moldau, in die »Kleinseite« der Stadt, wo die engen Gäßchen sich in gefährlichen Kurven

emporwinden zum Gipfel des Hradschin, auf dem sich das Schloß, der Dom und zahlreiche Amtsgebäude befinden.
Moenkeberg kannte seinen Weg, und nach unglaublich kurzer Zeit fuhren sie an den salutierenden Wachposten vorbei und durch das breite Tor des Barockpalais, in dem der Reichsprotektor seine Diensträume und sein Appartement hatte. Früher war das die Residenz der Präsidenten der Tschechoslowakischen Republik gewesen. Aber Präsident Dr. Hacha, der sowieso nur eine Marionette gewesen war und jetzt das einsame Leben eines kranken und gebrochenen Mannes führt, brauchte wirklich kein Palais mehr. So hatte man ihn exmittiert.
Reinhardt betrat das Palais und ging langsam die Treppe hinauf. Er war von seinen Gedanken in Anspruch genommen. Es würde gar nicht leicht sein, Heydrich reinen Wein über den Fall einzuschenken. Bei mehr als einer Gelegenheit hatte Reinhardt beobachtet, wie reizbar der Mann war. Der Protektor war ein Mensch, der rasche Entscheidungen liebte. Und sogar wenn diese Entscheidungen verkehrt waren, achtete er darauf, daß sie bis zum i-Tüpfelchen durchgeführt wurden. Die Fehler anderer Leute dagegen bestrafte er rücksichtslos, und Meinungen, die von seiner eigenen abwichen, zog er nur ungern in Betracht.
Reinhardt hatte bisher Glück gehabt und das Mißfallen des Protektors noch nie erregt. Im Grunde hing alles von der Stimmung ab, in der er seinen Vorgesetzten finden würde.
Reinhardt brauchte nicht lange im Vorzimmer zu warten. Ein todschick uniformierter Adjutant erschien und geleitete ihn ins Allerheiligste des Protektors.
Von den Fenstern dieses Raumes hatte man einen wunderbaren Ausblick über die Stadt, über ihre leuchtenden Dächer und ihre vielen alten Türme. Heydrich stand an einem dieser Fenster, seine lange knochige Figur silhouettenhaft schwarz gegen das letzte Licht des Tages.
Reinhardt schlug die Hacken zusammen.
Der Protektor rührte sich nicht. Der Adjutant war verschwunden, lautlos hatte sich die Tür hinter ihm geschlossen.
Er schauspielert, dachte Reinhardt. Eindruck will er schinden. Ich werde mich hüten, den ersten Zug zu machen.
Dann begann Heydrich zu sprechen, langsam, mit tiefer, dröhnender Stimme.
»Treten Sie näher, Standartenführer«, sagte er, »ich möchte Ihnen etwas zeigen.«
Reinhardt beeilte sich dienstbeflissen, dem Protektor Gesellschaft zu leisten.
Heydrich deutete oberlehrerhaft über die Stadt und ließ seinen

Zeigefinger über sie schweifen.
»Hier am Fenster ist einer meiner Lieblingsplätze«, sagte er dröhnend. »Ich halte Ausblick. Was meinen Sie?«
Reinhardt erschrak. Was sollte das heißen? Was wünschte der Protektor von ihm zu hören?
Schließlich kam Reinhardt zu dem Entschluß, so unverbindlich wie möglich zu antworten.
»Eine herrliche Aussicht, Obergruppenführer – wirklich herrlich!«
Heydrich wandte sich um und blickte Reinhardt zum erstenmal ins Gesicht. Dann schüttelte er den Kopf. »Ach, ihr – ihr Polizisten!« sagte er. »Ihr habt kein Auge, keine Phantasie. Seht ihr denn nicht, daß all das da draußen symbolisch ist? Alles Großartige in dieser Stadt ist von Deutschen erbaut. Wir fordern nur zurück, was unsere Vorväter mit ihrem Blut und Schweiß geschaffen haben. Diese gotischen Kirchen, die zum Himmel ragen und nach den Sternen greifen! Das ist deutscher Geist. Sie verstehen?«
»Jawohl, Obergruppenführer«, sagte Reinhardt stramm, »ich verstehe. Ich habe nur nicht gewußt, daß Sie meine Meinung über bauliche Fragen zu hören wünschten, sonst hätte ich mich bereits geäußert.« Und dachte: Du großer Gott – redet der mit allen Leuten so? Der macht sich ja lächerlich!
Dann besann er sich darauf, daß Heydrich zu dem Kreise der unmittelbaren Vertrauten Hitlers gehörte. Vielleicht findet man dort Vergnügen an solchem Gerede, dachte er. Oder sie benutzen's zur moralischen Aufpulverung, die der Mensch schließlich von Zeit zu Zeit braucht. Vielleicht wirkt das bei ihnen wie eine Spritze – weiß der Kuckuck. Aber es wäre schon ganz interessant herauszufinden, was sie bewegt und treibt.
Reinhardt bekam Angst vor seinen eigenen Gedanken.
»Also – zur Sache!« sagte der Protektor plötzlich. Seine Stimme klang jetzt anders, beinahe schrill. »Ich nehme an, Sie haben mich nicht besucht, um meine Aussicht zu bewundern. Nehmen Sie Platz, wir müssen zur Sache kommen.«
Reinhardt war zutiefst dankbar, daß der Ton und die ganze Atmosphäre sich geändert hatten.
»Ich komme zu Ihnen in der Sache Glasenapp«, begann Reinhardt.
»Habe davon gehört«, unterbrach Heydrich. »Major Grauthoff von der Wehrmacht hat deshalb schon angerufen. Er möchte, daß die Angelegenheit unauffällig geregelt wird.«
»Ist das auch Ihre Meinung?« erwiderte Reinhardt.
»Ich habe bislang überhaupt keine Meinung. Ich möchte mir zunächst anhören, was Sie zu sagen haben. Jedenfalls scheint die

Sache ernst genug zu sein, daß man sich mit ihr beschäftigt.«
»Das ist sie bestimmt!« versicherte Reinhardt beflissen. »Schließlich kann man die kaltblütige Ermordung eines deutschen Offiziers doch nicht einfach durchgehen lassen?«
Heydrich wiegte den Kopf. »Sind Sie so sicher, daß er ermordet worden ist?«
Reinhardt ließ einen Moment verstreichen. »Das ist die Hypothese, nach der ich bisher vorgegangen bin.«
»Wieso haben Sie dann Bauchschmerzen?« fragte der Protektor. »Der Vorgang scheint doch klar zu sein. Finden Sie den Mörder, und wenn Sie ihn nicht finden können, veranlassen Sie, daß ein Exempel statuiert wird zu Nutz und Frommen der Bevölkerung, damit diese Welle von Terrorakten und Sabotage endlich aufhört.«
»Ich freue mich zutiefst, daß wir da übereinstimmen.« Reinhardt fühlte sich wirklich erleichtert. Er hatte schon gefürchtet, daß Major Grauthoff den Protektor irgendwie beeinflußt hatte, so daß sein ganzer schöner, sorgfältig durchdachter Plan durcheinander gebracht sein könnte. »Und doch besteht in diesem Zusammenhang ein ganz spezielles Problem, für dessen Lösung ich Ihre Hilfe in Anspruch nehmen muß.«
Der Protektor schien hellwach zu werden. »Dieser Glasenapp«, fragte er, »haben Sie da eine Theorie, warum er ermordet wurde?«
»Warum! Warum!« sagte Reinhardt mißmutig. »Unsere Leute werden umgelegt, einfach weil sie die glorreiche Uniform des Reiches tragen! Innerhalb der Bevölkerung gibt es Elemente, die auch vor den übelsten Verbrechen nicht zurückschrecken, nur um uns zu schädigen. Da sollen wir uns den Kopf zerbrechen, um noch andere Motive zu finden? Liegen denn die Tatsachen nicht deutlich genug auf der Hand?«
Heydrich schwieg. An sich interessierte ihn die Glasenapp-Sache nicht sehr. Und doch, dachte er, gab es irgendeine Komplikation dabei. Warum hatte Major Grauthoff wirklich bei ihm angerufen? Und warum machte sich jetzt dieser Bursche Reinhardt die Mühe, ihn extra aufzusuchen?
Reinhardt betrachtete das Schweigen des Protektors als einen Wink weiterzuerzählen. »Einer meiner Untergebenen hat alle Leute verhaftet, die sich zur mutmaßlichen Zeit der Tat am mutmaßlichen Tatort, dem Café Parnaß unten am Moldau-Ufer, befanden. Sie sitzen noch; sie können uns ausgezeichnet als Geiseln dienen, und ein paar von ihnen könnten sogar die Mörder sein. Aber zusammen mit ihnen wurde auch Lev Preissinger, der Generaldirektor des Böhmisch-Mährischen Kohlensyndikats, aufgegriffen.«

Reinhardt versuchte, die Gedanken des Protektors zu erraten. Aber Heydrichs Gesicht blieb unbewegt, nicht einmal seine Augenlider zuckten.
»Wenn wir jetzt den Mann gehenließen – ich hörte, er hat ziemlichen Einfluß in Berlin –, wenn wir also diesen Preissinger gehenließen, würde er quatschen. Er könnte uns die ganze Untersuchung verderben. Geiseln sind schließlich Geiseln. Und wenn es sich herumspräche, daß sich jemand aus einer Geiselsache herauswinden kann, dann würde das ganze System seine Wirksamkeit verlieren.«
Der Protektor nickte. »Ich habe bereits einen Brief des Kohlensyndikats bekommen. Man möchte dort gern wissen, wo sich Herr Preissinger befindet.«
»Mein Vorschlag ist, wir bringen den Mann auf geheimem Weg zu Ihnen«, sagte Reinhardt. »Wenn Sie mit ihm sprächen . . . Ihn mit dem Gewicht Ihres hohen Amtes beeindruckten . . . Ihm Befehl gäben zu schweigen! . . . Ihm klarmachten, daß er erledigt ist, wenn er auch nur einen Pieps von dem verlauten läßt, was ihm passierte . . .«
Heydrich blieb stumm. Eine Ewigkeit schien zu vergehen, bis er endlich fragte:
»Warum wollen Sie denn den Preissinger laufenlassen?«
Die Frage brachte Reinhardt aus dem Konzept. Seine Erfahrung war immer gewesen, daß es überall, selbst in den besetzten Ländern, nur zwei Arten von Menschen gibt: die Kleinen, mit denen man umsprang, wie es der Geheimen Staatspolizei notwendig erschien, und die Großen, die Besitz und Macht hatten und die man in Ruhe ließ, vorausgesetzt, daß sie einen nicht störten und bereit waren zu ersprießlicher Zusammenarbeit.
»Stimmt irgend etwas nicht mit Preissinger?« fragte er, der Logik seiner Gedanken folgend.
Der Protektor lächelte wohlwollend. »Was wissen Sie von der Vorgeschichte des Herrn Preissinger?«
»Wenig eigentlich«, gab Reinhardt zu. Er befürchtete, daß er in eine Falle hineinlief. »Ist er nicht mal Minister gewesen in der tschechischen Regierung?«
»Sehen Sie«, belehrte ihn Heydrich, in seiner herablassenden Art fortfahrend, »man muß sich immer gründlich informieren, bevor man etwas Entscheidendes unternimmt. Wenn Sie ihn hätten laufenlassen – das wäre doch sehr unangenehm gewesen, wirklich sehr unangenehm, für mich und« – fügte er vorsichtiger hinzu – »für andere. Unser Freund Preissinger ist durchaus kein dummer Mensch. Schon bevor wir nach Böhmen und Mähren kamen, war er einer der leitenden Leute in diesem Kohlensyndikat. Aber zu

der Zeit gehörte das Syndikat der Familie Petschek, reichen Juden, außerordentlich reichen Juden. Wir marschierten ein, die Petscheks zogen aus, und Herrn Preissinger gelang es, das kontrollierende Aktienpaket in der Holdinggesellschaft zu erwerben, die ihrerseits wieder über die Aktienmajorität des Syndikats verfügt.«
Reinhardt sah Licht.
»Wir haben ihn natürlich nie gefragt, wie er dazu kam«, sprach Heydrich weiter. »Wir interessieren uns nicht für solche Einzelheiten. Wir haben uns einfach an Preissinger gehalten, wenn wir etwas von dem Kohlensyndikat wollten. Wir wußten, der war uns sicher. Sie haben übrigens recht gehabt, als sie vorhin sagten, daß Herr Preissinger einmal Minister in der tschechischen Regierung war. Um es zu präzisieren, er befand sich im Kabinett zur Zeit des Münchener Abkommens. Und wir wissen, daß er die entscheidende Stimme abgab, als die Frage gestellt wurde, ob die Tschechen nun klein beigeben sollten oder nicht. Er hat da eine kleine Rede gehalten. Er hat gesagt: Wen möchten Sie, bitte schön, lieber im Lande haben – die Nazis oder die Rote Armee? ... Schon daraus können Sie ersehen, daß Herr Preissinger ein gescheiter Mann ist.«
»Sehe ich«, erwiderte Reinhardt, »und doch, entschuldigen Sie, ist mir unklar, warum Sie in Anbetracht seiner ganzen Vergangenheit ihn im Gefängnis behalten und – erschießen lassen wollen.«
»Ein bißchen Geduld, mein Bester!« Der Protektor gab sich wohlwollend. »Das Böhmisch-Mährische Kohlensyndikat führt beträchtliche deutsche Regierungsaufträge aus, woran auch beträchtlich verdient wird. Nun gibt es bei uns zu Hause einige sehr einflußreiche Leute, die der Meinung sind, daß man so viel Geld lieber nicht in die Taschen von Herrn Preissinger fließen lassen sollte. Man hält es für besser, wenn Möglichkeiten dieser Art verdienteren Herren – Deutschen – überlassen werden. Glauben Sie nicht auch?«
»Bestimmt«, versicherte Reinhardt.
»Es liegt daher im Interesse des gesamten deutschen Volkes, daß Herr Preissinger auf die schnellste und schmerzloseste Art seiner finanziellen Bürde entledigt wird. Ich gratuliere Ihnen, mein lieber Reinhardt, zu Ihrer glücklichen Hand. Ich nehme an, Sie werden die Angelegenheit sachlich und korrekt und kompromißlos zu Ende bringen, und ich glaube, ich werde durchsetzen können, daß Sie auch die entsprechende Anerkennung finden.«
Reinhardt fühlte sich froh und erleichtert. Alles war gerade noch mal glattgegangen – er konnte dem Protektor und des Protektors anonymen Freunden in Deutschland einen Dienst erweisen. Den

Glasenapp-Fall würde man ohne weitere Komplikationen abwikkeln, und er selbst würde befördert, ja sogar begütert werden. Er hatte das Bedürfnis, dem Protektor die Hand zu schütteln.
Aber Heydrich saß hinter seinem Schreibtisch, lang, knochig und abweisend. Reinhardt blieb daher bei seiner dienstlichen Haltung.
»Mir scheint«, sagte Reinhardt, »daß sich hier wirklich die Gelegenheit ergibt, allen Bevölkerungskreisen die sozialistische Seite des Nationalsozialismus zu demonstrieren. Wir werden ganz besonders betonen, daß vor unserem Gesetz alle gleich sind, der Arbeiter und der Kapitalist. Wir werden sie alle mit gleicher Gerechtigkeit behandeln – wenn wir den Mörder von Leutnant Glasenapp nicht finden, heißt das.«
Der Protektor erhob sich. Die Audienz war offensichtlich beendet. »Ich möchte nur noch erwähnen«, bemerkte er, »daß Sie sich dieses Auftrags mit der gleichen Gewissenhaftigkeit und Zuverlässigkeit entledigen werden, deren Vorhandensein in Ihrem Charakter Sie in der Vergangenheit so oft unter Beweis gestellt haben.«
Reinhardt nahm Haltung an. »Heil Hitler!« rief er fast jubelnd. Ein hohles Echo hallte von den Wänden des riesigen Raumes.

DRITTES KAPITEL

Dr. Walter Wallerstein war der erste von den fünf Mann in der Zelle, der wußte, daß sie sterben würden.
Der Gedanke kam ihm völlig unvermittelt, nachdem er die Nacht – seine zweite Nacht im Gefängnis – auf einer Pritsche mit Lobkowitz liegend verbracht hatte. Der kurze Schlaf war quälend und unerquicklich gewesen und hatte ihn nicht erfrischt.
Jetzt kroch das fahle Licht des neuen Tages durch das schmale eisenvergitterte Fenster. Ihre Zelle befand sich im Keller des Gestapo-Gebäudes, und das Fenster lag auf gleicher Höhe mit einem Hof, auf dem die ganze Nacht ein Wachposten in ewig gleichem Schritt auf und ab marschiert war. Der Takt dieser Stiefelabsätze auf dem Pflaster des Hofes hatte sich in Wallersteins Hirn eingegraben. In der Dunkelheit hatte er versucht, sich vorzustellen, wie der Rundgang des Postens verlief – von links nach rechts, dann querüber den Hof, dann entlang der gegenüberliegenden Wand, dann wieder zurück: ein Irrgarten.
Da – für den Bruchteil einer Sekunde konnte er die Stiefel des Postens sehen. Das war wenigstens etwas, besser jedenfalls als nur

das unablässige Tapp – Tapp – Tapp.
Und in diesem Augenblick kam ihm die Idee.
Vernunftgründe dafür hatte er nicht. Keiner von ihnen – weder Preissinger noch er selbst, noch sein Pritschennachbar Lobkowitz, noch der Schauspieler Prokosch und erst recht nicht dieser Janoschik –, keiner von ihnen war bisher zum Verhör geholt worden. Keiner von ihnen hatte eine Ahnung, welche Rolle ihnen hier zugeteilt war und wozu sie hier waren, und niemand sagte es ihnen. – Selbstverständlich sträubte sich Wallerstein gegen die Idee. Jede Zelle seines Gehirns sträubte sich dagegen. Aber die Idee blieb.
Er versuchte logisch zu denken. Zum ersten: Was haben wir denn getan? Nichts. Zum Zweiten: Was hätten sie denn davon, wenn sie uns umbrächten? Ebenfalls nichts.
Worauf er sich erwidern mußte: Was diskutierst du? Kannst du mit ihnen diskutieren? Sie sind deiner Art Logik nicht zugänglich. Wären sie es, sie säßen zu Hause in ihrem Deutschland. Stimmt, dachte Dr. Wallerstein. Also müssen wir sterben.
Wir bedeutete im Grunde *ich*. *Ich* muß sterben. Für Wallerstein lebten andere Menschen überhaupt nur insofern, als sie sich in seinen Sinnen widerspiegelten. Das machte ihn zwar einsam, aber er hatte gewußt, daß gerade in dieser Einsamkeit eine gewisse Größe lag.
Der Tod, der da kommen würde, erfüllte ihn mit Bedauern – vor allem, weil ein so unerhört empfindliches und verfeinertes Instrument wie Walter Wallerstein, Produkt tausender Jahre menschlichen Denkens, Lernens und Bemühens, verschrottet werden sollte. Wie dumm und töricht von ihnen! Banausen! Gefangener Nummer soundso würde zur Hinrichtung geführt werden und würde sterben, ohne eine bleibende Spur hinterlassen zu haben.
Er wandte den Kopf und betrachtete den jungen Lobkowitz, der in tiefem Schlaf lag, mit leicht geöffnetem Mund. Und auch dieser junge Mensch würde sterben – doch was für einen Unterschied machte es schon in dem großen Hauptbuch?
Aber er, der die Seele eines Menschen sezieren konnte mit ein paar Fragen? – Irgend etwas stimmte da nicht. Irgend etwas mußte geschehen, unternommen werden.
Er wurde in seinen Gedanken durch Lobkowitz unterbrochen, dessen Schlaf unruhig geworden war. Lobkowitz warf sich herum und begann zusammenhanglos zu murmeln.
Wallerstein konnte nur verstehen: »Dir werde ich's eintränken – Mörder – gottverfluchter, eingebildeter . . .«
Eine Stimme kam von der unteren Pritsche an der gegenüberliegenden Wand: »Ruhe da oben!« Das war Preissinger. Dann fing

Preissinger zu husten an, laut und gründlich, wie jemand, der daran gewöhnt ist, ein großes Zimmer für sich allein zu haben. »Morgen«, grunzte er schlecht gelaunt und manövrierte sich stöhnend in eine sitzende Position. Die Planken der Pritsche knarrten.
Er reckte sich und gähnte. »Ich habe scheußliche Kopfschmerzen, Doktor«, sagte er. »Was können Sie mir empfehlen?«
Wallerstein entschloß sich, nicht zu antworten. Der Mann erwartete, daß alle Welt ihm zu Diensten sei, wo auch immer, wann auch immer. Sollte er ruhig glauben, der Herr Doktor schliefe noch.
Aber Preissinger war hartnäckig. »He, Doktor Wallerstein!« flüsterte er, so daß jeder ihn hören mußte. »Schlafen Sie noch? Haben Sie nicht zufällig Aspirin bei sich?«
Lobkowitz war jetzt wach. Er starrte mit glasigen Augen auf die Planken über seinem Kopf, die den Boden der Pritsche bildeten, auf der der Schauspieler Prokosch lag.
Wallerstein nahm an, daß die anderen inzwischen auch wach geworden sein mußten, und gab sein Schweigen auf. »Meine Sprechstunde, Herr Preissinger, ist von drei bis fünf Uhr nachmittags. Ihr bißchen Kopfschmerz wird wohl kaum einen Hausbesuch erfordern. Wären Sie gescheit genug gewesen, unseren Gastgebern nicht zu widersprechen, so hätten die wahrscheinlich davon abgesehen, Ihnen eins über Ihren Dickkopf zu geben.«
Janoschik, der über Preissinger lag, grinste von seiner Pritsche herab. Sein dichter Haarschopf war zerzaust, er versuchte sich mit den Fingern zu kämmen.
»Ich hab einmal einen gewissen Rudolf Holub gekannt«, sagte er, an niemanden besonders gewandt. »Der wohnte in Nusle, und der hat auch jeden Morgen so scheußliche Kopfschmerzen gehabt. Er hat versucht, sie loszuwerden, indem er seine Frau prügelte. Manchmal hat das geholfen. Dann hat er angefangen, die Leute zu belästigen, indem er ihnen mitteilte, daß er in Wirklichkeit der Landwirtschaftsminister Blacek sei. Wie sie ihn gefragt haben, warum er dann nicht in seinem Büro wäre, hat er gesagt, dort säße ein Betrüger. Gott weiß, warum er sich auf den Landwirtschaftsminister versteift hat.«
Wallerstein begann sich zu interessieren. »Und was weiter?«
»Das möchte ich Ihnen lieber nicht erzählen«, antwortete Janoschik, »es könnte eine niederdrückende Wirkung haben auf Preissinger.«
»Erzählen Sie ruhig«, forderte Lobkowitz ihn auf, »der Blacek hat sowieso nichts getaugt. Ein eitler Trottel.«
»Also bitte, eines Tages haben sie den Holub abgeholt in einem Krankenwagen. Er soll sehr schön hineingepaßt haben in die

Zwangsjacke, hat man mir gesagt. Und wie er gestorben ist, soll sein Gehirn so weich gewesen sein, daß es in seinem Schädel nur so gegluckert hat. Aber ein erstklassiges Begräbnis hat er bekommen, dafür hat seine Frau gesorgt.«
Prokosch, der bis zu diesem Zeitpunkt keine Silbe von sich gegeben hatte, ließ ein würdevolles Lachen hören. »Eine unappetitliche Geschichte auf den leeren Magen«, sagte er. »Ich möchte nur wissen, was man uns heute bieten wird.«
»Dasselbe wie gestern, verehrtester Prokosch«, kündigte Lobkowitz an. »Rühreier, Kaffee mit Sahne, herrliche frische Semmeln, noch warm vom Bäcker, mit reichlich Butter und Honig. Keine Abwechslung in der Diät – das ist es, was mir hier so mißfällt. Die Gestapo hat einfach keine Phantasie bei der Zubereitung ihrer Menüs.«
»Halten Sie bloß den Mund!« rief Preissinger, den der Hunger am meisten quälte, weil er ihn nicht gewöhnt war.
Aber Essen und Gespräche über Essen lagen ihnen allen am Herzen – die letzten Jahre, seit die Nazis im Land saßen, waren dürr gewesen. Janoschik fuhr fort, wo Lobkowitz aufgehört hatte, und tat es in großer Form. »Ich hab die Köchin gekannt in der ›Zlata Husa‹, eine kräftige Person mit einem der fettesten Hintern von Prag – und das will bei Gott etwas bedeuten! Sie hat mich gern gehabt; sie hat ein Herz gehabt für die Armen. Manchmal hat sie mir das Spezialessen vom vorigen Abend am nächsten Tag zum Frühstück geschenkt, Schweinshaxe, aber so weich, daß das Fleisch nur so vom Knochen abgefallen ist, oder Gulasch mit Paprikasoße, was etwas sehr Gutes ist, um einen aufzuwecken.«
Preissinger war richtig in Wut geraten. Eigentlich war die Wut bei ihm ein Dauerzustand, seitdem das Baby ihn verhaftet hatte – mit Ausnahme der Zeit natürlich, wo sie ihn bewußtlos geschlagen hatten. Er hatte einfach keine Gelegenheit gehabt, sich abzuregen: Alles schien darauf berechnet zu sein, ihn zu ärgern und zu kränken. Die Nazis hatten damit angefangen, und sogar seine eigenen Landsleute, die in derselben Zelle mit ihm saßen, nahmen überhaupt keine Rücksicht darauf, wer er draußen im Leben war. Aber, das schwor er sich, er würde jede Beleidigung, jede Erniedrigung mit Zins und Zinseszins zurückzahlen. Stunde um Stunde beschäftigte er sich damit, sich jede einzeln einzuprägen – und je mehr er darüber nachdachte, desto mehr steigerte er sich in seine Wut hinein. Was war denn, verdammt noch mal mit seinen Leuten im Kohlensyndikat los, warum hatten die sich noch nicht gerührt? Aber heute würde man ihn bestimmt entlassen, und so einen Krach, wie er dann schlagen würde, den hatte die Welt noch nicht gesehen!

Der einzige, den er mit einigem Wohlwollen betrachtete, war der Schauspieler Prokosch, der sich zurückhaltend und wenigstens einigermaßen würdig benahm. Wenn der Mensch nur nicht soviel von seiner Frau reden würde, besonders da sie doch nun mal tot war! Den ganzen Tag gestern hatte dieser Prokosch von ihr geschwafelt. Preissinger war ein Mensch, der das Diesseits genoß und dessen Interesse an den bereits Verstorbenen sehr begrenzt war. Die Toten waren tot und begraben, und das Leben ging weiter, und das hatte er Prokosch auch gesagt und ihm geraten, sich nach einer anderen Frau umzusehen, sobald er hier herauskam. Prokoschs selig entschlafene Frau, hatte Preissinger ihm gesagt, wäre sicher nicht dafür, daß ihr Mann den Rest seines Lebens in Einsamkeit verbringe. Das heißt, wenn Prokosch das Heiraten für absolut notwendig hielte. Er, Preissinger, wäre zwar verheiratet, aber seine Ehe wäre nichts als ein Ärger nach dem anderen.
Prokosch hatte still gelächelt. »Sie würden nicht so sprechen«, hatte er gesagt, »wenn Sie Mara gekannt hätten, Herr Preissinger.«
»Aber haargenau so!« hatte Preissinger auf seiner Anschauung bestanden. Bloß wegen seiner Frau säße er überhaupt in diesem stinkenden, nassen, dunklen Gestapo-Keller. Jawohl, mein Herr! Nur um den Geisteszustand seiner Frau zu besprechen, hatte er sich mit Dr. Wallerstein in der gottverfluchten Parnaß-Bar getroffen.
Aber der Geisteszustand der Frau Preissinger schien Prokosch nicht sehr zu berühren. Er hatte wieder von Mara zu sprechen begonnen.
Na schön, war Preissinger bereit zuzugeben, sie hatte ein tragisches Schicksal gehabt. So im Kindbett zu sterben und das kleine Wurm ganz allein zurückzulassen . . .

Der neue Tag hatte endgültig begonnen. Sogar durch die dicke Zellentür konnten sie die Wachen draußen im Gang hin und her laufen hören. Ein Mann schrie auf: »Nein! Nein! Bitte – nicht!« Seine Stimme erstarb in einem Röcheln.
»Frühsport«, bemerkte Lobkowitz.
Er erhob sich von der Pritsche, die er mit Wallerstein geteilt hatte, und versuchte seine steif gewordenen Muskeln wieder geschmeidig zu machen. Vom Fenster bis zur Tür waren es viereinhalb lange Schritte oder sechs kurze. Zuerst war ihnen die Zelle unerträglich klein vorgekommen. An den Seitenwänden waren je zwei Pritschen, eine über der anderen, angebracht. Sie waren aber fünf Mann – daher mußten Lobkowitz und Wallerstein, die am dünn-

sten waren, zusammen schlafen.
Im Laufe des ersten Tages hatten sie sich an die Enge in ihrem Quartier gewöhnt. Man versuchte, einander nicht auf die Füße zu treten, indem man auf seiner Pritsche blieb. Nur einer, höchstens zwei, hatten Platz zum Stehen oder Gehen.
Die Ausdünstungen fünf ungewaschener Körper hatten die Luft dick gemacht; der Bartwuchs von zwei Tagen ließ das Grau der Gesichter noch fahler erscheinen.
Lobkowitz ging nervös auf und ab. »Glaubt ihr«, fragte er, »der da draußen geschrien hat, war derselbe, den sie sich gestern schon geholt haben?«
»Woher soll einer das wissen?« brummte Janoschik.
Prokosch hustete, um für die wichtige Feststellung, die er vorhatte, die Stimme sauber zu haben. »Ihre krankhafte Phantasie, mein lieber Lobkowitz«, sagte er schließlich, »und die Fragen, die ihr entstammen, nützen keinem von uns. Ich bin überzeugt, daß es uns allen kalt den Rücken hinuntergelaufen ist – versuchen wir, nicht daran zu denken, damit wir darüber hinwegkommen.«
Lobkowitz ging immer noch auf und ab. »Möchten Sie mir vielleicht sagen, woran, zum Teufel, wir denn denken sollen? Woran denken die Hühner, wenn sie in ihren kleinen Körben zum Markt gekarrt werden?«
Janoschik riet nicht lange herum. »Daß sie im Dreck scharren möchten«, sagte er, »und daß leider kein Dreck zum Scharren da ist.«
»Genau darauf wollte ich hinweisen!« Prokosch. »Leben: auf das Leben muß man seine Gedanken richten! Schließlich werden wir irgendwann wieder Teil dieses Lebens sein. Man schätzt das Leben nicht richtig, wenn man dem Tod nicht von Angesicht zu Angesicht gegenübergestanden hat. Mir ist der Tod vertraut. Als Mara starb – und Sie, lieber Lobkowitz, wissen ja am besten, wie sehr sie von Leben sprühte –, als sie starb, da bin ich dem Tod begegnet. Der Tod, das ist grenzenlose Leere, ewiges Grau ohne Horizont. Wie habe ich damals gewünscht zu sterben! Ein zusätzliches Sandkörnchen zu werden in der großen grauen Wüste.«
Wallerstein, der es genoß, seine Pritsche in ihrer ganzen Breite zur Verfügung zu haben, fragte: »Und warum sind Sie nicht gestorben?«
»Weil Mara an mich glaubte. Weil ich für sie das Leben verkörperte. Wie kann man einen solchen Glauben enttäuschen wollen! Um ihretwillen mußte ich weitermachen, weiterleben, weitergestalten. Wenn ich eine Rolle gut gespielt hatte, sagte ich immer: Für dich, Mara, für dich.«
Lobkowitz, der immer noch auf und ab ging, lachte heiser.

»Klingt Ihnen banal, was?« fragte Prokosch.
»Ja, sehr.« Lobkowitz wandte sich ihm zu. »Und Maras Kind? An das Kind haben Sie überhaupt nicht gedacht?«
»Aber natürlich. Das Kind war ein Teil von ihr. Aber andererseits war das Kind auch die Ursache ihres Todes, es *war* ihr Tod. Ich liebte sie viel mehr, als ich je imstande sein werde, das Kind zu lieben. Das ist die reine Wahrheit.«
Lobkowitz' Augen glommen sonderbar auf. »Sich selber haben Sie geliebt – das war Ihre ganze Liebe zu der Frau. Sie war die Wand, gegen die Sie gesprochen haben, um Ihr eigenes Echo zu hören. Sie war das Glas, in dem Sie Ihr eigenes aufgeblasenes Ich spiegelten.«
Wallerstein richtete sich halb auf. Sein Interesse war wach geworden. Er hatte eine Nase für menschliche Konflikte.
Er hörte, wie Prokosch über ihm unruhig wurde. Dann baumelten die langen Beine des Schauspielers ihm vor den Augen. Prokosch sprang zu Boden.
Lobkowitz ging nicht mehr auf und ab. Die beiden Männer standen einander dicht gegenüber.
»Sie lügen«, sagte Prokosch nicht übermäßig laut.
Janoschik, auf seiner Pritsche machte sich bereit, Tätlichkeiten zu verhindern. Nicht daß ihm eine gute Rauferei keinen Spaß gemacht hätte. Aber er hatte seine Gefängniserfahrung und wußte, daß es in den überfüllten Zellen gewöhnlich die Zuschauer waren, die eins abbekamen. Außerdem würden die Wachen wahrscheinlich sofort kommen, und es war immer besser, ihnen nicht unangenehm aufzufallen.
Aber Lobkowitz hatte sofort nachgegeben. »Bitte schön«, sagte er, »wie Sie wünschen. Ich habe es nicht so gemeint. Bei mir ist was aus dem Gleis gesprungen, heute früh. Tut mir leid.«
Prokosch zog sich auf seine Pritsche zurück, ohne ihn einer Antwort zu würdigen.
Preissinger hatte sich während des ganzen Zwischenfalls nicht gerührt. Wer da recht oder unrecht hatte, war ihm völlig gleichgültig. All das hier erschien ihm immer noch wie ein böser Traum; eine ungeheuerliche Hexerei hatte ihn in diese Zelle verpflanzt, ein fettes ältliches Dornröschen in ein dunkles scheußliches Zauberschloß. Er gehörte nicht hierher und unter diese Menschen und dachte gar nicht daran, sich anzupassen. So viel Aufregung um eine Frau, und noch dazu um eine tote! Er hatte nur Verachtung übrig für so kleine Leute und ihre so kleinlichen Sorgen. Schon seit je war er überzeugt, daß sie und ihresgleichen tief unter ihm standen; man zog sie überhaupt nur in Betracht, wenn man sich mit Fragen von Lohn, Einstellungen oder Entlassungen zu be-

schäftigen hatte. Darüber hinaus kamen sie höchstens als Stimmvieh, Zeitungsleser oder Soldaten in Frage. Aber auch da zählten sie nur als Ziffern, Gruppierungen, Massen. Man schob sie hierhin oder dorthin, je nach Notwendigkeit. Ob nun die Frau des Herrn Prokosch an ihn geglaubt und ihn geliebt hatte oder nicht und ob der andere Kerl das Gegenteil behauptete oder nicht – was lag schon daran?

Seine Frau, Carola, erinnerte sich Preissinger, hatte ihm manchmal beim Abendessen ähnliche Geschichten erzählt. Sie hatte das Zeug in Büchern gelesen. Wenn sie nicht so viele Bücher gelesen hätte, oder wennschon, dann die richtigen, hätte sie ihm nicht soviel Ärger gemacht. Hysterisch war sie. Sonst hätte er nicht mit Wallerstein zu konferieren gehabt und hätte jetzt, um diese Tageszeit, gerade nach Hut und Mantel gegriffen, um ins Büro zu fahren, statt gezwungen zu sein, sich in dieser Zelle diesen Kohl anzuhören.

»Ich will raus hier!« Er war selbst überrascht, wie laut er das gesagt hatte.

»Wollen wir das nicht alle?« antwortete Wallerstein, der sich wieder zurückgelehnt hatte. Stille setzte ein. Anscheinend hatte keiner Lust zum Sprechen.

Wallerstein griff den Faden seiner Gedanken wieder auf, der durch Preissingers Beschwerden und den Zusammenstoß zwischen Prokosch und Lobkowitz abgerissen war. Doch war ihm die Unterbrechung nicht unlieb, denn sie regte sein Denken weiter an. Er entdeckte, daß die so verschiedenen Reaktionen seiner Zellengenossen ihn faszinierten. Mit Ausnahme von Preissinger hatte er keinen von ihnen vorher gekannt. Aber er sah nicht ein, warum das, was er an Preissinger beobachtet hatte, nicht auch für die anderen zutreffen sollte.

Denn Preissinger befand sich in einem rapiden Veränderungsprozeß. Von all den Menschen, mit denen Wallerstein zusammenzukommen Gelegenheit gehabt hatte, war Preissinger derjenige mit der dicksten Haut gewesen. Und jetzt wurde der Mann auf einmal empfindlich! Es gab zwar noch nicht zu viele Anzeichen dafür – aber sie würden sich schon vermehren.

Die Insassen dieser Zelle waren wie Steinbrocken, die der Druck des Wassers durch eine Stromenge zwängte. Sie mußten sich aneinander reiben, mußten gegeneinander geschleudert werden. Was er hier hatte, war ein fertig geliefertes Laboratorium mit menschlichen Versuchskaninchen.

Was Wallerstein Sorge machte, war er selbst. Auch er war ja dieser Atmosphäre ausgesetzt, diesen seelischen Veränderungen, von denen sie alle angefressen wurden. Vielleicht waren sogar die

Gedanken, die ihm jetzt durch den Kopf gingen, das direkte Resultat seiner Thanatophobie. Er mußte sich in die Hand bekommen, sich selbst disziplinieren. Was wollte er denn? Ein Mittel gegen die Angst? Ein Projekt, dem er sich widmen konnte, um der schrecklichen Warterei auf das unvermeidliche Ende zu entgehen?

Sei doch ehrlich! verlangte er von sich selbst.

Tod war eine große Leere, grau, ohne Horizont – Prokosch hatte das gesagt. Wallerstein fror. Aber es war nicht das eigentliche Sterben, das er fürchtete – das würde wahrscheinlich schnell gehen. Jedenfalls schnell im Vergleich zu der darauffolgenden Ewigkeit von absolutem Nichts.

Vor langer Zeit hatte er sich einmal die tröstenden Worte eines Pfarrers angehört. Aber damals schon war er skeptisch gewesen; der Glaube des Geistlichen an das, was er sagte, erregte keine Gläubigkeit in ihm. Gewiß, die schönen Worte mochten es einem leichter machen. Sie gaben ein bis in die Kleinigkeiten ausgearbeitetes Bild von jener anderen Welt, ein Bild jedoch, das keineswegs sehr anziehend wirken konnte auf jemanden, dessen irdisches Leben reich an fleischlichen Genüssen und geistigen Werten gewesen war. Des Pfarrers Jenseits war ihm zu blutleer gewesen – Paradies, Musik, mildes Licht.

Es würden auch weder Soutane noch Bäffchen dasein zum Märchenerzählen. Und selbst wenn so ein geistlicher Herr käme, blieben seine Märchen doch unglaubhaft. Eine andere Lösung mußte gefunden werden, damit man den Leidensweg gehen konnte, ohne wahnsinnig zu werden.

Schlüssel klirrten im Schloß. Alles sprang auf. Das hatten sie schon gelernt: Wenn die Wache hereinkam, hatten sie vor ihren Pritschen zu stehen, und zwar stramm. Janoschik, der zum Zellenältesten ernannt worden war, krähte seine Meldung heraus. Dieser ganze militärische Betrieb erschien völlig lächerlich in einer engen Zelle, die der Posten mit einem Blick überschauen konnte. Für die Nazis jedoch war das eine Prinzipienfrage. Auch wenn die Dummheit des Getues jedem ins Auge stach, Vorschrift war Vorschrift.

Ein Schwarzuniformierter stand in der Tür und sah sich gleichgültig in der Zelle um. Also war es wohl nur die übliche Morgeninspektion. Die Spannung ließ etwas nach.

Ein tschechischer Kapo, der vor dem Deutschen katzbuckelte, stellte einen Eimer in die Zelle. Er hatte auch fünf Stück einer klebrigen, grauen Masse bei sich – Brot. Dann schlurfte er eilig ab und kam zurück mit fünf Blechbechern und einem Krug, in dem

sich eine heiße schwarze Brühe befand.
Der Kapo wiederholte die Anweisungen, die er gestern schon gegeben hatte: »Mit der Scheißerei und mit dem Frühstück müßt ihr in einer Viertelstunde fertig sein. Einer von euch trägt den Eimer raus, wenn wir zurückkommen.«
Der Deutsche sagte nichts, er sah gelangweilt aus. Das ermutigte Preissinger, sich an ihn zu wenden und bescheiden zu fragen: »Gestatten Sie, mein Herr. Ich hätte nur gern gewußt, ob jemand vom Böhmisch-Mährischen Kohlensyndikat meinetwegen nachgefragt hat?«
Die leise und höfliche Art, in der Preissinger sich an den Nazi herangemacht hatte, beeindruckte Janoschik. Sie veranlaßte ihn, dem großen Mann lautstark zur Seite zu treten.
»Dieser Herr«, erläuterte er, »ist nämlich der Generaldirektor des Kohlensyndikats, und er wünscht zu wissen, wie seine Geschäfte gehen, wieviel Kohle in den beiden letzten Tagen ins Reich transportiert wurde und ob die deutsche Regierung auch mit den Lieferungen zufrieden ist. Er ist ein Wirtschaftsführer, von dem viel abhängt für den erfolgreichen Verlauf des Krieges, und möchte nicht versäumen, auch unter den Umständen, in denen er sich jetzt befindet, sein Bestes zu tun.»
Der deutsche Posten war baff. Er war bei seinen Gefangenen an verstocktes Schweigen und Feindseligkeit gewöhnt oder an zitternde Angst, aber nicht an die freundschaftliche Kreuzbravheit, die er aus Janoschiks Worten herauszuhören glaubte.
»Ja . . .«, sagte er gedehnt, »so was weiß ich nicht. Da müßt ihr bei Kriminaldirektor Reinhardt nachfragen, denke ich. Der hat euch speziell . . .« Er unterbrach sich, hatte er doch mit diesen Gefangenen geredet, als ob sie Menschen wären!
Er schrie Preissinger an: »Was geht dich das an! Stillgestanden!« Und machte kehrt und marschierte mit seinem tschechischen Kapo ab.
Die Tür fiel ins Schloß.
Preissinger drehte sich zu Janoschik um, bereit, ihm an die Gurgel zu gehen. »Was haben Sie sich um Gottes willen in meine Angelegenheiten zu mischen! Kann ich mich nicht selber darum kümmern? Sie versuchen ja wirklich, alles zu tun, damit ich hier festsitze. Und noch dazu machen Sie mich verrückt!«
»Ihre Angelegenheiten?« erkundigte sich Lobkowitz. »Ich hatte angenommen, wie und wann wir hier herauskommen, betrifft uns ebensosehr wie Sie.«
»Gehen Sie, Herr Preissinger«, riet Janoschik, »bedienen Sie sich des Eimers. Das hilft auch dem Kopfschmerz. Und fackeln Sie nicht lange, Sie haben nur drei Minuten zu Ihrer persönlichen

Verfügung – Sie haben den Kapo gehört.«
Preissinger erkannte, daß ihm nichts übrigblieb, als Janoschiks Vorschlag Folge zu leisten. Aber nach jeder Bemühung zur Entleerung seines Darmes fluchte er leise vor sich hin.
Währenddessen versuchten die anderen, ihre schönfärberisch als Frühstück bezeichnete Mahlzeit zu verzehren. Selbst wenn die Nazis der Sache einiges Nachdenken gewidmet hätten, wären sie wohl kaum auf eine bessere Methode gekommen, den Gefangenen den Tagesbeginn noch mehr zu versauern. Die Zellen hatten keine sanitären Einrichtungen, da der Keller des früheren Petschek-Palais, das der Gestapo jetzt als Hauptquartier diente, nie als Gefängnis vorgesehen gewesen war. Die Nazis wollten sich einfach Arbeit ersparen, die sie für unnötig hielten. Warum also Frühstück und Eimer zu verschiedenen Zeiten bringen?
Die Insassen der Zelle ließen sich jedoch durch Preissingers Gestöhne nicht stören. Es war wichtig, etwas im Magen zu haben – und im Magen zu behalten. Das Brot schmeckte wie Watte und die Flüssigkeit, die Kaffee hieß, wie ausgekochte Holzkohle, aber man hoffte trotzdem, daß einen das Zeug irgendwie am Leben erhalten würde.
Wallerstein kaute an seinem Stück Brot und sagte: »Heute trag ich den Eimer heraus. Gestern hat's Janoschik gemacht – soll jeder mal die große Gelegenheit haben.«
»Ihr freiwilliges Anerbieten wird dankbar akzeptiert«, erwiderte Prokosch. »Und geben Sie mir noch etwas von dem Gesöff, bevor ich Preissinger von seinem Thron vertreibe.« Er trank und blickte auf Preissinger, der sich die Hosen zuknöpfte. »Nie in meinem Leben habe ich so eng mit anderen Leuten zusammen gehaust«, fuhr Prokosch fort. »Aber die Erfahrung lohnt sich. Bei den meisten Leuten« – er trat an den Eimer –, »bei den meisten Leuten fördert die menschliche Nähe gegenseitige Rücksichtnahme ... Man sehe sich das an«, sagte er angewidert, »wieviel von unserer Zeitung der Preissinger schon wieder verbraucht hat!«
Lobkowitz stellte seinen leeren Becher auf den Boden. »Ich möchte wissen«, verlangte er, »was aus uns wird. Sogar die Nazis können nicht so verrückt sein, uns hier ewig gefangenzuhalten, bloß weil wir zufällig in einer Bar waren, aus der einer ihrer Offiziere verschwunden ist. Inzwischen werden sie ihn ja wohl gefunden haben.«
»Vielleicht haben sie vergessen, daß wir da sind«, mutmaßte Janoschik.
»Ich meine es verflucht ernst«, antwortete Lobkowitz. »Wenn wir gegen sie konspiriert hätten, wenn einer von uns in der Untergrundbewegung wäre, dann könnte ich's noch verstehen. Aber

ich bin überzeugt . . .«
»Überzeugt wovon?« unterbrach ihn Wallerstein.
»Daß wir unschuldig sind! Unschuldig vor Gott und der Welt!«
»Unsere Begriffe von Unschuld unterscheiden sich sehr von denen der Nazis«, bemerkte Prokosch von seinem Eimer her.
»Ich habe nie in meinem Leben etwas mit diesem Glasenapp zu tun gehabt!« sagte Preissinger mit Nachdruck. »Und ich werde das auch sehr deutlich zum Ausdruck bringen. Ich warte nur darauf, daß sie mich zu diesem Gestapo-Fritzen bringen!«
Wallerstein nippte an dem Rest seines Kaffees. »Und ich bin überzeugt, daß dieser Kriminaldirektor Reinhardt vor Ungeduld vergeht, Ihre Beteuerungen entgegennehmen zu können.«
»Aber was sollen wir denn tun?« versteifte sich Lobkowitz. »Etwas müssen wir doch unternehmen! Wir müssen wenigstens zu erfahren versuchen, weshalb wir überhaupt hier sind und unter welchem Vorwand sie uns in Haft halten! Eine Stunde nach der anderen vergeht, ein Tag nach dem anderen! Lebendig begraben sind wir . . .«
Janoschik war dabei, sich auf dem Eimer niederzulassen. »Was mich betrifft«, konstatierte er, »so muß ich sagen, daß sich meine Lage verbessert hat. Bisher ist es so gewesen, daß ich andern Leuten den Dreck weggeräumt habe. Jetzt aber räumt ein anderer mir den Dreck weg, ein Herr Doktor noch dazu, ein akademisch gebildeter Herr.«
Lobkowitz ignorierte Janoschiks Bemerkung. »Wir haben lange genug gewartet!« rief er. »Es ist Zeit, daß etwas geschieht!«
Janoschik kannte den Gefängniskoller, der Lobkowitz anscheinend gepackt hatte. Während der ersten paar Tage hinter Gittern war die Krankheit besonders schwierig. In den Gefängnissen der Tschechoslowakischen Republik, in denen Janoschik seine Erfahrungen gesammelt hatte, pflegte man dann dem Gefangenen Papier und Feder zu geben und gestattete ihm, einen Brief an die Behörden zu schreiben. Ein Brief beruhigte fast immer, auch wenn er in den Papierkorb wanderte. Man mußte dem Gefangenen nur ein Ventil geben.
Die Nazis litten nicht an solcher Humanitätsduselei. Schlimmer, Janoschik fürchtete, ihre Aufmerksamkeit in irgendeiner Weise zu erregen; das konnte böse Folgen für sie alle haben, besonders aber für den jungen Lobkowitz, den er mochte.
»Ich hab da eine alte Frau gekannt, die in Vršovice gewohnt hat«, sagte er in seiner ruhigen Art. »Zeitungen hat sie verkauft an der Ecke. Reichtümer hat sie nicht erworben damit. Aber wie die Nazis einmarschiert sind, hat sie aufgehört mit dem Zeitungsverkaufen. Sie wollte nicht, hat sie gesagt, daß die Leute gutes Geld für

schlechte Lügen zahlen. Sie hat's gut gemeint, das sieht man.«
Er hatte sich erhoben, nachdem er sein Geschäft erledigt hatte, und sein Worte bewirkten gerade durch die Einfachheit, daß alle ihm zuhörten.
»Da hat man sie verhaftet. Es ist jetzt mehr als zwei Jahre her, daß sie in einem Konzentrationslager sitzt. Sie ist geduldig. Sie wartet. Und sie hat viel weniger Zeit zum Warten zur Verfügung als wir hier.«
»Woher wissen Sie denn das alles?« erkundigte sich Preissinger mißtrauisch.
»Ich weiß eben. Die Leute erzählen mir.«
Lobkowitz war ruhiger geworden.

Wallersteins Plan war fertig. Er nahm sich in acht, damit die anderen nicht spürten, unter welcher Spannung er stand. Der Eimer, den hinauszutragen er sich erboten hatte, würde ihm die Gelegenheit bieten, die dicken Mauern dieser Zelle zu durchbrechen und das große Experiment zu beginnen, das so kühn und einzigartig in der Anlage war, daß vielleicht sogar sein Tod großartige Rechtfertigung finden konnte.
Wenn aber die Nazis nicht mitspielten? Nein, er weigerte sich, diese Möglichkeit in Betracht zu ziehen. Es mußte ihm einfach gelingen, dem Manne Reinhardt, wes Geistes Kind er auch immer sein mochte, in diesem Punkte seinen Willen aufzuzwingen. – Der Posten kam zurück, zusammen mit dem Kapo. Die Gefangenen hatten ihr Frühstück beendet und den Eimer gefüllt.
Wallerstein bezwang seinen Ekel, der ihm in der Kehle würgte, griff nach dem Eimer und ging den beiden nach, ein wenig schwerfällig wie immer, mit schlurfender Sohle.
Zum erstenmal verließ er die überfüllte enge Zelle. Er hörte die dicke Tür ins Schloß fallen. Der Eimer war schwer, der Griff schnitt ihm in die Finger. Aber das machte ihm nichts aus. Mit raschen Blicken orientierte er sich in seiner neuen Umgebung. Er befand sich in einem langen dunklen Korridor, der von ein paar müden elektrischen Birnen nur spärlich erleuchtet wurde. Man hatte den Eindruck, als wäre man tief unter der Erde in einer fremden, schauerlichen Welt, einer Art Vorraum zur Hölle, den man zu durchschreiten haben würde. An beiden Wänden reihte sich eine Tür an die andere, und jede Tür war wie die Tür zu seiner Zelle; auf jeder Tür stand eine Nummer, und unter jeder Nummer befand sich eine Liste mit Namen. Manche Namen waren durchgestrichen und durch andere hastig mit Bleistift geschriebene ersetzt. Kürzer, dachte Wallerstein, konnte man eine Todesanzeige nicht halten.

Gelegentlich bewegten sich schattenhafte Gruppen an ihm und seinen zwei Begleitern vorbei. Die benagelten Stiefelabsätze des Nazis hallten hart auf den Steinfliesen des Korridors wider. Der tschechische Kapo huschte mit eiligen Schrittchen auf weichen Sohlen dahin. Wallerstein beschleunigte seine Schritte und holte den Nazi schließlich ein.
Er räusperte sich. »Ich bitte darum, in der Sache des Herrn Leutnant Glasenapp eine Meldung machen zu dürfen«, sagte er.
»Zurück!« brüllte der Posten. »Bleib mir mit dem Gestank vom Leibe!«
Gehorsam trat Wallerstein zurück. Sich ungefähr zehn Schritt hinter dem Posten haltend, sagte er mit erhobener Stimme: »Es tut mir leid, Ihren Geruchssinn verletzt zu haben. Aber meine Mitteilung könnte von größter Wichtigkeit sein. Ich ersuche Sie ergebenst, mich dem Kriminaldirektor vorzuführen.«
Der Posten hielt es für unter seiner Würde zu antworten. Der Kapo wandte sich einen Moment um und blickte Wallerstein überrascht und gleichzeitig mißtrauisch an.
Es war Wallerstein nicht wohl zumute. Dieser deutsche Idiot blieb stumm und reagierte anscheinend überhaupt nicht auf Annäherungsversuche. Sollte er's noch einmal probieren? Unter Umständen brachte man den Kerl nur in Wut. Und warum hatte der tschechische Kapo ihn so komisch angesehen? Eventuell hielt der Mann einen auch noch für einen Denunzianten. In den meisten Fällen versuchten die Gefangenen wohl, unnötige Begegnungen mit Beamten der Gestapo zu vermeiden.
Sie waren am Ende des Korridors angekommen. Der Nazi machte eine Doppeltür auf, die in einen verhältnismäßig großen Raum führte – wie es schien, den Heizraum des Gebäudes.
Zwei Kessel, die zur Zeit stillagen, und ein Müllschlucker mit Verbrennungsanlage standen an der jenseitigen Wand. Der übrige Teil des Raums war jedoch auf ganz besondere Weise eingerichtet, und Wallerstein brauchte ein paar Sekunden, bevor ihm der Zweck des Mobiliars klar wurde.
In der Ecke stand ein alter Schreibtisch, auf dem sich eine sorgfältig abgedeckte Schreibmaschine befand; neben den Schreibtisch hatte man mehrere bequeme Sessel gestellt. In der Mitte des Raums waren zwei längliche Tische, von deren Seiten Lederriemen herabhingen. An der einen Seitenwand waren zwei hölzerne Gestelle befestigt, ganz ähnlich denen, in die man nach dem Spiel die Billard-Queues schob. Statt der Billard-Queues war in den Gestellen jedoch eine reichhaltige Sammlung von Stahlruten, Gummiknüppeln und Stöcken verschiedener Art aufgereiht: Ruten mit dicken Enden und schlanke, lange Ruten und spiralartig

gedrehte Ruten, die das Fleisch zerschnitten, und Ruten, deren Schlag ihrem Opfer die Knochen zerbrach. Auf dem Fußboden standen ein halbes Dutzend mit Wasser gefüllte Eimer. Und ein Haufen alter Lumpen lag da.

Wallerstein, dem nur allzu klar geworden war, wo er sich befand, hatte das lächerliche Bedürfnis, den Nazi zu fragen, wozu die Lumpen da waren: zum Knebeln oder zum Fußbodenaufwischen oder für beides – denn der Fußboden war peinlich sauber, wie überhaupt der ganze Raum Zeugnis ablegte für die tadellose, systematische Reinlichkeit und Ordnungsliebe derer, die hier zu bestimmen hatten.

»Warum stehst du hier herum?« schnauzte der Posten ihn an. »Eimer ausleeren – in den Müllschlucker!«

Wallerstein gehorchte. Er verbrannte sich die Hand an dem heißen Griff der Tür, bemerkte es aber kaum.

Der Kapo war an einen der Tische in der Mitte des Raums getreten. In Nachdenken versunken, begann er mit einem Riemen zu spielen, ließ ihn aber plötzlich fallen, als hätte er etwas Feuchtes, Klebriges berührt.

»Der Gefangene hat gewünscht, Herrn Kriminaldirektor Reinhardt Meldung erstatten zu dürfen«, bemerkte er in Richtung des Nazi-Postens. »Fragt sich, warum er das wünscht.«

Mit einem tiefen Seufzer ließ sich der Posten in einen Sessel fallen und räkelte sich.

»Warum möchtest du dem Chef was melden?« fragte er Wallerstein.

Wallerstein hielt den leeren Eimer in der Hand. Der Schmerz in der anderen kam ihm langsam zu Bewußtsein, und er blies sich auf die Finger.

»Hast dich verbrannt?« fragte der Nazi ihn scheinbar mitfühlend. »Hättest dir einen von den Lappen nehmen sollen, zum Ofentüraufmachen.«

»Ich habe noch nie mit einem solchen Ofen zu tun gehabt«, antwortete Wallerstein. »Es ist überhaupt das erstemal, daß ich so eine Heizanlage sehe.«

Der Nazi dachte nach. »Wir werden das Zeug überhaupt bald woandershin bringen müssen. Wenn die Kessel im Winter geheizt werden, ist's hier zu heiß zum Arbeiten. Daran hätten sie auch gleich denken können.«

»Ist kein anderer Raum im Haus mit Doppeltüren und so dicken Wänden«, gab der Kapo zu bedenken.

»Na wennschon!« Der Nazi zuckte die Achsel. »Wo steht das im Gesetzbuch, daß Verhöre in schalldichten Räumlichkeiten durchgeführt werden müssen?«

Er wandte sich Wallerstein wieder zu. »Warum hast du das gesagt – daß du dem Chef was melden willst?«
»Sie brauchen ihm nur mitzuteilen, daß es sich um noch unbekannte Tatsachen im Glasenapp-Fall handelt«, sagte Wallerstein. »Er wird schon wissen.«
»Von mir aus...«, gähnte der Nazi. »Aber ich sag dir, der Chef ist tückisch. Wenn er denkt, du stiehlst ihm seine Zeit, kannst du dir deine Knochen einzeln zusammenlesen.«
Er erhob sich und wurde wieder dienstlich. »Los!« befahl er. »Eimer hierlassen!«
Im Korridor spürte Wallerstein, daß ihm die Beine doch schwach wurden. Ein unangenehmer kalter Schweiß brach ihm aus allen Poren. Elende Furcht hatte ihn gepackt und schüttelte ihn. Hätte er nur die Kraft gehabt, er hätte den Nazi-Posten auf den Knien gebeten, die ganze Sache wieder fallenzulassen. So aber war er nur imstande, sich hinter dem Posten herzuschleppen, bis sie zu einem Fahrstuhl kamen.
Er brauchte nicht lange in Reinhardts Vorzimmer zu warten. Dabei hätte er gerne gewartet, nur um etwas Zeit zu gewinnen, sich zusammenzuraffen. Aber nach kaum einer Minute schon kam Wallersteins schwarzuniformierter Begleiter aus Reinhardts Dienstzimmer wieder heraus. Eine Handbewegung. Wallerstein stolperte in Richtung der offenen Tür.
Auge in Auge mit dem Mann, in dessen Händen er sich befand, gewann Wallerstein seine Selbstbeherrschung sofort zurück. Es war nicht einmal schwierig. Er betrachtete den Gestapo-Beamten einfach, als wäre er ein Patient – mit dem forschenden, von Berufs wegen geschärften Blick des Arztes.
Reinhardt saß bequem zurückgelehnt in dem großen Stuhl hinter seinem Schreibtisch, seine dunklen, zu eng beieinanderliegenden Augen sahen an Wallerstein vorbei. Glatt, ehrgeizig..., dachte Wallerstein. Ein Mensch, der seine Gefühle, welcher Art sie auch sein mögen, nie durchblicken läßt. Geht über Leichen, aber aus Angst – der richtige Mann an der richtigen Stelle.
Die stechenden Augen richteten sich jetzt auf den Besucher.
»Sie sind Doktor Wallerstein, vierundfünfzig Jahre alt, Arier, unverheiratet, wohnen Vinohradska-Straße 380?«
»Derselbe«, Wallerstein verbeugte sich leicht.
»Wie Sie zweifellos aus dem Schild an der Tür ersehen haben, bin ich Reichskriminaldirektor Reinhardt, Sicherheitsbeauftragter für Prag.«
»Angenehm.« Wallerstein verbeugte sich wieder. »Ich bedauere nur, daß wir uns unter diesen Umständen kennenlernen.«
»Wieso? Selbst im Dienst pflege ich die Formen des guten Um-

gangs zu wahren.« Reinhardt lächelte, wodurch sich sein ohnehin kaum vorhandenes Kinn noch mehr zurückzog.
Wallerstein gab das Lächeln zurück. »Wieso? ... Weil unsere Bekanntschaft nur von kurzer Dauer sein dürfte.«
»Nicht unbedingt«, erwiderte Reinhardt.
Wallerstein zögerte. Man konnte diese Finessen noch weiter fortsetzen, aber der Mann sah nicht aus, als sei seine Geduld unerschöpflich. Außerdem war Wallerstein nicht mehr ganz überzeugt, daß die Dinge so ernst waren, wie er bei Tagesanbruch geglaubt hatte, und er fürchtete, er könnte eventuell Entwicklungen auslösen, die der andere in Gang zu setzen noch gar nicht entschlossen war.
Aber Reinhardt kam ihm zu Hilfe. »Wenn Sie mir etwas mitzuteilen haben über den Fall des Leutnants Glasenapp, der von einem oder mehreren Ihrer Landsleute in so brutaler Weise ermordet wurde – ich bin bereit, Sie anzuhören. Wenn Sie andererseits nur zu mir gekommen sind, um mich um Ihre Entlassung zu ersuchen, muß ich Ihnen leider sagen, daß ich Ihrem Wunsch nicht entsprechen kann.«
»Das, was ich Ihnen mitteilen möchte, liegt zur Zeit noch nicht vor«, begann Wallerstein. »Ich weiß auch nicht, ob es entscheidend zur Lösung Ihres Falles beitragen könnte.«
»Vielleicht würden Sie mir überlassen, das zu beurteilen?«
Reinhardt zündete sich eine Zigarette an. »Möchten Sie eine?« bot er an. »Warum setzen Sie sich nicht?«
Wallerstein nickte, griff nach dem noch brennenden Zündholz, das Reinhardt ihm hinhielt – und spürte, wie sich sein Haar sträubte. Die Fingernägel des Mannes waren elegant manikürt und blaßrosa poliert und standen in einem grausigen Kontrast zu der rauhen Haut seiner klauenartigen Finger.
»Angst?« erkundigte sich Reinhardt.
»Natürlich habe ich Angst.« Wallerstein gelang es endlich, seinen Blick von den Fingernägeln seines Gegenübers zu reißen. »Angst hat jeder. Sogar Sie.«
»Entschuldigen Sie!« sagte Reinhardt mit einiger Schärfe. »Wovor sollte ich Angst haben?«
»Furcht, Herr Kriminaldirektor, ist einer der wichtigsten motivierenden Faktoren in unserem Leben. Und Sie sollten die einzige Ausnahme sein? ... Todesfurcht, meistens. Oder Lebensangst, was, nebenbei gesagt, so ziemlich das gleiche ist. Wenn Sie mich zum Beispiel erschießen lassen – und ich glaube, Sie werden das tun –, so geschieht das aus Furcht.«
Reinhardt blies den Rauch durch die Nase. Er schwieg. Dann sagte er leichthin: »Ich weiß wirklich nicht, warum ich Ihren unver-

schämten Bemerkungen überhaupt zuhöre. Was Sie mir an Informationen geben könnten, brauche ich nicht. Falls wir etwas von Ihnen benötigen sollten, werden wir Sie zu gegebener Zeit verhören, nach unseren Gesichtspunkten und auf unsere Weise. Aber sagen Sie mir bitte – woher wollen Sie denn wissen, daß wir Sie erschießen werden? Hat einer der Wachposten mit Ihnen gesprochen?«
»Nein«, sagte Wallerstein im Tone milder Zurechtweisung. »Ich erkundige mich nicht bei zweiter Hand über etwas, das ich direkt erfahren kann. Heute früh ist es mir plötzlich eingefallen. Und Sie haben es bestätigt.«
Reinhardt war unruhig geworden. Unruhig nicht so sehr wegen der Ausführungen Wallersteins, sondern wegen seiner eigenen Reaktion darauf. Dieser Arzt, so ungefährlich und fügsam er auch schien, sprach mit einer Ruhe und Selbstsicherheit, die er, Reinhardt, selber gern ausgestrahlt hätte. Er spürte, daß ihm da jemand auf seiner eigenen Ebene begegnete, und es störte ihn innerlich. Er versuchte daher, seinen Gegner zu schrecken.
»Wünschen Sie noch weitere Bestätigung?« fragte er und überreichte Wallerstein einen großen, sorgfältig zusammengefalteten Bogen Papier. Wallerstein entfaltete ihn und las:

BEKANNTMACHUNG

Am Abend des 9. Oktober 1941 wurde in den Räumen oder in der unmittelbaren Umgebung der Bar des Café Parnaß in Prag

LEUTNANT ERICH GLASENAPP

von einer oder mehreren unbekannten Personen ermordet.
Eine Belohnung von insgesamt 50000 Kronen wird denjenigen zugesichert, die durch ihre Mithilfe die Verhaftung der Schuldigen ermöglichen.

ZWANZIG GEISELN

werden innerhalb einer Woche standrechtlich erschossen werden, wenn der oder die Mörder bis dahin nicht verhaftet sind oder tot oder lebendig den Behörden ausgeliefert werden oder sich selbst stellen.

Der Sicherheitsbeauftragte
gez. Reinhardt

Das Plakat war zweisprachig gedruckt, deutsch und tschechisch; über dem Wort Bekanntmachung hockte der deutsche Adler mit dem Hakenkreuz in den Klauen.
Wallerstein faltete den Bogen wieder zusammen und gab ihn

zurück. Wenn Reinhardt bei seinem Besucher Anzeichen von Panik erwartet hatte, wurde er enttäuscht.

Wallerstein blieb kühl und beherrscht. »Fünfzigtausend Kronen ist eine Menge Geld«, sagte er, »für einen Leutnant.«

»Wir haben da keine Tarife!« warf Reinhardt ärgerlich ein.

»So habe ich's nicht gemeint, entschuldigen Sie bitte. Aber glauben Sie, es wird jemand anbeißen?«

»Ich bin kein Wahrsager wie Sie!« Reinhardt wurde bissig. »Ich weiß nicht. Aber ich werde nicht trauern, wenn Ihnen der Mund endlich gestopft ist.«

Kaum hatte er es gesagt, wurde er wütend auf sich selbst. Warum hatte er überhaupt zugelassen, daß dieser Mann ihn durcheinanderbringen konnte? Dummerweise hatte die übliche Einschüchterungsmethode auch keine Wirkung auf ihn. Drohte man ihm, so zeigte man nur die eigene Schwäche. Obwohl es doch im Grunde höchst unwichtig war, was für eine Meinung Dr. Walter Wallerstein von Kriminaldirektor Reinhardt hatte!

Aber es war ihm eben wichtig. Es war ihm sogar furchtbar wichtig. Ich, dachte Reinhardt, bin doch Herr der Lage – oder nicht? Und daher muß ich zuhören, ganz ruhig zuhören. Er wünschte, er hätte den Mann nie vorgelassen; er wünschte, er ließe sich nicht so rasch verunsichern.

Er fühlte Wallersteins Augen prüfend auf sich ruhen.

Wallerstein griff die Unterhaltung wieder auf. »Sie wollten vorhin wissen, warum Sie mich anhören. Sie hören mich an, weil Sie innerlich mitgehen – oder interessiert sind, zumindest. Es geschieht nicht oft, daß Männer von unserem Kaliber einander begegnen.«

Wallerstein verzog keine Miene. Er hielt sich etwas darauf zugute, daß ihm diese immerhin nicht ungeschickte Schmeichelei eingefallen war; er spürte, wie die Polizistenseele ihm gegenüber sich aufplusterte.

»Sie wissen ja, wie langweilig einem die Durchschnittsmenschen mit der Zeit werden«, fuhr er fort. »Ich habe vier Stück davon in meiner Zelle, und das ist eines von meinen Problemen. Und darum, im Grunde, habe ich Sie aufgesucht.«

»Es fehlt Ihnen an Amüsements?« fragte Reinhardt ungläubig. »Das ist meiner Meinung nach die erste Beschwerde dieser Art, die je in einem Gefängnis der deutschen Polizei aufgetaucht ist.«

Wallerstein belachte den Witz pflichtgemäß. »Allen Ernstes, Herr Kriminaldirektor, ich bin schließlich Wissenschaftler. Das Schicksal, in Ihrer Person, hat die Möglichkeit für ein epochemachendes psychologisches Experiment in meine Hände gegeben. Vier Männer, mich eingerechnet fünf – alle angesichts eines, man darf wohl sagen, sicheren Todes. Sollte es Ähnliches schon gegeben haben, ich wüßte nichts davon. Ein Schiffbruch, Menschen treiben wochenlang in Rettungsbooten auf den endlosen Weiten des Ozeans dahin – aber bis zu ihrer Sterbeminute geben sie die Hoffnung nicht auf. Soldaten in einem Unterstand, die Artillerie hämmert auf sie herab, dauerndes Trommelfeuer, rechts und links sterben die Kameraden – aber die, die noch leben, hoffen weiter. Ein Grubenunglück, die Männer sind schon von der Welt abgeschnitten, das Wasser steigt langsam, reicht ihnen an die Brust, dann bis zu den Schultern, dann bis zu den Lippen – aber sie klammern sich an die Hoffnung, bis ihnen das Wasser über den Kopf steigt. Die Menschen haben Angst vor dem Tode, Angst, ihm ins Gesicht zu blicken, und weigern sich daher, an den Tod zu glauben. An einen allgemeinen Tod – bitte schön, gewiß. Aber nicht an ihren eigenen persönlichen Tod. Wäre das nicht der Fall, die Welt sähe anders aus, sehr anders. Ihr Führer zum Beispiel – meinen Sie, Ihr Führer könnte auch nur einen einzigen Mann dazu bewegen, einen einzigen Schritt zu marschieren in Ihrer Wehrmacht, wenn dieser Mann im Innersten seines Herzens nicht leidenschaftlich glaubte, daß gerade an ihm der Tod vorbeigehen wird?«

»Wir sind jederzeit bereit«, erklärte Reinhardt, »unser Leben für Deutschland zu opfern!« Er hatte zu laut protestiert.

»Selbstverständlich! Bloß jeder, der diesen Eid schwört, bekreuzigt sich heimlich und hofft schon beim Schwören, daß er zu jenem Teil Deutschlands gehören wird, der das Gemetzel überlebt. Aber bleiben wir bei der Sache. Meine vier Zellenkameraden und ich werden also erschossen werden. Das ist so sicher wie die Tatsache, daß Sie die Macht haben, diesen Tod zu bestimmen. Sie bieten fünfzigtausend Kronen. Gut. Nehmen wir an, der unglückselige Leutnant Glasenapp wurde wirklich von einem Tschechen umgebracht. In dem Fall würde es sich um ein organisiertes Attentat handeln. Ich weiß, wie die Menschen meines Landes sind, wenn sie einmal angefangen haben zu hassen. So leicht werden sie nicht zu Verrätern. Natürlich halte ich dieses heldische Getue für primitiv. Wenn mir der Mörder Glasenapps bekannt wäre, würde ich ihn Ihnen unter Umständen sogar aushändigen. Aber er ist mir nicht bekannt. Mein Denken verläuft in abstrakteren Bahnen. Ich finde den ganzen Krieg abgeschmackt. Dauernd sind wir damit beschäftigt, zu herrschen und beherrscht zu werden, zu erobern und erobert zu werden – und sind doch nichts weiter als eine Ansammlung von Flöhen im Pelz eines der kleineren Planeten. Dennoch hätten Sie sich die Druckkosten für das Plakat sparen können. Die Geiseln *werden* sterben. Und ich als einer von ihnen.

Ich habe daher die einzigartige Gelegenheit, eine Gruppe von Menschen angesichts ihres sicheren Todes beobachten zu können. Als gewöhnlicher Mensch habe ich Angst. Aber den Wissenschaftler reizt die Sache.«
Wallerstein tat einen letzten Zug aus seiner Zigarette und drückte sie dann in dem Aschenbecher auf Reinhardts Schreibtisch aus.
Reinhardt war unsicher. Sein natürlicher Widerwille gegen Menschen von Wallersteins Art war durch eine gewisse Erregung verdrängt worden, die die Worte des Arztes in ihm erzeugt hatten. Aber schon aus Gewohnheit traute Reinhardt niemandem. Was der Mann da gesagt hatte, klang verlockend. Aber wenn es sich nun um einen ganz großen Trick handelte, den er nur noch nicht durchschaute? Was könnten die Folgen sein? War Wallerstein irgendein komischer Kauz, ein Narr, oder war er ein sehr, sehr schlauer Bursche, der sogar ihn, den Standartenführer und Sicherheitsbeauftragten Reinhardt, auf den Arm zu nehmen beabsichtigte?
»Ich wünsche, da Sie nun schon einmal mein Todesurteil vollstrecken müssen«, fuhr Wallerstein fort, »daß Sie auch mein Testament vollstrecken. Ich werde – vorausgesetzt, daß Sie mir Papier zur Verfügung stellen und meinen Füllfederhalter zurückgeben – die Beobachtungen niederschreiben, die ich während unserer letzten Tage über meine Mitgefangenen und mich anzustellen vorhabe. Ich werde aus ihrem Verhalten gewisse Schlüsse ziehen. Sie können das alles dann lesen; ich habe nichts dagegen und würde mich sogar darüber freuen. Aber ich möchte, daß Sie nach der Lektüre das Manuskript der ›Psychologischen Monatsschrift‹ übermitteln, zu deren Mitarbeitern ich gehöre. Ich weiß, daß diese Zeitschrift während der letzten Jahre viel von ihrer früheren Qualität eingebüßt hat, aber ich lege großen Wert darauf, daß für die Generationen, die nach uns kommen, ein bleibendes Zeugnis hinterlassen wird von dem großen Experiment, das Sie, Herr Kriminaldirektor, und ich heute beginnen.«
»Und ist das alles, was Sie wünschen?« fragte Reinhardt.
Dr. Wallerstein nickte bedächtig.
»Und wenn ich nun nicht mitspiele?«
Wallerstein zog es vor, die Frage zu übergehen. »Weiterhin möchte ich Sie bitten, eine Einleitung zu meinem Artikel zu schreiben. Vielleicht könnten Sie die Tatsachen darlegen, die dazu geführt haben, daß der Artikel geschrieben wurde. Das würde der Arbeit eine noch größere Authentizität verleihen.«
Reinhardt schob seinen Stuhl zurück. Er begann auf und ab zu gehen, von einem Ende seines ziemlich großen Büros zum anderen. Er wußte, der Vorschlag war einfach indiskutabel. Völlig

vorschriftswidrig – obwohl er sich nicht erinnern konnte, irgendwelche Vorschriften oder Durchführungsbestimmungen gelesen zu haben, die sich darauf beziehen konnten. Wenn er Kollegen oder Vorgesetzten von der Sache erzählte, würden sie ihn auslachen, und wenn er ihnen gar sagte, daß er geneigt war, den Vorschlag anzunehmen und das Experiment zu gestatten – sie würden ihn für verrückt erklären.
Aber wenn es auch außergewöhnlich war, so mochte es doch bei der Untersuchung des Falles nützlich sein. Einen geübten Beobachter in eine Zelle einzuschleusen, in der man unter Mordverdacht stehende Gefangene festhielt, war beinahe so gut, als hätte man einen Spitzel drin. Aber Leutnant Glasenapp hatte ja Selbstmord begangen, und daher konnte in Wirklichkeit auch niemand unter Verdacht stehen, ihn ermordet zu haben.
Die Sache wurde immer verworrener!
Er unterbrach seine Wanderung und versuchte, den Gesichtsausdruck Wallersteins zu erforschen. Der Doktor sah freundlich, beinahe friedlich aus.
»Bestenfalls«, sagte Reinhardt, »wird es interessant zu lesen sein, und schlimmstenfalls bin ich zu großzügig gewesen. Hier ist ein Schreibblock – ich werde anordnen, daß Sie Ihren Füllfederhalter zurückbekommen. Eine Flasche Tinte werde ich Ihnen allerdings nicht geben. Ich habe Leute gekannt, die sich im Konzentrationslager die Pulsadern mit Glasscherben aufgeschlitzt haben. Aber Sie können sich den Federhalter frisch auffüllen lassen.«
»Vielen Dank.« Wallerstein verbeugte sich leicht.
»Es wird Ihnen vielleicht von Wert sein«, bemerkte Reinhardt, »zu erfahren, daß einer meiner Kollegen in Paris, Murtenbacher heißt er, gleichfalls gewisse Beobachtungen an Geiselfällen angestellt hat. Natürlich ist er nur ein einfacher Kriminalbeamter, aber ich fand seinen Artikel ganz aufschlußreich. Er ist vor ungefähr einem Jahr im ›Schwarzen Korps‹ erschienen, und ich kann Murtenbacher gern schreiben, daß er mir ein Exemplar für Sie schickt.«
»Bemühen Sie sich nicht, bitte.« Wallerstein lächelte zuvorkommend. »Ich befürchte, der Artikel Ihres Freundes Murtenbacher würde mich ein wenig zu spät erreichen.«
Reinhardt sagte: »Ganz wie Sie wünschen«, und klingelte.
Der Wachposten erschien wieder und empfing seinen Befehl: »Den Gefangenen in die Zelle zurück!«
Gruß. Hackenzusammenschlagen.
Im Lift, auf der Fahrt nach unten und auf dem Weg durch den dunklen, kalten Korridor erlebte Wallerstein einen Rückfall in die Wirklichkeit. War das da oben wahr gewesen oder nur ein wilder

Traum? Es erschien ihm einfach zu phantastisch. Wallerstein schüttelte den Kopf. Zunächst war es nur eine Idee gewesen, und zu einem Vorschlag hatte sie sich eigentlich erst im Gespräch mit Reinhardt entwickelt. Wenn der Bursche einen jedoch so anregen konnte, würde er vielleicht auch Verständnis genug haben, die Notizen des Dr. Wallerstein, die bis jetzt noch ungeschriebenen Notizen, nicht in den Papierkorb zu werfen.
Der Posten stieß ihn in die Zelle hinein. Einen Augenblick stand Wallerstein wie betäubt da. Dann wurde er sich der fragenden Blicke bewußt, die auf ihn gerichtet waren.
»Wir sind Geiseln«, verkündete er. »Und in etwa fünf Tagen wird man uns erschießen.«

VIERTES KAPITEL

Sieben Tage die Woche, vierundzwanzig Stunden am Tag lief der Betrieb. Rüstungsaufträge für die Wehrmacht, und dabei brannte der Haß in ihnen, jede Minute von den vierundzwanzig Stunden.
Äußerlich sah alles ganz normal aus. Sobald man aber zwischen den Gesichtern der Arbeiter und denen der Polizeispitzel zu unterscheiden gelernt hatte, zweifelte man nicht mehr daran, daß der Betrieb ein Stückchen Vulkan war und daß man hier auf einem sehr brüchigen, sehr heißen Boden stand.
Obwohl Milada Markova erst vor kurzem ihre Stelle in den Kolben-Daněk-Werken – im Arbeitermund Kolbenka – angetreten hatte, kannte sie den Unterschied bereits. Breda konnte man Vertrauen schenken. Seliger war ein Schuft. Man merkte es schon daran, wie Seliger vor den graugrünuniformierten Nazi-Soldaten kroch, die an den wichtigsten Stellen des Fabrikgeländes Wache standen. Und dazu kam die ölige Stimme, die der Mann hatte, und die Tatsache, daß auf seinem Brot immer irgendeine Scheibe Fleisch lag.
Milada arbeitete in der Kolbenka, weil sie sonst verhungert wäre. Natürlich hätte sie nach Hause zu ihren Eltern zurückgehen können. Aber damit hätte sie ihre Niederlage eingestanden. Ihr Vater, Professor Jan Marek, gehörte zu den prominenteren unter den Redakteuren der Zeitung »Narodni Politika«. Schon immer reaktionär, hatte sich das Blatt nach der Besetzung Prags hundertprozentig auf die Seite der Nazis gestellt. Und Jan Marek hatte die Politik seiner Brotgeber mitgemacht, weil er sein ganzes Leben lang immer auf seiten der jeweiligen Macht gestanden hatte und

weil einem ja nichts anderes übrigblieb – dafür mußt du doch Verständnis haben, Milada, mein Kind.
Aber Milada hatte kein Verständnis dafür. Es hatte einen furchtbaren Krach gegeben. Professor Marek hatte eine ganze Anzahl von Heiligen angerufen und sich bitter beklagt: Hatte er nicht immer das Beste getan für seine Tochter? Hatte er sie nicht unter schweren persönlichen Opfern auf die Universität geschickt? Hatte sie sich jemals etwas versagen müssen? Welch abgrundtiefe Undankbarkeit! Er wußte, woher das alles kam – zu viel Freiheit, sich herumtreiben mit allen möglichen Leuten; aber jetzt war Schluß damit. Dafür würde er sorgen, mit seiner ganzen väterlichen Autorität. Jawohl, das gab er gerne zu, die Schuld lag nicht einseitig bei Milada. Er, der Vater, war auch mit schuld. Sein Versäumnis war es gewesen, daß er sie nicht rechtzeitig und mit genügender Strenge bestraft hatte; viel zu liberal war er gewesen. Aber damit war es ein für allemal vorbei. Er duldete keinen Feind im eigenen Hause, keine Schlange am eigenen Busen.
Die Arbeit in der Kolbenka war schwer. Die Leute wagten nicht, einander viel zu helfen – die Meister hatten darauf zu achten, daß nur miteinander geredet wurde, wenn es zur Durchführung der Arbeit absolut notwendig war. Außerdem wechselten die Arbeiter dauernd. Ständig tauchten neue Gesichter auf. Andere verschwanden. Wohin, wußte keiner. Es gab ein Gesetz, wonach es verboten war, den Arbeitsplatz zu wechseln. Aber schließlich konnte man lebendige Männer und Frauen nicht an den Maschinen festbinden. Und es war schwierig, das Arbeitstempo durchzuhalten, wenn man durch Unterernährung sowieso schlapp war.
Vierzehn Tage, bevor Milada in der Kolbenka antrat, war eine Gruppe von Arbeitern auf allerdings sehr auffällige Art und Weise verschwunden – man hatte sie verhaftet, weil sie angeblich die Parole »Langsam arbeiten!« verbreitet hatte.
Die Politik der Direktion des Werks den Arbeitern gegenüber war zwiespältig: die Fluktuation der Arbeitskräfte bedeutete Produktionsstörungen, und daher waren die Herren dagegen; andererseits wollten sie nicht, daß die Leute im Betrieb Wurzeln faßten, denn das verhinderte die Bildung von gegenseitigen Bindungen, von Vertrauen, von Organisationen.
Nur wenige wirklich unabkömmliche Facharbeiter in gewissen Schlüsselstellungen mußten gehalten werden. Breda war einer von ihnen.

Die Normalschicht machte um sechs Uhr abends Schluß. Seit sieben Uhr früh hatten sie gearbeitet. Die Gesichter sahen eingefallen und übermüdet aus. In langer grauer Reihe defilierten sie an den Posten vor dem stählernen Tor vorbei, das von zwei Maschinengewehren flankiert war. Die Posten durchsuchten jeden sorgfältig, methodisch. Dann durften die Arbeiter den Heimweg beginnen, zu Fuß, langsam, müde, oder auf den klapprigen überfüllten Straßenbahnen.

An der Ecke staute sich eine schweigende Menge vor einer Anschlagsäule. Ein frisches Plakat schien der Grund für die Ansammlung zu sein. Doch niemand sagte etwas, nicht einmal ein Flüstern war zu hören. Die Leute lasen das Plakat – und warteten. Ein paar schüttelten langsam den Kopf.

Es war das Glasenapp-Plakat, mit Reinhardts Unterschrift.

Breda und Milada standen nicht weit voneinander entfernt. Breda hatte den Text gründlich gelesen, hatte versucht, die Bedeutung jeder Zeile, jedes Wortes abzuwägen. Keine Miene in seinem Gesicht rührte sich, obwohl er ein unangenehm trockenes Gefühl im Hals bekommen hatte. Seine Gedanken glitten zurück zu jenem Abend in der Parnaß-Bar, zu den betrunkenen Offizieren, und seine erste klare Empfindung war: Da habe ich noch mal Glück gehabt, bin ich gerade noch weggekommen.

Er rekonstruierte die Ereignisse in der Bar – das Getöse, das die Nazis machten, Dr. Wallersteins Privatvorlesung über Psychoanalyse, schließlich Janoschik mit Eimer und Scheuerbesen – und auf einmal schoß es ihm heiß durch die Nerven: Janoschik! Janoschik konnte sich unter den Verhafteten befinden, eine der Geiseln sein.

Er versuchte Ordnung in seine Gedanken zu bringen. Seit Donnerstag hatte er nichts von Janoschik gehört. Das war schon merkwürdig. Andererseits konnte ein Mensch in so unbedeutender Stellung durchaus übersehen werden. Sollte Janoschik aber doch verhaftet worden sein, so hieß das noch lange nicht, daß sie etwas aus ihm herausbekamen. Von all den Menschen, mit denen Breda bei dieser Arbeit Kontakt hatte, war Janoschik derjenige, bei dem er am sichersten war, daß er sich lieber in Stücke hauen lassen würde, als auch nur ein Wort zu sagen.

Aber daß Janoschik als eine willkürlich herausgegriffene Geisel sterben sollte, schien ihm gleichzeitig tragisch und gegen alle Logik. Im Laufe der Zeit war Janoschik für Breda mehr geworden als ein Kamerad und Mitarbeiter bei einer gefährlichen Sache. Mit seiner Standhaftigkeit, seiner Bierruhe, seinem immer auf das Ziel ausgerichteten Mut, mit seinem gründlichen, klaren Denken, seinem hintergründigen Humor war Janoschik für ihn fast zu einem Symbol seines ganzen Volkes geworden. Breda spürte ein Würgen in der Kehle.

Für die praktische Arbeit bedeutete Janoschiks Verhaftung außerdem, daß niemand da war, der die Adresse von Watzlik an die Eisenbahner weitergeben konnte. Damit wären wochenlanges Risiko und monatelanges Planen verloren. Ein wichtiges Vorhaben könnte nicht durchgeführt werden, die Munitionszüge würden ungehemmt umrangiert werden und ungehemmt weiterrollen, und ihre Fracht würde Tausenden russischen Soldaten den Tod bringen – Menschen, denen er sich verwandter fühlte als seinen eigenen Brüdern.

Die dünne Stimme von Seliger klang aus der Menge heraus. »Repressalien! Repressalien!«, jammerte er, »schon wieder Repressalien! Als ob manche Leute überhaupt nicht lernen wollten, daß man gegen so eine Macht nichts ausrichten kann! Für jeden von ihnen kassieren sie zwanzig von uns. Wenn das so weitergeht, bleibt von uns überhaupt keiner übrig. Wenn der Sturmwind weht, zersplittert der Baumstamm, aber der Grashalm bleibt stehen, denn er weiß sich zu biegen.«

Seliger hatte sich in Hitze geredet. Jedes Zeichen von Widerstand gegen die Besatzer betrachtete er als einen Schlag gegen sich, gegen seine Feigheit, die er ständig vor sich selbst und der Welt zu rechtfertigen suchte.

Die Menge rückte unmerklich von Seliger ab. Er stand ganz für sich allein, immer noch redend, Speichelbläschen in den Mundwinkeln.

Milada war, nachdem sie das Plakat gelesen hatte, sehr aufgeregt. Der Name Glasenapp, die Tatsache seines Todes, das Datum seines Todes, das Schicksal so vieler Menschen, die da für einen einzigen Glasenapp sterben sollten – in ihrem Hirn arbeitete es fieberhaft, und das jammernde »Repressalien! Repressalien!« durchdrang alles und machte sie noch nervöser.

»Was weißt *du* denn schon!« schrie sie Seliger an. Sie hatte vergessen, wo sie sich befand und daß sie sich selbst verriet. »Redest über Erich Glasenapp, über Leute, die du gar nicht kennst!«

Ein starker Arm legte sich um ihre Schulter. Sie spürte, wie sie, halb gestoßen, halb gezerrt, aus der Menge herausgeholt wurde, dann nahm jemand mit eisernem Griff ihre Hand und zwang sie, rasch mitzulaufen. Eine Straßenbahn kam angerattert, hielt. »Aufspringen!« befahl der Mann, und sie stieg auf. Die Bahn fuhr mit einem Ruck an und klingelte blechern.

Erst nachdem sie ein ganzes Stück entfernt waren von der Plakatsäule an der Ecke der Kolbenka-Werke, wurde Milada sich darüber klar, was geschehen war. Der Mann stand neben ihr auf der Plattform der Straßenbahn und ließ ein breites Grinsen sehen.

Milada erkannte ihn wieder. Sie hatte ihn ein paarmal im Betrieb gesehen, aber er hatte nie mit ihr gesprochen. Jetzt sagte er mit

einer angenehm tiefen Stimme: »Das war etwas plötzlich, nicht? Falls ich Ihnen einen Schrecken eingejagt habe, bitte ich um Entschuldigung.«
Ihm gründlich Bescheid sagen, das war ihre erste Regung. Aber in seiner Stimme lag so viel Beruhigendes, und sein Gesicht erschien ihr so offen und klar, daß sie sich besänftigen ließ. »Wenn Sie mir vielleicht erklären möchten...«, sagte sie.
»Vielleicht können wir mein Verhalten etwas später diskutieren«, schlug er vor, »mit etwas weniger Öffentlichkeit. Inzwischen, bitte, glauben Sie mir – was ich getan habe, tat ich, um Ihnen Unannehmlichkeiten zu ersparen.«
»Sie heißen Breda, nicht wahr?« Milada blickte ihn an. »Gesehen habe ich Sie jedenfalls schon, das weiß ich bestimmt.«
»Ich heiße Breda«, flüsterte er ihr zu, »und bin Maschinenschlosser.« Dann sagte er mit gewöhnlicher Lautstärke: »Sind Sie in der letzten Zeit mal auf dem Petschin gewesen? Der Herbst färbt schon die Bäume; und wenn man weit genug hinaufsteigt, sieht man eine erstaunliche Palette von Rot und Gelb und Grün und am Fuß des Berges die Moldau, fast silbern, und über dem Fluß die tausend Dächer der Stadt – alle Formen, alle Schattierungen.«
Unwillkürlich lächelte Milada. »Sind Sie immer so gewalttätig, wenn Sie ein Mädchen auffordern, die Gegend zu bewundern?«
Breda ging auf die Frage nicht ein. »Ich bin oft dort oben«, fuhr er fort. »Das Restaurant ist noch offen. Etwas Gutes gibt's da ja auch nicht, heutzutage. Aber vielleicht kann ich ein anständiges Bier beschaffen, der Kellner ist ein Bekannter von mir.«
Milada willigte ein. Zum erstenmal, seit Pavel ihr entrissen worden war, hatte sie wieder das Gefühl, von jemandem an der Hand genommen und geführt zu werden. Bei Pavel war das so gewesen. Der Fremde hatte, ohne es zu wissen, eine Saite in ihr berührt, die seit langem nicht geklungen hatte.

Rasselnd und quietschend hatte die Straßenbahn das Stadtzentrum durchkreuzt. Jetzt hielt sie am Fuß des Petschin-Berges, bevor sie weiterfuhr, dem Tal der Moldau folgend. Breda und Milada stiegen aus. Sie betraten den Park und begannen den langsamen Aufstieg. Der Park war ziemlich leer. Die Frauen, die mit ihren Kindern hierherkamen, waren längst wieder mit ihnen nach Hause gegangen zu ihrem mageren Abendessen.
Ein paar gelangweilte deutsche Soldaten spazierten herum, immer in Gruppen, niemals allein. Eine alte Frau in einem schäbigen Mantel mit dem gelben Judenstern kam vorbei. Mit einem spitzen Stöckchen spießte sie Papierfetzen auf den Wegen auf. Dann steckte sie jedes Stückchen Papier sorgfältig in einen Sack, den sie

hinter sich herschleppte. Die Alte blickte auf und starrte ausdruckslos auf Milada und Breda. Milada versuchte ein Lächeln der Ermutigung, aber die Frau schüttelte nur den Kopf, und eine schmutziggraue Strähne fiel ihr übers Gesicht; dann beugte sie sich zu einem winzigen Stückchen Papier herab, spießte es auf und schlurfte weiter.
»So oder so«, sagte Milada düster. »Wir sind alle Gezeichnete.«
»Sie müssen lernen, Ihre Gefühle zu verbergen und Ihre Zunge zu zügeln«, sagte Breda. »Dieser Seliger zum Beispiel, mit dem kann man überhaupt nicht reden. Sie wissen das vielleicht nicht, weil Sie erst so kurze Zeit in der Kolbenka sind, aber jedes Wort von dem ist eine Provokation. Jeder Pieps, den er äußert, soll Sie dazu verleiten, sich zu verraten – und Sie hatten sich schon beinahe verraten. Darum habe ich Sie ja von dort weggezaubert. Leider konnte ich's Ihnen nicht erst groß und breit erklären. Wenn Sie jetzt wollen, können Sie mich ausschimpfen.«
»Und warum sind Sie so an mir interessiert?« fragte sie geradeheraus.
Er blickte ihr voll in die Augen. Ihre Augen waren dunkel und sanft und saßen ein ganz klein wenig schräg in ihrem Gesicht. Mund und Kinn, beide fein geformt, ihre ruhige Stirn, ihr glattes schwarzes, in der Mitte gescheiteltes Haar, all das verlieh ihr eine merkwürdige Ähnlichkeit mit Madonnen auf alten Ikonen, die er an der Wand von Bauernhütten in den Karpaten gesehen hatte.
»Mir ist aufgefallen, wie Sie das Plakat lasen. Auf Ihrem Gesicht spiegelt sich viel zuviel von dem, was in Ihnen vorgeht. Sie zeigten eine Erregung, die entschieden größer war, als diese gewiß abscheuliche Sache rechtfertigt. Denn selbst das größte Gefühl der Empörung, wissen Sie, stumpft sich ab unter dem dauernden Druck von Grausamkeit und Terror. Und der Seliger schien auch was gemerkt zu haben. Vielleicht überschätze ich ihn – möglich, aber er ist nicht dumm. Und sollte sein Gerede auf Sie gemünzt gewesen sein, so sind Sie prompt darauf hereingefallen.«
Milada spürte, wie ihr übel wurde. Sie stützte sich auf Bredas Arm.
»Angst sollen Sie nicht haben. Nur vorsichtig sollen Sie sein«, sagte er mit Wärme.
»Und wem soll man vertrauen?« fragte sie gequält. »Einen schönen Rat geben Sie mir. Wenn ich ihn befolge, sind Sie der erste, gegen den ich mich wenden muß.«
»Sicher«, nickte er. »Und wenn Sie es wünschen, werden wir jetzt Schluß machen und uns trennen und vergessen, daß wir je miteinander gesprochen haben.«
Sie gingen weiter, stumm. Die Sonne neigte sich dem Horizont zu

und übergoß den Himmel mit roter Glut. In der Luft war der herbe Duft sterbender Blätter.

»Ist doch schön, was?« sagte Breda. Sie hatten eine Lücke zwischen den Bäumen erreicht. Die Stadt lag vor ihnen ausgebreitet, ihre engen Dächer, ihre vielen Türme glänzten in der sinkenden Sonne. Zur Linken erhob sich der Hradschin, gekrönt von dem Schloß und dem Dom, in dessen Fenstern ein goldenes Feuer leuchtete.

»Und doch«, fuhr Breda fort, »kann man nicht leben, ohne jemandem zu vertrauen. Diese Nazis sind über unsere Grenzen gekommen, um den Herrn zu spielen über dies alles« – mit einer großen Bewegung seines Armes umschloß er die ganze abendliche Schönheit Prags. »Sie haben Bruder gegen Bruder gesetzt, Freund gegen Freund, Vater gegen Sohn, denn nur so können sie überhaupt herrschen, sonst wären ihre Panzer und ihre Gewehre und ihre Bajonette machtlos. Ich könnte Ihnen auch nicht erklären, Milada, warum ich Vertrauen zu Ihnen habe, selbst wenn Sie mir die Frage stellten. Ich hab mal einen Hund gehabt, er hieß Bischof. Eines Nachts habe ich ihn aufgegriffen, oder richtiger, er mich – er ist mir einfach nachgelaufen. Eine unglaubliche Promenadenmischung. Nun frage ich Sie, warum ist er ausgerechnet mir nachgelaufen? Was hat ihm Vertrauen zu mir eingeflößt? Seine Nase wahrscheinlich, sein Hundeinstinkt. Sie verzeihen mir hoffentlich den Vergleich. Heutzutage, wo man sowieso jede Empfehlung doppelt überprüfen, jede Aussage doppelt abwägen muß, finde ich es manchmal am sichersten, man verläßt sich auf seinen Instinkt. So, nun habe ich Ihnen eine ganze Menge über mich gesagt. Sie wissen jetzt mehr über mich als ich über Sie. Sie sind im Vorteil – nun ziehen Sie nach.«

Milada spürte, daß dieser Breda klüger und reifer war als sie. Und sie wußte, daß er sehr geschickt gewesen war, als er ihr den Vorteil zuspielte und ihr so viel über sich sagte – das verpflichtete sie. Sie sträubte sich gegen Verpflichtungen. Und durch seine Überlegenheit fühlte sie sich in die Defensive gedrängt. Mit Pavel war das anders gewesen. Pavel hatte weder über noch unter ihr gestanden: in der Gemeinsamkeit hatte die Grundlage für ihre Liebe und Freundschaft gelegen und natürlich in ihrer gemeinsamen Arbeit an der Universität.

Warum verglich sie überhaupt Breda mit Pavel? Breda drängte sich ein in ihr Leben, kaum merkbar und doch unwiderstehlich.

Schärfer, als sie beabsichtigt hatte, erkundigte sie sich: »Was wollen Sie eigentlich von mir?«

»Ich habe Sie davon abgehalten, dem Seliger zu verraten, was Sie in der Sache Glasenapp wissen. Ich möchte, daß Sie es mir sagen.«

»Warum?«
»Weil ich glaube, daß ein Freund von mir, einer der tapfersten Menschen, die ich kenne, in großer Gefahr schwebt und weil das, was Sie wissen, ihm vielleicht helfen könnte.«
»Ist er einer von den Geiseln?«
Breda zögerte. »Schwören kann ich es Ihnen nicht. Aber ich befürchte es. Die Gestapo veröffentlicht die Namen ihrer Opfer erst, nachdem sie tot sind – wenn überhaupt. Doch selbst wenn all die zwanzig, die da sterben sollen, mir völlig fremd wären und wenn das, was Sie wissen, benutzt werden könnte, um ihnen zu helfen, um für sie zu kämpfen, um für ihr Leben zu kämpfen – ich würde Sie anflehen, es mir mitzuteilen.«
Milada versuchte nachzudenken. Seine Worte waren aufrichtig gewesen und kamen offensichtlich aus vollem Herzen. Und doch war sie ein ganz klein wenig enttäuscht – nach all seinen schönen Reden wollte er nichts weiter von ihr als eine Auskunft.
Dabei drängte alles in ihr nach einer Aussprache. Seit sie das Glasenapp-Plakat gelesen hatte, war die Wahrheit, die sie doch wußte, wie eine Last auf der Brust gewesen, die drohte, ihr die Kehle zuzuschnüren. Und je mehr der Text in ihr Bewußtsein drang, desto toller waren die Ideen gewesen, die ihr in den Kopf kamen.
Sie hatte sogar daran gedacht, der Gestapo zu melden, daß Glasenapp..., aber dieser Plan war so kindisch gewesen, daß sie ihn selbst sofort wieder fallengelassen hatte.
Wenn nun Breda wirklich etwas unternehmen könnte?
»Glasenapp ist nicht ermordet worden«, sagte sie. »Er hat Selbstmord begangen.«
Breda ging ruhig weiter. Das Gleichmaß seiner festen Schritte änderte sich nicht. Milada hatte zumindest irgendein Zeichen von Überraschung erwartet.
»Sind Sie denn gar nicht erstaunt?« fragte sie.
Breda lächelte. »Nein. Sehen Sie, wenn ein Plan bestanden hätte zur Liquidierung des Leutnants Glasenapp, so hätte mein Freund mich aller Wahrscheinlichkeit nach davor gewarnt, an jenem Abend ins Parnaß zu kommen. Aber ich war dort.«
»Sie haben Glasenapp noch gesehen?«
»Ja. Er sah ziemlich aufgelöst und deprimiert aus. Außerdem war er furchtbar betrunken.«
»Armer Kerl«, sagte Milada.
Es dunkelte. Breda versuchte, den Ausdruck ihres Gesichts, das schon voller Schatten war, zu ergründen. »Ich finde es jedoch bemerkenswert«, sagte er, »daß Sie sich des Selbstmords von Glasenapp so sicher sind. Es könnte ja ein Unfall gewesen sein.

Oder einer seiner eigenen Leute könnte ihn aus irgendwelchen Gründen umgelegt haben.«
»Nein, er hat Selbstmord begangen«, wiederholte Milada heiser. Wie sollte sie diesem Mann diesen ganzen Komplex von gehemmter Zuneigung und irgendwie rührender Fürsorge begreiflich machen, die Gründe und Motive für die große Lüge des Leutnants Glasenapp?
»Als er mir sagte, daß er sich umbringen würde«, begann sie wieder, »habe ich ihn ausgelacht. Ausgerechnet du, habe ich ihn verspottet, nicht einmal dazu hast du genug Charakter. Er sah auch aus, als wäre überhaupt nichts mehr mit ihm los, als er da in meinem Zimmer stand, das Schuldbewußtsein in Person.«
»Und seine Schuld?« fragte Breda.
Sie waren in dem Restaurant angelangt. Eine Anzahl Tische stand auf einer Terrasse, von der aus man das Moldautal und die Stadt überblickte. Um diese Zeit, am Abend, war es hier fast leer. Dennoch sah sich Breda die Terrasse und die wenigen Leute, die an entfernteren Tischen saßen, mit großer Sorgfalt an, bevor er und Milada sich niederließen.
»Und doch hat er mir leid getan«, sagte das Mädchen. »Das ist nicht richtig, ich weiß. Tun wir denen je leid? Aber er hat mir das Leben gerettet, wissen Sie...«
Der Kellner erschien geräuschlos und brachte Bier. Dann waren die beiden wieder allein.
Breda verstand nicht. Daß ein deutscher Offizier eine Tschechin rettete, kam selten genug vor. Worin bestand aber dann seine Schuld ihr gegenüber? »Warum sprachen Sie von seiner Charakterschwäche?«
Milada nippte an ihrem Bier. Sie lehnte sich zurück und schloß die Augen. Obwohl er den Verlauf der Dinge doch oft genug beschrieben hatte, war Glasenapp nie darauf zu sprechen gekommen, warum er ihr das Leben rettete. Einmal, als sie noch im Bett festlag wegen ihrer Wunde, hatte sie ihn gefragt: »Du mußt doch Gründe gehabt haben. Der Mensch handelt doch nicht ohne Gründe. War es Mitleid? Oder dein Gewissen? Wolltest du an mir gutmachen, was eure Soldaten meinem Volk angetan haben?« Glasenapp hatte widersprochen: »Was – ich? Die deutsche Wehrmacht hat überhaupt nichts getan, wofür irgend jemand irgend etwas wiedergutzumachen hätte. Lächerlich!«
»Ich hätte eine ganze Menge Fragen.« Bredas Worte versetzten sie in die Gegenwart zurück. »Doch vielleicht ist es einfacher, wenn Sie mir die ganze Geschichte erzählen, glauben Sie nicht?«
»Ich habe lange Zeit gebraucht, um ihn endlich zu durchschauen.« Milada sprach mit großer Intensität. Sie mußte Breda überzeugen,

daß ihr Verhältnis zu Glasenapp von ihr aus gänzlich passiv gewesen war. »Richtig kennengelernt habe ich ihn eigentlich erst am Tage seines Todes. Da aber habe ich ihn gehaßt.«
Breda drängte sie nicht. Er wußte, es war ihm gelungen, zwischen Milada und sich gegenseitiges Vertrauen zu schaffen.
»Erinnern Sie sich an die Kämpfe vor der Universität?«
Breda nickte. »Jawohl. Die Nazis beschlossen, die Universität zu schließen. Sie merkten, daß sie den Leuten nicht vorschreiben konnten, was sie zu denken hatten. So schickten sie Soldaten. Und die Studenten versuchten, ihre Universtiät zu verteidigen.«
Milada packte ihn erregt am Ärmel. »Wissen Sie, was Glasenapp darüber gesagt hat? – Als ob das wirklich von Wichtigkeit wäre – sich auf engen Bänken herumzudrücken und Kolleghefte vollzuschmieren mit Notizen über Gedanken und Vorstellungen von einer Welt, die längst in Stücke geschossen worden ist. Hat er gesagt. Und dabei war er selbst Lehrer!
Er hat einen Zug deutscher Soldaten kommandiert in den Kämpfen um die Universität – und ich befand mich unter den Studenten. So haben wir uns getroffen.«
»Als ich Sie in der Kolbenka zu beobachten begann«, warf Breda ein, »habe ich gesehen, daß Sie noch keine große Praxis an der Maschine haben. Was haben Sie denn studiert?«
»Geschichte und Literatur. Deutsche Literatur noch dazu!«
Milada lachte bitter. »Sie sind mit ihren Bajonetten gekommen, auf denen die Sonne geblitzt hat – und ich kannte ihre Gedichte!«
Breda erhob sein Glas. »Trinken wir auf eine Zeit, wo Gedichte schwerer wiegen als Bajonette!«
Sie trank und fragte traurig: »Darauf hoffen Sie noch? – Meine Eltern und ich sind mal in Nürnberg gewesen, als Touristen. Und da haben wir auch die mittelalterliche Folterkammer besucht, die es dort zu sehen gibt. Darin steht, sorgfältig aufgehoben, die Eiserne Jungfrau. Ich kann mich noch ganz genau an die trockene, harte Stimme des Fremdenführers erinnern. Er hat uns erklärt, wie das funktioniert – diese eiserne Kammer, die geformt ist wie ein Menschenleib. Ich hab oft genug Alpträume davon gehabt. Innen sind lauter stählerne Dorne angeschmiedet, die durch die Jahrhunderte scharf und spitz geblieben sind. Und diese Dorne gruben sich ins Fleisch des armen Opfers ein.«
Breda legte seine Hände zusammen. Er konnte sich die Grausamkeit der unerbittlichen Jungfrau gut vorstellen.
»Vor unserer eigenen Universität«, fuhr Milada fort, »waren wir in so einer Jungfrau gefangen, ihre Dorne schlossen sich um uns und schnitten tiefer und tiefer. Als wir schon gar keinen Raum

mehr hatten, uns zu rühren, als wir sahen, daß die Nazi-Bajonette kein menschliches Rühren kannten, hat mein Pavel mit ein paar Jungens zusammen einen Stoßkeil gebildet und sich in die Bajonette geworfen, um einen Weg zu bahnen, damit wir heraus könnten. Ich glaube nicht, daß es ihm gelungen ist. Ich weiß es nicht. Denn in dem Augenblick begannen die Nazis zu feuern, und alles stürzte zusammen. Mich hat's auch getroffen, und ich verlor das Bewußtsein. Ich habe Pavel nie wiedergesehen.«
Breda fühlte sich, wie immer, wenn er den Tragödien anderer gegenüberstand, winzig und hilflos. »Tapferer Junge«, sagte er schließlich verlegen.
»Mein Liebster«, antwortete Milada einfach.
»Und dann?«

»Glasenapp war in vieler Beziehung ein sonderbarer Mensch«, sagte Milada nach einer langen Pause. »Ich sehe ihn noch vor mir, wie er auf der Armstütze des Lehnstuhls in meinem Zimmer hockte und mit seinen Armen in weißen Hemdsärmeln gestikulierte. Ich verlangte immer von ihm, daß er sich seinen Uniformrock auszog. Schon der Anblick der Uniform war mir widerlich.
Er hat mir gern davon erzählt, wie er mir das Leben gerettet hat. Die Sache schien ihm sehr viel zu bedeuten. Aber er sprach von mir immer in der dritten Person, ›das Mädchen‹ – niemals ›du‹. Als ob er es nicht ertragen könnte, von mir als von einem seiner Opfer zu denken.«
»Das wäre noch verständlich«, murmelte Breda. Im Dämmerlicht trat die eigentümliche Schönheit des Mädchens noch deutlicher hervor.
»Seine Aufmerksamkeit, sagte Glasenapp, sei durch ein Paar schwere Soldatenstiefel erregt worden. Diese Stiefel seien außerordentlich groß und schwarz und schwerfällig gewesen. Und sie seien auf einem Körper herumgetreten, dem bewegungslosen Körper eines Mädchens, das da im Staub lag. Dann seien die Stiefel fortgegangen, ihr Besitzer habe sich wohl der Beseitigung der letzten Reste von Widerstand unter den Studenten gewidmet. Und Glasenapp ging, um sich den Körper dieses Mädchens näher zu betrachten..., meinen Körper. Warum, habe er selbst nicht gewußt. Er gab sich selten Rechenschaft über die Gründe für sein Tun und Lassen. Er bückte sich also und hob ihren Kopf. Ihr Gesicht sei schmerzverzerrt gewesen, ihre Augen weit offen. Ihre Lippen bewegten sich und formten unhörbare Worte. Aus einer Schulterwunde tropfte Blut und verfärbte ihr Kleid. Er hob sie auf – und sie sei so überraschend leicht gewesen, daß er mit seiner Last

hatte rennen können, durch verödete Straßen, an verschlossenen Häusern mit toten Fenstern vorbei – bis er schließlich eine Taxe fand.«

»Ein gutes Auge für Einzelheiten hat er gehabt«, bemerkte Breda. »Oder war das seine Art zu versuchen, sich bei Ihnen beliebt zu machen?«

Milada bezweifelte das. »Er hat so viel Zeit bei mir verbracht, und es gab so wenig anderes, worüber wir sprechen konnten.«

Doch Breda gab sich nicht zufrieden. »Warum hat Glasenapp sich so angestrengt, Sie zu retten? Nach den Spielregeln dieser Leute ist menschliches Gefühl etwas Verächtliches, oft sogar verboten. Und besonders Mitgefühl für solche Untermenschen, die es wagen, dem deutschen Marschtritt zu widerstehen. Die Pflicht des Herrn Glasenapp wäre es gewesen, dem Mädchen die Pistole an die Stirn zu setzen und abzudrücken. Oder sie einfach liegenzulassen und den Dingen zu gestatten, ihren natürlichen Lauf zu nehmen.«

Trotz der Konsequenz dieser Worte erschien Milada ruhig und gelassen. Diese Zeit härtet, dachte Breda.

»Warum er das getan hat?« griff Milada Bredas Frage auf. »Ich glaube kaum, daß Glasenapp das selber wußte. Sehen Sie, er hungerte direkt nach menschlichen Bindungen – nicht mit seinen Soldaten: mit Menschen. Und doch stempelte ihn seine Uniform zum Feind aller Menschen, und er wurde immer einsamer und unzufriedener mit sich selbst. Als Nazi war er ein trauriger Versager, denn er war menschlichen Regungen zugänglich. Wenn er aber ein Mensch war und kein Nazi, so hatte er als Mensch versagt.

Er war wie erstarrt. Er fürchtete, dieser Krieg würde nie aufhören, und seine besten Jahre würden vergehen, ohne ihn weiterzubringen.

Ich weiß nicht, sagte er oft, was eigentlich mit mir los ist. Andere passen sich doch an. Warum sich den Kopf zerbrechen? denken sie. Aber ich? Mit mir ist's schon aus gewesen von dem Tag an, wo sie mich aus meiner Mädchenschule in Mainz herausgerissen und in diese Wehrmacht gesteckt haben. Ekelhaft – so ein Offizierslehrgang, und dann in ganz Europa herumgeschoben werden. Nirgends Zeit, und nirgends Erde, um Wurzeln zu schlagen. Unsereiner gehört eben ins Offizierskasino – und das ist in jeder Stadt dasselbe: diese Gesichter um den Tisch herum, das Gesaufe und die Hitlerbilder.«

»Und natürlich«, spann Breda den Gedanken weiter, »hatte er nicht die Kraft, sich von diesen Gesichtern um den Tisch herum und den Hitlerbildern loszureißen.«

»Wenn ich Ihnen nur sein Gesicht beschreiben könnte«, sagte sie. »Dann würden Sie ein Gefühl dafür kriegen, was für ein Mensch er war. Aber alles an ihm war so verwaschen. Wie ein Aquarell, das in den Regen geraten ist.«
»Und dann hat er sich natürlich in Sie verliebt?« bemerkte Breda.

»In der Taxe kam ich zu Bewußtsein«, nahm Milada ihre Erzählung wieder auf. »Irgendwie brachte ich es fertig, meine Adresse zu stammeln. Er brachte mich nach Hause. Ich war über einen Monat krank und völlig geschwächt. Glasenapp hat mir oft gesagt, daß sein Dienst und was damit zusammenhing – Offiziere und Soldaten, Märsche und Inspektionen –, allmählich ihre Wichtigkeit für ihn verloren und zu einer reinen Nebensache wurden, zur Unterbrechung seines Zusammenseins mit mir. Er sagte, daß er zum erstenmal in seinem Leben Stolz auf sich selber empfände, denn er mußte ja Dutzende von verschiedenen Ausreden und Lügen erfinden, um von seinen Kameraden und Vorgesetzten wegzukommen. Natürlich machten sie sich lustig über seine Geheimnistuerei. Patzer, sein Hauptmann, warnte ihn, das wäre doch gefährlich, so allein in Prag herumzustrolchen. Ein deutscher Offizier allein – den legt man rasch um! – Und der Herr Hauptmann schnipste mit den Fingern. Durch all das kam Glasenapp sich vor wie ein Märtyrer. Wenigstens habe er jetzt etwas, sagte er, um das herum er Gedanken und Hoffnungen spinnen könne. Er pflegte mich. Er gab der Zimmerwirtin Geld für Lebensmittel und Medizin. Um zu vermeiden, daß ein Arzt geholt würde, der den Fall vielleicht gemeldet hätte, ließ er sich von seinem Truppenarzt beraten und gab vor, es handele sich um einen Verwandten, der natürlich genau meine Symptome hatte.«
Breda überlegte. Tatsachen blieben Tatsachen. Der Mann wuchs in seinen Augen. Aber Breda sah auch, daß Milada unbewußt versuchte, ihre Beziehungen zu dem Mörder Pavels zu rechtfertigen.
»Krank und allein sein«, sagte sie tonlos, »es gibt nichts Schlimmeres. Man hat diese Fieberhitze in den Händen und ein Gefühl, als gehörten sie einem gar nicht. Die Schmerzen machen sich selbständig und tanzen wie verrückt um einen herum. Und es ist auch niemand da, vor dem man sich zusammennehmen müßte – sich selber Theater vorzumachen lohnt nicht. Denn man weiß ja, was für fürchterliche Angst man hat. Und man wünscht sich so, daß jemand einem ein paar tröstliche, freundliche Worte zuflüstert. Wie habe ich mich danach gesehnt, daß jemand neben meinem Bett sitzt. Das ist alles, was ich ihm gegenüber je empfunden habe. Er durfte meine Hand halten, ja. Er hat mich auch geküßt, auf die

Stirne meistens und ganz leicht. Es machte ihn glücklich.«
»Haben Sie denn keine andern Freunde gehabt?« Breda hatte sein Bier ausgetrunken und betrachtete den Boden des Glases.
»Sie kamen aber nicht. Erst später erfuhr ich, daß sie beschlossen hatten, sich fernzuhalten, da sie einen Nazi-Offizier in der Wohnung ein und aus gehen sahen. In meinen Fieberträumen, so erzählte mir Glasenapp, rief ich nach Pavel. Und sobald ich wieder klar denken konnte, bat ich die Zimmerwirtin, sich nach ihm zu erkundigen. Aber sie konnte Pavel nicht finden, jemand anderes hatte sein Zimmer gemietet. Ich entnahm daraus, daß er sich versteckt hielt oder verhaftet war.«
»Pavel hat mit den Studenten gearbeitet?« fragte Breda.
»Er war einer ihrer Führer. Er war wie dazu geboren. Wenn Sie ihm je begegnet wären, Sie wären sofort sein Freund geworden. Eine Kraft ging von ihm aus, Licht, Leben – darum kam mir gar nicht der Gedanke, daß er tot sein könnte. Der Tod und er – das paßte nicht zueinander.
Und Glasenapp tat alles, um meine Hoffnung nicht erlöschen zu lassen.«
»Wirklich?« Etwas am Verhalten des Leutnants war Breda unklar geblieben.
»Glasenapp wußte doch, daß ich ihn nur um mich litt, weil ich Angst hatte vor dem Alleinsein. Aber dann sah ich ihn wieder vor mir, wie er seinen Soldaten befahl, das Bajonett aufzupflanzen und gegen uns vorzugehen. Oder ich sah die Eiserne Jungfrau, und sie trug sein Gesicht! Dann schrie ich: Gehen Sie! Lassen Sie mich in Ruhe! Nur um ihn ein paar Minuten später um Verzeihung zu bitten, denn er hatte mir doch mein Leben gerettet. Ich war krank und innerlich ganz zerrissen. Er sah das sehr gut. Und er fürchtete, mich zu verlieren, sobald ich erfuhr, daß Pavel tot war. Er wußte, daß ich auf Pavel wartete und daß der Wille, ihn wiederzusehen, mich am Leben erhielt.«
Milada konnte nicht weitersprechen. Breda nahm ihre Hand. Sie blickte auf das letzte Grau des Tages, das zögernd noch über den Türmen des Hradschins stand. Ein kühler Wind strich durch die Bäume.
»Wenn Pavel verwundet wäre oder sich versteckt hielte, so würde er mir doch irgendwie Nachricht zukommen lassen – daran klammerte ich mich. Aber keine Nachricht kam. Und je länger ich ans Bett gefesselt war, desto verzweifelter wurde ich. Such nach Pavel, bat ich Glasenapp. Du bist doch Offizier, du kannst es doch tun. Frag nach bei der Polizei, bei der Gestapo, beim Stab. Wenn du Pavel für mich findest, verspreche ich dir ewige Freundschaft. Du hast doch nie in deinem Leben einen Freund gehabt...«

Breda verzog das Gesicht. »Glasenapp, der doch Ihr Geliebter werden wollte, sollte im Ernst Nachforschungen anstellen nach Ihrem Geliebten?«
»Er hat mir hoch und heilig geschworen, daß er es tun würde«, erklärte Milada lebhaft. »Es ist ein großes Risiko für mich, hat er noch gesagt, aber ich werde es machen. Wie sich herausstellte, war das Risiko nicht so groß. Eine Anfrage in der Leichenhalle genügte.«
Es war dunkel geworden, und Schatten verhüllten den Berg. Der Wind, der vom Fluß heraufwehte, wurde stärker. Blätter lösten sich zitternd von ihren Zweigen und schaukelten langsam zur Erde.
»Glasenapp kam zurück zu mir und log. Eine Notlüge, könnte man sagen, erfunden, damit er mich weiter besuchen konnte. Pavel sei am Leben, sagte er, die Gestapo hielte ihn gefangen. Ich kenne Sie kaum, Kollege Breda. Aber ich hoffe, Sie lieben niemanden. Ich habe Qualen durchgemacht und habe daraus gelernt, daß man sich in dieser Zeit Liebe nicht leisten kann. Sie würgt einen ab.«
Breda schwieg. Dann sagte er: »Es braucht nicht immer so zu enden.«
»Aber auch nur fürchten zu müssen, daß es so enden könnte!« Milada dachte einen Augenblick nach. »Immerhin bin ich Glasenapp gegenüber aufrichtig gewesen. Ich habe ihm noch einmal erklärt, wie es zwischen Pavel und mir steht und daß ich es ihm nicht übelnehmen würde, wenn er sich aus der Sache heraushielte und meine eigenen Probleme mir überließe. Aber Glasenapp tat großartig und uneigennützig. Ein Mann, ein Wort! Wenn nötig, werde er bis zu Heydrich gehen, um mir meinen Pavel wieder zu verschaffen. Vielleicht hatte Glasenapp auch recht, daß er so sprach. Ich war so krank und herunter, und ich wäre vielleicht gestorben, wenn er mir nicht diese Hoffnung gemacht hätte.«
Die Schritte des Kellners näherten sich auf dem Kies der Terrasse. »Wir schließen jetzt«, sagte er, »und für Sie wäre es auch besser, Sie gingen nach Hause. Die sind jetzt sehr streng, seit sie den deutschen Offizier umgelegt haben.«
»Bedauerlich, was?« antwortete Breda und überließ es dem Kellner zu entscheiden, was nun eigentlich bedauerlich war: die polizeilichen Verschärfungen oder der Tod des Leutnants Glasenapp.
Breda und das Mädchen gingen langsam bergab durch die Nacht. Er stützte Milada unter dem Ellbogen und führte sie. Er spürte so etwas wie Zuneigung für sie. Die neue Haut über der großen Wunde, die sie erlitten hatte, war noch so dünn und leicht

verletzlich, daß alles in ihm danach drängte, Milada in seinen Schutz zu nehmen.
Denn das Leiden anderer traf ihn noch – er gehörte zu jenen Männern, die sich die Fähigkeit bewahrt haben, ungeniert und offen zu weinen. Aber er versuchte auch, etwas gegen das Leiden, das er sah, zu unternehmen. Und da die Erfahrung ihn gelehrt hatte, daß man allein nur wenig tun konnte, war er ganz natürlich dazu gekommen, sich mit anderen zu verbünden, die für dasselbe Ziel kämpften. So wuchs bei ihm aus dem Gefühl die innere Kraft, der nüchterne Plan und der Mut.
Er dachte nach über Janoschik und Milada, und wie merkwürdig es doch war, daß gerade er dem einzigen Menschen begegnet war, der den Schlüssel zur Aufklärung der ganzen Sache in der Hand hielt. Doch bedeutete dieser Mensch schon mehr für ihn als nur ein zufälliges Mittel zum Zweck.

»Um so härter traf es mich dann, als ich erfuhr, daß Pavel tot war«, sagte Milada. »Ich erfuhr das am Donnerstag früh, als ich in den Buchladen an der Ecke kam, wo Pavel und ich uns häufig Bücher geliehen haben. Die Verkäuferin redete drauflos – Sie wissen schon, wie solche Verkäuferinnen sprechen. Wie sie sich freute, mich mal wieder zu sehen, und wo ich denn die ganze Zeit gewesen wäre? Ich hörte nur halb hin, ich blätterte in einem Buch. Plötzlich sagte sie etwas, das zu mir durchdrang. Wie bitte? fragte ich. Die Verkäuferin wiederholte: Wir haben versucht die Bücher zurückzubekommen, die Pavel sich seinerzeit geliehen hatte. Wissen Sie vielleicht, wo sie sein könnten? Schon gleich nach seinem Begräbnis haben wir uns darum gekümmert... Begräbnis? Es hat uns ja auch so erschüttert! plapperte sie weiter. Pavel und noch sechzig junge Leute, die alle vor der Universität gefallen sind – in einem Massengrab. Nicht mal ein eigenes Loch in der Erde hat man den Ärmsten gegönnt. Ich hab so darüber geweint, ich hab mich gar nicht beruhigen können – es waren ja gute Kunden von uns dabei, Sie wissen ja... Begräbnis? Pavels Begräbnis! Alles um mich herum – die Bücher in den Regalen an der Wand, die Bilder, die Lampen, die Decke –, alles fing an zu schwanken.«
Milada und Breda hatten den Park verlassen und gingen durch graue, glanzlose Straßen. Was von der Höhe des Petschin aus flimmernde Schönheit gewesen war, hatte sich in häßliche Details aufgelöst, Straßenlampen, die trübe flackerten, müde Häuser, müde Menschen.
»Wie ich wieder in mein Zimmer gekommen bin, weiß ich nicht«, fuhr Milada fort. »Jedenfalls war ich dort, als ich wieder zu mir kam, und Glasenapp fragte mich: Was ist denn los, Mädchen? Du

hättest noch nicht ausgehen dürfen. Du bist noch nicht stark genug. Mir war, als sei alles in mir abgestorben. Es ist mir auch unklar, woher ich die Kraft nahm, überhaupt zu sprechen. Ich sagte nur ein paar Worte: Pavel ist tot. Du hast mich belogen. Du selber hast ihn umgebracht. Milada! bat er mich. Sein Gesicht war wie Pergament, alle Farbe war daraus gewichen. Ich glaube, daß Frauen stärker hassen als Männer, gerade weil Frauen im allgemeinen schwächer sind und ihren Haß nicht immer in die entsprechende Tat umsetzen können. Ich erinnere mich eines jeden Wortes, das ich Glasenapp gesagt habe, denn ich habe sie ihm oft genug wiederholt: Du hast Pavel ermordet. Dann hast du vorgegeben, er wäre am Leben, damit du deinen Spaß haben kannst mit mir. Und Hoffnungen hast du mir nur gemacht, damit du sie mir nachher um so sadistischer zerstören kannst.«
Schon gut, Mädchen, hör auf! dachte Breda. Was sie erzählte, ließ alles Schreckliche in ihr wieder aufleben. Und er wollte sie nicht quälen.
Aber sie fuhr mit ihrer Erzählung fort: »Erst schlagt ihr einen bewußtlos, habe ich ihm gesagt, dann schüttet ihr einem Eiswasser über die Haut, damit man wieder fühlen und denken kann und damit ihr euer Vergnügen habt an unserem Schmerz! Könnt ihr einen nicht wenigstens in Ruhe krepieren lassen? Später wurde ich ruhiger. Ich sprach von mir, als wäre ich eine fremde, um ihr Liebstes trauernde Frau. Ich erzählte Glasenapp von Pavel – was für ein wunderbarer Mensch er gewesen war, wie gut und gescheit. Pavel wollte Arzt werden, er wollte immer anderen Menschen helfen. Ich erzählte von dem Kind, das Pavel und ich haben wollten, sobald wir's uns leisten konnten. Wie heißes Pech habe ich über Glasenapp all die Träume gegossen, die ich geträumt habe, all die Träume, die er und seine Nazis für immer zerstört haben. Und es waren ja nicht nur meine Träume, sagte ich, nicht nur meine Zukunft – sondern die Träume und die Zukunft aller Menschen wie ich.«
So ungefähr, dachte Breda, hätte ich's auch ausgedrückt. Sie gehört schon zu uns, zu Janoschik und zu mir.
»Glasenapp hat immer wieder versucht, einen Einwurf zu machen, sich zu verteidigen. Ich habe ihn einfach nicht angehört. Für mich war er nicht mehr eine Einzelperson, etwa ein einzelner deutscher Offizier – vielmehr war er ein Symbol. In seiner traurigen Gestalt stand vor mir ihre ganze mörderische Maschine. Und was ihnen allen galt, mußte er schlucken. Konnte er aber nicht. Lächerliche Tränen liefen ihm über sein pickliges Gesicht, es war einfach unangenehm. Selbst als Sinnbild und Inbegriff des Feindes war er ein Versager.«

Breda konnte sich jetzt vorstellen, wie das klägliche Ende des Leutnants gewesen sein mußte: wie er bis zum Rande der Mole stolperte, voll mit Schnaps und Schuldgefühlen, wie dann die Silhouette des Mannes verschwand und nur die zarten schwarzen Umrisse der Häuser am anderen Flußufer blieben, die sich gegen das Dunkelblau des Himmels abzeichneten.
»Er versuchte zu erklären«, fuhr Milada fort. »Ja, er habe gewußt, daß Pavel tot war. Er habe mir nicht die Wahrheit gesagt, um mich zu schonen, und auch aus Angst, mich zu verlieren. Bevor er mir begegnet sei, habe sein Leben keinen Sinn gehabt, sagte er. Ich sei zum Mittelpunkt seines Seins geworden, ohne mich könne er nicht weiterleben. Ganz elend und vereinsamt bin ich, sabberte er mir vor. Und was ich auch getan habe, war selbstlos, in der besten Absicht. Ich liebe dich.«
Sie verstummte. Nach einer Weile brach Breda das Schweigen: »Er hat Sie also gepflegt, damit Sie von ihm abhängig würden. Und um Sie an sich zu binden, hat er so getan, als kümmere er sich um Pavels Freilassung. Gar keine dumme Berechnung.«
»Er drohte sich umzubringen, wenn ich ihn fortschickte«, sagte Milada. »Darauf fragte ich ihn, ob er glaube, sein Selbstmord bedeute einen Verlust für die Menschheit. Ich erinnerte ihn an den Zweck, dem sein Leben doch geweiht sei – Krieg zu führen für Hitler und Großdeutschland, zu rauben, zu sengen, zu morden und sich an verwundete Frauen heranzumachen, die zu schwach waren, ihn zum Teufel zu jagen.«
»Ging er dann wenigstens?« fragte Breda.
Milada nickte. »Er ging. Und ich habe auch nichts mehr von ihm gehört – bis ich das Plakat sah. Und als Seliger anfing mit seinem: Repressalien! Repressalien!, habe ich eben gesprochen. Jetzt werden Sie verstehen, warum. So viele Menschen sollen sterben wegen dieses Glasenapp? Das kann man doch gar nicht zulassen! Da muß man doch etwas tun!«
»Und was schlagen Sie vor?« fragte Breda.
»Ich habe keinen Plan. Ich habe ja auch noch keine Zeit gehabt, darüber nachzudenken. Aber ich fühle mich mitverantwortlich für die Menschen, um die es geht.«
Auch Breda sah noch nichts Konkretes vor sich. Was Milada ihm erzählt hatte, mußte er erst ganz genau überdenken.
Welches Gewicht war diesem Glasenapp in der ganzen Sache überhaupt zuzumessen? Sehr wenig – nicht mehr als dem Steinchen, das sich irgendwo ganz oben im Gebirge loslöst und eine Lawine ins Rollen bringt.
Und doch hatte die Gestapo ihren ganzen Fall auf der Lüge von Glasenapps Ermordung aufgebaut. Nun gut – praktisch stand

alles, was diese Leute taten, auf einem Boden von Lüge und Betrug. Aber andererseits wußte Breda, daß es bei den Nazis eine Art verdrehter und perverser Logik gab, mit der sie ihre Taten rechtfertigten. Nach dieser Logik wurde aus ganz gewöhnlichem Diebstahl Sozialismus, aus Mord Selbstverteidigung; und aus Vergewaltigung wurde Rassenaufbesserung. Sie verbrannten ihren eigenen Reichstag, hatten aber nicht die Courage, sich zu ihren Taten zu bekennen, und veranstalteten ausführliche Prozessse, um zu beweisen, daß jemand anderes das Feuer gelegt hatte. Sie überfielen ein Land nach dem andern, veröffentlichten aber jedesmal riesige Sammlungen von Dokumenten, um zu erhärten, daß es in Wirklichkeit Deutschland gewesen war, das man angegriffen hatte. Sie hatten nicht einmal die Größe eines Gangsters, der doch wenigstens zu seinem Verbrechen steht. Als Unterdrücker waren sie feige, als Betrüger kleinlich, wollten aber durchaus als ritterlich gelten und redeten dauernd und in großer Lautstärke von ihrem weltgeschichtlichen Auftrag.
Wenn sich vielleicht eine Möglichkeit ergäbe, ihnen ihre Lüge zu zertrümmern, wenn man schlagartig überall die Wahrheit über Glasenapp verbreiten könnte!
Vielleicht würden sie die Geiseln auch dann erschießen, aber der Terror wäre dann so sinnlos und stupide geworden, daß er nicht mehr wirken würde – denn selbst die Anwendung von Terror erforderte eine gewisse Logik, ein System. Dieses System konnte sein: zwanzig Tschechen für einen ermordeten Nazi oder Liquidierung der Familien von Mitgliedern der Untergrundbewegung – aber jedenfalls doch irgendein System! Ohne System war Terror kein Terror, er wurde zu einer Zufälligkeit, wie überfahren oder vom Blitz getroffen werden.
»Wenn ich nun zu diesem Reinhardt ginge«, schlug Milada vor, »und ihm erzählte, was ich weiß ...« Aber schon ihr Ton deutete an, daß sie selbst nicht glaubte, es könne viel dabei herauskommen.
Breda antwortete sofort: »Ihr Vorschlag setzt voraus, daß die Nazis ein echtes Interesse daran haben, nach Recht und Gesetz vorzugehen, daß sie den Mann finden möchten, der Glasenapp angeblich ermordet hat. Nein – deren Absicht ist, sich selber ihres Lebens sicherer zu fühlen, indem sie uns Furcht einjagen.«
»Sie bieten doch eine Belohnung an für Hinweise über den Mörder!«
»Warum auch nicht, wenn es keinen Mörder gibt«, erwiderte Breda. »Nein, Milada, Sie können den Geiseln nicht helfen, indem Sie der Gestapo noch einmal bestätigen, daß Glasenapp Selbst-

mord begangen hat. Sie würden nur Ihr eigenes Leben gefährden. Wenn Sie die Zwanzig retten könnten, indem Sie sich opfern, würde ich sagen: Gut, sprechen Sie mit den Nazis. – Die Nazis jedoch würden Sie nur festsetzen und Ihnen für immer den Mund stopfen und mit dem gefälschten Mordfall weiteroperieren, als ob Sie und Ihre Wahrheit überhaupt nicht existierten. Aber natürlich müssen die Nazis erfahren, daß wir mehr wissen, als ihnen lieb ist. Und nicht nur die Nazis müssen es erfahren, sondern die ganze Welt. Aber wie? Und wie in so kurzer Zeit?«
Die Art, wie Breda sich sogar in das Denken des Feindes hineinversetzte und den Gegenzug schon plante, bevor der Feind seinen Zug gemacht hatte, beeindruckte Milada. »Und für mich gibt's überhaupt nichts zu tun?« fragte sie.
Sie waren am Fluß angekommen, durchschritten den Bogen des verwitterten gotischen Turms und betraten die Karlsbrücke.
Die Stadt war verdunkelt, die Moldau unter ihnen war wie geschmolzenes Schwarz, dunkler noch als das Dunkel der Nacht. Dann begannen die Scheinwerfer zu spielen gleich steifen Fingern einer zitternden Hand. Sie bewegten sich und standen wieder still, vereinten sich, um sich wieder zu trennen, und hefteten sich endlich auf ein glitzerndes Pünktchen am Himmel – das Flugzeug. Dann erstarben die Scheinwerfer so plötzlich, wie sie zum Leben erwacht waren, und wieder herrschte Dunkelheit.
Breda und das Mädchen hatten dem Spiel schweigend zugeschaut. »Sie haben schon genug getan«, griff Breda ihre Frage auf, »Sie haben mir Ihr Vertrauen geschenkt und mir etwas gegeben, womit man zu arbeiten beginnen kann. Sehen Sie – wenn man's an den Himmel schreiben könnte, für alle sichtbar.«
Er brach abrupt ab.
»Woran denken Sie?« fragte Milada.
»Ich habe eine Idee.« Er beschleunigte seinen Schritt. »Vielleicht könnte das klappen. Würden Sie's mir sehr übelnehmen, wenn ich Sie allein nach Hause gehen ließe? Ich treffe Sie morgen wieder.«
Milada war doch etwas enttäuscht. »Nein, aber wieso – gehen Sie nur. Ich wohne nicht weit von hier.«
Breda war zu sehr mit seinen Gedanken beschäftigt, um die Enttäuschung aus Miladas Ton herauszuhören. Er gab ihr schon Anweisungen: »Also vorsichtig sein. Nicht ein Wort über das, was wir hier gesprochen haben. Zu niemandem. Und falls – aber nein, das ist unwahrscheinlich ...«
»Was ist unwahrscheinlich?«
»Falls, durch irgendeinen Zufall, die Nazis Sie verhören sollten ...«

»Danke für die Fürsorge! Ich werd schon wissen, was ich zu tun habe.«
Er verstand und nahm ihre beiden Hände und hielt sie in seinen Händen fest. »Oh, Milada – Sie sind mir doch nicht böse! Verzeihen Sie mir. Schließlich wollen doch auch Sie, daß wir etwas erreichen, nicht? Ich werde an Sie denken.« Er kritzelte ein paar Worte auf ein Stückchen Papier. »Hier ist meine Adresse. Prägen Sie sich Straße und Hausnummer gut ein, und vernichten Sie den Zettel. Sie sind mir jederzeit willkommen, aber kommen Sie bitte nur, wenn sich's als absolut notwendig erweist.«
»Gute Nacht«, sagte sie – »mein Freund.«
Er entfernte sich rasch, und seine Schritte verhallten. Sie blickte ihm nach und fühlte sich sehr allein, mehr noch als vorher, ehe sie ihn kennengelernt hatte.
Die leisen Wellen des Flusses brachen sich an den Brückenpfeilern und bildeten kleine Wirbel. Gegen einen dieser Pfeiler war der tote Leutnant geschwemmt worden.

FÜNFTES KAPITEL

Schwer vergeht die Zeit an einem Nachmittag in der Zelle.
Lobkowitz wußte nicht, sollte er wünschen, daß die Zeit schneller fließe, oder sollte er versuchen, sich an jede vorübertickende Sekunde zu klammern wie der Ertrinkende, der nach jedem Stückchen Triftholz greift und mit jedem Nerv hofft, daß es ihn tragen möge?
Das fürchterliche Wort, mit dem Wallerstein von Reinhardt zurückgekommen war: Wir sind Geiseln, und in etwa fünf Tagen wird man uns erschießen – dieses kalte und fürchterliche Wort war zunächst kaum in ihr Bewußtsein gedrungen. Es war unglaubhaft, unwahrscheinlich, und alle hatten sich dagegen aufgebäumt.
Der Mensch weiß natürlich, daß er eines Tages sterben wird. Das ist eine Sache der Erfahrung. Man sieht es jeden Tag. Der Großvater starb, da warst du noch ein Kind. Du wurdest ins Nachbarhaus geschickt, um mit den Nachbarkindern zu spielen, damit du nicht siehst und nicht hörst, unter welchen Qualen der Mensch stirbt. Als du zurückkamst, war schon wieder Ruhe, eine solche Ruhe und Stille, daß sogar du in deiner kindlichen Quecksilbrigkeit still wurdest und die plötzliche Kälte spürtest, und winzig und verschüchtert standest vor dem, was da geschehen war. Man erklärte es dir: Großvater ist gestorben. Er ist von uns fortgegangen, und morgen werden wir ihn begraben. Es lag etwas Endgültiges in

diesen Worten. Man konnte schlecht etwas dagegen sagen, es wäre einem selbst dumm vorgekommen, hätte man auf Großvater gezeigt und widersprochen: Aber er ist doch da, da liegt er! Und als sie ihn in die Erde legten und du dein eigenes bißchen Sand zu all dem anderen Sand warfst, der den Sarg schon bedeckte, da wußtest du, daß sie recht gehabt hatten – der würde nicht zurückkommen. Und doch war der Trost ziemlich leicht gewesen – schließlich betraf es dich ja nicht persönlich. Du lebtest, und Großvater war ein alter Mann, ganz etwas anderes als du. Und du schliefst darum nicht schlechter in der Nacht, in deinem Bett, denn sieh doch an, wieviel Zeit du noch hattest! Großvater war neunundsechzig gewesen, und du warst sieben Jahre alt.
Doch als dein Vater dann starb, warst du schon ein junger Mann. Du hattest Bücher gelesen und hattest studiert, Leben und Tod waren alltäglich geworden, Gesprächsthemen, Studienfächer, in der medizinischen oder philosophischen Fakultät, je nachdem. Und der Vater starb, während du in der Fremde warst, und wieder blieben dir die Einzelheiten erspart. Du erfuhrst nur, daß er krank gewesen war, hoffnungslos krank. So ließ er sich also eines Morgens sein Bad ein, nahm sein Rasiermesser aus dem Etui, setzte sich in die Wanne und schnitt sich die Pulsadern auf. Er wurde tot aufgefunden. Und weder Philosophie noch Medizin, noch Religion konnten dir helfen. Es hatte dich getroffen, denn du wußtest – der nächste, der an die Reihe kommt, bin ich. Du wußtest nicht wann, weder Tag noch Datum – aber zwischen deinem Vater und dir stand kein anderer mehr.
Und wieder verglichst du die Jahre – die Differenz hatte sich bedenklich vermindert. Also gingst du aus und betrankst dich und versuchtest zu vergessen, und vergaßest auch ganz gut. Aber manchmal, am Tage oder in der Nacht, spürst du seither, wie eine kalte Hand nach deinem Herzen greift: das ist die Angst.
Um dem zu entgehen, hast du dich eingekapselt. Du gehst regelmäßig zum Arzt. Was Frauen betrifft, hältst du Maß, zuviel Aufregung könnte schädlich sein. Du besuchst die Kirche und treibst ein bißchen Sport. Und vor allem versuchst du, soviel wie möglich zu verdienen, damit du dir leisten kannst, für die Bedürfnisse des Leibes und der Seele zu sorgen. Und auf diese Weise schaffst du dir die Illusion, daß all das ewig dauern wird, und glaubst es selbst, weil du es glauben mußt. Wie sollte man sonst das Leben ertragen?

Also hatten die Geiseln es nicht glauben wollen.
Lobkowitz lachte: »Unsinn!«
Preissinger versicherte jedem, der es hören wollte, erregt, daß

beim Böhmisch-Mährischen Kohlensyndikat ein ganzer Stab ihm ergebener höherer Angestellter ausschließlich damit beschäftigt sei, mit dem Reichsprotektor zu verhandeln oder nach Berlin zu kabeln, und all das nur, um Lev Preissinger frei und wieder unter die Lebenden zu bekommen.
Prokosch erklärte, der Tod sei ihm natürlich nichts Neues, aber gerade da er den düsteren Gesellen aus nächster Nähe kenne, sei er zutiefst überzeugt, daß es noch lange nicht ans Sterben ginge – und außerdem, wieso eigentlich? War irgendein Grund angegeben worden?
Obwohl Janoschik irgendwie an der Reihe war zu sprechen, sagte er eine Weile lang gar nichts. Die anderen sahen ihn an. Er bemerkte ihre Blicke und kratzte sich den Schädel. »Das alles erinnert mich«, sagte er, »an einen gewissen Augustin Svoboda, der ein kleines Kartoffelfeld besessen hat in der Nähe von Königgrätz. Ich habe ihn einmal getroffen am Samstagabend, wenn er in den Dorfkrug gegangen ist, wo er sein Bier getrunken und die Kellnerin gekniffen hat. Bis zum fünften Glas hat er sie ins Bein gekniffen, aber danach ins Gesäß, das stramm war und gerade so gefedert hat, daß einem das Hineinkneifen Spaß machte.«
»Ist die Kellnerin gestorben?« erkundigte sich Lobkowitz, nach dessen Gefühl alles, was von jetzt an in dieser Zelle gesagt wurde, in irgendeiner Beziehung zum Tode stehen mußte.
Janoschik schüttelte den Kopf. »Soweit ich weiß, lebt sie noch und wird gekniffen, aber nicht mehr von Augustin Svoboda. Den Svoboda haben sie eines Morgens beim Kartoffelgraben erschossen. Das kam daher, daß sein Stückchen Land an der Ecke von dem Wald lag, der dem Baron Woblonski gehört hat. In dem Wald wurde manchmal nach Wild gejagt, und es war auch eine Jägerkugel, die den Augustin Svoboda getroffen hat. Wie nun der Svoboda gemerkt hat, daß es ihn böse erwischt hat und daß es ans Sterben ging, hat er angefangen zu rufen: Hilfe! Hilfe! Mich hat's erwischt! Ich sterb! Da ist der Jäger, der den Schuß abgefeuert hat, aus dem Wald herausgetreten und über das Feld zu Svoboda gekommen. Der Svoboda hat auf der Erde gelegen und mit den Augen gerollt und nach Luft geschnappt. Darum hat sich der Jäger über ihn gebeugt und den Kopf vom Svoboda hochgehoben und gesagt: Na hören Sie mal, mein guter Mann – warum denn die ganze Aufregung? Der Svoboda hat die Stimme vom Herrn Baron Woblonski erkannt und hat geantwortet: Entschuldigen ergebenst, Euer Exzellenz, ich hab mir schon Sorgen gemacht, einer von den dreckigen Wilddieben könnt mich erschossen haben. Aber eine Kugel von Ihnen, das ist eine rechtmäßige Kugel, und da fühle ich mich schon viel besser. Darauf ist er gestorben, und der

Baron Woblonski hat nach der Unterbrechung weitergemacht mit der Jagd.«
»Na und?« sagte Wallerstein.
Janoschik lehnte sich auf seiner Pritsche zurück.
»Für so einen Glasenapp zu sterben gefällt mir nicht. Ich weiß zuwenig über den Herrn, nur daß er Schnaps nicht vertragen konnte.«
Allmählich drang der Sinn der Nachricht, die Wallerstein gebracht hatte, ins Bewußtsein der Insassen dieser Zelle. Und jetzt, da es ihnen klargeworden war, daß sie zu sterben hatten, daß ihnen höchstens noch ein paar Tage verblieben, zählten sie die Stunden, die Minuten. Schwer verging die Zeit in der Zelle, und doch raste sie mit atemberaubender Schnelligkeit vorüber.
Wallerstein saß auf einer der oberen Pritschen, den Rücken gegen die Wand gestemmt, die Knie fast unterm Kinn. Auf seinen Knien lag sein Notizblock, und Wallerstein schrieb.
»Was schreiben Sie da eigentlich?« erkundigte sich Prokosch, der auf der gegenüberhängenden Pritsche hockte.
»Ein paar Beobachtungen«, sagte Wallerstein.
»Über wen?«
»Über Sie.«
»Würden Sie mich das lesen lassen, wenn Sie fertig sind?«
Wallerstein blickte auf und betrachtete Prokosch. Prokosch sah ihn erwartungsvoll an.
»Nein«, sagte Wallerstein. Das Nein klang endgültig.
Prokosch, verletzt, legte sich hin. »Ich finde das unrecht«, sagte er. »Sie nicht auch?«
»Keineswegs«, versicherte ihm Wallerstein. »Es handelt sich um Beobachtungen wissenschaftlicher Natur, und im übrigen wäre ein Arzt, der sich von einem Patienten in die Notizen über seinen Fall blicken läßt, ein schöner Narr.«
»Aber ich bin nicht Ihr Patient.«
»Sie stehen unter meiner Beobachtung, nicht?«
Lobkowitz, der auf dem Fußboden saß und ins Leere starrte, mischte sich ein: »Was geschieht mit Ihren kostbaren Aufzeichnungen nach dem nächsten Mittwoch?«
»Sie meinen, nachdem wir tot sind? Nun – unser Freund Reinhardt wird sie an die Redaktion der ›Psychologischen Monatsschrift‹ schicken, zwecks Veröffentlichung.«
»Ich bin von dem Gedanken gar nicht entzückt«, sagte Prokosch, und seine Hände verklammerten sich nervös in dem Gestell seiner Pritsche. »Schließlich bin ich ein Privatmensch und habe ein Recht auf mein Privatleben. Ich weigere mich, hier als Meerschweinchen behandelt zu werden.«

»Was wird es Ihnen schon ausmachen? Sie werden doch tot sein!«
Stimmt, dachte Prokosch. Was würde es ihm schon ausmachen! Sie werden meinen Leib verbrennen oder mich in der Anatomie zersägen, wie man's mit Verbrechern eben macht, oder sie werden mich zusammen mit den Leuten, mit denen ich mich hier streite, in irgendeiner Friedhofsecke verscharren. Noch ein Glück, daß sie gesagt haben, die würden uns erschießen – sonst hängt man womöglich noch tagelang an einem Galgen, die Kleider fallen einem vom Leibe, das Fleisch fault einem ab, und der Kopf steht einem so komisch schief. Und außerdem glaube ich, daß Hängen weh tut.
Aber dieser Wallerstein hängt mir meine Seele, sichtbar für alle Welt, bar aller Kleidung, aller Verhüllung, nackt in den Wind, wenn ich ihm gestatte, mich zu beobachten. Wie will er mich aber beobachten, und was kann er an mir schon sehen? In der Nacht legt er seine Papiere unter sein Kissen. Ich könnte versuchen, sie ihm wegzunehmen. Aber er hat einen leichten Schlaf. Jedesmal, wenn ich aufwache in der Nacht, weiß ich, daß auch er wach ist, leise atmend, mit offenen Augen, und das Weiße in seinen Augen schimmert. Ich hasse ihn.
Prokosch lehnte sich seitwärts, halb sitzend, auf seinen Ellbogen gestützt. »Wenn Sie etwas über mich wissen wollen, warum fragen Sie mich dann nicht? Vielleicht wäre ich bereit, Ihnen Auskunft zu geben.«
»Das war auch meine Absicht«, erwiderte Wallerstein. »Ich befürchtete jedoch, Sie würden sich weigern zu antworten.«
»Im Gegenteil. Möglicherweise werden die, die uns überleben, sich eines Tages sehr dafür interessieren, wer der Schauspieler Prokosch eigentlich war. Das Publikum hat mich in so vielen verschiedenen Rollen kennengelernt – ich habe den Hamlet gespielt, wissen Sie, und den Mephistopheles und den Hellseher Hanussen und zu Weihnachten auch den St. Nikolaus im Kindertheater –, und jeder Gestalt gab ich ein Stückchen von mir, und von jeder ging etwas in mich über, bis ich ein ziemlich kompliziertes Wesen geworden bin, das kann ich Ihnen sagen.«
»So eine gottverfluchte Eitelkeit«, sagte Lobkowitz aus tiefstem Herzen.
»Soll ich zu Ihnen hinüberkommen, Wallerstein?« Prokosch würdigte Lobkowitz keines Blickes. »Wenn ich bei Ihnen auf der Pritsche sitze, kann ich leiser sprechen.«
Wallerstein bewegte seine Hand. Es sah wie eine Einladung aus. Leise, um den schnarchenden Preissinger nicht zu stören, kletterte Prokosch von seiner Pritsche herab und turnte zu Wallerstein hinauf.

»Also, was möchten Sie denn gerne wissen?«
Wallerstein zuckte die Achseln. »Erzählen Sie mir einfach etwas. Irgend etwas. Wichtiges oder Unwichtiges: Was Ihnen von geringem Wert erscheint, kann mir vielleicht den Schlüssel zu Ihrem Wesen geben.«
»Lassen Sie mich von meinem Glück erzählen«, flüsterte Prokosch.
Wallerstein notierte: »Prokoschs Glück – Hemmungen, Selbstbeweihräucherung.« Und fragte sich dabei, wie weit das überentwickelte Ich dieses Mannes sich dekuvrieren würde.
»Als ob es heute gewesen wäre«, begann Prokosch, »erinnere ich mich der Bühnendekoration, durch die hindurch Mara in mein Leben trat. Ich hatte an dem Abend Ödipus Rex gespielt, im Staatlichen Schauspielhaus zu Berlin. Endlich war es vorbei – neun Vorhänge hatten wir gehabt, vier davon ich ganz allein –, und ich stand noch auf der Bühne, zwischen den hölzernen Skeletten griechischer Säulen und dem Alltagsgerede der Statisten. Und da war sie auf einmal – ein sehr schöner, fast knabenhaft wirkender Kopf auf einem biegsamen Körper, tiefernste Augen, eine eigensinnige Stirn und ein Lächeln, das ich niemals imstande sein werde zu beschreiben – ein Lächeln, das kindlich und geheimnisvoll zugleich war. Damals war sie noch nicht ganz sechzehn Jahre alt. Ich heiße Mara von Dubnow, sagte sie. Ich werde dich nie heiraten. Ich habe dich heute abend gesehen, und ich will dich haben. Sie werden zugeben, diese Form der Annäherung ist etwas ungewöhnlich. Und sie reizte mich. Aber ich bin doch verheiratet, Kind, sagte ich. Darauf erklärte sie mir ausführlich, daß, zum ersten, sie kein Kind sei und daß, zum zweiten, die Tatsache meines Verheiratetseins sie überhaupt nicht interessiere. Sie hatte eine ganz eigene Art, über höchst persönliche Dinge in der kühlsten und abstraktesten Weise zu sprechen. Sie erzählte mir, sie stamme aus einer alten böhmischen Adelsfamilie – die Dubnows reichten bis in die Tage des Kaisers Rudolf zurück. Ein Dubnow habe die kaiserlichen Pferdeställe unter sich gehabt, sei also ein Marschall gewesen. Aus dem Blut der Dubnows seien große Heerführer wie auch große Rebellen hervorgegangen – einer von ihnen war unter den dreizehn tschechischen Adligen, die vor dem Prager Rathaus geköpft wurden –, und die Frauen der Familie wurden Herzoginnen oder kaiserliche Huren. Obwohl ihrer Familie der halbe Böhmerwald gehöre, habe sie leider keinen Pfennig Geld und würde auch bis zu ihrem einundzwanzigsten Geburtstag keines haben. Denn sie sei vor zehn Monaten von zu Hause weggelaufen, um Schauspielerin zu werden. Jetzt studiere sie an der Berliner Schauspielschule, auf Stipendium, denn ihre

Lehrer meinten, sie sei ihre begabteste Schülerin. Wie ich Ihnen schon sagte, war ich verheiratet. Ich glaubte damals auch, daß ich meine Frau liebte und ihr sehr zugetan war. Eines jedoch, etwas sehr Wichtiges, fehlte in unserer Ehe – und ich erzähle Ihnen das, damit Sie auch verstehen, wie es kam, daß meine Beziehung zu Mara dann doch begann. Vierzehn Jahre lang hatte ich mit meiner Frau gelebt, ohne aber infolge einer unglücklichen Neigung ihrerseits die Ehe zu vollziehen. Nun hätte ich zwar, was mich betraf, meine Bedürfnisse jederzeit woanders befriedigen können, aber ich hielt das für unethisch und unter meiner Würde.«
»Wollen Sie mir damit sagen, daß Sie nie mit einer Frau geschlafen haben, bevor Sie Mara begegnet sind?« fragte Wallerstein.
»Genau das, Herr Doktor. Und ich glaube, daß ich trotzdem ein reiches und ausgefülltes Leben geführt habe.«
»Zweifellos«, bestätigte Wallerstein, ohne die Miene zu verziehen, »ein reiches und ausgefülltes Leben. Und wie hat sich das dann mit Mara angelassen?«
»Einfach zauberhaft. Eine neue Welt tat sich mir auf mit der Zärtlichkeit und der Phantasie dieses Kindes. Wir waren beide jungfräulich, sozusagen, und mußten uns auf schwierigen Wegen vorwärtstasten. Sie wissen, das ist nicht immer einfach – besonders mit einem so komplizierten Wesen, wie Mara es war. Es gab da Konflikte und Auseinandersetzungen, die meine ganze Geduld, mein ganzes Verständnis erforderten, damit sie in den Grenzen des Erträglichen blieben. Meine Frau ließ sich scheiden, nachdem die Affäre mit Mara publik wurde. Das störte mich nicht, denn ich wollte Mara ja heiraten, ich war stolz auf sie, ich wollte immer mit ihr leben.«
»Was ist übrigens aus Ihrer Frau geworden?« unterbrach ihn Wallerstein.
»Die hat nach ein paar Jahren wieder geheiratet. Es scheint ihr ganz gut zu gehen – Genaueres weiß ich auch nicht.«
Wallerstein nickte. »Aber Mara«, fragte er, »Mara wollte Sie nicht heiraten?«
»Sie hatte ihre vorgefaßten Meinungen, ihre Grundsätze. Heirat, sagte sie, ist nichts als die Legalisierung von Besitzrechten. Besitzrechte aber ertöten alle menschlichen Gefühle. Vielleicht stimmt's auch. Sie wollte ihre Freiheit haben – also ließ ich sie ihr. Ich war der Überzeugung, so eine Frau hält man nur, indem man ihr völliges Vertrauen schenkt. Ich glaube nicht, daß auf dieser Erde ein Mann existiert, der nicht insgeheim mißtrauisch ist gegenüber seiner Frau. Aber die, die ihr Mißtrauen durchblicken lassen, sind die Dummen. Schau her, Mara, habe ich ihr gesagt, deine Zeit gehört dir, und du kannst damit anfangen, was du willst. Du bist

sehr schön, alles an dir ist schön, Leib und Seele sind makellos, und ich weiß, daß du mein Vertrauen zu dir nicht enttäuschen wirst. Sie liebte es, mit Menschen zusammen zu sein, und nicht immer waren es Menschen, die mir entsprachen. Oft mußte ich auch außerhalb der Stadt auftreten – wie hätte ich denn arbeiten können, wenn ich nicht irgendwie ein ruhiges Gefühl gehabt hätte.«
»Richtig, wie sollten Sie«, sagte Wallerstein. »Aber sagen Sie – ich habe Ihre Frau nie auf der Bühne gesehen. Wenn sie in der Theaterschule als so begabt galt – wie war ihre Laufbahn?«
»Laufbahn?« sagte Prokosch heiser. »Damit mußte Schluß sein, wenn wir miteinander auskommen wollten. Da gab es nur ein Entweder – Oder, und das habe ich ihr selbstverständlich klargemacht. Leute vom Film hatten sie gesehen und gaben ihr einen Probevertrag. Sie hatte ihr Debüt im Theater als Lisa Doolittle in Pygmalion. Großartige Vorstellung. Aber ich starb tausend Tode. Schließlich bin ich Schauspieler, und ich weiß Bescheid. Da hat sie eine Rolle, sagen wir, als jugendliche Liebhaberin. Der Hauptdarsteller küßt sie. Natürlich gibt's bei uns diese Theaterküsse, die sehr leidenschaftlich aussehen, bei denen man sich aber kaum berührt. Aber Abend um Abend wiederholt sich das, und der Hauptdarsteller ist vielleicht ein charmanter und gutaussehender und kräftiger junger Mann.«
Er lachte.
»Nein, das hätte ich nicht aushalten können. Ich wollte nicht einmal unter dem Schatten des Gedankens leiden, daß die Möglichkeit bestünde, ich könnte betrogen werden. Schließlich war doch auch Mara nur ein Mensch, nicht? Ich habe gesehen, wie die Männer ihr nachstarrten. Sie focht gern. Einmal besuchte ich sie auf dem Fechtboden. Da war sie, in kurzen Höschen, und ein kleiner weißer Sweater zeigte ihre Brüste mehr, als daß er sie verbarg, ein Bild von jugendlichem Reiz und jugendlicher Kraft. Darauf hatten wir unsere erste größere Auseinandersetzung. Sie sagte, sie hätte sich nichts dabei gedacht. Hast du denn keine Augen im Kopf? fragte ich sie. Kannst du nicht lesen in den Gesichtern der Männer? Sie gab nach. Sie schaffte sich einen etwas dezenteren Fechtanzug an – und nach einiger Zeit hörte sie mit dem Fechten ganz auf. Auch mit der Schauspielerei machte sie Schluß.«
»So einfach?« erkundigte sich der Arzt.
»Sie hat mich doch geliebt – also? Da mußte sie doch wollen, daß ich glücklich bin. In jedem meiner Erfolge sah sie den Beitrag, den sie dazu gleistet hatte. Wenn das Publikum mich vor den Vorhang rief, so lag darin eine Rechtfertigung ihres Opfers – denn ich weiß natürlich, daß es ein Opfer war!«

»Eine erstaunliche Frau!« rief Wallerstein nicht ohne Bewunderung.
»Eine erstaunliche Frau – das war sie! Und in mehr als einer Hinsicht. Bekommen Sie bitte keinen falschen Eindruck: Diese Zeugnisse ihrer großen Liebe, die ich hier anführe, bedeuten keineswegs, daß sie so etwas wie ein Wurmfortsatz meines Lebens war. Manchmal hat es ihr auch Vergnügen gemacht, mich auf die Folter zu spannen. Ich erinnere mich an einen Abend, da sagte sie mir, daß sie..., daß sie... Ja, sie liebe mich, sagte sie, mehr als alles in der Welt. Aber sie habe sich einem anderen Mann hingegeben, einfach, weil er ihr gefallen habe. Natürlich wußte ich, sie hatte die Geschichte erfunden. Einer solchen Niedrigkeit wäre sie gar nicht fähig gewesen. Trotzdem ging ich an dem Abend aus und soff bis zur Bewußtlosigkeit, obwohl ich sonst nie trinke. Man las mich irgendwo auf und brachte mich nach Hause. Ich hatte mich betrunken, nicht, weil ich fürchtete, sie könnte die Wahrheit gesprochen haben, sondern weil ich mit Verzweiflung im Herzen sah, daß in ihr ein Teufel saß, der sie trieb, mich so zu quälen. Als ich wieder zur Besinnung kam, fand ich sie am Rande meines Bettes sitzend. Sie weinte und bat mich um Verzeihung und sagte, es sei alles eine Lüge gewesen und sie wüßte jetzt noch nicht, was sie veranlaßt habe, mir diese Lüge zu erzählen, aber vielleicht hätte sie's getan, um meine Liebe auf die Probe zu stellen. Ich nahm ihre Hand und sagte ihr: Aber Mara – ich hab doch gewußt, daß du nicht die Wahrheit gesprochen hast. Doch wenn du je tätest, was du mir da erzählt hast – es wäre mein Ende. *Ich* würde ein Ende machen mit mir.«
Preissinger, der eine schlechte Nacht gehabt hatte, schlief immer noch. Aber weder Janoschik noch Lobkowitz konnten vermeiden, den größten Teil der selbstgefälligen Geschichte Prokoschs mit anzuhören, denn der Schauspieler war einfach nicht imstande, dauernd zu flüstern.
Trotzdem blieb Janoschik manches unklar. Er konnte auch kein richtiges Interesse für die Geschichte aufbringen. Er hatte mehr Sinn für Anekdoten kräftigerer Natur. In früheren Zeiten wäre Janoschik wahrscheinlich eine Art Eulenspiegel geworden, der von Dorf zu Dorf wanderte und mit seinen Streichen und Witzen dumme Bauernkinder und zahnlose alte Männlein und Weiblein unterhielt – ein Volksdichter, seiner Anonymität sicher, weil er ja einer aus dem Volke war und im Volke blieb.
Aber er hatte von Jugend auf stets gestaunt über die Komplikationen im Leben solcher Persönlichkeiten, wie es dieser Prokosch und seine Frau Mara offensichtlich waren. Unsereiner, seufzte er leise, lebt die ganzen Jahre seines Lebens dahin und kommt nicht

auf solche Probleme, und er war ein bißchen traurig über seine Phantasielosigkeit und seinen Mangel an seelischer Tiefe.
Aber andererseits – was hatten so ein Prokosch und seine Mara und dieser Bursche Wallerstein denn sonst, worüber sie sich den Kopf zerbrechen konnten? Doch nur ihre eigene geschätzte Person.

Vielerlei Gefühle hatten Lobkowitz, während er Prokosch zuhörte, bestürmt. Dominierend war ein wirklich tiefer Ärger über die Selbstgefälligkeit dieses Schauspielers. Denn Lobkowitz glaubte ungefähr zu wissen, was Mara durchgemacht hatte. Er hatte es selbst miterlebt.
Da waren die ereignisschwangeren Tage vor dem Verrat von München, als er und Millionen tschechischer Männer in ihren olivbrauen Uniformen sich bereitmachten für eine Entscheidungsschlacht, in der, wie sie wußten, viele von ihnen den Tod finden würden. Er hatte sich in großer Hast seine Reserveleutnantsuniform angezogen, die noch leicht nach Mottenkugeln roch, und war in seine Kaserne geeilt – und eine Stunde später waren sie schon auf dem Weg zum Wilsonbahnhof in Prag gewesen, wo der Zug auf sie wartete, der sie zur Nordgrenze des Landes bringen sollte.
Dort, auf dem Bahnhof, war ihm Mara begegnet. Sie stand hinter einem Holztisch und händigte den Soldaten Kaffee und Buchteln mit Pflaumenmarmelade aus.
Tage waren das gewesen, die mit Spannung geladen waren. Hemmungen, die die Menschen sonst voneinander fernhielten, zerbröckelten.
Lobkowitz sah Mara und wußte, ohne auch nur eine Sekunde zu zweifeln, daß sie zueinander gehörten. An solchen Tagen, die einen bis ins tiefste aufwühlen, meint man so etwas zu wissen.
Mara winkte eine andere Frau heran, die die Ablösung bei der Verteilung des Kaffees und der Buchteln übernahm, und verließ ihren Posten hinter dem Tisch. Mara und er nickten einander zu. Er nahm ihren Arm, und sie gingen den Bahnsteig entlang, vorbei an den vollgepfropften Waggons des scheinbar endlosen Zuges. Vor jeder Abteiltür umarmten Frauen ihre Männer, Mütter ihre Söhne, klammerten sich verzweifelt an sie, berührten zum letztenmal die geliebten Schultern und Hände. Schließlich gelangten Lobkowitz und Mara bis zur Lokomotive, die zischend dastand. Der Lokomotivführer war gerade dabei, die Buchsen zu schmieren, und so hatten sie etwas, auf das sie ihre Blicke richten konnten.
»Meinen Sie, diese Lokomotive bringt einen so langen Zug wirk-

lich von der Stelle?« Das waren Maras erste Worte zu ihm gewesen.
Lobkowitz, der von Eisenbahnen nicht allzuviel verstand, dachte nach. »Ich nehme an, im Gebirge wird noch eine zweite Maschine dazukommen«, sagte er schließlich souverän.
Plötzlich mußten sie beide lachen, weil sie spürten, was für ein Unsinn es war, über Lokomotiven zu sprechen, wenn man nur ganz wenige Minuten füreinander hatte.
»Du wirst zurückkehren!« sagte sie. »Du mußt! Versprich mir das!«
»Aber natürlich komme ich zurück«, versprach er ihr. »Die Kugel, die mich trifft, ist noch nicht gegossen.«
Das hatte er wirklich gesagt, erinnerte sich Lobkowitz. Inzwischen war sie gegossen worden.
Was dann gewesen war zwischen jener ersten Begegnung und Maras Tod. Höhepunkte des Lebens und Tiefen des Leids!
Und der da auf seiner Pritsche, Prokosch, redete immer noch daher, stolzierte und tänzelte vor Wallerstein herum in einer wahren Orgie von Selbstbeweihräucherung. Jeder Nerv in Lobkowitz war zum Zerreißen gespannt. Er biß sich auf die Lippen, Nein, er würde nichts sagen. Er würde sein und Maras Geheimnis bei sich behalten. Sollte Prokosch ruhig weiterleben in der wonnigen Welt seiner Einbildung, die er sich selber zusammengesponnen hatte – bis zum Schluß.

»Wann eigentlich entschloß sie sich, Sie zu heiraten?« fragte Wallerstein Prokosch.
»Es hatte sich als notwendig erwiesen. Meine Stellung als eine Art Staatsbeamter erforderte es, nachdem ich meinen Vertrag mit dem Staatstheater in Prag unterzeichnet hatte. Der Intendant ließ durchblicken, daß es doch wohl besser wäre, wenn ich meine Beziehung zu ihr auch vor dem Gesetz in Ordnung brächte. Zunächst weigerte sich Mara. Aber ich gab ihr zu verstehen, daß es sich doch nur um eine Formalität handele und daß schließlich meine Karriere davon abhänge.«
Das allerdings hatte Lobkowitz nicht gewußt. Also hatte sie doch versucht, sich ein Restchen Freiheit zu bewahren – vergebens natürlich, da sie ja Stück um Stück ihr ganzes Leben diesem Prokosch untergeordnet hatte.
Aber warum diese Selbstaufgabe? Was hatte sie in dem Mann gesehen?

Lobkowitz war aus dem Feldzug, der nie stattgefunden hatte, zurückgekehrt. Zusammen mit seinen Soldaten hatte er den Rückmarsch durch die herrlichen Täler Nordböhmens angetreten. Die Truppen verließen ihre Bunker, ihre unterirdischen Befestigungsanlagen, ohne sie sprengen zu dürfen – und hinter ihnen kamen die graugrünen Deutschen, siegesgeschwollen, obwohl sie ihren Sieg nie zu erkämpfen brauchten.

Verbissen und stumm zogen die Leute dahin. Als man hinaufmarschiert war zur Grenze, hatten sie gesungen; hatten gelacht und Witze gemacht, als sie in Stellung gingen – jetzt schleppten sie sich die Straßen entlang, Gewehre irgendwie über der Schulter, die Tornister lasteten auf dem Rücken, als wären sie mit Blei und Steinen gefüllt. Die Offiziere hatten Angst vor jedem Versuch, Disziplin zu erzwingen. Instinktiv spürten sie, daß die Mannschaften genau wußten, daß sie verraten und verkauft worden waren, verraten und verkauft von denen oben – und in den Augen der Soldaten gehörten die Offiziere zu denen oben.

Zu Hause sprachen die Menschen damals auch nur im Flüsterton, als ob sie alle gerade von einem Begräbnis kämen.

Es war nicht leicht gewesen, Mara unter diesen Umständen wiederzutreffen. Aber sie nahm ihn in ihre Arme, als wäre er verwundet, behutsam, mit warmer und zarter Hand. Und der Schmerz, der sich in ihm gestaut hatte, löste sich. Schon dafür würde er ihr immer dankbar sein.

Am Anfang sprachen sie kaum von sich selbst. Er stellte keine Fragen, und Mara sah anscheinend auch keine Notwendigkeit, ihm von Prokosch und ihrer Ehe zu erzählen. Sie war so schön und gab sich ihm so selbstverständlich, daß jede Fragerei, so empfand er, nur störend gewesen wäre.

Alles an ihrem Körper war in Harmonie. Sie hatte breite, wohlgeformte Schultern, ihre Brüste, obzwar klein, waren voll und fest. Er liebte es, ihre Schenkel und Hüften zu streicheln, die, wie er ihr oft sagte, von einem Meisterbildhauer geformt sein mußten. Wenn sie sich liebten, biß sie ihn in die Schulter, kleine, zärtliche Bisse, und gab ihm atemlos zärtliche Namen, die er erwiderte, indem er ihren Körper fester an sich preßte.

»Großer, Schöner, Liebster«, sagte sie. Und sie lachte, wie ein kleines Mädchen lacht, das gerade entdeckt hat, es könnte sein Kopftuch auch anders und hübscher tragen.

»Und dann wurde sie schwanger?« fragte Wallerstein.

»Gott behüte«, sagte Prokosch. »Das passierte erst, nachdem wir fast zwei Jahre verheiratet waren. Im Laufe des Januars dieses Jahres bemerkte ich, daß sie sich veränderte. Sie wissen ja, wie Frauen sind, die in andere Umstände kommen – und Mara war sowieso schrecklich sensibel. Ihre Nervosität wurde schlimmer

und grenzte an Hysterie, sie versuchte, ihren Zustand geheimzuhalten, aber dazu war ihr morgens zu übel. Wozu, glaubst du, fragte ich sie, habe ich Augen im Kopf?
Man konnte ihre Brüste nicht anrühren. Sie ließ sich überhaupt nicht berühren. Du kriegst ein Kind? fragte ich. Sie leugnete zuerst. Frauen sind sonderbar. Ich sagte: Aber Liebling, ich will dir doch helfen. Ich habe so großes Vertrauen zu dir, ich bin so stolz auf dich – warum hast du kein Vertrauen zu mir? Da brach die Hysterie durch. Ich will es nicht! schrie sie. Ich ertrag's nicht! Ich werd daran sterben, ich darf es nicht haben!«
Wallerstein schüttelte den Kopf. »Sie wußte also, daß sie sterben würde?«
»Aber natürlich nicht. Wie kann einer so etwas wissen? Es war so dahingeredet. Aber mir würgte es das Herz ab.«
»Sie wünschten, daß sie das Kind bekäme?«
»Ja.«
»Warum?«
Prokosch antwortete nicht.
»Hatten Sie vielleicht das Gefühl, daß das Kind eine neue Bindung schaffen würde zwischen Ihnen und Mara – eine festere Bindung, die bis dahin fehlte, damit Sie ihrer ganz sicher würden?«
»An so was habe ich nie gedacht. Ich war ihrer doch völlig sicher. Aber ich hatte auch meinen Stolz. Es wird ein schönes, begabtes Kind werden, sagte ich zu Mara – unser Kind.«
Plötzlich drehte sich Prokosch zu Lobkowitz um.
»Sagen Sie mal, Lobkowitz, Sie belauschen uns doch nicht etwa?«
»Sie sprechen ja laut genug«, antwortete Lobkowitz mit gewaltsam gezügelter Stimme.
»Da fällt mir nämlich gerade ein –«, fuhr der Schauspieler fort, »bis jetzt hatte ich tatsächlich nicht mehr daran gedacht, soviel hat sich inzwischen ereignet –, aber Sie hatten mich doch gebeten, daß wir uns im Parnaß träfen, um etwas wegen des Kindes zu besprechen, nicht wahr?«
Die Frage schien Lobkowitz zu überraschen, er murmelte etwas Unverständliches.
»Wir sind nie zu unserer Besprechung gekommen«, stieß Prokosch weiter vor. »Wir wurden verhaftet, bevor wir uns damit beschäftigen konnten. Was wollten Sie mir eigentlich an dem Abend sagen?«
Wallerstein hatte auf den Augenblick gewartet, da Lobkowitz in die Sache hineingezogen werden würde. Zwischen den beiden Männern bestand eine kaum verhüllte Feindschaft, die sich irgendwann offen zeigen mußte.
Lobkowitz kämpfte mit sich. Er sehnte sich danach, alle Rück-

sicht außer acht zu lassen und die ganze destruktive innere Hohlheit dieses Schauspielers vor aller Welt aufzuzeigen, ihm die Wahrheit um die Ohren zu schlagen, damit er endlich auf dem Schutthaufen landete, auf den all die gehören, die in ihrem Egoismus die Schönheit zerstören.

Als Mara im Sterben lag, hatte er an ihrem Bett gesessen, von Selbstvorwürfen zerrissen, dem Gotte fluchend, der da zuließ, daß diese so kostbare unter seinen Schöpfungen so grausam zugrunde ging.
»Liebster«, flüsterte sie, »ich will, daß du mir versprichst...«
»Was du willst, alles«, hatte er gesagt.
»Niemals darfst du, niemals – hörst du mich? –, niemals darfst du zulassen, daß Karel Prokosch etwas von uns beiden erfährt, von unserer Liebe. Ich habe ihn ja auch geliebt, siehst du, sogar sehr. Nicht wie ich dich liebe, mein Liebster – aber wenn er es je erführe, er würde daran sterben.«
Lobkowitz hatte neben ihr gesessen. Sie verblutete innerlich. Er sah zu, wie ihr Gesicht immer durchsichtiger wurde, während dünne Äderchen bläulich auf ihren sanft geschwungenen Schläfen hervortraten.
Unter großer Anstrengung wandte sie ihm ihren Kopf zu.
Die Geräusche des überfüllten Krankensaals in der Klinik – das Stöhnen der Kranken, die eilenden Schritte der Schwestern und Pflegerinnen, das Gejammer von Frauen, die in den Wehen lagen.
Ihre Hand schob sich ihm zu, langsam, bittend.
»Versprich mir das, Liebster, versprich mir...«
»Ich werde nichts an ihn herankommen lassen, so wie auch du nichts an ihn herankommen ließest«, versprach er. »Ist dir jetzt leichter, ja?«

»Sie haben meine Frage immer noch nicht beantwortet«, bohrte Prokosch weiter. Mit jeder Sekunde, die Lobkowitz schwieg, verdichtete sich der Gedanke, der in Prokoschs Hirn aufgetaucht war.
Mitten in dieser erwartungsvollen Stille erwachte Preissinger, räkelte sich, gähnte und fragte, wie spät es sei.
»Seien Sie bloß ruhig!« sagte Prokosch. Und zu Lobkowitz: »Das können Sie doch nicht vergessen haben. Sie waren sogar ziemlich erregt, als Sie mich aufforderten, ins Parnaß zu kommen. Jetzt möchte ich wissen...«
»Es war ganz unwichtig, völlig belanglos.« Lobkowitz war wieder ruhig geworden. »Es handelte sich um eine Frau, die ich kenne, mit

Erfahrungen als Säuglingsschwester, die sicher sehr gut für das Kind gewesen wäre.«
»Aber ich habe doch längst eine Pflegerin für das Kleine!«
»Wußte ich nicht – tut mir sehr leid.«
Preissinger meldete sich: »Wollen Sie allen Ernstes sagen, daß ihr beide in diese Schweinerei geraten seid wegen einer Kindermädchenstelle, die noch dazu schon besetzt war? Also, wenn ich nicht selber in diesem Loch säße, würde ich wirklich lachen. Ich bin wenigstens hier wegen der Dummheiten meiner eigenen Frau!«
Janoschik sagte gar nichts. Er spürte, daß alles auf einen großen Krach zutrieb. Er wußte nicht, aus welcher Richtung der Blitz einschlagen würde, aber daß es zu einer Entladung kommen mußte, war ihm klar.
Der Dr. Wallerstein, dachte er, fragt und fragt und fragt, und jedes Wort ist ein Stich, und damit sticht und stichelt er an den Nerven der Menschen herum, bis sie zerreißen. Wer gibt ihm die Macht dazu? Warum erlauben sie ihm, mit ihnen zu spielen, mit den letzten Tagen ihres Lebens? Dieser Wallerstein will ein Arzt sein? dachte Janoschik. Ein Arzt soll gefälligst Wunden heilen und soll sie nicht gewaltsam aufreißen. Bei mir käme er da an den Falschen. Er sollte es nur mal versuchen. Ich weiß ein paar Geschichten – da würden zur Abwechslung die Nerven vom Herrn Doktor platzen.
»Haben Sie irgend etwas unternommen in bezug auf die Schwangerschaft Ihrer Frau?«
»Nein«, antwortete Prokosch. »Das Kind war schließlich in *ihrem* Leib, ein Kind gehört überhaupt der Mutter mehr als dem Vater. Glauben Sie nicht?«
Was für Argumente! Was für Haarspaltereien! dachte Janoschik. Was für Menschen! Kinder soll man haben, wenn man eine Welt gebaut hat, die gut für sie ist.
»Sie wollte eine Abtreibung machen lassen«, fuhr Prokosch fort. »Wir hatten viele Freunde, darunter auch Ärzte, die in jeder Beziehung vertrauenswürdig waren. Aber wir wurden enttäuscht. Keiner von ihnen wollte uns helfen. Zuerst hieß es: Das Gesetz! Die Nazis! Wir haben Angst. Und später sagten sie: Zu spät! Das Ungeborene ist schon zu groß.«
Es war offensichtlich, daß Prokosch einen gewissen Genuß beim Erzählen dieser Dinge fand. Er spielte eine Rolle. In seiner gepflegten Stimme schwang das ganze drohende Unheil mit – er stand im Mittelpunkt, er war mehr als ein Schauspieler, er war ein wirklicher Mitspieler an einer wirklichen Tragödie.
»So gingen wir den langen, langen Weg nach Gethsemane«, sagte er. »Und immer wieder fragte ich mich selbst und Mara: Warum?

Warum dich und mich quälen? Spürst du denn so einen Haß gegen das Kind?«

»Einen Grund muß sie doch gehabt haben!« sagte Wallerstein nachdenklich. »Hat sie Ihnen denn nie auch nur angedeutet, was dahinterstecken könnte? Liebe war da, sagen Sie, und – ich würde doch meinen, eine Frau sollte sich freuen, nach immerhin mehreren Jahren Ehe ein Kind des von ihr geliebten Mannes zur Welt zu bringen.«

»Da haben Sie die Frauen!« warf Preissinger ein. Zum Thema Frauen konnte er bei den Erfahrungen mit seiner Frau einiges beitragen. »Meine Carola zum Beispiel kriegt eines Tages die glänzende Idee, daß sie malen kann. Carola, sage ich, wenn du malen willst, male. Es ist besser als Klavier spielen. Es ist nicht so laut. Vier Wochen lang hat sie auch mal Klavier gespielt und es bis zu diesem scheußlichen ›Fröhlichen Landmann‹ gebracht Also ließ sie sich für teures Geld einen Kunstlehrer kommen, einen von diesen futuristischen Burschen mit Schuppen auf dem Rockkragen.« Er lachte lange und gründlich.

»Einmal komme ich nach Hause, und sie zeigt mir ihr neuestes Gemälde. Rötlichgelbe Dreiecke und purpurrote Kreise, in der Ecke das grüne Skelett eines Weihnachtsbaums und so etwas wie fette graue Bäuche am oberen Rand des Bildes. Carola, sage ich, was soll denn das sein? – Eine Eisenbahn in den Bergen; kannst du denn nicht sehen? antwortete sie. Also ich versteh was von Eisenbahnen, ich liefere ja die Kohlen dafür, aber ich will einen Besen fressen, wenn etwas auf dem Bild war, das wie eine Eisenbahn aussah. Nach einer Weile hat sie dann ihr Interesse an dem Mann mit den Schuppen auf dem Rockkragen verloren und hat die Malerei aufgegeben. Da haben Sie die Frauen. Nun erklären Sie mir das mal, Herr Doktor Wallerstein.«

»Meine Sprechstunde ist schon vorbei«, erwiderte Wallerstein geduldig. »Und ich wünschte, Sie würden lernen, daß wir in dieser Zelle *nolens volens* Gleiche unter Gleichen sind. Und als Gleicher unter Gleichen respektiert man die Gespräche der anderen und unterbricht sie nicht mit Dingen, die nicht dazugehören.«

»Na ja! Schon gut!« sagte Preissinger friedlich, denn sein Kopfschmerz war verschwunden. »Ich denke immer noch, daß es komisch war, mit ihrer abstrakten Malerei. Ich möchte nur wissen, was sie jetzt macht, ohne mich ist sie hilflos in praktischen Dingen. Immer hat sie Schwierigkeiten mit dem Personal und anderen Menschen.« Er murmelte noch etwas vor sich hin.

Wallerstein forschte weiter. »Mara also sah sich gezwungen, das Kind zur Welt zu bringen«, sagte er.

»Verrückt, diese Nazis«, sagte Janoschik mit wirklicher Wut im

Herzen, »bösartig verrückt. Kinder sterben zu Tausenden durch Hunger und Bomben und Elend, aber es ist verboten, ihnen zu ersparen, daß sie's erleiden müssen. Ich mag Kinder. Ich hab's aber nicht gern, wenn man sehen muß, wie sie einschrumpfen, Glied um Glied, nur ihre kleinen Bäuche werden immer dicker. Lieber soll man sie herauskratzen aus der Mutter, bevor sie geboren sind.«
»Mara sah sich gezwungen, das Kind zur Welt zu bringen«, bestätigte Prokosch, »jawohl.«

Lobkowitz senkte den Kopf, da er befürchtete, die anderen könnten in seinem Gesichtsausdruck seine Gefühle erkennen. In jenen qualvollen Monaten hatte er zusehen müssen, wie Mara litt, und hatte selbst gelitten, weil er ihr so gar nicht helfen konnte.
Einmal, ein einziges Mal, hatte er Mara bedrängt: »Jetzt mußt du von Prokosch weggehen. Du trägst doch das Zeugnis deiner großen Lüge in dir. Und das Kind wird leben und wachsen. Bei Prokosch bleiben heißt eine übermenschliche Aufgabe übernehmen. Und wir lieben einander doch. Warum nicht ein für allemal Schluß machen mit ihm?«
Sie sagte nein. Sie sagte, sie liebe Prokosch, er sei eine Seele von Mensch und anständig und voller Vertrauen und ein großer Künstler. Ihn zu verlassen hieße ihn umbringen. Das könne sie nicht tun, nein, nie!
Er war versucht gewesen, Zweifel an ihrer hohen Meinung von Prokosch zu äußern, aber er hatte zuviel Achtung vor ihrem Urteil. Auf jeden Fall wäre es eine Dummheit gewesen, Prokosch zu kritisieren, solange sie sich mit ihrem Glauben an ihn klammerte.
Doch jetzt, da er Tag und Nacht mit dem Schauspieler in eine Zelle gesperrt war, fragte sich Lobkowitz, was sie eigentlich in dem Mann gesehen hatte. Diese wandelnde Bühnendekoration, eitel, egoistisch! Und für so etwas die ganze Qual und ihr elender Tod!
»Als ihre Stunde kam, begleitete ich sie zur Klinik«, sagte Prokosch. »Es war schrecklich. Überfüllt und unsauber. Die Nazis hatten die meisten unserer Krankenhäuser für ihre Verwundeten beschlagnahmt. Die Ärzte, glaube ich, versuchten schon ihr Bestes. Über vierundzwanzig Stunden lag sie in Wehen. Nie werde ich das Wartezimmer vergessen, die grauen Wände, von denen die Farbe abblätterte, die wackligen Stühle – es war zum Verrücktwerden. Lobkowitz war auch da. Ich traf ihn damals zum erstenmal. Er schien sich gleichfalls Sorgen zu machen, und ich muß sagen, ich empfand das als angenehm.«

»Sie waren bekannt mit Frau Prokosch?« wandte sich Wallerstein an Lobkowitz wie ein Untersuchungsrichter, der der Spur einer Sache nachgeht.
Aber bevor Lobkowitz antworten konnte, fuhr Prokosch fort: »Die arme Mara, sie war ganz allein. Allein ging sie der schwersten Prüfung entgegen, die eine Frau im Leben hat. Wir und unsere Zivilisation! Ich hätte ja so gerne – wissen Sie, es gibt primitive Eingeborenenstämme, bei denen nach dem Gesetz der Vater des Kindes sich direkt hinter die Mutter setzen muß, wenn sie gebärt, damit er sie halten und ihr seine Kraft geben und auch einen Teil der Schmerzen von ihr auf sich überleiten kann.«
»Dafür wären Sie genau der Richtige gewesen!« rief Lobkowitz höhnisch. Er merkte, daß er sich nicht mehr beherrschen konnte. »Was wissen Sie vom Schmerz und vom Leid eines Menschen, was wissen Sie, was die Frau durchgemacht hat? Sie, den sie in Watte gepackt hat, den sie zeit ihres Lebens auf ein Podest stellte!«
Seit Tagen schon hatte er es ihm sagen wollen, deshalb hatte er sich mit Prokosch im Parnaß getroffen, um ihm die Wahrheit zu sagen, so schmerzlos wie möglich – aber die Wahrheit. Sie mußte gesagt werden, des Kindes wegen, das Mara geboren hatte. Nun, man hatte sich getroffen, hatte sich an einen Tisch gesetzt und über alles mögliche gesprochen – nur nicht über dies.
Die Verhaftung dann war ein Schock gewesen – aber auch Erleichterung. Sie ersparte Lobkowitz die Mühe, die Wahrheit zu sagen, wenigstens zeitweilig. Und als er hörte, daß sie sowieso alle sterben müßten, hatte er gedacht: Laß den Mann doch in Frieden krepieren. Es war sicher besser, man teilte das Geheimnis nicht und behielt es für sich.
Aber mit jeder Stunde, die er gefangen saß, wuchs die Versuchung. Draußen, in der freien Welt, hatte man sich mit Vernunftgründen helfen können: Warum soll ich ihn hassen? Genau wie Mara und ich ist auch er nur ein Opfer von Umständen, für die er nichts kann. Aber hier, so dicht aufeinanderhockend in einer Zelle, ihn aus der Nähe beobachten, sich seine Illusionen anhören und zusehen müssen, wie er sich zur Schau stellt – das zerrte an den Nerven, das bohrte einem im Gehirn herum.
Als er noch ein kleiner Junge war, hatte seine Schwester eine Puppe geliebt, die er nicht ausstehen konnte. Seine Schwester wußte das und versteckte die Puppe vor ihm. Aber eines Tages hatte er sie doch gefunden, und er war ganz allein zu Haus gewesen. Natürlich hatte er der Puppe den Schädel zerschlagen, den häßlichen Kopf, sie getötet, ihre Fetzen verbrannt, ihren schlaffen, weichen Leib – obwohl er wußte, daß die Strafe dafür kommen würde. Jetzt war er älter geworden, er hatte mehr als eine

Strafe geschluckt und gelernt, Gefühle zu beherrschen und sich Schranken zu setzen. Und doch bedurfte es nur einer Kleinigkeit, um das ganze Gerüst zivilisierter Skrupel zusammenbrechen zu lassen.

Jetzt spürten alle, daß ein Zusammenstoß dicht bevorstand.

Janoschik, der in Momenten der Krise immer in erster Linie das Praktische in Betracht zog, versuchte, die Körperkräfte von Lobkowitz wie auch von Prokosch abzuschätzen. Er kam zu dem Schluß, daß er, wenn notwendig, mit ihnen beiden fertig werden würde. Er hatte zuviel Respekt vor der Brutalität von Gefängniswärtern im allgemeinen und Nazi-Wärtern im besonderen, um einen Krach in der Zelle zuzulassen. »Haben Sie schon mal Erfahrungen mit Einzelhaft gemacht?« erkundigte er sich. »Wie ich gehört habe, gibt es hier eine Art aufrechtstehender Särge, in die man uns für die paar Tage, die uns noch bleiben, einsperren könnte. Also immer mit der Ruhe, damit wir all das Schöne, das wir haben, auch weiter genießen können, nicht?«

Auch Wallerstein war sich seiner Sache nicht mehr so sicher. Zwar ging es mit seinem Experiment glänzend voran, und die Versuchstiere rannten mit dem Kopf gegen die Wand, daß es eine reine Freude war, und würden auch weiter mit dem Kopf gegen die Wand rennen, bis sie vor Erschöpfung umfielen. Aber wollte er es denn so? Dieser elende Prokosch mit seinem Größenwahn, der sich vorm inneren Zerfall zu bewahren suchte, indem er hartnäkkig darauf bestand, daß sein Leben doch einen Sinn gehabt hatte; und dieser junge Mann da, dessen Nerven zerrieben worden waren unter dem Druck von Einflüssen, deren Ursprung psychiatrisch gesehen noch nicht festlag – er spürte plötzlich großes Mitleid. Sind wir denn alle krank? Was treibt uns denn, daß wir einander dauernd Schmerz zufügen? Wenn es nur Prokosch und Lobkowitz gewesen wären – aber es war die gesamte Menschheit, die einander an die Kehle ging und sich gegenseitig zerkratzte, zerschnitt und zerhackte. Sterben zu müssen in einem Jahrhundert, dachte Wallerstein, in dem man gelernt hat, das Innere der Seele zu beleuchten; und das bißchen Weisheit, das wir daraus gewonnen haben, belehrt uns doch nur, daß wir so gut wie nichts wissen. Was ist meine Macht? Nichts. Und ich habe damit etwas angefangen, womit ich nicht fertig werde und das ich in seiner ganzen Konsequenz noch nicht einmal durchdacht habe – und dabei habe ich nur noch so wenig Zeit.

»Meine Herren!« sagte er und versuchte, seinen Worten eine Kraft zu verleihen, die er nicht hatte. »Unsere Unterhaltung ist akademischer Natur, völlig unpersönlich. Ich bitte, mich in diesem Sinne zu verstehen!«

Aber Prokosch, tödlich blaß, saß steif da, und nur seine Finger bewegten sich krampfhaft. Mit bebender Stimme erklärte er: »Ich lasse mich nicht verleumden! Das Andenken Maras ist mir heilig! Heilig! sage ich. Der Mann hat ja nichts als Schmutz im Sinn, und ich weigere mich, mit dem Andenken meiner Frau Schindluder treiben zu lassen!«
»Schindluder treiben! Mit ihrem Andenken Schindluder treiben! Ist das nicht haargenau das, was Sie die ganze Zeit getan haben?« erhob Lobkowitz seinerseits Anklage. »Aber das wäre noch das wenigste. Das Andenken wäre nicht so wichtig. Die Toten sind tot. Doch ihr Leben! Das ganze Leben haben Sie ihr verdorben!«
Prokosch lachte. »Sie machen sich nur lächerlich«, sagte er mit gespielter Überlegenheit, »man durchschaut Sie zu leicht! Meinen Sie, ich wüßte nicht, warum Sie den Versuch unternehmen, meine Liebe und mein ganzes Leben in den Dreck zu ziehen? Meinen Sie, ich wüßte nicht, daß Sie einer von Dutzenden waren, die sich um Mara bemüht haben, obwohl Mara so hoch über Ihnen stand, daß Sie ihr nicht an die Fußsohle reichten, und wenn Sie sich Ihre schmutzige kleine Seele ausgerenkt hätten! Ich habe das doch alles gesehen und geduldet und dazu gelächelt, wenn Mara mit Ihresgleichen spielte. Aber meine Duldsamkeit gibt Ihnen noch lange kein Recht – nicht das geringste Recht, hören Sie! –, Maras Namen auch nur in den Mund zu nehmen. Daß ich sterben muß, weiß ich, aber ich werde unbefleckt sterben und werde bis zu meiner letzten Minute den guten Ruf der Frau, die mich geliebt hat, zu schützen wissen!«
Lobkowitz blickte zu Boden. Er versuchte, sich an das Bild zu klammern, an das er sich gerade erinnert hatte. Maras bittend ausgestreckte Hand: *Niemals darfst du, niemals – hörst du mich? –, niemals darfst du zulassen, daß er etwas von uns beiden erfährt.*
Aber wie sollte man das auf die Dauer aushalten. Ist sie nicht auch ein Stück von mir? Echter und wirklicher als das Bild, das Prokosch sich von ihr zurechtgemacht hat, und habe ich darum nicht ein größeres Recht auf sie? Warum soll ich die Frau aufgeben, die *meine* Frau war? Wer kann das von mir verlangen? Und um eines solchen Kerls willen?
Wenn er doch wenigstens den Mund halten würde – aber nein, er redet schon wieder!
»Sie hat nur einen Mann geliebt«, erklärte Prokosch, »mich!«
Er stellte sich vor Lobkowitz hin und maß ihn, Auge in Auge.
»Wenn Sie weitere Lügen und Verleumdungen zu erzählen haben – nur heraus damit! Daß ich sie Ihnen rechts und links um die Ohren schlagen kann!«

Soll er in Frieden sterben. Aber läßt man mich in Frieden sterben? Warum muß ich alles auf meine Schultern nehmen, warum muß es immer Prokosch sein, dessen Gefühle geschont werden? Er ist schuld an Maras Tod, er hat mir mein Liebstes genommen. Schon wie er dasteht, aufgeplustert und aufgebläht, und dabei geht bereits alles, worauf er sich stützt, in die Brüche!...
Prokosch breitete seine Arme aus wie ein Beschwörer. Langsam und mit Pathos sagte er: »*Ich*, verstehen Sie, *ich* wollte bei ihr sein in ihrer schwersten Stunde –«
»Bitte, hören Sie auf!« bat Lobkowitz.
»Und sie zwischen meinen Knien halten –«
»Aber meine Herren!« rief Wallerstein.
»Um ihren Schmerz auf mich zu nehmen und ihr Kraft zu geben –«
Janoschik trat an Prokosch heran und befahl: »Halt's Maul jetzt!«
Prokoschs Stirn war hochrot. Er zischte Lobkowitz ins Gesicht: »Ich! Nur ich!«
Lobkowitz war es plötzlich, als zerrisse etwas in ihm, als sei er gespalten; der eine Lobkowitz beobachtete und bemerkte alles: wie ihm das Blut im Gefühl endlicher Erlösung wieder leichter durch die Adern floß, die drohende Maske des Schauspielers ganz dicht vor ihm, widerlich dicht – der andere Lobkowitz aber lachte. Es war ein kurzes, schrilles Lachen, das im Raum hängenzubleiben schien.
In einem Anfall, der seine Kraft verzehnfachte, umklammerte Prokosch Lobkowitz' Hals. Lobkowitz spürte einen stechenden Schmerz und fühlte, wie die Finger des Mannes sich in den weichen Teilen seines Halses verkrampften. Prokosch hüpfte, ohne daß er seinen Griff lockerte, auf und ab wie ein verrückter Derwisch.
»Ich! Nur ich!« heulte Prokosch. »Haben Sie vielleicht Einwände?«
All das war in Bruchteilen von Sekunden geschehen. Jetzt packte Janoschik den Schauspieler beim Handgelenk und brach den würgenden Griff. Prokosch wehrte sich, versuchte freizukommen.
»Haben Sie vielleicht Einwände?« wiederholte er stöhnend.
»Ja«, antwortete Lobkowitz auf Prokoschs Frage, »habe ich«, und fuhr fort, fast ohne seine Stimme zu erheben, »denn der Vater von Maras Kind bin ich.«

Prokosch war still geworden. Er wehrte sich auch nicht mehr gegen Janoschik. Janoschik führte ihn vorsichtig zu einer Pritsche

und ließ ihn sich setzen, hielt ihn aber an der Schulter fest. Er befürchtete, daß Prokosch, wenn er ihn losließe, wie ein leerer Sack zusammenfallen würde.
Nur Preissinger brachte es fertig, dieses Schweigen zu brechen. »Na so was!« sagte er. »Wer hätte das geglaubt?« Doch niemand antwortete ihm, und selbst er empfand etwas wie Verlegenheit.
Lobkowitz war vollkommen ernüchtert. In ein paar Tagen würde alles enden. Was nützen Worte? Er entdeckte zu seinem Schrekken und Entsetzen, daß sein ganzer Haß gegen Prokosch verflogen war.
Wallerstein war deprimiert. Was er befürchtet hatte, war eingetreten. Er erkannte, daß auch er selbst von den Entwicklungen in dieser Zelle und von der Nähe des Todes nicht unberührt blieb. Ich schaffe es nicht, dachte er. Beobachtungen, Wissenschaftlichkeit, Notizen, Unsterblichkeit! Ich gehe auch schon aus den Fugen – diese Menschen hier an meiner Seite, mit ihren Konflikten, ihrem Leid, ihren Ängsten, ihrem Zusammenbruch; ich bin doch auch einer von ihnen! Großer Gott im Himmel, ich bitte dich, laß mich nicht straucheln, laß mich nicht zu schwach werden.
»Prokosch«, sagte er, »jetzt hören Sie mir mal zu. Ich kenne das Leben, ich habe es von mehr als einem Gesichtswinkel aus untersucht. Sie haben Ihrem Denken und Empfinden entsprechend gelebt und waren dabei doch glücklich! Also was liegt schon daran, wenn Sie jetzt feststellen, daß Ihr Glück auf einer Illusion beruhte? Wann beruht es je auf etwas anderem? Ihr Stolz ist zutiefst verletzt – das tut weh. Aber wieviel mehr bedeuten im Vergleich dazu die ganzen Jahre, in denen Sie geliebt haben, all die glücklichen Zeiten, die Sie genossen haben und die man Ihnen doch nicht nehmen kann! Es ist eben gerade die Illusion, die zählt. Dabei ist es unwichtig, was oder wie Mara war – wichtig ist, was Sie in ihr sahen. Und an das müssen Sie sich halten.«
Prokosch starrte auf den Fußboden zwischen seinen Schuhen. »Lassen Sie mich in Ruhe«, sagte er, »und lassen Sie die Toten in Ruhe.«
Nichts war mehr da von seinen Allüren. Und doch war das Gefühl, mit dem Lobkowitz Prokosch betrachtete, nicht Mitleid. Es war eher eine Art Fremdheit. Wie soll man Mitleid empfinden für Tote – sie befinden sich auf einer ganz anderen Ebene. Auch spürte er kein Bedauern. Er fühlte sich vielmehr frei, erleichtert, denn auch die drückenden Bindungen an Mara fühlte er nicht mehr.
Worin hatten diese Bindungen bestanden? Mara hatte immer irgend etwas befürchtet. Mit dieser Furcht war sie gestorben, diese Furcht hatte sie ihm hinterlassen. Und das hatte ihn gebunden.

Und plötzlich erkannte Lobkowitz, warum Mara lieber ihre Kraft, ihre Jugend, ihre wirkliche Liebe, ihr Leben opferte, als sich von Prokosch zu trennen. Es war ja gar nicht Prokosch, den sie schützen mußte, sondern – sie selbst.
Sie hatte längst erkannt, wie wenig hinter dem Schauspieler Prokosch steckte. Da sie aber alles aufgebaut hatte auf diesem Fehler, da sie ihre Jugend, ihre eigene Laufbahn, ihr Lebensziel geopfert hatte um dieses Mannes willen, der ein einziger Versager war, hatte sie sich geweigert, ihre Niederlage anzuerkennen – wie ein Spieler, der immer wieder auf dieselbe Nummer setzt, die nie gewinnt. Denn auch sie war selbstgefällig gewesen und stolz und hatte Angst gehabt vor der harten Wahrheit. So hatte sie denn den Schauspieler Prokosch zu ihrem Idol erhoben, als Künstler und als Mensch, damit er mit dem Bild übereinstimme, das sie, ein Kind von sechzehn Jahren, sich von ihm gemacht hatte, als sie ihn in der königlichen Robe des Ödipus Rex zum erstenmal sah. Und indem sie dieses Bild vor jedem frischen Luftzug, jedem Vergleich mit dem Leben schützte, schützte sie sich selbst. Indem sie eine Entschuldigung nach der anderen für Prokosch fand, versuchte sie, sich selber zu rechtfertigen.
Diese neugewonnene Klarheit ließ Lobkowitz gegen sein Schicksal rebellieren. Mit diesem Wissen wünschte er um so mehr zu leben.
Zu Janoschik sagte er: »Nun gut, die Welt läuft weiter. Aber wie und wohin? Wissen Sie das?«
Janoschik sah ihn überrascht an. Allmählich aber zeigte sich in Janoschiks Augen ein tiefes kameradschaftliches Verständnis.

SECHSTES KAPITEL

Die Affäre Glasenapp war in diesen Tagen fast das ausschließliche Gesprächsthema im Offizierskasino. Hauptmann Patzer und Leutnant Marschmann, aber ganz besonders der Hauptmann, wurden als Helden betrachtet, die einem bösen und hinterlistigen Feind erfolgreich Widerstand geleistet hatten und dabei um Haaresbreite einem schrecklichen Schicksal entgangen waren.
Die 431. war eine neue Division, die erst nach Kriegsbeginn aufgestellt worden war. Ihr Offizierskorps war stark von ältlichen Reservisten durchsetzt, die an den verschiedensten Leiden laborierten und ihren Mangel an Schneid durch geräuschvolle Bekenntnisse zum Nationalsozialismus und durch ausführliche Äußerungen hausgemachter strategischer Weisheiten ersetzten. Im

Kampfeinsatz hatte die Division bisher nur gegen unbewaffnete Zivilisten in besetzten Ländern gestanden. Gegen diese aber war sie mit größter Schärfe vorgegangen. Die 431. vertrat mit Stolz die neue Ordnung in Europa und ließ es zum Zwecke der allseitigen Verankerung dieser Ordnung weder an Eifer noch an Energie mangeln.

»Noch ein paar Monate höchstens, und wir sind in Moskau«, erklärte Leutnant Marschmann und wischte sich das Fett der Suppe vom Munde. »Das bedeutet die vollständige Beherrschung Europas. England? Eine kleine Insel, meine Herren, die wir aushungern werden, bis sie sich ergibt, oder vielleicht werden wir auch ein paar Fallschirmjägerdivisionen abspringen lassen, die die City besetzen und dem raffenden Kapital einen Schrecken einjagen werden.«

Major Grauthoff suchte sich die größten Scheiben Kalbsbrust heraus, die im nächsten Gang serviert wurde, und drückte seine Zweifel aus: »Vom rein Militärischen her haben Sie wahrscheinlich recht, jawohl. Aber Sie dürfen nie vergessen, daß es von der Eroberung bis zur sicheren Beherrschung und gewinnbringenden Ausbeutung eines Landes noch ein langer Schritt ist – mehrere Schritte sogar. Oft blicken wir nur auf die Landkarte und berauschen uns an den gewaltigen Landmassen, an der Anzahl der Länder, die wir besetzt haben. Aber was holen wir noch heraus, nachdem der Rahm abgeschöpft ist, nachdem wir die Waren in den Läden, die Lebensmittel in den Speichern, das Gold in den Banken abgeholt haben? Einen Haufen Schwierigkeiten, meine Herren, eine Menge Haß. Hat sich in der letzten Zeit einer von Ihnen nachts allein auf die Straße getraut?«

Keiner der Offiziere konnte es von sich behaupten, besonders nicht nach dem Tode des Leutnants Glasenapp. Sie verzichteten daher auf eine Antwort, und man hörte nur das Kratzen von Messer und Gabel auf den Tellern und das Schmatzen und Kauen der Speisenden.

»Die Engländer«, fuhr Major Grauthoff fort, »sind zwar eine dekadente Rasse, die sich jetzt auf dem absteigenden Ast befindet, sie waren aber in ihrer Glanzzeit ganz tüchtig. Sie verteilten Schnüre von bunten Glasperlen, Zylinderhüte und Titel und erschlichen sich so ein Weltreich. Sie versuchten stets, den Unterworfenen das Gefühl zu geben, wie angenehm es doch sei, unterworfen zu sein und von dem englischen König regiert zu werden. Und erst wenn sie fest im Sattel saßen, zeigten sie die gepanzerte Faust. Perfide, aber es bringt etwas ein.«

»Typische Finanzhyänen!« bemerkte ein dicker Leutnant, der eine schwere Maschinengewehrabteilung kommandierte. »Des-

halb führen wir ja Krieg gegen sie! Gottverfluchte Juden und Bolschewisten!«
Hauptmann Patzer räusperte sich, als Ankündigung für eine wichtige Feststellung seinerseits. Die Offiziere richteten ihre Blicke auf den Helden des Unternehmens Café Parnaß. Was er sagte, war von Bedeutung.
»Disziplin und Manneszucht!« begann er. »Bevor ich zur Wehrmacht einberufen wurde, war ich Oberpostinspektor. Lange Dienstjahre. Unsereiner weiß, was Disziplin heißt. Disziplin ist uns angeboren. Das ist das wahrhafte Deutsche an uns, und es findet seinen höchsten Ausdruck in den Idealen unseres Führers. Aber diese Völkerschaften, die wir besiegt haben – und darum ging so ein Sieg ja hopp hopp hopp –, was wissen die von Disziplin und Manneszucht? Wir sind in Norwegen gewesen, in Polen, Frankreich und jetzt hier. Wir haben sie doch gesehen – überall das gleiche. Liederlich, faul, unkultiviert und verstockt. Disziplin und Manneszucht – das fehlt ihnen. Die Engländer, Herr Major, die Engländer hatten Zeit, ihr Weltreich zusammenzuzimmern, Hunderte von Jahren. Wir müssen so was in Wochen und Monaten machen. Also muß man solchen Leuten zunächst einmal Disziplin beibringen. Wenn wir jeden zehnten Mann erschießen, werden die anderen neun mit großem Vergnügen für uns arbeiten. Und sollte sich das als nicht ausreichend für die Disziplinierung erweisen, erschießt man wieder jeden zehnten, und so weiter, bis sie's gelernt haben.«
»Wann werden Ihre Geiseln denn erschossen werden?« erkundigte sich der dicke Leutnant, während er der Ordonnanz zu verstehen gab, er möge ihm noch einen Sliwowitz bringen.
»Paar Tage noch«, sagte Patzer. »Dieser Sicherheitsbeauftragte, Reinhardt heißt er – das ist der richtige Mann für so etwas. Kein Abwarten, keine Umstände, durchgreifen! Er hat mich gebeten, ihn heute nachmittag aufzusuchen. Da werde ich wohl die letzten Neuigkeiten über den Fall unseres Kameraden direkt aus der Quelle bekommen.« Er lehnte sich zurück und faltete seine Serviette mit betonter Gleichgültigkeit zusammen, als wäre für ihn eine Besprechung mit einem führenden Gestapo-Beamten eine alltägliche Angelegenheit.
Marschmann, den Reinhardt nicht zu sich gebeten hatte, war verschnupft. »Wahrscheinlich wird er Sie fragen wollen, warum Sie zugelassen haben, daß Glasenapp sich so besoff, wo Sie doch wußten, daß der arme Kerl Alkohol nicht verträgt.«
Aber Hauptmann Patzer war erhaben über derartige Angriffe. Er erhob sich, verbeugte sich in Richtung von Major Grauthoff und sagte der Ordonnanz: »Ich trinke meinen Mokka, wenn ich

wieder zurück bin.« Dann schritt er davon, Schultern gestrafft, Brust heraus, ein perfekter Soldat.
Drüben bei der Gestapo traf er in Reinhardts Vorzimmer auf den jungen Gruber, das Baby. Sie grüßten einander zackig. Dann erkundigte sich Patzer jovial: »Na, was gibt's hier Neues? Sie sehen auch nicht aus, als ob Sie sich von Ihren Pflichten erdrücken ließen!«
Gruber grinste über sein ganzes joviales Gesicht. »Warum auch?« sagte er. »Bei uns geht alles seinen ordnungsgemäßen Gang.«
»Was Neues über Glasenapps Mörder?«
Gruber wurde vertraulich. »Wir sind ihm hart auf der Spur. Aber ich darf nichts darüber sagen – nicht einmal Ihnen.«
»Schon begriffen«, nickte der Hauptmann verständnisvoll. »Ich nehme an, Kriminaldirektor Reinhardt wird mir selbst einiges mitteilen.«
Gruber zuckte die Schultern. »Vielleicht, vielleicht auch nicht. Der Standartenführer hat immer so viele Dinge, um die er sich kümmern muß. Haben wir übrigens alle.«
Patzer war beeindruckt. »Aber selbstverständlich, ich möchte Ihnen auch nicht weiter lästig fallen . . .«
»Aber keineswegs! Ich bitte Sie! Ich werde Sie dem Standartenführer melden.« Er stolzierte davon und kam kurz darauf zurück, um Patzer in das Büro zu geleiten.
Reinhardt saß hinter seinem Schreibtisch. Er murmelte etwas, das wie »Heil Hitler!« klang. Der Hauptmann war in der Nähe der Tür stehengeblieben, die sich sofort hinter ihm geschlossen hatte. Er wußte nicht genau, was er tun sollte – sich dem Sicherheitsbeauftragten nähern oder warten, bis er aufgefordert wurde, Platz zu nehmen. Er bemerkte allerdings, daß Reinhardt ihn musterte. Seine Augen schienen ihn abzutasten.
Ungefähr eine Minute verstrich auf diese für Patzer so unbehagliche Art. Dann endlich wies Reinhardt durch eine Handbewegung dem Hauptmann einen Stuhl vor seinem Schreibtisch an. Das helle Licht des Nachmittags fiel Patzer voll ins Gesicht, und er mußte dauernd blinzeln. Reinhardts Kopf dagegen wirkte silhouettenhaft gegen den Hintergrund des Fensters.
Was für ein Dummkopf! dachte Reinhardt. Aber er wußte auch, daß es oft leichter war, wichtige Tatsachen aus dummen Menschen herauszuholen als aus Leuten, die Verstand besaßen. Er beschloß, sich dem guten Hauptmann gegenüber herablassend zu benehmen, mäßig herablassend. Wenn er ihm zuviel Angst einjagte, konnte es passieren, daß Patzer sich in sich selber verkroch wie eine Schnecke in ihr Gehäuse.
»Man hat mir berichtet, daß Sie uns bei unserer Arbeit sehr

geholfen haben«, begann Reinhardt.
Patzer verbeugte sich steif. Er fühlte, daß er ins Schwitzen gekommen war, wagte aber nicht, sich das Gesicht abzuwischen.
Reinhardt lächelte ein wenig, halb höhnisch und halb ermutigend. »Es ist leider so, daß man von seiten Ihrer Herren nicht immer so gut mit uns zusammenarbeitet.«
Patzer verbeugte sich wieder, diesmal als Entschuldigung. Wie die meisten Menschen seiner Klasse hatte er großen Respekt vor der Polizei, und außerdem wußte er, daß in den letzten Jahren die schwarzuniformierte Gestapo allmächtig geworden war.
»Manchmal beneide ich euch Soldaten«, fuhr Reinhardt fort. »Keinen Ärger, keine Komplikationen, nur immer drauflosschießen. Wir dagegen müssen das, was Sie gewonnen haben, absichern. Das mag Ihnen als eine Kleinigkeit erscheinen, aber ich versichere Sie, daß Sie ohne uns schon schön in der Tinte säßen.«
»Oho!« sagte Patzer als eine Art bescheidenen Protestes.
»Wieso oho!« versetzte Reinhardt sofort. »Glauben Sie mir etwa nicht?«
»Ich glaube Ihnen, gewiß! Aber . . .«
»Dann verstehen wir einander. Das ist erfreulich. Kannten Sie Leutnant Glasenapp gut?«
»Ich wüßte keinen, der ihn besser kannte. Ein tadelloser Charakter.«
»Keine Allgemeinheiten bitte. Dafür haben wir hier keine Zeit. Sagen Sie mal, was macht man eigentlich bei Ihnen in bezug auf die holde Weiblichkeit?«
»Sie meinen . . .«
Reinhardt wartete. »Also, schießen Sie schon los! Schließlich gehören doch auch Sie keinem Club von Engeln an, nicht wahr? Ha, ha!«
Patzer lachte gehorsam.
Reinhardt versuchte das Gespräch vorwärtszubringen. »Wohl in der Hauptsache Bordelle, was?«
»Jawohl! Wir haben da ein ganz anständiges, nur für Offiziere. Jeden Dienstag und Freitag . . .«
»Ihr Zeitplan ist mir im Augenblick unwichtig. Hat Glasenapp da mitgemacht?«
Patzer zupfte sich nachdenklich am Ohrläppchen. »Wenn ich mir's richtig überlege, ist er eigentlich nur einmal dabeigewesen, während unserer ersten paar Wochen in Prag. Später hat er sich immer irgendwie gedrückt.«
»Homosexuell?«
»Aber hören Sie!«
»Ist doch keine Schande! Krieg ist Männersache. Man hat keine

richtigen Weiber – bei unserer Arbeit muß man alles mögliche in Betracht ziehen.«
»Ich bin überzeugt, er war völlig normal.«
»Hab ich mir auch gedacht«, sagte Reinhardt. »Ich wollte nur Ihre Bestätigung haben. Jetzt werde ich Ihnen ein Geheimnis anvertrauen. Es gab da eine Frau im Leben Ihres Freundes Glasenapp, und ich kann mir nicht ganz vorstellen, daß er das so hundertprozentig vor Ihnen verschleiern konnte.«
»Hier in Prag?« fragte Patzer. »Ist ja toll! Da sieht man wieder: Stille Wasser sind tief.« Neben der Überraschung war auch ein bißchen Neid in seiner Stimme.
»Ich wäre Ihnen sehr verpflichtet, wenn Sie versuchten, sich irgendwelche Einzelheiten ins Gedächtnis zurückzurufen, die uns helfen könnten, diese Frau zu finden. Kleinigkeiten, ein zufälliges Wort – Polizeiarbeit, mein lieber Herr Hauptmann, ist wie ein Puzzlespiel. Oft braucht man nur einen kleinen Ausschnitt, damit man das ganze Bild begreift.«
Patzer fühlte sich ungeheuer geschmeichelt, daß gerade er berufen sein sollte, diesen so wichtigen kleinen Ausschnitt beizusteuern. Seine Stirn legte sich in Falten, und sein Mund zuckte, er dachte angestrengt nach.
Reinhardt hatte einfach Glück, daß er sich Patzer als Informanten ausgesucht hatte. Das Oberpostinspektorgehirn des Hauptmanns hatte eine unheimliche Fähigkeit, Einzelheiten festzuhalten, langjährige postalische Praxis sowie ein großartig trainiertes Gedächtnis für Portosätze und Entfernungen, für Dienstbestimmungen und Verordnungen trugen jetzt reiche Frucht.
Patzer schlug sich plötzlich aufs Knie. »Eine Kirche«, sagte er, »keine von den alten, aber auch keine neue, in einer Seitenstraße vom Wenzelsplatz . . .«
Reinhardt rührte sich nicht. Nur seine verkniffenen Augen glitzerten und zeigten, daß er sehr scharf zuhörte.
»Wir sind da mal vorbeigegangen, Glasenapp und ich, ein Leichenzug kam heraus. Kein großes Begräbnis: ein paar Mönche mit ihrem Singsang, ein schäbiger Leichenwagen mit dürren Pferden, halbverwelkte Blumen – und dann war Glasenapp plötzlich weg. Ich rief noch hinter ihm her, und er rief zurück, er hätte jemanden zu besuchen oder so ähnlich.«
Aus einem seiner Schreibtischfächer zog Reinhardt einen Stadtplan von Prag und öffnete ihn. Sein manikürter Finger glitt leicht über einige Linien, fuhr dann scharf nach rechts und hielt bei einem winzigen Kreuzchen an. »St.-Stephans-Kirche?« fragte er.
»Ja! Stimmt!« sagte Patzer, erleichtert wie ein Student, der die schwerste seiner Prüfungsfragen richtig beantwortet hat.

»Noch etwas, an das Sie sich erinnern?«
Wieder saß Patzer stumm und grübelte, aber so sehr er auch nachdachte, er fand nichts Brauchbares.
»Na schön«, Reinhardt erhob sich, »was Sie mir da erzählt haben, mag etwas bedeuten oder auch nicht, jedenfalls werden wir uns kümmern. Sie haben Ihr Bestes versucht. Ich danke Ihnen.«
Patzer war glücklich. Er stand auf, ergriff Reinhardts trockene, klauige Hand und schüttelte sie. »Gern geschehen! Nicht der Erwähnung wert! Sie wissen ja gar nicht, wie ich mich freue, daß ich Ihnen behilflich sein konnte, die niederträchtige Ermordung unseres lieben Leutnants Glasenapp zu rächen . . .«
Reinhardt schnitt ihm das Wort ab. »Schon gut! Schon gut! Leider muß ich noch etwas arbeiten. Besuchen Sie mich ein andermal.« Und krächzte etwas, das »Heil Hitler!« heißen sollte und die Unterredung mit Patzer endgültig abschloß.
Der Hauptmann ging und genoß schon im Voraus die sensationellen Berichte, die er nun seinen Herren Kameraden im Offizierskasino geben konnte. Dieser Reinhardt war der Sache jetzt wirklich auf der Spur, und er, Hauptmann Patzer, war es gewesen, der ihn auf die Spur gebracht hatte. War seine Bedeutung schon durch Glasenapps tragisches Ende in den Augen aller erheblich gestiegen, so konnten die neuen Entwicklungen seinen Ruhm nur noch vergrößern.
Reinhardt, allein zurückgeblieben in seinem Büro, war in Gedanken versunken. Er hatte entschieden keine Lust, tiefer in der Sache Glasenapp zu wühlen, die doch bis jetzt so schön glatt gelaufen war. Aber dieses Weibsstück, diese Milada, war eine Lücke in dem sonst so lückenlosen Bau, und die Lücke mußte man stopfen.
Er klingelte, und etwa eine Minute später schob sich ein schäbiges Individuum mit einem zerbeulten braunen Filzhut auf dem Kopf durch die Tür.
»Euer Exzellenz?« erkundigte es sich mit einer Stimme, deren Klang zwischen dem Zischen einer undicht gewordenen Dampfröhre und einem Asthmatikerhusten lag.
»Pan Kratochvil«, sagte Reinhardt, »ich habe eine Sache für Sie.« Und wieder zeigte er mit seinem Finger auf das winzige Kreuzchen auf dem Stadtplan, beschrieb dann aber einen Kreis darum, der das ganze Gebiet der benachbarten Häuserblocks umschloß. »Es geht um folgendes . . .«, begann er und weihte Pan Kratochvil in den Komplex Milada ein.
Pan Kratochvil schüttelte traurig den Kopf. »Jesus, Maria und Joseph«, seufzte er, »warum immer die schwierigsten Arbeiten für mich? Das wird Zeit kosten, das wird Geld kosten, ich muß in die Läden gehen und in die Kneipen, und ich muß was einkaufen,

ich muß was trinken, ich muß reden . . .«
Reinhardt nahm seinen flachen Brieföffner und ließ ihn laut auf die Oberfläche seines Schreibtisches schnappen. Es klang wie ein Schuß. Pan Kratochvil zuckte zusammen. »Ich gehe ja schon! Ich find's auch heraus. Für Sie, Euer Exzellenz, das wissen Sie, tue ich alles!«
»Ich gebe Ihnen zwei Stunden, Pan Kratochvil.«
»Jawohl, Euer Exzellenz.«
»Und besorgen Sie sich einen neuen Hut. Ihren erkennt man schon aus weiter Entfernung.«
»Jawohl, Euer Exzellenz. Aber wo soll ich mir bitte einen neuen Hut kaufen? Die Geschäfte haben ja nichts.«
»Genug jetzt! Raus!«
Pan Kratochvil machte eine Verbeugung und trollte sich. Er bewegte sich völlig lautlos. Man konnte schon glauben, daß er unter seinesgleichen den Ruf genoß, er wäre nicht nur unhörbar, sondern auch unsichtbar.

So kam es, daß Kriminaldirektor Reinhardt noch am selben Nachmittag, aber zwei Stunden später, die Mala Štěpanska, die Kleine Stephansstraße, entlangging, die an der St.-Stephans-Kirche von der Großen Stephansstraße abzweigt und als Sackgasse endet.
Er befand sich allein und trug Zivil, einen tadellos geschneiderten Sommeranzug aus echt englischem Stoff, den Murtenbacher ihm aus Paris geschickt hatte. Er hatte den ganzen Weg vom Petschek-Palais zu Fuß gemacht und jeden Schritt genossen. Es war ein herrlicher Tag, und Reinhardt fühlte sich beinahe beschwingt. Er war gespannt, wie das Mädchen Milada nun aussehen würde. Wahrscheinlich war nicht viel an ihr dran, wenn ein Kerl wie Glasenapp sie hatte haben können. Aber genau wußte man ja nie.
Reinhardt blickte auf die Hausnummer. Bei Nummer sechs blieb er stehen. Er las die Namensschilder neben der Haustür und nickte. Dann klingelte er, wartete eine Minute und trat ein.
Im Treppenhaus war es dunkel und kühl. Nummer sechs war ein altes Haus, hundert bis hundertfünfzig Jahre alt, schätzte er, und es roch, wie solch alte Häuser riechen, etwas muffig und nach gekochtem Kohl. Wäre komisch, dachte er, wenn ich hier verlorenginge. Außer Kratochvil weiß keine Seele, wo ich bin, und Kratochvil wäre froh, wenn jemand an meine Stelle käme, der weniger von ihm verlangt. Aber im Fall Glasenapp war es am besten, man ging behutsam vor und weihte niemanden weiter ein. Heydrich würde es zu schätzen wissen. Er tastete nach der Pistole

in seiner rechten Rocktasche. Sie fühlte sich wohltuend zuverlässig an.
Oben stand eine alte Frau in der Wohnungstür. »Wohnt Fräulein Milada Markova hier?« fragte Reinhardt.
»Was wünschen Sie?«
»Dienstlich, Polizei!« sagte er und stieß die alte Frau zur Seite. »Nicht zu Hause? Machen Sie die Tür zu. Ich werde hier auf sie warten.«
»Aber . . .«
»Kommen Sie, kommen Sie – Sie haben genau gehört, was ich gesagt habe. Sie heißen Klein und sind Rentnerin. Sie sehen, ich weiß Bescheid.«
Er betrat Miladas Zimmer, gefolgt von der Wirtin, die vor Angst zitterte.
»Beruhigen Sie sich«, riet ihr Reinhardt und begann sich umzusehen.
Das Zimmer war klein, die Möbel abgenutzt. Die Nachmittagssonne schien durchs Fenster und fiel auf ein paar Topfpflanzen. Ein buntes Kleid, Blumenmuster, hing über einem Haken an der Tür, ein paar Bücher auf einer wackligen Kommode lehnten gegen die Wand. Reinhardt nahm sie, blätterte sie flüchtig durch und stellte sie zurück.
»Ihr Mann ist Soldat gewesen?«
»Ja«, flüsterte Frau Klein.
»In Galizien gefallen? Traurig, zweifellos ein guter Mann gewesen. Aber so ist der Krieg.« Bis jetzt hatte er gesprochen wie eine alte Grammophonplatte, als ob er überhaupt nicht nachdächte über das, was er sagte. Plötzlich änderte sich sein Ton.
»Wann ist Leutnant Glasenapp zum letztenmal hier gewesen?«
»Ich wußte ja, daß es schlecht ausgehen würde! Ich hab's ja gewußt!« Die Wirtin wimmerte nur noch. »Ein anständiger Mensch ist er gewesen, gar nicht wie . . .«
»Gar nicht wie die anderen Nazis?« beendete Reinhardt den Satz für sie und lächelte. »Sie müssen mir mehr erzählen über ihn. Warum setzen Sie sich nicht? – Na also, wann war er denn das letztemal hier?«
»Am Donnerstag, denk ich.«
»Ham. Da haben sie sich also gezankt, der Leutnant und Fräulein Milada?«
»Gezankt?« wiederholte die Wirtin, die ihre Fassung langsam wiedergewann. »Vielleicht. Ich weiß jedenfalls von nichts. Ich hab das meiste von meinem Deutsch sowieso vergessen, und die Zimmertür war zu.« Sie blickte Reinhardt an. Sie hatte gescheite Augen, in denen aber noch die Furcht saß. »Und ich schau nicht

durchs Schlüsselloch.«
Reinhardt ließ sich in dem einzigen bequemen Stuhl nieder. Er schlug die Beine übereinander, vorsichtig, damit ihm die Bügelfalten nicht kaputtgingen.
Den Blick auf seine glänzend polierten Schuhe gerichtet, sagte er: »Ich sehe, Sie sind gar nicht dumm. Ich werde meine Karten auf den Tisch legen. Sie glauben, daß ich Sie wegen der kleinen Auseinandersetzung zwischen dem Leutnant und Fräulein Milada befrage, weil ich den Verdacht habe, daß Fräulein Milada den Leutnant – nun sagen wir, beseitigt haben könnte, nicht?«
Frau Klein faltete die Hände im Schoß zusammen. Ihr runzliges Gesicht war ruhig geworden. Sie hatte sich entschlossen, nichts mehr zu sagen. Sollte der Herr von der deutschen Polizei mit Fräulein Milada reden, wenn er etwas erfahren wollte. Was sie selbst betraf, durch sie sollte niemand ins Unglück kommen.
»Na, stimmt's nicht?« lächelte Reinhardt.
»Vielleicht.«
»Also Ihnen kann ich's ja sagen – wir haben eine ganz andere Theorie. Wir wissen doch, daß ein Fräulein wie Fräulein Milada keiner Fliege etwas zuleide tun würde. Keiner Fliege!« wiederholte er und betrachtete angelegentlich die Blumentöpfe auf dem Fensterbrett. »Ein Fräulein, das Blumen gern hat und alles Schöne im Leben – nicht wahr?«
»Vielleicht.«
»Antworten Sie nicht vielleicht! Antworten Sie ja oder nein!«
Frau Klein brachte es nicht mehr fertig, ihre Hände ruhig im Schoß liegenzulassen. Sie strich sich die geflickte Schürze glatt. Ihre Lippen kehrten sich nach innen, ihr zahnloser Mund verschloß sich zu einer dünnen schwarzen Linie.
Reinhardt, der sie die ganze Zeit beobachtete, lächelte immer noch.
»Nun, Frau Klein, worüber haben die beiden denn am Donnerstag nachmittag gesprochen? Oder möchten Sie, daß ich Sie mitnehme zur Polizei?« – »Nein.« – »Sie sind zu verstockt«, sagte Reinhardt mit Bedauern. »Ich habe viele gekannt, die so waren wie Sie. Lange ist keiner von ihnen verstockt geblieben.«
Die Hände der Wirtin fanden sich doch wieder zusammen. Wieso kommt das, dachte sie. Ich habe solche Angst, ich sollte weglaufen, aber ich kann mich nicht rühren.
Reinhardt schwieg. Wenn es darum ging, Menschen durch Furcht kirre zu machen, war er ein Meister. Er spielte mit dem Terror wie ein Künstler auf seinem Instrument. Und es machte ihm Vergnügen.
»Worüber haben die beiden am Donnerstag nachmittag gespro-

chen?« wiederholte er. In dem Zimmerchen war es still und sonnig.
Plötzlich unterbrach er das Verhör. Ein Schlüssel drehte sich im Schloß der Wohnungstür. Milada war gekommen.
Sie sah den fremden Mann. Zuerst wollte sie aufschreien, aber der Schrei blieb ihr in der Kehle stecken. Genau betrachtet, war ja nichts Grauenerregendes an dem Besucher – weder die zu eng beieinanderstehenden durchdringenden Augen noch die dünne Nase, weder der kleine halboffene Mund über dem schwächlichen Kinn noch das gescheitelte Haar, das an den Seiten kurz geschnitten war –, aber das Gesamtbild ergab etwas derart Verzerrtes, daß sie erschrak.
Der Fremde erhob sich langsam. Milada spürte, daß er sie abschätzte. Sie bemühte sich, seinem Blick fest zu begegnen. Seine Lippen verzogen sich zu einem Lächeln.
»Guten Tag«, brachte sie schließlich heraus. »Wir haben Besuch?«
Der Bann, unter dem Frau Klein gestanden hatte, zerbrach. »O Fräulein Milada«, begann sie zu weinen, »schrecklich! Ganz schrecklich! Die Polizei . . .«
Mit einem »Gestatten Sie, daß ich mich selbst vorstelle!« hielt Reinhardt die alte Frau davon ab, Milada Andeutungen über sein Verhör zu machen.
»Kriminaldirektor Reinhardt. Und Sie sind Milada Markova?«
Jetzt also ist es soweit, dachte Milada. Der Feind steht direkt vor dir. Ausweichen kannst du nicht mehr, du mußt kämpfen. Sie fühlte sich sonderbar leicht und frei, ein bißchen schwach in den Knien wie an dem Sonntag, da sie zum erstenmal mit Pavel aufs Land gefahren war. Sie wünschte sich nur genug Kraft für das, was kommen würde, und wußte ziemlich sicher, daß sie die Kraft haben würde.
Reinhardt hatte sich verschiedene Frauen im Fall Glasenapp vorgestellt, aber eine Erscheinung wie Milada hatte er nicht erwartet. Sie war offensichtlich intelligent und außerdem schön, noch dazu ein Typ, der ihm besonders lag. Sogar der Schreck, als sie ihn hier in ihrem Zimmer vorfand, hatte das ruhige Gleichmaß ihrer Züge nicht durcheinandergebracht. Insgeheim hatte Reinhardt ja seit je nur Verachtung gehabt für die vollbusige blonde Weiblichkeit, die von den Parteiideologen zur Aufbesserung der Rasse besonders empfohlen wurde. Diese Frau hier war anders, fremdartig und geheimnisvoll. Er war sehr zufrieden mit den letzten Entwicklungen im Falle Glasenapp. Ob sie nun Tschechin war oder nicht, die Beziehung einer solchen Frau zu Glasenapp mußte kompliziertere Hintergründe haben als er ursprünglich

angenommen hatte. Er leckte sich die Lippen.
»Sie müssen bitte entschuldigen, daß ich ohne vorherige Anmeldung hier hereingeschneit kam«, eröffnete er das Gespräch. »Bei unserer Arbeit, verstehen Sie bitte, haben wir so wenig Zeit für die gewöhnlichen Formen der Höflichkeit, daß sie manchmal unter den Tisch fallen.«
Frau Klein, die immer noch zitterte, umarmte Milada. Ob sie es nun tat, um Milada irgendwie in Schutz zu nehmen oder um Schutz von ihr zu empfangen, war nicht ganz klar.
»Sie haben der alten Frau einen bösen Schrecken eingejagt«, sagte sie.
»Jeder scheint sich vor mir zu fürchten«, beklagte er sich. »Warum? Sehe ich wie ein wildes Tier aus?« Er lächelte und zeigte seine gelben Zähne. »Vor mir braucht keiner Angst zu haben. Da ich nun aber einmal da bin und gewisse Auskünfte brauche, erwarte ich, daß Sie mir ein paar Fragen beantworten. Nur ein paar, und auch die sind nicht schwierig. Meine Fragen betreffen den bedauerlichen Tod des Leutnants Glasenapp.«

Milada machte sich von der Umarmung ihrer Wirtin frei. Sie mußte Zeit gewinnen, bis sie sich beruhigte und ihre Gedanken ordnen konnte. Sie nahm den Hut ab und legte ihn auf die Kommode. Dann holte sie Kamm, Puder und Lippenstift aus ihrer Handtasche und widmete sich ihrer Frisur und ihrem Gesicht mit jener Ausführlichkeit, die Frauen benutzen, wenn sie zu spät kommen wollen.
Zuerst dachte sie an Seliger aus der Kolbenka, den elenden Provokateur mit dem Spitzmausgesicht. Hatte sie sich damals schon verraten, als sie gegen das Unerhörte protestierte, gegen die Erschießung völlig unschuldiger Menschen?
Oder war es Glasenapp, der vor seinem Tod noch für eine traurige Rache gesorgt hatte – wenn er sie nicht haben durfte, dann sollte auch kein anderer mehr sie lieben dürfen?
Doch das war nicht wichtig. Ganz gleich, wo die Gefahr herkam, sie war mittendrin.
Gedanken ordnen. Klar denken. Nicht nur du bist in Gefahr – die anderen auch. Breda zum Beispiel, Breda, der doch Bescheid weiß, Breda und sein großer Plan. Wie dieser Plan auch sein mag, er darf nicht fehlschlagen.
Es half ihr irgendwie, wenn sie an Breda dachte, seine Augen, die verstehen, sein Gesicht, aus dem soviel innere Kraft spricht. Es war ihr fast, als könnte sie ihn hören: *Also vorsichtig sein. Nicht ein Wort über das, was wir hier gesprochen haben. Zu niemandem . . . Die Nazis haben gar kein Interesse daran, so genau zu wissen, wie*

Glasenapp umkam. Nein – ihre Absicht ist, sich selber ihres Lebens sicherer zu fühlen, indem sie uns Furcht einjagen.
War das der Grund, daß Reinhardt gekommen war? Er ist ein wichtiger Mann bei ihnen. Seine Unterschrift steht auf dem Plakat über die Geiselerschießung. Und doch macht er sich die Mühe und spielt selber den Detektiv. Wieviel weiß er eigentlich über Glasenapps Ende? Wieviel vermutet er? Was möchte er von mir erfahren?
Ich muß ja auch mal aufhören, mir das Haar zu kämmen. Aufhören und mich ihm stellen. Also gut, soll er fragen. Soll er anfangen, soll er zeigen, was er will. Je weniger ich sage, desto mehr muß er fragen.

»Sie können uns jetzt allein lassen«, hörte sie Reinhardt zu ihrer Wirtin sagen. »Falls ich Sie brauchen sollte, werde ich Sie rufen.«
Die Pantoffeln der alten Frau schlurften zögernd über den Linoleumboden. »Gott und seine Heiligen seien mit dir, Kind«, flüsterte sie im Hinausgehen.
Reinhardt wartete. Geduld war eine seiner größten Tugenden. Seine Augen verfolgten jede Bewegung Miladas.
Er wußte natürlich, daß sie Zeit zu gewinnen suchte. Aber auch er brauchte Zeit, um seine Strategie ihr gegenüber auszuarbeiten. Es kam selten vor, daß er an einen Fall mit einem vorgefertigten Plan heranging. Seine Erfahrung hatte ihm gezeigt, daß es praktischer war, den einen oder anderen Zug aus der im Moment gegebenen Lage heraus zu entscheiden – und er traute sich schon zu, die richtigen Entscheidungen zu treffen. Eine ganze Menge hing ja auch von der Persönlichkeit des Gegenspielers ab. Er, Reinhardt, war gegen das starre Verfahren und dafür, sich der Situation anzupassen, je nachdem, wie diese sich ergab, und dem Gegner, je nachdem, wie dieser ihm erschien. Er schmeichelte sich, daß er die Gabe hatte, Menschen mit ein paar Blicken richtig einzuschätzen. Sie zerfielen sowieso nur in relativ wenige Kategorien, und er verstand, mit der einen wie mit der anderen richtig umzuspringen.
Bereits auf dem Weg zur Mala-Štěpanska-Straße hatte er sich gefragt, warum er nicht ein paar Leute geschickt hatte, um das Mädel festzunehmen und einzusperren. Das war doch das einfachste. Wer hinter Gittern sitzt, quatscht nicht, ein Gefängnis kann wie ein Grab sein. Murtenbacher wäre so verfahren.
Murtenbacher ja, aber nicht Reinhardt. In Paris hatten sie sich einmal darüber unterhalten. Murtenbacher wollte alles mit Brutalität regeln, und insofern war er auch ganz nützlich. Aber er,

Reinhardt, war mehr für Finesse. Er betrachtete seine Arbeit nicht als eine Routineangelegenheit, die jeder x-beliebige tun konnte, der gelernt hatte, einen Stempel erst auf ein Stempelkissen und dann auf ein amtliches Stück Papier zu drücken.
Nein, dachte der Standartenführer, ich bin da menschlicher, ich habe noch andere Interessen, und das Leben hat auch seine guten Momente.
Er wollte sich die Frau, die Glasenapp zum Selbstmord getrieben hatte, mal selber ansehen. Vielleicht würde es ganz amüsant sein, sie in die Hand zu bekommen. Und es war ja deutlich sichtbar, was der Kollege Murtenbacher versäumte, der so eine Frau in irgendeinem Kellerloch vergraben hätte.
Großartige Figur – biegsam, graziös! Und dazu sah das Mädel noch gescheit aus. Klar, daß sie einem Mann seine fünf Sinne verdrehen konnte, und besonders einem Schwächling wie dem Glasenapp.
Die Frage war: Glaubte sie an die Geschichte von dem Mord? Wenn sie wußte oder auch nur ahnte, daß der Leutnant sich selber umgebracht hatte – dann, so leid es ihm tat, würde er die Methode Murtenbacher anwenden müssen. Und außerdem würde er die ganze Stadt durchkämmen müssen nach Leuten, zu denen sie möglicherweise geplappert hatte. Wenn sie andererseits nichts von dem Selbstmord wußte – dann konnten sich sehr angenehme Perspektiven eröffnen.
In erster Linie jedoch war Reinhardt ein Mann der sauberen, sorgfältigen Arbeit. Er würde nie zulassen, daß etwas die glatte Erledigung der Sache Glasenapp störte, die ja eigentlich die Sache Preissinger war. Zuallererst kam die Pflicht. Die Wünsche des Reichsprotektors waren wichtiger als alle Freuden, die man aus seiner Arbeit herausholen konnte.

»Am vergangenen Donnerstag also hatten Sie Besuch, und zwar von Leutnant Glasenapp, nicht wahr?«
Milada wandte sich Reinhardt zu. Er stellte fest, daß sie innerlich ruhig zu sein schien. Er spürte, wie ihm warm wurde bei der Vorfreude auf die Zerstörung dieser inneren Ruhe und Festigkeit.
Milada bedachte, daß seine Kenntnisse von dem Besuch am Donnerstag durchaus von Frau Klein stammen konnten.
»Ja«, sagte sie.
»Sie sehen attraktiv genug aus. Das war doch kaum der erste Besuch, den er bei Ihnen gemacht hat?«
Reinhardt strich sich übers Kinn. Ein Bogen Papier, mit den Spuren des Wassers, in dem er gelegen hatte, tauchte vor dem

geistigen Auge des Kriminaldirektors auf. Er sah die Schrift, sorgfältig von seinen Fachleuten wiederhergestellt, vor sich:

Und Du warst mir für mein Leben allmählich so wichtig geworden, daß es sich nur schwerlich beschreiben läßt . . . Ich bin in ziemlicher Verzweiflung, was Du schon aus der Tatsache ersiehst, daß ich Dir überhaupt schreibe, nach dem, was zwischen uns geschehen ist . . .

Glasenapps Brief, der nie abgeschickt worden war. Dieser Brief würde ihm die Handhabe geben, sie zum Reden zu bringen. »Ich bitte Sie«, sagte er, »er muß doch ziemlich lange mit Ihnen bekannt gewesen sein.«
Es war sinnlos, das zu leugnen. Er hatte mit Frau Klein gesprochen. Wahrscheinlich hatte er auch schon bei den Nachbarn nachgefragt und bei Offizieren, mit denen Glasenapp bekannt war. Sie entschloß sich, in diesem Punkt nachzugeben. »Stimmt. Er hat sich mir gegenüber immer sehr nett und freundlich verhalten.«
»Kein Mann mit Augen im Kopf würde sich anders benehmen. Und das war alles? Nur eine schöne Freundschaft?«
»Jawohl.«
»Aber Fräulein Markova!« Er sprach wie ein Lehrer, der seine Schülerin bei einem besonders dummen Fehler ertappt hat. »Meine Kenntnis der Frauen, besonders der tschechischen Frauen, mag begrenzt sein, aber wenn es eine Kategorie von Menschen gibt, die mir gründlich vertraut ist, dann sind es deutsche Offiziere. Und die sind gewöhnlich mit platonischen Freundschaften kaum abzuspeisen. Wie haben Sie sich denn ursprünglich kennengelernt?«
»Auf der Straße«, erwiderte sie wahrheitsgemäß.
»Und dann?«
»Haben wir uns gelegentlich getroffen.«
»Und weder auf Ihrer noch auf seiner Seite waren irgendwelche Absichten vorhanden, die über die flüchtige Bekanntschaft hinausgingen?«
»Ich kann mir wirklich nicht vorstellen, was das mit dem Fall zu tun haben soll.«
»Sie werden gleich sehen«, sagte er. »Er hat nie versucht, sich Ihnen geschlechtlich zu nähern?«
»Nein.«
»Dann muß er ja schön blöd gewesen sein. Ich an seiner Stelle hätte anders gehandelt. Und ebenso, glaube ich, das gesamte sich in Prag befindende deutsche Offizierskorps. Na, sehen Sie. Ich nehme Ihnen Ihre Aussage nicht ab.«
»Ganz wie Sie wünschen.«

»Fräulein Markova, Sie haben doch genug Phantasie, um sich vorzustellen, daß Ihr Leben und Ihre Freiheit davon abhängen könnten, ob ich Ihnen glaube oder nicht?«
Wie lange wird sie sich wohl so gut in der Hand haben, fragte er sich und behielt sie weiter im Auge.
»Inwiefern war Glasenapp denn so nett und freundlich zu Ihnen?«
»Ach Gott, im allgemeinen eben ...«, sagte Milada ausweichend. Sie hatte sich entschlossen, nichts von ihrer Beteiligung an den Vorfällen vor der Universität und von ihrer Rettung durch Glasenapp zu erwähnen, es sei denn, Reinhardt ließ irgendwie durchblicken, daß er davon wußte. Sie hatte immer noch keine Ahnung, worauf er mit seinen Fragen eigentlich hinauswollte. Sie fürchtete nur, ihn zuviel von der Vergangenheit sehen zu lassen hieße, ihm zuviel von der Gegenwart preiszugeben.
»So, im allgemeinen eben«, wiederholte er gedehnt. »Hat er Ihnen Gefälligkeiten getan? Geld gegeben?«
Worauf er anspielte, war klar. Sie verteidigte sich.
»Ich wollte es ja zurückzahlen. Ich war ganz entsetzt, als ich erfuhr, daß er tot war.«
»Ja«, sagte er ironisch. »Und so kurz, nachdem Sie eine Auseinandersetzung mit ihm hatten. Was es doch für Zufälle gibt!«
Der Wurm saß glücklich auf dem Haken, die Angelleine war im Wasser, man mußte nur noch abwarten.
Wie hinterlistig die Frage in Wirklichkeit war, merkte Milada gar nicht. Sie war völlig beansprucht von der Tatsache, daß er von der Szene, die es zwischen ihr und Glasenapp gegeben hatte, Kenntnis hatte. Aber wieviel wußte er? Nur die Tatsache der Auseinandersetzung – oder auch, worum der Streit gegangen war? Und woher wußte er? Von der Wirtin? Oder von dritter Seite? Wenn er den Inhalt ihrer Auseinandersetzung mit Glasenapp kannte, wie konnte sie dann über ihr Verhältnis zu Pavel und über Glasenapps Selbstmorddrohung weiter schweigen.
»Was es doch für Zufälle gibt!« wiederholte Reinhardt. Die Taktik, die er verfolgen mußte, stand bei ihm jetzt fest. Er brauchte Milada nur vermuten zu lassen, daß er sie im Verdacht habe, an der Ermordung Glasenapps beteiligt zu sein. Wenn sie irgend etwas vom Selbstmord des Leutnants wußte, würde sie, schon um allen Verdacht von sich abzulenken, mit ihren Kenntnissen rasch genug herausrücken.
Er bemerkte ihr unsicheres Zögern, nahm seinen Vorteil wahr und fragte rasch: »Der Leutnant besuchte Sie also, wie schon des öfteren. Sie hatten eine Auseinandersetzung, eine bittere sogar.«

Wenn der Brief dieses Burschen nur etwas deutlicher gewesen wäre, wenn man jetzt die ganze Geschichte auspacken könnte, das Mädel wäre mit einem Schlag fügsam wie Ton. Aber leider war der volle Sinn des Briefes nur ihr und dem toten Leutnant bekannt. Er rief sich das Abbild Glasenapps vor Augen – das verwaschene Gesicht mit den blassen Augen hinter dicken Gläsern, mit den schattenhaften Pickeln auf den dünnen, eingefallenen Wangen. Er tastete sich mit einer Vermutung vor: »In Wirklichkeit war er Ihnen natürlich widerlich. Eine Frau von Ihrem Kaliber kann nicht allzuviel für einen menschgewordenen Waschlappen übrig haben. Also hatten Sie einen Streit. Worüber?«
Die plötzliche Frage, darauf berechnet, sie völlig über den Haufen zu werfen, hatte die gegenteilige Wirkung. Die Möglichkeit, daß Reinhardt selber im dunkeln tappte, kam Milada in den Sinn.
»Nun ja«, sagte sie und lächelte Reinhardt zum erstenmal an, »wo gibt es schließlich eine Freundschaft, die nicht ihre kleinen Konflikte hätte.«
»Keine Philosophie, bitte!« parierte Reinhardt den Versuch. »Was Glasenapp auch immer von Ihnen verlangte, Sie wußten, daß er als deutscher Offizier Ihnen recht unangenehm werden konnte. Und es kommt noch ein zweiter Gesichtspunkt hinzu, mein liebes Fräulein Markova. Bei meiner Arbeit muß man nun mal die Finger am Puls des Volkes haben. Sie hassen uns doch, nicht wahr?« sagte er fast zärtlich.
Milada fragte sich, ob er auch darauf eine Antwort haben wollte. Aber er fuhr fort: »Ja, ja – es ist nicht leicht, sich von uns regieren zu lassen. Aber im Lauf der nächsten Jahrzehnte werden Sie sich auch daran gewöhnen.«
Er glaubte, durch seine provokatorische Bemerkung den Boden schön vorbereitet zu haben. Jetzt kam er zum Schluß.
»Rechnen wir mal einfach. Ihr Konflikt mit Glasenapp. Ihre Gefühle ihm gegenüber. Seine Ermordung. Sie werden selber sagen müssen, eins paßt genau zum anderen.«
Es war ein Schlag aus dem Hinterhalt gewesen. Und der Schlag saß. Ihr Gehirn war auf einmal blutleer.
Mein Gott – versucht er etwa, mir die Schuld an dem Mord zuzuschieben?
Sie hielt sich so krampfhaft an dem Stuhl fest, der vor ihr stand, daß ihre Knöchel weiß wurden.
Genau das will er. Ich soll's gewesen sein. Ihr wurde ganz heiß und trocken im Munde.
Denken muß ich, denken!
Aber das ist undenkbar, unsinnig!
»Das ist doch Wahnsinn!« rief sie aus. »Sie wissen nur zu gut, daß

ich ihn nicht umgebracht habe!«
Aber wenn er es weiß, warum wirft er mir's vor? Wenn er einen Mörder braucht, wenn er Rache haben will für den Mord, so hat er seine Geiseln – die läßt er ja doch nicht laufen. Auch nicht, wenn er mich dafür einsperrt. Es ist alles schon im voraus festgelegt.
»Woher sollte ich das wissen?« fragte Reinhardt.
Woher! Weil Glasenapp sich selber umgebracht hat! Die Antwort lag ihr auf den Lippen, ihre Lippen bewegten sich sogar schon.
Reinhardt wartete. Auch er war erregt. Jetzt habe ich sie, wo ich sie haben will, dachte er. Jetzt zerbricht es in ihr. Er beugte sich vor.

In Fieberträumen oder in Augenblicken höchster Gefahr arbeitet das menschliche Gehirn mit einer ans Wunderbare grenzenden Schnelligkeit. Man muß nur die Gedanken festzuhalten suchen. Das ist eine Lebensfrage.
Milada gelang das. Aus dem großen Wirrwarr schälte sich als fester Punkt die Erinnerung an Breda heraus: *Also vorsichtig sein. Nicht ein Wort über das, was wir hier gesprochen haben. Zu niemandem. Die Nazis haben gar kein Interesse daran, so genau zu wissen, wie Glasenapp umkam.*
Jetzt kam wieder Ordnung in ihre Gedanken. Sie erkannte, daß Reinhardt ihr jeden Ausweg versperrt hatte. Wenn sie die Anklage gelten ließ, saß sie fest. Und wenn sie sich verteidigte und bewies, daß Glasenapp Selbstmord begangen hatte, saß sie ebenso fest. Denn schließlich konnte Reinhardt nicht zulassen, daß sein schönes Geiselplakat und der ganze aufgebauschte Fall zu einem Witz wurden. Auch er war gefährdet.
Sie brauchte die Stuhllehne nicht mehr und ließ sie los. Wie durch einen Nebel hörte sie Reinhardt sagen:
»Der Tod des Leutnants Glasenapp hat Ihnen zweifellos so manches erleichtert. Ich will damit nicht sagen, daß Sie ohne menschliches Empfinden wären. Ich weiß, daß es Ihnen leid tat, daß er so enden mußte. Und doch kam sein Ende gerade zur rechten Zeit – nicht wahr?«
Seine Worte wirkten nicht mehr auf sie.
Warum er sich nur so anstrengt meinetwegen? fragte sie sich. Er kann mich doch auch ohne das erledigen. Er braucht mich nur zu verhaften, mich abholen zu lassen, mich in einem seiner Gefängnisse zu vergraben.
Reinhardt aber war immer noch seines Sieges sicher. Nur noch ein bißchen nachstoßen, dachte er. Dann wird sie mir schon erzählen, daß es Selbstmord war.
Oder wußte sie es vielleicht wirklich nicht?
Im Grunde sind die Menschen ja naiv. Man jage ihnen genügend

Furcht ein, und sie öffnen sich einem wie Austern in kochendem Wasser.
»Ich habe Glasenapp nicht ermordet. Ich bin auch in keiner Weise an seiner Ermordung beteiligt.« Milada setzte sich. Sie war wieder ruhig, und ihr Gesicht hatte wieder Farbe. Sie spürte, daß dieses Blitzverhör seinen Schrecken für sie verloren hatte. Ganz gleich, was dieser Mensch noch fragen mochte und was für Überraschungen er noch in petto hatte, sie war jetzt vorbereitet.
Reinhardt verbarg seine Enttäuschung hinter einem Lächeln. Das Mäuschen hatte am Speck geschnuppert, wollte aber noch nicht zubeißen. Nur keine Angst, es wird schon, nur Geduld.
»Fräulein Markova«, sagte er müde, »wir müssen die Sache leider noch mal durchhecheln. Sehen Sie, ich habe einige Erkundigungen über Sie eingezogen.« Er legte absichtlich eine Pause ein, er wollte Milada genug Zeit lassen, damit sie nervös wurde wegen der Frage, wie genau er wohl über sie Bescheid wußte.
Er rekapitulierte im Geiste die Ergebnisse der Expedition des Pan Kratochvil in die Umgebung der Mala-Štěpanska-Straße. »Sie haben da, wie man mir mitteilte, an einer richtiggehenden Straßenschlacht teilgenommen«, eröffnete er seinen neuen Angriff. »Das ist auch mit ein Grund für meine Annahme, daß Sie durchaus imstande wären, einen deutschen Soldaten umzubringen – logisch, nicht?
Das wußte er also. Wahrscheinlich hatte er dann auch etwas über Pavel erfahren. Vor zehn Minuten hätte sie das noch umgeworfen. Doch jetzt steigerte sich durch seine Fragen nur noch ein Gefühl: ihre Müdigkeit. Sie wünschte nur, er machte Schluß mit dieser fürchterlichen Seelenquälerei.
»Warum verhaften Sie mich nicht?« sagte sie tonlos. »Damit wir zu einem Ende kommen.«
»Aber, aber!« erwiderte er tadelnd. »Ich mache diese Arbeit seit Jahren! Sie sind doch nicht allein, Sie haben Freunde, Verbündete, Mittäter. Jeder idiotische Grünschnabel kann Leute verhaften – das ist einfach. Einzelhaft, KZ, Henkersbeil – es ist viel besser, das alles bleibt als Drohung über Ihrem hübschen Köpfchen. Furcht ist wirkungsvoller als Schmerz, unter einer Drohung leben ist schrecklicher als sterben.«
Er ging vor wie ein Boxer, der seinen Gegner durch kurze schnelle Haken weich macht, um dann um so sicherer mit dem tödlichen K.-o.-Schlag zu kommen: »Wer ist Pavel?«
Dieselbe tonlose Stimme antwortete ihm: »Dem können Sie nichts mehr tun. Der ist so tief im Untergrund, daß sogar Sie ihn nicht erreichen können.«
»Ich weiß«, sagte Reinhardt und kratzte sich mit seinen rosapo-

lierten Fingernägeln den kurzgeschorenen Hinterkopf. »Und hier haben wir noch eine kleine Ergänzung des Gesamtbilds: Glasenapp war einer von den Offizieren, die die Truppe kommandierten, als Pavel, Ihr Geliebter, tödlich getroffen wurde. Worauf Glasenapp beabsichtigte, sich an seine Stelle zu legen. Eine ganz neuartige und nicht uninteressante Perversität. Haben Sie Glasenapp ermordet?«
»Nein.«
»Haben Sie jemanden anders veranlaßt, ihn zu ermorden?«
»Nein.«
Reinhardts Lächeln wurde immer gekünstelter. Seine legeren Reden wichen mehr und mehr einem plumpen Drängen: »Auch wenn Sie's getan hätten, ich hätte Verständnis dafür! Sie sind aus Fleisch und Blut, und hier war dieser Elendskerl von einem Nazi, der verantwortlich war für Ihr ganzes Leid – Sie müssen ihn ebenso gehaßt haben, wie Sie mich jetzt hassen, oder vielleicht sogar noch stärker. Und Sie hätten es mehr als gebilligt, wenn jemand ihn aus dem Weg geschafft hätte, genauso wie Sie mich jetzt brennend gern beseitigen ließen, wenn sich nur die Möglichkeit dazu böte.«
Der Gestapo-Chef, der nun schon alle Register gezogen hatte, begann seine Laune zu verlieren. Warum sagte sie nicht aus? Warum legte sie kein Geständnis ab?
Nur eines konnte Reinhardt in Wut versetzen – wenn etwas nicht lief, wie er es sich gedacht hatte. Das passierte kaum. Aber jedesmal wenn es geschah, erhielt sein Selbstvertrauen einen empfindlichen Stoß. Er wollte, daß sie das Geständnis ablegte: Ein Selbstmord, Herr Kriminaldirektor, Glasenapp hat sich selber das Leben genommen, warum verfolgen Sie mich? Er wollte, daß sie das Geständnis ablegte, weil seine Kalkulation sonst nicht stimmte. Und es widerstrebte ihm, die Möglichkeit anzuerkennen, daß sie vielleicht wirklich nichts von der Sache wußte.
Sie aber wiederholte nur: »Ich habe Glasenapp nicht ermordet.«
Er lachte verächtlich. Davon war er ohnehin überzeugt. Aber ob sie wußte, daß es ein Selbstmord gewesen war, und ob sie mit anderen Leuten darüber gesprochen hatte, das war ihm jetzt so unklar wie am Anfang. Es war der erste kleine Bruch in dem sonst so glatten Ablauf der Glasenapp-Affäre. Und er erkannte, daß er nicht völlig Herr der Lage war, bis er dieses Problem gelöst hatte.
Milada spürte die Veränderung, die in Reinhardt vorgegangen war. Sie saß da gebeugten Hauptes, bereit, den Schlag zu empfangen, der jedoch ausblieb. Was würde er nun unternehmen? Was konnte er noch gegen sie anwenden außer brutaler Gewalt?

Ohne den Kopf zu erheben, blickte sie auf und begann ihn zu beobachten. Seine Augen schienen stumpf geworden zu sein, unentschlossen. Ein ganz gewöhnlicher Polizeibeamter mit einem Gesicht ohne Charakter, so kam er ihr plötzlich vor. Wie konnte so jemand einem je Angst eingejagt haben?
Man müßte einmal mit Breda darüber sprechen. Breda würde dafür Verständnis haben und einem helfen, Klarheit zu gewinnen. Und außerdem spürte sie einen gewissen Stolz. Ob Reinhardt sie nun verhaftete oder nicht, sie wußte, daß sie sich gehalten hatte, wie man es von ihr erwartete: sie hatte kein Geheimnis preisgegeben, und sie würde zu ertragen wissen, was noch kam.
Reinhardt erhob sich ärgerlich. Er sah die Linie ihres Nackens. Einen Augenblick lang stellte er sich vor, wie das Fallbeil herabblitzte und den hübschen Kopf von diesen reizvollen Schultern trennte. Der Gedanke tröstete ihn. *Die* kleine Freude, sagte er sich, kann man immer organisieren.
»Sehr klärendes Gespräch, das wir da gehabt haben!« Er knöpfte sich die Jacke zu. Dann legte er ihr sanft seine Klaue auf den Nacken. »Man muß anerkennen, daß Sie eine schöne Frau sind. Wir werden unsere Bekanntschaft hoffentlich fortsetzen.«
Sie schob seinen Arm fort. Widerwillen und nervöse Erregung verursachten ihr Brechreiz.
Er schien ihre Reaktion nicht zu bemerken. »Wie sollte ein Mann wie Glasenapp Sie auch richtig zu schätzen gewußt haben. Sagen Sie mir das! Nein, meine liebe Milada, ich werde Sie nicht verhaften lassen – noch nicht. Aber ich werde in Verbindung mit Ihnen bleiben, in sehr enger Verbindung.«
Dann ging er.
Als die Wirtin Milada fand, saß sie immer noch auf dem Stuhl, den Kopf gesenkt und zitternd, als hätte sie Fieber.
»Ach, du armes Kind«, jammerte die Wirtin, »du armes, armes Kind.«
Sie nahm Milada bei der Hand, zog sie aus, packte sie ins Bett und deckte sie gut zu. Milada ließ alles mit sich geschehen, als befände sie sich in einem Halbschlaf.

SIEBENTES KAPITEL

Seine erste Gefängnisstrafe hatte Janoschik zusammen mit einem alten Landstreicher abgesessen, der ein großer Fachmann war für die Zubereitung von Hühnchen. Der Landstreicher gab ihm lange und gründlich Unterricht – wie man die Vögelchen kocht und brät

und bäckt und röstet, ganz oder zerhackt, mit Füllung oder als Frikassee, mit oder ohne Soße und unter allen möglichen Umständen, auf dem Küchenherd oder auf offenem Feuer, in der Pfanne oder im Topf, mit Kartoffeln oder ohne.
Janoschik lernte gern und war ein williger und eifriger Schüler. Als er den Landstreicher fragte, warum er denn im Gefängnis wäre, antwortete der Mann, erstaunt über Janoschiks Naivität: »Aber Jungchen! Fürs Hühnchenstehlen natürlich!«
Danach wurden sie die dicksten Freunde. Der Unterricht, der durch Mangel an greifbaren Zutaten litt, regte ihren Appetit mächtig an, und sie suchten nach Trost und sie fanden diesen in dem alten Mittel der Einsamen und der Hungrigen: in der Philosophie.
»Jungchen«, sagte der Landstreicher, »wenn du im Kittchen sitzt, paß auf, daß du nicht komisch wirst im Kopf. Immer schön den Verstand beieinander behalten. Niemals nur an nichts denken – gib deinen Gedanken etwas, woran sie sich klammern können, damit sie's von allen Seiten betrachten und betasten und durchkneten. Das wird dir helfen, im Oberstübchen sauber und in Ordnung zu bleiben, verstehst du?«
Das war, als er das erste Mal in einem Gefängnis saß. Und jetzt war es das letzte Mal. Er war sich dessen ständig bewußt, aber das war noch kein Grund, den guten Rat des Landstreichers nicht zu beachten. Die anderen brüteten dumpf vor sich hin oder stritten sich – Janoschik trainierte sein Gehirn.
Und nicht nur, damit er nicht aus der Übung kam. Die Zeiten waren andere geworden seit den Tagen des wandernden Hühnchenkochs. Denken mußte einen Zweck haben, selbst wenn übermorgen der wunderbare Apparat, den man im Schädel hatte, auf immer stehenbliebe.
Das Thema, das Janoschik sich für seine Überlegungen wählte, war er selbst. Er und seine Beziehung zu der Welt um ihn, die ja auch ohne ihn weiterleben würde. Ein anderer an seiner Stelle hätte rückwärts geschaut, hätte sich des Angenehmen, das man gehabt hatte, gefreut und die vielen versäumten Gelegenheiten bedauert. Janoschik aber liebte es nicht, Vergangenes wiederzukäuen – nicht etwa, weil er so viel zu bereuen hätte. Der Blick nach vorn lag ihm näher, obwohl er wußte, daß ihm eine persönliche Zukunft versagt war.
Bei allem, was er erlebt hatte, ob er dem einen Freund war oder dem anderen Feind, ob er dies getan hatte oder jenes – immer hatte er die Zukunft im Auge gehabt. Auch wenn die Bergarbeiter von Kladno, an deren Seite er gekämpft hatte, jetzt schwiegen, eines Tages würden sie sich erheben und sich dabei vielleicht auch an das

erinnern, was er gesagt und getan hatte, und sich entsprechend verhalten. Die Landarbeiter im Mährischen, mit denen zusammen er gelebt und deren wortkarge Sprache er gesprochen hatte, an deren Seite er das Korn gesät und geerntet hatte, das gute, goldene Korn, das aus der schwarzen Erde wuchs – auch sie würden eines Tages vielleicht auf dem Weg marschieren, den er ihnen zu zeigen versucht hatte. Und all die anderen, mit denen er Arbeit und Leid und Lachen geteilt, mit denen er gegessen und getrunken hatte, und auch die Frauen, denen er zwischen die Beine gefahren war – Gott sei Dank, mit Leidenschaft! –, sie alle trugen in ihrem Herzen ein Teilchen von ihm, und er war ein Teil von ihnen.

Das Leben war gar nicht so schlecht gewesen. Darüber zu grübeln lohnte nicht, oder höchstens in dem Sinne, in dem der Bauer, der abends vor seinem Häuschen sitzt und die untergehende Sonne betrachtet, den Verlauf des nun zu Ende gehenden Tages überschlägt. Und auch dieser Bauer denkt mehr an morgen und wie das Wetter sein wird als daran, was er getan hat.

Und doch hatte Janoschik im Innersten seines Herzens immer gehofft, daß er noch ein Stückchen von der Zukunft sehen würde, für die er gearbeitet hatte. Gerade das war es gewesen, was ihm in den täglichen Kleinkämpfen geholfen hatte. Seine Hoffnungen waren bescheidener Natur, er erwartete nicht zuviel von jener Zukunft. Er wußte, daß die Menschen umerzogen werden mußten und daß dies ein Prozeß war, der lange Jahre dauerte, und daß er schon zu alt war, um die Blütezeit der neuen Epoche noch zu erleben. Aber ein kurzer Blick auf die Anfänge – das wäre schon ganz hübsch gewesen. Den Tag zu erleben, da Männer und Frauen wie Menschen arbeiteten und aßen und wohnten, da die Kinder eine Gelegenheit erhielten, das Talent zu entwickeln, das in ihnen steckte, da den Menschen die Welt gehörte, die sie geschaffen hatten – so etwas würde einem doch Spaß gemacht haben. Es tat ihm ein bißchen leid, daß dieser kurze Blick ihm nicht vergönnt sein würde – obwohl es ja im Grunde nichts ausmachte. Andere würden es erleben.

Aber zwei Gedanken beunruhigten ihn.

Er hatte einen Auftrag zu erfüllen gehabt. Es war zwar nicht viel gewesen, nur die Übermittlung einer Adresse von Breda an die Eisenbahnergruppe – Watzlik, Smichovska-Straße 64, erinnerte er sich automatisch. Aber große und kleine Aufträge waren bei Janoschiks Arbeit gleich wichtig, eines hing immer von dem anderen ab.

Und jetzt saß er in diesem Kellerloch fest – Breda kannte den kahlköpfigen Eisenbahner nicht, der Janoschiks Verbindungsmann war, und ohne die Adresse von Watzlik kam der Eisenbah-

ner nicht an das Paket heran, das Breda vorbereitet hatte – die Waggons mit der Munition würden ohne Zwischenfall umrangiert werden, und die tödliche Ladung würde den Güterbahnhof in Richtung Osten verlassen und immer weiter nach Osten reisen – bis zur Front, wo um die Zukunft gekämpft wurde, deren Anfänge Janoschik so gerne noch erlebt hätte.
Er hatte seinen Auftrag nicht erfüllt. Nicht durch seine Schuld. Er hatte die beste Entschuldigung der Welt: den Tod. Aber er hatte es nie gern gehabt, sich entschuldigen zu müssen, und hatte auch nur ungern Entschuldigungen entgegengenommen.
Und der zweite Gedanke war ebenso schrecklich für ihn.
Dieser Gedanke entsprang der Vorstellung von der Zukunft, die er sich gemacht hatte. Die Möglichkeit, daß er sein Zipfelchen der neuen Welt nicht mehr sehen würde, hatte ja immer bestanden; gerade darum hatte er sich seit je vorgenommen, wenn man schon sterben mußte, nicht zufällig, sondern sinn- und zweckvoll zu sterben.
Und nun sterben zu müssen wegen eines gewissen Leutnants Glasenapp, dem er nur einmal begegnet war, und da war der Kerl noch besoffen gewesen! Selbstverständlich war der beste Nazi-Offizier immer ein toter Nazi-Offizier, in der Beziehung war Janoschik gar nicht sentimental. Und erwiese es sich als notwendig, Nazi-Offiziere einzeln oder gruppenweise zu erledigen, würde er sich jederzeit und mit dem besten Gewissen beteiligen. Hätte von seiten der Organisation ein Plan bestanden, den Leutnant Glasenapp unauffällig von dieser nach jener Welt zu befördern, Janoschik würde den Beschluß freudig ausgeführt haben. Aber seines Wissens gab es keinen Beschluß dieser Art. Und wenn Leutnant Glasenapp im Café Parnaß oder in dessen Nähe zu beseitigen gewesen wäre, so hätte man ihn das nicht nur wissen lassen, sondern ihm wahrscheinlich sogar die Leitung des Unternehmens anvertraut.
Diese Gründe zwangen Janoschik, Glasenapps Tod als eine Sache des Zufalls zu betrachten. Sollte da jemand gewesen sein, der den Leutnant um die Ecke brachte, so hatte dieser Jemand aus rein persönlichen Motiven gehandelt.
Und Janoschik hatte gar keine Lust, eines dummen Zufalls wegen zu sterben.
Er wünschte in der Schlacht zu fallen, als ein guter Soldat in diesem Krieg, an dem er sich freiwillig beteiligte. Ob man mit dem Gewehr in der Hand fiel, an der Seite Tausender anderer, oder allein, bei der Durchführung einer ganz speziellen Aufgabe – darauf kam es nicht an. Dieser Krieg hatte viele Fronten.
Dies waren die Gedanken, die Janoschik die Ruhe raubten. Und

da er langsam und gründlich dachte, brauchte er einige Zeit, um sie genau zu analysieren. Sobald er aber einmal seine Schlüsse gezogen hatte, begann er sich sofort zu überlegen, wie er aus seinem Dilemma herauskommen könnte.
Seine eigenen Wünsche in bezug auf seinen Tod beschloß er, erst in zweiter Linie in Betracht zu ziehen. Sie waren schließlich eine persönliche Angelegenheit, und er hatte gelernt, daß die eigene Person nicht das wichtigste war. Das wichtigste war, seinen Auftrag zu erfüllen – die Adresse, von der soviel abhing, irgendwie zu übermitteln.
Inzwischen, so rechnete Janoschik, mußte man draußen schließlich bemerkt haben, daß er verhaftet worden war. Der kahlköpfige Eisenbahner zerbrach sich sicher schon den Schädel, um einen Weg zu finden, auf dem er eine Nachricht von Janoschik erhalten konnte. Armer Kerl! Selbständiges Denken war nie seine Stärke gewesen. Er würde sich in seinen Sonntagsanzug werfen und sich in der Nähe des Parnaß herumtreiben, sein gutes Geld für Bier ausgeben, gelegentlich mal heruntergehen zur Toilette, Kopfschmerzen vorspiegeln oder Bauchschmerzen, in dem Medizinschränkchen herumsuchen, alle möglichen Pillen schlucken – und doch nichts finden.
Breda – was konnte Breda tun? Sich irgendwelchen Fremden nähern, die zufällig ins Parnaß kamen, und sie fragen, ob sie einen gewissen Janoschik kannten und eine Nachricht von ihm erwarteten? Ausgeschlossen. Breda konnte keine wilden Sachen machen, er konnte nur sitzen und warten und sich Sorgen machen, bis die Organisation eine neue Verbindung hergestellt hatte. Das aber würde Wochen, vielleicht sogar Monate in Anspruch nehmen, und bis dahin wäre die Munition längst an ihrem Bestimmungsort angekommen.
Es gab nur einen Ausweg: Er, Janoschik, mußte irgendwie ins Parnaß gelangen und es fertigbringen, eine Nachricht in dem Medizinschränkchen zu hinterlassen.
Janoschik lächelte bitter. Seine Schlußfolgerungen waren wunderbar scharf und logisch – aber wie absurd! Er konnte sich sehr gut vorstellen, wie das Gesicht eines Gestapo-Postens aussehen mußte, dem soeben mitgeteilt worden war: Entschuldigen Sie, werter Herr, aber ich möchte Ihr Gefängnis auf eine Weile verlassen, um die Toilette im Café Parnaß aufzusuchen.
Und doch war es diesem Dr. Wallerstein gelungen, nicht nur mit einem der Chefs der Gestapo zu sprechen, sondern von ihm auch Papier und Feder zu bekommen und die Erlaubnis, Aufzeichnungen zu machen. Weiß der Kuckuck, wie er dem Nazi die Idee schmackhaft gemacht und was für Märchen er ihm erzählt hatte –

und außerdem blieb Wallerstein ja innerhalb dieser vier Wände, ärgerte die Leute und machte ihnen das Leben sauer.
Wie könnte man den Gestapo-Beamten dazu zwingen, die Geisel Janoschik aus dem Gefängnis zu entlassen, und wäre es auch nur für kurze Zeit?
Wo gab es da einen schwachen Punkt, an dem man einhaken könnte? – Janoschik fand keinen.
Je länger er brütete, desto gespannter wurde alles in ihm. Er spürte das Pumpen seines Herzens bis in die Fingerspitzen. Er konnte nicht mehr ruhig liegen.
»Sie schlafen noch nicht?« flüsterte Lobkowitz.
»Nein«, antwortete Janoschik und war froh, daß Lobkowitz seine Gedanken aus dem Kreis, in dem sie gefangen waren, herausriß. »Irgendwas an unserem Essen ist mir nicht bekommen.«
»Bitte, erinnern Sie mich nicht«, sagte Lobkowitz mit Gefühl. »Ich hab sowieso die ganze Zeit Hunger.«
»Na schön – also was wollen Sie?«
»Ich habe gerade nachgedacht.«
»Worüber?«
»Über Glasenapp.«
»Haben Sie nichts Besseres, womit Sie sich beschäftigen können?« fragte Janoschik.
»Wer hat Glasenapp eigentlich ermordet?«
Die Frage war lauter gestellt worden, als Lobkowitz beabsichtigt hatte. Es schien fast, als hinge sie greifbar in der schweren Luft der Zelle, unbeantwortet.
»Woher soll ich das wissen?« sagte Janoschik schließlich. »Ich weiß nur, daß ich's nicht gewesen bin. Sprechen Sie übrigens leiser, die andern schlafen.« Aber er hatte bemerkt, daß Preissinger wach war und zuhörte.
»Ich war's auch nicht«, flüsterte Lobkowitz. »Aber jemand muß es doch getan haben! Er hat sich doch nicht selber ermordet!«
»Und was würde es uns schon helfen, wenn wir's wüßten?« fragte Janoschik. »Die müssen uns doch erschießen, warum sehen Sie das nicht ein? Das ist die Methode bei denen, so regieren sie – unglücklicherweise sind wir die Regierten. Zerbrechen Sie sich den Kopf nicht darüber, wer den besoffenen Hund kaltgemacht hat. Versuchen Sie lieber zu schlafen!«
»Wenn Glasenapps Mörder gefunden wird, müssen sie uns freilassen«, erklärte Preissinger plötzlich.
»Natürlich«, tröstete ihn Janoschik. »Und Herr Heydrich wird sich persönlich bei Ihnen entschuldigen wegen der Unannehmlichkeiten, die Sie gehabt haben.« Und energischer fügte er hinzu: »Halt's Maul!«

Aber wer hat Glasenapp tatsächlich ermordet? Diese Frage hatte sich irgendwo in Janoschiks Gehirnwindungen festgesetzt. Lobkowitz hatte recht – jemand mußte es gewesen sein.
Nicht daß die Frage irgendwie ins Gewicht fiel. Aber sie war ein Spielzeug, mit dem man sich beschäftigen, eine Art Gerät, an dem man trainieren konnte.
Janoschik dachte zurück, versuchte die Vorgänge zu rekonstruieren, wie er sie an jenem Abend beobachtet hatte – ein paar Tage war es erst her und schien doch Jahre zurückzuliegen.
Die Begegnung auf der Treppe mit dem Betrunkenen. Glasenapp, der neben ihm umkippte, nach Alkohol stinkend. Oben die Schweinerei auf dem Fußboden; die Offiziere, die taten, als ob sie wunder was wären; die Gäste, verlegen und verärgert; die Speichelleckerei dieses Barkeepers; der Zusammenstoß zwischen Lobkowitz und dem älteren der Offiziere – an jede Einzelheit erinnerte er sich genau, obwohl er zur Zeit, als sich alles ereignete, keine Ahnung hatte, wie viele Schicksale in den wenigen Minuten entschieden wurden.
Bestand die Möglichkeit, daß er jemanden übersehen haben könnte, der hinter Glasenapp her die Treppe hinuntergeschlichen kam? Höchst unwahrscheinlich, denn er hatte ja eine Verabredung gehabt mit Breda, unten in der Toilette, und hatte aufgepaßt auf dritte Personen.
Bestand die Möglichkeit, daß jemand die Uferböschung heruntergeschlittert war, das Stück Fluß durchschwamm, dann die Mole hinaufkletterte und durch die Seitentür in die Toilette eindrang, um Glasenapp umzubringen? Gleichfalls höchst unwahrscheinlich – so etwas rein zeitlich abzupassen war einfach zu schwierig. Und außerdem hatte er selbst, nachdem er aus der Bar zur Toilette zurückkehrte, keinerlei Spuren gesehen, keinerlei schmutzigfeuchte Fußtapfen, die sich doch auf seinen makellos sauberen Fliesen hätten zeigen müssen.
Und wenn es einen Mörder gegeben hätte, so müßte doch irgend etwas wie ein Kampf stattgefunden haben. Irgendein Anzeichen, einen Laut davon hätte man doch bemerken müssen!
Was also war mit Glasenapp geschehen?
Janoschik schwitzte vor innerer Erregung. Glasenapp – das war der Schluß, zu dem Janoschik kam – mußte von allein gestorben sein. Sinnlos betrunken, wie der Leutnant war, hatte er wahrscheinlich das Seitentürchen zur Mole aus Versehen geöffnet und war hinaus und in den Fluß gestolpert.
Mit seiner lebhaften Phantasie sah Janoschik das Bild ganz klar vor sich – die einsame Gestalt, die sich leicht schwankend von dem trüben Hintergrund des Himmels abhob und plötzlich vom

Dunkel verschluckt wurde und wie ein Sack voll Steine im Wasser verschwand, ohne daß es sehr aufspritzte.
Ob er nur durch Zufall ins Wasser stürzte – ob er selbst hineingesprungen war? Das war ein Geheimnis, das Glasenapp mit sich in den Tod genommen hatte. Auf der Treppe zur Toilette hatte er noch geheult, widerlich-sentimental, dessen erinnerte sich Janoschik. Aber Betrunkene weinen oft. Oder vielleicht hatte sogar Glasenapp einen Kummer – wer weiß.
Und da der Mann also von allein gestorben war, war ein Mord ausgeschlossen.
Jetzt konnte Janoschik nicht mehr stilliegen. Er mußte einfach aufstehen und sich Bewegung verschaffen. In der dunklen Zelle schritt er auf und ab, ein ruheloser Schatten.
»Können Sie denn nicht schlafen?« fragte Lobkowitz.
»Jesus, Maria und Joseph!« Janoschik, der jetzt die ganze abgrundtiefe Gemeinheit der Provokation zu sehen begann, fluchte auf die Nazis. »Mistviecher, Hurensöhne, elende, lausige!«
»Was ist denn los mit Ihnen?«
»Ach, nichts!« Warum es Lobkowitz erzählen? Was nützte es, wenn auch die anderen anfingen, sich den Kopf an den dicken Wänden dieser Zelle einzurennen.
Er hörte, wie Wallerstein schon fragte: »Sie sind recht unruhig, Janoschik. Ist Ihnen nicht gut? Oder haben Sie was auf dem Herzen?«
Daß der auch noch anfing, war genau, was Janoschik brauchte! Janoschik stellt eine Gegenfrage: »Haben Sie den Herrn Oberrichter Prochaska gekannt?«
»Nein«, sagte Wallerstein, der nicht darauf vorbereitet war, daß man auch ihn etwas fragen könnte.
»Das war ein sehr feiner Herr«, erläuterte Janoschik, »sehr geduldig und mit einer guten Erziehung von Hause her, wie sich's gehört. Schade, daß Sie ihn nicht gekannt haben. Ich bin ihm mal vor Gericht begegnet, wo ich angeklagt war wegen Landstreicherei.«
»Wieso kommen Sie gerade auf den Oberrichter Prochaska?« erkundigte sich Wallerstein.
»Ich denke die ganze Zeit an alle möglichen Menschen. Einer nach den anderen fallen sie mir so ein. Bedeutet das was Schlimmes?«
»Nein. Nicht direkt. Es hängt davon ab.«
»Danke sehr«, fuhr Janoschik im ernsten Tone fort. »Also da ich nun wegen Landstreicherei vorgeführt wurde, habe ich dem Herrn Oberrichter gesagt, daß die Polizei natürlich im Unrecht war, weil ich nämlich nicht auf dem Lande herumstrich, sondern mich auf Reisen befand und nach einem ganz bestimmten Ort

wollte. Da fing der Herr Oberrichter an, sich zu interessieren.
Wohin wollten Sie denn da, Angeklagter? fragte er.
Nach Olmütz, hab ich gesagt.
Da sind Sie also in Prag losgezogen?
Jawohl, Euer Hochwohlgeboren, hab ich gesagt.
Und wohin gingen Sie von Prag aus? fragte er.
Nach Mělnik, hab ich gesagt.
Und von dort?
Nach Čelakovice, hab ich gesagt.
Und von dort?
Nach Štěchovice, hab ich gesagt.
Und von dort?
Nach Beroun, hab ich gesagt.
Und von dort?
Nach Prag, hab ich gesagt.
Aber Angeklagter, hat der Herr Oberrichter gesagt, da sind Sie doch im Kreis gegangen!
Das kann ich nicht leugnen, Euer Hochwohlgeboren, hab ich gesagt. Ich konnt's auch nicht leugnen, Herr Doktor, sehen Sie, denn in jedem Ort hat die Polizei ja auf mich aufgepaßt.
Aber Sie haben doch gesagt, Sie wollten nach Olmütz! hat der Herr Oberrichter gerufen.
Ja, Euer Hochwohlgeboren, Herr Oberrrichter Prochaska, hab ich gesagt, das ist richtig, ich habe nach Olmütz gewollt, aber ich habe meine Absicht geändert.
Wie ich das gesagt habe, da hat der Herr Oberrichter Prochaska ganz vergessen, daß er ein geduldiger Mensch war und von Hause aus eine gute Erziehung hatte. Erst wurde er rot im Gesicht und dann lila und dann grau. Und dann hat er mich aus dem Gerichtshof hinausgeworfen.«
»Oh –«, sagte Wallerstein.
»Ich bin ein geselliges Wesen«, fuhr Janoschik fort, »und ich liebe es, wenn die Leute mir Fragen stellen. Ich beantworte diese Fragen. Aber ich bin nicht verantwortlich für den Blutdruck des Fragestellers.«
Janoschik fühlte sich jetzt entschieden besser. Er war wieder imstande, sich hinzulegen und weiterzudenken. An Glasenapp zu denken, der gar nicht ermordet worden war, für dessen angeblichen Mord sie aber sterben sollten.
Wenn man denen nur in die Suppe spucken könnte!
Wußte vielleicht außer ihm selbst und der Gestapo noch jemand Bescheid?
Auf jeden Fall mußte man so tun, als ob das sorgfältig gehütete Geheimnis der Gestapo längst kein Geheimnis mehr wäre –

natürlich ohne sich selbst dabei zu gefährden. Glasenapp könnte ja darüber geredet haben – daß er sterben wollte, daß er plante, sich das Leben zu nehmen. Nein, Gerede allein war nicht genug. Irgend etwas Schriftliches mußte dasein – ein Brief vielleicht!
Ein Brief von Glasenapp – an wen? Ganz gleich, an irgend jemanden. Ein Brief, der irgendwo herumschwirrte, den die Gestapo nicht in ihre Finger bekommen konnte und den sie erst haben mußte, bevor das Komplott zu Ende geführt werden konnte. Ein Brief, von dessen Existenz er, Janoschik, wußte, ein Brief, den Glasenapp ihm, Janoschik, gegeben hatte mit dem Auftrag, ihn in den Postkasten zu werfen, ein Brief, den Janoschik jedoch im Parnaß lassen mußte, weil er nämlich verhaftet wurde, ehe er ihn einwerfen konnte. Ein Brief, den er mit dem Segen der Gestapo selber aus dem Parnaß holen muß!
Erschöpft sank er auf seine Pritsche zurück.
Es war ihm klar, daß sein Plan der puren Verzweiflung entsprang. Und alles daran beruhte auf Vermutungen. Daß Glasenapp Selbstmord begangen hatte, war nur eine Vermutung, ebenso war es nur eine Vermutung, daß die Gestapo ein Interesse daran hatte, den Selbstmord zu verheimlichen. Es war ja auch möglich, daß dieser Gesichtspunkt der Gestapo gleichgültig war oder daß Kriminaldirektor Reinhardt schlau genug war, Janoschiks Gegenzug zu durchschauen, oder daß Janoschik gar keine Gelegenheit erhalten würde, Reinhardt etwas zu erzählen. Es war eine gewagte Sache, aber Janoschiks einzige Chance. Seine einzige Chance, aus diesem Kellerloch herauszukommen und die Adresse, von der soviel abhing, weiterzugeben: Watzlik, Smichovska-Straße 64.
»Herr Doktor Wallerstein!« rief Janoschik leise.
Der Arzt hob müde den Kopf.
»Können Sie mir eine Stückchen von Ihrem Papier geben und Ihren Federhalter, bitte«, bat ihn Janoschik.
»Wofür?«
»Mein Letzter Wille.«
»Es ist doch zu dunkel, wie können Sie da schreiben?«
»Nur ein paar Zeilen«, erklärte Janoschik. »Ich kann schon.«
Wallerstein gab ihm Papier und Federhalter. Es befriedigte ihn zutiefst, daß endlich auch Janoschik eine Reaktion auf das Schicksal zeigte, das ihnen allen bevorstand.
Janoschik kritzelte die Adresse von Watzlik auf das Papier, faltete es zusammen und steckte es sorgfältig in die Tasche. Dann schlief auch er ein. Aber durch die Enge und die schlechte Luft war ihr Schlaf unruhig, und aus den dumpfen Träumen heraus drang schweres Stöhnen.

Reinhardts Stimmung, die so glänzend gewesen war, als er sich auf den Weg zu der ihm noch unbekannten Milada befand, war beträchtlich gesunken, nachdem er ihre Bekanntschaft gemacht und sich dann von ihr verabschiedet hatte. Verschiedenes kam zusammen, um ihm die Laune zu verderben.
Erstens war Reinhardt als Teil des Machtapparats – und eines Machtapparats, der bis dato noch keine ernsthafte Niederlage erlitten hatte – nicht daran gewöhnt, auf Widerstand zu stoßen, den er anscheinend nicht brechen konnte.
Zweitens bezweifelte er ernsthaft, daß Milada ihm die Wahrheit gesagt hatte, und es wurmte ihn, daß er nirgends einen Anhaltspunkt finden konnte, um sich – und ihr – zu beweisen, daß sie ihm etwas vorgelogen oder zumindest einen Teil der Wahrheit verschwiegen hatte. Je mehr er versuchte, die Sache zu beschönigen, desto mehr bedrückte ihn der Gedanke, daß sein großes Geheimnis, Glasenapps Selbstmord, auch anderen noch bekannt sein könnte.
Und drittens fühlte er sich hingezogen zu diesem Mädchen, von dem er zunächst angenommen hatte, daß sie entweder nicht der Mühe wert oder doch leicht zu haben sei, da sogar, wie er überzeugt war, ein Glasenapp sie gehabt hatte. Und dennoch war er mit ihr nicht weitergekommen – nett sein hatte nichts genützt und Drohung auch nicht, und er war zu gescheit, um sich auf diesem Gebiet Illusionen zu machen.
Er fühlte sich müde, nachdem er die Große-Štěpanska-Straße hinab fast bis zum Wenzelsplatz zu Fuß gegangen war – er hatte das Laufen satt und die Arbeit überhaupt. Er ging ins Hotel Alcron und setzte sich an die Bar, die voll war von Offizieren in allen möglichen Uniformen, und bestellte sich einen Schnaps. Ein paar von den Offizieren, die ihn erkannten, wunderten sich, daß er in Zivil war, grüßten ihn aber höchst respektvoll. Er ließ ihren Gruß unerwidert und saß nur da und starrte in sein Glas, in dem sich die Lichter über der Bar spiegelten.
Verdammt noch mal, fluchte er vor sich hin, irgendwie muß man die Sache erledigen. Ich war schön verrückt, daß ich mich so auf meine Glasenapp-Theorie verlassen habe! Eine Theorie mit so vielen Lücken ist einen Dreck wert.
»Noch einen Schnaps bitte!«
Murtenbacher hat mich ja gewarnt. Du wirst noch mal böse hereinfallen, hat er immer gesagt, wenn du deine Arbeit mit dem Gehirn machen willst. Schau mich an zum Beispiel, hatte Murtenbacher ihm geraten, ich bin ausgesprochen unintelligent, aber wozu brauche ich in unserem Betrieb Intelligenz? Wir sind doch keine Kriminalisten, wir sind Henker. Erschieß die Leute, köpf

sie, häng sie auf – aber fang nicht an mit Feinheiten und gescheiten Sachen –, dann schläfst du besser und machst auch schneller Karriere. Geht's mir etwa schlecht? Ich beherrsche ganz Paris!

Diese Glasenapp-Sache! Reinhardt verzog das Gesicht. Man muß die Milada überwachen lassen, jede Bewegung, die sie macht. Ich werde schon herausbekommen, was dahintersteckt! Dann müßte man wenigstens ein paar von den Geiseln verhören, sie waren ja auch Zeugen des Vorfalls. Und wie viele Gäste, die vielleicht wußten, was los war, haben sich aus dem Parnaß entfernen können, bevor der idiotische Hauptmann Patzer auf den Gedanken kam, die anderen zurückzuhalten? Eventuell wird man noch eine ganze Menge Leute verhaften müssen.

»Noch einen Schnaps, bitte!« Er hatte gehofft, der Alkohol würde seine Spannungen lösen, aber der Schnaps pulverte ihn noch auf. Er konnte nicht mehr lange so weitermachen, sich dauernd überarbeiten, man mußte auch mal ausspannen, sich eine kleine Freude gönnen.

Er ließ seinen Schnaps stehen und ging in die Telefonzelle, um sein Büro anzurufen. Er ordnete an, daß Pan Kratochvil Milada unter dauernder Beobachtung zu halten habe – aber mit einem neuen Hut auf dem Kopf, bitte! –, und Gott sei ihm gnädig, wenn er sie aus den Augen verlor!

Dann gab er Anweisung, Moenkeberg möchte ihn mit dem Wagen an der Ecke Štěpanska-Straße und Wenzelsplatz abholen.

Reinhardt ging die paar Schritte vom Hotel bis zum Platz und wartete. Die roten Straßenbahnwagen kamen vom Nationalmuseum den Berg heruntergerattert, ein paar Autos, meist mit deutschen Offizieren, huschten vorbei. Er erinnerte sich noch, wie es auf dem Wenzelsplatz aussah, als sie in Prag einmarschierten – auf beiden Seiten des Platzes hatten die Menschen gestanden, dicht gedrängt, und vom Museum her waren die endlosen Kolonnen der Wehrmacht gekommen, zackig, daß es eine Freude war, wie bei der Parade.

Es war schon ein paar Tage vor der Armee in Prag eingetroffen, zusammen mit mehreren seiner Leute von der Gestapo. So hatte er sich unauffällig unter die Menschen gemischt und sie beobachtet. Stumm und düsteren Gesichts hatten sie dagestanden, hatten auf die vorbeimarschierenden Truppen gestarrt. Ein paar Sudetennazis, meist Studenten, die in Prag wohnten, hatten die Hand erhoben und »Heil« gerufen – aber es waren so wenige, daß der Gruß lächerlich wirkte.

Damals wie jetzt hatte Reinhardt dieselbe prickelnde Ungeduld, die gleiche innere Unruhe und Verärgerung empfunden.

Was konnten sie seinen Plänen schon anhaben, die Feinde, die so

schwer greifbar waren? Selbst wenn sie wußten, daß Glasenapp Selbstmord begangen hatte – was war dabei? Hatten er und seine Leute die Lage nicht in der Hand? Das stumme Volk würde schon stumm bleiben, man hatte ihm gründlich das Maul gestopft. Warum aber fühlte er sich dann so unsicher?
Letzten Endes war die Affäre Glasenapp nichts anderes als die Entfernung Lev Preissingers aus dem Böhmisch-Mährischen Kohlensyndikat zum Zwecke der Aushändigung der gesamten tschechischen Grubenindustrie an gewisse Persönlichkeiten im Reich, frei und gratis.
Mit Gewalt konnte das jeder machen, aber die Liquidierung des Herrn Preissinger aus dem Selbstmord einer Figur wie Glasenapp herauszuholen und gleichzeitig diesen Tschechen beizubringen, wer Herr im Lande war – das war eben Reinhardts geniale Kombination! Und diese Arbeit würde auch Heydrich zu schätzen und entsprechend anzuerkennen wissen.
Vielleicht war das, was ihn so beunruhigte, auch nur seine Leidenschaft für absolut mathematische Genauigkeit, denn die Gleichung war ja noch nicht ganz aufgegangen.
Gott sei Dank – da kam ja Moenkeberg. Der Wagen hielt haargenau vor ihm, Moenkeberg sprang heraus, schlug die Hacken zusammen, grüßte zackig und öffnete die rückwärtige Tür. Reinhardt ließ sich in seinen Sitz fallen und fühlte sich schon besser.
»Wohin?« erkundigte sich Moenkeberg.
»Wollen wir mal was unternehmen heute abend«, schlug Reinhardt vor.
»Jawohl, Standartenführer.«
»Wie wär's mit Tante Minchens Turnverein?«
»Sehr gut, Standartenführer!«
Tante Minchen oder die Kuh, wie Wilhelmina Tietjen gleichfalls im vertrauten Kreis genannt wurde, war im Gefolge der Wehrmacht aus Holstein nach Prag umgezogen und hatte alles, was sie besaß, mitgebracht: ihr Mobilar, das angenehm weich und zumeist mit dunklem Plüsch überzogen war, ihre Ölgemälde mit den dicken Weibern im Bad und den Satyrn, die auf dem Horn bliesen, und schließlich die beiden Stützen ihres Unternehmens, Betty und Berthy. Betty war rothaarig, hatte eine krankhaft weiße Haut und spezialisierte sich auf ältere Herren. Berthy war bräunlichdunkel, benutzte starke Parfüms und war besonders beliebt, wenn es um Perversitäten ging. Tante Minchen selbst war auf allen Gebieten beschlagen und konnte Kunden aller Art bedienen.
Wilhelmina Tietjen war Reinhardt sehr verpflichtet. Ohne Protektion von seiten der Gestapo hätte sie kaum bestehen können – die örtlichen Kräfte hätten sie in Grund und Boden konkurriert.

Die Gestapo ihrerseits hatte ein warmes Herz für Tante Minchen. Die tschechischen Institute dieser Art waren trotz beigeordneter deutscher Sanitätsfeldwebel nicht allzu sicher, Offiziere oder auch Unteroffiziere verschwanden mitunter, und es stellte sich oft heraus, daß sie das letzte Mal gesehen worden waren, als sie ein solches Haus betraten. Deshalb war den Angehörigen der deutschen Besatzungsmacht verboten worden, Beziehungen mit Frauen tschechischer Nationalität zu unterhalten, und obwohl der Befehl sich natürlich nicht leicht durchführen ließ, erwies er sich doch als sehr nützlich für Tante Minchens Geschäft.
Sie begrüßte den Gestapo-Chef und seinen Fahrer daher mit echt empfundener Herzlichkeit. Sie öffnete die Tür weit, wobei ihr geblümter Kimono vorn auseinanderging und eine Teilaussicht auf ihren mehligweißen Busen bot.
»Aber Direktorchen«, begrüßte sie ihn, »was für eine Überraschung! Kinder!« rief sie Betty und Berthy aus ihren Zimmern heraus, »der Herr Kriminaldirektor ist zu Besuch gekommen! Und hat uns noch einen Freund mitgebracht.« Mit erfahrenem Blick maß sie den Umfang des Moenkebergschen Brustkorbs – »und was für einen!« fügte sie hinzu. »Kinder! Bringt auch 'ne Flasche Wein! Das muß gefeiert werden!« Sie setzten sich in den Salon mit dem gedämpften Licht und großen Spiegeln, mit deren Hilfe man die zur Schau gestellten Reize bis ins Unendliche vermehrt sah. Betty erschien mit dem Wein, und Berthy brachte die Gläser. Die Mädchen kicherten Moenkeberg an und setzten sich dicht neben ihn, wobei sie ihre Schenkel so gut wie alle anderen Rundungen ihres Körpers zu zeigen suchten.
»Was macht das Geschäft?« erkundigte sich Reinhardt.
»Nicht zu schlecht und nicht zu gut«, erwiderte Tante Minchen. »Man verdient, aber was kann man fürs Geld kaufen? Und dann – mir gefällt dieser neue Offiziersnachschub nicht. Ich bin an Herren gewöhnt, die was auf sich halten – höflich, gebildet. Eine gute Erziehung, sage ich immer, kann mehr wert sein als ein Vermögen. Aber jetzt sind die meisten Offiziere nichts wie losgelassene Ehegatten, die froh sind, mal von Mutti zu Hause wegzukommen, und ganz ohne Raffinement. Sie verstehen, was ich meine?«
»Ja«, sagte Reinhardt und knöpfte sich die Weste auf. Sonst waren ihm Tante Minchens Tratsch und ihr verfettetes Lachen gar nicht unsympathisch gewesen. Aber heute deprimierte ihn das alles. Er nippte an seinem Wein.
»Also – und was möchten Sie denn heute, Direktorchen?« fragte Tante Minchen fürsorglich. Sie kam langsam auf Reinhardt zu, setzte sich auf die Armlehne seines Sessels und ergriff sein Hand-

gelenk. Dann führte sie seine Hand mit leisem Druck ihrer Oberschenkel entlang bis hinauf zu ihrem Schoß und hielt sie dort fest. Reinhardt bewegte seine Finger, nicht aus Liebe zur Sache, sondern mehr, um Tante Minchen einen Gefallen zu tun.
»Berthy!« rief sie. »Betty! Kommt mal her!« Beide gehorchten sofort und näherten sich mit schaukelnden Hüften. Vor dem Gast blieben sie stehen. »Na?« sagte Tante Minchen. Die Mädchen öffneten ihre Negligés, ließen sie fallen und standen nun nackt und drehten sich langsam, damit Reinhardt sie von allen Seiten besichtigen konnte.
Früher war das sein Traum gewesen – das Halblicht, die nackten Weiber, willig und bereit und alle für ihn da, er brauchte nur mit dem Finger zu winken. Heute abend aber verfehlte es seine Wirkung. Er sah die welke Haut beider Mädchen, die übergroßen häßlichen Warzen an Bettys Brüsten. Berthys spitz hervorstehende Beckenknochen.
Schließlich entschloß er sich doch für Berthy, in der Hauptsache wohl, weil sie ein dunkler Typ war wie Milada. Er nickte ihr zu und erhob sich. Berthy hakte sich bei ihm ein, kuschelte sich an ihn, und dann gingen sie zusammen auf Berthys Zimmer.
Reinhardt setzte sich auf ihr Bett, und Berthy kauerte vor ihm. »Was ist denn los mit dir?« fragte sie plötzlich. Sie hatte gespürt, daß er nicht auf sie, sondern durch sie hindurchblickte.
»Möchtest du's mit der Peitsche machen?« sagte sie.
Reinhardt hörte nicht zu. Er ärgerte sich, nicht über die Umgebung, die nun einmal nicht besser sein konnte, nicht über die Frau, sondern über sich selbst, der all dies besaß und dabei nicht imstande war, Spaß daran zu haben. Er sah immer nur Milada, stellte sich vor, daß er sie vor sich hatte, nackt, den schlanken Körper, ihr dunkles Haar.
»Ich fürchte, ich komme heute nicht in Stimmung«, sagte er und erhob sich.
»Mir macht's nichts weiter aus!« Berthy zuckte mit den Achseln. »Aber ein bißchen komisch bist du ja, das kann man wohl sagen.«
Reinhardt ließ sie stehen. Der Atem ging ihm schwer. Er war völlig verkrampft.
Als er in den Salon zurückkam, fand er Moenkeberg und Tante Minchen auf der Couch. Betty war irgendwohin verschwunden. Moenkeberg bemerkte seinen Vorgesetzten und wollte sofort aufstehen, aber Tante Minchen ließ ihn nicht los. Ihre fetten Arme und Beine umklammerten Moenkeberg, der aus irgendeinem Grunde immer noch seine schwarzen Reithosen und glänzenden Schaftstiefel anhatte. Die so miteinander Verschlungenen waren

aber nicht nur auf der Couch, sondern an allen Ecken und Enden des Zimmers zu sehen, ihre Widerspiegelung immer wieder widergespiegelt, so daß eine unendliche Kette wollüstiger Gliedmaßen entstand, die ein Paar schwarzer SS-Hosen festhielten. Reinhardt setzte sich bequem in einen Sessel und zündete sich eine Zigarette an. »Weitermachen! Weitermachen!« sagte er wohlwollend. »Bitte sich nicht durch mich stören zu lassen.«
»Jawohl, Standartenführer!« gab der treue Moenkeberg zackig zur Antwort und machte weiter.
Reinhardt betrachtete halbgeschlossenen Auges das Paar. Göring, dachte er, lädt sogar Gäste für so was ein. Ist aber doch aufregender, wenn man alleine zuschaut.
Ganz hübsch, wie dieser Moenkeberg das Weibsstück hernimmt! Und der Kuh gefällt die Sache anscheinend auch nicht schlecht. Sie keucht mir nur zuviel, hat Atemnot, ist schon zu dick. Und Finesse hat sie auch nicht viel.
Tante Minchens Finger gruben sich in Moenkebergs Schultern. Ihr lautes, rasches Atmen vermengte sich mit einem befriedigenden Seufzer Moenkebergs.
»Hast du gut gemacht mein Junge.«
Reinhardt war es warm und zugleich leicht geworden. Es war ungefähr dasselbe Gefühl, das er empfand, wenn Moenkeberg drüben im Keller des Petschek-Palais ein Verhör zu Ende gebracht hatte.
Tante Minchen gab Moenkeberg einen Klaps auf den Hosenboden. Der Fahrer stand auf, zögerte und blickte Reinhardt an. Er wußte nicht genau, ob er sich korrekt verhalten hatte. Aber Reinhardt grinste nur und drückte seinen Zigarettenstummel aus.
»Wir müssen uns verabschieden«, sagte er halb zu Moenkeberg und halb zu Tante Minchen, die sich immer noch in schamloser Nacktheit auf der Couch rekelte. »Ich habe noch was zu arbeiten. Schönen Dank für den Wein und alles andere. Es ist mir immer ein Vergnügen.«
Tante Minchen richtete sich auf und griff nach ihrem Kimono.
»Bitte bemühen Sie sich nicht!« sagte Reinhardt.
»Danke«, gähnte Tante Minchen. »Wissen Sie, Direktorchen, manchmal frage ich mich . . .«
»Hm?«
»Wegen des Krieges. Wie lange wird der noch dauern?«
»Wieso?«
»Nach dem Kriege möchte ich aufhören mit der Arbeit. Ein Häuschen kaufen hier in Prag oder in den Vorstädten und einfach mal leben. Mir gefällt's hier, wissen Sie? Natürlich müssen wir den Krieg gewinnen. Sonst . . .« Sie fuhr sich mit der flachen

Hand über die Kehle.
»Ihre Sorgen möchte ich haben!« sagte Reinhardt tröstend und ließ, gefolgt von dem treuen Moenkeberg, Tante Minchen inmitten ihrer Plüschmöbel und ihrer Spiegel zurück.

Sofort nach der Rückkehr ins Büro warf er sich wieder in Uniform, ließ sich von Moenkeberg Kaffee bringen und überprüfte die Liste der Geiseln. Er verglich die Liste mit dem Bericht, den Gruber ihm gegeben hatte, und beschloß, Janoschik zuerst zu verhören. Wenn überhaupt einer, der an dem Abend im Parnaß gewesen war, etwas Näheres über Glasenapps Ende wußte, dann am wahrscheinlichsten Janoschik.
Durch seinen Aufenthalt in der Alcron-Bar und seinen Besuch bei Tante Minchen war es fast elf Uhr geworden. Aber das war ihm nur lieb – wenn die Leute kurz vor dem Verhör aus dem Schlaf gerissen waren, brachte das meist bessere Resultate: einem noch benommenen Gehirn lassen sich Tatsachen besser entreißen als einem wachen.
Er gab Befehl, Janoschik holen zu lassen. Dann mußte Moenkeberg die Bühnenbeleuchtung, wie sie es unter sich nannten, herrichten – Reinhardt saß im Schatten an seinem Schreibtisch, Moenkeberg weiter hinter ihm in der Ecke, den Notizblock in der Hand, während ein greller Lichtkegel auf die Stelle gerichtet wurde, wo der Gefangene stehen würde.
Zwei Wachen stießen Janoschik in das Dienstzimmer des Gestapo-Chefs. Darauf machten sie kehrt, verschwanden und schlossen die Tür. Janoschik stand blinzelnd in seiner neuen Umgebung. Hose und Jacke, aus denen er Tag und Nacht nicht herausgekommen war, sahen zerbeult und zerknittert aus, sein Haar war ein ungekämmter Schopf, der in allen Richtungen von seinem Schädel abstand.
Janoschik hatte noch nicht tief geschlafen, als die Wachen kamen, um ihn abzuholen, und er war sofort hellwach geworden. Aber es lag in seiner Natur, verschlafen auszusehen, und in seiner Absicht, so dumm wie möglich auf die Gestapo zu wirken. Reinhardt fand daher das Bild des benommen im scharfen Licht stehenden Mannes ganz belustigend.
Janoschik versuchte, aus dem Schatten die Gesichtszüge des Gestapo-Beamten herauszuschälen. Aber viel mehr als ein gelegentliches Funkeln der kleinen Augen und den Widerschein des Lichts auf den Silberlitzen der Uniform konnte er nicht erkennen.
Janoschik war in keiner schlechten Stimmung. Er fühlte sich ungefähr wie ein alter erfahrener Soldat, der noch einmal ins

Gefecht geht. Er war dem Feind schon oft begegnet, und jetzt, in ziemlich verzweifelter Lage, wo man sich aus einer Falle heraushauen mußte, war er ruhig und entschlossen und bereit, es darauf ankommen zu lassen, wer besser schoß. Und außerdem hatte er einen Plan im Kopf, mit dessen Hilfe man den Feind überraschen und eventuell sogar den eigenen Endsieg sichern konnte. Was er befürchtet hatte, war, daß es überhaupt nicht zum Kampf kommen würde – daß Reinhardt ihn hinrichten lassen würde, ohne ihn auch nur zu verhören. Und er hatte sich den Kopf zerbrochen, wie er es fertigbringen könnte, zu dem Chef der Gestapo gerufen zu werden.

Reinhardt betrachtete sein Opfer. Aus Janoschiks Gesicht und seiner ganzen Haltung sprachen all jene Charaktereigenschaften, die der SS-Standartenführer mit dem Begriff »Tschechen« verband und die er an diesem Volk verachtete – der Kerl war offensichtlich undiszipliniert, unintelligent, ungebildet, und außerdem roch er schlecht. Er hatte eine niedrige Stirn, kleine Schweinsaugen, mit denen er verschlafen blinzelte, eine breite Nase, dicke Lippen und ein viereckiges Kinn, aus dem rote Bartstoppeln wuchsen. Unter seinem Haarschopf war sein Schädel rund wie eine Billardkugel, von der die großen Ohren rechtwinklig abstanden. Und dieser Kopf war durch einen kurzen Hals mit einem großen plumpen Körper verbunden, der leicht vornübergeneigt war. Dazu kamen die langen Arme, die an beiden Seiten des Körpers anscheinend völlig zwecklos herunterhingen und durch die lächerlich kurzen Ärmel der Jacke noch länger aussahen.

»Ein Orang-Utan?« bemerkte Reinhardt zu dem treuen Moenkeberg.

Der Orang-Utan bewegte sich vorwärts und überraschte den Kriminaldirektor, indem er plötzlich zu sprechen begann. Er sprach zu schnell und in einem schlechten Deutsch, das mit tschechischen Ausdrücken vermischt war.

»Euer Hochwohlgeboren«, begann er, »ich war sehr erfreut, Ihre werte Bekanntschaft zu machen!« Es war auch durchaus ehrlich gemeint. Und es war gerade der grundehrliche Ton dieser eröffnenden Worte, der Reinhardt so verblüffte – war es doch das erste Mal, daß eines seiner Opfer die Aufnahme des dienstlichen Kontaktes mit ihm als ein freudiges Ereignis zu werten schien.

»Weil ich nämlich ein Geständnis abzulegen habe! Es hat mir auf dem Herzen gelegen wie ein Stein und mich rein zur Verzweiflung getrieben, aber die Wahrheit muß eben herauskommen, das ist eine Tatsache, die man nicht leugnen kann – das ist doch so, Euer Hochwohlgeboren, stimmt's?« fügte er noch hinzu, als erwarte er

von seinem Schinder moralische Stützung.
»Moenkeberg«, sagte Reinhardt, »würden Sie diesem – diesem ...«, das richtige beschreibende Wort wollte ihm nicht einfallen, »erklären, wie er sich in Gegenwart eines leitenden Beamten der deutschen Polizei zu verhalten hat?«
Moenkeberg erhob sich, marschierte auf Janoschik zu, packte ihn, würgte ihn am Kragen und schüttelte ihn. »Du – hältst – das – Maul – bis – du – gefragt wirst!« sagte er langsam und laut und unter Betonung jeder einzelnen Silbe.
Janoschik riß seine Augen in kindlicher Verwunderung ganz weit auf.
»Du – verstanden?« sagte Moenkeberg und schüttelte Janoschik noch einmal durch. Dann begab er sich auf seinen Posten im Dunkeln hinter Reinhardt zurück.
»Aber wenn es von größter Wichtigkeit ist!« erklärte Janoschik ungerührt. »Wenn der Mensch ein Geständnis ablegen muß, dann muß er es ablegen. Weil ihm nämlich sein Gewissen sonst keine Ruhe gibt. Mein Freund, der Herr Inspektor Poczporek vom zwanzigsten Polizeibezirk ...«
Moenkeberg schrieb wie besessen, er versuchte, mit dem Wortschwall mitzukommen.
Reinhardt schaltete sich ein. »Wer ist Inspektor Poczporek? Was hat der mit der Sache zu tun?« Reinhardt vermutete natürlich, daß der unglückselige Janoschik da etwas ausplapperte, das bei der Verfolgung des Glasenapp-Falls von Wert sein könnte.
»Poczporek? Gott hab ihn selig – der ist doch schon seit Jahren tot. Aber er hat immer zu mir gesagt: Janoschik, hat er gesagt, niemals soll der Mensch etwas aufgeben, bevor er es zu Ende geführt hat. Schlecht ist so was. Es belastet dir das Gewissen. Besonders wenn er dabei war, beim Tarock zu gewinnen, da hat er das immer gesagt ...«
»Schluß!« donnerte Reinhardt. »Idiot, verfluchter! Hier redet nur einer, und der bin ich! Sie halten gefälligst das Maul, oder ich werde Ihnen das Maul stopfen – aber so, daß Sie kaum Freude daran haben werden!«
»Daran kann der Mensch auch kaum Freude haben!« bestätigte Janoschik gleichmütig. Was für ein leicht erregbarer Mensch, dieser Reinhardt! Man mußte ihm gestatten, sich als leitenden Beamten der deutschen Polizei, wie er sich selbst bezeichnet hatte, aufzuspielen – sonst mochte es geschehen, daß der Nazi die ganze Unterredung in einem Wutanfall abbrach. Janoschik aber wollte ihn nur so weit aufweichen, daß er für seinen Plan empfänglich wurde.
»Mit Ihrem idiotischen Geständnis werden wir uns später befas-

sen«, sagte Reinhardt unheilverkündend. »Sie hatten also die Toilette im Café Parnaß unter sich?«
»Jawohl, Euer Hochwohlgeboren, die Toiletten sowie den Abstellraum und Frau Paula Potovskova, unsere Scheuerfrau.«
»Ich nehme an, daß Sie Ihr Leben für genügend wertvoll halten, um ein gewisses Interesse daran zu haben, daß wir den Mörder des Herrn Glasenapp fassen, weil Sie nämlich, falls wir den Mörder nicht sehr bald finden, an seiner Stelle sterben werden.«
Janoschik erwog, ob er Reinhardt vielleicht einen kurzen Vortrag über den Wert des Lebens im allgemeinen und den seines eigenen Lebens insbesondere halten sollte. Schließlich aber dachte er: Laß ihn erst mal weiterreden, mal sehen, was er mit seinem Verhör eigentlich will.
»Also versuchen Sie mal, sich an den Abend zu erinnern, Sie sind dem Herrn Leutnant auf der Treppe begegnet, als er gerade zur Toilette hinunterging?«
»Ein sehr netter Herr«, beschrieb Janoschik den Vorgang, »aber bis über die Ohren blau. Zuerst konnte man überhaupt nicht verstehen, was er eigentlich gewollt hat . . .«
»Er hat also mit Ihnen gesprochen?« fragte Reinhardt, sofort hellhörig. »Können Sie sich besinnen, was er gesagt hat? Und sagen Sie lieber die Wahrheit!«
»Ich werde es versuchen! Ich werde mein Bestes tun und mich bemühen, zu versuchen, mich zu besinnen und die Wahrheit zu sprechen!« Versprach's und zeigte durch die Falten auf seinem ehrlichen Gesicht, wie angestrengt sein Gehirn arbeitete.
Der Gestapo-Chef beobachtete ihn. Der Mann war offensichtlich zu dumm zum Lügen. Die Frage war, ob er wenigstens genug Grütze im Kopf hatte, um sich des Inhalts der Worte Glasenapps zu entsinnen. Reinhardt machte sich Vorwürfe, daß er Janoschik nicht schon früher verhört hatte – es war eine Dummheit gewesen, sich auf den Bericht Grubers zu verlassen, der auf nichts beruhte als auf ein paar Kurzverhören in der Parnaß-Bar. Schon längst hätte er festgestellt haben müssen, daß Glasenapp vor seinem Tode noch mit diesem idiotischen Toilettenfritzen geredet hatte.
Tatsächlich dachte Janoschik auch sehr angestrengt nach. Er wußte nur zu gut, wieviel von dem abhing, was er jetzt sagen würde. Seine Aussage mußte natürlich klingen und genau zu der Situation von damals passen. Sie mußte einfach sein, damit Reinhardt sie glaubte, und doch mußte sie schon die Grundbedingungen für die Durchführung seines Plans schaffen. Und nichts an seiner Aussage durfte im geringsten darauf schließen lassen, daß er eine Ahnung oder einen Verdacht hatte, Glasenapp könnte Selbst-

mord begangen haben – ganz im Gegenteil, irgendwann im Laufe der nächsten Minuten müßte er seinen absoluten Kinderglauben an die Mordtat bekunden, die sein Gegenüber sich aus den Fingern gesogen hatte.

»Ich möchte, bitte schön, ein Geständnis ablegen«, begann Janoschik.

Reinhardt unterbrach ihn ungeduldig. »Später, später. Was hat Glasenapp zu Ihnen gesagt, will ich jetzt wissen!«

»Sehen Sie, Euer Hochwohlgeboren, weil ich ihm nämlich Geld schulde«, bekannte Janoschik reumütig. Er gab sich Mühe, jeden Anschein von Zusammenhang zu vermeiden, und hoffte, daß seine Aussage auf diese Weise eine bessere Wirkung haben würde.

Und er täuschte sich nicht. Reinhardt, der Janoschiks Gedankensprüngen nicht zu folgen vermochte und daran zu verzweifeln begann, daß dieser Trottel ihm je auf eine einfache Frage eine einfache Antwort geben würde, verlor seine schwer zu erschütternde Überlegenheit. »Was er Ihnen gesagt hat!« brüllte er. »Antworten Sie!«

»Ich schulde ihm Geld«, wiederholte Janoschik hartnäckig. »Vier Kronen vierzig Heller. Aber zurückzahlen kann ich's leider nicht. Weil nämlich, sehen Sie, Euer Hochwohlgeboren, ich hab's nicht mehr.«

»Warum?«

»Weil mir's weggenommen worden ist. Wie der nette junge Herr mich ins Gefängnis gebracht hat, da hat er mir's weggenommen. Und auch zwei Kronen, welche mir gehört haben, und mein Taschenmesser und eine Uhr, die mir der Herr Pfandleiher Josef Lobsam zum fünfundzwanzigsten Jahrestag der Gründung seines Geschäfts gegeben hat, in Anerkennung meiner Verdienste als sein treuester Kunde. Ich bin ein anständiger Mensch, Euer Hochwohlgeboren, und es grämt mich, daß ich das Geld nicht zurückgeben kann, weil ich es nicht mehr habe und weil der arme Herr Leutnant umgebracht worden ist und das Geld schon nicht mehr gebrauchen kann und weil ich erschossen werden soll, wie ich höre.«

Es war eine wahre Flut von Worten, aus der Reinhardt mit Mühe die Tatsache herausfischen konnte, daß Glasenapp kurz vor seinem Selbstmord Janoschik noch Geld gegeben hatte und daß es dafür auch einen Grund geben mußte.

»Warum hat Glasenapp Ihnen Geld gegeben?«

»Weil ich ein ehrlicher Mensch bin und er Vertrauen gehabt hat zu mir«, erklärte Janoschik. Sein ganzes rundes, gutmütiges Gesicht strahlte vor Tugendhaftigkeit.

Reinhardt hätte den Musterknaben am liebsten am Kragen gepackt und ihn mit dem Kopf gegen die Wand gestoßen, bis die paar zur Sache gehörigen Tatsachen herausgeschüttelt waren, die der Bursche doch irgendwo unter dem ganzen Wust blöder Anekdoten, alberner Namen und idiotischen Selbstlobs vergraben haben mußte.

»Und weil er gewollt hat, daß ich einen Brief für ihn zur Post bringe«, sagte Janoschik, als wäre das kaum der Rede wert, während seine absolute Ehrlichkeit unter allen Umständen der Polizei bewiesen werden mußte.

»Aha!« Reinhardt atmete auf. Endlich hatte er etwas Greifbares aus Janoschik herausgeholt. Er erinnerte sich sofort jenes anderen Briefes, den man in der Tasche des toten Glasenapp gefunden hatte – jenes Briefes, der nie beendet und gleichfalls nicht abgeschickt worden war und aus dem er dennoch den Selbstmord des Leutnants gefolgert hatte. Die Möglichkeit, daß es noch einen ähnlichen, aber vollständigen und die Absichten des Leutnants deutlicher enthüllenden Brief gab, erschien durchaus logisch und alarmierend. Aber Reinhardt, der sonst durch faule Ausflüchte und Mangel an Genauigkeit in weiße Wut geraten konnte, blieb eiskalt, wenn es sich um Komplikationen handelte, die er mit polizeilichen Maßnahmen aus der Welt schaffen konnte. Sollte ein solcher Brief tatsächlich existieren, nun, so würde man feststellen, wo er sich befand, und alle, die von seinem Inhalt wußten, aus dem Wege räumen.

»Was für ein Brief war es denn?« sondierte er vorsichtig.

»Eilboten«, sagte Janoschik. »Ein dicker Brief mit Übergewicht. Ein wichtiger Brief. Darum hat der Leutnant, möge Gott seiner Seele gnädig sein, mir auch zehn Kronen gegeben. Mein Freund, hat der Herr Leutnant gesagt, ich habe Vertrauen zu dir, du hast so ein gutes und braves und anständiges Gesicht. Dann hat er aufgestoßen. Er war, wie ich schon gesagt habe, blau wie ein Vergißmeinnicht. Geh auf das gottverfluchte Postamt – mit Ihrer gütigen Erlaubnis, Euer Hochwohlgeboren, das waren seine Worte und nicht meine Worte –, und gib den Brief ab. Dann hat er noch einmal aufgestoßen und geweint.«

»An wen war der Brief adressiert?«

»Ich hau dir den Schädel ein, wenn du vergißt, den Brief auf die Post zu bringen, hat er gesagt, und die Tränen sind ihm nur so heruntergelaufen. Du bist ein gottverfluchter Trottel – mit Ihrer Erlaubnis, Euer Hochwohlgeboren, das sind seine eigenen Worte gewesen –, aber du bist wenigstens nüchtern. Also geh du zur Post. Dann hat er wieder aufgestoßen und gesagt: Ich bin so stinkbesoffen, ich würde den Schlitz im Postkasten nicht sehen, wenn er so groß wäre – das sind seine eigenen Worte gewesen, Euer Hochwohlgeboren –, wenn er so groß wäre wie dem Rudolf Heß sein Hinterer. Ich bitte um Verzeihung, Euer Exzellenz, aber der arme Herr Leutnant, er hat ja gar nicht mehr gewußt, was er gesagt hat...«

Janoschik war glänzend in Fahrt. Und er hätte noch lange so geredet, wenn Reinhardts wütendes »Genug!« ihn nicht unterbrochen hätte. Zu Moenkeberg gewandt, befahl der Gestapo-Chef: »Aus dem Protokoll streichen!« Dann wiederholte er die Frage, die ihn am meisten beschäftigte: »An wen war der Brief adressiert?«

Janoschik hatte die Frage natürlich schon das erstemal gehört. Er hatte Glasenapps traurigen Zustand nur so breit ausgemalt, um seine nächste Finte gut durchdenken und vorbereiten zu können. »Das darf ich ja gar nicht wissen!« sagte er entrüstet. »Ich bin ein ehrlicher Mensch! Mich kann man ins Gefängnis sperren, mich kann man erschießen lassen, Euer Hochwohlgeboren – aber beleidigen kann man mich nicht. So ein Brief, der mir zu treuen Händen übergeben wurde von einer armen Seele, die nun schon nicht mehr unter uns weilt – und da soll ich die Adresse lesen? Der HerrLeutnant hat mir zehn Kronen gegeben, damit ich den Brief auf die Post bringe, nicht damit ich die Adresse lese. Die Adresse lesen ist nur der erste Schritt zum Briefaufmachen und zum Lesen, was darin geschrieben steht – aber ich bin nicht so leicht in Versuchung zu führen, Euer Hochwohlgeboren, von niemandem!«

Eine so hochentwickelte Ethik war Reinhardt neu und erschien ihm kaum glaubhaft. Aber im Augenblick verzichtete er auf eine nähere Untersuchung der Frage, ob Janoschik die Adresse gelesen hatte oder nicht. Er wollte weiterkommen. »Wann haben Sie den Brief denn aufgegeben?«

»Das ist ja das Schlimme«, antwortete Janoschik düster. Er sah bedrückt aus, wie einer, der von seinem eigenen Gewissen verfolgt wird. »Ich weiß gar nicht, wie ich's Ihnen sagen soll. Nicht einmal das konnte ich für die arme Seele tun. Aber ich hab's zur Post bringen wollen, das schwöre ich Ihnen, Euer Hochwohlgeboren!«

»Hören Sie auf damit, mich ›Euer Hochwohlgeboren‹ zu nennen! Haben Sie den Brief abgeschickt oder nicht?«

»Also an mir hat's nicht gelegen«, entschuldigte sich Janoschik. »Der nette junge Herr – er hat mich verhaftet, bevor ich zum Postamt gehen konnte.«

»Gut!« sagte Reinhardt.

Janoschik schüttelte den Kopf. »Nein, Euer Exzellenz, das ist

schlecht! Es drückt mich direkt auf dem Herzen.«
Reinhardt gab telefonische Anweisung, ihm alle Papiere zu bringen, die sich in Janoschiks Taschen befunden hatten. Man mußte warten, bis der Befehl durchgeführt wurde. Janoschik benutzte die Pause, um sein bisheriges Verhalten zu überdenken und seine nächsten Schritte zu planen. Bis jetzt war alles eigentlich ganz glatt gegangen. Trotzdem, dachte er weiter, dieser Reinhardt ist ja nicht dumm. Aber er ist an die treuherzige Einfalt nicht gewöhnt, die unsereiner hat, und das verwirrt ihn. Außerdem weiß ich ja, wohin ich ihn haben will, aber er weiß es nicht. Und dann hat er zum Glück nicht viel Zeit – wenn er sich mal die tschechischen Polizeiakten über mich durchsehen würde, säße ich schön in der Patsche, und nicht ein einziges Wort würde er mir glauben. Aber zum Aktenwälzen braucht er Zeit, und übermorgen will er uns erschießen lassen, und da will er das Durcheinander, das ich ihm in seine Rechnung gebracht habe, so rasch wie möglich klären.
Das Telefon klingelte. »Was?« rief Reinhardt in den Hörer. »Kein Brief? Überhaupt keine Papiere? Schönen Dank.«
Er wandte sich Janoschik zu. »Ihnen werde ich beibringen, mir Geschichten zu erzählen! Sie glauben vielleicht, Sie Märchenonkel, wir könnten Ihnen das Leben nicht mehr unangenehm machen, bloß weil Sie in zwei Tagen tot sein werden? Da täuschen Sie sich aber. Wir können Ihnen jede Minute, die Ihnen noch verbleibt, zu einer solchen Hölle machen, daß Sie sich direkt erlöst fühlen werden, wenn's dann knallt und wir Sie den gewöhnlichen Teufeln überlassen.«
Janoschik entwaffnete die Drohung durch einen zutiefst erstaunten Blick. Wie können Sie so mit mir sprechen, schien jede Miene seines Gesichts zu sagen, mit mir, einem ehrlichen Menschen!
»Wo ist der Brief?« brüllte Reinhardt.
»Ich hab ihn weggelegt«, kam die Auskunft, sehr bekümmert.
»Wo?«
Keine Antwort.
»Wo?«
»Das ist es ja!« gestand Janoschik. »Ich kann mich nicht erinnern. Sehen Sie, Euer Exzellenz, es war kein gewöhnlicher Brief gewesen. Da war ich also sehr vorsichtig damit. Janoschik, habe ich mir gesagt, verlier den Brief bloß nicht. Der arme Herr Leutnant, er hat sein ganzes Vertrauen auf dich gesetzt, darum enttäusche ihn nicht . . .«
»Wo ist der Brief?«
»Da hab ich den Brief versteckt, damit ich ihn nicht verliere.«
»Wo?«
»Ich hab ihn so gut versteckt, daß ich mich im Augenblick nicht

erinnern kann, wo.«
Reinhardt zeigte gewöhnlich keine Gefühle. Jetzt aber hieb er mit der geballten Faust auf den Schreibtisch.
»Moenkeberg!« befahl er heiser. »Erzählen Sie mal, wie wir den Leuten beibringen, daß sie sich an was erinnern!«
Moenkeberg rezitierte gelangweilt: »Wir stecken sie in den Stehsarg. Oder wir prügeln sie mit Gummiknüppeln. Oder mit Stahlruten. Oder wir schlagen ihre Zähne aus, einen nach dem anderen. Oder wir hängen sie an den Fingern auf. Oder wir brechen ihnen die Knochen. Oder wir . . .«
Janoschiks Ausdruck blieb so gleichmütig und freundlich wie immer. Als Moenkeberg einen Moment innehielt, um nachzudenken, ob er vielleicht die eine oder andere der üblichen Methoden aufzuzählen vergessen hätte, stellte Janoschik schlicht fest: »Wenn ich so was höre, dann muß ich an Pan Burian denken, meinen Lehrer in der sechsten Klasse. Ich saß vier Jahre lang in der sechsten Klasse, und Pan Burian wurde wohl etwas ungeduldig mit mir. Da hat er mich regelmäßig mit der Rute gezüchtigt, die er von einem jungen Weidenbaum unten am Bach geschnitten hatte, welcher durch unser Dorf geflossen ist. Es besteht jedoch, wie ich höre, keine direkte Verbindung zwischen der menschlichen Rückseite und dem Kopfe, so daß ich nach der Züchtigung dasselbe schlechte Gedächtnis hatte wie vorher.«
Ein kurzes Schweigen folgte, das Janoschik auch nicht unterbrach, damit seine Zuhörer Zeit hätten, die tiefere Bedeutung seines schon in jugendlichem Alter aufgetretenen Schwachsinns vollständig zu begreifen.
Reinhardt erkannte aus der Sympathie, die er für den unglücklichen Lehrer Burian empfand, daß man mit einem Menschen wie Janoschik nur weiterkam, wenn man über das Polizeiliche hinaus ins Gebiet der Pädagogik vorstieß. Statt zu explodieren, fragte er daher in einem fast gütigen Ton: »Wo haben Sie denn nun den Brief versteckt, Janoschik?«
»Im Parnaß natürlich, Euer Exzellenz, wo ich angestellt bin!«
»Im Parnaß, wo Sie angestellt sind«, wiederholte Reinhardt wörtlich und in derselben Tonlage. »Sie halten es wohl nicht für möglich, daß Sie uns etwas genauer beschreiben könnten, wo Sie den Brief versteckt haben?«
»Es gibt da so viele Stellen, da weiß man überhaupt nicht, wo man anfangen soll. Der Abstellraum zum Beispiel; einen solchen Haufen von Zeug wie dort haben Sie überhaupt noch nie zusammen gesehen. Herr Walzl, unser Herr Chef, hat immer alles aufheben wollen. Janoschik, hat er gesagt, auch ein alter Karton hat seinen Wert. Man weiß nie, wann man ihn wieder benutzen

kann. Da mußte ich eben alles sammeln.«
Geduld! Geduld! predigte sich Reinhardt. »Versuchen Sie mal, ernsthaft nachzudenken«, ermahnte er Janoschik. »Ich möchte, daß Sie sich genau erinnern, wo Sie den Brief hingetan haben!«
Ausdruck und Haltung Janoschiks vor seinem Peiniger waren genau die eines armen, dummen, geplagten, aber unerhört willigen Pferdes, das angepeitscht wird, einen schweren Wagen zu ziehen, den es nie vom Fleck bringen wird, und das das Unmögliche dennoch versucht. Schließlich hob er seine großen Hände. »Nein. Nein, ich kann's nicht! So nicht.«
Reinhardt, der sich auch keinen Rat mehr wußte, war gerade dabei, mit einer neuen Serie finsterer Drohungen aufzuwarten, als er Janoschiks Gesicht plötzlich aufleuchten sah.
»Ich hab Besen und Eimer weggestellt, dann hab ich frische Handtücher geholt, dann hab ich mir den Schuh zugebunden, und dann bin ich – wohin bin ich dann gegangen? Wohin bloß? Ja, wenn ich jetzt im Parnaß wäre, wenn ich genau sehen könnte, wo ich gestanden hab, da wette ich, ich könnt mich erinnern. Sie wetten aber wohl nicht, Euer Exzellenz, nehme ich an? Der Herr Inspektor Poczporek, der hat mir immer gesagt: Mit der Polizei soll man nicht wetten, Janoschik, weil man nicht die Macht hat einzukassieren, wenn man gewinnt. Sie wissen ja gar nicht, Euer Exzellenz, wie es mir leid tut, daß ich Ihnen so viele Kümmernisse mache. Aber wenn ich den Brief dann finde, werden Sie ihn, bitte schön, zur Post bringen lassen?«
Der Gedanke, daß man in Anwesenheit Janoschiks eine Art Lokaltermin im Parnaß veranstalten könnte – dieser von Janoschik so vorsichtig entwickelte Gedanke begann Reinhardt einzuleuchten.
Warum eigentlich nicht? dachte er. Bringen wir nicht auch den Verbrecher zum Tatort zurück, damit er den Vorgang Schritt um Schritt beschreibt und sich dadurch selbst verrät? Und doch war es als Verfahren einfach unerhört. Einen Gefangenen aus dem Gestapo-Gefängnis herauszulassen, noch dazu einen, der in ein paar Tagen als Geisel sterben sollte! Wenn aber der gottverdammte Brief doch irgendwo im Parnaß herumlag und die Gefahr bestand, daß jeder x-beliebige ihn fand, dann war es tatsächlich am schnellsten und einfachsten, man verschaffte sich den Brief, indem man diesen Trottel in seine Umgebung zurückversetzte und ihm so das Gedächtnis stärkte.
Janoschik hatte Angst, seine Erregung könnte sich auf seinem Gesicht widerspiegeln. Das starke Licht hinderte ihn, das Mienenspiel seines Gegners zu sehen, das sich im dunklen Schatten verbarg, aber er spürte, daß Reinhardt ihn beobachtete. Er spürte,

daß der Nazi die verschiedenen Möglichkeiten abwägte, daß er nach verborgenen Absichten forschte, die Janoschik haben mochte. Hatte er, fragte sich Janoschik, seine Rolle überzeugend genug gespielt? Würde der Gestapo-Chef glauben, daß ein Mensch wie Janoschik einfach zu dumm war, um die Geschichte mit dem Brief zu erfinden? Fest stand nur eines: daß Reinhardt nicht wußte und nicht erraten konnte, warum er, Janoschik, mit allen Mitteln ins Parnaß zurückkehren wollte.
Tatsache war, daß Reinhardt Janoschik nicht über den Weg traute. Andererseits hatte er so gut wie gar keine Zweifel an der Existenz dieses Briefes, den Janoschik frei erfunden hatte. Reinhardt hegte Janoschik gegenüber den üblichen Verdacht: daß der Gefangene versuchen würde zu entwischen. Darum warnte er ihn: »Für den Fall, daß sie einen Fluchtversuch planen, möchte ich Ihnen gleich Bescheid sagen. Ich werde Ihnen ein paar von meinen kräftigsten Leuten mitgeben und werde Sie durch Handschellen miteinander verbinden.«
»Sie trauen mir so eine Hinterlist zu?« sagte Janoschik gekränkt. »Haben Sie denn zu überhaupt niemandem Vertrauen? Traurig ist so was. Wo ich doch nur versuche, behilflich zu sein, Euer Exzellenz.«
»Hören Sie auf, mich ›Euer Exzellenz‹ zu betiteln!«
»Hat das der Mensch schon gehört – von der deutschen Polizeibehörde weglaufen!« Janoschik schüttelte den Kopf. »Ja, wenn's die tschechische Gendarmerie wäre! Einen gewissen Bedřich Kaluweit habe ich gekannt, wie der zur Polizei gebracht werden sollte, weil er seine Finger in der Handtasche einer Frau Olga Weintraubova aus Košiře gehabt hat – obwohl gar kein Geld drin war –, der hat die Gendarmen eingeladen in die Blaue Glocke, wie sie da vorbeigekommen sind, und hat ihnen drei Runden Bier bezahlt. Dann hat er sich entschuldigt, weil er eine volle Blase hatte, und ist durch das Hintertürchen der Blauen Glocke hinausgegangen. Aber einer von der deutschen Kriminalpolizei – der würde doch sogar mitkommen ins Pissoir!«
Was kann ich schon verlieren? fragte sich Reinhardt und fand keine Antwort auf diese Frage. Und doch fühlte er sich irgendwie unbefriedigt. Es war nichts Greifbares, nichts Konkretes, eher so etwas wie eine instinktive Unsicherheit. War dieser Janoschik wirklich ein so harmloser Idiot, wie er zu sein vorgab? Aber was gewann er, wenn er den Trottel spielte? Am Ende siegte bei Reinhardt der Verstand über den Instinkt.
»Eines verspreche ich Ihnen«, sagte Reinhardt langsam, »wenn Sie ohne den Brief von Leutnant Glasenapp zurückkommen, werde ich mich persönlich darum kümmern, daß auch nicht ein einziges

Blutgefäß in Ihrem Körper heil bleibt, bevor Sie krepieren. Verstehen Sie das?«
Janoschik hielt den Kopf etwas schief wie ein Kanarienvögelchen, das versucht, eine Melodie zu begreifen, die ihm vorgepfiffen wird.
»Ich lasse Sie zu einem blutigen Brei zusammenschlagen, der aber immer noch atmet. Denn der Mann, der mich ungestraft zum Narren hält – der ist noch nicht geboren. Verstehen Sie das?«
Janoschik verstand. Außerdem hatte er von vornherein gewußt, was ihm drohte. Und doch jubelte alles in ihm, und er mußte sich zusammennehmen, damit er nicht laut herauslachte oder heulte oder anfing zu singen. Groß war das Leben und wunderbar und sinnvoll, und auch der Tod konnte groß und wunderbar sein.
»Ich gebe Ihnen sechs Stunden«, sagte Reinhardt. »Und jetzt machen Sie, daß Sie rauskommen!«
Janoschik verbeugte sich: »Herzlichen Dank, Euer Ehrwürden!«
»Raus!«
Das letzte, was Reinhardt von Janoschik sah, war der breite Rücken, der fast aus der schäbigen Jacke herausplatzte.
Der Gestapo-Chef rief Gruber zu sich und gab Befehl, das Baby und noch zwei Mann sollten mit Janoschik zum Parnaß fahren und ihm helfen, den Brief zu suchen.
»Jawohl!« schmetterte das Baby und salutierte.
»Und dann schicken Sie mir noch einen von den Geiseln herauf – ja, den Schauspieler Prokosch.«
»Jawohl. Sofort.«
Während sie auf Prokosch warteten, ließ Moenkeberg plötzlich von sich hören: »Der hat doch was vor, Standartenführer!«
»Wer – der Idiot?«
»Jawohl, Standartenführer!«
»Und wie kommen Sie auf diesen genialen Einfall?«
»Man sollte doch annehmen, daß ein Mensch, der so viele Geschichten im Kopf behält, sich auch erinnern kann, wo er einen wichtigen Brief hingelegt hat!«
»Gut, aber warum wollte er dann durchaus ins Parnaß? Ich denke, ich habe ihm doch einigermaßen klargemacht, daß er uns nicht ausreißen kann. Nein, Moenkeberg – Sie verstehen da nicht genug von Psychologie. Überlassen Sie's man lieber mir, in den Köpfen meiner Gefangenen herumzubohren.«
Bevor Moenkeberg etwas erwidern konnte, wurde Prokosch schon ins Zimmer gestoßen. Der Schauspieler richtete sich auf, zog sich das Jackett zurecht und ging auf Reinhardts Schreibtisch zu.

»Ich möchte ein Geständnis ablegen, Herr Kriminaldirektor«, sagte er und betonte jedes Wort. »Ich habe Leutnant Glasenapp ermordet.«

ACHTES KAPITEL

Gegen Mitternacht erwachte Milada aus einem ruhelosen und traumzerwühlten Schlaf. Der Kopf tat ihr weh, sie fühlte sich wie gerädert.

Ihr kam zum Bewußtsein, daß ganze Stunden vergangen sein mußten, seit Reinhardt weggegangen war, und daß sie in gröbster Weise versäumt hatte, ihre Pflicht zu tun: nämlich Breda über den Besuch zu informieren und ihm zu sagen, weswegen die Polizei sie verhört hatte und daß man bei der Gestapo eine ganze Menge über ihre Beziehung zu Glasenapp zu wissen schien.

Ihre Träume waren gespenstisch wirr gewesen, voller Ängste und Entsetzen. Ein namenloser Schrecken hatte ihr im Genick gesessen, sie hatte fliehen wollen, aber ihre Füße waren in einem Sumpf steckengeblieben. Der Schrecken gewann Gestalt. Riesige Figuren, die manchmal ein Gesicht wie Reinhardt und manchmal gar kein Gesicht hatten, verfolgten sie und stachen mit blitzenden Bajonetten nach ihr und kamen ihr dabei immer näher. Wild pochenden Herzens riß sie sich los und entkam, nur um wieder unbeweglich festgehalten und von neuem verfolgt zu werden. Und diese unmögliche Flucht wiederholte sich immer und immer wieder.

Sie zog sich rasch an. Allmählich wurde ihr klar, daß es nicht nur Pflichtgefühl war, das sie zu Breda trieb, sondern auch ein starkes Bedürfnis nach Ruhe, nach In-Schutz-genommen-Werden und nach der Güte, die dieser Mann hatte. Es gab einen Augenblick, da sie sich fragte, ob sie nicht lieber bis morgen warten sollte, wo sie ihn sowieso in der Kolbenka bei der Arbeit treffen würde. Aber sie gab den Gedanken auf, denn sie wußte, daß sie das Warten nicht so lange aushalten würde, und sie dachte sich, bestimmt wäre es besser, wenn Breda alles sofort erführe, ja, schon vor Stunden hätte sie es ihm sagen müssen.

Bredas Abschiedsworte klangen ihr im Ohr: *Hier ist meine Adresse. Sie sind mir jederzeit willkommen – aber kommen Sie bitte nur, wenn sich's als absolut notwendig erweist.*

Wie schnell es notwendig geworden war! Sie lächelte, wenn sie sich ihn vorstellte, das Haar wirr, die Augen schläfrig blinzelnd, wie er die Tür öffnete und sagte: Milada! Aber so etwas ...

Kommen Sie herein! Und entschuldigen Sie, wie ich aussehe. – Und vielleicht, weil er noch verschlafen war, würde er sie in seine Arme nehmen.
Sie ging aus dem Haus in die Mala Štěpanska-Staße hinunter. Leute, die dort wohnen, wissen, daß die Mala-Štěpanska-Straße in Wirklichkeit gar kein Sackgasse ist, obwohl sie auf dem Stadtplan von Prag als Sackgasse eingezeichnet ist. In dem letzten Haus, das sehr alt ist, befindet sich nämlich ein dunkler Durchgang, der plötzlich auf den breiten parkähnlichen Karlsplatz führt. Das war der Weg, den Milada wählte, denn so gelangte sie am raschesten zur Narodni Třida, die sie überqueren mußte, um in die Konviktska-Straße zu kommen, wo Breda wohnte.
Zuerst bemerkte sie den Schatten gar nicht, der sich von der dunklen Wand des Hauses gegenüber löste und ihr auf lautlosen Sohlen folgte. Aber in dem Durchgang, wo auch das leiseste Geräusch ein Echo hatte, hörte sie das leichte Tappen, das von den Schritten des Schattens ausging.
Pan Kratochvil glitt durch das Dunkel hinter ihr her. Auf seinem Kopf saß ein funkelnagelneuer grauer Verlourshut. Den hatte er sich bei der Gestapo verschafft, aus beschlagnahmtem Eigentum. Kannst ihn ruhig haben, hatte der zuständige Bulle gesagt. Dem er gehört hat, der sitzt im Lager und braucht keinen grauen Hut mehr. Kratochvil gefiel der Hut. Die ganze Zeit, während er vor Miladas Haus warten mußte, hatte er sich damit vertrieben, daß er sich den Hut flott auf den Kopf setzte oder ihn ganz weit nach hinten schob, oder ihn mit angewinkeltem Ellbogen in der Hand hielt, so als grüßte er allerhöflichst die Dame, zu deren Bewachung er abkommandiert war.
Derart hatte ihm das Warten nichts weiter ausgemacht! Überhaupt war Kratochvil ein Mensch, der wenig Schlaf brauchte und sich selten langweilte. Nur dann, wenn es niemanden zu verfolgen gab, wurde ihm die Zeit lang.
Er war schon immer so gewesen, vom Anfang seiner Laufbahn an. Damals war er Kontrolleur bei der Straßenbahn. Seine Aufgabe war es, die Leute zu entdecken, die sich eine Straßenbahnfahrt ergaunerten, indem sie ihre Gesichter hinter Zeitungen versteckten und so der Aufmerksamkeit des Schaffners entgingen. Wenn Kratochvil so einen erwischte, nahm er ihm zwölf Kronen ab, den zehnfachen Preis der Fahrt.
Aber nach mehreren Jahren treuen Dienstes bei der Straßenbahn wurde Kratochvil der armseligen Summen, um die es sich handelte, müde, und er wechselte auf das Gebiet der Pflege der Sozialpartnerschaft über. Dieses Geschäft lernte er von der Pike auf. Er fing als ganz gewöhnlicher kleiner Provokateur an und brachte es

bis zum stellvertretenden Gewerkschaftsvorsitzenden. Nachdem er jedoch seine Mitglieder im Laufe eines langen und mit großer Erbitterung geführten Streiks an die Unternehmer verraten hatte, war es aus mit seiner Nützlichkeit in diesem Feld, und die tschechische Polizei, die die Dienste eines so anerkennenswerten Bürgers immer brauchen konnte, stellte ihn an. Kaum waren die Nazis einmarschiert, paßte sich Pan Kratochvil den neuen Bedingungen an, denn jetzt wurden Leute mit seinen Fähigkeiten und seinen Charaktereigenschaften mehr als je gebraucht. Auch war die Entlohnung besser, und die Schnelligkeit, mit der seine Informationen in der Praxis ausgewertet wurden, gab einem sogar eine gewisse Genugtuung. Gar kein Vergleich mit den alten Zeiten, wo die Polizei, in manchen Fällen wenigstens, Interventionen im Abgeordnetenhaus oder die Proteste unangenehm lauter Organisationen zu fürchten hatte.

Milada blieb unter einer düster brennenden Laterne auf dem Karlsplatz stehen, öffnete ihre Handtasche, nahm einen kleinen Spiegel heraus und begann, sich ein nicht existierendes Staubkörnchen aus dem Auge zu entfernen.

Was für ein uralter Trick, dachte Kratochvil und zog sich in den Schatten eines Torbogens zurück. Seine Auftrag, wie man ihm auseinandergesetzt hatte, war zweifacher Natur: erstens hatte er zu verhindern, daß Milada irgendwohin verschwand, und zweitens, festzustellen, mit wem sie Verbindung aufnahm. Falls die Kleine dabei merkte, daß man ihr folgte, machte das nicht soviel aus. Aber ihm gefiel das Katz-und-Maus-Spiel, und er meinte, daß dieses Mäuschen ihm keine zu großen Schwierigkeiten bereiten würde.

Im Spiegel sah Milada niemanden. Dennoch war sie fast sicher, daß sie verfolgt wurde – es lag in der Logik der Dinge und in der Logik Reinhardts. Sie machte sich Vorwürfe, daß sie eingeschlafen war. Hätte sie sich nur sofort nach Reinhardts Besuch zu Breda auf den Weg gemacht, sie wäre vielleicht durchgekommen, bevor der Gestapo-Chef seinen Überwachungsdienst einrichten konnte. Sollte sie umkehren? Aber sie wußte doch, daß ihr von jetzt an, ganz gleich, wann sie das Haus verließ, ein Schatten folgen würde, der sie beobachtete. Und morgen im Betrieb könnte Breda völlig ahnungslos auf sie zukommen ... Nein, *jetzt* mußte sie zu ihm gehen, und vorher mußte sie ihren lästigen und gefährlichen Verfolger abschütteln.

In dem kleinen Park, der den Kern des Karlsplatzes bildete, standen ein paar Bänke. Milada beschloß, sich eine Weile hinzusetzen, als sei sie aus dem Haus gekommen, um noch ein bißchen frische Luft zu schnappen.

Kratochvil kam den Weg entlanggetippelt. Er sah wie ein Obdachloser aus, mit seiner Zeitung unter dem Arm. Er schien das Mädchen auf der Bank gar nicht zu bemerken. Er faltete die Zeitung zu einem bescheidenen kleinen Kissen zusammen, nahm seinen grauen Veloursbut ab, gähnte und legte sich auf einer gegenüberliegenden Bank schlafen, wobei er Milada einen höchst uninteressanten Rücken zuwandte.
Er sah so harmlos und friedlich aus mit seinen ausgetretenen Schuhen und seinen zerknüllten Hosen, nur der graue Veloursbut, der neben seinen Füßen lag, paßte nicht ganz zu dem Bild des armen müden Wanderers.
Eine ganze Zeitlang saß Milada regungslos. Wenn der kleine Mann, der sich da ausruhte, wirklich ihr Verfolger war, so konnte sie ihm zu entkommen versuchen, indem sie den kiesbestreuten Weg vermied. Auf dem Gras würde man ihre Schritte nicht hören, Sie brauchte nur über die Rücklehne ihrer Bank zu klettern.
Kratochvil rührte sich nicht. Er hatte einen unfehlbaren sechsten Sinn für alles, was hinter seinem Rücken vorging. Also gut, dachte er, spielen wir's mit Vorgabe. Dreihundert bis dreihundertfünfzig Meter Vorsprung würde er ihr schenken, vorausgesetzt, daß sie überhaupt irgendwohin wollte. Sollte sie doch glauben, sie hätte ihn abgeschüttelt.
Da – sie bewegte sich, er konnte es deutlich hören. Ach, sie war vorsichtig, sie vermied den Kiesweg, sie ging übers Gras. Aber hier und dort knisterte ein trockenes Blatt unter ihrem Fuß.
Milada sah sich hastig um. Der Obdachlose lag immer noch auf seiner Bank, in derselben Stellung wie vorher. Jetzt konnte sie schon schneller ausschreiten, konnte sich beeilen, damit sie aus seiner Nähe kam. Es war viel einfacher gewesen, als sie erwartet hatte. Nein, keiner folgte ihr. Die Straße war völlig einsam. Sie lief, rannte fast.
Die dunkle Prager Nacht umschlang und verschlang sie. Milada liebte ihre Stadt, jetzt mehr als je, liebte sie mit der warmen mitleidenden Liebe, die man einer Kranken entgegenbringt. Denn die Stadt war krank, obwohl ihr bis jetzt die Schrecken der Bombennächte erspart geblieben waren und keine Krater in ihren Straßen gähnten, keine ausgebrannten Häuser einander mit blinden Fenstern anstarrten. Die Wahrzeichen standen noch – der stolze Dom auf dem Hradschin; die Rokokogärten hinter den Adelspalästen; die Karlsbrücke über der silbrigen Moldau, mit ihren niedrigen Bogen, die für die Jahrhunderte gebaut waren; die eng aneinandergedrängten, schmalbrüstigen mittelalterlichen Häuser.

Die Stadt war krank, obwohl man in dem bleichen, abgezehrten Gesicht der Geliebten die alte Schönheit noch erkennen konnte, die einen einst so bezauberte. Es war eine eroberte Stadt. Zwar war es nicht das erste Mal, daß fremde Eroberer gekommen waren und sie besetzt hielten, die Schweden waren dagewesen und die Päpstlichen, die Franzosen und die Österreicher und die Preußen und viele andere noch, aber ihre Spuren waren verweht, und was sie der Stadt nahmen, hatten sie ihr auf diese oder jene Weise zurückgegeben. Diesmal jedoch schepperte das Echo der scharfen Kommandos und Befehle höhnisch. Diesmal war es, als würde die Stadt geschändet.

Das Volk fand rührende Wege und Weisen, um seine Trauer zu zeigen. Da geschah es, daß eines Tages die Statuen seiner Helden in einem Blütenmeer standen und verdrießliche Polizisten, von SS-Truppen bewacht, die Kränze wegräumen mußten, die über Nacht gebracht worden waren. Oder aus Gründen, die den Eroberern unbekannt blieben, begannen die Sirenen der Fabriken auf einmal zu heulen, Symbol des Schmerzes und der Warnung. Oder Inschriften tauchten an den Mauern der Häuser und Betriebe auf, Worte des Widerstands, drohende Worte.

Bevor Milada sich dem Haus in der Konvikts-Straße näherte, blickte sie sich noch einmal sorgfältig um, konnte aber auch nicht den Schatten ihres schattenhaften Verfolgers entdecken. So klingelte sie. Sie mußte warten. Dann hörte sie Schritte auf der Treppe im Haus und sah ein Licht. Mit einem großen Schlüssel öffnete Breda das schwere kreischende Schloß in der Haustür.

»Ach, Sie sind's – Milada!« sagte er. »Stehen Sie doch nicht wie ein verschüchtertes Kind – kommen Sie herein!«

Er war vollständig angezogen. Er nahm sie bei der Hand und führte sie und stützte sie, wenn sie vor Müdigkeit und nervöser Erschöpfung stolperte.

»Ich bin zwar nicht auf Gäste vorbereitet«, sagte er halb scherzend. »Ich habe nur ein bißchen Brot im Hause, aber ich kann eine Tasse von dem Zeug brauen, das heutzutage als Kaffee bezeichnet wird – es ist wenigstens etwas Warmes. Sie zittern ja!«

Bredas Wohnung bestand in Wirklichkeit aus einem einzigen Zimmer, das man durch einen langen, dumpf riechenden Korridor erreichte. Ein Waschbassin und ein kleiner Küchenofen standen hinter einem Wandschirm in der einen Ecke, in der anderen Ecke war ein Tisch, über dem ein schlecht gezimmertes Regal an der Wand hing. Ein Bett, zwei Stühle vor den Gardinen am Fenster, ein Spiegel, ein Schrank und das Bild eines Mannes mit einem Kaiser-Franz-Joseph-Bart vervollständigten das Mobiliar.

Er lud Milada ein, auf dem Bett Platz zu nehmen. »Ich habe auch

schon mal besser gelebt, viele Bücher habe ich gehabt, aber – nun, Sie wissen . . .«, entschuldigte er sich.
»Mir gefällt's hier.«
»Wirklich?«
Er schien in Verlegenheit geraten zu sein und machte sich mit einem Topf zu schaffen, den er mit Wasser füllte und auf den Ofen setzte.
Milada saß und schwieg und wußte nicht, wie sie beginnen sollte. Seine Anwesenheit, sein bedächtiger Schritt, die Art, wie er sich bewegte und etwas tat, all das erfüllte den Raum vollständig. Pavel war anders gewesen, mehr ihr selbst ähnlich, jünger. Dieser Mann Breda war, wie sie sich ihren Vater gewünscht hätte, er war klug und taktvoll, und gerade deswegen war es gar nicht so leicht, mit ihm zu reden. In seiner Gegenwart fühlte sie sich klein, ihre Sorgen, ihre Probleme erschienen bedeutungslos.
Das Wasser im Topf begann zu kochen. Er zog einen Stuhl heran und setzte sich Milada gegenüber, die eine Hand auf seinem Knie, die andere am Kinn, nachdenklich. Er sah Milada an, das Licht der elektrischen Birne spiegelte sich als zwei goldene Pünktchen in seinen großen graugrünen Augen.
Dann sprach er. »Ich bin doch froh, daß Sie gekommen sind. Mir war einsam zumute.«
»Ich hatte schon Angst, Sie würden mir Vorwürfe machen«, erwiderte sie, unendlich erleichtert. »Sie hatten mir doch gesagt, ich sollte Sie nur besuchen, wenn wirklich schwerwiegende Gründe vorliegen.«
Und wenn du ganz ohne Grund gekommen wärst, dachte er, wäre ich dir doch dankbar. Laut sagte er: »Vielleicht werden Sie feststellen, daß ich nicht sehr unterhaltsam bin. Sie finden mich in meinen Kleidern, weil ich in wenigen Stunden fort muß, zu einer bestimmten Arbeit. Ich war gerade dabei, mich darauf vorzubereiten. Das ist bei mir immer so. Oft sage ich mir: Von Tapferkeit spürt man bei dir nicht viel, mein Junge. Vor jeder Aktion ist eine schreckliche Unruhe in mir. Ich saß also ganz allein hier und versuchte, über die Zeit hinwegzukommen, meine Nerven zu beruhigen, etwas zu lesen. An Schlaf war nicht zu denken.«
Ohne es zu wissen, hatte er ihr eine Brücke gebaut. Er hatte davon gesprochen, daß auch er Schwächen kannte und Furcht, er hatte ihr gezeigt, daß sie beide auf ein und derselben Ebene standen, und dadurch war nun sie es, die ihn beschützen und halten wollte. Sie faltete die Hände. Mußte nicht auch jede Mutter ihren Sohn in diesen Kampf schicken, gab sie ihm nicht noch das alte Medaillon mit dem primitiv gemalten Bildnis seines Schutzheiligen mit – und nun zieht er davon, stark und vom Wind und der Sonne gebräunt,

und war doch vor kurzem nur ein kleiner Bub gewesen.
Breda schüttete den braunen feingemahlenen Ersatzkaffee in das kochende Wasser. »Wird gleich soweit sein«, sagte er und holte zwei blaue Tassen, deren Goldränder durch jahrelangen Gebrauch schon abgenutzt waren. »Und was ist bei Ihnen geschehen? Man sieht Ihnen an, daß Sie einiges durchzustehen hatten.«
»Ich bin den ganzen Weg bis hierher gerannt. Jemand hat mich verfolgt. Aber ich habe ihn abgeschüttelt.«
Breda schaltete das Licht ab. Dann trat er ans Fenster und zog die Gardine gerade so weit zur Seite, daß er hinausblicken konnte, ohne gesehen zu werden.
Das Feuer im Ofen warf einen warmen lebendigen Schein auf Fußboden, Wände und die paar Möbelstücke. Breda kam zurück vom Fenster, goß den Kaffee ein und reichte Milada ihre Tasse hin.
»Kleiner Mann mit grauem Hut?« fragte er. »Vorsicht! Halten Sie Ihre Tasse fest! Sie würden sich böse verbrühen, wenn Sie das Zeug verschütteten.«
Sie trank einen Schluck.
»Und jetzt habe ich Sie noch hineingezogen in diese Sache!« sagte sie. »So eine Dummheit! Natürlich hätte ich wissen sollen, daß ich nicht zu Ihnen kommen darf, nachdem Reinhardt bei mir zu Hause war.«
»Oh – der Herr Sicherheitsbeauftragte selbst!«
Breda setzte sich neben sie aufs Bett, ergriff ihre freie Hand und streichelte sie leise. »Sie haben hoffentlich nichts dagegen, wenn wir eine Weile im Dunkeln sitzen?« sagte er. »Um diese Zeit sind nicht viele Fenster hell hier im Haus, und ich möchte es dem Burschen da unten nicht zu leicht machen festzustellen, wo Sie sich jetzt befinden.«
»Und was wird aus Ihnen werden?«
»Schauen Sie, Milada – in diesem Haus wohnen etwa fünfzig Mietparteien, die einen zur Straße, die anderen zum Hof hinaus. Der Herr im grauen Hut weiß ja nicht, wo Sie geklingelt haben, denn so dicht in der Nähe war er nicht, als ich die Tür aufmachte – wir würden ihn ja sonst bemerkt haben. Der Herr im grauen Hut wird sich zunächst einmal versichert haben, daß das Haus keinen Hinterausgang hat – es ist auch tatsächlich keiner vorhanden –, und jetzt wartet er einfach draußen, bis Sie herauskommen. Denn wenn er oder sein Chef wünschten, Sie und Ihren gegenwärtigen Gastgeber zu fassen, dann wäre die Polizei schon längst da, und sie würden an jeder Wohnungstür klingeln.«
»Aber von jetzt an wird auch Ihnen jemand folgen!«
»Möglich! Nur habe ich gelernt, wie man Spitzeln ausweicht. Für

so was ist Prag eine großartige Stadt. Denken Sie nur an all die verwinkelten Straßen und die Durchgänge und Passagen, die dunklen Treppen, die Säulen, die Nischen in den alten Mauern. Und ich kenne unsere Stadt, ich bin hier aufgewachsen.«
»Und wenn sie einfach dieses Haus weiter überwachen?«
»Bei mir ist sowieso ein Wohnungswechsel fällig, ich kehre nicht mehr hierher zurück. Sie, Milada, bleiben bis morgen früh hier. Und wenn ich hier weggehe, in ungefähr zwei Stunden, werde ich mir den Herrn im grauen Hut mal näher betrachten. Vielleicht kann man ihn in Ihrem Interesse loswerden.«
Er trank seinen Kaffee. »Ist das ein Brühe!« rief er aus und verzog das Gesicht. »Ich kann Eicheln herausschmecken und gebrannte Gerste und Holzkohle. Aber was noch? – Was hat Reinhardt übrigens gewollt?«
Seine Art, wichtige Fragen zu stellen, als bezögen sie sich auf höchst unwichtige Dinge, erleichterte ihr die Antwort. Es war ihm gelungen, sie zu beruhigen. Reinhardt erschien ihr trotz seiner Verschlagenheit und trotz seiner Drohungen und trotz all der Macht, die er hatte, schon etwas weniger bedrohlich.
Sie versuchte, sich das zu erklären. Was war es, das dem schweigsamen Mann neben ihr, diesem Breda, seine Kraft gab und ihn trieb, auf diese Art zu leben, aus einem düsteren Zimmerchen in ein wahrscheinlich noch düstereres zu ziehen, ohne Liebe, ohne sich je zu verankern, und noch zu lächeln über Herren mit grauen Hüten und Verfolgungen durch die verwinkelten Straßen Prags? Und dabei war er, nach seiner eigenen Aussage, nicht einmal ein besonders tapferer Mann! Sie hatte ihn ja gestört, als er gerade damit beschäftigt war, sich und seine Nerven zu beruhigen. Was würde sein, wenn er auch nur einmal einen Fehler machte? Aus seinem Verhalten ihr gegenüber spürte sie, wie sensibel er war. Die harten Naturen mochten frei von Furcht sein, das wäre noch kein Wunder. Aber Breda besaß diese Art Härte nicht.
Die Dunkelheit brachte sie einander näher. Er schien zu ahnen, woran sie dachte. »Natürlich hat man Angst. Von den vielen Menschen, denen ich begegnet bin, gibt es eigentlich nur einen, der keine solche Angst kennt – ein Mann namens Janoschik, und der sitzt jetzt, er ist einer von den Geiseln. Aber wir gewöhnlichen Sterblichen? Damals im Krieg, wenn man aus dem Graben heraus zum Angriff mußte – scheußliche Angst hat man gehabt. Aber dann sah man, daß man nicht allein war, sondern daß da noch andere waren, denen es genauso ging, und da fing man an zu brüllen. Tief aus der Brust heraus haben wir gebrüllt, wie wahrscheinlich die Urmenschen gebrüllt haben vor Zehntausenden von Jahren. Man war wie betrunken durch das Gefühl, daß man

einer von vielen und so viele neben einem waren, da verlor sich die Angst. Wenn also Reinhardt wieder zurückkommt oder ein anderer von der Gestapo, oder sogar mehrere – denken Sie daran, daß Sie nicht allein sind! Ich denke auch immer daran. Denken Sie an die vielen Menschen, die mit Ihnen marschieren. Sie kennen sie nicht, und ich kenne sie nicht, aber ich weiß, daß sie da sind. Und wieder wie damals ist es ein Gefühl, das einem wie Wein in die Adern geht, und manchmal spürt man's in der Kehle. Ja, schön – ich weiß, das sind große Worte. Aber man muß manchmal das ganze große Panorama sehen, damit man sich nicht verliert in dem kleinen Abschnitt, an dem man zufällig selber steht. Und nun sagen Sie mir, was hat Reinhardt von Ihnen gewollt?«

Vieles war ihr jetzt klar. Und es war nicht mehr schwer, über die Dinge zu sprechen. Sie fühlte sich geborgen und beschützt. Das Holz knackte im Herd, gelegentlich fiel ein halbverkohltes Stückchen durch den Rost und knisterte im Aschekasten.

Sie erzählte Breda, wie ihr das Blut gefroren war, als sie Reinhardt in ihrem Zimmer fand; daß er von ihrem Streit mit Glasenapp wußte und auch von Pavel und der Straßenschlacht vor der Universität; daß er zunächst andeutungsweise und später ganz offen versucht hatte, sie des Mordes an Glasenapp zu bezichtigen; daß sie, um sich zu verteidigen, ihm beinahe die Tatsache vom Selbstmord des Leutnants verraten hätte, sich aber gerade noch gezügelt hatte; und wie Reinhardt drohend wurde, da sie weder den Mord zugab noch ein Sterbenswörtchen von dem Selbstmord fallen ließ; und wie er sich ihr schließlich zu nähern suchte – »mit diesen widerlichen Händen, die er hat, die Haut hart und trocken und rissig, als wären es Klauen, aber die Nägel rosa manikürt!« – und wie der Gestapo-Chef schließlich fortging, sehr unzufrieden und mit dem Versprechen, daß er mit ihr in Verbindung bleiben würde!

Breda hörte genau und aufmerksam zu. Und doch trieb es ihn die ganze Zeit, während sie sprach, sie in die Arme zu nehmen und zu schützen. Aber es war seine Pflicht, jetzt jedes Gefühl auszuschalten – das Mitleid mit ihr und den Stolz auf sie – und sich auf ihren Bericht zu konzentrieren, der in all seinen Konsequenzen und von allen Gesichtspunkten her durchdacht werden mußte.

»Warum nur?« fragte Milada. »Warum hat er immer wieder darauf bestanden, daß ich etwas mit dem Mord zu tun habe? Das, was er braucht, hat er doch fix und fertig vorliegen, seine Geiseln sind hinter Schloß und Riegel und müssen nur noch hingerichtet werden.«

Breda stellte seine Tasse auf den Fußboden. »Reinhardt glaubt weder, daß Sie Glasenapp umgebracht haben, noch daß Sie in irgendeinem Zusammenhang mit irgendeinem Mord stehen«, erklärte er langsam. »Aber ein Geständnis, gewissermaßen, wollte er schon erpressen – nämlich was und wieviel Sie von Glasenapps Selbstmord wissen.«

Und Breda dachte weiter. Wenn er das Mädchen an seiner Seite schützen wollte, dann gab es nur einen Weg: sie geistig wappnen, ihr das Problem in seiner ganzen Tiefe und Verwicklung erklären, soweit es ihm selbst klar war.

»Sehen Sie«, setzte er ihr auseinander, »die Nazis haben, wie Sie ja wissen, eine etwas sonderbare Auffassung von Gerechtigkeit. So betrachten sie zum Beispiel jede gegen sie gerichtete Handlung als eine genügende Rechtfertigung für Racheakte, und sie hängen oder erschießen Menschen, Geiseln, auch wenn diese mit der betreffenden gegen die Nazis gerichteten Tat gar nichts zu tun haben. Aber in unserem Fall ist die *ganze* Sache eine Fälschung – denn Glasenapp wurde ja gar nicht ermordet. Darum muß Reinhardt, um die Fiktion des Mordes aufrechtzuerhalten, alle, die irgendwie von dem Selbstmord Kenntnis haben könnten, beseitigen.

Und er vermutet, daß Sie um den Selbstmord Glasenapps wissen.

Normalen Menschen wie uns erscheint es rätselhaft, warum die Nazis sich überhaupt so sehr bemühen. Sie haben doch die Macht. Sie können hängen und erschießen, wen sie wollen, sie brauchen niemandem einen Grund anzugeben und sich vor niemandem zu rechtfertigen. Und doch tun sie's. Vielleicht haben Sie ständig ein schlechtes Gewissen, oder, auch möglich, es ist ein Fall von deutscher Gründlichkeit, die ihnen vorschreibt: Du darfst stehlen und du darfst plündern, aber du mußt dem Eigentümer eine Quittung geben mit einem Stempel drauf; du darfst die Menschen quälen und erniedrigen und umbringen, aber du mußt vorgeben, daß es um einer gerechten Sache willen geschieht, auch wenn deine Gründe noch so fadenscheinig sind.«

»Ich verstehe«, nickte Milada, »aber erklärt das, warum er mich nicht verhaftet hat?«

»Nein, das erklärt es nicht. Aber seine Motive könnten einfach sein. Er läßt Sie sozusagen an einer Leine herumlaufen, statt Sie hinter Gitter zu setzen, weil er noch nicht sicher ist, ob Sie etwas von Glasenapps Selbstmord wissen. Er vermutet es ja nur. Aber wenn Sie in Freiheit bleiben, können Sie ihn eventuell zu anderen führen, die auch Bescheid wissen – zu mir zum Beispiel. Und sein zweiter Grund . . .«

Er hielt inne, etwas verlegen. »Sagen Sie es mir ruhig«, bat sie. »Bei Ihnen ist alles so klar. Sie scheinen sich fast an die Stelle der Nazis versetzen und mit ihrer Logik denken zu können. Und wenn ich eines Tages vor ihnen stehen muß, *allein* vor ihnen stehen muß, dann muß ich alles wissen.«

»Reinhardt möchte mit Ihnen ins Bett gehen.«

Milada ertrug es nicht länger, ruhig zu sitzen.

Im Halblicht des Feuers im Ofen sah Breda sie auf und ab gehen, sah ihren Schatten, riesig und verzerrt, an der Wand aufhuschen und wieder verschwinden.

»Verzeihen Sie mir«, fügte er hastig hinzu, »daß ich soviel gesagt habe, Milada. Aber dieser Grund gibt uns eine Erklärung für Reinhardts offensichtliche Großzügigkeit.« Er versuchte, seine Aussage zu mildern. »Ich kann Reinhardt natürlich nur von Ihrem Bericht her beurteilen. Sie sind eine schöne Frau, Milada. Und Reinhardt nimmt an, daß Glasenapp ein Verhältnis mit Ihnen gehabt hat. So könnte er hoffen, daß Sie seinen Plänen nicht gefährlich sind und er in Glasenapps vermeintliche Rechte eintreten kann.«

»So ausgeliefert zu sein! So völlig hilflos in ihrer Macht zu sein!« sagte sie.

Breda vergrub sein Gesicht in den Händen. »Sprechen Sie doch nicht so, Milada! Sagen Sie das nicht!« bat er sie. »Irgendwie werde ich versuchen, Ihnen zu helfen.«

Ich liebe sie, dachte er plötzlich, ich liebe sie und kann sie nicht einmal schützen.

»Sie bedeuten sehr viel für mich, Milada. Darum war ich so brutal offen.«

Wenn man diesen Leuten doch an die Kehle könnte. Aber uns ist das Maul gestopft worden, und die Hände sind uns gekettet, und wir sind ohne Waffen und warten nur und warten.

»Ich muß Ihnen etwas von der Arbeit erzählen, die ich heute nacht noch vorhabe«, sagte Breda, »denn es betrifft auch Sie und vergrößert die Gefahr, in der Sie sich befinden . . . Bitte, kommen Sie doch und setzen Sie sich wieder neben mich.«

Sie gehorchte.

»Erinnern Sie sich an den Abend, als wir uns zum erstenmal trafen?« fragte er.

»Ja. Ich fühlte mich danach irgendwie gestärkt.«

»Als wir über die Karlsbrücke gingen – entsinnen Sie sich der Scheinwerfer, die den dunklen Himmel kreuz und quer durchschnitten?«

»Genau«, sagte sie. »Die Scheinwerfer leuchteten auf, und Sie waren plötzlich wie ausgewechselt. Und ich fühlte mich allein.«

»Das kam daher, daß ich auf einmal an Janoschik denken mußte, der ja nur einer von vielen ist, die gefallen sind und noch fallen werden, und ich dachte mir, jemand muß doch endlich irgendwo aufstehen und anklagen – nicht erst, wenn alles vorbei ist, sondern jetzt, jetzt!«

Obwohl die Angst um die eigene Person noch immer in ihr steckte, war Milada von den Gefühlen Bredas mitgerissen. Sie wußte natürlich, daß bei seiner Arbeit das Gefühl höchst unwichtig war, oft sogar ein Hindernis. Sie wußte, daß er in allem, was er tat, sich nur von seiner Vernunft leiten ließ. Aber mit dem Instinkt der Frau spürte sie auch, daß sie, daß ihre Schwierigkeiten diesen Ausbruch seiner Leidenschaft verursacht hatten.

»Sie sagten damals: Wenn man's an den Himmel schreiben könnte!« – Milada lächelte. Sie kannte seine Worte auswendig.

»Ja«, erwiderte Breda, »wenn man's an den Himmel schreiben könnte für alle sichtbar. Ich habe da einen Bekannten, der gelegentlich mit mir zusammenarbeitet, einen Techniker am Prager Rundfunk. Und durch ihn hab ich die Möglichkeit, einmal am Rundfunk zu sprechen – ein einziges Mal, wenn es sich um etwas wirklich Großes und Wichtiges handelt. Und ich denke, jetzt ist es soweit. Wir werden diese Gestapo-Provokation im Rundfunk aufdecken. Über den Terror als solchen braucht man ja nicht lange zu sprechen – der Terror ist jedem bekannt. Was wir aber der Bevölkerung klarmachen müssen, ist, daß die Nazis bei der Anwendung ihres Terrors überhaupt keinen Grundsatz, keine Regeln mehr haben. Denn sobald die Leute einmal die Erfahrung machen, daß der Terror sie völlig willkürlich trifft, ganz gleich, wie sie sich verhalten – sobald sie diese Erfahrung machen, verliert der Terror seine Wirkung, seinen Stachel. Man geht mit einem Achselzucken darüber hinweg. Und so können wir uns rächen, für Janoschik. Und für Sie. Und für all die anderen.«

Sie fand dieses Zielbewußtsein, das er hatte, diese dauernde Konzentration auf sein gefährliches Werk erstaunlich und bewundernswert, gleichzeitig aber auch beängstigend. Einen, Pavel, hatte sie schon verloren. Und sollte ein zweiter Mann in ihr Leben treten, wollte sie nicht auch den noch verlieren. »Und Sie?« fragte sie. »Sie denken vielleicht nicht an sich selbst, aber *ich* mache mir Gedanken.«

Er fühlte sich ein wenig beschämt. Daß er durch seine Aktion die Gefahr, in der sie schwebte, noch vergrößerte, vergaß sie, aber seinetwegen sorgte sie sich! – Was konnte er ihr denn geben? Er besaß doch nichts, nicht einmal sein Leben gehörte ihm. Sein Leben war keine Privatangelegenheit, über die er verfügen konnte, wie er wollte. Und was konnte er ihr sagen? Konnte er ihr von einer Zukunft sprechen, bei der alles im Dunkel lag? Oder von

seinen Gefühlen, die ihnen beiden, dem Mädchen und ihm, nichts nützten.
»Ich hab dich lieb«, sagte er.
Milada schwieg.
Sie hatte sich nach diesen Worten gesehnt. Sie hatte diese Worte hören wollen, damit sie ihr halfen, in einer Welt, in der Leute wie Reinhardt einen in der Hand hatten, aufrecht zu bleiben. Doch kaum hatte er die Worte ausgesprochen, spürte sie nichts als Angst, Angst um den Mann, Angst vor dem Augenblick, da er von ihr weggehen würde.
Ihre Hand, die nach der seinen tastete, fühlte sich heiß an.
»Ich hab dich lieb«, wiederholte er, »aber ich hätte es dir nie sagen sollen. Es hilft uns doch nicht weiter!« Er stand auf und trat wieder ans Fenster. Der Herr mit dem grauen Hut stand immer noch auf Wacht. Er drehte sich zu ihr um und schrie sie beinahe an: »Willst du bitte aufhören, dir meinetwegen Sorgen zu machen! Ich stehe doch nicht selber vor dem Mikrophon, selbstverständlich nicht!«
»Ich habe doch gar keine Angst«, sagte sie leise. »Ich hab Vertrauen zu dir.«
»Heute nacht«, fuhr er, ruhiger geworden, fort, »machen wir eine Tonbandaufnahme. Und morgen wird jemand im Studio des Senders auftauchen und ein Tonband vertauschen. Und statt des politischen Kommentars wird ganz etwas anderes gesprochen werden. Das ist das ganze Kunststück.«
Er lachte. »Stell dir nur mal die Gesichter der Herrschaften vor, wenn sie entdecken, was passiert ist!«
Sie stimmte in sein Lachen ein, mit fast kindlicher Freude. Doch das dauerte nicht lange, dann kehrte die Besorgnis zurück: »Aber das Funkhaus ist doch schwer bewacht! Und im Studio kennt jeder jeden – mein Gott, wenn sie dich fassen! Du spielst doch mit dem Tod!«
»Eine gewisse Gefahr ist immer dabei«, tröstete er. »Aber bis jetzt habe ich unberufen Glück gehabt. Und sollen wir vielleicht mit der Arbeit aufhören, weil etwas schiefgehen könnte? Was haben wir denn zu verlieren? Kann man das, was wir jetzt haben, als Leben bezeichnen? Ich hab dich lieb. Und doch sitze ich hilflos da und muß zusehen, wie du einem Reinhardt ausgeliefert bist. Das ist kein Leben, das ist menschenunwürdig. Wir können uns nicht rühren, wir können nicht sprechen, nicht atmen – nennst du das Leben? Drüben im Osten fallen sie täglich zu Tausenden. Und hier in unserem Land sind die Menschen in den Lagern zum qualvoll langsamen Tod verurteilt, oder sie werden zu Dutzenden und Hunderten hingerichtet. Das Leben zählt nicht mehr so viel,

es ist billig geworden. Nein, ich bin kein Held. Wir sind einfach in einer verzweifelten Lage; man muß kämpfen.«
»Entschuldige«, sagte sie. »Aber ich bin eine Frau. Und ich glaube zu wissen, wie schwer es ist, ein Leben in die Welt zu bringen, nur ein einziges Leben. Gestatte mir daher, mir um dein Leben Sorgen zu machen, denn schließlich hast du nur das eine.«
»Ich bitte dich . . .« Er lachte. »Wenn du so weiterredest, greift's mir wirklich ans Herz, und ich leg meinen Kopf an deine Schulter und fange an zu heulen, über dich und über mich und über all das, was wir versäumen und nie haben werden. Also mach mich nicht rührselig. Ich ertrage so etwas nicht, und besonders jetzt nicht. Denk du an dich selbst! Und daran, wie ich dich gefährde! Denn von dem Augenblick der Sendung an ist Reinhardts sorgfältig gehütetes Geheimnis heraus. Millionen werden von Glasenapps Selbstmord erfahren, von dem nach Reinhardts Meinung bisher höchstens eine einzige Person wissen könnte – nämlich du. Das bißchen Gefahr, das ich auf mich nehme, ist wesentlich geringer als die, in der du dich befindest, mein armes Mädchen!«
Stimmt, dachte sie. So viele Dinge waren ihr durch den Kopf gegangen, während er ihr seinen Plan entwickelte, daß ihr gar nicht eingefallen war, wie tief sie selbst in dieser Sache steckte.
Aber ich fürchte mich nicht mehr, stellte sie erstaunt fest. Das kommt wohl daher, daß ich im Laufe des heutigen Tages schon derart viel Angst und Entsetzen gespürt habe, daß ich jetzt keine mehr fühlen kann.
»Nennst du das etwa Leben?« zitierte sie nicht ohne Ironie Bredas eigene Worte. »Ein Herr im grauen Hut wartet auf mich, ein Gestapo-Beamter läßt mich entweder meiner Kenntnisse oder der Form meiner Beine wegen verfolgen . . . Aber ich weigere mich, klein beizugeben.«
Dann wurde sie sehr ernst. »Es gibt nur eine Stunde, die wirklich wichtig ist: diese. Siehst du, Liebster, ich sehne mich danach zu leben. Ich bin nicht zynisch – bitte, Liebster, du mußt mich verstehen. Kennst du das Lied vom roten Himmel?

> Der Himmel so rot,
> die Sonne steigt,
> hör die Trompete blasen.
> So früh der Tod,
> die Blüte neigt
> sich über den taufrischen Rasen.

Ein altes Soldatenlied. Paßt natürlich überhaupt nicht hierher . . .«

Sie konnte nicht weitersprechen.
Breda nahm sie in die Arme. Dieses Zimmer war ihre Insel, das Feuer in dem kleinen Ofen ihre Sonne, die verzweifelt kurze Zeit, die ihnen blieb, ihr Leben. Das Morgen bedeutete Trennung – für ihn: seine schwere, gefährliche Arbeit; für sie: eine neue Begegnung mit Reinhardt.
Milada preßte sich zitternd gegen Breda, als gäbe es in der ganzen Welt nur ihn und nichts anderes. Und es existierte ja auch nichts außer ihm. Um sie beide herum war Dunkelheit, das einzige Licht war in seinen Augen. Es gab nur eine Kraft, und die war in seinen Armen, nur eine Zärtlichkeit, die seiner Hände, nur eine Erlösung, an seinen Lippen.
O mein Gott, dachte sie, wie ist das gut, sich an ihn klammern, an seine Kraft, seine Wärme, ihn nicht mehr loslassen, nie. Sie streichelte die weichen Stellen seiner Haut, sein Haar. Sich so zu geben, sich so zu verlieren – das gehörte ihr, das konnte ihr keiner wegnehmen.
Ich will, daß jeder Nerv ihn spürt! Jeder Nerv. Ihn fühlen, seine Schultern und seine Schenkel, seinen Leib und seine Brust. Seinen Atem trinken, das Süße von seiner Zunge, das Blut von seinen Lippen.
Ich spüre keine Last, ich bin die Herrin. Die Mutter, unsterblich, empfangend und gebend. Ganz hoch oben am Himmel birst eine Rakete. Wie schön das ist, sich so zu entfalten und zu ergießen und zu verströmen über die ganze Welt.
Sie ließ sich zurücksinken. Der Mann in ihren Armen – wie hilflos er dalag. Er lächelte und küßte sie.
Im Ofen erstarb das Feuer. Breda stand auf und holte eine Decke und deckte sie über Milada und sich. Sie lagen eng beieinander, ihr Kopf in der Höhlung seiner Schulter, und atmeten gleichmäßig.
»Liebster«, sagte sie leise, »wenn du weggehst, hört die Welt auf.«
Er nahm ihren Ellbogen in seine Hand und preßte ihn zärtlich. »So nah wie du ist mir noch niemand gewesen. Aber es ist unmöglich, heutzutage kann man sich so etwas nicht leisten. Wir leben im Zeitalter des Alleinseins. Ich wünsch dir Glück, Mädchen, und mir auch.«
Sie dachte, daß die Liebe einer Frau wohl größer sein müßte als die des Mannes. Hatte er denn die Wirklichkeit draußen nie vergessen, auch nicht in ihren Armen? Dann wurde ihr bewußt, daß er versuchte, sich allmählich von ihr zu lösen. Und er tat es behutsam und sacht und wollte ihr nicht weh tun.
»Mußt du wirklich schon gehen?« sagte sie.
»Ich möchte«, sagte er, »daß du dich immer erinnerst: Wir

gehören zueinander.«
»Wir gehören zueinander«, wiederholte sie gehorsam.
Er küßte sie. Dann stand er auf. Mit schläfrigen Augen sah sie ihm zu, wie er sich anzog.
Sie versank in jenen Zustand der Erschöpfung, in dem der Körper zwischen Schlaf und Wachen schwebt. Eigentlich war auch das gut, es machte den Abschied weniger schmerzlich.
Breda beugte sich über sie. »Schlaf gut«, sagte er, »und vergiß nicht: im Betrieb kennen wir einander nicht.«
»Geh noch nicht, Liebster!«
»Wir werden uns wiedersehen«, sagte er tröstend. »Bitte, gib acht auf dich. Du bist sehr schön, Milada. Laß dich noch mal ansehen, damit ich dich mir einprägen kann, so wie du jetzt bist.«
Dann befreite er sich entschlossen aus ihren Armen, erhob sich, ging hinaus und schloß leise die Tür.
Es dauerte eine Weile, bevor Milada begriff, daß sie allein war. Und zum erstenmal an diesem Tag weinte sie. Und weinend schlief sie ein.

Pan Kratochvil hatte vor dem Haus gewartet mit der Geduld des Jägers, der genau weiß, daß das Reh doch einmal aus dem Dickicht treten wird, weil es zum Bach gehen und trinken muß. Statt seine Energien durch Ungeduld zu erschöpfen, machte er sich lieber vergnügliche Pläne, wie er das viele Geld, das ihm für die verwarteten langen Überstunden zustand, ausgeben würde. Das mußte man dem Reinhardt lassen: mit Geld war er nicht kleinlich. Andererseits zog Kratochvil sorgenvoll in Betracht, daß es leider nicht viel gab, was man sich für das Geld kaufen konnte – entweder war die Warendecke zu kurz, oder das Geld hatte an Wert verloren. Obwohl er kein Kapitän der Wirtschaft war, stieß auch Kratochvil sich an den eisernen Gesetzen der Ökonomie. Und soviel er auch nachdachte, fand er keine Lösung für den Widerspruch zwischen dem bedauernswerten Mangel an Konsumgütern, die nämlich von den Nazis außer Landes geschleppt wurden, und dem überreichlichen Vorhandensein von Banknoten, die noch nach der Druckerpresse rochen. Die Mittelklasse, zu der auch Kratochvil sich zählte, hatte eben nie Glück. Er sah keine große Möglichkeit, daß Menschen wie er noch mal zu einem richtigen soliden Wohlstand kamen. Daher beschloß er, so ungern er es auch tat, mit dem Geld die verschiedenen Kammerbullen bei der Gestapo zu schmieren. Dafür würden die ihm gestatten, sich etwas von den Sachen der Leute auszusuchen, die seiner Tätigkeit oder der seiner Kollegen zum Opfer gefallen waren.
Die Krumen aufzulesen, die vom Tisch der neuen Herren fielen,

so überlegte Kratochvil, war immer noch besser, als überhaupt keine Krumen zu bekommen.
Mitten in diesen philosophischen Erwägungen wurde er von einem Mann unterbrochen, der höflich, aber bestimmt um ein Streichholz für seine Zigarette bat. Dieser Mann war, wie Kratochvils Schnüffleraugen sofort festgestellt hatten, aus demselben Haus getreten, in dem das Mädchen Milada verschwunden war.
Kratochvil zündete ein Streichholz an. Ein oder zwei Sekunden lang betrachteten die beiden Männer einander prüfenden Blicks. Dann erlosch das Streichholz.
»Besten Dank«, sagte Breda.
»Mein Kompliment!« erwiderte Kratochvil und lüftete seinen grauen Velourshut.
»Sehr angenehm«, sagte Breda und wandte sich zum Gehen.
»Sie scheinen ja in Eile zu sein!« fuhr Kratochvil fort.
»Ich hab zu arbeiten.«
»Da ist gut! Sehr gut!« strahlte Kratochvil. »Was für Arbeit macht man so spät in der Nacht? Sind Sie Handwerker?«
»So ein netter kleiner Mann sind Sie«, sagte Breda, »aber viel zu neugierig. Wie können Sie einem Fremden so viele Fragen stellen? Man möchte fast glauben, Sie haben mit der Polizei zu tun. Aber wenn das der Fall wäre, wären Sie um diese Zeit natürlich nicht allein auf der Straße!«
»Warum nicht?«
»Weil das gefährlich wäre.«
»Wirklich?«
»Sehen Sie, wenn Sie von der Polizei wären und Sie stünden hier so allein und ich wäre ein Mensch, der Ihre Beziehungen zur Polizei mißbilligte – all das, mein Bester, ist im Konjunktiv gesprochen –, dann könnte ich meine Finger um Ihren Hals legen – so ungefähr! – und meine Finger dann schließen – ungefähr so!«
»Halt! Sie tun mir ja weh!« Kratochvils Stimme war am Ersticken.
»Entschuldigen Sie bitte!«
»Nicht von Bedeutung!« knurrte Kratochvil.
»Also dann – besten Dank auch für das Feuer!« Und bevor Kratochvil sich von seinem Schrecken erholt hatte, war Breda in der Nacht verschwunden. Er lachte in sich hinein. Während des Rests seiner Nachtwache würde sich der Herr im grauen Hut entschieden unbehaglich fühlen. Wie leicht es gewesen wäre, ihn zu erledigen! Nur ein bißchen härter zudrücken – aber im Augenblick gehörte die Beseitigung des Spitzels nicht zu Bredas Aufgaben. Sie würde Alarm bedeutet haben, eine Razzia in der Nachbarschaft und möglicherweise auch Miladas Verhaftung. Doch hatte

es sein Gutes gehabt, sich dem Herrn im grauen Hut vorzustellen und ihn zu Tode zu erschrecken. Breda hatte auf diese Weise festgestellt, daß der Mann allein und nicht in der Lage war, ihn durch einen seiner Kollegen beschatten zu lassen.
Und jetzt, da er Gesicht und Gestalt dieses Ungeziefers kannte, schwor er sich, es baldmöglichst auszuräuchern.
Wie ich mich verändert habe! dachte Breda. Da berechne ich kühl und sogar mit Genugtuung, wie ich einen Menschen, den ich vorher nie gesehen habe, beiseite schaffe. Und ich war einmal ein friedlicher Mann, der sich treu und brav an die Gesetze hielt! Jetzt bin ich selbst und in einer Person Staatsanwalt, Richter, Geschworener und Nachrichter geworden – und spüre dabei nicht die geringsten Hemmungen.
Was haben sie uns angetan, daß wir geworden sind wie die wilden Tiere im Dschungel? Sie haben uns etwas geraubt, das unsere Generation nie wiedererlangen wird. Wenn sie nur unser bißchen Habe, unser Land, unsere Bücher, unsere Maschinen gestohlen hätten – ihr Plan könnte sich durchgesetzt haben. Denn man muß zugestehen, ihre Konzeption ist gigantisch: ein ganzer Kontinent, der für ein paar anonyme Herren irgendwo in Deutschland hungert, schwitzt und produziert. Es könnte geklappt haben, denn die meisten Leute rühren sich nicht gern; man braucht ihnen nicht viel zu geben, manchmal genügt eine Illusion, und sie werden dir sagen, ein schlechtes Leben ist besser als gar kein Leben.
Auch in unserer Republik, die in München verraten wurde, haben wir nicht gerade viel gehabt – aber man war ja bescheiden. Man hat gearbeitet und gelebt, gelacht und gehofft.
Doch in ihrer Gier, alles herauszuholen, haben die Nazis uns völlig ausgesaugt, und es wächst nichts mehr. Sie haben uns die Hoffnung genommen und die Menschenwürde. Und wenn man die Menschen wie Tiere behandelt, werden sie wie Tiere. Wenn man uns durch Mord und Totschlag unterdrückt, werden die Unterdrücker ermordet und totgeschlagen werden. Das Leben eines Sklaven mag keinen Wert haben, aber in den Augen des Sklaven ist auch niemandes anderen Leben von Wert.
Sie haben sich selbst geschlagen, an ihrer eigenen Brutalität werden sie zugrunde gehen.
Ja, wenn man sich mal von diesem Globus losreißen und den ganzen Prozeß von einer Art Olymp, einem himmlischen Balkon aus, betrachten könnte – man könnte über den Betrieb da unten lachen, ein olympisches Gelächter. So aber stehe ich mittendrin und bin einer der Millionen, die mitspielen in diesem Drama. Ich bin es, der töten und sterben muß, ich, Breda, der einmal Sonnenuntergänge am Fluß und die ruhige Philosophie geliebt hat.

Dennoch aber werde ich mir Mühe geben, die große Linie des Dramas unserer Zeit nicht aus dem Auge zu verlieren, denn wenn ich nur meinen eigenen kleinen Auftritt im Sinne hätte, müßte ich fürchten, festgefahren zu sein. Ich kann jedoch das Ende sehen und die Zukunft, und erkennen, wie das, was ich tue, sich mit den Bemühungen vieler vereint und zu einem großen, unwiderstehlichen Strom wird, der schließlich alle Dämme durchbrechen muß.

Bevor er das Haus betrat, in dessen Kellergeschoß der Techniker Frantischek wohnte, versicherte sich Breda noch einmal, daß ihm keiner der Kollegen des Herrn im grauen Hut gefolgt war. Vorsichtshalber war er außerdem auf Umwegen gekommen, die darauf berechnet waren, irgendwelche Verfolger irrezuführen. Er hatte das getan, obwohl er ziemlich sicher war, daß ihn niemand behelligte. Breda hatte in der harten Schule der Illegalität dreifache Vorsicht gelernt.

Er gab das verabredete Klopfzeichen und wurde eingelassen.

Der Radiotechniker Frantischek, ein kräftiger, untersetzter Mann mit kleinen lebhaften Augen und der wettergegerbten Haut eines Karpartenbauern, gehörte zu Bredas Dreiergruppe. Das andere Mitglied war der Apotheker Podiebradsky. Sie waren gut aufeinander eingespielt und vertrauten einander unbegrenzt, und es gab kaum eine mechanische oder chemische Apparatur, die der eine oder andere von ihnen oder alle drei gemeinsam nicht irgendwie zusammenbasteln konnten.

Sie begrüßten sich.

Breda besichtigte das Aufnahmegerät, das mit einem Mikrophon auf dem Tisch verbunden war. Neben das Mikrophon hatte der gründliche Frantischek ein Glas kaltes Wasser gestellt – »wie in einem richtigen Studio«, erklärte er stolz. »Der Sprecher kriegt immer eine trockene Kehle.«

Podiebradsky, der den Schnaps gebrannt hatte, gegen den das Tonband für Bredas Rede eingehandelt worden war, lachte aus vollem Halse. »Wie eine Primadonna wirst du behandelt. Jetzt mußt du nur noch mit Pfefferminz gurgeln und anfangen mi-mi-mi-mi zu machen!«

»Ich bin kein Heldentenor«, protestierte Breda gutmütig, »und werd auch heut nacht nicht singen, obwohl ich als Junge mal Sopran gesungen habe, in der Kirche.«

Dann lobte er Frantischek: »Da mußt du ja monatelang gestohlen haben, um die ganzen Teile zusammenzubekommen! Eine Schande, daß man das Gerät nur so selten benutzen kann.«

»Es wird sich trotzdem lohnen«, sagte Frantischek.

»Eines Tages wird's ein Museum geben«, begann Breda fast feierlich. »Ein Freiheitsmuseum, Frantischek, ein Museum der tschechischen Revolution. Es wird nicht so tot sein wie das Nationalmuseum und viel interessanter, und wir werden unsere Kinder hinführen. Und auf einem Ehrenplatz im Museum wird dieses Aufnahmegerät stehen, obwohl es primitiv und wacklig aussieht und aus gestohlenen Teilen zusammengesetzt ist. Und ich kann das Zettelchen auf dem Glaskasten schon sehen: Ein einfacher Arbeiter namens Frantischek erbaute diesen Apparat in Monaten fleißiger Arbeit, um seinen Genossen zu ermöglichen, eine wichtige Botschaft über den von den Nazis besetzten Prager Rundfunk durchzugeben.«
»Gar nicht der Rede wert!« sagte Frantischek, freute sich aber sehr.
»Vielleicht soll ich auch die Perücke aufheben, die du morgen tragen wirst?« erkundigte sich Podiebradsky bei Breda. »Ich hatte eigentlich geplant, sie der Witwe Konetzkova zu verkaufen, die nämlich an Haarausfall leidet. Aber das Museum ist natürlich wichtiger, das sehe ich ein.«
»Du bist ein Zyniker«, bemerkte Breda.
»Zyniker hin, Zyniker her – praktisch muß man sein. Weißt du, was ich hier habe?« Podiebradsky deutete auf ein Etikett, auf das säuberlich etwas getippt war. »Abendkommentar –«, las er vor, »und das Datum. Nur für den Fall, daß ein übereifriger Nazi zu sehen wünscht, was für ein Tonband sich in dem Karton befindet, den du morgen ins Funkhaus bringst.«
»Daran hatte ich nicht gedacht!« gab Breda zu. »Noch gut, daß dir's eingefallen ist. Wenn wir die Aufnahme gemacht haben, schlage ich vor, daß wir unseren Plan Punkt für Punkt überprüfen, ob vielleicht auch etwas anderes übersehen wurde . . .«
»Können wir jetzt aufnehmen?« fragte Frantischek.
»Einen Augenblick noch. Ich möchte mein Konzept noch einmal durchlesen.«
Breda setzte sich vor das Mikrophon und überlas die Bogen, die mit seiner sauberen, etwas schwerfälligen Schrift bedeckt waren. Auf dem Papier erschienen ihm seine eigenen Worte kalt und tot. Durch seine Sprache mußte er den ganzen Haß, den ganzen Widerstandsgeist wiedererwecken, die in den Worten gewesen waren, als er sie schrieb. Er dachte an Janoschik, er dachte an Milada, er dachte an die Toten, die in namenlosen Gräbern lagen. Von dem Keller, in dem er jetzt mit zwei der Sache ebenso ergebenen Menschen saß, würde ein Ruf ausgehen, der diese vier Wände und alle Mauern durchdrang. Breda hatte ein fast feierliches Gefühl.

»Fertig, Breda?«
»Fertig, Frantischek.«
Das Band begann abzulaufen.
»Bürger von Prag! Am morgigen Tag sollen zwanzig Geiseln erschossen werden für die Ermordung eines einzigen Nazis, eines gewissen Leutnants Glasenapp. Nur wurde dieser Mann nie ermordet. Er beging Selbstmord.
So bleibt der Gestapo auch nicht das Motiv der kleinlichen Rache für ihre Toten; nein, es handelt sich um nichts als einen Willkürakt, und nach Besatzerwillkür sollen eure Mitbürger eines grausamen Todes sterben.
Denn es gibt kein Recht und Gesetz mehr, nicht einmal ein Nazigesetz. Es gibt keine persönliche Sicherheit mehr für den einzelnen, so friedfertig er auch sei. Euer Leben ist prinzipienlosen, machttrunkenen Mördern auf Gnade und Ungnade ausgeliefert. Sie töten Menschen, wann und wie es ihnen einfällt, sie foltern die Menschen, wann und wie es ihnen Vergnügen macht, und jeden von euch kann es treffen wie Hagel oder Blitz.
Und daher kann es keinen wie immer gearteten Grund mehr geben zu versuchen, mit den Nazi-Besatzern auszukommen. Wir müssen den Kampf aufnehmen gegen sie. Die Arbeit, die sie uns aufzwingen, müssen wir sabotieren, die Züge, die wir für sie fahren sollen, müssen wir zum Entgleisen bringen, und verbrennen und in die Luft sprengen müssen wir die Vorratslager, die sie angelegt haben, die Wagen, die sie fahren, die Häuser, in denen sie wohnen. Vernichtet sie, so wie sie uns vernichten! Schlagt sie, so wie sie uns schlagen! Erwürgt sie, so wie sie uns erwürgen! Liquidert sie, so wie sie uns liquidieren.
Wir oder sie! Bürger! Jeder von uns kann etwas tun, für jeden von uns kommt sein Tag! Nützt diesen Tag – kämpft! Allein oder in Gruppen, kämpft! Bis der letzte der Mörder aus unserem Land vertrieben ist – für immer!«

NEUNTES KAPITEL

Das dramatische Geständnis Prokoschs, er habe Leutnant Glasenapp ermordet, traf Reinhardt völlig überraschend.
Sein ganzer sorgfältiger Plan, seine Arbeit, seine Untersuchungen, seine Kombinationen, seine schicksalsschwere Konferenz mit Heydrich – all das fiel zusammen wie ein Kartenhaus.
Nein, es konnte nicht wahr sein. Es durfte nicht wahr sein.
Dieses Geständnis gefährdete seine ganze Stellung. Er, der so

tat, als suchte er Glasenapps Mörder, hatte in Wirklichkeit alles auf der Theorie vom Selbstmord des Leutnants aufgebaut. Nur so konnte er dem Protektor versprechen, die Geiseln zu liquidieren, Preissinger zu liquidieren und der Bevölkerung eine gründliche und heilsame Lehre darüber zu erteilen, daß vor dem nationalsozialistischen Gesetz ein jeder, reich oder arm, gleich war und die gleiche Aussicht hatte, erschossen oder gehängt zu werden.

Und jetzt hatte er einen Mörder und ein Geständnis. Der Mann, auf den die Polizei angeblich Jagd machte, der Mann, dessen Ergreifung von Rundfunk und Presse laut tönend gefordert wurde, der Mann, auf dessen Haupt laut von ihm, Reinhardt, selbst unterschriebener Bekanntmachung eine Belohnung von 50000 Kronen ausgesetzt war, stand vor ihm und verdarb das ganze Spiel.

Erst jetzt stellte der Kriminaldirektor zu seinem Schrecken fest, wie leichtsinnig er gewesen war. Er hatte sich auf Grubers Bericht verlassen, auf die Beobachtungen eines Einfaltspinsels wie Hauptmann Patzer und auf einen Brief, den Glasenapp in irgendeiner Laune angefangen, aber nicht zu Ende geschrieben hatte. Und auf solche Indizien hatte er seine Überlegungen aufgebaut! Wie konnte man sich selbst nur einer solchen Gefahr aussetzen – der Wut des unberechenbaren Heydrich, dem Spott und Hohn seiner Kollegen vom Fach, dem Schimpf und der Schande und der Strafversetzung, möglicherweise noch an die Ostfront!

»So – Sie haben den Glasenapp also umgebracht!« sagte er keineswegs freudig. Zweifel lag kaum in seiner Stimme, denn wo gab's denn das, daß ein Mensch freiwillig die Strafe auf sich nahm, die der Meuchelmörder eines deutschen Offiziers erhalten würde?

»Jawohl!« erklärte Prokosch fest und sogar stolz.

Reinhardt verfiel in Schweigen.

Er hatte eine Entscheidung zu treffen, und zwar auf der Stelle. Moenkeberg klopfte mit seinem Bleistift gelangweilt auf den Stenogrammblock. Na schön, dachte Reinhardt, diese Aufzeichnungen kann man vernichten. Und Moenkeberg, der treue Moenkeberg, wußte nur zu genau, daß sein Wohlergehen abhing von dem Glück seines Standartenführers. Moenkeberg würde den Mund halten.

Reinhardt beschloß, einen neuen Betrug auf seine alte Fälschung zu pfropfen. Ursprünglich hatte er einen Selbstmord in einen Mord umgezaubert, jetzt hatte er seinen Mörder. Da aber in seine Konstruktion kein Mörder paßte, durfte es keinen Mörder geben. So einfach war das. Er würde den Mörder unterschlagen und ihn

irgendwie verschwinden lassen.
Schade, daß Murtenbacher nicht zufällig in Prag war. So gab es niemanden, dachte Reinhardt, der die Schnelligkeit und das Geschick zu schätzen wußte, mit dem er diesen unerwarteten Schlag pariert hatte. Aber war das nicht immer so im Leben? Man denkt sich die schönsten und größten Gedanken aus, man tut etwas wirklich Kluges und Gescheites, und die Öffentlichkeit erfährt nichts davon, und keiner dankt's einem.
Reinhardts Lächeln kehrte zurück. Er war stolz auf sich und darauf, daß er ein gewissenhafter und tüchtiger Beamter im Dienste Großdeutschlands war.
»Und nun sagen Sie mir mal, was Sie veranlaßt hat, ein Geständnis abzulegen«, forderte er Prokosch auf.

Ja – was hatte Prokosch veranlaßt, ein Geständnis abzulegen? Daß er viel Mut hätte, konnte keiner von ihm behaupten. Er hatte es immer vermieden, in Konflikte verwickelt zu werden, die eine Stellungnahme von ihm verlangt hätten.
Im Nabel des Universums stand der Schauspieler Prokosch, die Welt sein Publikum, das Leben seine Bühne. Man konnte sogar Zweifel daran hegen, ob es ein einheitliches Wesen mit zugehörigem Charakter, das den Namen Karl Prokosch trug, wirklich gab – er war ein Held heute, ein Sünder gestern und morgen ein Heiliger. Wie ein Chamäleon konnte er seine Farben wechseln, konnte Gesichtsausdruck, Denkweise, Eigenschaften ständig verändern.
»Aber das ist doch gerade, was du an mir liebst?« hatte er einmal zu Mara gesagt. »Daß ich eben nicht ein so einseitiges, einheitlich graues Geschöpf bin, sondern mich in meine Rolle übertragen kann – einmal Faust – einmal Ödipus – einmal Lear, aber doch immer faszinierend! Darin liegt meine Größe. Meine Kunst und ich sind eins geworden.«
Mara wußte nie, ob sie solches Gerede bewundern oder darüber lachen sollte. Bewundernswert daran war Prokoschs Fähigkeit, sich selbst auf ein Podest zu stellen und sich dann an seiner gehobenen Stellung zu begeistern. Aber wie lächerlich war sein blinder Egoismus, der nicht sehen wollte, daß er unter seinen Kostümen genauso in Unterhosen dastand wie der König in Andersens Märchen unter seinen eingebildeten Kleidern und daß das Theater nicht die Welt, nicht das Leben war, sondern nur ein Haus mit künstlicher Beleuchtung und hohlen Kulissen.
Wenn sie versuchte, ihn in die Wirklichkeit zurückzuholen, beschwerte er sich: Was habe ich mit der Welt zu tun, von der du immer sprichst. Wenn das die Welt wäre, in der ich leben müßte,

würde ich lieber sterben. Ich betrachte die Dinge mit meinen Augen. Was ich für Grün halte, mag anderen Rot erscheinen. Sehr gut möglich. Aber wo ist der Mann, der weise und unparteiisch genug wäre, um zu entscheiden, wer recht hat? Ich ziehe es vor bei meinem Weltbild zu bleiben, demzufolge ich zu den bedeutendsten Künstlern gehöre. Das entspricht übrigens auch der Vorstellung, die du dir von mir gemacht hast und derentwegen du mich liebst und dein Leben in meinem aufgehen ließest – was nicht als Dank gesagt ist, denn es war ja nur natürlich.
Von diesem Punkt in der Auseinandersetzung an schwieg Mara. Denn an Prokosch zu zweifeln hieß, den Sinn ihres eigenen Lebens zu bezweifeln.
Der Mann also, der sich selbst in Dimensionen hineingesteigert hatte, die gar nicht existierten, hatte im Keller des Gestapo-Gefängnisses zu Prag aufgehört zu sein. Er war an der Wahrheit zugrunde gegangen. Er hatte sich von Illusionen genährt, und als ihm die Wahrheit ins Gesicht gesagt wurde, war die ganze aufgeblasene Gestalt zerplatzt. Seine eigene geliebte Frau hatte ihn betrogen, hatte sich mit einem völlig bedeutungslosen Zeitungsschreiber zusammengetan, und sogar das Kind aus ihrem Leibe war nicht sein Kind.
Er hatte in seiner größten Rolle, im Leben, versagt. Er war ein Hanswurst, eine klägliche Kreatur aus mottenzerfressenen Kostümen, Schminke und einstudierten Phrasen.
In den langen Stunden, die auf seine Niederlage gefolgt waren, hatte er auf seiner Pritsche gelegen und die enge, feuchte Steindekke der Zelle angestarrt und hatte sich allmählich als das erkannt, was er war: ein Narr, und kein Held – und nicht einmal so ein lebenstrotzender, positiver, überzeugender Narr, wie Shakespeare sie erfunden hatte, sondern ein trauriger Hahnrei in einer höchst durchschnittlichen Farce.
Was rührte es ihn, daß die anderen immer verzweifelter wurden, weil der Tod immer näherrückte? Er war jetzt schon tot.
Mitten in diesen Gedanken hatte ihn der Wachposten unterbrochen, der Janoschik zu Reinhardt zum Verhör holte. Prokosch hatte geschwiegen, während die anderen Janoschik Glück wünschten auf seinem schweren Weg und ihm auf Wiedersehen sagten – denn konnte man wissen, ob Janoschik lebend je wiedergesehen wurde? Die Zellentür war schon lange wieder ins Schloß gefallen, bevor Prokosch überhaupt klar wurde, was ihr Klirren bedeutete.
So – war der ungehobelte, ungebildete Bursche also fort und mit ihm seine Geschichten, die vielleicht komisch sein sollten, die im Grunde aber einfach witzlos und vulgär waren. Was rührte es ihn?

Einer mehr, einer weniger. Er, Prokosch, war längst tot und begraben.

So dachte Prokosch, hat man den Janoschik also zum Verhör gerufen. Es wurde auch langsam Zeit, daß die Gestapo anfing zu arbeiten. Bald werde ich an die Reihe kommen. Bitte – mir soll's recht sein. Mir macht's nichts mehr aus. Mich können sie ausfragen, mich können sie umbringen – ich bin einverstanden. Alles ist besser, als bei lebendem Leibe tot oder mit erstorbenem Herzen lebendig zu sein. Bringt mich um, ich werde sie sogar auffordern dazu – nur macht ein Ende, und fertig damit!

Denn wie soll ich weiterleben? Leben heißt doch an etwas glauben. Ich habe an mich selbst geglaubt und an Mara. Idiot, der ich war – an eine Vorstellung habe ich geglaubt, die ich mir von ihr gemacht habe. Und jetzt, da das schöne Bild in tausend Splitter zerborsten ist, ist auch der Glaube an mein erhabenes Selbst in die Binsen gegangen. Unter diesen Umständen dürfte sogar das Gesicht des Henkers nicht unfreundlich erscheinen und das Geräusch der Gewehre, die das Hinrichtungskommando anlegt, nicht unangenehm klingen.

Legt an! werde ich ihnen zurufen – Feuer!

Es könnte eine große Szene sein – meine letzte und größte.

Er stellte sich den Bühnenhintergrund vor – eine öde graue Wand. Die Sonne geht mit rötlichem Glanz auf. Die anderen, kleine Statisten, stehen in dumpfer Verzweiflung herum.

Aber er, der Schauspieler Prokosch, hebt seine Arme mit einer Bewegung, die es allen kalt über den Rücken laufen läßt, und ruft mit voller Stimmgewalt: Legt an! Gebt Feuer!

Oder besser noch – eine Soloszene. Ohne die Statisten. Wozu so viele, die da noch nebenher sterben? Das verdirbt ja nur die große Rolle! Was sie auch immer für Schuld hatten, er nimmt sie auf sich, er, der Held, der sich für die anderen, die kleinen Leute, opfert. Und dann Vorhang!

Jetzt brauchte man nur noch eine Motivierung für das Opfer zu finden. Gerade weil sie ihn so zu Boden geschmettert hatten, mußte er sich erheben und seine alles überwältigende große Menschlichkeit zeigen. So war Jesus gestorben, der die Sünden der Welt auf sich genommen hatte, alle vergangenen und alle zukünftigen Sünden der ganzen Menschheit. Welche Gloriole! Liebe deine Feinde, und stirb sogar für sie.

Wer war sein Feind? Wen haßte er am meisten? Wen konnte er so beschämen, daß es für alle Zukunft langte?

Lobkowitz. Schade, daß der Mann kein größeres Format hatte, aber da kein würdigerer Feind zu haben war, mußte man eben mit Lobkowitz auskommen.

Er, Karel Prokosch, würde durch sein Opfer dem Menschen die Freiheit schenken, der ihm seine Frau gestohlen hatte und der Vater ihres Kindes war. Ein grandioser Gedanke! Den Rest seiner Tage würde der Schurke mit schuldbewußt gesenktem Kopf herumlaufen müssen. Welch großartige Rache!
Der Schauspieler Prokosch würde in seinem eigenen Blut liegen, ein wissendes Lächeln auf seinen Lippen, und würde endlich und endgültig gerechtfertigt sein – durch den Tod.

Reinhardt konnte natürlich keine Ahnung von den Motiven haben, die Prokosch veranlaßt hatten, sein Geständnis abzulegen. In seinen langen Dienstjahren hatte Reinhardt jedoch mit Tausenden von Menschen zu tun gehabt, die aus den verschiedensten Milieus stammten und die verschiedensten Charaktereigenschaften hatten, und er hatte ein für einen Polizeibeamten überraschend großes Einfühlungsvermögen.
Daher hatte er gefragt: Und nun sagen Sie mir mal, was Sie veranlaßt hat, ein Geständnis abzulegen.
Nicht daß er jetzt das Geständnis des Mörders bezweifelte, sowenig es ihm auch in seine Pläne paßte. Aber wenn Prokosch den Glasenapp umgebracht hatte, mußte er einen Grund dafür gehabt haben. Auf welche Weise war der Mord eigentlich begangen worden? Und wieso hatte Prokosch seine Anonymität als einer von zwanzig Geiseln aufgegeben, obwohl er sich doch hinter dieser Anonymität bis zum Schluß hätte verstecken können? Glaubte er etwa, daß durch sein Geständnis die anderen freikommen würden? Natürlich war Reinhardt in seiner langen Praxis solchem positiven Heldentum schon begegnet. Aber er hielt diese Pose für lächerlich und altmodisch. Doch da er nun einmal die Möglichkeit bedachte, ging Reinhardt auch den nächsten logischen Schritt: Wie wäre es, wenn das ganze Geständnis nicht stimmte? Wenn Prokosch ihm etwas vorspielte, um die Geiseln freizukriegen, indem er sich selbst opferte?
»Kommen Sie mal ein bißchen näher hierher!« befahl er Prokosch. Jetzt konzentrierte sich das ganze scharfe Licht der Lampe auf das Gesicht des Schauspielers, aber Prokosch blinzelte nicht einmal, er war an die grelle Bühnenbeleuchtung gewöhnt.
Reinhardt besah sich den Schauspieler. So direkt unter dem Licht sah der Mann noch fahler aus mit seinen Hängebäckchen, den rot umränderten Augen und der mehligweißen Stirn. Auch seine Lippen hatten keine Farbe, und die Bartstoppeln vertieften die Schatten auf seinem Gesicht. Der ist krank, dachte Reinhardt. Vielleicht ist es nur die Zellenluft – kann aber auch eine wirkliche Krankheit sein. Außerdem ist er im Kopf nicht ganz richtig, ein

schwächlicher Intelligenzler, der das bißchen Druck nicht aushält. Aus dem ein paar Tatsachen herauszuholen dürfte nicht zu schwer sein.
»Also, mein lieber Prokosch«, nahm Reinhardt das Verhör wieder auf, »wir möchten da schon ein paar Einzelheiten wissen. Warum erklären Sie uns nicht etwas ausführlicher, aus welchen Gründen und auf welche Weise Sie den Leutnant Glasenapp umgebracht haben? Sie können uns doch nicht bloß mitteilen: Ich habe ihn ermordet! – und damit die ganze Angelegenheit für erledigt halten. Wir sind hier, um um die Wahrheit festzustellen, die ganze Wahrheit. Wenn Sie uns die Wahrheit sagen, haben Sie überhaupt nichts zu befürchten.«
Prokosch, der auf seiner Pritsche genügend Zeit gehabt hatte, sich ein paar Einzelheiten auszudenken, begann mit der traurigen Moritat.
»Er ging mir auf die Nerven. Er war so ein Vieh. Er war ein fieser Kerl und protzte herum, und er war widerlich betrunken. Ich bin ein sensibler Mensch. Da habe ich ihn einfach umgebracht.«
Reinhardt unterbrach ihn: »Machen Sie das immer so? Ich meine – Leute einfach umbringen, weil sie Ihnen gegen den Strich gehen?«
»Nein«, sagte Prokosch, »aber er war ein Nazi und daher die Toleranz nicht wert, mit der man sonst auch die abscheulichsten Typen betrachtet.«
»Hm – eine offne Sprache führen Sie hier!«
»Warum nicht? Mein Leben habe ich verwirkt, das weiß ich, ganz gleich, was ich sage. Es macht mir sogar Spaß, Sie die Wahrheit hören zu lassen.«
Reinhardt nickte. »Die Wahrheit . . ., bitte weiter!«
Prokosch gestikulierte: »Sie selbst gehören zu den Herren. Sie können also nicht wissen, was es heißt, unter Ihrer Herrschaft zu leben.«
»Wetten, daß ich es weiß?« lächelte Reinhardt. »Ich habe einige Phantasie!«
»Man kommt da sehr bald zu einem Punkt, an dem man zu denken anfängt: Den nächsten, den ich von der Bande treffe, mache ich kalt. Nur damit man schon mal los wird, was man in sich aufgestaut hat, all die Worte, die man nicht sprechen, all die Gedanken, die man nicht denken, all die Gefühle, die man nicht haben, all die Taten, die man nicht begehen darf. Es ist wie eine Erlösung, zu töten, zu spüren, wie das Leben aus dem Schuft, den man unter den Händen hat, versickert –«
Er näherte sich Reinhardt noch einen Schritt und sagte plötzlich: »Fürchterlich, was so in einem steckt!«

Reinhardt ließ sich nicht so leicht mitreißen, auch von den leidenschaftlichsten Worten nicht. »Sie sprechen sehr überzeugend«, sagte er. »Schade, daß ich nie die Gelegenheit gehabt habe, Sie auf der Bühne zu sehen. Aber nicht nur das macht Ihr Geständnis so ungewöhnlich. Ich habe in meinem Beruf schon viele Männer und Frauen Geständnisse ablegen hören, aber Sie sind der erste, der es mit soviel Lust und Liebe tut. Stimmt's Moenkeberg?«
Moenkeberg grunzte bestätigend. »Könnten Sie nicht etwas tun, daß er langsamer spricht? Ich hab die größte Mühe mitzukommen.«
»Haben Sie gehört, was Moenkeberg möchte?« fragte Reinhardt. »In anderen Fällen hat er es nämlich nicht so schwer – da stelle ich Fragen und hole die Antworten langsam aus meinen Gefangenen heraus. Dadurch hat Moenkeberg immer Zeit aufzuholen. Aber Sie reden mit soviel Begeisterung – entschuldigen Sie bitte unsere technischen Mängel.«
Prokosch spürte deutlich die Ironie in den Bemerkungen des Gestapo-Chefs. Aber Prokosch wußte nicht, ob der Mann ihm glaubte oder nicht, ob die Geschichte gewirkt hatte oder ob Reinhardt sich über ihn lustig machte.
Tatsache war, daß Reinhardts Zweifel größer wurden, je länger er Prokosch zuhörte. Als Kriminalbeamter hatte er bisher nur in beschränktem Maß mit Schauspielern zu tun gehabt und dachte sich: vielleicht sind sie so. Aber die Möglichkeit, daß Prokosch schwindelte, und zwar in großem Stil und mit großem Getöse, lag doch nahe.
Reinhard war jedoch nicht der Mann, der nun aufsprang und brüllte: Du lügst, du elendes tschechisches Schwein! O nein – er setzte sich bequem zurecht und ließ sich was vorspielen und wartete ab, bis der Lügner, von Reinhardt dem Weisen sanft und unmerklich in die Falle gesteuert, sich in seiner eigenen Geschichte verfing.
»Das wäre also alles, was Sie als Motiv für Ihre Tat anführen können?« erkundigte er sich. »Wenn Ihnen nicht zufällig Glasenapp über den Weg gelaufen wäre, hätte auch jeder andere Deutsche genügt?«
»Jawohl«, sagte Prokosch, »Haß kennt keine Unterschiede.«
»Sie scheinen ja ein ganz gefährlicher Bursche zu sein!««
»Ich dürfte in diese Kategorie fallen, jawohl.«
»Ich habe Sie bereits gefragt, was Sie veranlaßt hat, Ihr Geständnis abzulegen – Sie hatten mir das noch nicht gesagt. Vielleicht könnten Sie's mir jetzt beantworten.«
Prokosch war auch auf diese Frage vorbereitet. Er bewegte seine rechte Hand in einer sehr ausdrucksvollen Geste. »Ihr Kellerge-

fängnis da unten, Herr Kriminaldirektor, ist kaum geeignet, die Lust am Leben zu steigern. Im Gegenteil. Und als ich von Herrn Doktor Wallerstein erfuhr, daß wir alle als Geiseln für Leutnant Glasenapp erschossen werden sollen, falls der Mörder nicht gefunden wird, kam mir ein sehr einfacher Gedanke: Da ich der Mörder bin und so oder so mit meinem Leben zahle, kann ich's auch eingestehen! In dem Fall könnten Sie mir meinen Tod noch unangenehmer machen, gewiß, aber sterben – tut der Mensch nur einmal. Und ich werde wenigstens die Genugtuung haben, daß andere, Unschuldige, Leben und Freiheit wiedererlangen.«
Reinhardt lächelte. Er betrachtete seine Fingernägel und rieb sie am Aufschlag seiner schwarzen Uniform blank. »Sie verlassen sich also auf unsere Anständigkeit?« fragte er. »Auf die Anständigkeit und den Gerechtigkeitssinn derselben Leute, die Sie so tief hassen, daß Sie sie nach Ihrer eigenen Aussage bei jeder sich ergebenden Gelegenheit umbringen würden. Warum sollen wir da Ihren Wünschen entsprechend verfahren? Warum dürfen wir nicht denselben Standpunkt einnehmen, den Sie gerade vertreten haben: Sie beseitigen, wann immer sich die Gelegenheit ergibt? Sie – *und* die Geiseln?«
Unter seinen Lidern hervor beobachtete er die Wirkung, die seine Worte auf Prokosch hatten. Er war zufrieden – der Schauspieler war aus dem Text gebracht, und es gab keinen Souffleur, der ihm die nächste Zeile vorsagen konnte.
»Das können Sie nicht tun!« stotterte Prokosch. »Mein Geständnis haben Sie! Mich können Sie bestrafen! Mich können Sie erschießen!«
»Werden wir, werden wir! Aber zuerst erzählen Sie uns mal, wie Sie Glasenapp ermordet haben. Und darf ich Sie diesmal um die Wahrheit ohne theatralisches Beiwerk bitten – Sie wissen ja, Moenkeberg muß alles nachschreiben.«
Jetzt wurde Prokosch klar, daß nicht er mit der Polizei, sondern Reinhardt mit ihm sein Spiel trieb. Und jetzt verlangte dieser Reinhardt von ihm Einzelheiten, nähere Umstände, Tatsachen – von ihm, der für so etwas nie ein Auge gehabt hatte.
»Wie ich Glasenapp ermordet habe?« protestierte er. »Ich habe ihn ermordet – ist das nicht genug? Muß ich unbedingt bis ins blutige Detail gehen?«
»Plötzlich sind Sie zart besaitet, was? Da wundere ich mich aber wirklich, Prokosch! Jawohl«, Reinhardt war immer noch freundlich, »ich möchte, daß Sie bis ins blutige Detail gehen.«
»Ich kann mich nicht genau erinnern. Alles ereignete sich so rasch, in einer solchen Erregung . . .« Prokosch suchte, den steinharten Mann, der da vor ihm saß, zu erweichen: »Verstehen Sie doch – das

Blut steigt einem auf einmal zu Kopf, man sieht alles völlig verzerrt, und was man hört, klingt schrecklich schrill . . .«
»Sie können mir glauben«, versicherte ihm Reinhardt, »daß ich von Mord und Totschlag und ähnlichem beträchtlich mehr verstehe als Sie. Wie Sie das beschreiben, das stimmt einfach nicht. Gemordet wird meistens ganz kaltblütig und mit Überlegung. Sie möchten doch, daß ich glaube, was Sie sagen, nicht wahr? Nun, als der Mann, dem die Sicherheit von Leben und Eigentum in dieser Stadt anvertraut ist, muß ich genau wissen, was sich abgespielt hat. Und wenn Sie mir's nicht sagen, muß ich annehmen, daß Sie lügen.«
Prokosch wußte nicht weiter. Was er auch immer erfand, konnte nur durch einen ganz großen Zufall zu den Tatsachen passen.
»Glasenapp ging also zur Toilette hinunter. Oben in der Bar hatte er sich schon übergeben, das Zeug lag noch auf dem Fußboden, und er fühlte sich schwach und elend, das konnte ich sehen. Und da bin ich ihm nachgegangen.« Prokosch sprach stockend, nach jedem Satz machte er eine Pause.
»Wann?«
»Wann ich ihm nachgegangen bin? – Ein Weilchen, nachdem der Toilettenwärter heraufgekommen war, um den Fußboden aufzuwischen. Ich rechnete mir aus, daß wahrscheinlich außer Glasenapp niemand weiter in der Toilette sein würde.«
»Sehen Sie, wie recht ich hatte?« bemerkte Reinhardt. »Mord wird immer kalten Blutes begangen. Sie haben die verschiedenen Eventualitäten, wenigstens soweit Sie sie sehen konnten, ganz vernünftig durchdacht. Aber weiter, bitte!«
»Ich ging die Treppe hinunter.«
»Hat nicht jemand bemerkt, daß Sie die Bar verlassen haben?«
»Nicht daß ich wüßte.«
»Waren Sie denn allein ins Parnaß gekommen?«
»Nein, ich saß mit Peter Lobkowitz zusammen.«
»Aha«, sagte Reinhardt. »Bitte weiter.«
Prokosch erschrak. Es war ihm plötzlich bewußt geworden, daß er nun Lobkowitz von seinem Geständnis Mitteilung machen und seinen größten Feind bitten müßte, vor Reinhardt entsprechend auszusagen.
»Weiter! Weiter, bitte!« verlangte Reinhardt.
»Als ich unten ankam, stand Glasenapp über ein Becken gebeugt. Er erbrach sich schon wieder. Es ekelte mich, und mein Entschluß, ihn zu beseitigen, festigte sich noch. Ich glaube nicht, daß er mich gehört hat, als ich hinter ihn trat – er war zu sehr mit sich selber beschäftigt. Ich preßte die Hände um seinen Hals und drückte zusammen, wo es weich war, an der Kehle.« Prokoschs Phantasie

begann zu arbeiten. Er dachte nicht mehr an Glasenapp, den er ja sowieso im Parnaß kaum bemerkt hatte, sondern an Lobkowitz und an die Kehle von Lobkowitz. »Ich drückte und preßte, immer fester, richtig fest! Und plötzlich hing er ganz schlaff. Er war tot.«

»Ganz ohne Kampf?

»Er war betrunken, und ich hatte ihn überrascht, er hat sich nicht gewehrt.«

»Ungefähr so haben Sie ihn gepackt?« Reinhardt legte seine Hände um Moenkebergs dicken Hals, um die Situation anschaulich zu machen.

»Ja, ungefähr so«, bestätigte Prokosch.

»Und was haben Sie dann mit der Leiche gemacht?«

»Die habe ich in den Fluß geworfen.«

»Das heißt, Sie haben den toten Leutnant auf die Mole hinausgetragen und die Leiche in die Moldau gestoßen?«

»Ja.«

»Haben Sie denn nicht befürchtet, daß jemand Sie sehen könnte?«

»Es war ziemlich dunkel draußen. Ich glaube nicht, daß mich jemand beobachtet hat.«

»Also haben wir keine Zeugen . . .« Reinhardt lehnte sich zurück. Dann durchblätterte er das Aktenstück auf dem Schreibtisch, das den Vermerk trug: »Erich Glasenapp, Leutnant.« Der Bericht des ärztlichen Sachverständigen erwähnte keinerlei Druckspuren auf der Leiche. Das abschließende Urteil lautete: Tod durch Ertrinken.

Reinhardt lächelte boshaft. Die Falle war zugeschnappt.

»Ich werde einen Befehl geben müssen, mein lieber Prokosch«, sagte Reinhardt liebenswürdig, »den ich nur ungern gebe. Aber Sie werden verstehen! Wir müssen Sie von Ihren Zellenkameraden isolieren, damit Sie ihnen nichts über unsere so interessante und aufschlußreiche Unterhaltung berichten können. Nun sind unsere Einzelquartiere leider nicht sehr luxuriös – Sie werden sich sogar in einem ziemlich engen Raum aufhalten müssen, in dem man sich nicht hinlegen und nicht einmal hinsetzen kann. Es ist auch dunkel drin, und die Ventilation läßt viel zu wünschen übrig. Wie ich schon sagte, ich tue Ihnen das nicht gern an, und ich gebe den Befehl auch nur im Interesse der Wahrheit. Für den Fall, daß Sie sich entschließen, Ihrem Geständnis weitere Einzelheiten hinzuzufügen oder gar das ganze Geständnis zu ändern oder zurückzuziehen, werde ich veranlassen, daß der Wachposten sich alle drei Stunden nach Ihrem Wohlbefinden erkundigt. Ist Ihnen das so recht?«

Prokosch schloß die Augen – zum erstenmal in seiner langen Karriere als Schauspieler blendete ihn das auf sein Gesicht fallende Licht. Er erinnerte sich, daß Janoschik von solchen stehenden Särgen gesprochen hatte. Und dazu war er nun verdammt. Es wurde ihm nicht leicht gemacht, die große Rolle mit der Soloszene und dem schönen Abgang zu bekommen.
»Nur nicht verzweifeln!« tröstete ihn Reinhardt. »Ich kenne eine ganze Menge Leute, die das durchgemacht haben und denen es gar nichts geschadet hat.« Er klingelte, und die Wachen kamen und führten Prokosch ab.
Noch im Hinausgehen hörte der Schauspieler, wie Reinhardt vor sich hinlachte und sagte: »Moenkeberg – die Sache Glasenapp wird stündlich interessanter. Meinen Sie nicht auch?« Dann schloß sich die Tür.

Jetzt befanden sich nur noch drei der Geiseln in der Zelle: Preissinger, Lobkowitz und Dr. Wallerstein. Und keiner von ihnen konnte Schlaf finden, obwohl die Zelle viel geräumiger erschien und jeder eine Pritsche für sich allein hatte.
Es war stockdunkel, was Wallerstein besonders irritierte. Er konnte nicht schreiben. Er konnte sich nicht in seine kostbaren Beobachtungen und Aufzeichnungen verlieren.
Preissinger warf sich unruhig hin und her. Das Knarren und Knacken und Quietschen, das durch die dauernden Bewegungen seines schweren Leibes entstand, klang zusammen mit dem regelmäßigen Tapp-Tapp-Tapp der Stiefel des Wachpostens draußen auf dem Hof, dumpf, beunruhigend, unheilverkündend.
Lobkowitz' Gedanken waren bei den beiden, die zum Verhör gegangen und nicht wieder zurückgekehrt waren. Alles, was er über die Inquisitionsmethoden der Gestapo und die endlosen, grausamen Quälereien gehört hatte, stand ihm vor Augen; und indem er sich um Janoschik und Prokosch sorgte, fürchtete er gleichzeitig für Peter Lobkowitz, der ja auch bald genug an der Reihe sein würde. Sein Haß gegen Prokosch war verflogen, er spürte ein tiefes Mitleid für den Schauspieler. Wie würde der arme Mensch, der sowieso schon völlig durcheinander war, die Schläge und Schmerzen aushalten? Noch ein Glück, daß es keine besonderen Geheimnisse gab, die Prokosch für sich zu behalten hätte. Das einzige, was selbst die schwerste Folter aus ihm herausholen könnte, wäre das Eingeständnis, daß er nichts irgendwie Wesentliches wußte.
Bei Janoschik verhielt es sich wahrscheinlich anders. Sie hatten nie darüber gesprochen, aber Lobkowitz spürte, daß hinter Janoschik mehr steckte. Und Lobkowitz betete, er betete um Kraft, für

sich und für Janoschik, er betete zu einem Gott, an den er im Grunde nie geglaubt hatte und der, wie ihm seine Vernunft sagte, gar nicht existieren konnte. Und doch betete er – in der verrückten Hoffnung, daß Er, feierlich und väterlich, irgendwo in ganz großer Höhe thronte und daß Worte, die der tiefsten Verzweiflung des Herzens entsprangen, Sein Ohr erreichen würden.

Aber lag in der Tatsache der Verhöre nicht die Möglichkeit, daß man am Leben blieb? Wie, wenn der Fall, den die Gestapo da hatte, doch nicht so hundertprozentig klar und abgeschlossen wäre? Wie, wenn man dem Mörder Glasenapps auf die Spur gekommen war oder ihn gar schon gefunden hatte?

»Wenn der Mann, der Glasenapp umgebracht hat, gefaßt worden wäre – meinen Sie, man würde uns dann freilassen?«

Keine Antwort.

»Haben Sie nicht gehört, Herr Doktor Wallerstein?«

»Ja, ich habe Sie gehört, Lobkowitz.«

»Warum antworten Sie dann nicht?«

»Weil ich mir sehr wenig Hoffnung mache. Wir sind eben die unschuldigen Opfer eines unglückseligen Kampfes zwischen Fanatikern. Wer es auch war, der diesen Glasenapp getötet hat, er wird sich nicht freiwillig bei der Gestapo melden. Die Leute, die sich damit beschäftigen, den Nazis auf die Nerven zu fallen, wissen, daß so etwas Menschenleben kostet. Und wenn Typen wie Preissinger und Sie und ich dabei draufgehen, wird nicht mit der Wimper gezuckt. Wir sind nicht unabkömmlich. Und auf der anderen Seite stehen die Nazis, die ihre Terrorherrschaft aufrechterhalten müssen und daher gar nicht anders können, als uns das Leben zu nehmen. Denn nur so können sie vor aller Welt demonstrieren, was für Kerle sie sind, und weiter Schrecken verbreiten. Es ist eine Art Teufelskreis, und wir sitzen mittendrin.«

»Nehmen wir mal an«, fuhr Lobkowitz trotz der wenig ermutigenden Antwort fort, »daß einer von uns Geiseln der Mörder wäre. Eigentlich ist das sogar ein ganz logischer Gedanke, denn wir waren doch alle im Parnaß, als Glasenapp umkam.«

»Würden *Sie* den Betreffenden denunzieren?« Wallerstein hätte gern festgestellt, bis zu welchem Grad das Moralgefühl dieses jungen Mannes, der doch offensichtlich seine Qualitäten hatte, in diesen wenigen Tagen bereits erschüttert worden war. »Vorausgesetzt natürlich, daß Sie wüßten, wer es gewesen ist? Und vorausgesetzt, daß die Nazis Sie dann freiließen? . . . Nun?«

Lobkowitz überlegte, daß es hier um Tod und Leben ging. Würde er einen anderen Menschen opfern, um sein eigenes Leben zu retten?

Er erwiderte ausweichend. »Da ich nicht weiß, wer Glasenapp

ermordet hat, ist Ihre Frage höchstens von akademischem Wert. Aber ich würde erwarten, daß der Mörder, wenn er sich unter uns Geiseln befände, von sich aus ein Geständnis ablegt. Sein Leben ist sowieso verloren, und uns alle könnte er retten.«
»Sie mögen so etwas erwarten, aber die Menschen entsprechen leider nicht immer unseren Erwartungen, junger Freund.« Wallerstein klemmte die Hände zwischen seine Knie, wie er es oft tat, wenn er ein Symptom, das sich nicht ins Bild der Krankheit einfügen wollte, bedachte. »Ein Mensch wie Preissinger zum Beispiel – der würde doch so einen Mord kaum freiwillig gestehen. Denn in seinem Wesen ist er ein Feigling. Würden Sie nun Preissinger, wenn er der Mörder wäre, der Polizei verraten?«
»Mir mißfällt Ihre Frage, Doktor Wallerstein. Preissinger befindet sich in derselben Lage wie wir ...«
»Alle möglichen Leute können sich in derselben Lage befinden«, erwiderte Wallerstein freundlich.
Preissinger war während des Gesprächs immer wütender geworden. »Ein Sadist sind Sie!« rief er. »Ich weiß ganz genau, daß Sie immer was gegen mich gehabt haben! Sie wollen Lobkowitz nur aufhetzen, daß er mich denunziert, damit Sie Ihren Kopf retten! Aber das sage ich Ihnen: Wenn hier einer lebend rauskommt, bin ich's! Ich werde hier rausgeholt werden, das weiß ich! Jawohl, das weiß ich! Denn ich habe Macht, Einfluß, Verbindungen. Sie werden wahrscheinlich krepieren, und recht geschieht es Ihnen, und der Teufel soll mich holen, wenn mir's um Sie leid täte!«
»Wenn Sie soviel Macht haben«, sagte Wallerstein, »warum sind Sie dann noch hier?«
Preissinger lachte. Lobkowitz fuhr auf – das Lachen klang nach Irrsinn. »Gerade weil ich so mächtig bin«, Preissingers Lachen erstarb, »bin ich hier. Das könnt ihr nicht verstehen, ihr beiden – oder ihr glaubt, ich bin verrückt, was? Aber ich bin eben nicht verrückt, ich weiß sehr genau, was ich sage. Und ihr beide seid ganz unbedeutende kleine Figuren, die überhaupt nur existieren, um hin und her geschoben zu werden. Aber wenn ihr mich anschaut, seht ihr mehr als nur einen Mann – Bergwerke seht ihr, ganze Gebirge! Kohle – das bin ich. Wenn ihr ein Stück Kohle nehmt und es bei euch zu Hause in den Ofen steckt, stellt ihr euch nicht vor, daß ihr's von mir gekauft habt. Aber mir gehört sie, und dadurch gehört ihr und eure ganze lächerliche Gesellschaft mir. Kohle – das bin ich. Und damit zugleich Eisenbahn, Elektrizität, Dampf. Ohne mich dreht sich kein Rad, stampft keine Presse, hebt sich kein Kolben.«
»Klingt sehr eindrucksvoll. Aber bitte, betrachten Sie sich doch selber, wie Sie aussehen und wo Sie sind.«

»Bedeutet gar nichts!« trumpfte Preissinger auf. »Meine eigene Schuld, daß ich in dies Loch geraten bin, und ich werd mich auch selber herausziehen! Sogar zum Minister der Regierung hat man mich machen müssen – wißt ihr wohl nicht mehr?«
»Doch, ich weiß noch«, gab Lobkowitz zu, der diese Dinge als Journalist intensiver verfolgt hatte. »Es war sogar ein ziemlicher Skandal.«
»Skandal – Unsinn! Ihr habt ja gar keine Ahnung, wie widerlich das ist, immer wieder zusehen zu müssen, wie die Herren Politiker einem die beste Wirtschaft zugrunde richten. Da habe ich beschlossen, die Zügel selbst in die Hand zu nehmen. Jetzt will ich Ihnen mal erzählen, wie wichtig das ist, daß man sich selbst kümmert und selbst entscheidet. Wie die großen Vier in München zusammengekommen sind und uns sagen ließen, wir sollten dem Hitler das Sudetenland aushändigen, da war ich doch in der Regierung. Und ich wußte, und wir alle wußten, das bedeutet die Auslieferung der gesamten Tschechoslowakei. Aber wir sind ein kleines Land, und es handelte sich um Fragen, die viel größer waren. Sie sind nicht an politisches Denken gewöhnt, also muß ich es Ihnen erklären. Die Sowjets haben uns Hilfe angeboten, vorausgesetzt, daß wir Widerstand leisten. Wahrscheinlich haben sie sich in Moskau gedacht, kämpfen müssen sie sowieso einmal, und da ist es besser, man hat einen Luftstützpunkt mit knapper Stunde Flugzeit von Berlin. Wir hielten also damals das ganze Schicksal Europas in der Hand. Die Meinung im Kabinett war gespalten, es stand fünfzig zu fünfzig. Aber Kohle – das bin ich. Die Macht – das bin ich. Also bin ich aufgestanden. Meine Herren, habe ich gesagt, wünschen Sie die Nazis im Lande zu haben oder die Rote Armee? In beiden Fällen werden wir etwas verlieren. Bei den Nazis verlieren wir Demokratie, nationale Unabhängigkeit, freie Presse, freie Rede und so weiter – also Werte geistiger Natur. Käme die Rote Armee aber, würden wir sehr konkrete Dinge verlieren. Ich zum Beispiel meine Kohlenbergwerke; Sie, Herr Ministerpräsident, Ihren Grundbesitz; Sie, Herr Blacek, Ihre Zeitungen und Bankkonten. Hilfe von seiten der Sowjets bedeutet, daß all die kleinen Leute, über die wir doch regieren, plötzlich das Haupt erheben und sehr schwierig sein dürften. Aber mit den Nazis kann man sich irgendwie einigen. Wir haben folglich zwischen zwei Übeln zu wählen. Was mich betrifft, ziehe ich die Nazis vor, und ich werde dementsprechend abstimmen.«
Lobkowitz war tief betroffen. Ihm hatten diese Werte geistiger Natur nämlich etwas bedeutet. Und er hatte immer geglaubt, daß seine Regierung, wenn sie auch oft schwächlich war und schwankte, irgendwie den Willen des Volkes vertrat.

Wut machte seine Stimme jetzt ganz heiser. »Sie verdienen, erschossen zu werden – von den Nazis erschossen zu werden!«
»Machen Sie sich nicht lächerlich!« sagte Preissinger. »Sobald die Sache an die richtige Stelle kommt, wird man sich erinnern. Ich habe immer die besten Beziehungen zu den Herren aus Deutschland gehabt. Bevor sie ins Land kamen, gehörte das entscheidende Aktienpaket des Kohlensyndikats diesen Juden, den Petscheks. Sobald aber die Nazis die Herrschaft im Land übernahmen, verschwanden die Petscheks. Ich verschaffte mir das Aktienpaket. Sie sehen selbst – größere Dinge als unser kleines Ländchen standen bei der Regierungssitzung damals auf dem Spiel.«
»Einverstanden«, gab Wallerstein zu. »Aber Sie interessieren mich vom Menschlichen her, Preissinger. Die Aktien, das Kohlensyndikat – essen können Sie das nicht, und einen sexuellen Genuß verschafft's Ihnen doch auch nicht. Sie haben also Ihr eigenes Volk verraten und verkauft – was haben Sie davon? Irgendein besonders angenehmes Gefühl? Eine gewisse Genugtuung etwa?«
»Macht!« sagte Preissinger, »die Gewißheit, daß man ein Drahtzieher ist und nicht einer, der am Draht baumelt, daß man ein Treiber ist und kein Getriebener.«
»Sie sind ja wahnsinnig!« sagte Lobkowitz.
Aber Wallerstein blieb kühl. »Das ist doch«, sagte er, »ein großartiger Witz. Preissinger, der Drahtzieher, Preissinger, der Allmächtige. Und mit all Ihrer Macht haben Sie noch einen Tag und eine Nacht zu leben. Dann verlöschen auch Sie wie jede andere gewöhnliche Kerze, die niedergebrannt ist.«
Und zu Lobkowitz gewandt: »Nun, würden Sie Herrn Preissinger jetzt der Gestapo preisgeben?«
»Wer würde mir dort schon glauben? Dafür kennt man ihn zu gut bei den Nazis.«
»Aber das versichere ich Ihnen, mein lieber Lobkowitz, Preissinger würde sich keineswegs genieren, einen Menschen zu denunzieren, wenn er dadurch sein eigenes kostbares Leben und seine wunderbare Macht retten könnte. Das können Sie doch nur bestätigen?« fragte er den Herrn der Kohle.
Preissinger war erschöpft und in gehobener Stimmung zugleich, er antwortete nicht einmal.
Wallerstein fuhr fort: »Es wäre doch nur eine Kleinigkeit, Herr Exminister, verglichen mit den Großtaten, die Sie schon geleistet haben. Ich möchte sogar sagen, Sie hätten ein Recht, uns zu opfern. Wer sind wir schon? Unbedeutende, winzige Figuren, von denen Sie Hunderttausende hierhin und dorthin zu schieben pflegten. Aber Sie, Preissinger – könnten Sie sich eine Welt ohne

Sie und Ihresgleichen vorstellen?«
»Ich kann sie mir vorstellen!« sagte Lobkowitz. »Und es wäre eine bessere Welt!«
Preissinger kratzte sich den Kopf. »Schließlich sind wir alle Egoisten, nicht wahr? Wenn's zwischen oben und unten zu wählen gibt, möchte jeder oben sein. Aber man muß Fähigkeiten, Initiative, Energie und einen unbeugsamen Charakter haben, um nach oben zu gelangen und sich dort zu halten.«
»Und neben diesen schönen Eigenschaften«, zählte Lobkowitz weiter auf, »absolute Rücksichtslosigkeit, völligen Mangel an Moralgefühl, einen tiefen Glauben an die Käuflichkeit alles Lebenden und den Willen, über Leichen zu gehen.«
»Aber dafür werfen Sie in die andere Waagschale, was wir aufgebaut haben!« verteidigte sich Preissinger. »Die großen Industriewerke, Wissenschaft, Zivilisation, Fortschritt – natürlich kostet das Blut und Schweiß und Menschenleben, aber schließlich vermehrt sich die Menschheit doch schnell genug...«
»So daß man sie also dezimieren kann, indem man die Nazis ins Land holt und den Krieg«, sagte Wallerstein.
Und Lobkowitz rief mit einer Stimme, die sich vor Empörung überschlug: »*Sie* wollen das alles aufgebaut haben? Unsinn! In Ihrem ganzen Leben haben Sie noch nicht einen einzigen Tag ehrliche Arbeit geleistet!«
»Ehrliche Arbeit...«, sagte Preissinger und gähnte. »Ich gebe den Leuten Arbeit und sorge dafür, daß gearbeitet wird!«

Im Rücksitz des großen offenen Stabsautos saßen rechts und links von Janoschik zwei behelmte SS-Männer. Janoschik existierte für sie nur als eine Art Puffer, den man hin und her knufft, wann immer man mehr Platz für den eigenen breiten Hintern zu haben wünscht. Auf dem Vordersitz saßen der Fahrer und Gruber, das Baby, der die ganze Expedition zum Parnaß zu leiten hatte. Keiner der SS-Leute war über die nächtliche Fahrt besonders begeistert. Sie waren aus der angenehm verrauchten Atmosphäre einer Skatpartie in der Wachstube herausgeholt worden, um diesen schlitzäugigen, blöd aussehenden tschechischen Untermenschen in irgendeine Kneipe zu bringen – und das schlimmste war, daß die Kneipe um diese Nachtstunde schon zu sein und daß das Baby vorn dafür sorgen würde, daß es während der Dienstzeit nichts zu trinken gab.
Gruber hatte nur hämisch gegrinst, als er Janoschik wiedersah. Er erkannte ihn sofort – das war doch der Bursche, der am Abend der Geiselverhaftung soviel Sperenzchen gemacht hatte! Jetzt, wo man ihn so schön zwischen die Finger bekam, würde man es ihm

schon heimzahlen.
Der Wagen raste mit heulender Sirene durch die dunklen Straßen. Die paar Fußgänger, die die wilde Jagd sahen, drückten sich eng an die Mauern der Häuser und dachten: der arme Kerl – weiß Gott, was er ausgefressen hat, weiß Gott, was sie mit ihm anstellen werden.
Aber Janoschik war glücklich. Die frische Nachtluft, die ihm ins Gesicht schlug und bei der Geschwindigkeit des Wagens durch seine dünne Jacke hindurchblies, fand er wunderbar. Nach dem dumpfen Gestank in der Zelle bekam man hier wieder einen freien Kopf, und das Herz schlug ruhig und kräftig. Schon dadurch, daß man aus dem Kellerloch heraus war, fühlte man sich beinahe frei. Er summte eine kleine Melodie, die er einmal von jungen mährischen Bauernmädchen gehört hatte – denselben, die so schöne feste Hinterteile und Brüste hatten. Es war früh am Morgen gewesen, und sie waren auf die Felder hinausgegangen, um mit der Ernte zu beginnen. Janoschik war nicht musikalisch, er summte die Melodie falsch, aber dafür um so ausdrucksvoller. Und er erfand sich neue Worte für die lustige Melodie:

Jawohl, ihr Schurken – heut ist der Tag – heute gewinnen wir die Schlacht!
Jawohl, ihr Verbrecher – ich tu meine Pflicht – ich geb die Adresse weiter!
Jawohl, ihr Mordbuben – gegen eure brutale Gewalt – setzen wir List und Standhaftigkeit.
Oh, ihr Faschisten – wie werdet ihr ausrücken – wenn der Boden unter euch anfängt zu krachen!

Als Dichtung taugte das Ganze nicht viel, aber als eine Kampflosung für Janoschik, selbst als eine lautlose, hatte der Text eine triumphierende Kraft.
»Willst du wohl die Fresse halten!« befahl Enzinger, der zu Janoschiks Rechter saß. »Wie kommst du überhaupt dazu, dich hier so fidel zu fühlen!«
»Das liegt an dieser Stadt, an Prag«, erläuterte Janoschik. »Sehen Sie, ich sage der Stadt adieu und auf Wiedersehen, denn morgen wird man mich erschießen. Wenn Sie hier geboren wären und morgen sterben müßten, würden Sie sich nicht auch freuen, Ihre Heimatstadt noch einmal begrüßen zu können?«
Enzinger sah Walters an, der Janoschik von links absicherte. »Findest du dich mit diesem Volk zurecht? Wir erschießen sie, und sie singen noch.«
Walters knurrte: »Sie verstehen überhaupt nicht, was die Stunde geschlagen hat. Das ist eben eine minderwertige Rasse, was kann

man machen. Kultur haben sie nicht und überhaupt nichts. Und wir müssen sie mitten in der Nacht spazierenfahren.«
Der Wagen kreischte um eine Kurve. Sie waren am Fluß angekommen und fuhren jetzt den Moldaukai entlang. Der Mond stand hinter ihnen und warf sein frostigweißes Licht auf den Petschin und den Hradschin am anderen Ufer.
Janoschik erblickte den Fluß, den stillen breiten Fluß, der mit seinen Myriaden winziger Wellchen das Licht der Nacht widerspiegelte – und es verschlug ihm den Atem. Die vielen bitteren Gedanken, die ganze Ironie und all die Härte, die ihm in den Jahren des Kampfes zur schützenden Schale geworden waren, fielen von ihm ab. Und nichts blieb als ein großer innerer Friede und dieses Gefühl: Wie klein ich doch bin und wie unbedeutend im Grunde! Aber die Stadt und der Fluß, das bleibt, das lebt und fließt in ihrem Schatten – wie die Pfeiler der Karlsbrücke, wie die steinernen Figuren am Dom.
Er hatte aufgehört, sich Sorgen zu machen. Er fühlte sich innerlich so stark und seiner selbst und seines Ziels im Leben so sicher, daß Zweifel oder Ängste ihm nichts mehr anhaben konnten.
Sie hatten das Parnaß erreicht und hielten an. Der ganze Bau lag dunkel und verlassen da, auf der Terrasse standen die Stühle umgekehrt auf den Tischen.
Gruber war ausgestiegen und stand mit dem Fuß auf dem Trittbrett, den Ellbogen aufs Knie und das Kinn auf die Faust gestützt – ein in Nachdenken versunkener Feldmarschall. Nur blieb sein Nachdenken ohne Resultate. Schließlich drehte er sich zu Janoschik um und fragte: »Wer hat die Schlüssel?«
»Herr Walzl.«
»Wer ist Walzl?«
»Der Besitzer dieser Gaststätte.«
»Und wo ist der Besitzer dieser Gaststätte?«
Janoschik, der immer noch von seinen zwei Beschützern eingeklemmt war, meinte: »Zu Hause hoffentlich, im Bett bei seiner Ehegattin.«
»Und gibt's denn da keinen Nachtwächter oder Hausmeister oder so etwas?«
»Jawohl. Gibt es.«
»Wo können wir den finden?«
»Hier.« Janoschik nickte. »Hier sitzt er. Ich bin Nachtwächter, Hausmeister, Wärter der Toilette und Mädchen für alles.«
»Warum haben Sie denn das nicht gleich gesagt: wer hat Ihren Schlüssel?«
»Den haben Sie, Herr Offizier.«
Aber Gruber hatte natürlich nicht daran gedacht, die Schlüssel

mitzubringen, die er seinerzeit, als er Janoschik verhaftete, beschlagnahmt hatte.
Sollte er jetzt den ganzen Weg zur Gestapo zurückfahren, dort unter den beschlagnahmten Sachen nach den elenden Schlüsseln suchen und dann noch einmal zum Parnaß kommen?
»Wir werden die Tür einschlagen müssen«, verkündete er und vertauschte seine Feldmarschallspose mit der eines Kompaniechefs vor dem Angriff. »Vorwärts, Leute! Tür aufbrechen!«
»So ist's richtig!« sagte Janoschik, während er dicht hinter Enzinger und Walters hertrottete. »Zeigen wir denen mal, daß wir etwas Wichtiges zu tun haben! So eine Haussuchung macht gar keinen Spaß, wenn nachher niemand sehen kann, daß wir dagewesen sind.«
Enzinger und Walters hieben mit ihren Gewehrkolben drauflos, und da Janoschik an sie gefesselt war, mußte er mit seinen angeketteten Armen dieselben Stöße vollführen – eine Art Marionette, die gerade durch ihre Hilflosigkeit zu einer sonderbaren Parodie auf die beiden Bewaffneten wurde.
Die Tür zersplitterte und gab nach. Gruber und seinen beiden Leibwachen folgend, betrat Janoschik die gespenstisch dunklen Räume. Es lag eine gewisse ausgleichende Gerechtigkeit in der Tatsache, daß ihm, dem Niedrigsten der Niedrigen, jetzt das ganze Haus überlassen war.
»Licht!« brüllte Gruber. »Wo sind denn hier die Schalter?«
Janoschik sah keinerlei Anlaß, sich zu beeilen; je mehr Zeit er im Parnaß vertrödeln konnte, desto weniger würde er in Reinhardts Folterkammer zu leiden haben. Sollte Gruber sich ruhig die Schienbeine einrennen.
»Der Hauptschalter ist unten im Keller«, gab er als helfende Anregung. Zu viert tasteten sie sich vorsichtig die pechschwarzen Korridore entlang, aus denen der Strahl von Grubers Taschenlampe nur einen dünnen weißen Kegel herausschnitt. Und obwohl Janoschik hier jede Ecke und jeden Winkel kannte, tat er ebenso schwerfällig und unbeholfen wie die anderen.
»Enzinger! Walters!« kommandierte Gruber. »Gut aufpassen auf den Gefangenen!« Aber die beiden waren nicht unerfahren und hatten in der Voraussicht, daß ein Schlag seiner mit Handfesseln bewehrten Hände gefährlich werden könnte, ihn bereits fester gepackt.
Für den Bruchteil einer Sekunde hatte auch Janoschik die Idee gehabt: Schlag sie nieder, tritt Gruber in den Bauch, nimm ihnen die Waffen weg und lauf! Wieder frei sein! Er würde sich schon verstecken. In dieser Stadt, deren tausend geheime Winkel er kannte, würde die Gestapo ihn niemals finden. Aber wichtiger

war seine Aufgabe, und die Möglichkeiten, daß er, ein gefesselter Mann, in einem Handgemenge mit drei bewaffneten Schlägertypen gewinnen würde, waren gering. Und was war sein eigenes Leben, verglichen mit den vielen Menschenleben, die er retten könnte, wenn die Munitionszüge in die Luft flogen?

Und dann war plötzlich das Licht da, das scharfe Licht der nackten Birnen in ihren staubigen Fassungen. Sie waren unten im Keller angelangt, in dem Abstellraum, der ein Teil von Janoschiks Königreich gewesen war. Hier standen all die alten Kartons und Kisten herum, die er auf Anweisung von Herrn Walzl hatte aufbewahren müssen, und zerbrochene Stühle und Tische, leere Flaschen, ganze Jahrgänge alter Speisekarten und Lappen, Eimer, Besen, Körbe, Überbleibsel eines Restaurationsbetriebs. Hier etwas – und gar einen Brief! – suchen zu müssen, mußte jedem Polizisten Alpdrücken verursachen.

Aber Gruber war noch nicht lange bei der Polizei und daher guten Mutes. »Also – los!« sagte er und sah auf seine Uhr.

Janoschik, der immer noch an Enzinger und Walters gefesselt war, ging mit ungeheurem Eifer an die Arbeit. Seine zwei Anhänger immer hinter sich, machte er sich an die Kisten und Kartons. Ganze Wolken dicken Staubes stiegen auf. Er schob die Kisten hin und her, er stolperte über die Flaschen, er stieß und schleuderte die alten Möbel mit einem Gleichmut herum, der bewies, daß er keinerlei Respekt für das Eigentum seines Brotgebers hatte.

Gruber flüchtete bis zur Tür. Aber Enzinger und Walters mußten auf ihren Posten ausharren. Ihre Lungen füllten sich mit Staub, die Augen tränten ihnen, ihre Gesichter wurden immer schmutziger. Janoschik, der ihnen vorführte, wie man etwas ehrlich sucht, kannte keine Gnade.

»Es muß sich doch finden«, murmelte er immer wieder. »Es muß sich doch finden. Was wird denn sonst der arme Herr Kriminaldirektor sagen, wenn wir ohne das wichtige Dokument zurückkommen? Also jetzt mal hier in der Ecke – vielleicht ist es hier?« Und die Stöße von Speisekarten fielen um, so daß man jetzt auch noch durch Papier hindurchwaten mußte. Janoschik warf sich auf die Knie. »Es muß sich doch finden!« Und rechts und links flogen die alten Speisekarten in die Höhe, während er sich tiefer und tiefer in das Gerümpel hineingrub.

Enzinger und Walters waren am Ersticken. Die Disziplin, die ihnen eingedrillt worden war, begann nachzulassen. Sie kamen fast in eine Stimmung, die an Meuterei grenzte. Gruber hielt sich sein Taschentuch vors Gesicht und nahm diese improvisierte Gasmaske nur ab, um rasch einmal an seiner Zigarette zu ziehen. Aber weder Enzinger noch Walters konnten sich solchen Luxus leisten.

Schließlich stellte Enzinger laut und so, daß Gruber es hören mußte, fest: »Das ist doch Quatsch! So sucht man doch nicht nach etwas, so versteckt man's doch!«
Und Walters stöhnte: »Diese gottverfluchten Verrücktheiten von diesem Mistkerl!« – wobei er unklar ließ, ob er sich auf Janoschik, Gruber oder Standartenführer Reinhardt bezog.
Gruber hatte jedoch nicht nur gefaulenzt, er hatte nachgedacht. Jetzt beschleunigte er die Tätigkeit seines Gehirns und kam zu einem Ergebnis. »Halt!« sagte er. »Wenn wir so weitermachen, sind wir morgen nachmittag noch hier. Systematisch müssen wir vorgehen! Systematisch!« wiederholte er seinen Gedanken, den er bei einer der Lektionen aufgeschnappt hatte, die Reinhardt ihm gelegentlich erteilte.
Die vier Männer kamen am Eingang des Abstellraumes zusammen. Dort hielt sich der Wirrwarr noch in solchen Grenzen, daß man stehen konnte. Der Kriegsrat begann mit einer Wiederholung der Forderung Grubers, man müsse von jetzt an systematisch vorgehen. Aber Janoschik unterbrach ihn, indem er bescheiden erklärte, das beste System wäre doch wohl, wenn jeder etwas täte. Diese Äußerung fand gewissen Anklang bei Gruber, der sich an die Ansprachen seiner Führer erinnerte, in denen zu Nutz und Frommen des kleinen Mannes von der Volksgemeinschaft im Nationalsozialismus die Rede gewesen war. Und da Gruber als dem Leiter der Expedition sowieso die Rolle des Aufsichtführenden zufallen würde, hatte er keine Einwände dagegen. »Also teilen wir den Raum in drei Abschnitte«, ordnete er an. »Enzinger nach links, der Gefangene in der Mitte und Walters nach rechts. Dann kämmen wir den Raum der Länge nach durch, Zentimeter um Zentimeter.« Er zog seine Pistole aus dem Halfter und fügte hinzu: »Ihr könnt den Gefangenen jetzt loslassen, beim ersten falschen Schritt, den er macht, knallt's.«
Janoschik hielt die Zeit für gekommen, ein paar anerkennende Bemerkungen zu machen. »Ausgezeichnet finde ich das«, erklärte er laut, »ich wäre nie auf den Gedanken gekommen, so ein praktisches System zu erfinden. Jetzt werden wir den Brief schon bald haben...«, um dann etwas nachdenklicher hinzuzusetzen, »wenn er hier in diesem Raum sein sollte.«
Gruber, der noch an den Nachwehen der Geburt so komplizierter Anweisungen laborierte, überhörte dieses letzte »Wenn«. Aber Enzinger und Walters vernahmen es nur zu gut und gerieten in düstere Verzweiflung und Wut über die Aussicht, zusammen mit Janoschik diesen Dreck durchwühlen zu müssen. Und sie ließen ihre Wut an ihm aus, indem sie ihm die Handschellen so schmerzhaft wie möglich abnahmen.

Janoschik jedoch blieb freundlich. Er sah sie mit seinem liebenswürdigsten und wohlwollendsten Lächeln an und verbarg dahinter seine Schadenfreude darüber, daß es ihm gelungen war, diese beiden Exemplare der Herrenrasse zu etwas Arbeit zu veranlassen.
Eine lange Zeit wurde nun intensiv, aber ohne Ergebnis gesucht, und ein mächtiger Durst befiel sie. Enzinger und Walters wurden immer nervöser und bösartiger, besonders nachdem sie bemerkten, daß Janoschik bei dem friedlichen Wettbewerb mehr und mehr hinterherhinkte. Also begannen sie ihn zu stoßen und zu knuffen und zu schlagen, sooft sie nur konnten, und Gruber, die Zigarette im Mundwinkel, sah sich das gleichgültig an.
Schließlich hatte Janoschik diese außerdienstlichen Prügel satt und erklärte, ohne ein anständiges Glas Bier ginge es eben doch nicht so richtig vorwärts. Die Bar oben, sagte er, sei offen und er wisse, wie man an alles herankäme, er habe dem Kollegen hinter der Bar schon so oft zugeschaut, daß er ohne weiteres den Ausschank bedienen könne. Enzinger und Walters schlossen sich dieser Forderung an.
Gruber schwante nichts Gutes. »Du willst uns wohl besoffen machen, was?« grinste er. Ob Janoschik vielleicht der Meinung sei, er befände sich auf einer Vergnügungsreise? So eine ausgewachsene Frechheit und Unverschämtheit!
Janoschik ließ sich nicht entmutigen. Irgendwann, und nicht zu spät, mußte er das Trio in die Toilette hineinsteuern, damit er dort das Zettelchen mit der Adresse von Watzlik im Arzneikasten verschwinden lassen konnte. Da würde es nichts schaden, wenn die Stimmung seiner Begleiter etwas gehoben war.
»Aber wieso denn«, erzählte er Gruber, »derartige Gedanken liegen mir völlig fern. Man weiß doch, daß die Herren, die bei der deutschen Polizei arbeiten, im Kampf geschult sind und von ein paar Glas Bier nicht umkippen.«
Es waren nicht sosehr die Argumente Janoschiks als die sauren Gesichter von Enzinger und Walters, die Gruber von den Vorteilen des Biers überzeugten. Er wollte seine Leute bei Laune halten.
»Na schön«, sagte er, »auf zum Bier!« Und sie marschierten die Treppe hinauf, auf der Janoschik – vor langen Jahren, wie es ihm schien – dem Leutnant Glasenapp zum ersten- und letztenmal in seinem Leben begegnet war.
Oben in der Bar begab sich Janoschik hinter den Schanktisch und begann zu bedienen – zuerst Gruber, dann Enzinger und dann Walters. Er machte das mit Schwung und freute sich schon auf den Augenblick, da er sich selber ein Glas mit dem kühlen Bier

einschenken würde, um sich seine trockene Kehle noch einmal im Leben zu begießen. Gruber ließ ihn auch das Glas ruhig füllen, aber als Janoschik es an die Lippen setzen wollte, sagte er: »Nein, mein Lieber – Sie nicht!« und knallte Janoschik eins mit der Reitpeitsche über die Hand, so daß Janoschik das Glas fallen ließ und das Bier über den sauber polierten Schanktisch floß.
Enzinger und Walters brüllten vor Lachen. Janoschik biß sich auf die Lippen. Sein Blick begegnete dem Grubers, und in dem winzigen Moment, bevor Janoschik seine Lider senken konnte, erkannte das Baby den ganzen Haß, der in den Augen des Gefangenen brannte.
»Ich kenne den tieferen Sinn der Mondscheinfahrt zum Parnaß nicht, die der Herr Kriminaldirektor angeordnet hat«, sagte Gruber, »aber daß du keinen Spaß daran hast, dafür werde ich sorgen. Noch eine Runde, los!«
»Noch eine Runde!« kam das Echo von Enzinger und Walters.
Janoschik gehorchte. Viel älter als zwanzig Jahre, dachte er, ist der ganze Bursche nicht. Ein richtiges Babygesicht, rosa Bäckchen, Kulleraugen. Wie bringen sie das fertig, soviel Gemeinheit schon in so jungen Leuten zu erzeugen? Es gehört doch fast eine Wissenschaft dazu, einem Jungen in derart kurzer Zeit diese Grausamkeit beizubringen. Und indem er seinen eigenen Durst unterdrückte, setzte er die frisch gefüllten Gläser vor seine Peiniger. Vielleicht wird es gar nicht mehr nötig sein, überlegte er, solche Leute umzuerziehen. Mit denen, die schon so verdorben sind wie der da, wird kaum noch etwas anzufangen sein, und man wird dementsprechend zu verfahren haben. Er wischte das verschüttete Bier vom Schanktisch. Wieviel Blut, fragte er sich, wird noch fließen müssen, bevor die Welt so ist, daß man in ihr wie ein Mensch unter Menschen leben kann?
»Sie möchten wohl gern einen trinken?« erkundigte sich Gruber. »Das Bier ist einigermaßen!«
»Ja, möchtest du nicht?« wieherten Enzinger und Walters.
Janoschik zog seine Augenbrauen hoch: »Ich bin beim Nachdenken!«
»Er ist beim Nachdenken!« parodierte Gruber. »Ausgerechnet er!«
»Daher bin ich Ihnen dankbar für Ihre Vorsorge, die mich vor dem Zustand der Trunkenheit bewahrt. Ich hätte nämlich beinahe schon vergessen, daß ich hier bin, um den Brief des Herrn Leutnant Glasenapp zu suchen.«
»Noch ein Bier!« forderte Gruber.
»Und jetzt weiß ich, daß der Brief überhaupt nicht im Abstellraum sein konnte.«

»Was?« riefen die drei wie aus einem Munde.
»Ein Freund von mir, ein gewisser Vladislav Peterka, hat auch an gelegentlichem Gedächtnisschwund gelitten. Eines Tages hat seine Frau ihm gesagt, er soll ein Reinigungsmittel mitbringen für ihre Zähne, denn sie hatte ein schönes und vollständig falsches Gebiß, sehen Sie ...
»Willst du etwa damit sagen, daß wir deinetwegen für nichts und wieder nichts in dem Dreck herumgewühlt haben?«
»Also ist der Vladislav Peterka zur Arbeit gegangen, und erst auf dem Heimweg hat er sich erinnert, daß er etwas für seine Frau mitbringen sollte. Aber er hat vergessen gehabt, was es war.«
»Du glaubst wohl, du kannst uns auf den Arm nehmen, was!« brüllte Enzinger.
»Und er hat nachgedacht und nachgedacht – vielleicht hat sie Haarnadeln gewollt? Oder Kartoffelmehl? Oder Insektenpulver? Er war gerade wie verzweifelt.«
»Antworten sollst du, du Hund, antworten!«
»Also ist er mit leeren Händen nach Hause gekommen. Aber den Moment, wie er sieht, wie seine Frau ihren großen, breiten Mund aufmacht und wie ihm die falschen Zähne ins Gesicht starren, hat er wieder gewußt, was er vergessen hat – das Reinigungsmittel nämlich!« lachte Janoschik.
»Regt euch man nur nicht unnötig auf«, sagte Gruber unheilverkündend zu seinen zwei Untergebenen, »den werden wir uns schon kaufen.« Und zu Janoschik sagte er mit betonter Zurückhaltung: »Was für ein Zusammenhang besteht, bitte, zwischen dem falschen Gebiß Ihres Freundes Peterka und dem Brief des Leutnants Glasenapp?«
»Aber das liegt doch klar auf der Hand«, setzte Janoschik ihm auseinander. »Wie ich gesehen habe, daß Sie mir das Bier nicht gönnen wollen und mich auf die Hand geschlagen haben, da ist mir's gegangen wie meinem Freund Peterka, wie er das falsche Gebiß von seiner Frau gesehen hat. Ich hab mich plötzlich erinnert an neulich, wo Sie mich verhaftet haben. Da haben Sie nämlich genauso ausgesehen. Und ich hab ich erinnert, daß ich überhaupt gar nicht mehr in den Abstellraum gekommen bin, nachdem der selige Herr Leutnant mir seinen Brief gegeben hat, und daß der Brief daher in der Toilette sein muß.«
Gruber und seine beiden Mitkämpfer hatten nur einen Wunsch – diesen grinsenden Idioten kurz und klein zu prügeln. Gruber hatte zwar selbst keinen Handgriff getan, war aber dafür um so empörter. Außerdem argwöhnte er irgendeine Ironie in der Geschichte von Herrn Peterka, obwohl er nicht genau sagen konnte, worin eigentlich das Beleidigende lag.

Dennoch hielt er sich und seine Leute zurück. Die Anweisungen, die er von Reinhardt empfangen hatte, waren genau und bestimmt gewesen: dafür zu sorgen, daß Janoschik den Brief von Glasenapp fand. »Es gibt Methoden«, sagte das Baby düster, »um auch mit so etwas fertig zu werden!« Und indem er die Erfrischungspause für beendet erklärte, befahl er: »Auf zur Toilette – vorwärts, marsch!«
Sie gingen wieder nach unten. Janoschik tastete nach dem Zettelchen in seiner Tasche. Der Moment, von dem alles abhing, war gekommen.
Der säuerliche Toilettengeruch, halb Urinduft, halb Desinfektionsmittel, umfing sie.
Janoschik betrat jede der vier kleinen Zellen und machte sich in jeder einzelnen geräuschvoll zu schaffen – er klapperte oben auf dem Wasserbehälter herum, er nahm die hölzernen Kästchen mit dem zerschnittenen Zeitungspapier ab und suchte sogar hinter den Sitzen. Er wollte den Eindruck erwecken, daß er brav und eifrig auch den entferntesten Winkel durchstöberte.
Und während er sich in der letzten Kabine befand, griff er rasch in die Tasche, holte das Zettelchen mit der Adresse von Watzlik heraus und hielt es so, daß es sich flach an die leicht gekrümmte Innenfläche seiner Hand schmiegte.
Dann ging er zu dem Arzneikasten und durchsuchte ihn von oben bis unten, und in die hinterste Ecke des untersten Fachs ließ er das Zettelchen fallen. Er hoffte, daß der Eisenbahner mit dem kahlgeschorenen Kopf es noch rechtzeitig finden würde. Er hörte, wie ihm das Herz gegen die Rippen hämmerte. Die drei Nazis beobachteten ihn, es war ihm, als spürte er ihren Blick in seinem Nacken, und er fragte sich immer wieder: Haben sie's bemerkt? Sie rührten sich nicht, sie waren beängstigend still. Seine Nerven waren so gespannt, daß er sich fast nach dem, was kommen würde, sehnte – nur damit die unerträgliche Spannung endlich aufhörte.
Er wußte, er war verloren, wenn sie auch nur das leiseste Anzeichen von den Gefühlen, die in ihm tobten, merken würden. Mit beinahe übermenschlicher Energie unterdrückte er das Zittern seiner Hände, und schloß den Arzneischrank mit einer so gleichgültigen Bewegung, als sei es für ihn höchst alltäglich, Meldungen für die Untergrundbewegung direkt vor den Augen der Gestapo zu übermitteln.
Als er sich umwandte, sah er, daß keiner seiner drei Wächter etwas gemerkt hatte. Auf ihren Gesichtern zeichneten sich Verachtung und arrogante Ungeduld ab, aber noch kein Verdacht. Zutiefst erleichtert begann er, seinen Schuhputzkasten zu durchwühlen und dann das Schränkchen, in dem er Handtücher, Seifenersatz

und Handbürsten aufbewahrte – und danach gab es keine Stelle mehr, an der man noch hätte suchen können. Von jetzt hieß es, mit der Gestapo und allem, was sie einem antun konnte, fertig zu werden. Seine Arbeit war getan.

So stand er denn vor den drei grinsenden Uniformierten und zuckte die Schultern, ein Bild völliger Hilflosigkeit.

Gruber schob ihn wortlos beiseite, hinein in die Arme von Enzinger und Walters, die ihn packten und festhielten, daß es schmerzte. Das Baby hatte auch seinen Ehrgeiz, und sein Detektivinstinkt war erwacht; er traute weder Janoschiks Augen noch seinen guten Absichten und wollte die Sache nun mal selber prüfen.

Im Schrank fand er nichts Interessantes. Auch in dem Schuhputzkasten, den er wütend umstieß, so daß alles darin über den Fußboden flog, war nichts.

In Janoschiks Hirn arbeitete es fieberhaft. Das Schicksal von Tausenden hing davon ab, wie scharf Grubers Blick war.

Das Baby näherte sich dem Arzneikasten.

Wenn der Kerl doch bloß mehr gesoffen hätte! Janoschik mußte sich irgendwo anlehnen und stützte sich auf Enzinger.

Glück! Nur ein ganz klein wenig Glück.

Dann erblickte Gruber über die Flaschen und den Verbandsstoff und die Watte hinweg das Zettelchen.

Er nahm es heraus, hielt es zwischen seinen Fingern – unendlich lange, wie es Janoschik schien – und las es schließlich.

Seine Brauen zogen sich zusammen. »Was ist denn das?« fragte er, und in seiner Stimme lag immer noch mehr Neugierde als Verdacht. Für Janoschik aber war jedes Wort wie ein Schlag.

»He!« rief Gruber Jonoschik zu. »Komm mal her!«

Janoschik hatte ein Gefühl, als ob er keine Beine mehr hätte. Später, während der Stunden, in denen sie ihre Wut an ihm ausließen, dachte er auch darüber nach, wie er es fertiggebracht hatte, in diesem Augenblick zu Gruber hinzugehen.

Gruber hatte keine Ahnung, wie wichtig das Zettelchen war, mit dem seine Finger da spielten. Doch er gefiel sich als Großinquisitor.

»Und was soll das heißen, bitte?« fragte er drohend.

»Das?« sagte Janoschik heiser. »Oh, das? Nichts, nichts von Bedeutung!«

Gruber schlug mit voller Wucht zu. Janaoschik dachte, das Trommelfell zerspränge ihm. »Wenn ich dich was frage«, verkündete das Baby, »dann ist es von Bedeutung – verstanden?«

»Jawohl, Herr Offizier.«

»Also?«

»Es ist eine Adresse.«
»Lesen kann ich auch. Die Adresse von wem?«
Janoschik zögerte. »Die Adresse von einem Arzt – einem Arzt für Geschlechtskrankheiten. Wir haben die Adresse hier für alle Fälle. Brauchen Sie sie?«
Janoschik sah die Faust Grubers zum zweitenmal, riesig. Der Hieb landete auf demselben Ohr, der Schmerz darin und das dumpfe Klingen steigerten sich noch.
»Tschechenschwein!« brüllte Gruber, zerknüllte das Zettelchen und warf es auf den Fußboden. »Schluß mit der Komödie!« Gruber tobte. »Jetzt aber zurück mit ihm ins Loch! Wir werden ihm zeigen, was es heißt, mit uns zu spielen!«
Janoschik schloß die Augen und holte tief Atem.
Das zerknüllte Stückchen Papier lag vergessen. Es blieb auf dem Fußboden der Toilette im Parnaß, als wäre es völlig harmlos und durch Zufall da.
Enzinger und Walters, von Gruber noch angetrieben, hetzten ihren Gefangenen zu dem Wagen zurück.
Für einen Augenblick schien es Janoschik, als hätte er einen Schatten gesehen, der sich von einer Haustür auf der gegenüberliegenden Seite der Straße löste. Und etwas an der schattenhaften Gestalt kam ihm bekannt vor. Es war ein Mann gewesen, hochgewachsen, aber unbeholfen in der Bewegung – wie der Eisenbahner mit dem kahlen Kopf.

ZEHNTES KAPITEL

Gerade durch seine Abwesenheit kam Janoschik Dr. Wallerstein stärker ins Bewußtsein.
Wallerstein betrachtete alle Menschen, die ihm über den Weg liefen, als Patienten – wenn sie es noch nicht waren, würden sie es eines Tages sehr wahrscheinlich werden. Aber mit Janoschik war ihm jemand begegnet, der sich nicht in den Rahmen und die Kategorien seiner psychoanalytischen Künste einfügen wollte. Es war Wallerstein nicht gelungen, bei Janoschik auch nur ein Fünkchen Furcht zu entdecken.
Dies war ein neuartiges Phänomen, und Wallerstein kam nicht so ohne weiteres daran vorbei. Seinen ersten noch oberflächlichen Beobachtungen zufolge hatte er Janoschik unter die sozial unterentwickelten Typen eingruppiert: ein primitiver Mensch. Entweder war die Psyche des Mannes empfindungslos, oder sie war durch irgendwelche Zufälle dem Druck und den Belastungen des

20. Jahrhunderts nicht in dem Grad ausgesetzt gewesen, wie die der anderen Geiseln – seine, die Psyche des Arztes, nicht ausgenommen.

Später jedoch verwarf Wallerstein diese Theorie. Er wußte, je primitiver der Mensch, desto mehr fürchtete er sich und desto vielfältiger sind seine Ängste; und er konnte daher nur zu einem Schluß kommen: Janoschik war im Vergleich zu ihm selbst und den anderen Geiseln in der Zelle nicht etwa der primitivere, sondern der zivilisiertere Mensch. Janoschik war innerlich ausgeglichen und lebte mit sich selbst im Frieden – einem Frieden, der für Wallerstein unerreichbar war.

Diese Entdeckung war dem Arzt durchaus nicht angenehm. Sie warf alles über den Haufen, was er gelernt hatte. Furcht, Furcht vor dem Tode, der Abwehrmechanismus gegen die Furcht, Flucht vor der Furcht – darin hatte er stets die Grundlagen seiner Analysen und Diagnosen gesehen. Was der Mensch auch tat, irgendwo saß die Furcht und trieb ihn.

Sämtliche Gesetze der menschlichen Gesellschaft entstammten der Furcht: Furcht, daß jemand kommen und Besitz, Eigentum, Macht rauben könnte. Die Nazis mordeten aus Furcht, selber ermordet zu werden. Und die alles Normale überschreitende Brutalität des politischen Terrors, dem er und die anderen in seiner Zelle bald genug zum Opfer fallen würden, entsprang der Tatsache, daß bei den Nazis auch die Furcht die Grenzen des Normalen weit überschritten hatte.

Der Krieg, soviel war Wallerstein klar, war begonnen worden, weil gewisse sehr mächtige Interessengruppen noch mehr Macht haben wollten. Aber warum wollten sie noch mehr Macht haben? Warum genügte ihnen die ungeheure Menge an Besitz, die sie bereits hatten, immer noch nicht? Weil sie Furcht hatten, eine schreckliche Furcht, daß die Völker sich erheben und ihnen einen Teil ihrer Macht nehmen könnten. Und daher begaben sich diese so mächtigen Leute sozusagen in Treuhand, sie übergaben die Staatsmacht den übelsten Strolchen im Lande und verlangten dafür nur eines: das Versprechen, daß sie behalten durften, was sie besaßen, und daß ein Krieg vorbereitet werden würde, der ihnen noch mehr einbringen sollte – noch mehr Land, noch mehr Industrieanlagen, noch mehr Menschen zum Ausbeuten. Das nannte man Faschismus, und es beschränkte sich keineswegs auf Deutschland. Preissinger war ein Beweisstück dafür. Er, der Tscheche, hatte die deutschen Strolche ins Land gerufen, um sich vor dem, was er am meisten fürchtete, zu schützen. Daß seine Spekulation schiefgegangen war, änderte in keiner Weise die Gültigkeit seiner Motive.

Diese ganze Welt, in der die Menschen einander zu Millionen umbrachten, war ein Produkt der Furcht. Der kleine Mann fürchtete um seine Arbeitsstelle, seine Ersparnisse, sein bißchen Essen, und im Kampf um diese erwuchs in ihm eine noch größere Furcht: daß das ganze Leben ein einziger Teufelskreis war, in dem man sich abhetzte, um die Familie und sich selbst zu füttern, ohne eigentlich je zum Leben zu kommen. Und daraus erwuchs Hysterie.
Und dann gab es bei den Männern und den Frauen die Angst vor dem Nichtweiterbestehen. Da sie alle in Furcht vor dem Tode lebten, stürzten sie sich in die Liebe. Sie krochen einander in die Arme, säten schlechte Saat in schlechtem Boden, paßten nicht zueinander, jagten jede Schürze, die ihnen in den Weg kam, oder jedes paar Hosen, hurten und besoffen sich. Wer noch ein bißchen Gefühl und Würde hatte, verlor sie rasch genug, aber die meisten hatten von vornherein kaum welche besessen. Und auch daraus erwuchs schließlich nichts als Hysterie.
Viele suchten Zuflucht in der Religion. Da das Leben nun einmal so war, erschien der Gedanke von einer besseren und friedlicheren Welt jenseits dieses Jammertals doch sehr trostreich. Nach Gott und dem Himmel griff man, um dem Teufel zu entgehen, der da Furcht hieß. Aber am Ende holte einen der Teufel doch, denn Gott schien sich hartnäckig zu weigern, sich mit kleinen Angelegenheiten zu befassen, und jedesmal, wenn die Situation kritisch wurde, überließ er die Menschen sich selbst. Und als Resultat wieder: Hysterie.
So erfand man immer wieder neue Mittelchen gegen die Furcht. Die einen glaubten an Astrologie, die anderen, sie wären das auserwählte Volk – auserwählt, andere zu quälen oder selbst gequält zu werden. Die einen glaubten an große Führer und die anderen an gar nichts. Und am Ende standen Hysterie, Symbole, Fahnenschwenken, Morden und Sterben.
Als seinerzeit das Reich der Dinosaurier seinem Untergang entgegenging, als unerträgliche Hitze und Sandstürme die schönen feuchten Sümpfe austrockneten und das Grasland verdorren ließen, auf denen jene Wesen groß und mächtig geworden waren, da begannen auch sie mit ihren dumpfen Hirnen die Suche nach einer Lösung. Sinnlos durchzogen sie Kontinente, die zu Wüsten geworden waren, starben auf dem Marsch und ließen einer staunenden und schaudernden Nachwelt ihre Skelette zurück.
War eine ähnliche Zeit angebrochen für die Menschheit? War vielleicht eine ganz eigene Art von Hitze entstanden, unter deren Einfluß sich neue Massenpsychosen bildeten? Und zog man, jenen längst versunkenen Todeskarawanen gleich, sinnlos hierhin

und dorthin und benutzte Flugzeuge, Radios, Maschinen, Gehirne nur, um einander zu vernichten? Wie weit war man schon marschiert auf dem großen Treck, von dem keiner zurückkehren würde? Was für ein Recht haben wir, uns über einen Hitler zu beschweren, der nur die schreckliche Frucht unserer eigenen Panik ist?
Und ich selbst, wie lächerlich ich bin, der ich die Krankheit erkenne und sie doch nicht heilen kann! Was für Ärzte sind wir, die wir nicht heilen können oder nur Teilchen heilen können, den einen oder den anderen, aber nicht die Millionen Männer und Frauen, die sich wahrscheinlich ihres Zustands nicht einmal bewußt sind? Ich bin doch selber voller Furcht – Furcht vor dem Tode. Alle meine Gedanken, solange mein Hirn noch lebt, kreisen immer wieder um diese Furcht. Ich schreibe meine Beobachtungen nieder in der Hoffnung, daß jemand sie irgendwann lesen und weitervermitteln wird und dadurch etwas von dem, was ich war, in sich aufnimmt und mich in ihm weiterleben läßt. Ich bin bescheiden geworden – und selbst dieser bescheidene Ruhm, diese kümmerliche Unsterblichkeit sind wahrscheinlich Illusionen, geschaffen von meiner eigenen Furcht vor dem Tode, vor dem Nichts.
Darum eben verstehe ich einen Janoschik nicht. Ich *weiß*, woran er glaubt: an sich selbst. Er glaubt an sich selbst als einen Teil einer Menschheit, deren Existenz Sinn hat, als eine Zelle in einer Welt, deren Bestand und Zukunft ich bezweifeln muß. Nach meinen Erfahrungen lohnt es sich nicht, auf die Menschen zu hoffen und auf ihre Fähigkeit, etwas Neues und Besseres aus den Ruinen erstehen zu lassen, die wir heute so reichlich und unbekümmert schaffen.
Aber dennoch gibt es Janoschik, er existiert, wie jenes unglaubliche Säugetier schon existierte in der sterbenden Welt der Dinosaurier. Die Riesenwesen, die mit ihren sandverklebten, entzündeten Augen das lebhafte, gesunde Tierchen herumhüpfen sahen, wo sie zugrunde gingen, werden auch in ihrem schon vom Staub verkrusteten winzigen Gehirn geglaubt haben: eine Vision! Und konnten es auch nicht verstehen – so wie mir ein Janoschik unbegreiflich bleibt. So kann ich mich nur demütig und bewundernd vor ihm als dem Vortrupp einer neuen Welt, einer Welt ohne Furcht, verbeugen.
Dadurch, daß er existiert, kann ich natürlich nicht weiterexistieren, wir beide schließen uns gegenseitig aus. Ich werde zusammen mit meinen Henkern zugrunde gehen, aber ihm kann es vergönnt sein, weiterzuleben und wirklich unsterblich zu werden.
Dr. Wallerstein spürte, daß er zu weit gegangen war. Mit einer

ärgerlichen Handbewegung versuchte er, den ganzen Komplex aus seinem Denken zu verscheuchen. Er, der über den Rest der Welt Gericht zu halten beabsichtigt hatte, war zum Schluß dazu gekommen, sich selbst unter Anklage zu stellen – ein unmögliches Verfahren.
Er war daher fast dankbar, daß seine Gedankengänge durch den Lärm unterbrochen wurden, mit dem die Zellentür aufgeschlossen wurde. Die gleichen ewig schnauzenden, ewig brüllenden Wachen, die vorher schon Janoschik und Prokosch abgeholt hatten, waren wieder da.
Die drei Geiseln, die noch in der Zelle waren, stellten sich vor ihren Pritschen auf und standen stramm. Auf Preissingers wie auf Lobkowitz' Gesicht war die Erregung deutlich sichtbar – wer würde der nächste sein, der den gefürchteten Weg antreten mußte?
»Wer von euch ist Lev Preissinger?« schnarrte der Dickere der beiden SS-Leute.
Jetzt, wo der Augenblick gekommen war, den Preissinger so sehnlichst erwartet hatte, der Augenblick, da er endlich dem Gestapo-Beamten, der hier zu befehlen hatte, gegenübertreten sollte, waren seine Selbstsicherheit und sein Selbstbewußtsein plötzlich nicht mehr vorhanden. Er fürchtete sich. Er war blaß geworden, und sein Blick ging unstet und ängstlich von einem zum anderen, als suche er Hilfe.
Aber der SS-Mann hatte es anscheinend eilig. »Preissinger!« bellte er heraus. Es blieb dem Generaldirektor des Böhmisch-Mährischen Kohlensyndikats nichts weiter übrig, als vorzutreten und sich in das, was kommen sollte, zu fügen.
Der andere Posten packte Preissinger beim Arm und stieß ihn aus der Zelle hinaus. Kein Abschiedsgruß, kein guter Wunsch folgten ihm. Wallerstein verlor sein Interesse an Preissingers Ergehen, da der Herr Generaldirektor nicht mehr in der Zelle und somit auch kein Objekt ärztlicher Studien mehr war. Und Lobkowitz war völlig von der Frage in Anspruch genommen, ob dem Herrn der Kohle gelingen würde, was er mit so großer Zuversicht vorausgesagt hatte: sich dem Zugriff der Gestapo zu entziehen, weil er reich genug und ein Verräter an seinem Volk war.

Der Empfang bei Reinhardt ließ Preissingers Sorgen und Befürchtungen sofort verfliegen. Der Gestapo-Chef war in entschieden jovialer Stimmung, nachdem er zu seiner eigenen Zufriedenheit bewiesen hatte, daß Prokoschs Geständnis des Mordes an Glasenapp nichts als eine verzweifelte und kindische Lüge gewesen war. Das kam Preissinger zugute, und als er sah, wie der Uniformierte

sich erhob, und als er ihn gar freundlich grüßen hörte: »Guten Tag, Herr Preissinger! Wie geht es Ihnen?«, schloß er hoffnungsfroh, daß die Zeit seines Leidens vorbei war und daß dieser zuvorkommende Beamte sich im Namen der Reichsregierung höflichst entschuldigen wollte, bevor er zu dem Akt der Freilassung schritt.
Reinhardt wies Moenkeberg durch einen Wink an, Preissinger eine Sitzgelegenheit zu verschaffen. Moenkeberg schob einen Stuhl von der Wand bis zu der Stelle vor dem Schreibtisch, die der Standartenführer ihm bezeichnet hatte. Preissinger, jetzt ganz Würde, setzte sich breitbeinig hin, so daß sein Bauch ihm bequem auf den Oberschenkeln lag.
Plötzlich richtete Reinhardt den scharfen Lichtkegel auf den Generaldirektor. Erschreckt, geblendet, fühlte sich Preissinger, als stünde er hier als Verbrecher, aber er unterdrückte dieses Gefühl rasch. Er war geneigt, seinem Visavis einiges zu verzeihen. Bei der Polizei ist man nun einmal so, zwang er sich zu denken, blinzelte und versuchte seine Augen vor dem schmerzhaften Licht zu schützen.
»Reichskriminaldirektor Reinhardt«, stellte Reinhardt sich vor und lehnte sich nach vorn, um Preissinger über den Schreibtisch hinweg näher zu betrachten. Bis jetzt hatte er den Mann, um den sich die ganze Aufregung drehte, noch nie gesehen, den Pol und Mittelpunkt des Falles, um dessen Aktien willen Selbstmord Mord wurde, Geiseln erschossen werden mußten, hübsche Studentinnen unter Polizeiaufsicht gerieten und ganze Nächte in ermüdenden Verhören vergingen.
Jetzt erblickte er einen Apoplektiker vor sich, auf dessen Gesicht durch das grelle Licht ein Netzwerk feiner Äderchen hervortrat; graues, borstiges Haar, große, sehr fleischige Ohren und ein Kinn, das auf Härte schließen ließ. Aber er sah auch das: ein Schachbrett, auf dem er eine Partie mit höchst komplizierten Zügen spielte – und gewann; eine sehr reizvolle Partie, die um so faszinierender war, als er, Reinhardt, die Spielregeln bestimmte und wirkliche Menschen als Figuren benutzt wurden.
Preissinger hüstelte bescheiden, um Reinhardts Aufmerksamkeit zu wecken. »Meine Verhaftung, die Mißhandlungen, denen ich von seiten Ihrer Leute ausgesetzt war, und mein unfreiwilliger Aufenthalt in einer Zelle im Keller Ihrer Polizei, Herr Reinhardt, waren nicht gerade ein angenehmes Erlebnis. Ich hoffe ...«
»Ich weiß«, unterbrach ihn Reinhardt, »auch wir haben unsere Fehler und Mängel. Und wir müssen um Ihr Verständnis bitten. Die Arbeit der Kriminalpolizei ist so vielseitig und wird uns manchmal von seiten Ihrer Landsleute leider so erschwert, daß

man sich um den einzelnen nicht immer so kümmern kann, wie er es verdient.«
»Ich verstehe«, versicherte Preissinger mit einem versöhnlichen Lächeln, »ich verstehe durchaus.« Dann hielt er erwartungsvoll inne. Er hoffte, daß nunmehr von Reinhardts Seite die große Ankündigung, daß er frei sei, folgen würde. Da aber der Gestapo-Beamte immer noch keine Anstalten machte, etwas zu sagen, fuhr Preissinger fort: »Aber für einen Menschen aus meinen Kreisen, mit meinen Verbindungen und in meiner Stellung war es doch sehr beschämend und bedrückend.«
»Zweifellos«, lächelte Reinhardt. »Ich hoffe, Sie haben es nicht zu schwer genommen. Selbst unser Führer, wie Sie ja wissen, befand sich einmal in Haft. Dort hat er auch sein großes Buch geschrieben, das Sie sicherlich gelesen haben.«
Das hatte Preissinger zwar nicht getan, er hielt es aber für weiser zu erwidern, daß das Buch ihn oft sehr nachdenklich gestimmt und ihm viele edle und erhabene Ideen vermittelt habe.
Preissinger bemerkte, daß der Kriminaldirektor dem Lob, das hier dem literarischen Werk seines Führers gezollt worden war, bedauerlich wenig Aufmerksamkeit schenkte. Er schien in die Betrachtung eines kleinen Dolchs vertieft zu sein, auf dem die Symbole der SS eingraviert waren. Er hielt den Dolch so, daß das Licht sich auf der stählernen Klinge spiegelte. Und plötzlich fragte er, völlig unerwartet für Preissinger: »Wann haben Sie Leutnant Glasenapp zum letztenmal gesehen?«
In seiner Überraschung stotterte Preissinger: »Wieso – was meinen Sie mit – zum letztenmal?«
»Bitte antworten Sie ohne Umschweife und wahrheitsgetreu!«
»Sie glauben doch nicht, daß ich irgend etwas mit diesem Verbrechen zu tun habe?« protestierte Preissinger.
»Wann haben Sie ihn zuletzt gesehen?«
»Überhaupt nicht habe ich ihn gesehen... Das heißt, vielleicht doch – gesehen mag ich ihn haben, aber wie soll ich das wissen? Ich habe ja gar keine Ahnung, wie dieser Leutnant ausgesehen hat. Es waren mehrere deutsche Offiziere in der Bar, ich kann mich nicht entsinnen, wie viele. Ich habe mir ihre Gesichter nicht einmal angesehen, und ich habe mich auch nicht darum gekümmert, was sie getan haben und wohin der eine oder andere ging. Ich hatte meine eigenen Sorgen, das kann ich Ihnen versichern. Und ich war sehr überrascht und höchst empört, als Ihre Leute es sich in den Kopf setzten, ausgerechnet mich im Zusammenhang mit dieser Sache zu verhaften. Und ich muß Sie allen Ernstes fragen...«
»Mein lieber Herr Preissinger!« Reinhardt hob beschwichtigend die Hände. »Sie scheinen etwas nicht ganz zu verstehen, wirklich!

In diesem Zimmer, in diesem Gebäude – und wenn ich so sagen darf, in diesem ganzen Land bin ich es, der Fragen stellt, und nicht Sie!«
Preissinger sprang wütend auf. Aber nun, da er stand, kamen ihm seine fleckigen, zerbeulten Hosen, die grauen Ränder an den Manschetten seines einst weißen Oberhemds, seine schmutzigen Schuhe zu Bewußtsein. Er sah und roch sich selbst, den Dreck, den Schweiß und den Stoppelbart. »Oh, mein Gott!« sagte er erschrocken und dachte: Was rede ich für Dummheiten? Ich bin diesem Mann ausgeliefert, ich bin sein Gefangener wie Hunderte andere auch. Und solange ich hier bin, darf ich mich nicht so gehenlassen!
Er setzte sich wieder und war dankbar dafür, daß er sich überhaupt setzen durfte.
»Bitte entschuldigen Sie«, bat er kleinlaut. »Ich bin noch nicht gewöhnt an diese – diese...«
»Behandlung?« setzte Reinhardt den Satz fort.
»Nein, o nein! Das macht mir nichts.« Er lachte unterwürfig. »Aber gestatten Sie mir bitte eine Erkundigung. Es müssen doch Nachfragen gekommen sein meinetwegen, von meinen leitenden Leuten im Böhmisch-Mährischen Kohlensyndikat? Ich bin der Generaldirektor des Syndikats, und ich kann doch schließlich nicht sang- und klang- und spurlos verschwinden, ohne daß jemand nach mir sucht!«
Reinhardt spielte wieder mit seinem Dolch. »Was das betrifft, können Sie durchaus beruhigt sein. Die anderen Direktoren und Ihre Angestellten haben eine geradezu rührende Anhänglichkeit gezeigt. Es hat eine ganze Menge von Nachfragen und persönlichen Besuchen und Fürsprachen gegeben. Sogar Präsident Hacha, der, wie ich zu meiner Freude hörte, ein persönlicher Freund von Ihnen ist, hat um eine Audienz bei Herrn Reichsprotektor Heydrich gebeten und sich für Ihre Entlassung eingesetzt.«
»Na endlich!« seufzte Preissinger. Man hatte ihn nicht vergessen und würde ihn nicht zugrunde gehen lassen! Der offizielle Apparat war in Bewegung gesetzt worden und lief, und es war reiner Zufall, daß dieser Gestapo-Beamte ihm gegenüber einer von jenen widerlich langatmigen Burschen war, die immer soviel kostbare Zeit vertrödelten, bevor sie zur Sache kamen. »Aber natürlich werde ich mich freuen«, beeilte sich Preissinger zu versichern, »wenn ich Ihnen bei der Aufklärung dieses schändlichen Verbrechens, des Mordes an Herrn Leutnant Glasenapp, irgendwie behilflich sein kann.«
»Eine andere Haltung hätte ich auch nicht von Ihnen erwartet«, sagte Reinhardt mit einer leichten Verbeugung.

»Und jetzt – wenn Sie mir die Papiere, die man wahrscheinlich haben muß, bitte geben würden?«
Reinhardt legte seinen Dolch auf den Schreibtisch zurück.
»Welche Papiere?« Reinhardts Brauen hoben sich höflich erstaunt.
»Für meine Entlassung!«
Die Stirn des Kriminaldirektors legte sich in Falten, als ob er überhaupt nicht verstünde.
»Stellen Sie denn nicht irgendwelche Dokumente aus, damit die Wachposten einen durchlassen – Sie wissen schon?« Preissingers Stimme sank zu einem verzweifelten Flüsterton herab, und am Ende hatte sie überhaupt keinen Klang mehr.
Reinhardt lachte laut und anhaltend. Ein toller Spaß war das, großartig! Er klatschte mit der Hand erst auf seinen eigenen und dann auf Moenkebergs prallen, festen Oberschenkel. Moenkeberg nahm diese Vertraulichkeit zum Anlaß, nun auch seinerseits loszuprusten.
Es geschah selten, daß Reinhardt so ausgelassen lachte. Er lachte, weil er wußte, daß Preissinger an diesem Lachen zerbrach. Er hatte von Anfang an erkannt, daß Preissinger erwartete, freigelassen zu werden. Er hatte sich von Preissinger nur bestätigen lassen, daß er nichts von dem wahren Ende Glasenapps wußte, und hatte im übrigen mit ihm gespielt. Er überlegte sich auch nicht, warum er Preissinger so fertig machte, denn für den eigentlichen Plan war es unnötig. Es machte ihm einfach Vergnügen zuzusehen, wie der Mann sich wand und das heulende Elend bekam und den dicken Kopf abwandte und wie seine knotigen Finger krampfhaft zuckten.
Schließlich glaubte Reinhardt genügend gelacht zu haben. Mit einem bestickten Taschentuch, das er aus der inneren Brusttasche zog, wischte er sich den Schweiß von der Stirn.
»Haben Sie wirklich angenommen«, sagte er mit gespieltem Erstaunen, »wirklich und wahrhaftig, daß wir Sie freilassen würden? Nur weil Sie, Herr Lev Preissinger, der Generaldirektor des Böhmisch-Mährischen Kohlensyndikats sind? Mein lieber Herr – da haben Sie uns Nationalsozialisten falsch eingeschätzt! Wir sind eine Volksbewegung, unser Führer ist ein Mann aus dem Volke! Was für ein Sozialismus wäre das, in dem nur die armen Leute erschossen werden, was? Was für ein Volksrecht und was für eine Volksgerechtigkeit, wenn ein Mann seiner Strafe entgehen kann, nur weil er ein Millionär ist? Was würden Ihre eigenen Landsleute wohl sagen, wenn wir, die wir sie zur Mitarbeit mit uns zu erziehen suchen, irgendeinen Hinz oder Kunz als Geisel erschießen, aber mit Lev Preissinger eine Ausnahme machten?«

Preissinger ließ die ganze Flut der Vorwürfe und Fragen über sich ergehen. Er saß da auf seinem Stuhl, schwer angeschlagen. Er fühlte sich wie ausgelaugt, vollständig ausgelaugt. Vorher hatte er sich entweder die wahnwitzigsten Hoffnungen gemacht oder hatte in dumpfer Wut und Verzweiflung vor sich hingebrütet. So hatte er sich von einem Extrem ins andere geschaukelt. Jetzt aber war das Seil, an dem die Schaukel hing, gerissen, und er stürzte und stürzte und stürzte.
»Ausnahmen!« verfolgte Reinhardt sein Thema. »Unsere tapferen Soldaten müssen an der Front fallen im Kampf gegen den blutigen Bolschewismus. Wir Deutsche sind in dieses Land einmarschiert, um es zu retten und um Männer wie Sie zu retten – und da wollen Sie, daß wir eine Ausnahme machen mit Ihrem Leben? Worin unterscheidet sich Ihr Leben von dem des gewöhnlichsten pommerschen Grenadiers? Ich frage Sie!«
Preissinger wußte keine Antwort.
»Wenn wir Sie freiließen, bräche die Logik unseres ganzen Systems zusammen! Wir verhaften Geiseln, um ein Mittel der Vergeltung in der Hand zu haben gegen jene Ihrer Landsleute, die sich von uns nicht retten und beschützen lassen wollen.«
»Aber ich habe doch immer mit Ihnen zusammengearbeitet!« verteidigte sich Preissinger. »Ich habe meine Kohlenförderung gesteigert, um die Kriegsaufträge Ihrer Regierung zu erfüllen. Ich habe immer mein Bestes getan, um Sie zu unterstützen und Ihnen zu helfen!«
»Ich weiß! Ich weiß!« Reinhardt lächelte bedauernd. »Sie haben aber kein genügendes Verständnis für das Dilemma, in dem wir uns befinden. Wenn wir Sie entließen, würden all diese Untermenschen sagen: Geiseln, haha – die Nazis nehmen das ja selber nicht ernst. Schaut euch den Preissinger an, den haben sie auch laufengelassen! Es handelt sich hier um das Prinzipielle, und wir sind genauso die Gefangenen unseres Prinzips, wie Sie es sind, mein lieber Herr Preissinger.«
Bei der Erwähnung des Wortes »Prinzip« hörte Preissingers Gefühl, daß er in die endlose Leere stürzte, auf einmal auf. Dieses eine Wort brachte ihn in die Welt nüchterner Vernunft zurück. Immer wenn jemand aus ihm einen höheren Preis herausschlagen wollte, wurde die Frage des Prinzips in die Verhandlung geworfen. Da gab es zum Beispiel das Prinzip des Patriotismus, das kostete ungefähr zehn Prozent. Geschäftsprinzipien kamen auf fünfzehn bis zwanzig Prozent, und der Preis für moralische Prinzipien ging noch etwas höher, aber selten über fünfundzwanzig Prozent. Nun waren ihm zwar die verschiedenen Schattierungen der Prinzipien des Herrn von der Gestapo und ihr Wert in

Geld noch nicht klar, aber er erkannte die ausgestreckte Hand mit der Handfläche nach oben, die geschmiert werden wollte.
»Gefangene unseres Prinzips«, sagte er. »Wie wahr, wie schrecklich wahr! Ich würde etwas freier sprechen können, wenn Sie Ihren Sekretär entließen, Herr Reinhardt, wenigstens für ein paar Minuten ...«
»Moenkeberg? Moenkeberg ist außerordentlich vertrauenswürdig und verschwiegen wie das Grab.«
Preissinger rutschte hin und her. Reinhardt könnte sich beleidigt fühlen, wenn man ihn in Gegenwart seines eigenen Untergebenen zu bestechen versuchte. Oder war Reinhardt so naiv, daß er die Möglichkeit einer späteren Erpressung von seiten dieses Burschen Moenkeberg nicht sah?
»Was ich sagen möchte, ist sehr persönlich und betrifft nur Sie und mich – verstehen Sie?«
»Ah«, lächelte Reinhardt, »ich beginne zu sehen, was Sie meinen. Moenkeberg, Sie können gehen. Ich werde Sie rufen, wenn Sie wieder gebraucht werden.«
Moenkeberg marschierte ab. Preissinger vergewisserte sich hastig, daß die Tür geschlossen war, dann rückte er mit seinem Stuhl heran und lehnte sich über den Schreibtisch Reinhardt zu.
»Sie sind wirklich in einem Dilemma, Herr Kriminaldirektor«, begann er vertraulich. »Ich sehe das durchaus ein. Es wäre schlechte Propaganda für Ihre Volksbewegung, wenn Sie mich gehen ließen. Und dann Ihre persönliche Karriere und Ihre Prinzipien – Sie messen dem selbstverständlich große Bedeutung bei, das ist mir klar. Ich glaube jedoch, daß sich die Sache arrangieren läßt. Ich bin Geschäftsmann und habe mich auch etwas mit Politik befaßt, so daß ich also weiß, wie solche Dinge sind. Wenn Sie mich entließen, würde ich auf eine gewisse Zeit zu verschwinden haben – nichts leichter als das. Ich habe mich etwas übernommen bei meiner Arbeit, und diese letzten Tage haben meine Gesundheit auch nicht verbessert. Ich könnte eine Erholungskur gebrauchen, Vielleicht in Baden-Baden oder in der Schweiz, je nachdem, was Sie vorschlagen, und unter einem anderen Namen – einfach ausruhen und abwarten. Was halten Sie davon, Herr Kriminaldirektor, und was möchten Sie von mir als Gegenleistung für Ihr Verständnis und Ihre Gefälligkeit?«
Reinhardt antwortete nicht. Er war neugierig, wie hoch Preissinger sein Leben wohl einschätzte. Er wußte natürlich, daß das Geben und In-Empfang-Nehmen von Bakschisch im gesamten großdeutschen Reich und den besetzten Gebieten zum alltäglichen Gebrauch geworden war. Er wußte, daß es sogar von fleißigen Leuten zusammengestellte Tabellen gab, in denen ge-

schrieben stand, mit welchen Summen sich die verschiedenen Gauleiter und Militärbefehlshaber für welche Dienste bezahlen ließen. Unter seinen reichhaltigen Akten befanden sich auch die photostatischen Kopien solcher Listen. Es war ein bequemes Mittel, um sowohl Bestecher als auch Bestochene unterm Daumen zu halten, und selbstverständlich fand ein gewisser Prozentsatz dieses Einkommens seinen vorbestimmten Weg in die Taschen der führenden Herren von der Gestapo, die ihre Gelder dann auf ihren Bankkonten in der Schweiz und Schweden, in Grundbesitz, Edelsteinen oder Briefmarkensammlungen – jedenfalls in Werten von Dauer – anlegten.

Reinhardts erwartungsvolles Schweigen ermutigte Preissinger. »Eine Million Tschechenkronen?« offerierte der Generaldirektor versuchsweise.

Reinhardt lächelte.

»Fünf Millionen?

Zehn Millionen?

Ich habe nicht soviel Geld flüssig – ich müßte ein paar Wertpapiere verkaufen, wenn Sie noch mehr wollen, aber das dürfte etwas Zeit in Anspruch nehmen.«

Reinhardt griff wieder nach seinem Dolch und brachte ihn nachdenklich zum Kreiseln.

»Ich könnte auch verstehen«, sondierte Preissinger das Gelände weiter, »daß Sie bei der zur Zeit doch recht unsicheren Geldlage gar nicht so sehr an Bargeld interessiert sind. Sie kennen sich ja aus, Herr Kriminaldirektor. Aber Sie können auch nicht zuviel von mir erwarten. Das, was ich selbst besitze, hält sich wahrscheinlich in kleineren Grenzen, als Sie glauben. Ich beherrsche das Kohlensyndikat, weil ich das ausschlaggebende Aktienpaket in der ausschlaggebenden Holdinggesellschaft besitze. Aber ich habe da eine kleine Kohlengrube, eine wahre Perle, sage ich Ihnen, eine Perle unter den Kohlengruben in der Nähe von Mährisch-Ostrau – die könnte ich Ihnen übereignen.« Er wartete. »Warum antworten Sie nicht, Herr Reinhardt?« fragte er nervös.

Der Dolch kreiselte nicht mehr. »Wie stellen Sie sich das vor? Kann ich von meinem Schreibtisch im Amt aus eine Kohlengrube leiten?«

»Nein. Das stimmt«, gab Preissinger zu. »Daran habe ich nicht gedacht. Obwohl es sich nach dem Kriege einmal ergeben kann, daß Sie in das Geschäft einsteigen möchten. Also gut, dann werden es wohl Aktien sein müssen, nehme ich an. Bei Stammaktien gibt es gewöhnlich höhere Dividende, aber mit Vorzugsaktien können Sie besser spekulieren und schneller Geld verdienen. Ich werde mich freuen, Ihnen mit meinem Rat zur Hand zu gehen.«

Reinhardt wurde etwas ungeduldig. »Sie messen Ihrem Leben einen ziemlich geringen Wert bei, was? Nach Ihren Vorschlägen zu urteilen, möchten Sie freikommen, indem Sie nur einen *Teil* Ihres Vermögens abtreten. Das ist doch lächerlich! Wenn Sie tot sind, haben Sie überhaupt nichts mehr!«

»Wollen Sie mich denn ganz ausplündern?« rief Preissinger. »Mich, dem Sie verdanken, daß Ihnen dieses Land wie ein reifer Apfel in den Schoß gefallen ist? Mich, der ich mehr für die neue Ordnung Ihres Führers getan habe als zehn Dutzend Ihrer Herren von der Polizei zusammengenommen! Gibt es denn überhaupt keine Dankbarkeit mehr? Keine Anerkennung von Verdiensten?«

»Nein. Und ich schlage Ihnen vor, etwas leiser zu sprechen. Auch versuchte Beamtenbestechung verstößt bei uns gegen das Gesetz.«

»Wieviel wollen Sie dann?« jammerte Preissinger, außer sich über soviel Schamlosigkeit.

»Wieviel? Alles!«

»Alles . . .?« Preissingers Mund blieb offen stehen. Die Schlagader an seinem Hals pulsierte sichtbar. Er erhob sich schwerfällig und stand vor Reinhardt, den Rücken gebeugter als je. Aus Furcht vor der Armut sah er jetzt schon wie ein Bettler aus, und seine Stimme war gebrochen und klang ganz ähnlich wie die des blinden Mannes an der Ecke vom Wenzelsplatz, zitternd und erbärmlich plärrend. »Aber warum? Warum denn nur? Und wovon soll ich denn leben? Haben Sie denn überhaupt kein Mitleid, kein Herz? Sind Sie ein Mensch oder ganz und gar aus Stein? Ich habe doch Verpflichtungen, eine Frau, Familie, einen Haushalt . . .«

Auch Reinhardt war aufgestanden. Er fühlte sich allgewaltig und groß, er war die Gerechtigkeit und das Schicksal in Person, mächtiger als all die Geldwechsler und Besitzer von Eigentum und Tänzer um das goldene Kalb. Macht – darauf kam es an. Er fühlte sich ergriffen, so wie in Nürnberg, wenn er den gigantischen Aufmarsch der endlosen Kolonnen der Partei vor dem Führer auf der Zeppelinwiese erlebte. Reihe um Reihe zogen sie vorbei, prächtige Burschen mit ihren Standarten und den rauschenden Hakenkreuzbannern. Ja, in diesem Augenblick, während er die Laus Preissinger zerquetschte, glaubt er wirklich und leidenschaftlich an die Größe dieser Idee, an den Nationalsozialismus!

»Und Ihr Leben?« fragte er mit Strenge.

Preissinger schloß die Augen. Er schwankte und hielt sich an seinem Stuhl fest. »Alles!« krächzte er. »Bitte, bedienen Sie sich! Ich will leben!«

»Na also!« sagte Reinhardt. »Endlich scheinen Sie sich zu einer realistischeren Denkweise durchgerungen zu haben. Ich freue mich, daß Sie vernünftig geworden sind. Stellen Sie sich mal vor, wieviel Zeit Sie und ich gespart haben könnten. Die Frage ist nur, ob Sie sich dazu aufraffen können, Ihre Lage logisch bis zu Ende zu durchdenken. Ich bin ein großer Freund der Logik. Vielleicht ist das sogar der Grund, daß ich den Polizeiberuf gewählt habe.«

»Haben Sie immer noch nicht genug?« Preissinger lachte irre. »Was möchten Sie noch – das Gold aus meinen Zähnen, ein Pfund von meinem Fleisch?«

»Ich möchte, daß Sie denken, mein lieber Herr Preissinger – denken! Sie bieten uns alle möglichen Wertobjekte im Austausch für Ihr Leben an. Was ist das für ein Anerbieten? Haben Sie denn überhaupt etwas zum Anbieten?

Sehen Sie denn nicht, daß wir Ihren ganzen großartigen Besitz mit einem Federstrich kassieren können – sobald Sie tot sind?«

Es war Lev Preissinger, als greife eine Hand in sein Gehirn und zerwühle es mit spitzen Fingern. Der Schmerz war derart wild und heiß, daß Preissinger dachte – und sogar hoffte: das ist der Gehirnschlag! Aber sein Leben schien an Intensität nur noch gewonnen zu haben. Er sah jede Einzelheit, hörte jeden leisesten Laut, unterschied jede Linie auf dem mephistophelischen Gesicht seines Peinigers, die Silberknöpfe an der Uniform, das Koppel mit der Schnalle – das Ganze war wie ein Kupferstich in seiner grauenhaften Deutlichkeit.

Leben! Nur leben bleiben! dachte er. Reinhardt war der Tod, schwarzer Tod mit Silberknöpfen. Und mit jener besonderen Klarheit, die sich im Augenblick des Sterbens einstellt, erkannte Lev Preissinger, worin seine Rettung liegen könnte. Er erinnerte sich plötzlich Wallersteins und der höhnischen Worte des Doktors: *Preissinger würde sich keineswegs genieren, einen Menschen zu denunzieren, wenn er dadurch sein eigenes kostbares Leben und seine wunderbare Macht retten könnte.* Jawohl, würde ich auch nicht! Warum habe ich nur nicht gleich daran gedacht! Wenn ich keine Geisel wäre, könnten sie mich auch nicht erschießen! Das ist doch so klar und deutlich wie das Gesicht dieses Mannes, das mich da anstarrt!

Sein Schmerz ließ etwas nach. Er lachte in sich hinein. Es war eine Dummheit gewesen, in Verzweiflung zu verfallen. Lev Preissinger, der Mann der tausend Ideen und Pläne, der aus Kohle ein richtiges kleines Reich, eine Festung der Macht erbaut hatte – so einer gibt die Hoffnung und sich selbst nicht wegen eines höheren Polizeibeamten auf! Wenn er in den ganzen Jahren seiner mit Leidenschaft betriebenen geschäftlichen Tätigkeit etwas gelernt

hatte, so war es das gewesen: Es gibt keine ausweglose Situation; irgendwie kann man sich immer herausreden; irgendwo kann man immer noch eine Trumpfkarte auftreiben, die man ausspielt. Man muß sie nur finden und sie gescheit und genau im richtigen Moment ausspielen, dann gewinnt man.
Reinhardt fand zu seiner Überraschung, daß Preissinger sich von dem Schlag zu erholen begann. Preissinger setzte sich wieder, schlug ein Bein übers andere und nahm überhaupt die Positur eines Mannes ein, der sich und die Welt durchaus in Ordnung findet. Gegen seinen Willen regte sich in Reinhardt so etwas wie Respekt vor Preissinger, und er fing an zu begreifen, wie dieser Industrielle den Gipfel des Reichtums und der Macht erklommen hatte, von dem er jetzt herabgestürzt werden sollte.
Preissinger überlegte rasch. Viele Kandidaten hatte er nicht, die als Mörder in Frage kamen. Der Mann, den er Reinhardt nennen würde, mußte sowohl charakterlich als auch den Umständen nach für die Tat in Frage kommen. Und da gab es eigentlich nur einen, der genau paßte und der Preissinger noch dazu instinktiv zuwider war.
»Janoschik!« sagte Preissinger. »Der Janoschik hat den Leutnant Glasenapp ermordet. Er hat's bei uns in der Zelle so gut wie zugegeben. Um ganz ehrlich zu sein, Herr Reinhardt, wäre es mir natürlich lieber gewesen, entlassen zu werden, ohne Sie von dieser Tatsache erst in Kenntnis setzen zu müssen. Aber da Sie mir nun jeden anderen Ausweg versperrt haben, bin ich gezwungen, Ihnen die Wahrheit zu sagen. Hier ist Ihr Mörder – bitte schön. Und damit bin ich von dem jetzigen Augenblick an nicht mehr Ihre Geisel und erwarte, daß Sie entsprechend verfahren.«
Der Respekt, den Reinhardt vor Preissinger schon hatte, steigerte sich zu einer Art Bewunderung.
»Sich nur nicht geschlagen geben, unter keinen Umständen – was, Herr Preissinger?«
Reinhardt glaubte nicht ein Wort von der Denunziation, die Preissinger ihm da vorgesetzt hate. Aber er dachte weiter. Warum hatte Preissinger sich gerade den Janoschik ausgesucht? Dem Kriminalbeamten war Janoschik im ganzen doch als ein naiver Trottel erschienen, den man sich kaum als Mörder vorstellen konnte. Und trotzdem war Preissinger, der mehrere Tage lang Gelegenheit gehabt hatte, Janoschik zu beobachten, und der bei seiner Denunziation in erster Linie den Glaubwürdigkeitsfaktor in Betracht ziehen mußte, ausgerechnet auf den Toilettenwärter verfallen. Er spürte eine leise Besorgnis Janoschiks wegen, der immer noch nicht aus dem Parnaß zurückgebracht worden war.
Er griff nach dem Telefon und gab ein paar kurze Anordnungen

durch, deren Sinn Preissinger unverständlich blieb. Dann widmete er sich wieder dem Generaldirektor: »Wie wollen Sie Ihre Behauptungen beweisen? Denn wenn ich Janoschik frage, wird er alles leugnen, darauf können Sie sich verlassen.«
»Gewiß!« pflichtete Preissinger ihm bei. »Und die Leute, die ich in meiner Zelle habe, dürften ihn noch unterstützen. Also steht dann mein Wort gegen seines. Aber gestatten Sie mir, Sie zu warnen – dieser Janoschik ist nicht so blöd, wie er tut. Im Gegenteil. Daß er wie ein Idiot aussieht, benutzt er, um seine wirklichen Gedanken und Absichten zu verbergen. Bei uns Tschechen sind solche Typen gar nicht so selten. Fallen Sie nur nicht auf so einen herein!«
»Ich werde mich bemühen«, sagte Reinhardt sehr souverän, aber er war seiner Sache gar nicht so sicher. War es möglich, daß ein Mensch wie er, der durch so viele Erfahrungen gewitzt war, sich von einem Janoschik nasführen ließ? Und was für einen Zweck sollte Janoschik verfolgt haben?
Unsinn, entschied er. Preissinger schwindelte einfach. Der Herr Generaldirektor bemühte sich, Janoschik als ein gefährliches Individuum erscheinen zu lassen, damit seine Denunziation nicht von vornherein in sich zusammenfiel.
»Menschen wie Janoschik«, fuhr Preissinger fort, »hassen jegliche Autorität, Ihre wie meine. Sie sind gegen jede Art Ordnung und versuchen sie zu untergraben. Wenn ich mich recht erinnere, tauchte Janoschik zum Saubermachen in der Bar auf, nachdem Glasenapp auf die Toilette gegangen war. Also hat er genügend Zeit und Gelegenheit gehabt, um den Leutnant umzubringen – glauben Sie nicht auch?«
Preissinger spürte, daß es ihm gelungen war, zumindest die Saat eines Zweifels zu säen, der Reinhardt veranlassen mochte, alte Entscheidungen noch einmal zu überdenken. »Und weiter möchte ich sagen ...«
Preissinger brach ab. Er hatte ein Geräusch hinter seinem Rücken gehört – schleppende Schritte. Er war so in seine Selbstverteidigung vertieft gewesen, daß er gar nicht gemerkt hatte, wie die Tür aufging. Er blickte sich um.
Moenkeberg schob einen Mann ins Zimmer, dem jede einzelne Bewegung einen gesonderten, konzentrierten Schmerz zu bereiten schien. Irgend etwas an dem Mann kam Preissinger bekannt vor. Dann plötzlich sah er zu seinem Schrecken, wer da auf ihn zukam: Prokosch.
Prokosch war wohl niemals ein Bild urgesunder Frische gewesen, und Preissinger war sich bewußt, daß die Tage und Nächte in der dunklen Zelle im Keller, besonders nach dem für den Schauspieler

vernichtenden Zusammenstoß mit Lobkowitz, auf Prokosch noch schlimmer gewirkt hatten als auf die anderen.
Aber das war Prokoschs Gespenst, das ihn da anstarrte – kein Mensch von Fleisch und Blut!
»Was – was ist Ihnen denn passiert?« stammelte Preissinger.
Prokosch konnte sich kaum aufrecht halten, der treue Moenkeberg mußte ihn stützen. Preissinger wollte aufstehen und dem Schauspieler seinen Stuhl anbieten, blieb aber wie versteinert sitzen.
Reinhardt betrachtete diese menschliche Ruine mit größter Gelassenheit. Er gab seinen beiden Geiseln Zeit, einander gründlich zu betrachten.
Dann fragte er Prokosch: »Haben Sie sich Ihre Aussage noch mal überlegt?«
Prokosch hatte Schwierigkeiten beim Sprechen. Zunächst bewegten sich seine Lippen, ohne daß etwas zu hören war. Erst nach mehrmaligen Versuch fand er seine Stimme wieder, eine schrecklich fremde und erschöpfte Stimme: »Ich habe Glasenapp ermordet.«
Er machte sich von Moenkeberg los und kam stolpernden Schritts auf Reinhardts Schreibtisch zugetaumelt und wiederholte:
»*Ich* habe Glasenapp ermordet!«
»Gut! Gut!« sagte Reinhardt. »Ich hab's schon beim erstenmal gehört!« Er wandte sich scheinbar völlig desinteressiert an Preissinger: »Und nun, werter Herr, würden Sie Ihre Aussage bitte noch einmal wiederholen?«
Preissinger war völlig durcheinander. Einerseits freute er sich über Prokoschs Geständnis, das doch hieß, daß man ihn entlassen mußte. Andererseits stellte er sich die Methoden vor, mit deren Hilfe Reinhardt das Geständnis aus dem Schauspieler herausgeholt hatte, und das störte seine Freude doch. Noch mehr störte es ihn, daß Prokoschs Geständnis in vollem Widerspruch zu seinen eigenen Angaben über Janoschik stand, und er befürchtete, daß dadurch wieder alles schieflaufen könnte. Und schließlich ärgerte er sich, weil Reinhardt doch längst von dem Geständnis Prokoschs gewußt haben mußte und ihn, Preissinger, in eine einfach lächerliche Situation gebracht hatte.
»Na ja, Herr Kriminaldirektor«, lachte er verlegen, »jedenfalls sehen Sie doch, daß ich unschuldig bin.«
»Nein, Herr Generaldirektor«, erwiderte Reinhardt mit bitterem Hohn, »das sehe ich überhaupt nicht. Wiederholen Sie, was Sie vorher ausgesagt haben, bitte!«
»Aber Sie werden doch nicht wünschen, daß ich...!«
»Tun Sie's lieber freiwillig«, warnte Reinhardt.

Preissinger wagte es nicht, Prokosch anzublicken. Er murmelte etwas Unverständliches.
»Lauter!« verlangte Reinhardt.
»Janoschik hat Glasenapp umgebracht!« Preissinger sank in sich zusammen. Sein Augen hefteten sich auf seine schmutzigen Schuhe. Er fühlte sich elend und sah sich nur noch als bemitleidenswertes Opfer der grausamen Tücken der Gestapo.
»Erlogen!« sagte Prokosch mit seiner tot klingenden Stimme, »ganz und gar erlogen!«
Preissingers Elendsgefühl verwandelte sich in kalte Wut. Diese Wut richtete sich nicht einmal so sehr gegen Reinhardt, der die peinliche Konfrontierung herbeigeführt hatte, sondern gegen Prokosch, der einfach alles verdorben hatte. »Erlogen!« schrie er. »Sie lügen ja selber! Dieser Janoschik, dieser dreckige Kerl, der ist der Mörder, und Sie wissen es ganz genau! Das ist ja eine Verschwörung! Eine ganz gemeine Verschwörung gegen mich! Glauben Sie mir, Herr Kriminaldirektor, dieser Janoschik...«
Reinhardt erhob sich. Aufrecht und im Vollgefühl seines Triumphes erschien er größer, als er tatsächlich war. Er lächelte.
»Ruhe bitte, meine Herren! Ruhe! Mir scheint, Sie lügen beide. Zweifellos werden Sie Ihre Gründe dafür haben, jeder seine eigenen. Aber Ihre Gründe interessieren mich nur wenig. Die Tatsachen genügen mir. Und ich würde es schätzen, wenn Sie Verständnis dafür aufbrächten, daß wir von der deutschen Polizei, der die gesamte Sicherheit und die Wohlfahrt dieses Landes anvertraut ist, ein derart frivoles Spiel mit der Wahrheit nicht dulden können. Ich werde Sie also beide bestrafen müssen, das sehen Sie doch ein, nicht?«
Die Tür wurde aufgerissen. Reinhardt sprach nicht weiter.
Janoschik, bereits sehr mitgenommen, wurde von Enzinger und Walters ins Zimmer geschleppt.
Gruber trat an den Schreibtisch seines Chefs, stand stramm und grüßte.
»Bitte berichten zu dürfen, Standartenführer«, sagte er »Suchaktion durchgeführt. Gefangener zurück.«
»Geben Sie mir den Brief!«
»Bitte melden zu dürfen, Standartenführer, kein Brief irgendeiner Art wurde gefunden. Mit Ihrer Erlaubnis möchte ich sagen, ich glaube, das Ganze war eine Irreführung. Einen solchen Brief von Glasenapp hat es nie gegeben.«
»So!« explodierte Reinhardt. Er stemmte die Hände in die Hüften, so daß sich die Uniform gefährlich eng über der Brust spannte. Auf den Fußballen balancierend, wippte er auf und nieder. »Da hätten wir also noch einen Lügner!« bellte er. »Wofür haltet ihr uns hier

denn? Eine Idiotenanstalt? Einen Kindergarten? Na, ihr werdet uns ja kennenlernen! Noch gar nichts habt ihr erlebt!« Und befahl: »Moenkeberg! Gruber! Los mit den dreien da – hinein in die Särge! Und daß sie's auch merken! Gründlich merken! sage ich – gründlich!« Er sah zu, wie sie abgeführt wurden – Prokosch, der an Moenkebergs Arm hing, Janoschik, den Enzinger und Walters vor sich herstießen, und Preissinger, dessen zögernde Schritte von Grubers kurzen und ausdrucksvollen deutschen Flüchen beschleunigt wurden.
Dann sank der Kriminaldirektor in seinen Sessel. Er spürte plötzlich, wie müde er war. Er war fast vierundzwanzig Stunden hintereinander auf den Beinen gewesen.
Er blickte zum Fenster hinaus. Das erste zarte Grau. Es war Morgen geworden, ein trüber, unerfreulicher Morgen.
Die Geiseln hatten nur noch einen Tag zu leben.

ELFTES KAPITEL

Milada verließ das Haus, in dem Breda wohnte, erfrischt und innerlich gestärkt. Tief in ihrem Herzen trug sie wie ein Geheimnis die Erinnerung an das Gefühl, das dieser Mann, ihr Mann, ihr gegeben hatte. Und mit der Erinnerung durchflutete sie eine Welle von Freude und Wärme, so daß sie einen Augenblick lang die Augen schloß. Bredas Liebe hatte die dunkel drohenden Phantasien, die sie so bedrängt hatten, zerstreut, und die Welt erschien ihr glänzender, heller, heiterer. Dem, was kommen sollte, würde sie zu begegnen wissen. Sie war nicht länger allein.
Auch Pan Kratochvil, der sie aus dem Hause treten und mit jugendlich beschwingtem Schritt zur nächsten Straßenbahnhaltestelle gehen sah, war guter Laune. Ein Jäger vom Fach – und für Pan Kratochvil war die Jagd mehr als ein gelegentliches Sonntagsvergnügen – haßt ja das Tier nicht, auf das er Jagd macht. Im Gegenteil, sein Gefühl dem Gejagten gegenüber entspricht eher einer Art – wenn auch perverser – Zuneigung, ganz als hätte er selbst das schnellfüßige Wesen geschaffen, das er bald töten wird. Der Akt des Tötens wird dabei unwichtig. Die Jagd selbst – das Heranpirschen, das Warten, das Einkreisen, das Zur-rechten-Zeit-an-der-rechten-Stelle-Sein –, diese Jagd ist es, aus der sich der Reiz ergibt.
Die Straßen waren voller Menschen, die es alle eilig hatten. Und doch war es, als klebten ihnen die Füße am Boden. Denn sie gingen zu einer Arbeit, die ihnen verhaßt war, zur Arbeit für den Unter-

drücker – lange nervenzerrüttende Stunden mit spärlichen Pausen. Oder sie gingen zu Läden, vor denen man sich anstellen und warten mußte, warten mußte auf das armselige bißchen Nahrung, das wenig taugte und noch dazu in ungenügenden Rationen verteilt wurde. Oder sie mußten zu irgendwelchen Amtsstellen, um in Vorzimmern herumzusitzen in der Hoffnung, daß irgendein eingebildeter Bürokrat sie empfing, der ihrem Anliegen doch nur halb zuhören würde – Nachfragen nach Vätern und Männern und Brüdern, die nach Deutschland in die Fabriken der Eroberer verschleppt oder verhaftet und in Konzentrationslager und Gefängnisse gebracht oder in den Dienst der Wehrmacht gepreßt worden waren, um an der Ostfront oder auf dem Balkan Gräben auszuheben oder Betonbunker zu bauen. Die neue Ordnung der neuen Herren war ja nichts anderes als die Desorganisierung menschlicher Beziehungen, eine in sich zersplitterte Völkerwanderung kreuz und quer durch Europa, wobei der einzelne nach Osten oder Westen, Norden oder Süden geriet. Die alten Bindungen wurden zerrissen, die alten Wurzeln aus dem Boden gezerrt, um den grotesken Ansprüchen zu genügen, die die neuen Eroberungspläne des Eroberers stellten, oder um die Unruhe und die Ängste zu beschwichtigen, die ihm den Genuß seiner Siege vergällten.
In dieser Menge konnte Kratochvil sich mit Leichtigkeit unsichtbar machen. Er fuhr in dem Anhänger desselben Straßenbahnzugs, in dem auch Milada saß.
Eingeengt von den Menschen auf der überfüllten Plattform des Wagens, vermied er den Schaffner, der das Fahrgeld einkassieren wollte – eine alte Methode, die ihm noch aus der Zeit vertraut war, als er den Schwarzfahrern das Schwarzfahren von Berufs wegen zu versauern hatte. Im übrigen würde er der Gestapo das nichtverfahrene Fahrgeld auf die Spesenrechnung setzen.
So kam er denn zu den Kolben-Daněk-Werken. Er verfolgte Milada durch das große Eingangstor und wurde prompt von dem Wachposten angehalten.
»Ausweis!«
Kratochvil fingerte in seinen zahlreichen Taschen herum und brachte schließlich ein mit vielen Stempeln gestempeltes, sorgfältig in Zellophan gehülltes Dokument zum Vorschein, das er dem Wachposten unter die Nase hielt.
»Bringen Sie mich mal zu Ihrem Chef!« verlangte Kratochvil.
Der Wachposten hatte den Stempel der deutschen Polizei erkannt, bekam Angst und wurde unterwürfig. »Aber sofort, mein Herr! Ich bitte um Entschuldigung, mein Herr!« Er führte Kratochvil zu einem kleinen einstöckigen Gebäude, vor dessen Tür ein gelang-

weilter Soldat mit aufgepflanztem Bajonett auf und ab marschierte.
In diesem Haus wurde Kratochvil von einem ältlichen deutschen Leutnant empfangen, der auf einem Sofa der Ruhe pflegte. Sogar für seine bestrumpften Füße hatte sich der Leutnant ein Kissen verschafft. Leutnant Schinklein las gerade die Morgenausgabe der »Prager Deutschen Zeitung«. Er blickte auf, sah, daß der Besucher nur ein Zivilist war, und fuhr mit seiner Zeitungslektüre fort.
»Guten Morgen«, sagte Kratochvil. »Sind Sie hier zuständig?«
Schinklein bewegte nachdenklich seine Zehen. Dann schob er zwei Finger seiner freien Hand unter den Kragen seiner Uniform und begann sich mit sichtlichem Vergnügen den Nacken zu kratzen.
»Was wollen Sie denn?« knurrte er.
»Hier im Betrieb arbeitet eine gewisse Milada Markova«, begann Kratochvil vorsichtig.
»Und was geht Sie das an?« sagte der Leutnant und widmete sich wieder seiner Zeitung. Er schlug eine neue Seite auf. »Tausende arbeiten hier, und alle haben sie Namen, die kein Mensch verstehen und aussprechen kann. Ein Elend ist das. Und wer hat Sie überhaupt hier hereingelassen?«
»Ihre Einstellung gefällt mir nicht«, erklärte Kratochvil.
Schinkleins Siestastimmung war verflogen. »Was?« sagte er und setzte sich aufrecht. »Gefällt Ihnen nicht – das ist ja großartig! Das ist doch mal was ganz Neues!«
Er stand auf und kam plattfüßig watschelnd auf Kratochvil zu. Er sah aus wie ein Bäckermeister, der sich in der Uniform eines deutschen Leutnants auf einen Kostümball begeben will. »Sie können wohl nicht sehen, Sie Sautscheche, daß Sie's mit einem Offizier der Deutschen Wehrmacht zu tun haben ...«
Kratochvil zückte seinen Ausweis.
Leutnant Schinklein warf einen Blick darauf und äußerte nur einen einzigen Laut: »Oh!« Er ließ seine Zeitung fallen und knöpfte sich eiligst die Uniform zu. Dann suchte er nach seinen Schuhen, konnte sie aber nicht finden. Er ging in die Kniebeuge, fischte nach ihnen unter dem Sofa und ließ aus dieser unbequemen Stellung unartikulierte Laute der Verlegenheit hören.
Endlich war es so weit, daß er dem Spitzel würdig gegenübertreten konnte.
Die beiden Herren nahmen Platz, um zur Sache zu kommen. Kratochvil, der nun dank seiner polizeilichen Verbindungen auf derselben rassischen und gesellschaftlichen Ebene wie der Vertreter des Herrenvolks stand, erläuterte ausführlich, daß Herr Kriminaldirektor Reinhardt persönlich ihn beauftragt habe, ein wa-

ches Auge auf die bereits erwähnte Milada Markova zu haben. Hätte der Herr Leutnant nicht vielleicht einen Vorschlag, wie man dieser Pflicht am unauffälligsten nachkommen könnte?
Der Leutnant, der sich durch soviel Vertrauen geschmeichelt fühlte, dachte lange und gründlich nach und kam schließlich auf einen Plan, den Kratochvil von Herzen billigte. Mit Hilfe eines Overalls und eines großen Schraubenschlüssels würde Kratochvil sich in einen Werktätigen verwandeln – aber nicht in einen gewöhnlichen Werktätigen, sondern, wie schon die Kennmarke auf dem Overall zeigen würde, einen mit Kontrollfunktionen. Mit dieser Kennmarke konnte er den ganzen Betrieb durchstreifen, konnte sich aufhalten, wo er es für notwendig befand, konnte Milada aus der Nähe oder von fern beobachten, wie es ihm am bequemsten schien, und konnte feststellen, wer sich ihr näherte oder wem sie sich näherte. Einverstanden?
Aber sehr, aber durchaus! Ein fester Händedruck besiegelte die neue Freundschaft. Eine kurze Nachprüfung in der Kartei ergab, daß Milada in der Abteilung für Granatzünder beschäftigt war. Kratochvil ließ sich den nächsten Weg dorthin beschreiben. Dann zog er sich seine Proletarierkluft an. Von seinem grauen Hut jedoch konnte er sich nicht trennen und lüftete ihn nur höflich zum Abschied von Leutnant Schinklein, der, sehr zufrieden mit seinen Einfällen von diesem Morgen, vor lauter Liebenswürdigkeit strahlte.
Die Kolbenka offenbarte sich Kratochvil als eine neue und beunruhigende Welt. Da er eine rein parasitäre Existenz führte, war er nicht daran gewöhnt, die Menschen innerhalb ihrer Produktionsverhältnisse zu sehen. Jetzt aber erlebte er sie bei der Arbeit. Fleißig wie Ameisen liefen die einen in der Erfüllung ihm völlig unverständlicher Aufgaben eilig herum, während die anderen an ihren Maschinen standen, als ob sie daran gefesselt wären und in eintöniger Wiederholung immer die gleichen Bewegungen machten. Er fühlte sich überwältigt und stolz zugleich. Die riesige Organisation und ihre Macht, die all diese kleinen Ameisen sich bis zur Erschöpfung abzumühen zwang, erfüllte ihn mit Ehrfurcht, und er war andererseits stolz darauf, daß er, Kratochvil, ein notwendiges und unersetzliches Teilchen dieser Organisation war und das Seinige tat, damit die Ameisen auch weiterhin Ameisen blieben. In ihm verkörperte sich die bestehende Ordnung. Kratochvil war von seiner eigenen gesellschaftlichen Bedeutung zutiefst beeindruckt. Er schlenderte durch die großen Hallen der Kolbenka, den grauen Velourshut, der in sonderbarem Gegensatz zu seinem geflickten Overall und seiner dürftigen Figur stand, auf dem Kopf.

In der Zünderabteilung sah er auf dem endlosen Fluß des laufenden Bandes endlose Reihen noch unfertiger Granaten durch die ganze Länge der Werkhalle schwimmen. Die großen Scheiben der Oberlichtfenster waren schwarz gestrichen worden, damit auch während der Luftalarme weitergearbeitet werden konnte. Das trübe Licht der matten elektrischen Birnen warf auf die fahlen Gesichter der Arbeiter tiefe Schatten, durch die die Blässe noch betont wurde. Es waren meistens Frauen, die in kurzen Abständen hinter dem Band standen – junge, solche in mittleren Jahren und alte, aber alle mit dem gleichen Ausdruck konzentrierter Müdigkeit. Und hinter den Frauen patrouillierten die Vorarbeiter. Gelegentlich prüften sie das eine oder andere Werkstück, aber ihre Haupttätigkeit schien darin zu bestehen, die Frauen mit kurzen, scharfen Kommandos anzutreiben.

Und dort stand auch Milada. Ein straffgezogenes blaues Kopftuch verbarg ihr Haar völlig. Und obwohl sie noch nicht lange gearbeitet haben konnte, war ihr Gesicht schon in Schweiß gebadet und vom Staub der Halle beschmiert. Kratochvil lehnte sich bequem an einen Pfeiler, schob seinen Hut nach hinten und starrte das Mädchen an. Nach kurzer Zeit spürte Milada, daß jemand sie beobachtete, und blickte auf. Sie erkannte den müden Landstreicher von gestern abend sofort wieder und ließ den Zünder, den sie gerade in der Hand hielt, fallen. Unerbittlich bewegte sich das laufende Band weiter, während sie immer noch wie betäubt dastand.

»He, Sie da!« rief einer der Vorarbeiter. »Was stehen Sie da herum und träumen! Ausschuß! immer wieder Ausschuß! Gottverfluchtes Weibervolk – die ganze Nacht huren sie herum, und am Tage schlafen sie! Los, mal gefälligst ranhalten! Daß mir das aufgeholt wird!«

Mechanisch gehorchend, wandte sich Milada ihrer Arbeit wieder zu. Ihre Hände flogen, während sie versuchte, die verlorene Zeit wiederzugewinnen. Aber ihre Granaten waren schon zu weit von ihr fortgerückt. Und als ein paar andere Frauen ihr helfen wollten, geriet der ganze Arbeitsablauf durcheinander. Das Band mußte angehalten werden.

»Sabotage!« schrie ein Vorarbeiter. »Jede Stunde passiert so was!«

Eine tiefe Frauenstimme antwortete ihm: »Warum laßt ihr das Band nicht langsamer laufen? Bei dem Tempo kann doch keiner mithalten.«

»Wer hat hier geredet?«

Keine Antwort.

»Ich ruf die Wache und laß euch alle verhaften!«

»Na mach's doch!« meldete sich die tiefe Stimme wieder. »Dann werdet ihr euch vielleicht selber ans Band stellen, was?«
Aber in diesem Augenblick ruckte das Band wieder an, Ordnung war wiederhergestellt, und nur das Knarren des Bandes und das Klirren der Metallteile, die gegeneinander stießen, waren noch vernehmbar.
Der Werkzeugschlosser Breda betrat die Halle. Er ging langsam und prüfend an dem laufenden Band entlang. In der Nähe Miladas blieb er stehen, beugte sich kurz nieder und zog eine Mutter nach. Als er sich wieder aufrichtete, begegneten seine Augen den ihren, und er begrüßte sie mit einem fast unmerklichen Nicken.
Er sah ihre Unruhe und zog fragend seine Augenbrauen hoch. Sie machte eine unauffällige Kopfbewegung in Richtung Kratochvil. Ob Breda bemerkt hatte, was sie ihm mitteilen wollte, blieb ihr unklar. Er ging gleichgültig weiter, unterhielt sich ein Weilchen mit einem der Vorarbeiter, und erst dann glitt sein Blick wie zufällig zu dem Pfeiler hinüber, von dem aus Kratochvil die Vorgänge beobachtete.
Breda winkte ihm freundlich grüßend zu. In seiner Überraschung lüftete Kratochvil den grauen Hut. »Wußte gar nicht, daß Sie hier beschäftigt sind!« rief Breda ihm durch den Arbeitslärm zu.
Kratochvil wies auf seine Kennmarke. »Kontrollpersonal!« rief er zurück.
»Na, dann viel Glück!« kam es von Breda.
»Was?«
»Viel Glück!« wiederholte Breda.
Dann war Breda verschwunden. Kratochvils gute Stimmung verflog. Daß der Kerl ihn wiedererkannt und gegrüßt hatte! Er fühlte sich nervös und unsicher und dachte, ein wenig Abwechslung würde ihm guttun. Bis zur Frühstückspause konnte Milada sowieso nicht vom Band fort. Also durfte er sich's ruhig etwas leichter machen. Außerdem mußte er den längst fälligen Zwischenbericht an Reinhardt durchgeben.
Aber er verirrte sich in dem Wirrwarr der verwinkelten Gebäude. Die vielleicht gar nicht so zufällige Begegnung mit dem Mann, der ihn während der Nacht beinahe erwürgt hätte, beschäftigte ihn derart, daß er die Abteilung durch den ersten besten Ausgang verließ, statt die Tür zu suchen, durch die er hereingekommen war. Plötzlich merkte er, daß er nicht mehr wußte, wo er sich befand.
Er fragte einen Arbeiter nach dem kürzesten Weg zur Betriebswache. Die Auskunft, die er erhielt, war höflich aber kompliziert. Er folgte dem Weg, den der Mann ihm angegeben hatte, überquerte einen Hof und fand, daß er sich offensichtlich schon wieder

verlaufen hatte. Ein anderer, bei dem er sich jetzt erkundigte, wies ihm eine ganz andere Richtung – erst nach rechts, dann links, dann um dieses Gebäude herum und dann geradeaus. Kratochvil fing an in Schweiß zu geraten.
Die Mauern der Werkhallen um ihn herum sahen düster und abweisend aus. Er hastete weiter. Er stolperte über mehrere Schmalspurgleise. Eine Lokomotive, die plötzlich hinter ihm auftauchte und mit abnormer Geschwindigkeit an ihm vorbeizischte, jagte ihm neuen Schrecken ein. Dann kam noch eine Lokomotive – oder vielleicht war es die gleiche – auf einem anderen Gleis auf ihn zu, tutete wütend, und er mußte rasch beiseite springen.
Jetzt rannte er schon, taumelnd und gehetzt, als ob ihn jemand verfolgte. Der Atem ging in kurzen, harten Stößen. Er glaubte Schritte hinter sich zu hören und sah sich im Laufen um, erblickte aber niemanden. Rings um ihn war der beunruhigende Lärm schwerer Maschinen, ein Schleifen, Stampfen, Rollen, Hämmern. Eine Falle, dachte er zitternd. Ich sitze fest! Gefangen!
Endlich eine offene Tür! Er flüchtete sich hinein und befand sich in der Gießerei. Es war eine Riesenhalle, deren Mauern und Dach von Stahlträgern gehalten wurden. Unter dem Dach befand sich ein Netz von Schienen, an denen entlang die Kräne glitten, still und mit gespenstischer Geschäftigkeit, alle möglichen schweren Stahlteile, Räder, Balken, Rohre, Lafetten in ihren gigantischen Greifern.
Menschen schienen nur wenige hier zu sein. Und diese wenigen sahen wie Zwerge aus, die in ein Land von Riesen geraten waren. Sie erschienen sinnlos und hilflos, überflüssig in diesem Reich übermächtiger eiserner Hände, die Haken statt Finger, Kugellager statt Gelenke, Stahlkabel statt Muskeln hatten.
Kratochvil fühlte sich winzig und verloren. Zaudernd und stokkend ging er auf das andere Ende der Halle zu, wo große Preßlufthämmer sich hoben und herunterkrachten und alles unter sich plattzuschlagen und zu zermalmen schienen.
Wieder hatte er das Gefühl, verfolgt zu werden. Wieder blickte er sich um und sah niemanden. Dann aber veranlaßte ihn irgendeine Regung, den Kopf rasch zu heben, und jetzt sah er einen der Kräne, der direkt über ihm dahinglitt. An sich war das nichts Außergewöhnliches. Kratochvil blieb stehen. Auch der Kran blieb stehen. Kratochvil ging weiter, der Kran fuhr auch weiter. Kratochvil bog nach rechts ein, sobald sich ihm eine Öffnung zwischen den schweren Maschinen bot – der Trägerwagen des Krans schwenkte gleichfalls nach rechts hinüber. Was war das für ein Spiel? Wer gab diesen Kränen Weisung und Richtung. Er sah

keinen Menschen, die Maschinen schienen von allein zu laufen, gnadenlos, kalt, unheimlich. Kratochvil rannte. Auch der Kran steigerte seine Geschwindigkeit – schneller, noch schneller. Es war ein Wettlauf ums Leben und Kratochvil wußte es. Die Maschinen waren hinter ihm her, die Maschinen verfolgten ihn! Er stolperte, seine Knie gaben nach, er riß sich wieder hoch in verzweifelter Angst, Speichel stand ihm auf den Lippen und seine Augen brannten.
Plötzlich hörte er jemanden rufen: »Achtung!«
Er blickte auf.
Der Schrei des Schreckens wurde nicht mehr laut. Pan Kratochvil wurde unter vielen Tonnen Stahl zerdrückt. Über ihm stand der Kran mit offenem Greifer, still und unschuldig.
Der graue Velourshut, Kratochvils Stolz, lag neben seinem stählernen Grabmal wie der Helm des Nazi-Soldaten auf dem kleinen grasbewachsenen Hügel.
Die Arbeit in der Gießerei ging nicht weiter. Von allen Seiten eilten die Leute zu dem Schauplatz des Unfalls, dann kamen die Krankenträger, ein Werksarzt und der Leiter der Gießerei.
Ein Arbeiter hatte den Hut aufgehoben und betrachtete ihn angelegentlich.
»Wer war denn das überhaupt?« fragte er. »Von unseren hier trägt doch keiner so einen Hut bei der Arbeit!«
»Wir werden erst das ganze Zeug heben müssen, bevor wir an ihn herankommen«, sagte ein anderer zu den Krankenträgern. »Viel wird nicht von ihm übriggeblieben sein, nehme ich an.«
»Wie ist es denn passiert?« erkundigte sich der Arzt.
»Weiß nicht. Kurzschluß vielleicht.«
»Aber die Lampen brennen doch!« sagte der Arzt.
»Kann ja auch ein Kurzschluß im Kran gewesen sein. Wir haben nicht genug Leute für laufende Überprüfung und Reparaturen. Ist noch ein Wunder, daß so etwas nicht jeden Tag vorkommt.«
»Also genug jetzt! Schluß! Zurück an die Arbeit!«
Die Männer kehrten zu ihren Arbeitsplätzen zurück, die Kräne bewegten sich wieder, die Hämmer, die wie versteinert gestanden hatten, fielen oder hoben sich wieder.
Vom Dach her senkten sich die Greifer des Krans. Die stählerne Ladung wurde gepackt und entschwebte nach oben mit einer Leichtigkeit, als handelte es sich um ein paar Streichhölzer.
Der Arzt, der den ganzen Vorgang aufmerksam beobachtete, bemerkte, daß der Kran wieder in bester Ordnung zu sein schien. Er wunderte sich ein bißchen – zog es aber vor, nichts zu sagen. Es war besser, man mischte sich nicht in solche Angelegenheiten, die Zeiten waren zu gefährlich. Und was ging es ihn an? Ein Kurz-

schluß. Was verstand er schon von elektrischen Anlagen? Abgewandten Auges befahl er den Krankenträgern, die flachgequetschten blutigen Überreste des Pan Kratochvil hinauszutragen. Den grauen Hut, den stummen Zeugen der Tragödie, nahm er selber mit.

Der Hut ermöglichte es Leutnant Schinklein, das Opfer des Unfalls zu identifizieren. Sobald ihm der Hut auf den Schreibtisch gelegt wurde, dachte er: Kratochvil!, und eine hastige Suchaktion wurde eingeleitet. Das Ergebnis dieser Suchaktion ließ keinen Zweifel daran, daß dunkle Kräfte am Werk waren, die den friedlichen Arbeitsablauf in Schinkleins Wirkungsbereich zu stören gedachten.

Dem Leutnant gefiel das gar nicht. Er liebte die Ruhe, und sein Posten in der Kolbenka hatte wie eine ruhige Stellung ausgesehen. Er war von Natur friedlich, er war ein Familienvater und suchte den Krieg seiner Lebensweise anzupassen. Und nun kam dieser außergewöhnliche Unfall und brachte Schinkleins Tätigkeit völlig durcheinander, erfüllte ihn mit bösen Vorahnungen und belastete ihn vor allem mit einer Verantwortung, der er nicht gewachsen war und die zu tragen er gar keine Lust hatte. So war Leutnant Schinklein in dieser Krise seiner Militärlaufbahn hauptsächlich darauf bedacht, die Verantwortung auf andere Schultern abzuschieben, und deshalb rief er bei der Gestapo an.

Er mußte eine Weile warten, während sein Gespräch von Abteilung zu Abteilung umgelegt wurde. Er mußte seinen Bericht dreimal wiederholen, bevor er endlich jemanden fand, der sich genügend dafür interessierte und ihm mitteilte, daß das wohl eine Sache für Herrn Kriminaldirektor Reinhardt selbst sei und daß er bitte am Apparat bleiben möchte; man würde versuchen, den Herrn Direktor sofort zu erreichen.

Reinhardt hatte nur ein paar Stunden schlafen können, und es war kein erquicklicher Schlaf gewesen. Die Geiseln hatten ihn bis in seine Träume verfolgt: Figuren, die einem grinsenden Prokosch, einem unterwürfig kriechenden Preissinger, einem idiotisches Zeug schwatzenden Janoschik verzweifelt ähnlich waren, hatten ihn in einem Totentanz herumgewirbelt. Wallerstein war auch darin vorgekommen und hatte Millionen Notizzettel in die Luft geworfen und den Träumer unter einem Berg engbeschriebenen Papiers begraben, das er immer wieder vergeblich zu lesen versuchte. Und über dem ganzen Wahnsinn schwebte mitten in der Luft Milada. Sie trug das enganliegende buntflimmernde Kostüm einer Varieteartistin, das alle Reize ihres Körpers betonte und enthüllte. Aber sosehr er sich auch abmühte, er konnte Milada nicht greifen; und plötzlich hatte sie nicht mehr ihr eigenes Gesicht, sondern Glasenapps und sie war unter Wasser und drehte und wand sich, während Reinhardt ihr nachspringen wollte. Aber Gruber gestattete ihm den Sprung nicht. Gruber hielt ihn an der Schulter fest und ließ sich nicht abschütteln.

Er wachte auf und fand, daß Gruber ihn tatsächlich an der Schulter gepackt hatte. Reinhardt lag auf der Couch im Nebenzimmer seines Dienstraums, das für kleinere Konferenzen gedacht war, das er aber auch zum Ausruhen benutzte, wenn er keine Zeit hatte, in seine Wohnung zu fahren.

»Ein Telefonanruf, Standartenführer«, sagte Gruber. »Dringend. Es ist etwas passiert, und ich habe mir gedacht, Sie würden die Sache eventuell selbst in die Hand nehmen wollen.« Gruber erinnerte sich noch sehr gut an den Tadel, den Reinhardt ihm verpaßt hatte, nachdem er all die Geiseln auf eigene Faust verhaftet hatte. »Haben Sie aber tief geschlafen, Standartenführer!«

Reinhardts Hemd war verschwitzt und zerknüllt, er sah erschöpft aus und roch aus dem Munde. Er warf sich die Uniformjacke über die Schultern und taumelte noch schlaftrunken zum Telefon.

»Hallo?« sagte er heiser.

»Leutnant Schinklein in den Kolben-Daněk-Werken am Apparat. Ich bin hier nämlich verantwortlich, verstehen Sie...«

»Ja, ja«, sagte Reinhardt ungeduldig. »Kommen Sie bitte zur Sache!«

Der Leutnant, der es schon satt hatte, seinen Bericht immerzu wiederholen zu müssen, fühlte sich beleidigt und beschwerte sich: »Also wenn man bei Ihnen keinen Wert darauf legt, daß einer Ihrer Vertrauensleute in unserem Laden buchstäblich zu Brei gequetscht wurde – ich reiße mir kein Bein aus deswegen. Aber was machen wir mit der Leiche?«

»Hören Sie mal zu, Herr Leutnant, hier spricht Kriminaldirektor Reinhardt. Und falls Sie es nicht wissen sollten, ich stehe im Rang eines Obersten und erwarte von Ihnen, daß Sie Ihren Bericht höflich und in einer Form geben, wie sich's gehört, verstanden?«

»Jawohl, Herr Kriminaldirektor! Entschuldigen Sie bitte, Herr Kriminaldirektor!« Schinklein schlug im Geist die Hacken zusammen und dachte: Ach, du gütiger Gott, ich wußte ja, daß diese verfluchte Sache mir nichts als Ärger einbringen wird. »Heute früh«, berichtete er, »stellte sich bei mir ein Mann vor, ein Tscheche, und wies sich als Mitarbeiter Ihrer Dienststelle aus. Er hieß Kratochvil.«

»Kratochvil?« fragte Reinhardt erschrocken. »Und was, sagten Sie, ist ihm passiert?«

»Er ist tot. Ein Unfall.«
»Unglaubhaft!« sagte Reinhardt.
»Ich versichere Ihnen, Herr Kriminaldirektor, der Mann ist wirklich tot. Da gibt es auch nicht ein Teilchen von ihm, das noch in seiner ursprünglichen Form wäre. Er wurde einfach plattgedrückt. Bitte glauben Sie mir, Herr Kriminaldirektor!« bat der Leutnant.
»Ich meinte, es ist unglaubhaft, daß ein Unfall vorliegt«, setzte Reinhardt ihm ärgerlich auseinander. »Und was hat Kratochvil in den Kolben-Daněk-Werken gesucht? Und warum haben Sie ihn allein gehen lassen?«
Leutnant Schinklein verteidigte sich: »Er äußerte keine diesbezüglichen Wünsche, Herr Kriminaldirektor, und schien durchaus in der Lage zu sein, sich selbst um seinen Schutz zu kümmern. Außerdem überschritte es meine Befugnisse, wollte ich mich in die Angelegenheiten von Vertretern Ihrer Behörde einmischen.«
»Schon gut! Schon gut! Was hat er also gewollt?«
»Er hielt eine gewisse Milada Markova unter Beobachtung, die in unserer Abteilung für Artilleriezünder arbeitet.«
Schinklein hörte seinen Gesprächspartner nachdenklich vor sich hinpfeifen.
Dann fuhr Reinhardt fort: »Und was haben Sie unternommen?«
»Wir haben die Leiche identifiziert. Wir haben eine Untersuchung eingeleitet über die Ursache des Unfalls. Ein Kurzschluß scheint vorgelegen zu haben. Mehrere Tonnen Stahl sind von einem Kran auf Kratochvil gefallen und haben ihn erdrückt.«
»Details über Kratochvil interessieren mich nicht mehr!« brüllte Reinhardt. Diese Wehrmachtsoffiziere – lauter Dummköpfe! »Selbst Sie, Schinklein, sollten doch sehen können, daß ein toter Spitzel nur noch in sehr beschränktem Maße brauchbar ist. Was haben Sie mit der kleinen Markova gemacht?«
»Wieso – nichts!«
»Hab ich mir doch gedacht. Würden Sie die Güte haben, sie sofort zu verhaften und sie hierher zu mir bringen zu lassen? Kann ich Ihnen das anvertrauen, oder soll ich Ihnen lieber ein paar Mann von mir zur Verfügung stellen?«
»Jawohl, Herr Kriminaldirektor! Nein, Herr Kriminaldirektor! Ich meine, selbstverständlich verhaften wir sie, Sie können sich ganz auf uns verlassen!« Schinklein wollte Reinhardt noch weitere Zusicherungen in bezug auf seine Zuverlässigkeit und Tüchtigkeit machen und sich außerdem ausführlich entschuldigen, aber er hörte an einem leisen Klicken, daß der Telefonhörer am anderen Ende aufgelegt worden war. Schinklein wünschte alles zum Teufel

– sich selber, die Kolbenka, Kratochvil und das Schicksal, das ihn, den ehemaligen zweiten Kassierer der Handelskreditanstalt in Osnabrück, dazu verdammte, den Prügelknaben für Sachen zu spielen, mit denen er gar nichts zu tun hatte.

Reinhardt begab sich in sein Büro und machte Toilette, wobei ihm das Baby hilfsbereit die Uniform abbürstete und die Stiefel nachpolierte. Beim Rasieren verzog der Standartenführer in Gedanken das Gesicht. Kratochvils Tod, das sah er deutlich, konnte nicht als ein einzeln stehender Zwischenfall betrachtet werden. Dieser Tod war nur eine Phase innerhalb einer systematisch angelegten Verschwörung, bei der weder Anfang noch Ende, weder Gestalt noch Umfang abzusehen waren. Mit dem Fall Glasenapp hatte er ein ganzes Hornissennest aufgescheucht, und jetzt schwärmten die Biester aus und stachen.

Man mußte zunächst einmal die verschiedenen Ereignisse und Erscheinungen im Zusammenhang betrachten und sehen, wo sie miteinander verzahnt waren. Prokoschs Selbstbezichtigung – Janoschiks angeblich ergebnislose Fahrt zum Parnaß – Miladas verbockte Verschlossenheit – Preissingers Denunziation Janoschiks – und jetzt gerade der Tod des Mannes, der hinter einer der Hornissen her war.

Aber worauf lief all das hinaus? Wer verbarg was? Wer schützte wen? Was war geplant gewesen und was wurde noch geplant? Und wer war noch an der Sache beteiligt?

Murtenbacher hatte schon recht. Einfach alle liquidieren. Aber liquidieren löste das Problem auch nicht – denn immer blieb ein Teil des Netzes zurück, und dann wurden neue Fäden gesponnen, und kurze Zeit darauf stand man wieder vor der gleichen Situation. Man mußte der Sache auf den Grund gehen, dorthin, wo die Männer saßen, die auf der anderen Seite am Draht zogen, so wie er auf seiner Seite am Draht zog. Aber diese Männer waren gerissen und schwer zu fassen. Und wenn es gar keine Drahtzieher gab? Wenn es einfach das ganze Volk war?

Er mußte eben doch damit anfangen, daß er nach den großen Grundzügen der Verschwörung suchte. Aber die Einzelheiten, die ihm vorlagen, widersprachen einander. Wenn Prokosch sich als Glasenapps Mörder auszugeben vorhatte, warum erfand Janoschik dann die Geschichte von dem zweiten Glasenapp-Brief? Wenn Milada von dem Selbstmord wußte, warum hatte sie sich geweigert, es zuzugeben, obwohl sie befürchten mußte, in einen Mordfall verwickelt zu werden? Warum denunzierte Preissinger den Janoschik und nicht den Schauspieler Prokosch? Waren sie alle mit an der Verschwörung beteiligt oder nur einige von ihnen,

und was für Zusammenhänge gab es zwischen Milada und den Geiseln? Sollte es doch möglich sein, daß Glasenapp ermordet worden war?
Überhaupt nichts war sicher geblieben, alles war durcheinander.
Ich muß wieder Boden unter die Füße bekommen. Irgendwo muß ich einen festen Standpunkt finden, sonst geht mir nicht nur der ganze Fall in die Binsen, sondern ich werde auch noch verrückt darüber. Aber je mehr er nachdachte, desto weniger schien er zu wissen.
Schließlich bekam er sogar Angst. Angst, daß er etwas vor sich hatte, dem gegenüber er machtlos war. Und Angst war das einzige, was er nicht haben durfte. Er durfte den Kopf nicht verlieren. Er mußte zurückkehren zu den prosaischen, soliden, erprobten, sicheren Methoden der Polizeiarbeit – Verhör, Durchsuchung, Verhaftung, Tortur. Und endlich ein paar handfeste Resultate erzielen!
Irgendwann heute würde er sich Milada vornehmen – und diesmal, das versprach er sich, würde er sie kleinkriegen. Und Janoschik – Janoschik würde er in winzige Stückchen zerreißen lassen. Und wenn man dem Mann das Herz aus dem Leibe peitschen müßte, um ihm sein Geheimnis zu entreißen, so würde man auch das tun! Und der Plan blieb, wie man ihn von Anfang an festgelegt hatte: *Glasenapp war von Unbekannt ermordet worden. Und Preissinger würde zusammen mit den anderen Geiseln erschossen werden!*

Sämtliche Vorbereitungen für Janoschiks Verhör waren schon getroffen, bevor Reinhardt sich in den Kesselraum im Keller der Gestapo begab, um die letzten feinsten Einzelheiten anzuordnen.
Janoschik war aus dem Stehsarg herausgeholt worden. Gruber brachte ihn mit bösartigen Stößen in die Nieren dazu, sich immer wieder aufzuraffen, bis er im Heizraum anlangte. Dort wurde er von Moenkeberg in Empfang genommen, der in Hemdsärmeln dastand, bereit, die Widerstandsfähigkeit des Gefangenen zu begutachten. Man befahl Janoschik, sich zu entkleiden. Die anwesenden SS-Leute, unter denen er Enzinger und Walters wiedererkannte, grinsten und machten Witze über seine Körperbehaarung und sein Geschlechtsteil, das sich – obwohl sein Bewußtsein frei von Furcht war – durch die rein physische Reaktion seiner Nerven zusammengezogen hatte.
Moenkeberg tastete ihn ab. Er befühlte seine Rückenmuskeln, prüfte die Haut, die Stärke der Schultern. Moenkebergs Hände

hatte Erfahrungen: Dieser Mann ist stark. Er ist nicht mehr jung, aber sein Fleisch ist noch fest, und er wird eine Menge Schmerzen aushalten können. Moenkeberg schätzte Janoschik ab wie der Viehhändler den Stier abschätzt, den er fürs Schlachthaus kauft. Auf Grund des Ergebnisses seiner Untersuchung wählte er die Rute aus, die ihm am wirkungsvollsten erschien – einen langen elastischen Stahl, der tief einschnitt, wenn man mit der genau richtigen Kraft und im genau richtigen Winkel zuschlug. Er ließ sich die Stahlrute fast liebevoll durch die Hand gleiten. Dann zündete er sich eine Zigarette an und wartete. Jedesmal, wenn die Asche zu lang wurde, strich er sie sorgfältig an der Rute ab.
Janoschik beobachtete all das, als ob es in gar keiner Beziehung zu ihm stünde. Es erschien auch völlig unglaubhaft und unwirklich. Er mußte sich einen Stoß geben, um tatsächlich zu glauben, daß er, Janoschik, selbst es war, der hier nackt und allein vor diesen Uniformierten stand. Die SS-Leute betrachteten ihn anscheinend mit kaum mehr Interesse, als etwa ein Wäschereiarbeiter für das Bettlaken empfindet, das er durch die Mangel zu drehen hat. Am deutlichsten und direktesten noch verspürte Janoschik die Rauheiten des Zementfußbodens unter seinen Sohlen. Das war ein lästiges Kitzeln, und er trat von einem Fuß auf den anderen, um sein Gewicht zu verlagern.
»Worauf warten wir eigentlich?« fragte Gruber. Da Janoschik nie viel Respekt für ihn gezeigt hatte, betrachtete das Baby diesen Tschechen als persönlichen Erbfeind.
Moenkeberg sah fast verträumt aus, als er sich umwandte. »Auf Reinhardt warten wir«, erklärte er. »Der Standartenführer will dem Verfahren selbst beiwohnen.«
»Da könnte man den Kerl inzwischen wenigstens soweit fertigmachen«, schlug Gruber vor.
Moenkeberg hatte keine Einwände. »Von mir aus ... Aber schnallt ihn anständig fest. Ich hab's nicht gern, wenn sie sich bewegen.«
Der redet ja über *mich*, dachte Janoschik. *Mich* wollen sie soweit fertigmachen. *Mich* wollen sie anständig festschnallen. Er hat's nicht gern, wenn *ich* mich bewege. Warum soll ich mich bewegen? Ganz still und entspannt muß man liegen. Je entspannter man ist, desto weniger fühlt man.
Enzinger und Walters näherten sich ihm. »Los, komm mit«, sagte Enzinger, nicht einmal unfreundlich. Für sie hatte Janoschik aufgehört, ein einzelnes menschliches Geschöpf mit Herz und Verstand, Seele und Nerven zu sein. Er war zu einen Stück Material geworden, das bearbeitet werden mußte und an der Bearbeitung eben manchmal kaputtging. Hätte Janoschik Widerstand geleistet, würden sie kurzen Prozeß mit ihm gemacht haben.

Aber er schien fügsam genug zu sein.
Sie führten ihn zu dem Tisch. Bevor er wußte, was ihm geschah, hatten sie ihn gepackt und mit dem Bauch nach unten auf den Tisch geworfen. Sein Leib wehrte sich unwillkürlich. Sein Leib bäumte sich auf und spannte die Muskeln, damit die Riemen nicht so eng schlossen, aber wiederum erwies sich die Brutalität der SS stärker als das widerspenstige Fleisch. Ein Schlag ins Genick ließ seine Muskeln schlaff werden, und die Riemen wurden angezogen und verbanden ihn fest mit dem länglichen Tisch, der durch das Zucken und Beben der zahllosen Vorgänger Janoschiks bereits glattgescheuert worden war.
Sein Kopf lag seitlich auf den Tisch gepreßt. Er konnte ganz klar einen kleinen Ausschnitt der Holzplatte sehen und darüber hinaus ein Stück des Fußbodens, eine Ecke des einen Heizkessels und anderthalb oder zwei Meter dunkelgraue Wand. Die Aussicht bot ihm wenig Trost.
Jetzt hörte er eilige Schritte und militärisch-strammes Grüßen. Reinhardt war wohl gekommen. Bald danach fing eine Schreibmaschine an zu klappern, die trockene Stimme des Gestapo-Chefs diktierte: »Fall Glasenapp – Verhör von Janoschik, Tscheche, männlich, wurde fortgesetzt.« Dann eine Pause. Die Stimme fragte: »Wie spät ist es genau?« Jemand antwortete: »Zehn Minuten nach elf, Standartenführer.« Die Stimme sprach mechanisch weiter: »Elf Uhr zehn, Dienstag, den 14. Oktober 1941.«
Eine Stille trat ein, die Janoschik wie eine Ewigkeit erschien. Dann endlich kündigte das leichte Knarren von einem Paar Stiefeln an, daß jemand sich näherte. Bald kamen auch Stiefel und Reithosen eines Mannes in Janoschiks Blickfeld. Ein Stuhl wurde hinter die Reithosen gestellt. Der Mann setzte sich. Janoschik starrte in das blasse Gesicht Reinhardts.
»Ich hab dir ein Versprechen gegeben«, sagte Reinhardt. »Erinnerst du dich? Ich halte meine Versprechen, darum bin ich gekommen.«
Janoschik hielt eine Antwort für unnötig.
»Wir haben uns dir gegenüber außerordentlich großzügig verhalten, Janoschik. Das war ein Fehler. Wenn wir Fehler gemacht haben, sind wir bereit, sie einzugestehen. Du hast unsere Anständigkeit und Menschlichkeit mißbraucht und hast uns einen Haufen Lügen über das Ende des Leutnants Glasenapp erzählt.«
Die Schreibmaschine in der Ecke ratterte geräuschvoll. Das Schnarren ihres Schlittens, das den Beginn jeder neuen Zeile ankündigte, gab eine unregelmäßig abgehackte Begleitmusik für Reinhardts Predigt ab.
»Natürlich kannst du jetzt nicht erwarten, daß so etwas straflos

ausgeht. Ich bin als ein Mann bekannt, der zu seinem Wort steht. Aber du kannst dir eine Menge Unannehmlichkeiten ersparen, wenn du mir jetzt sagst, warum du diese scheinbar unnötige Durchsuchung des Parnaß angezettelt hast.«

Die beiden Männer blickten einander an, Aug' in Auge, aber jeder sah den anderen in einem Winkel von neunzig Grad. Janoschik erschien die dünne Nase des Gestapo-Chefs horizontal, während die blutlosen Lippen die irgendwie obszön wirkende Umrahmung einer schwarzen Vertikallinie, des Mundes, bildeten.

Auch Reinhardt, obwohl er eine Totalansicht hatte, sah die beiden Augen seines Feindes nicht neben-, sondern übereinander, und beide waren sie voll des gleichen Hasses, der gleichen Verachtung. In seinen früheren Gesprächen mit Janoschik hatten sich diese Augen meist hinter ihren schweren Lidern versteckt, oder sie hatten mit gleichgültiger Schläfrigkeit in die Welt geblickt. In dieser verschobenen Perspektive aber schien es dem Gestapo-Beamten, daß er Janoschik zum erstenmal wirklich erkenne, und zwar einen ganz anderen, einen gefährlichen Janoschik, den wahren Janoschik.

Und wieder fühlte er dieselbe unangenehme Leere in seinem Magen, dieselbe dunkle Vorahnung, die er gespürt hatte, als er die Nachricht von Kratochvils plötzlichem Unfall erhielt.

Janoschik bewegte die Lippen. Reinhardt verstand nicht, was er sagte. Er beugte sich vor, noch dichter an des anderen Gesicht heran.

Janoschik flüsterte: »Warum fängst du nicht an, Reinhardt?«

Der Gestapo-Chef fuhr zurück, grau im Gesicht. Der Mann da war fest an den Foltertisch geschnallt, an dieser Tatsache war nicht zu rütteln. Und doch hatte Reinhardt einen Moment lang geglaubt, daß jemand ihn tätlich angriff.

Janoschik sah, wie Reinhardts Mund sich ganz hart zusammenpreßte. Und das war auch das letzte, was er je von Reinhardt sah – diese Lippen, fest zusammengedrückt wie die Schalen einer Muschel.

Reinhardt verließ Janoschik und setzte sich in einen der bequemen Sessel in der Nähe der Schreibmaschine. Die trockene Stimme diktierte weiter: »Da der Gefangene die Aussage verweigerte, wurde das Verhör von Hauptscharführer Moenkeberg fortgesetzt.«

Der treue Moenkeberg, der bis jetzt fast bewegungslos dagestanden und eine Zigarette nach der anderen geraucht hatte, nahm sich die Krawatte ab und knöpfte den Hemdkragen auf. Er sah seinen Chef an.

»Anfangen!« sagte Reinhardt.

Gruber leckte sich die Lippen. Mit seinen kindlich-gläubigen Augen verfolgte er Moenkeberg, der sich trotz seiner wuchtigen Gestalt mit beinahe katzenartigen Bewegungen an sein Opfer heranmachte. Es fiel Gruber auf, wie die lebendige Haut Janoschiks durch die Riemen, die den Körper festhielten, in regelmäßige Abschnitte eingeteilt war. Dann sah er, wie Moenkeberg den Arm hob und wie etwas blitzartig niedersauste.

Die Stahlrute pfiff durch die Luft und klatschte auf das Fleisch. Die SS-Leute atmeten auf, die Spannung war gebrochen. Reinhardt streckte die Beine von sich und betrachtete die Spitzen seiner glänzend polierten Stiefel. Moenkebergs Arm hob sich zum zweiten Schlag.

Auch Janoschik spürte so etwas wie Erleichterung. Er hatte erwartet, der Schmerz dieses ersten Schlages würde so überwältigend sein, daß er die Grenze des Erträglichen überschritt. Zu seiner Überraschung fand er jedoch, daß der Schmerz sich aus mehreren Empfindungen zusammensetzte, deren jede einzelne ihm in diesen Bruchteilen einer Sekunde genau bewußt wurde. Da war das Erbeben seiner Haut und ein Gefühl ungeheurer Spannung in dem Streifen quer über seinem Rücken, wo er getroffen worden war. Dann ganze Schmerzwellen, die von dem Aufschlag der Peitsche ausgingen und durch seine Nervenspitzen bis in seinen Hinterkopf flossen. Da war die explosive Reaktion seiner Muskeln, über die er keine Gewalt hatte. Sie zogen sich zusammen und versuchten seinen Körper hochzuwerfen, vergebens natürlich, da die Riemen ihn festhielten. Dann war da dieser Drang, alles herauszuschreien. Und gegen diesen Drang stemmte er sich. Sein Verstand begann zu arbeiten, ein Kampf zwischen Willen und Nerven begann. Er mußte etwas haben, auf das er sich konzentrieren konnte. Und dies war es, um das er all seine bewußten Kräfte sammelte: Ich werde nicht schreien!

Er spürte, wie ihm die Haut brach an der Schwiele, die die Stahlrute geschaffen hatte. Das Blut barst durch die straffgespannte Haut in heißen schweren Tropfen. Er war in kalten Schweiß gebadet, dessen Salzgeschmack ihm auf die Zunge kam, als er sich die Oberlippe befeuchten wollte.

Überhaupt wunderte es Janoschik, daß sein Gehirn unter der Wucht des Schmerzes so einfach weiterfunktionierte. Es funktionierte wie ein Seismograph, der jede Zuckung seiner Nerven festhielt. Vielleicht läßt sich's aushalten, dachte Janoschik.

Dann fiel der zweite Schlag. Wieder der Schmerz, wieder der Schock und die fürchterliche Erschütterung seines Nervensystems. Und dann der dritte Schlag. Und der vierte, der fünfte, der sechste Schlag.

Moenkeberg arbeitete systematisch, ruhig, unbeirrt. Das war ja der Grund, warum Reinhardt ihm eine so wichtige Tätigkeit anvertraute. Und Moenkeberg hatte sich lange und oft üben können. Wenn er zielte, traf er. Er legte seine Hiebe so, daß sie parallel zueinander fielen, mit einem Zwischenraum von ungefähr zweieinhalb Zentimetern. Er vermied es sorgfältig, eine offene Wunde noch einmal zu treffen, denn dann würde der Gefangene zu schnell bewußtlos werden. Und über einen Bewußtlosen hatte man bekanntlich keine Macht mehr.
Nein, Janoschik wurde nicht bewußtlos. Er schrie auch nicht, aber das Stöhnen, das durch seine fest zusammengebissenen Zähne drang, hatte sich von seinem Willen unabhängig gemacht. Das Stöhnen veranlaßte Enzinger zu der Bemerkung: »Stark ist der wie ein Ochs!«
Walters antwortete: »Primitiv, verstehst du. Bei all diesen minderwertigen Rassen haben die Leute überhaupt keine Nerven.«
Gruber war allmählich bleich geworden. Die Hand, mit der er sich seine Zigarette ansteckte, zitterte, und auch seine Lippen zitterten, so daß ihm die Zigarette vom Mund auf den Boden fiel und er sie aufheben mußte. Dabei war sie schmutzig geworden, er fluchte und trat sie aus.
Die siebente Schlag. Der achte Schlag.
Und immer noch kämpfte Janoschiks Wille gegen seine Nerven. Der Schmerz schien hörbar geworden zu sein. Tiefe Akkorde schwebten von irgendwoher auf ihn zu, schwollen an, erreichten ein wütendes Fortissimo und klangen wieder ab.
Und dazwischen Reinhardts trockene Stimme, die sich erkundigte: »Macht er's noch?« Und dann Moenkebergs Knurren: »Noch. Jawohl.«
Aber das kam schon von sehr weit weg, kam schon wie aus einer ganz anderen Welt; er, Janoschik befand sich bereits auf einer Ebene, wohin sie ihm nicht folgen konnten.
Der neunte Schlag. Der zehnte Schlag.
Er konnte noch fühlen. Der Schmerz war da, hatte aber nicht mehr diese Gewalt über ihn. Sehen konnte er jedoch nichts mehr, sosehr er auch die Augen aufriß. In seinen Augen stand Flüssigkeit, er wußte nicht, ob es Wasser war oder Blut. Und immer noch kämpfte er.
Alles in ihm konzentrierte sich jetzt auf das Stückchen zerknüllten Papiers, das auf den Fliesen der Toilette im Parnaß gelegen hatte. Die Adresse von Watzlik. Er dachte an den Schatten, den er gesehen hatte und der eine gewisse Ähnlichkeit gehabt hatte mit dem kahlköpfigen Eisenbahner, und der Schatten wuchs ins Gigantische und fiel über das Stückchen weißes Papier und ver-

schlang es. Dann tauchten von irgendwoher die Hände Bredas auf, starke, zuverlässige Hände. Und so wie sie aufgetaucht waren, verschwanden sie wieder, und an ihrer Stelle sah er gelbe, rote, weiße Eruptionen, die wild flackernd zu unglaublichen Höhen emporschossen.
Der elfte Schlag.
Er lachte. Er lachte tatsächlich. Es war ein dünnes, gequältes Lachen. Es klang so grauenhaft, daß Gruber sich fragend umsah – wo kam das Lachen her? Erst nach einer Weile merkte das Baby, daß Janoschik es gewesen war, der gelacht hatte.
In diesem Augenblick öffnete sich die Tür. Der neue Besucher trug einen weißen Kittel über seiner schwarzen Uniform. Sein Haar war ganz kurz geschnitten, und er hatte ein Glasauge, das unbeweglich blieb, während das andere auf Reinhardt blickte.
»Ah, der Herr Doktor!« begrüßte ihn der Gestapo-Chef. »Möchten wohl mal nachschauen?«
Der SS-Arzt nickte. Er begab sich zu dem Tisch, auf dem Janoschik lag. Janoschik rührte sich nicht, nur seine Beine zuckten krampfhaft, und das Blut lief ihm über den Rücken.
Das sehende Auge des Arztes verfolgte das Muster, das von den Wunden gebildet wurde.
Es verfolgte auch Moenkebergs stählerne Peitsche, die zum zwölften Schlag herabzischte. Er sah, wie Janoschiks Leib sich unter dem Schlag zu winden suchte. Er sah ein Gemenge von Blut und Kot. Er hielt sich ein Taschentuch vor die Nase und tadelte väterlich: »Machen Sie mal lieber 'ne Pause, Moenkeberg, mein Junge. Sonst krepiert er Ihnen.«
»Er ist ja noch bei Bewußtsein«, antwortete Moenkeberg und griff nach einem alten Lappen, um sein Handwerkszeug abzuwischen.
Der Arzt wandte sich Reinhardt zu. »Was hatten Sie für Absichten mit dem Mann?«
»Er ist einer von den Geiseln. Morgen erschießen wir ihn.«
Das sehende Auge des Arztes blickte direkt auf die verkniffene Linie, die Reinhardts Mund darstellte. »Da werden Sie sich die Kugel sparen können, wenn Sie so weitermachen.«
»Ich wünsche auch nicht, daß er mir jetzt stirbt!« Es klang fast, als sehe sich der Gestapo-Chef veranlaßt sich zu verteidigen. »Ich muß nur gewisse Tatsachen aus ihm herausholen.«
»Gießen Sie ihm Wasser über den Kopf«, ordnete der Arzt an. »Schnallen Sie ihn ab. Lassen Sie ihn eine halbe Stunde ausruhen.« Dann beugte er sich hinab zu Reinhardt und flüsterte: »Ihre Beweggründe in Ehren, Standartenführer – aber die Ausdauer des menschlichen Organismus hat gewisse Grenzen.« Und fügte laut

hinzu: »Ein interessantes medizinisches Problem, sehr interessant.«
Der Mann an der Schreibmaschine wurde nach Schnaps geschickt. Der SS-Arzt ließ sich neben Reinhardt in dem zweiten Sessel nieder, schlug die Beine übereinander und fuhr fort: »Eine Menge Widerstandskraft in diesem Volk – physisch und auch sonst. Haben Sie Schwierigkeiten?«
»Nein.«
Das sehende Auge des Arztes blickte zu Boden, während das Glasauge den Gestapo-Chef anstarrte. »Sie sehen abgespannt aus. Vielleicht sollten Sie mal Ferien machen. Wenn Sie wollen, werde ich Sie bei Gelegenheit gründlich untersuchen.«
Reinhardt glaubte keineswegs, daß die Besorgnis des Arztes um seinen Gesundheitszustand aus lauterer Menschenliebe stammte. »Also heraus damit!« sagte er. »Was haben Sie auf dem Herzen?«
Der Schnaps, der jetzt gebracht wurde, unterbrach das Gespräch. Reinhardt goß ihn in kleine Gläschen. »Nun – auf den Führer!« Es gehörte sich, daß man mit einem Schluck austrank.
Die Gläser wurden frisch gefüllt, und die zwei Herren tranken auf ihre beiderseitige Gesundheit.
»Eine Menge Widerstandskraft in diesem Volk«, widerholte der SS-Arzt philosophisch. »Ich habe auf diesem Gebiet gewisse Forschungen angestellt. Ich habe ganze Tabellen angelegt, von denen man ablesen kann, wie hoch die Rate der Leidensfähigkeit im Menschen ist. Aber stellen Sie sich mein Pech vor – ich komme einfach nicht zu einem endgültigen Resultat. Dauernd muß ich die Tabellen revidieren, und zwar nach oben, stellen Sie sich das vor! Je länger wir unsere Methoden praktizieren, desto ausdauernder, scheint es, werden unsere Patienten. Da soll einer noch Lust und Liebe zur Sache haben!
Prost!« Noch ein Schnaps. Noch mal heruntergegossen.
»Na schön – aber was haben Sie auf dem Herzen, habe ich Sie gefragt.«
»Es ist wegen eines Kollegen von mir, den Sie in Gewahrsam haben, Standartenführer.«
»Wallerstein?«
Der Arzt nickte.
»Da werde ich leider sehr wenig für Sie tun können. Er und die anderen Geiseln werden morgen erschossen.« Reinhardts Erklärung klang unabänderlich und endgültig.
»Aber nein, nein, nein!« sagte der Arzt. »Was denken Sie denn von mir? Ich habe doch keinen Wohltätigkeitsfimmel. Aber ich wollte Sie fragen – der Mann hat doch eine ganze Menge interessanter

Forschungsarbeiten gemacht. Was geschieht jetzt mit seinem Nachlaß? Ich hätte mir das gerne mal angesehen.«
»Interessante Forschungsarbeiten – das kann man wohl sagen!« lächelte Reinhardt. »Mir hat er sogar einen recht erstaunlichen Vorschlag gemacht, auf den ich eingegangen bin. Er schreibt nämlich in der Todeszelle die psychologischen Beobachtungen auf, die er an sich und seinen Mitgeiseln vornimmt. Was halten Sie davon?« Auf Reinhardts Gesicht spiegelte sich der Stolz, den er fühlte. Hatte er doch dem Arzt bewiesen, daß auch er geistige Interessen hatte und sich neben seiner Polizeiarbeit der Förderung der Wissenschaften widmete!
In dem Auge des Arztes sah man seine Gier. »Und was wird aus den Aufzeichnungen Wallersteins?«
Reinhardt hielt es für besser, unverbindlich zu bleiben. »Weiß ich noch nicht. Ich werde sie irgendwann lesen, nehme ich an.«
»Hören Sie zu, Standartenführer – wir sind doch immer gute Freunde gewesen, nicht wahr?«
»Ich habe keine Feinde«, lächelte Reinhardt.
»Geben Sie mir diese Aufzeichnungen«, bat der Arzt.
»Zur Veröffentlichung? Unter Ihrem Namen?«
In dem lebendigen Auge zeigte sich so etwas wie eine leichte Verlegenheit. »Was wäre dagegen einzuwenden? Eine Einleitung müßte ich ja doch schreiben, und die wäre von mir. Es handelt sich um nichts Ungebräuchliches . . .«
»Aber ich glaube gar nicht, daß ich Krankheitsurlaub brauchen werde«, erwähnte Reinhardt.
Der SS-Arzt grinste. »Vielleicht brauchen Sie auch wirklich keinen!« Dann beugte er sich zu Reinhardt hinüber: »Sie tun mir doch den Gefallen?«
»Vorausgesetzt, daß mir der Inhalt unverdächtig erscheint – bitte sehr.« Reinhardt füllte die Gläser auf. »Prost!«
»Und was den Mann da betrifft«, der Arzt wies mit dem Daumen über seine Schulter hinweg auf Janoschik, »nicht zuviel auf einmal. Man muß bei jeder Medizin gelegentlich abwechseln und immer vorsichtig dosieren. Ich sage Ihnen das als ein Wissenschaftler dem anderen!«
Der SS-Arzt lachte. Und lachend verließ er den Raum.
Durch das Lachen kam Janoschik voll zu sich.
Der Schmerz schien sich verselbständigt zu haben, er umhüllte ihn mit einer gnadenlosen Hitze, aus der es kein Entweichen gab.
Janoschik lag in etwas Feuchtem und Klebrigem. Mit großer Mühe suchte er festzustellen, was es sein könnte – bis ihm der Gedanke kam, daß es wohl sein eigenes Blut war.
Die Riemen waren gelockert worden, und er versuchte sich zu

bewegen. Aber das Experiment steigerte den Schmerz zu solcher Schärfe, daß er es aufgab und ganz still lag. Er fühlte eine große Erschöpfung und fragte sich: Ist das nun das Ende? Dann wäre es wenigstens auch aus mit dem Schmerz, gegen den er sich nicht verteidigen konnte. Dann wäre es überhaupt aus.
Aber er wußte, so leicht würden sie ihn nicht davonkommen lassen. Reinhardt hatte ihm ja klar genug gesagt, was er von ihm wissen sollte. Erstaunlich war für ihn, daß er es fertigbrachte, so ruhig und vernünftig über sich nachzudenken.
Das Hirn, dachte er, müßte doch stärker sein können als die Nerven. Denken. Man müßte an Dinge denken, die wirklich ins Gewicht fallen und solche Bedeutung haben, daß der Schmerz vor ihnen verblaßt.
Ins Gewicht fiel, ob die Adresse von Watzlik von dem Eisenbahner gefunden worden war.
Er hörte die Gespräche seiner Peiniger wieder. Er hörte ihre Schritte.
Ins Gewicht fiel, ob die Munitionszüge rechtzeitig in die Luft fliegen würden.
Er hörte Reinhardts trockene Stimme: Festschnallen.
Ins Gewicht fiel, ob er gegen sein hartnäckiges Schweigen das Leben Tausender russischer Soldaten an der Ostfront einhandeln könnte, für deren Tod die Ladung dieser Züge bestimmt war.
Er hörte Reinhardt sagen: »Na, wie fühlst du dich jetzt?«
Er nahm an, daß Reinhardts Frage ihm galt.
Ins Gewicht fiel, daß diese russischen Soldaten weiterkämpfen konnten.
»Du sagst ja nichts. Anscheinend fühlst du dich doch nicht so fröhlich? Ist auch ganz verständlich. Jetzt erzähl mir mal – hat dir der Glasenapp überhaupt einen Brief gegeben? Ja oder nein ...«
Ins Gewicht fiel, daß er auf seinem Posten aushielt. Andere vor ihm hatten es getan, und so würde er es wohl auch fertigbringen.
»Was hast du dir zusammen mit Prokosch ausgekocht?«
Ins Gewicht fiel... Prokosch? Was fragte er da wegen Prokosch? Was hatte Prokosch denn mit der Sache zu tun?
»Was weißt du über Glasenapps Tod?«
Ins Gewicht... Was für lächerliche Fragen der Mann stellte! Darüber bin ich doch längst hinaus.
»Moenkeberg!« sagte Reinhardt, zuckte die Achseln und überließ Janoschik sich selbst. »Moenkeberg, übernehmen Sie!«
Moenkeberg, der sich gut ausgeruht hatte, betrachtete kritischen Auges den bewegungslos ausgetreckten Körper. »Ich denke, ich werde hier anfangen«, brummte er.
Er legte den ersten Schlag quer über Janoschiks Oberschenkel und

arbeitete sich allmählich in Richtung der Knie und Waden hinab.
Die stählerne Peitsche hatte das weiche Fleisch in der Kniekehle erreicht, als eine Ordonanz kam und Reinhardt meldete, daß Milada Markova eingeliefert worden war.
Reinhardt erhob sich eilig. »Gruber!« rief er über Janoschiks Stöhnen hinweg. »Hier haben Sie eine Liste von Fragen. Machen Sie weiter mit den Fragen, und lassen Sie mich wissen, wenn der Mann weich wird.«
Und dann: »Moenkeberg!«
Moenkeberg, der jetzt mit nacktem Oberleib und schweißglänzender Brust dastand, unterbrach seine Arbeit und stand stramm.
»Jawohl, Standartenführer!«
»Wenn er bewußtlos wird, stellen Sie ein. Bringen Sie ihn zu sich und benutzen Sie auch mal ein paar andere Methoden. Und – daß er mir bis morgen früh am Leben bleibt!«
»Jawohl, Standartenführer!«
Reinhardt ging. Er wußte, das Janoschik sich in besten Händen befand.

ZWÖLFTES KAPITEL

Die Straßenbahn näherte sich der Haltestelle, fuhr langsamer und blieb mit einem letzten Quietschen stehen. Ein paar Passagiere stiegen aus und gingen in verschiedenen Richtungen davon.
Breda packte seinen Werkzeugkasten fester, sah sich noch einmal um, und machte sich auf seinen Weg – zunächst ein Stück entlang der Straße, durch die die Straßenbahn gekommen war, dann bog er links in eine Seitengasse ein, dic zu einem Park führte.
Manchmal blieb er stehen, er war ganz in Gedanken verloren, und es waren Gedanken, die mit seinem Vorhaben und dessen möglichen Varianten gar nichts zu tun hatten. Bei anderen Aktionen – und keine von ihnen war leicht gewesen – hatte Breda sich vorher alles haargenau im Kopf zurechtgelegt. Er versuchte es auch heute. Gerade heute, wo so viel auf dem Spiel stand und alles davon abhing, daß eine Phase nach der anderen wie am Schnürchen ablief, war es seine Pflicht, sich zusammenzureißen und zu konzentrieren. Aber immer wieder dachte er an Milada und ihre Verhaftung.
Nach der Abrechnung mit Kratochvil war er noch einmal in die Granatzünderabteilung zurückgekehrt. Milada stand immer

noch hinter dem laufenden Band, ihre Arme bewegten sich mechanisch, ihr Gesicht sah müde aus, schrecklich müde. Man müßte versuchen, hatte er gedacht, ihr eine leichtere Arbeit zu verschaffen. Und gerade, als er die Abteilung wieder verlassen wollte, marschierte ein Trupp deutscher Soldaten unter der persönlichen Führung von Leutnant Schinklein herein.
Das laufende Band wurde angehalten. Die fettige Stimme des Leutnants fragte: »Wer von Ihnen ist Milada Markova?«
Im nächsten Augenblick sah er, wie das Mädchen mitten unter den Soldaten stand. Sie sagte kein Wort, sie blickte sich nicht einmal nach ihm um. Ihm schien es, als sei sie das einzige menschliche Wesen unter den graugrünen Uniformen.
Im Park fand er Podiebradsky und Frantischek auf einer Bank. Frantischek kaute ein Stück Brot. Er hatte die Mütze nach hinten geschoben und ließ sich die Nachmittagssonne voll aufs Gesicht fallen. Wenn jemand zufällig vorbeikam, mußte er denken – wenn er der Sache überhaupt eine Bedeutung beimaß –, daß hier ein paar hart arbeitende Leute sich während ihrer Mittagspause ein halbes Stündchen wohlverdienter Ruhe gönnten.
Die beiden rückten zur Seite und machten Breda Platz. Breda setzte sich wortlos und stellte seinen Werkzeugkasten auf die Erde. Sie saßen und schwiegen. Zwei Frauen schoben ihre Kinderwagen vorbei. Alles erschien friedlich und still.
Dann sagte Podiebradsky, nachdem er sich versichert hatte, daß niemand in Hörweite war: »Gute Nachrichten.«
Frantischek kaute. Breda blieb stumm.
»Gute Nachrichten, habe ich gesagt!« wiederholte Podiebradsky.
»Na?«
»Der kleine Junge von Watzlik ist heute früh in meinem Laden gewesen. Er hat gesagt, ein großer Onkel mit einem ganz kahlen Kopf wäre gekommen und hätte die Pakete abgeholt. Der Kleine war allein zu Hause, und der Mann hat ihm noch Geld gegeben, er soll sich was Hübsches kaufen.«
Frantischek hörte auf zu kauen. Er wickelte den Rest seines Brotes sorgfältig ein und verstaute ihn in der Aktentasche, die er mitgebracht hatte.
»Was ist denn los mit dir, Breda?« fragte er. »Verstehst du denn nicht, was das bedeutet? Dein Janoschik muß ein Zauberkünstler sein. Er hat es doch tatsächlich fertiggebracht, die Verbindung mit den Eisenbahnern herzustellen. Vom Gestapo-Gefängnis aus. Warum sagst du denn gar nichts?«
Breda faltete die Hände. »Eine gute Nachricht«, sagte er. »Gut.«

»Was heißt hier gut!« erwiderte Frantischek ärgerlich. »Großartig ist das, wunderbar! Ich möcht lachen und weinen vor lauter Freude, herumhüpfen und tanzen! Und du sagst: eine gute Nachricht. Als ob dir gerade jemand erzählt hätte, daß die Frau von dem angeheirateten Kusin deiner Tante sich die Rachenmandeln hat rausnehmen lassen und daß die Operation gut verlaufen ist.«

Breda wußte nur zu gut, daß es Janoschik offensichtlich gelungen war, eine übermenschlich schwere Aufgabe zu lösen. Er erinnerte sich an ihren Abschied da unten im Parnaß, an den Händedruck. Und gleich sah er wieder Milada unter den graugrünen Soldaten vor sich.

Podiebradsky merkte, daß Breda innerlich sehr aufgewühlt sein mußte. »Es ist doch alles noch in Ordnung, nicht?« fragte er.

Die beiden Frauen mit den Kinderwagen kamen auf ihrer Runde durch den Park wieder vorbei. Breda blickte ihnen nach, bis sie verschwunden waren. Das gab ihm etwas Zeit, sich wieder zu fangen.

Dann sagte er: »Mach dir keine Gedanken darüber. Es ist nichts, was unsere unmittelbare Arbeit beträfe. Nur das Mädchen . . .«

»Welches Mädchen?«

»Milada. Die mir die ganze Information über den Selbstmord Glasenapps gegeben hat. Heut hat man sie verhaftet – in der Kolbenka, direkt vor meinen Augen.«

»Milada hat sie geheißen?« sagte Frantischek langsam. »Hübscher Name. Hübsches Mädchen?«

Breda zuckte zusammen, als ob ihm jemand einen Schlag versetzt hätte.

Podiebradsky bemerkte auch das. Er versuchte dem Gespräch eine andere Richtung zu geben. »Und sind sie auch hinter dir her?«

Breda schien nichts zu hören. »Das schlimmste ist, daß man dastehen und zusehen muß, wie es geschieht, und nicht helfen kann. Und immer wieder fragt man sich: Hat's an mir gelegen? War ich nicht vorsichtig genug? Ist es vielleicht meine Schuld?«

»Und warum sollte es deine Schuld sein?« fragte Frantischek, der die Dinge wieder vom Praktischen her betrachtete.

»Der Gestapo-Häuptling hier, dieser Reinhardt, hat irgendwie herausbekommen, daß sie Glasenapp gekannt hat. Er hat sie verhört, ist aber nicht weit gekommen bei ihr. Damals hat er sie noch nicht mal verhaftet, ließ sie aber von einem seiner Leute überwachen. Und dieser Mann hatte heute früh in der Kolbenka einen tödlichen Unfall . . .«

»Oh!« sagte Frantischek.

Podiebradsky versuchte Breda zuzureden. »Es hat doch keinen

Zweck, sich Selbstvorwürfe zu machen. Auch wenn der Bursche jetzt noch heil und gesund wäre – sie wäre vielleicht sowieso verhaftet worden. Andererseits mußtest du doch den Spitzel irgendwie beseitigen, wenn du sie überhaupt schützen wolltest. Und schließlich – wie wollen die beweisen, daß ein Zusammenhang zwischen ihr und dem Unfall besteht?«
So stichhaltig Podiebradskys Argumente auch zu sein schienen, sie machten kaum Eindruck auf Breda. »Ich weiß ja!« sagte er, »ich weiß! Ich habe mir das alles schon selber gesagt, und nicht nur einmal. Aber das hilft doch alles nichts.«
Frantischek war irgendwie verletzt und enttäuscht. Er gehörte zu jenen Leuten, die einen etwas naiven Glauben an ihre führenden Genossen haben und von ihnen verlangen, daß sie in allem ihren Erwartungen entsprechen. Daher sagte er: »Uns predigst du immer, daß persönliche Gefühle nichts zu suchen haben, wo es um unsere Arbeit geht. Aber jetzt, wo's dich getroffen hat...«
Er unterbrach sich.
»Ich predige?« sagte Breda deprimiert. »Wirklich? Dann ist es eine schlechte Angewohnheit von mir. Fall mir ins Wort, wenn ich das nächstemal zu predigen anfange – ich meine das im Ernst.«
Podiebardsky legte seiner Hand beruhigend auf Bredas Knie. »Du darfst das nicht übelnehmen. Frantischek will nur zum Ausdruck bringen, daß Menschen wie du eine größere Verpflichtung haben. Was würde denn aus Leuten wie ihm und mir werden, wenn wir erleben müßten, daß du ins Schwanken gerätst und schwach wirst? Einer, auf den man blickt, hat kein Recht zu versagen.«
Was für wunderbare Menschen, dachte Breda. Und sie haben recht. Solange sie und ihre Kameradschaft mir bleiben, wird es schon irgendwie gehen. Muß!
Breda sah auf seine Uhr und sagte: »Es wird langsam Zeit.«
Er wollte aufstehen.
Aber Frantischek hielt ihn zurück. »Wiederhol's lieber noch mal, Punkt für Punkt!«
»Warum? Glaubst du, ich bin immer noch unruhig?«
Frantischek blickte ihn an. »Besser zehnmal geplant als einmal gefehlt«, sagte er. Dann zog er einen schon etwas zerknitterten Brief aus der Tasche und übergab ihn Breda mit einer gewissen Feierlichkeit.
Breda entfaltete das Blatt Papier und las. Es waren nur ein paar Zeilen, unsauber getippt, wie es in kleinen Firmen oft geschieht, wo die Frau des Chefs auch die Buchhaltung und die Korrespondenz erledigen muß. An der Spitze des Briefbogens standen Namen und Adresse der Firma: Ferkl & Pospischil, Klempnerei und Installation, Heizanlagen jeder Art.

Breda lächelte. Frantischek mit seinem Sinn für das Detail war unbezahlbar. Möglicherweise hingen die Erfüllung der Aufgabe und das eigene Leben von so einem Wisch ab.
»Wo hast du das her?« fragte er.
»Gefunden.«
»Gefunden. Oh!«
»Ja.« Frantischek verzog keine Miene. »Und jetzt – bitte!«
»Also schön«, sagte Breda, »ich beginne. Haupteingang. Links steht der Posten. Rechts die Pförtnerloge. Der Pförtner vom Dienst heißt Vrba und ist gründlich, aber sonst ein Trottel. Am Pförtner vorbei eine kurze breite Treppe, dann rechts zum Paternoster. Bis zum dritten Stock im Paternoster, dann Hauptkorridor, dort rechts nach Zimmer 318.«
»Sehr schön«, sagte Frantischek. »Und wenn dich unterwegs jemand anhält?«
»Dann sage ich, es ist wegen der Heizung beim Herrn Sendeleiter Neuberger in Studio C. Da hat das Wasser dank dem Genossen Frantischek . . .«
»Du, sag das nicht etwa aus Versehen!«
»Also: . . . hat das Wasser schon den ganzen Teppich aufgeweicht, und sie haben angerufen bei der Firma Ferkl & Pospischil, wir sollen eilig kommen . . .« Breda deutete auf den großen Klempnerschraubenschlüssel, der aus seiner Werkzeugkiste herausragte. Aber das Examen langweilte ihn bereits. Zu oft schon hatte er Frantischeks Fragen beantwortet. Und außerdem kam es doch immer anders, als man erwartete, und es kam oft nur auf Glück und Geistesgegenwart an. Milada, dachte er. Auch für Milada wurde dieser Schlag geführt.
»Na und? Weiter?«
Breda fuhr zusammen. »Ach so«, sagte er. »Ja. Ich klopfe an. Wenn abgeschlossen ist, warte ich, bis der Sendeleiter zurückkommt. Sonst trete ich ein, grüße kurz mit der rechten Hand hoch, aber nicht zu hoch und nicht zu stramm, und sage: Es ist wegen der Heizung, Herr Neuberger . . . Die Tonbänder für die Sendungen vom heutigen Nachmittag und Abend liegen auf dem Regal rechter Hand vom Schreibtisch des Sendeleiters. Ich beschäftige mich mit der Heizung, bis der Sendeleiter wieder einmal hinausgeht. Dann kommt das große Hokus-Pokus-hast-du-nicht-gesehen-die-Hand-ist-schneller-als-das-Auge, und dann sage ich, wenn der Herr Neuberger zurückkommt, daß ich noch mal zur Firma zurück muß, weil was fehlt, immer fehlt was, das ist heute leider mal so, es ist eben Krieg . . .«
Er schwieg. Da kann noch allerhand daneben gehen, dachte er, und dann dachte er wieder: Milada.

»Vielleicht wär's doch besser gewesen«, sagte Podiebradsky nachdenklich, »wenn Frantischek den Umtausch selber vorgenommen hätte. Er macht doch die Technik in Studio C . . .«
Breda stand auf. »Das haben wir alles schon reiflich besprochen. Und unser Beschluß ist richtig. Wir brauchen Frantischek auch später noch . . .«
»Und dich nicht?« fragte Frantischek.
»Wir brauchen ihn auch später noch in seiner Stellung im Funkhaus, und gerade damit er die Stellung halten kann – und zwar für uns, für die Bewegung –, hat er sich heute dienstfrei geben lassen und kommt den ganzen Tag nicht ins Funkhaus und hat ein Alibi, das auch die Gestapo nicht brechen kann, weil es nämlich echt ist.«
»Und warum kann *ich* nicht Hokus-Pokus machen?« fragte Podiebradsky, ohne große Hoffnung.
»Weil dir keiner den Heizungsinstallateur glauben würde«, sagte Breda. »Und jetzt hab ich's satt, alles immer wieder durchzukauen.«
Die beiden Frauen mit ihren Kinderwagen kamen wieder vorbei. Frauen bekommen Kinder, dachte er, sogar jetzt. Er spürte, daß er unter seiner Perücke schwitzte. Die Perücke war auch eine von Podiebradskys Schnapsideen. Wenn's drauf ankam, half einem der falsche Dutt doch nicht.
»Sollte etwas passieren«, sagte er, »wißt ihr Bescheid, was zu tun ist. Und vielen Dank für alles.«
Dann ging er. Von der Ecke des Parkes aus blickte er sich noch einmal nach ihnen um. Sie saßen auf ihrer Bank. Frantischek hatte die Mütze wieder nach hinten geschoben und ließ sich die Sonne voll ins Gesicht scheinen. Podiebradsky hatte irgendeinen Zweig gefunden und zeichnete Figuren in den Sand.
Es war nicht weit von dem Park bis zum Funkhaus. Hinter den Glaspaneelen der großen schweren Tür des Funkhauses zeichnete sich schattenhaft der Umriß des Postens ab.
Alles war genau wie Frantischek es ihm eingedrillt hatte. Haupteingang. Links steht der Posten. Rechts die Pförtnerloge. Der Pförtner vom Dienst heißt Vrba und ist gründlich, aber sonst ein Trottel.
»Ausweis!« sagte der Pförtner.
Breda suchte umständlich in seinen Taschen, förderte den Ausweis, den er für die heutige Aktion eingesteckt hatte, schließlich zutage und schob ihn durch das Fensterchen dem Pförtner in die plumpe, fettige Hand.
Breda hieß an diesem Tag Jaromier Němec und war im schönen Monat Mai des Jahres 1903 in der Gemeinde Hodinin geboren,

außerdem war er mit einer Anna, geb. Zaprstal, verheiratet.
Vrba rieb das Papier des Ausweises zwischen Daumen und Zeigefinger. Dann hielt er Ausweis und polizeilichen Stempel gegen das Licht, blinzelte, nickte und begann umständlich, sämtliche auf dem Ausweis stehenden Daten in die dafür zuständigen Spalten seiner Besucherliste einzutragen.
»Zweck?« fragte er.
»Zweck . . .?« fragte Breda.
»Nun ja! Sie kommen doch nicht zum Vergnügen! Zweck des Besuches steht auf meiner Liste, und ich muß es ausfüllen.«
Breda zeigte ihm den Brief von Ferkl & Pospischil.
Der Pförtner Vrba blickte auf.
»Was ist denn?« sagte Breda.
»Das ist aber komisch! Da war doch schon einer von euch da!«
Der Posten links vom Haupteingang blickte herüber.
»Erst vor einer halben Stunde ist er weg!« fügte der Pförtner hinzu. »Die Heizung wäre jetzt wieder in Ordnung – hat er gesagt.«
Die Wände der Eingangshalle standen plötzlich schief. »Ja«, sagte Breda, »in Ordnung schon, aber nur provisorisch.« Seine Stimme klang fast normal. »Deshalb komme ich ja gerade. Es hat noch eine Verschlußdüse gefehlt an der Heizung, und der Kollege hat keine mitgehabt, und es gibt auch wieder mal keine, aber wir haben noch eine alte aufgetrieben in der Werkstatt. Immer hat man die doppelte Arbeit und das Gelaufe, weil immer was fehlt, das ist heute leider mal so, es ist eben Krieg.«
Er hatte zurückgefunden zu den Antworten, die er mit Frantischek geprobt hatte. Die Wände der Eingangshalle standen wieder in einem vernünftigen Winkel zueinander.
»Na, dann bringen Sie's mal richtig in Ordnung«, sagte der Pförtner Vrba und schob Breda seinen Ausweis und einen Zettel zu, demzufolge der Klempner Jaromir Němec Zimmer 318 im dritten Stock betreten durfte, Zweck: Heizungsreparatur.

»Milada!« sagte Reinhardt fast träumerisch. Er saß allein in seinem Büro, hatte mehr als zehn Minuten allein dagesessen, wortlos, regungslos, und hatte nachgedacht. Er hatte sie nach dem Verhör in Einzelhaft bringen lassen, ». . . damit Sie Zeit und Ruhe haben, sich meine Fragen noch einmal zu überlegen«, hatte er gesagt, »um dann vielleicht sogar aus freien Stücken ein paar vernünftige Antworten zu geben.«
Er hatte ihr gegenüber große Geduld und Milde bewiesen und hatte sich während des Verhörs selbst ein wenig bewundert – das breite Spektrum der Methoden: von der direkten, handgreiflichen

dort im Keller bis zu der sehr verfeinerten, die diesem Mädchen gegenüber angebracht war.
Nichtsdestoweniger hatte er ihr unmißverständlich klargemacht, daß ihr diesmal kein Leugnen und keine Ausflüchte helfen würden; sie sei absolut in seiner Hand und in seiner Gewalt, und durch ihre eigene Schuld. Er betrachte, so hatte er ihr gesagt, die brutale Zerquetschung des armen Pan Kratochvil, den er ihr doch ebenso zu ihrem eigenen Schutz wie im Interesse des Staates beigegeben habe, als einen Akt reiner Undankbarkeit ihrerseits. Er könne daraus nur einen Schluß ziehen, nämlich, daß sie sich weigere, auch nur das geringste Entgegenkommen zu zeigen, und daß sie außerdem eine rücksichtslose und gefährliche Person sei, was er allerdings von vornherein vermutet habe. – Auf ihre Erklärung, daß sie überhaupt nie etwas von der Existenz eines Pan Kratochvil gewußt habe, hatte er ihr zu verstehen gegeben, daß diese Behauptung in einer Linie mit ihrem bisherigen verbockten Verhalten liege, und sie möge bitte entschuldigen, wenn er es vorziehe, ihr keinen Glauben zu schenken.
Reinhardt war im großen und ganzen mit seiner Haltung der Kleinen gegenüber zufrieden. Heute abend würde er sie sich wieder kommen lassen. Er erwartete mit ziemlicher Gewißheit, daß er dann ernten würde, was er gesät hatte, und ein Geständnis aus ihr herauszuholen, würde ein Vergnügen ganz besonderer Art sein.
Inzwischen würde man noch Lobkowitz und die anderen fünfzehn Geiseln zu untersuchen haben – aber nur um sicher zugehen, daß nichts übersehen worden war, daß das Geheimnis vom Selbstmord Glasenapps innerhalb der Mauern blieb. Und Wallerstein?
Wallersteins Aufzeichnungen hatten in Reinhardts Denken eine ständig wachsende Bedeutung eingenommen. Der Gestapo-Chef hielt sich im stillen für einen recht tüchtigen Analytiker. Und je verwickelter der Fall Glasenapp geworden war, desto mehr hoffte Reinhardt, in den Aufzeichnungen des Psychiaters einen brauchbaren Schlüssel zu dem ganzen Komplex zu finden. Diese Hoffnung war noch durch den einäugigen Arzt verstärkt worden, der sich das in den Aufzeichnungen enthaltene geistige Eigentum so gern angeeignet hätte. Der Mann war schließlich kein Dummkopf und kannte den Wert der Arbeiten Wallersteins.
So kam es, daß Reinhardt trotz seiner anscheinenden Mißerfolge ganz guter Stimmung war, als Wallerstein hereingeführt wurde. In der Erwartung, daß der Fall schließlich doch wunschgemäß ausgehen würde, zeigte er dem Gefangenen ein geradezu strahlendes Gesicht. »Na, Herr Doktor, ich hoffe, daß Sie bei dem Trubel in

unserem Gefängnis doch genügend Muße gefunden haben, um sich auf Ihre Arbeit zu konzentrieren!«

Wallerstein war seit ihrem ersten Gespräch sichtlich verfallen. Der Blick seiner rotumränderten Augen war unstet geworden, sein Gesicht war schlaff und grau. Er war schrecklich gealtert. Einen flüchtigen Augenblick lang versuchte der Gestapo-Chef sich vorzustellen, wie er selbst sich angesichts seines sicheren Todes fühlen würde – ein überflüssiger Gedanke, wie er fand.

»Muße? Arbeit? . . .« sagte Wallerstein. »Danke der Nachfrage, ich habe mein Bestes versucht.« Er schluckte. »Und wann – wann können wir erwarten, daß das Ende kommt?«

»Morgen bei Tagesanbruch«, teilte Reinhardt mit. »Ungefähr gegen sechs Uhr.«

»Und den Mörder Glasenapps haben Sie nicht gefunden?«

Reinhardt lächelte. »Zu meiner eigenen Überraschung haben wir mehrere Kandidaten für den Posten gehabt. Glücklicherweise konnten wir rechtzeitig beweisen, daß es sich bei ihnen allen um nichts als Vorspiegelung falscher Tatsachen handelte.«

»Glücklicherweise?« Wallersteins Augen hefteten sich auf den Gestapo-Beamten. Reinhardt betrachtete seine Fingernägel. Er hatte die unangenehme Empfindung, daß der Mann ihn durchschaute.

»Glücklicherweise«, sagte er gereizt. »Natürlich glücklicherweise! Wir haben kein Interesse an Blutvergießen *per se*, wir wollen nicht irgendeinen Mörder – wir wollen den richtigen!«

»Ihre Motive ehren Sie«, erklärte Wallerstein.

Reinhardt spürte die Ironie sehr gut. »Es ist ja keineswegs schon zu spät«, entgegnete er Wallerstein. »Sie selbst waren doch in der Parnaß-Bar, als der Mord geschah. Wenn Sie etwas zur Lösung des Falles beizutragen haben, warum haben Sie bisher geschwiegen? Und warum sagen Sie jetzt nichts? Was wissen Sie über den Mord? Zu dieser Stunde liegt die Entscheidung über Leben und Sterben noch in Ihren eigenen Händen.«

Wallerstein fühlte sich müde, und er wünschte nur noch, er hätte das ganze Theater hinter sich.

»Was möchten Sie denn von mir hören?« fragte er gequält. »Ein Geständnis, daß ich Glasenapp ermordet habe? Oder soll ich jemand anderes denunzieren? Oder Ihnen erzählen, daß Glasenapp überhaupt nie ermordet wurde, sondern Selbstmord beging?«

»Was?« unterbrach Reinhardt entsetzt.

Aber Wallerstein bemerkte die merkwürdige scharfe Reaktion seines Gegenübers nicht, und er ahnte daher nicht, wie nahe er der Wahrheit gekommen war. Vielmehr fuhr er fort: »Oder soll ich

Ihnen sonst irgendwelche Geschichten auftischen, damit Sie mir nachher schlüssig beweisen, daß ich gelogen habe? Würde ein so verzweifelter Versuch meine Lage ändern, frage ich Sie, und in welcher Hinsicht?«
Reinhardt erholte sich rasch von dem Schreck. Aber er konnte der Versuchung nicht widerstehen zu fragen: »Wieso erwähnten Sie vorhin Selbstmord? Glauben Sie wirklich an so eine Möglichkeit? Oder wissen Sie etwas Näheres darüber?«
»Selbstverständlich weiß ich!« sagte der Psychiater. »Selbstmord ist eine gewisse Phase einer seelischen Krankheit, die letzte Phase naturgemäß.«
»Sie meinen – Sie sprachen rein theoretisch!«
»Aber ja! Was denn sonst? Was sollte ich wohl über Glasenapp wissen? Ich habe mich niemals sehr mit dem Innenleben der Offiziere Ihrer Wehrmacht befaßt und nehme an, daß ich es in der Zukunft auch kaum tun werde.« Er schwieg. Dann fragte er leicht verwundert: »Wieso reden wir überhaupt über Selbstmord, und gar Glasenapps Selbstmord? Vermuten Sie etwa . . .?« Er war unnatürlich bleich geworden. »Sind Sie denn nicht ganz sicher?«
Reinhardt erhob sich. Er hatte jetzt die volle Gewißheit, daß Wallerstein vom wahren Sachverhalt keine Ahnung hatte. »Es tut mir leid, Sie enttäuschen zu müssen«, versicherte er. »Der Mord an Glasenapp ist nun einmal Tatsache. Selbstmord, werter Doktor, ist nur für dekadente Rassen üblich, die sich auf dem absteigenden Ast befinden. Wir jedoch sind Deutsche und damit beschäftigt, die Welt zu erobern – wir begehen keinen Selbstmord . . . Wenn Sie mir jetzt Ihre Aufzeichnungen zeigen würden!«
Wallerstein überließ sie ihm mit zögernder Hand. »Sie werden doch vorsichtig damit umgehen«, bat er eindringlich. »Es ist das einzige Exemplar. Und es ist auch das einzige, was ich hinterlasse. Ich habe außerdem einen Begleitbrief an den Herausgeber der Psychologischen Monatsschrift geschrieben. Der Brief liegt dem Manuskript bei.«
Reinhardt gebot ihm mit einer Handbewegung Schweigen. Der Gestapo-Chef war dabei, die erste der mit sorgfältigen, ebenmäßigen Schriftzügen bedeckten Seiten zu durchfliegen und sagte: »Setzen Sie sich. Und lassen Sie mich lesen!«

BEMERKUNGEN ÜBER DAS STERBEN UND DEN VERFALL PSYCHISCHER NORMEN

Von Dr. med. Walter Wallerstein

Größer, einschneidender, aufwühlender als jede andere Erfahrung des menschlichen Lebens ist die, welche ihm ein Ende setzt: das Sterben.

Nicht nur der Körper, auch die Psyche hört auf zu funktionieren. Aus praktischen Gründen sind die medizinische Wissenschaft und die menschliche Gesellschaft im allgemeinen dazu gekommen, in dem Prozeß, der vor sich geht, eine Linie der qualitativen Veränderung zu ziehen, die den Namen Tod hat. Wir stellen einen Totenschein aus, sobald der Herzmuskel für immer aufgehört hat, Blut durch die Gefäße zu pumpen. Wir wissen jedoch, daß Sterben und Leben Prozesse sind, die einander ergänzen, und daß Teile des lebenden Gewebes dauernd absterben. Wir sagen auch, wenn die Rede auf gewisse klinische Fälle kommt: er braucht lange zum Sterben. Plato erzählt uns sehr anschaulich in seiner Beschreibung des Tods des Sokrates, wie sein Lehrer Glied um Glied, Abschnitt um Abschnitt zu leben aufhörte. (Hier haben wir, nebenbei gesagt, einen der wenigen Berichte über die Reaktionen eines Menschen, der wußte, wann er zu sterben haben würde, und der genau abschätzen konnte, »wann die Erstarrung sein Herz erreichen«, i. e. wann er die Linie der qualitativen Veränderung überschreiten würde. Wir kennen Plato als einen guten Berichterstatter, leider wissen wir nicht, wie gründlich er besonders vom psychologischen Standpunkt aus zu beobachten verstand.)

Der Tod ist das größte Tabu, das die Menschheit sich gegeben hat.

Der Einzelmensch lernt aus der Beobachtung seiner selbst und anderer, daß er eines Tages zu sterben haben wird. Bewußtsein und Halbbewußtsein ziehen diese Erfahrung dauernd in Betracht. Die Verkehrsampel an der Ecke wirkt auf das Bewußtsein als eine Warnung gegen den Tod, das instinktive Sich-Ducken des Soldaten, der eine Granate über seinem Kopf pfeifen hört, ist ganz klar eine halbbewußte Reaktion.

Dies wären Beispiele ganz einfacher und alltäglicher Verteidigungsmechanismen gegen den Tod. Mit Fug und Recht kann man behaupten, daß der größte Teil der Ärzteschaft sein Einkommen solchen und ähnlichen Regungen verdankt. Wir beschäftigen uns hier jedoch mit den psychischen Abwehrmechanismen gegen den Tod – genauer gegen die Todesfurcht – und mit dem Konflikt zwischen dem Bewußtsein und dem Unterbewußtsein angesichts

eines vom Objekt der Beobachtung selbst mit Bestimmtheit voraussagbaren Todes, voraussagbar auf Stunde und Minute.
Unter gewöhnlichen Umständen könnten wir einen Arzt nur als grausam bezeichnen, der den Patienten wissen läßt, daß sein Tod um, beispielsweise, Mitternacht zu erwarten ist. Im Gegenteil, wir versuchen die Hoffnung des Patienten bis zum Ende aufrechtzuerhalten und ziehen dabei vielleicht auch unsere Fehlbarkeit als Ärzte in Betracht. Jedenfalls möchten wir dem Patienten die Seelenagonie des Wartens auf den Tod ersparen.
In einigen Fällen, wie zum Beispiel bei der Hinrichtung von Verbrechern, verbringt der »Patient« eine gewisse Zeit in der Todeszelle und weiß, wann er sterben muß. Wir haben Berichte, wonach manche dieser Verbrecher Anfälle rasender Wut oder akuter Depressionen haben. Manche essen die Henkersmahlzeit mit bestem Appetit, manche werfen das Essen, obwohl es gut gekocht ist, den Gefängniswärtern an den Kopf, manche lassen sich von einem Priester Trost zusprechen, andere verfluchen ihn. All diese Reaktionen hängen offensichtlich von der Vorgeschichte, der Entwicklung und anderen Umständen des »Patienten« ab.
Unglücklicherweise kennen wir nicht einen einzigen Fall, in dem es einem psychoanalytisch geschulten Beobachter gestattet gewesen wäre, die letzten Tage und Stunden eines solchen Patienten mit ihm zu verbringen. Wir wissen daher fast nichts über die Veränderungen, welche in der Psyche eines Menschen eintreten, der einem sicheren, zeitlich genau vorbestimmten Tode entgegensieht.
Dank dem freundlichen Entgegenkommen der deutschen Behörden in Prag und ganz besonders des allseitig geschätzten Herrn Kriminaldirektors Helmut Reinhardt, ist mir die Gelegenheit zuteil geworden, eine Gruppe von Menschen in gerade dieser Situation beobachten und ihre Reaktionen analysieren zu dürfen. Ich selbst gehörte zu dieser Gruppe, und ich bitte den Leser um Nachsicht, falls es mir nicht ganz gelungen sein sollte, von meinen eigenen Gefühlen abzusehen. Ich bin überzeugt, daß der Leser mir in Anbetracht der Umstände ein für mich allerdings posthumes Absolvo te gewähren wird.
Die Tatsachen, in Kürze, sind folgende: Wir wurden am Donnerstag, dem 9. Oktober 1941, verhaftet. Am nächsten Tag erfuhren wir, daß wir fünf Tage darauf als Geiseln erschossen werden würden. In meiner Zelle und unter meiner Beobachtung befanden sich vier Männer – Herr L., ein junger Journalist, Herr P., ein Schauspieler, Herr Pr., ein Geschäftsmann, und Herr J., ohne richtigen Beruf. Alle wurden durch mich von der uns bevorstehenden Hinrichtung informiert. Ich hatte reichlich Gelegenheit, mit ihnen zu sprechen und Fragen zu stellen, die mir wichtig erschie-

nen, und ihre Reaktionen zu beobachten.
Ich sagte weiter oben, daß der Tod das größte Tabu sei, das die Menschheit sich gegeben hat. Verhielte es sich anders, so müßten auch die menschliche Gesellschaft und ihre Gesetze und die moralischen Beziehungen der Menschen untereinander ganz anders aussehen. Ein Mensch, der weiß, daß er gleich sterben wird, kennt keine Hemmungen, denn es gibt keine Möglichkeit mehr, ihn zu bestrafen – ganz gleich, ob die Gesellschaft oder er selbst die strafende Autorität ist. Er steht jenseits aller Vergeltung.
Mit anderen Worten: Jenes Gemisch aus Hemmungen und anerzogenem und eingedrilltem, aus allgemein als richtig betrachtetem Verhalten und Rücksichten auf andere – jenes Gemisch, das wir als »Gewissen« zu bezeichnen pflegen, hört auf zu wirken, weil keine Notwendigkeit mehr dafür besteht. Angesichts eines solchen sicheren Todes ist der Mensch gänzlich und absolut allein und sieht daher nur eines: sich selbst.
Diese Entwicklung ließ sich bei den Herren P. und L. in größter Klarheit beobachten. Der Zufall wollte es, daß beide die gleiche Frau geliebt hatten. Herr P., der Gatte, wußte allerdings nichts von der Beziehung zwischen seiner Frau und Herrn L., obwohl er es hätte vermuten können.
Unter anderen Verhältnissen hätte Herr L. zweifellos sein Geheimnis für sich behalten. Da er jedoch weiß, daß er zu sterben hat, verkündete er, gereizt durch Herrn P.'s dauerndes besitzerhaftes Gerede von seiner Frau, daß er der Liebhaber der inzwischen verstorbenen Frau P. gewesen und der Vater ihres Kindes sei. Dies führt zu einem Ausbruch von Tätlichkeiten auf Seiten des Herrn P., dem nur schwer Einhalt zu gebieten war.
Aber warum hat Herr P. den Herrn L. provoziert und dadurch den völligen Zusammenbruch der sowieso durch den bevorstehenden Tod geschwächten Hemmungen des letzteren beschleunigt?
Hier ergibt sich die Möglichkeit, eine sekundäre Tendenz zu beobachten, die selbstverständlich gleichfalls auf dem Tabu beruht. So enges Vertrautsein mit dem Tode, wie wir es haben, bedeutet eine Berührung des Tabus, ein Vergehen gegen das innere Gesetz. Herr P. versuchte daher, eine Rechtfertigung zu finden – etwas, das seinem Leben Rechtfertigung verleihen würde. Und dieses Leben war verknüpft und verwickelt in seinen Beziehungen zu seiner Frau, die unbefriedigend gewesen waren. Folglich war er sehr daran interessiert, diese Beziehungen vor sich selbst und vor allen Anwesenden als eine große und höchst zufriedenstellende Liebe darzustellen.
Der Leser, der selbst nicht wie wir die Gelegenheit gehabt hat, der Endgültigkeit des Todes so nahezukommen, mag nun fragen,

warum fünf geistig gesunde Männer den Kampf um ihr Leben bereitwillig aufgaben? Darauf gibt es zwei Antworten.
Die eine zollt der deutschen Polizeibehörde große Anerkennung. Wir wußten, sobald uns das Urteil klargeworden war, daß diese Körperschaft ihr Wort hält – wenigstens bei Versprechen, die sich auf Hinrichtungen beziehen.
Die zweite Antwort ist etwas komplizierter. Der Kampf ist ja nicht aufgegeben worden. Indem man versuchte, sich die Unvermeidlichkeit des Endes greifbar vorzustellen, indem man also die Grenzen das Tabus überschritt, wurde man von einem solchen Gefühl des Entsetzens ergriffen, daß man einfach davor zurückscheute, die Tatsache des völligen Ausgelöschtwerdens zu akzeptieren.
Dies gibt die Grundlage für die häufigen Veränderungen in Stimmung und Temperament, die mit einer Ausnahme bei allen Geiseln beobachten wurden. Ich werde mich weiter unten mit dieser einen Ausnahme des näheren befassen. Wir schwanken dauernd zwischen einer tödlichen Depression einerseits, die sich in langem stummem Vorsichhinbrüten ausdrückt, und einem hektischen Tätigkeitsdrang andererseits. Dieser Drang beschränkt sich nicht auf Versuche, sich selbst und die eigene »Seele« zu retten, sondern trieb uns, einander soviel wie möglich zu verletzen und weh zu tun. Der Leser wäre wahrscheinlich geneigter zu glauben, daß eine Gruppe von Menschen, die in dem gleichen winzigen Raum zusammengepfercht sind und dem gleichen Schicksal entgegengehen, eine gewisse Solidarität und ein Gefühl füreinander entwickeln würden, das an Kameradschaft grenzt. Jedoch trat das genaue Gegenteil ein. Unverträglichkeit, Erregbarkeit, gegenseitiger Haß sind die Hauptzüge, die sich entwickeln.
Der Abgebrühteste und Selbstsicherste unter den Geiseln war vor seiner Einlieferung in die Zelle Herr Pr., der Geschäftsmann, – und er wurde der Reizbarste. Er, der dank seiner Stellung im Leben daran gewöhnt war, daß andere Leute für ihn das Arbeiten und das Leiden und das Sterben besorgen, schien bis zum Abschluß der hier vorliegenden Aufzeichnungen sich nicht zu der Erkenntnis durchgerungen zu haben, daß er nun selbst zu leiden und zu sterben hat. Ein extravertierter Typ, verdrängt er seine Furcht, indem er hitzig leugnet, daß es ihm hier genauso wie den anderen Geiseln gehen könnte. Nicht bereit zuzugestehen, daß er all seiner früheren Macht entkleidet ist, versucht er, sich und die anderen in der Zelle zu überzeugen, daß starke Kräfte außerhalb des Gefängnisses am Werke seien, um ihn zu befreien. Interessant ist in diesem Zusammenhang jedoch, daß er sich keineswegs nur auf diese außerhalb stehenden Kräfte verläßt. Er hat im Lauf seiner Selbst-

tröstungen sehr offen gesprochen und seinen Zellenkameraden ein recht gründliches Bild von seiner skrupellosen Vergangenheit und von den Mitteln entworfen, mit deren Hilfe er seine Machtstellung errungen hat, nun gab er deutlich zu verstehen, daß er jede Niedrigkeit begehen und vor nichts zurückschrecken würde, um sich selbst am Leben zu erhalten.

Herr Pr. zeigt von der ganzen Gruppe am eindeutigsten den absoluten Zusammenbruch aller moralischen, psychischen und sozialen Normen, der sich unter dem Druck des bevorstehenden gewissen Todes einstellt. Der Schluß scheint hier zulässig, daß diese Reaktion typisch ist nicht nur für Herrn Pr., sondern für alle jene, die auf dem Gipfel der Macht sind und ihnen sehr gültig und notwendig erscheinende Interessen zu verteidigen haben. Dies jedoch rührt ans Politische und liegt daher außerhalb unserer Betrachtungen.

Die übrigen fuhren fort, um ihr Leben zu kämpfen, aber auf einer etwas anderen Ebene. Leider erwies es sich als unmöglich, die resigniert philosophische Haltung eines Sokrates einzunehmen, so sehr man es auch versuchte. Das Bedürfnis nach Wahrung einer gewissen Würde wurde sicherlich von einigen verspürt, zeigt sich aber als nicht stark genug – hauptsächlich weil niemand da ist, vor dem Würde zu bewahren sich gelohnt hätte. Wußten wir doch, daß wir keine Zeugen haben würden für das, was wir durchmachen, und daß niemand den zukünftigen Generationen berichten würde: Sie starben wie Helden (oder etwas Ähnliches). Wir haben keinen Plato, der uns zusieht, und wir sind so gut wie sicher, daß uns eine Unsterblichkeit wie die des Sokrates kaum beschieden sein würde.

Und doch unternahmen wir schwächliche Versuche, unsere Unsterblichkeit zu sichern. Ich möchte hier dem Leser gegenüber betonen, daß meine Feststellung in keiner Weise eine religiöse Bedeutung hat. Es ist zutiefst menschlich, die Furcht vor dem Tode beschwichtigen zu wollen – da der Tod ja, wenn wir ehrlich darüber nachdenken, das vollständige und dem Menschengeist fast unfaßbare und unglaubhafte Nichts ist – und die Illusion schaffen zu wollen, daß etwas von uns weiterleben wird, so wie Haar und Nägel weiterwachsen, selbst nachdem der Herzmuskel aufgehört hat, das Blut durch die Gefäße zu pumpen.

Herr Pr., höchst primitiv und phantasielos, strebt ausschließlich danach, im Fleische weiterzuleben.

Herr L. jedoch folgt seinem Instinkt, der ihm sagt, daß der Mensch in seiner Nachkommenschaft weiterleben kann, und beansprucht im Sterben noch sein Kind, das dem Namen nach Herrn P. gehört, und verteidigt es.

Der Schauspieler P., dessen Name und Kunst in der Welt des Theaters etwas bedeutet hatten und der daher ein wenig Bedauern und ein bißchen Nachruhm von seinem Publikum erwarten kann, versucht, seine künstlerische Größe und seinen Erfolg als Mann vor dem in der Zelle zum Zuhören Verdammten zu verherrlichen – doch bleibt es eine schwache Stütze für jenen letzten Gang ins Ausgelöschtwerden.
Und auch ich muß schließlich bekennen, daß ich diese Aufzeichnungen mache, weil ich, in Furcht vor dem großen schwarzen Abgrund und unfähig, diesen Tod hinzunehmen, etwas von dauerndem Wert hinterlassen möchte, obwohl ich meine Grenzen kenne, die auch dem Leser nicht verborgen geblieben sein werden.
Wir sind sehr klein und elend und müssen versuchen, uns mit vielleicht lächerlichen Mitteln aufrechtzuerhalten. Ist denn nicht auch der Wissenschaftler ein Mensch? Als ich mich noch in meiner Praxis hinter meinem sicheren Schreibtisch oder hinter den Bürstenabzügen meiner Artikel verschanzen konnte, war es leicht, Patienten zu behandeln. Aber jetzt bin ich selbst von allen Höllengeistern gehetzt, und es gibt kein Loch, in das man sich verkriechen, keinen Beichtvater, zu dem man sich flüchten könnte – nur dieses Papier, und auch das hilft, offen gesagt, nicht sehr. Das ist keine Wissenschaft mehr, ich weiß, das ist ein Aufschrei. Ich bin am Ersticken, und ich schreibe einfach nieder, wie mir zumute ist – ein anderer mag eines Tages Zeit und Lust haben, diese meine letzte Verzweifelung zu analysieren. Ich hoffe, er wird ein wenig Verständnis aufbringen für uns.
Ich habe Herrn J. noch nicht wieder erwähnt.
Mit gutem Grunde. Die ärztliche Wissenschaft weiß von jenen allerdings seltenen Fällen zu berichten, da Menschen inmitten wütender Epidemien, an der Seite der Kranken und Sterbenden leben, Brot, Wasser, Luft mit ihnen teilen – und doch nicht infiziert werden. In ihren Körpern scheinen sich a priori genügend Antitoxine zu befinden, um den Einflüssen der Krankheit entgegenzuwirken.
Wenn wir der Annahme folgen, daß unsere Furcht gleichfalls die Manifestation einer Krankheit ist, so lebte Herr J. unter uns, ohne auch nur das geringste Symptom einer Infektion zu zeigen. Dabei ist er durchaus kein Idiot, der menschlichen Empfindungen unzugänglich ist, mir scheint er vielmehr Klugheit, Verständnis, Hilfsbereitschaft und Herzenswärme in genügendem Maße zu besitzen. Auch ist er fähig, Haß und Verachtung zu entwickeln, seine Beziehung zu Herrn Pr. bezeugt dies. Jedoch hätte er auf Herrn Pr. in der gleichen Weise reagiert, wenn sie auf der Straße oder in

einem Büro miteinander Bekanntschaft geschlossen hätten, statt in der engen Zelle, in der die Begegnung tatsächlich stattfand. Aber gegen Todesfurcht scheint Herr J. gefeit zu sein. Er findet sich mit dem Tode ab, wie andere sich mit zeitweiligen Rückschlägen abfinden, die im Leben immer wieder vorkommen – »es ist eine bedauerliche Sache, aber man wird auch damit fertig werden.«
Er weigert sich einfach, sich entsprechend den Spielregeln zu verhalten, denen wir in unserem Fach solch generelle Bedeutung beimessen. Obwohl ich in der Beobachtung seelischer Zustände eine gewisse Erfahrung besitze und durch jahrelange Praxis gelernt habe, Fragen zu stellen, die dem Arzt die geistige Verfassung des Patienten enthüllen, bin ich doch nicht imstande, mehr über ihn festzustellen als das, was ich bereits berichtet habe. Es gibt sogar Momente, da ich gezwungen bin, ein dummes und völlig unbegründetes Haßgefühl gegenüber Herrn J. zu unterdrücken, das sich bei mir gebildet hat, weil er mir, dem selbst von der Krankheit gepackten Arzt gegenüber, eine solche Überlegenheit beweist. Doch schließlich kann man es sich auf einem noch so jungen Gebiet wie dem der Psychoanalyse nicht leisten, engstirnig zu sein und darauf zu bestehen, daß, was nicht in den Büchern steht, nicht existieren kann.
Es existiert eben!
Und was bewegt so einen Menschen?
Ist er dem Tode schon so oft gegenübergetreten, ist seine Beziehung zum Tode bereits eine so enge und vertraute, daß er Furcht nicht mehr empfindet? Oder hat er ein ganz besonderes Wissen um eine Zukunft, von der wir anderen nichts wußten?
Ist er vielleicht eines von jenen so seltenen Exemplaren der Gattung Held, und ist es mein Glück, ihm begegnen und ihn beobachten zu dürfen, solange es mir noch vergönnt ist zu sehen?
Oder treffen alle drei Beweggründe auf ihn zu?
Ich will versuchen, mein eigenes Minderwertigkeitsgefühl ihm gegenüber abzustreifen und objektiv zu sein. Es könnte ja sein, daß von ihm jene Kraft ausgeht, die ich in meinem Leben nicht aufbringen konnte und die mir jetzt so besonders schmerzlich fehlt. Denn in seiner bescheidenen, unauffälligen Art hat Herr J. nicht nur den Tod seines Triumphs über den Menschen beraubt – er hat auch den Triumph jener Mächte, die den Tod über uns verhängten, zunichte gemacht!

An dieser Stelle hörte Reinhardt auf zu lesen.
Das kann nicht sein! dachte er. Ganz und gar ausgeschlossen! Hat denn dieser Wallerstein in seinen Aufzeichnungen nicht zugestanden, daß er selber vor Furcht verrückt ist? Die ganze Schreiberei –

nichts als das Hirngespinst so eines Intellektuellen, der sich vor Angst in die Hosen macht!
Und doch hatte Wallerstein mit seiner Analyse Prokoschs Reinhardt die perfekte Antwort auf die Frage gegeben, warum der Schauspieler sich des Mordes an Glasenapp bezichtigt hatte. Und wenn dieser Seelendoktor damit richtig getippt hatte, mochte er sehr wohl auch mit dem, was er über Janoschik geschrieben hatte, im Recht sein. Hier war auch der tiefere Grund dafür zu finden, daß Preissinger ihm ausgerechnet den Janoschik als Mörder Glasenapps empfahl.
Alle hatten sie gemerkt, daß Janoschik den Dorftrottel nur mimte. Er der große, gescheite Reinhardt, war der einzige gewesen, der sich hatte hereinlegen lassen.
So sehr er auch wünschte, den Aufzeichnungen Wallersteins keinen Glauben schenken zu müssen, so sehr wußte er doch, daß sie der Wahrheit entsprachen. Und er wußte, daß im Mittelpunkt all dessen, was sich gegen ihn zusammenbraute, dieser Janoschik stand, Janoschik mit seinen Blödheiten, seinem dummen Kugelschädel, seinen ewigen idiotischen Geschichten und dem Unschuldsblick in den wäßrigen Augen.
Aber was war geplant? Wer waren die Mitverschwörer? Da ließen sich nur unklare Umrisse erkennen – nichts Festes, nichts Konkretes, nichts, das man verhaften, nichts, dem man Einhalt gebieten konnte!
Seine Wut richtete sich gegen Wallersteins Aufzeichnungen, aus denen ihn sein eigenes Versagen anstarrte. Er hielt sie immer noch in der Hand, die ungelesenen Seiten zuoberst.
Wallerstein bewegte sich unruhig. Er konnte auf dem maskenhaft undurchdringlichen Gesicht des Gestapo-Beamten keine Reaktion erkennen.
»Da glauben Sie wohl jetzt, daß Sie da ein ganz tolles Ding hingelegt haben, was?« fragte Reinhardt. »Ich will Ihnen mal was sagen – das ist ein solcher Haufen Unsinn, daß einem der Magen hochkommt! Die reinste Zeitverschwendung für mich. Aber ich hab ja von dem Tag an, wo Sie und die ganze Gesellschaft verhaftet wurden, genau gewußt, daß Sie nichts wie gezittert haben, tagsüber und in der Nacht, bis in den Schlaf – Angst, Angst, Angst! Was seid ihr für Feiglinge? Allesamt?«
»Wenn man einem Menschen den Leib aufschneidet und ihm in die Eingeweide sieht«, erwiderte Wallersein, der um die Gültigkeit seiner Aufzeichnungen kämpfte, »ist es auch kein schöner Anblick.«
»Und Ihr Herr J. – ein Held! Lächerlich! Ich werd Ihnen erklären, wer wirklich ein Held ist: der Mann, der oben sitzt! Denn er ist es,

der die Gewalt hat, der die Geschichte macht und die Geschichte schreibt. Und er ist es, über den noch gesprochen werden wird, wenn ihr alle zu Staub geworden und längst vergessen seid. Stimmt's?«

Wallerstein erhob sich. »Ich fürchte, wir verstehen einander nicht.«

»Ich verstehe Sie ganz genau!« schrie Reinhardt, stand gleichfalls auf und stieß seinen Stuhl heftig zurück. »Sie sind doch gar nicht so dumm, Herr Doktor!« Er kam um seinen Schreibtisch herum, stellte sich direkt vor Wallerstein. »Eine hübsch schlaue Rache haben Sie sich da ausgedacht, was? Verpackt in Ihren wissenschaftlichen Jargon, damit so eine armselige Polizistenseele wie ich es nicht verstehen soll, haben Sie versucht, mich als das größte Rindvieh Mitteleuropas darzustellen!«

»Nein! Aber um Gottes willen, Herr Kriminaldirektor!« versicherte Wallerstein, außer sich vor Sorge um seine Aufzeichnungen. »Ich schwöre Ihnen, Sie mißverstehen mich...«

»Janoschik – ein Held! Wollen Sie sich Ihren Helden mal ansehen? Vielleicht richte ich's so ein, daß er heute abend zu Ihnen zurückkommt, damit Sie ihn gründlich betrachten können. Eine blutige Masse wird übrig sein von Ihrem Helden. Und ich bin fast geneigt, Ihnen eine angemessene Dosis derselben Medizin zu verschreiben dafür, daß Sie mir eine solche Sammlung unverschämter Lügen vorzusetzen gewagt haben!«

Galilei, fiel Wallerstein ein. Vor dem Großinquisitor.

»Und ich«, fuhr Reinhardt verbittert fort, »ich, ein angeblich ernstzunehmender und relativ gescheiter und erfahrener Beamter der deutschen Polizei, soll diesen Quatsch abschicken, damit er veröffentlicht wird? Nein, Herr Doktor, da haben Sie sich verrechnet!«

Reinhardt riß die Aufzeichnungen in Fetzen, warf sie auf den Fußboden und trampelte auf ihnen herum. »Das mache ich damit, sehen Sie? – Das!«

Die Erkenntnis, daß sein Werk, seine Hinterlassenschaft, vollständig zerstört und vernichtet worden war, stellte sich bei Wallerstein nicht sofort ein. Statt dessen erregte die Erscheinung des hysterisch gewordenen Nazis, der Worte zerreißen und Gedanken zerstampfen wollte, sein medizinisches Interesse.

»Ihr Verhalten deutet an«, sagte er präzise, »daß Sie versuchen möchten, etwas zu zertreten, das zu erkennen Sie nicht genug Mut haben. Die Wahrheit nämlich, Herr Kriminaldirektor. Don Quichotte, erinnern Sie sich, ist auch gegen Windmühl'en angerannt. Hat dadurch der Wind aufgehört zu wehen?«

Reinhardt schlug zu. Erst nachdem Wallerstein vor ihm zusam-

mengesackt war, wurde ihm bewußt, daß er den Mann mit unbeabsichtigt großer Wucht auf die Schläfe getroffen haben mußte.
Er klingelte nach der Wache.
»Zurückbringen in die Zelle«, befahl er und deutete auf den vor ihm liegenden Körper. Dann ging er, ohne sich noch einmal umzublicken, zurück in den Keller, fest entschlossen, Herrn J. sein Geheimnis zu entreißen.

DREIZEHNTES KAPITEL

Wallerstein und Lobkowitz waren allein in der Zelle. Wallerstein rieb sich mit großer Vorsicht die linke Seite seines Gesichts und seine Schläfe, die von Reinhardts Schlag noch geschwollen war. Er versuchte, nicht an morgen zu denken, und klammerte sich an jeden flüchtigen Gedanken in der Hoffnung, dadurch vergessen zu können. Ist doch ganz lustig, so ein Körper, dachte er. Verbrennt noch immer Sauerstoff, spürt noch immer Schmerz, ist furchtbar beschäftigt damit zu leben – welch unangenehmer und unnötiger Übereifer!
Wenn man es doch bloß fertigbrächte, sich selbst in historischer Perspektive zu sehen: als das unwichtigste Körnchen Materie, das man in Wirklichkeit ist. Aber das Unterbewußtsein weigert sich, die weisen Lehren zu schlucken, die ihm der Verstand beizubringen sucht. Alle Mittelchen, die man im Laufe eines langen Lebens zusammengetragen hat, um sich zu schützen, sind uns genommen worden. Unsere Philosophie, unser Wissen – was nützen sie einem in diesen letzten Stunden? Und wodurch unterscheide ich mich von einer Kreatur wie Preissinger, der nicht begreifen kann, daß auch er ganz nackt, ohne seine Kohle und ohne seine Macht, vor seinem Schicksal stehen muß? Der Tod, Herr Preissinger, denkt demokratisch. Selbst die Nazis, deren letztes Argument immer der Tod ist, spüren es, spüren den Widerspruch. Vielleicht versuchen sie gerade darum, den Tod zu bestechen, indem sie dem Allumarmenden Hekatomben von Opfern darbringen, Riesendenkmäler aus Knochen und Asche errichten sie ihm, vergebens – alles vergebens.
Lobkowitz saß auf seiner Pritsche und starrte auf seine Schuhe.
»Worüber brüten Sie? Einmal müssen wir doch alle sterben!«
»Ich wünschte, ich könnte so zynisch wie Sie sein, Herr Doktor. Wahrscheinlich muß man länger gelebt haben als ich, um die Hoffnung so schmerzlos aufgeben zu können. Die Jahre, die Sie

gehabt haben – was ich damit hätte anfangen können!«
»Sie haben unrecht, mein Junge. Ganz gleich, wie lange einer lebt, immer glaubt er, daß morgen der Tag ist, an dem das große Erlebnis beginnt. Merken Sie sich, wenn auch nur für die paar Stunden, die uns noch bleiben: Goethe hat geschwindelt. Der Augenblick, den er seinen Faust erleben läßt – verweile doch, du bist so schön –, dieser Augenblick kommt nie, nie im Leben. Ob Sie mir nun glauben oder nicht, ich gestehe Ihnen, daß ich, Walter Wallerstein, ebenso unfähig bin wie Sie, diesen unseren Tod zu akzeptieren. Wenn ich also im Laufe der Nacht aufschreie, die Mauern mit meinen Nägeln zerkratzen, meine Kleidung zerreißen oder den Schädel gegen die Wand schlagen sollte, dann wissen Sie, daß ich aus dem gleichen Grund wie Sie wahnsinnig werde.«
»Nein«, sagte Lobkowitz, »den Gefallen würde ich den Nazis nicht tun. Ich habe wahrscheinlich Glück gehabt. Ich habe nur fünf Minuten Verhör mit Reinhardt gehabt – aber mir hat es genügt. Ich werde doch diesem grinsenden kleinen Despoten nicht das Vergnügen machen, daß er über mich triumphieren kann! Nie!«
»Sehen Sie«, sagte Wallerstein, »wieviel stärker Sie noch sind als ich? Mir ist es völlig gleich, ob diese Leute mich hinaustragen müssen vor ihre Gewehre, weil meine Reflexe nicht mehr funktionieren und ich um mich schlage und brülle und Schaum vor dem Mund habe. Sie haben ein Kind, Lobkowitz. Sie haben's gut. Vielleicht wird eines Tages jemand diesem Ihrem Kind sagen: Dein Vater hat aufrecht gestanden vor dem Hinrichtungskommando. Aber warum soll ich mich an die üblichen Formen halten?«
»Einen Brief sollte man hinterlassen für das Kind!« Lobkowitz, von dem Gedanken gepackt, sprang auf. »Geben Sie mir einen Bogen von Ihrem Papier und Ihren Füllfederhalter?«
»Bemühen Sie sich nicht! Ich habe versucht, einen Brief an die ganze Welt zu hinterlassen – sie haben ihn zerrissen.«
»Ihre Aufzeichnungen?«
Wallerstein nickte.
»Geschieht Ihnen recht. Oder glauben Sie, ich hätte nicht gewußt, daß Sie uns die ganze Zeit als Versuchskarnickel betrachtet, uns aufgehetzt und einen gegen den anderen ausgespielt haben, alles wegen Ihres berühmten Briefes an die Nachwelt? Was in unseren Seelen vorging, unser Leid, haben Sie an die Nazis verkaufen wollen um des sprichwörtlichen Linsengerichts willen: ein wenig Nachruhm. Dabei haben Sie vergessen, daß die Nazis nur an einer Sorte Reklame interessiert sind – Reklame für sich selbst. Der arme Prokosch. Arme Mara.«

»Warum wollen Sie Prokosch bemitleiden? Das ist das einzig Gute an dieser Hinrichtung – morgen werden Sie und er und wir alle längst jenseits von Mitleid und sonstigen Gefühlen sein. Oder befürchten Sie etwa, daß man dann über Sie Ihrer Sünden wegen Gericht hält? – Seien Sie nicht kindisch. Die Sünden, die wir begehen, die vergnüglichen wie auch die weniger vergnüglichen, finden ihre Strafe nur in uns selbst und nur so lange, als dieses längst veraltete Bewertungssystem, das uns von unbefriedigten alten Jungfern beider Geschlechter und sämtlicher Zeitalter aufgeschwatzt wurde, funktioniert.«
»Aber ich lebe doch noch!« rief Lobkowitz. »Und was Sie mein Bewertungssystem nennen, das funktioniert doch noch und wird funktionieren, bis die Kugeln morgen...«
»Ihnen das Herz zerreißen«, beendete Wallerstein den Satz. »Ich weiß. Weil Sie der jüngste sind unter uns Geiseln hier, ist der Zusammenbruch bei Ihnen noch nicht so vollständig. Und es liegt mir fern, an diesem letzten Abend das, was Ihnen noch geblieben ist, aufzuweichen. Meine Bemühungen beschränken sich nur darauf, mich selbst zu überzeugen, daß all die gescheiten Gedanken meines Lebens und das bißchen Weisheit, das man sich errungen hat, Verstand, Gehirn – wie Sie es auch nennen wollen – nach sechs Uhr früh kein Jota mehr wert sein werden. Etwas in mir will es nicht glauben, und ich habe versucht, dieses Etwas in mir zu überzeugen, weil ich nämlich schlafen möchte. Ich will nicht tausend Tode sterben, einer genügt mir.«
»Geschwätz. Alles Geschwätz!«
»Genau! Wenn Sie mich zu verachten wünschen, bitte sehr!« Wallerstein massierte sich das Gesicht an der Stelle, die ihm immer noch weh tat.
Das Klirren des Gefängnisschlüssels im Schloß. Beide sprangen auf und standen stramm.
Preissinger und Prokosch taumelten in die Zelle. Nach den Stunden im Stehsarg versagten Preissinger die Knie; er erreichte seine Pritsche nur mit knapper Not und sank auf ihr zusammen. Gestank stieg von ihm auf.
Prokosch blieb auf den Beinen, indem er sich an den Metallrahmen der oberen Pritsche klammerte. Seine ersten, kaum verständlichen Worte waren: »Wo ist Janoschik?«
Bei Wallerstein wie bei Lobkowitz war die erste Regung, ihnen helfen zu wollen. Aber Prokoschs immer wiederholte Frage: »Wo ist Janoschik?« hielt sie davon ab.
»Wo Janoschik ist, wissen wir auch nicht«, erklärte Wallerstein langsam. »Gestern nacht, noch, gleich nachdem Sie geholt worden waren, ist er zu Reinhardt gerufen worden – und seitdem ist er

nicht zurückgekommen.«
»Nicht zurückgekommen«, wiederholte Lobkowitz sehr ernst. Und fragte dann hastig: »Wissen Sie, was man mit ihm gemacht hat?«
»Ich befürchte, es steht schlimm um ihn«, murmelte Prokosch, »sehr schlimm.« Plötzlich ließ er die Pritsche los und glitt vor Preissinger zu Boden. »Sie«, sagte er drohend zu dem nervös zuckenden dicken Mann, »Sie! Für ein so gemeines, hinterlistiges, verräterisches Vieh wie Sie gibt's überhaupt kein Wort! Wie ich in dem dunklen Kasten stand, stundenlang, ohne Luft zum Atmen, verschwitzt, bepißt, mein Körper ein einziger brennender Schmerz, da hab ich mir das Gehirn zermartert, um ein Wort zu finden, das Sie charakterisieren könnte!«
»Was ist denn passiert?« fragte Lobkowitz. »Was hat er denn getan?«
»Konnte einfach kein Wort dafür finden!« lachte Prokosch. »Weil noch kein Wort dafür erfunden worden ist!«
Er wandete sich Lobkowitz zu. »Sie, mein Bester, haben hinter meinem Rücken was mit meiner Frau angefangen und ihr ein Kind gemacht und den ganzen Inhalt meines Lebens kalten Blutes zerstört – Sie verstehen also etwas von Gemeinheit. Vielleicht kennen Sie ein Wort, das auf jemanden paßt, der zu unserem Oberfoltermeister hingeht und einen Leidensgenossen denunziert?«
»Judas!« sagte Lobkowitz.
Wallerstein wagte kaum zu glauben, daß Preissinger tatsächlich genau das getan hatte, was er als Psychiater vorausgesehen, aber nicht vorauszusagen gewagt hatte, und hätte gern eine Bestätigung gehabt. »Wie haben Sie das erfahren? Und wen hat er denunziert?«
Preissinger war völlig apathisch und wimmerte nur: »Wasser! Wasser!«
»Wasser! Wasser!« äffte Prokosch. »Als Sie Ihren Handel mit Reinhardt machten, haben Sie sich vielleicht Gedanken darüber gemacht, wer dann nach Wasser schreien würde? Ein Geschäftchen mit Reinhardt hat er tätigen wollen: das Leben von Janoschik verschachern im Austausch für sein eigenes elendes Leben. Er hat Reinhardt gesagt, Janoschik hätte Glasenapp ermordet...«
»So eine Dummheit!« bemerkte Wallerstein. »Er muß schon gar nicht mehr weiter gewußt haben, daß ihm nichts Besseres eingefallen ist. Reinhardt hat ihm doch nicht etwa geglaubt?«
»Natürlich nicht!« Prokosch hustete. »Reinhardt hat mich aus meinem Stehsarg heraufholen lassen in sein Büro und dort eine Gegenüberstellung veranstaltet, bei der wir einander unsere Lü-

gen erzählen durften.«
»Ich verstehe Sie nicht ganz«, sagte Lobkowitz. »Was haben *Sie* denn gelogen?«
Der Schmerz in Prokoschs Muskeln drohte ihn zu überwältigen, und er atmete nur keuchend. Aber er brachte es doch fertig, seine Geschichte mit dem nötigen Aplomb zu berichten, die Größe seiner eigenen Opferbereitschaft darzustellen: Wie er die Schuld an Glasenapps Mord auf sich nahm, weil das Leben für ihn aufgehört hatte, lebenswert zu sein, wie er durch sein Opfer sie alle und sogar Lobkowitz, den Vater des Kindes seiner Mara, zu befreien plante und wie er bei seiner Aussage geblieben war, trotz der offenbaren Zweifel Reinhardts – »am Ende, das weiß ich, hätte er mir doch glauben müssen« –, und wie Preissinger mit seiner verächtlichen Lüge dem Gestapo-Chef die Möglichkeit in die Hand gab, sein menschlich doch wohl einzig dastehendes Geständnis ins Lächerliche zu ziehen und ihrer aller Untergang endgültig zu besiegeln.
Schließlich kroch er auf eine Pritsche und fiel erschöpft auf ihr zusammen. »Also werden wir sterben«, sagte er, »und es wird ganz ohne Sinn sein.« Er fing an zu weinen.
Lobkowitz glaubte nicht, daß Prokoschs so dramatische Selbstbezichtigung den leisesten Einfluß auf Reinhardts Entscheidungen gehabt haben könnte. Obwohl Reinhardt ihn nur kurz verhört hatte, stand Lobkowitz fest unter dem Eindruck, daß dieser Nazi ganz genau wußte, was er wollte, und sich von seinen Absichten nicht abbringen lassen würde, mochten die Geiseln sich auch noch sosehr drehen und winden. Daher lag auch die Bedeutung der Denunziation Janoschiks durch Preissinger nicht sosehr in ihrer Wirkung auf das Schicksal der gesamten Gruppe der Geiseln, sondern darin, daß sie Reinhardt auf Janoschik stieß und diesen einen Mann der ganzen konzentrierten Wucht staatspolizeilicher Maßnahmen aussetzte. Je mehr Lobkowitz über Preissingers Schritt nachdachte, desto bitterer wurde er.
Lobkowitz erblickte eine Art poetischer Gerechtigkeit in der Tatsache, daß Preissinger, der so entscheidend zur Vergewaltigung seines Heimatlandes beigetragen hatte, nun in seinem eigenen Netz gefangen war und daß all sein Zappeln ihm nichts half.
Nun, für den großen Verrat war er immerhin durch ein paar Jahre konkurrenzloser Macht und unbegrenzter Profite belohnt worden. Aber der kleine, der an Janoschik, hatte ihm nicht mal was eingebracht.
Morgen würden sie alle nicht mehr da sein. Nur diese eine Nacht blieb noch, um das Konto zu begleichen. Es wird mir guttun, dachte Lobkowitz, ihm heimzuzahlen. Es würde ein bescheidener

Ausgleich sein für das, was er Janoschik angetan hat, und für den traurigen Rückzug damals von den Grenzbefestigungen. Für alles.

Preissinger spürte trotz seines halben Dämmerzustands die Feindseligkeit der anderen. Als Lobkowitz sich ihm näherte, knurrte er: »Lassen Sie mich gefälligst in Ruhe!«

»Ich möchte mir die Hände nicht beschmutzen mit dem Abwasser, das nach allem, was Sie gesagt und getan haben, statt Blut in Ihren Adern fließt.« Lobkowitz stand vor dem Industriellen. »Der liebe Gott oder wer sonst die menschlichen Wege kreuzen läßt, hat mir einen Wink gegeben, daß noch ein paar alte Schulden zu begleichen sind. Sie sind doch Geschäftsmann, Sie wissen also, daß der Tag kommt, an dem bezahlt werden muß. Darf ich mich Ihnen als Gerichtsvollzieher vorstellen!«

Preissinger verstand nur die Hälfte von dem, was Lobkowitz sagte. Lobkowitz hatte mit ironischer Zurückhaltung gesprochen, Preissinger faßte die Ironie fälschlich als einen Witz auf.

»Was für Schulden?« fragte er. Sprechen machte ihm Schwierigkeiten. »Ich habe nichts mehr. Man hat mir alles genommen. Ich bin ein armer Mann.«

»Sie haben doch sicher mal vor unserm Rathaus in Prag gestanden«, fuhr Lobkowitz fort, »und haben die hübsche Allegorie bewundert, die die beweglichen Figuren an der Rathausuhr uns allstündlich erzählen? Da stehen die Figürchen in den Nischen an der Wand als Symbol für unser Leben – der Ritter in seinem schönen Wams, der Geizhals mit seinem Geldbeutel. Und mit dem letzten Schlag der Stunde schwingt der Tod die Sense und mäht sie nieder.«

»Natürlich hab ich's gesehen«, gab Preissinger zu.

»Freut mich. Behalten Sie das gut im Gedächtnis. Aber da ist eine ganz kurze Pause, bevor der Tod sich bewegt – das ist der Augenblick des Urteils.

Die meisten Menschen haben ihren eigenen Richter in ihrer eigenen Brust. Sie haben Augen zu sehen und Ohren zu hören, ein Herz, mit dem sie fühlen, und einen Verstand, mit dem sie abwägen, was gut und was schlecht, was anständig und was perfide ist. Einige wenige jedoch sind bar jeden Gefühls für so etwas.«

»Sie langweilen mich«, beschwerte sich Preissinger. »Ich habe gerade genug mit dem, was die Nazis mir angetan haben. Ich bin krank. Lassen Sie mich in Ruhe.«

Lobkowitz verschränkte die Arme. »Typen wie Sie haben keinen Begriff von irgendeiner Verantwortung der Gesellschaft gegenüber. Es ist ein Verbrechen, daß man sie frei herumlaufen läßt. Und unglücklicherweise laufen sie nicht nur frei herum, sie haben oftmals auch noch große Macht, weil sie keinerlei Selbstbegrenzung kennen. Obwohl es für sie kein Gesetz gibt, machen sie die Gesetze, obwohl sie sich außerhalb der Gesellschaft stellen, zwingen sie der Gesellschaft ihren Willen auf. Und für diese Art von Menschen legt der Tod jene kleine Pause ein, bevor er seine Sense in Bewegung setzt.«

»Ja, ja, ja!« Preissinger wand sich unbehaglich. »Ich höre ja schon. Ich muß mir's ja anhören. Ich kann ja hier nicht heraus. Ich weiß, daß ich zu sterben habe. Warum also die großen Reden?«

Lobkowitz' Haß wuchs.

»Da haben Sie also den armen Janoschik, der sich nicht wehren konnte, denunziert, weil Sie es für selbstverständlich hielten, daß Ihr Leben unvergleichlich reicher und besser und wichtiger ist als seins.«

»Es hat mir ja auch leid getan«, murmelte Preissinger.

»Gar kein schlechtes Geschäft, haben Sie sich gedacht – den Janoschik den Wölfen vorwerfen und sich selber retten.«

»Erst hab ich doch versucht, ihm Geld zu geben«, sagte Preissinger, aber seine Verteidigung klang schwächlich.

»Wem Geld zu geben?«

»Reinhardt.«

»Mit Blindheit geschlagen!« rief Lobkowitz. »Ein Mann, der nicht begreifen will, daß er nichts mehr hat, bietet Geld an.« Er machte eine wegwerfende Handbewegung. »Diese Entschuldigung gilt nicht. Haben Sie uns keine bessere zu bieten?«

Preissinger merkte plötzlich, daß er vor Gericht stand. Er wehrte sich: »Und wer gibt Ihnen das Recht...«

»Niemand. Ich habe es mir genommen. Denn auch ich werde morgen tot sein. Auch ich brauche mir keine Beschränkungen mehr aufzuerlegen... Na?«

Preissinger antwortete nicht. Die Welt, in der er gelebt hatte, stand plötzlich auf dem Kopf. Die Nazis, die doch dazu da waren, ihn zu schützen, hatten ihn fallengelassen. Die Leute, über die zu herrschen er gewohnt war, maßten sich das Recht an, ihn abzuurteilen. Chaos war ausgebrochen. Damit wollte er nichts mehr zu tun haben, weder aktiv noch passiv. Was er wollte, war ganz wenig: die Augen schließen und ausruhen dürfen nach der furchtbaren Überanstrengung dieses Tages, und er wollte, daß ihm irgend jemand – jemand wie seine Mutter vielleicht – erzählte, daß all dies überhaupt nicht wahr war, daß es kein Hinrichtungskommando gab und kein Gefängnis – trink ein Glas Tee, Lev, und vergiß! Du hast nur schlecht geträumt.

Lobkowitz ließ jedoch nicht locker mit seinen Forderungen: »Was können Sie für Gründe anführen zu Ihrer Verteidigung?«

»Mein Leben«, stöhnte Preissinger.
Lobkowitz war drauf und dran, sich auf Preissinger zu stürzen, doch das Klirren der Schlüssel drang wieder in die Zelle. Die Geiseln standen wieder bewegungslos stramm.
Janoschik wurde in die Zelle geworfen wie ein Bündel Lumpen. Preissinger war vergessen. Man sah nur die formlose, regungslose, blutige Masse, die da lag. Preissinger rang nach Luft. Er begriff dunkel, daß das da Janoschik war und daß er irgendwie Schuld an dem Zustand des Mannes hatte. Er winselte wie ein altes Weib, mal leiser, mal lauter.
»Sein Schuldgefühl äußert sich leider auf recht unangenehme Art«, bemerkte Wallerstein. Dann schlug er Preissinger mit voller Kraft ins Gesicht. Das Winseln hörte auf.
Vom Schalter draußen im Korridor wurde eine matte kleine Birne eingeschaltet. Sie warf ein kränkliches Licht auf die fahlen Gesichter in der Zelle und auf den verkrümmten Körper Janoschiks. Es war Totenstille. Die vier schienen auf irgend etwas zu warten.
Was für ein raffinierter Peiniger dieser Reinhardt doch ist, dachte Prokosch. Uns zu zwingen, unsere letzte Nacht mit dem zu verbringen, was einst ein Mensch war und nun alle Menschenähnlichkeit verloren hat.
Dr. Wallerstein war der erste, der ein schwaches Wimmern bemerkte. Er kniete nieder und hielt sein Ohr an die Öffnung, die einmal der Mund Janoschiks gewesen war.
Dann riß er sich das Hemd vom Leibe und begann das verkrustete Blut von Janoschiks Gesicht und Körper zu entfernen. »Wasser!« sagte er. »Ich brauche Wasser!«
Lobkowitz hämmerte gegen die Tür. Er hämmerte mit der Kraft letzter Verzweiflung. Kurz darauf kam der tschechische Kapo in die Zelle und brachte einen Eimer Wasser. »Hört bloß auf mit dem Krach!« warnte er. »Ich tu das auch auf eigene Kappe.« Ohne auf Janoschik zu blicken, eilte er hinaus. »Noch ein Hemd, geb doch schon einer ein Hemd!« verlangte Wallerstein und warf sein eigenes blutbeschmiertes in die Ecke.
Prokosch gab sein Hemd. »Sauber ist es gerade nicht«, murmelte er entschuldigend. »Man schwitzt in solchen Stehsärgen...«
Janoschiks Gesicht war allmählich wieder zu erkennen. Verschwollen und blutunterlaufen, das eine Auge ausgeschlagen, die Nase ein Klumpen, abgebrochene Stummel, wo Zähne gewesen waren, aber dennoch ein Gesicht.
»Wir müssen ihn aufheben!« ordnete Wallerstein an. Prokosch, Lobkowitz und der Arzt hoben den Körper so schonend wie möglich an und legten in auf eine Pritsche. Aus zwei Jacken

falteten sie ein Kissen zusammen und schoben es ihm unter den Kopf. »Vorsicht! Vorsicht!« sagte Wallerstein. »Sein ganzer Rükken ist eine einzige Wunde. Man müßte ihn in ein Wasserbett legen.«
»Wasserbett!« Lobkowitz verzog den Mund. »Sie reden, als ob noch Zeit bliebe, ihn zu heilen.«
Wallerstein wischte sich die Hände an den Hosen ab. »Er wird leben – wenigstens noch eine Weile. Er war kräftig gebaut und gesund, der stärkste von uns allen. Ich glaube, keines seiner lebenswichtigen Organe ist so verletzt, daß unmittelbare Gefahr besteht. Die Nazis haben dafür gesorgt, daß ihm nichts erspart bleibt. Er wird leben – um zusammen mit uns zu sterben.«
»Wird er noch zu Bewußtsein kommen?« fragte Prokosch.
Wallerstein zuckte die Achseln. »Mir wär's lieber, wenn er's nicht täte. Wenn ich nur etwas da hätte, würde ich ihn für den Rest der Zeit unter Betäubung halten.«
Der Arzt kauerte neben seinem Patienten und fühlte ihm den Puls. »Hohes Fieber. Der Körper wehrt sich noch... Um Gottes willen, die Hand!« rief er entsetzt aus. »Sie haben ihm die Finger gebrochen!«
Janoschiks Gesicht begann zu zucken. Sein Auge öffnete sich mühsam. Es war blutrot. Er schloß es wieder.
»Er ist wach«, sagte Lobkowitz.
Wallerstein nickte. »Ruhig, Janoschik, ganz ruhig bleiben«, sagte er. »Sie werden sich bald besser fühlen.«
Mit einer kaum merkbaren Bewegung seiner unverstümmelten Hand winkte Janoschik den Arzt näher heran. Wallerstein beugte sich über ihn. Janoschiks Mund versuchte Worte zu formen.
»Was?« sagte der Arzt. Er wollte seinem eigenen Ohr nicht trauen.
Um jedes seiner Worte ringend, wiederholte Janoschik: »Hab – mich – nie – im – Leben – wohler – gefühlt...«
Ein kratzender Laut, wie der Versuch eines Lachens, zwängte sich durch Janoschiks Kehle.
Auch Lobkowitz begann zu lachen. Wild, sich schüttelnd, Tränen in den Augen. »Diese Hunde!« lachte er. »Diese Verbrecher!« Dann wandte er sich gegen Preissinger, packte ihn am Kragen und schleuderte ihn mit ganzer Kraft in die Ecke der Zelle.
Preissinger wagte nicht, auch nur einen Laut zu äußern. Er rappelte sich auf und blieb zitternd in der Ecke hocken.
»Lobkowitz!« flüsterte Janoschik.
Mit zwei Schritten war Lobkowitz an Janoschiks Seite und kniete nieder.
Janoschiks zerquälte Zunge begann, sich an seine verstümmelten

Zähne und seine geschwollenen zerrissenen Lippen zu gewöhnen.
»Ich hab nichts ausgesagt!« sprach er unbeholfen, »nichts ... nichts!« Er schwieg und holte Atem. »Nicht mit dem Schädel – gegen die Mauern ... Die Mauern werden fallen und zerbröckeln... Wirst's sehen...!«
Redete er im Delirium? dachte Lobkowitz und sagte: »Recht hast du. Recht hast du.«
Janoschik konzentrierte sich nur auf einen einzigen Gedanken; es war der Gedanke, an den sein Gehirn sich während der langen Stunden der Tortur geklammert hatte: Ich darf nicht sprechen! Die Munitionszüge müssen explodieren! Und es schien ihm, daß seine Standhaftigkeit die Vorbedingung für die Explosion war, daß die Explosion einzig und allein von ihm abhing und sein persönlicher Lohn sein würde. Und obwohl er jetzt wieder in seiner Zelle war, schwebten seine Gedanken immer noch auf jener anderen Ebene, wohin sie sich um der Erhaltung seines Lebens willen geflüchtet hatten. Aber nun wurde er sich langsam bewußt, daß die anderen, und besonders Lobkowitz, mit großer Erwartung auf ihn blickten. Und er spürte, daß es nicht nur Mitleid war, das sie für ihn empfanden, und daß er etwas sagen mußte, etwas Wichtiges.
Aber sein Geheimnis mußte ein Geheimnis bleiben. Zum erstenmal wurde ihm deutlich, wie grausam der Tod doch für einen Lobkowitz, einen Prokosch, einen Wallerstein sein mußte, die trotz ihrer scheinbaren Überlegenheit weder mit den Nazis wirksam abrechnen noch die Zukunft sehen konnten, wie er sie sah – eine Zukunft, für die es sich zu sterben lohnte.
Nicht er, Janoschik, war am schlimmsten dran, sondern die andern hier, die eines für sie zwecklosen Todes sterben würden. Konnte er ihnen vielleicht etwas von seiner Kraft, ein Teilchen seiner Hoffnungen vermitteln? Aber, dachte er, wie soll ich die Hoffnungen ausdrücken und die großen Träume, ohne daß es wie Phrasen klänge?
»Mal was von Vladislav Vančura gehört?« fragte er.
»Nein«, sagte Lobkowitz.
»Sie brauchen nicht zu sprechen.« Wallerstein hatte einen Ärmel von Prokoschs Hemd abgerissen und legte ihn als kalte Kompresse auf Janoschiks Stirn, »es strengt Sie zu sehr an.«
»Vančura aus Vyšehrad«, fuhr Janoschik dessen ungeachtet fort, »ein Schuhmacher.«
»Laßt ihn doch«, sagte Prokosch, »laßt ihn doch reden, er hat doch immer so gern Geschichten erzählt.«
»Ein richtiger Vereinsmensch war das, der Vančura, Vorsitzender

beim Gesangverein, Fahnenträger beim Sokol, Trompeter bei der Freiwilligen Feuerwehr – nur seiner Frau hat's nicht gefallen...«
Janoschik schwieg und holte Atem. Die anderen warteten stumm.
»Weil er soviel von zu Hause weg war, wißt ihr...«
»Ja«, sagte Lobkowitz, »Frauen mögen so was nicht, sie sind da sonderbar.«
»Wo's eine Uniform gab und eine Kapelle, da schloß sich Vančura an – allein war ihm nicht wohl...« Janoschik fühlte, wie seine Gedanken verschwammmen. Aber er zwang sich weiterzusprechen. Vladislav Vančura, an den er so lange Jahre gar nicht gedacht hatte, war wieder lebendig geworden und hatte eine Rolle zu spielen.
»Eines Tages im Jahre 1918 geht er, um ein Paar Schuhe abzuholen, geht die Straße entlang, so wie er immer geht, langsam und mit einem Auge auf die Leute, und guten Tag sagend und mein Kompliment und schönes Wetter heute, nicht wahr...«
»Ein großartiger Charakter, dieser Vančura«, sagte Prokosch.
Janoschik machte eine Pause. Er fühlte sich sehr schwach. Schließlich murmelte er: »Ein großartiger Charakter? Ja und nein. Eher Durchschnitt, wie ich. Ein Schuhmacher.«
Wieder war alles still. Preissinger kam aus seiner Ecke gekrochen, näher an die Gruppe heran. »Mach daß du wegkommst!« sagte Lobkowitz. Preissinger zuckte zusammen und zog sich zurück.
Janoschik nahm seine Erzählung mit großer Mühe wieder auf.
»Kommt ihm da ein Haufen Leute entgegen. Sie haben auch eine Fahne und versuchen irgendwie in Gleichschritt zu kommen. Aber es will nicht so richtig klappen.«
Seine Stimme sank zu einem Flüstern herab. »Da fängt der Vančura an zu schimpfen: He, ihr traurigen Gestalten, habt ihr kein Mark in den Knochen? Das nennt ihr marschieren? Einer von ihnen, der den Vančura kennt, ruft zurück: So komm doch mit! Zeig uns doch, wie man marschiert, Vančura, kannst auch die Fahne tragen!«
Janoschik hielt inne. Er sah den Vančura jetzt vor sich, groß und dünn und ungelenk, wie er sich, zuerst noch scheu, einreiht, die Fahnenstange in die knochigen Hände nimmt, die Brust herausreckt...
»Natürlich hat er mitgemacht. Es hat ihm nur leid getan, daß er seine Sokol-Uniform nicht anhatte oder wenigstens den Feuerwehrhelm auf dem Kopf, aber es war eben alles improvisiert.«
Wallerstein befeuchtete Janoschiks zerrissene Lippen.
»Dann fing er an zu singen an – *Mein tschechisch Heimatland* und *Weihnacht kommt einmal im Jahr* und *Die Mädels schwarz, die*

Mädels blond, alle Lieder, die er gewußt hat, und die Leute kamen bald in Schwung. Der Demonstrationszug wuchs sprunghaft an. Einmal hat er sich auch umgedreht, und da marschierten die Menschen hinter ihm, so weit er sehen konnte.«
Janoschik blickte Lobkowitz an. »Er war schrecklich stolz auf all diese Leute, obwohl er keine Ahnung hatte, warum sie marschierten. Und er hatte auch keine Zeit zu fragen. Er führte sie nämlich, verstehst du?«
Lobkowitz nickte. »Ich verstehe – er trug die Fahne.«
»Wie sie in die Innenstadt kamen, da standen Gendarmen und Soldaten mit Maschinengewehren. Das hat den Vančura erstaunt. Was standen die da herum? Sie hielten nur seinen Marsch auf! Die Gendarmen und Soldaten meinten, er würde haltmachen, weil sie doch Gewehre hatten, und dachten, er wüßte, was das bedeutet. Aber er wußte es eben nicht, verstehst du?«
Janoschik konnte einen Moment lang nicht weitersprechen. »Vančura wußte nur«, fuhr er fort, »daß er all diese Menschen hinter sich hatte und daß es ein furchtbares Durcheinander geben würde, wenn er jetzt stehenbliebe und der Zug in den engen Straßen ins Stocken geriete und weder vorwärts noch zurück konnte. Und da rief er: Straße frei! Seht ihr nicht, daß wir einen Festzug haben? Ich bin der Schuhmacher Vančura! und er fing an zu singen *Hoch von der Tatra,* was eine zündende Melodie hat.«
Wallerstein griff nach Janoschiks Hand und fühlte ihm den Puls. Der Puls war flatternd.
»Erzählen Sie uns den Rest ein andermal«, redete er Janoschik zu.
»Die Offiziere fingen an zu schießen, aber die Soldaten blickten auf Vančura und sahen, der würde weitermarschieren, weil er die Fahne trug und all diese Menschen hinter sich hatte. Und da fingen sie gar nicht erst an zu feuern, und ein paar von ihnen marschierten sogar mit Vančura mit. An dem Tag stürzte die Regierung.«
»Und was ist aus Vančura geworden?« fragte Wallerstein.
Janoschik dachte eine Weile nach. Dieser Doktor – immer wollte er die Einzelheiten wissen.
Dann sagte er: »Vančura? Vančura hatte doch gesehen, daß die Menschen gelernt hatten, auch ohne ihn zu marschieren. Da hat er die Fahne weitergegeben. Und er traf einen Bekannten, ich glaube, es war der Mann, von dem er immer Nägel kaufte, und sie beide gingen ins Wirtshaus Zum blauen Ziegenbock auf eine Suppe und ein Glas Bier. Weil das Marschieren nämlich hungrig und durstig macht.«
Das Licht in der Zelle ging aus.

In der Dunkelheit fragte Lobkowitz: »Was willst du damit sagen?«
Janoschik antwortete nicht.
Lobkowitz fuhr fort: »Willst du uns sagen, was wir auch immer sind – Schuhmacher, Ärzte, Schauspieler, Toilettenwärter –, was wir auch tun, wo wir auch sind – daß wir nie wissen, was durch unserer Tun in Bewegung gesetzt wird, solange wir nur marschieren und vorwärts gehen? Ist es das, was du uns sagen wolltest?«
Prokosch brummte: »Können Sie die Antwort darauf nicht selber finden?«
Aber nach einer Weile rührte sich Janoschik wieder. »Wenn sie uns morgen erschießen«, flüsterte er, »jemand, vielleicht so ein Vančura, wird die Schüsse hören.«

Die nervöse Spannung, unter der Reinhardt stand, hatte Ausmaße erreicht, die ihn Komplikationen und Bedrohungen sehen ließen, auch wo gar keine waren. Es sehnte sich nach der Stunde, da der mechanisch gegebene Befehl »Feuer!« und die krachende Salve des Hinrichtungskommandos den ganzen Geiselfall ein für allemal zu Ende führte. Gleichzeitig war er voll böser Ahnungen.
Wenn er sich die Bilanz der Sache betrachtete, mußte er sich eingestehen, daß er jetzt, am Vorabend der Hinrichtung, ebensowenig wußte wie damals, als er beschloß, daß Glasenapps Tod Selbstmord gewesen war. Weder von Janoschik noch von Milada hatte er etwas in Erfahrung bringen können, trotz aller Brutalität, trotz aller Finessen. Jetzt begann er zu verstehen, was er von Fachkollegen schon gehört, aber stets verlacht hatte: die dumpfe, verzweifelte, blinde Wut, die sie befiel, wenn sie immer wieder fanden, daß sie gegen Schatten kämpften. Ja, er hatte sie ausgelacht und hatte mehr als durchblicken lassen, daß sie einfach ungeschickt waren.
Aber wußte er, wo der Feind stand?
Er hatte angeordnet, daß Milada ihm wieder vorgeführt würde – dabei setzte er herzlich wenig Hoffnungen auf ein neues Verhör. Die Aufzeichnungen Wallersteins und die Befragung des Lobkowitz und der anderen fünfzehn Geiseln hatten ebensowenig nützliche Ergebnisse gebracht wie die Behandlung Janoschiks; und es hatten sich keine neuen Fragen ergeben, die er dem Mädchen hätte stellen können.
Er wünschte einfach zu zeigen, wer er war, und seine Macht zu beweisen.
Als Milada eintrat, gab er sich unnahbar bis zur Flegelhaftigkeit. Er starrte sie an, als wollte er sie mit seinem gnadenlos kalten Blick vernichten. Aber der sonderbare Reiz, der von ihr ausging, lenkte

ihn ab. Etwas an ihr ließ ihn spüren, daß diese Frau ihm und seinem Zugriff entzogen war.
»Sehen Sie sich das an!« begann er und schob ihr eine Fotografie über seinen Schreibtisch zu. Sie folgte seinem Befehl, verstand aber nicht, was das auf dem Bild war. »Das«, fuhr Reinhardt mit gespieltem Gefühl fort, »sind die Überreste unseres Mitarbeiters Kratochvil.«
Jetzt wurde ihr das Bild deutlich. Es war ekelhaft und grausig. Sie legte es zurück auf den Schreibtisch, so weit wie möglich von sich entfernt.
»Da schaudert's Sie jetzt!« sagte er. »Ausgerechnet Sie! Zerquetscht hat man ihn unter ein paar Tonnen Stahl. Und Sie sind schuld daran. Sie und noch ein paar andere, die wir auch aus ihren Löchern herausholen und beseitigen werden.
Leute wie Sie sagen immer, wir wären grausam und gingen über Leichen. Stimmt ja gar nicht. Der Krieg, ja, der Krieg ist grausam. Aber warum haben wir Krieg? Wir Deutsche sind die einzigen, die eine wirklich große Konzeption von der Welt haben, wie sie sein muß: eine wirtschaftliche, politische und geistige Einheit, von Berlin aus gelenkt und regiert, beherrscht von einer ganzen Generation körperlich und geistig überlegener deutscher Soldatennaturen, die wir jetzt züchten, und inspiriert von den genialen Gedanken des Führers.
Dann wird Frieden sein, der einzig mögliche Frieden – ein Frieden, gesichert durch die eiserne Faust der herrschenden, organisierenden Rasse. Und der ganze Krieg hat überhaupt nur begonnen, weil Leute wie Sie sich geweigert haben, diese einzig vernünftige Grundlage für die neue Ordnung, die wir bauen, anzuerkennen und sich einzufügen.
Sie sträuben sich so verzweifelt, weil Sie sehen, daß Sie längst verloren haben. Nun gut, wir nehmen Ihre Herausforderung an. Aber jammern Sie nicht, wenn wir zurückschlagen!«
Er verfiel in Schweigen. Miladas Gesicht blieb unverändert gleichgültig. Auf der Suche nach neuen Argumenten für seine Behauptungen fuhr er fort: »Unsere nordische Überlegenheit...«
Milada unterbrach ihn: »Sie hatten vorhin unrecht. Ich habe gar nicht geschaudert. Ich kenne kein Entsetzen mehr. Ich habe ja gewußt, daß ich verloren war, sobald Sie damals in mein Zimmer traten. Und von dem Augenblick an hatte ich mit dem Leben abgeschlossen. Und wie jemand, der eigentlich schon tot ist, werde ich Ihnen antworten. Sie können mir ja leicht genug ins Wort fallen. Sie tragen ja eine Waffe am Gurt, und niemand in diesem Haus wird's Ihnen übelnehmen, wenn Sie die Pistole ziehen und mich erschießen.«

»Sprechen Sie nur!« forderte er sie auf, ein dünnes Lächeln auf den Lippen. »Solange Sie wissen, in welcher Lage Sie sich befinden, macht's mir nichts aus, wenn die Maus in der Falle piepst.«
»Sie haben alles auf Ihrer Seite. Sie haben die Waffen, und Sie haben die Maschinen, mit denen die Waffen gemacht werden. Und Sie haben die Kratochvils, die uns bewachen. Sie selbst sind ja im Grund nur eine Art Kratochvil in Großformat. Aber Sie vergessen, wem Sie Ihre neue Ordnung aufprägen wollen. Sie vergessen, daß wir lebendige Menschen sind! Sicher sind wir schwach, und es war Ihnen ein leichtes, uns zu überrumpeln, weil wir ein ruhiges Leben und Liebe, Arbeiten und Singen und Angelngehen den jahrelangen Kriegsvorbereitungen und dem Planen von Mord und Totschlag vorziehen. Aber gerade diese Ruhe und diesen Frieden, dieses Sich-selbst-Genügen – gerade das ist es, was unsere Menschen schließlich verteidigen werden.«
»Verteidigen – womit?« spöttelte er.
»Die Menschen brauchen eine lange Zeit, bis sie merken, was gespielt wird. Zuerst erschienen uns Ihre Pläne, von denen Sie vorhin sprachen, unglaubhaft und unwahrscheinlich, weil sie so phantastisch größenwahnsinnig waren. Aber jetzt haben wir gemerkt, daß sie ernst gemeint sind, und in der ganzen Welt kämpft man schon dagegen. Das wissen Sie auch selbst. Sie sagen, wir hätten den Krieg angefangen, und in einem gewissen Sinne stimmt das auch. Wir haben zu schießen angefangen, wie ein Bauer nach seiner Jagdflinte greift, wenn er aus dem Fenster schaut und sieht, daß Diebe sein Vieh wegtreiben und seine Scheune anzünden. Und Sie bieten uns Frieden an. Der Bauer soll sich nur ja wieder ins Bett legen und weiterschlafen, bis er dann aufwacht und feststellt, daß er den Dieben auch noch sein Land zu einem Spottpreis verkaufen muß und selber gezwungen wird, wie ein Sklave zu arbeiten, damit er einen Laib Brot hat für seine Kinder. Nein, diese Art Frieden ist unannehmbar.«
Milada verstummte erschrocken. Natürlich hatte sie schon oft über dies und ähnliches nachgedacht. Aber noch nie hatte sie solche Gedanken im Zusammenhang ausgesprochen und in ein ganzes System gebracht, das sich der Macht und den Losungen des Eroberers entgegenstellen ließ.

Reinhardts heroische Stimmung hatte sich verflüchtigt. Er hatte gehofft, Eindruck auf Milada zu machen, wobei es ihm gleich war, ob er ihr mehr durch seine kämpferischen Qualitäten oder durch seine unerbittliche Schrecklichkeit imponierte. Wenn er jetzt enttäuscht war, kam es daher, daß sie ihm gleichfalls mit weltanschaulicher Begeisterung gekommen war.

Milada war eine einzige Herausforderung.
Es war doch weiß Gott viel interessanter, wenn die Frau, die er haben wollte, auch noch seine Feindin war und wenn sie beide es wußten. Wenn man sie nahm, bedeutete es dann, daß man sie auch zerbrach. Und da sie in seine Hände geliefert war und ihm nicht entgehen konnte, würde er diesen Spaß bis zur Neige auskosten.
Milada bemerkte den Ausdruck in seinen Augen, als er aufstand und sich ihr näherte. Sie wich instinktiv zurück. Sie erinnerte sich mit Widerwillen an seine klauenartige Hand, mit der er ihr schon einmal den Nacken zu streicheln versucht hatte. Und diese Hand streckte sich ihr jetzt entgegen.
»Es ist immer nützlich«, lächelte er, »daß man einander versteht. Natürlich ist es meine Pflicht, Sie unschädlich zu machen, da Sie einen sehr gefährlichen Charakterzug haben – Idealismus. Aber *wie* ich das mache, hängt ganz von mir ab.«
Er betrachtete sie beinahe wohlwollend.
»Und *wann* ich es mache, hängt von Ihnen ab.«
Milada zog sich Schritt um Schritt von ihm zurück, was ihn gar nicht störte. Er achtete nur sorgfältig darauf, daß während dieses ganzen Zwiegesprächs, bei dem ihre Antworten stets aus demselben nervösen Schweigen bestanden, immer der gleiche Abstand zwischen ihnen war.
»Wir könnten eine Art Preisliste ausarbeiten und dabei mit dem Kleinsten beginnen: ein nettes Lächeln von Ihnen ist – sagen wir – eine Stunde Ihres Lebens wert, ein aufrichtiger Versuch, sich mit mir anzufreunden – einen Tag, und eine Hingabe, die mich befriedigt – eine halbe Woche.«
Er zog einen Notizblock aus der Tasche, fand auch einen Bleistift und bot ihr beides an: »Sie können die Buchführung selber machen. Ich habe Vertrauen zu Ihnen.«
Ein heftiges Kopfschütteln.
»Nein? Sie möchten sich lieber nicht belasten? Auch dafür habe ich Verständnis. Solche Kleinigkeiten könnten sich hemmend auf Ihre großen Ideen auswirken.«
Immer noch blieb der gleiche Abstand. Er steigerte sein Angebot.
»Ich werde dafür sorgen, daß Sie anständig zu essen kriegen. Ich werde ein Bett mit Matratze in Ihre Zelle stellen lassen – ich möchte vermeiden, daß Ihr schöner, schlanker Körper sich wundreibt auf der harten Pritsche. Ich glaube, Sie sollten etwas Anerkennung zeigen für meine Fürsorglichkeit.«
Dabei war Reinhardt gar nicht nach ironischen Bemerkungen zumute. Weiß der Kuckuck, warum er so verrückt nach ihr war,

aber er war nicht verrückt genug, sich auch noch durch Bitten lächerlich zu machen. Außerdem dachte er, daß eine Kombination von Ironie und brutaler Offenherzigkeit am ehesten zum Ziele führen würde.
Aus ihren weit aufgerissenen Augen sprach eine neue Art von Entsetzen. Aber er wußte, daß es im menschlichen Wesen dunkle Winkel gibt, die für den Reiz des Abscheulichen zugänglich sind, und er glaubte, eine solche Reaktion in ihr zu spüren, gerade weil er ihr so entsetzlich und widerlich war.
»Sie werden überrascht sein«, verhieß er ihr, »Sie werden merken, und gerade vor Toresschluß, daß es doch noch Erlebnisse gibt – Erlebnisse und Erregungen, die Ihnen wahrscheinlich entgangen wären, hätten wir einander nie getroffen. Lauf nicht immerzu weg!« schrie er sie plötzlich an.

Dieser Kasernenhofton brach den fast hypnotischen Bann, unter dem Milada gestanden hatte.
Reinhardt hatte Milada gegen die Wand manövriert. Er roch penetrant nach Schweiß. Der Atem kam ihm in kurzen Stößen. Er schob sich näher und näher an sie heran.
Milada versuchte, ihn von sich zu stoßen – ohne Erfolg. Plötzlich griff er nach ihr. Seine Arme, die viel zu lang für seinen Körper waren, verstrickten sich um sie und hielten sie unnachgiebig fest. Ihre eigenen Arme wurden ihr gegen den Leib gepreßt, so daß sie sie nicht rühren konnte. Sie wehrte sich trotzdem. Sie drehte und wand sich und versuchte ihn mit dem Knie zu treffen. Sie wollte ihn beißen, aber er war größer als sie, und ihre Zähne verfingen sich nur in dem glatten Tuch seiner Uniform.
Ihr wurde schwindlig. Das schwitzende, keuchende, häßliche Tier, das über ihr lauerte, wuchs ins Unermeßliche. Seine Arme waren wie Ketten, unbrechbar, und wurden mit jeder Sekunde schwerer und drückender und erstickten ihr Fleisch.
Sie machte noch einen Versuch, sich zu befreien. Sie spannte jeden ihrer Muskeln. Aber dann drehte er ihr mit einem fachgemäßen Griff die Ellbogen hinter die Schulterblätter. Sie schrie laut auf vor Schmerz. Die Knie versagten ihr. Sie wäre gestürzt, wenn er sie nicht noch immer in seinem Griff gehalten hätte.
Er zerriß das billige Fähnchen, das sie trug. Sie spürte, wie seine trockenen, rissigen Finger ihre Haut abtasteten. Sie fühlte seinen widerlich heißen Atem auf ihrer nackten zerkratzten Schulter. Sie zitterte wie in einem Fieberschauer, ihre Kehle war wie ausgedörrt.
Sie verlor das Bewußtsein.

Endlich erhob sich der Kriminaldirektor von der Couch, erhitzt und unordentlich, aber angenehm müde. Leise pfiff er eine Schlagermelodie, die er kürzlich in einem Nachtklub aufgeschnappt hatte.
Er betrachtete Milada, die noch immer in derselben Stellung auf der Couch lag, in der er sich von ihr getrennt hatte. Ein paar Strähnen ihres dunklen Haares waren ihr über die weißen Schultern gefallen und bildeten ein sonderbares Muster auf ihrer Haut.
Zufrieden bemerkte er die Einzelheiten des von ihm geschaffenen Stillebens. Und während er sich die Hosenträger anknöpfte, zündete er eine Zigarette an und sog den Rauch tief in die Lungen.
Bedauerlich war nur, daß das Mädchen die ganze Zeit bewußtlos geblieben war. Andererseits war es gerade ihre Regungslosigkeit gewesen, die ihm das ersehnte Gefühl der Macht über sie und des völligen Besitzes verschafft hatten. Ach ja, sie war sehr schön.
Milada kam langsam zu sich. Er ging hinüber in sein Büro zum Schreibtisch und holte Flasche und Gläser. Als er zurückkam, waren ihre Augen offen, und sie hatte sich ihr Unterkleid angezogen.
»Da sieh einer an!« begrüßte er sie. »Na, war es so schlimm, Kleine? Das nächstemal bleiben wir aber wach dabei, damit der Spaß nicht ganz so einseitig ist, was?«
Er goß den Schnaps ein und bot ihr das Glas.
Sie schüttelte den Kopf.
Er legte die Stirn in Falten und tadelte freundlich: »Sei nicht kindisch, du hast dir einen Schnaps verdient. Es wird dir auch helfen, daß du über den Schock wegkommst. Du bist schön schwierig gewesen, mein Kleines. Beinahe wie eine Jungfrau. Beinahe...«, er lachte. »Wenn ich nicht gewußt hätte, daß du's mit dem Glasenapp und mit Pavel und wahrscheinlich noch mit ein paar anderen...«
Sie fing an zu schluchzen. Es war ein trockenes, hartes Schluchzen. Sie wollte unter keinen Umständen weinen.
»Na, trink schon!« empfahl er.
Diesmal trank sie, gierig, hastig.
»Ich will mich anziehen«, sagte sie. »Bitte gehen Sie in das andere Zimmer.«
Er lachte. »Das ist eigentlich rührend. Falls du es vergessen haben solltest – ich hab dich gerade nackt in den Armen gehabt.«
»Gehen Sie!« sagte sie.
Er zuckte die Schultern, verbeugte sich höhnisch und ging tatsächlich in sein Büro.

Jede Bewegung tat Milada weh. Aber sie dachte nicht, sie wollte nicht denken, besonders nicht an Pavel, an Breda.

Sie war allein, ganz allein. Sie konnte es nicht einmal ertragen, ihren eigenen Leib zu berühren, sie hatte einen Widerwillen vor sich selbst. Ich hänge mich einfach auf, dachte sie plötzlich.
»Kommst du bald?« rief Reinhardt von nebenan.
Sie zog sich ihr zerrissenes Kleid über.
»Zigarette?« fragte er.
Dann kam er und stand in der Tür und sah sie kühl und abschätzend an.
»Wir werden dir ein neues Kleid verschaffen müssen«, stellte er fest. »Was für eine Farbe möchtest du?«
»Mich brauchen Sie nicht zu fragen«, antwortete sie bitter. »Sie haben die Macht.«
»Da hast du wieder mal recht!« lachte er. »Aber ein bißchen Höflichkeit schadet dabei nie...«
Dann geschah Milada das Wunder. Plötzlich war das ganze Zimmer erfüllt von Bredas Stimme und seiner Anwesenheit. Seiner starken, warmen, leidenschaftlichen Stimme. Ganz klar, überhaupt nicht zu verkennen.
Bürger von Prag! Am morgigen Tag sollen zwanzig Geiseln erschossen werden für die Ermordung eines einzigen Nazis, eines gewissen Leutnants Glasenapp. Nur wurde dieser Mann nie ermordet. Er beging Selbstmord.
Reinhardt wurde bleich. Völlig außer sich stürzte er zu seinem Schreibtisch, wollte telefonieren, bekam keine Verbindung, fluchte.
So bleibt der Gestapo auch nicht das Motiv der kleinlichen Rache für ihre Toten; nein, es handelt sich um nichts als einen Willkürakt, und nach Besatzerwillkür sollen eure Mitbürger eines grausamen Todes sterben.
Milada folgte Reinhardt in sein Arbeitszimmer. In der Nähe der Tür blieb sie stehen. Reinhardt versuchte immer noch, eine Verbindung herzustellen.
Denn es gibt kein Recht und Gesetz mehr, nicht einmal ein Nazigesetz. Es gibt keine persönliche Sicherheit mehr für den einzelnen, so friedfertig er auch sei. Euer Leben und das eurer Lieben ist prinzipienlosen, machttrunkenen Mördern auf Gnade und Ungnade ausgeliefert.
Eine grenzenlose Freude erfüllte Milada. Sie hatte keine Angst mehr vor diesem Manne Reinhardt.
Sie töten die Menschen, wann und wie es ihnen einfällt, sie foltern die Menschen, wann und wie es ihnen Vergnügen macht, und

jeden von euch kann es treffen wie Hagel oder Blitz.
Die Worte waren an alle gerichtet, aber die Stimme Bredas schien zu ihr zu sprechen.
Und daher kann es keinen wie auch immer gearteten Grund mehr geben zu versuchen, mit den Nazibesatzern auszukommen. Wir müssen den Kampf aufnehmen gegen sie. Die Arbeit, die sie uns aufzwingen, müssen wir sabotieren, die Züge, die wir für sie fahren sollen, müssen wir zum Entgleisen bringen und verbrennen, und in die Luft sprengen müssen wir die Vorratslager, die sie angelegt haben, die Wagen, die sie fahren, die Häuser in denen sie wohnen.
»Schluß! Schluß!« brüllte Reinhardt ins Telefon hinein. »Ich laß das ganze Funkhaus erschießen!«
»Und was würde Ihnen das helfen?« sagte Milada triumphierend. »Wir sind hier, dort, überall!«
Vernichtet sie, so wie sie uns vernichten! Schlag sie, so wie sie uns schlagen! Erwürgt sie, so wie sie uns erwürgen! Liquidiert sie, so wie sie uns liquidieren!
Reinhardt hämmerte mit den Fäusten auf den Schreibtisch. Die Augen schienen ihm aus den Höhlen treten zu wollen, und die Worte, die er sagen wollte, überschlugen sich.
Dann ertönte ein scharfes Knacken im Lautsprecher. Eine atemlos zitternde Stimme stammelte hastige Entschuldigungen. Ein bedauerliches Versehen. Die Russen. Ein Übertragungsfehler.
Immer noch zornbleich stellte Reinhardt das Radio ab.
Er hatte sich inzwischen so weit gefaßt, daß ihm deutlich wurde, was geschehen war.
Der Feind hatte zugeschlagen. Sein Geheimnis, das er so sorgfältig gehütet hatte, war in den Äther hinausposaunt worden. Hunderttausende mußten es gehört haben. Sein ganzer Plan, die ganze schlaue Berechnung, die ganze Arbeit – umsonst! Er war zum Gelächter von Prag – was heißt Prag, von ganz Europa! – geworden.
Er faltete die Hände auf seinem Schreibtisch und bettete seinen Kopf auf die Hände. Heydrich! dachte er. Murtenbacher hatte ihm genügend über des Protektors Eigenheiten erzählt. Der Mann war unerbittlich.
Er hörte jemanden lachen. Milada.
Er hatte vergessen, daß er nicht allein war. Sofort setzte er sich in Positur. Und da die Freude über ihren Sieg so klar auf ihrem Gesicht stand, erhob er sich und setzte sein übliches Lächeln auf.
»Betriebsunfälle kommen vor«, sagte er. »Ich möchte jetzt nicht in der Haut dieser Rundfunkleute stecken.«
»Wenn Ihr freundliches Angebot von vorhin noch gilt«, sagte Milada, »jetzt hätte ich gern eine Zigarette.«

Er trat zu ihr, öffnete sein Etui und bot ihr Zigaretten an. »Feuer?« fragte er.
»Ja, danke.«
Nachdenklich stieß sie den Rauch aus. Seine Augen verfolgten das graue Wölkchen. Er spürte nur einen Wunsch: ihr zu zeigen, ihr zu beweisen, daß er noch er selbst war, Standartenführer Helmut Reinhardt, Reichskriminaldirektor, Sicherheitsbeauftragter, Herrscher über Prag und Umgebung.
»Nur um einen falschen Eindruck zu korrigieren, der sich vielleicht bei dir gebildet haben könnte, mein Kind«, sagte er, »darf ich erwähnen, daß die Lage sich in keiner Weise verändert hat – trotz dieses Unfugs im Radio. Die Geiseln werden genau wie angekündigt erschossen werden. Taten zählen, nicht Worte.
Ich hoffe, ich werde dir deine Stimmung nicht verderben oder deine Gefühle nicht verletzen, wenn ich dich höflichst einlade, der Hinrichtung beizuwohnen?«
Die Zigarette fiel ihr aus der Hand.
Reinhardt bückte sich und hob sie auf. »Ich hab's nicht gern, wenn Brandflecke auf die schönen Teppiche kommen. Die Leute, denen wir sie weggenommen haben, hatten einen sehr guten Geschmack. Ich bestehe darauf, daß du meiner Einladung folgst.«
Sie senkte den Kopf.

VIERZEHNTES KAPITEL

Obwohl Glasenapp durchaus kein persönlicher Freund von Hauptmann Patzer gewesen war, betrachtete er ihn dennoch als einen echten Waffenkameraden, der fast an seiner Seite auf die gemeinste Art ermordet worden war. Er hielt es für eine Ehrensache, sich an der Vergeltung des Verbrechens zu beteiligen. Er hatte daher als besondere Gunst beantragt, das Hinrichtungskommando, das heute Dienst hatte, kommandieren zu dürfen.
Der Morgen versprach herrliches Wetter, kühl und klar. Den Hauptmann fröstelte, und er schlug den Mantelkragen hoch. Die eisenbeschlagenen Absätze zerrissen bei jedem Schritt auf dem Kopfsteinpflaster die Stille der Straßen.
Sein Denken galt ganz und gar dem, was er vorhatte. Es war das erste Mal, daß den Befehl geben würde, der eine Anzahl stummer Gestalten mit verbundenen Augen aus dieser Welt beförderte. Und damit er sich nicht blamiere, hatte Major Grauthoff das ganze Verfahren gründlich mit ihm durchgeprobt, nachdem er ihm mitgeteilt hatte, daß sein Antrag bewilligt worden war.

Patzer hustete, räusperte sich lange und spuckte aus. Man durfte nicht heiser sein dabei. Die Stimme mußte klingen wie ein Trompetenruf, durch den der tote Glasenapp gerächt werden würde.
Die Welt wurde heller, die Straßenlaternen verblaßten. Ein paar alte Frauen begaben sich schweigend zur Frühmesse in eine Kirche.
Vor der Kaserne traf Patzer auf sein Kommando, das schon angetreten war.
Der Feldwebel trat vor. »Feldwebel Hollerahn und zwölf Mann zur Stelle, Herr Hauptmann!«
»Danke!« Patzer grüßte. »Im Gleichschritt – marsch!« Der Befehl war illusorisch. Der Feldwebel deutete auf einen Lastwagen, der die Straße heraufgerumpelt kam. Der Lastwagen hielt an, die Männer stiegen hinten ein, Patzer und der Feldwebel nahmen neben dem Fahrer Platz.

Ungefähr um die gleiche Zeit betrat der tschechische Kapo die Zelle der Geiseln und brachte den Eimer, Ersatzkaffee und Brot. Aus eigener Initiative hatte der Kapo ein Töpfchen Suppe für Janoschik zusätzlich organisert.
Lobkowitz, der während der ganzen Nacht kein Auge geschlossen hatte und sich noch elender fühlte als er aussah, nahm dem Kapo das Töpfchen ab.
»Das ist für den da!« sagte der Kapo und deutete mit einer Kopfbewegung an, wen er meinte.
»Ich geb's ihm ja! Man muß ihn doch füttern.« Lobkowitz nahm den Topf in die andere Hand. »Ich bin sein Freund.«
»Paß auf, daß du ihm den Mund nicht verbrennst!« Der Kapo gab Lobkowitz einen Löffel. »Ich hab die Suppe unter der Jacke getragen, damit sie warm bleibt.«
Er blickte noch einmal auf Janoschik, schüttelte den Kopf und ging. Leise fiel die Tür ins Schloß.
Preissinger schlürfte seinen Kaffee. Dann biß er ein Stück Brot ab, versuchte zu kauen – und erstarrte plötzlich. Das Brot war ihm in der Kehle steckengeblieben, und er würgte daran. Schließlich spuckte er die halbzerkaute Masse wieder aus.
Prokosch hielt seinen Trinkbecher in der Hand, trank aber nicht. Seine langen Beine hingen von der Pritsche herab, als wären sie schon tot. Er zog seine Augenbrauen fragend in die Höhe und sagte zu Wallerstein: »Sie wissen bestimmt, daß der Tod sofort eintritt?«
Wallerstein war noch grauer im Gesicht als sonst. »Wenn sie richtig treffen. Aber sie werden schon. Die machen das doch alle Tage.«

»Wenn ihnen aber die Hand zittert?«
»Nachdem alles vorbei ist, kommt der Offizier, der das Kommando führt, und prüft noch einmal nach. Der hat eine Pistole. Sollte er feststellen, daß Sie noch Lebenszeichen von sich geben, jagt er Ihnen eine Kugel in den Kopf.«
»Nicht, daß ich mich vorm Sterben selber fürchte«, sagte Prokosch entschuldigend. »Ein bißchen Lampenfieber, das auch der erfahrenste Schauspieler hat. Ich möchte einen schönen, glatten Abgang haben und wollte daher wissen, was das Stichwort sein wird.«
Lobkowitz stützte Janoschik den Kopf und fütterte ihn. Er versuchte, sich selbst und seinen Jammer in der Hilflosigkeit des anderen zu vergessen. Er redete Janoschik aufmunternd zu, fast wie eine Säuglingsschwester, die dem Baby den Brei löffelweise in den Mund schiebt, und gleichzeitig war das eine Art Sühne für das Gefühl des Widerwillens, das ihn jedesmal ergriff, wenn er den bis zur Unkenntlichkeit entstellten Janoschik ansah.
Janoschik hatte tatsächlich geschlafen. Der Schmerz und die Erschöpfung vom Vortag hatten ihn in einen komaartigen Schlaf sinken lassen, von dem er erwachte, um das Brennen seiner Wunden und die Verkrampfung seiner Nerven um so stärker zu fühlen. Doch rührte ihn Lobkowitz' Fürsorge irgendwie.
»Na, heute ist der große Tag?« fragte er beinahe ironisch. Von seinem Magen her verbreitete die warme Suppe ein angenehmes Gefühl. »So vieles wird heute geschehen. Kinder werden geboren werden. Die jungen Männer und die Mädchen werden einander küssen. Eine Anzahl Leute werden sich besaufen trotz des dünnen Bieres, das wir jetzt haben. Ein paar Geiseln werden erschossen werden. Und vielleicht wird es auch die eine oder andere Überraschung geben.«
Er schluckte wieder einen Löffel Suppe. »Man kann nie wissen. Jeder Tag bringt Überraschungen, die keiner vorauszusagen gewagt hätte.«
Wallerstein und Prokosch hatten ihr mageres Frühstück beendet und stellten sich neben Lobkowitz an Janoschiks Pritsche.
Wallerstein sagte: »Guten Morgen!« Er griff nach der unverletzten Hand Janoschiks und fühlte ihm den Puls. »Es geht Ihnen tatsächlich besser. Sie haben eine großartige Körperverfassung!«
»Ja?« antwortete Janoschik, in ganz andere Gedanken versunken. Er lauschte auf etwas. Er hatte nur noch einen Wunsch: zu erfahren, bevor er erschossen wurde, ob seine Fahrt zum Parnaß sich gelohnt hatte. Und er befürchtete, daß selbst der Donner der Explosion nicht laut genug sein könnte, die dicken Mauern dieses

Kellerverlieses zu durchdringen.
»Jeder Arzt könnte auf einen solchen Patienten stolz sein«, fuhr Wallerstein fort.
»Ich habe keine Lust, mich im Rollstuhl zur Hinrichtung fahren zu lassen.« Janoschik stützte sich auf seine Ellbogen und richtete sich halb auf. »Ich will zusammen mit euch gehen und zusammen mit euch stehen.«
Wieder versuchte er, durch die Mauern hindurchzuhören. Aber dumpfes Schweigen umgab ihn. Schon wie im Grab, fiel ihm ein.
Preissinger saß allein auf seiner Pritsche. Keiner sprach mit ihm. Ein Fünkchen Hoffnung glomm noch in ihm, daß in letzter Minute vielleicht doch ein Sonderkurier aus Berlin oder vom Amt des Reichsprotektors kommen und ihn retten und die Wiedergutmachung der Demütigungen versprechen würde, die er erlitten hatte. Er stand auf und versuchte ein paar Schritte zu den anderen zu gehen. Er wäre auch niedergekniet vor diesem Janoschik und hätte ihn und sie alle um Vergebung gebeten. Nicht um der Vergebung willen – er wollte nur wieder aufgenommen werden in die menschliche Gesellschaft. Er wollte ein paar Worte hören, die auch ihm, Preissinger, galten, menschliche Worte, mitfühlende Worte.
Er zupfte Wallerstein am Ärmel: »Kann ich ihm nicht auch helfen? Kann ich nicht irgend etwas tun?«
Lobkowitz, der Janoschik zu Ende gefüttert hatte, stellte den Topf auf den Fußboden und warf den Löffel in den Topf. Der metallische Laut, hart und schrill, ließ Preissinger zusammenzucken.
»Es ist bedauerlich«, sagte Prokosch, »daß Sie zusammen mit uns hingerichtet werden. Das wird nach außen hin den Eindruck erwecken, als gehörten Sie zu uns. Aber Sie gehören nicht zu uns. Durch Ihr Blut wird unser sauberer Tod befleckt werden. Und es ärgert mich heute schon, daß Ihr schmutziger Name eines Tages neben unseren auf einer Liste der Opfer dieser Leute erscheinen wird.«
»Herr Doktor Wallerstein!« flehte Preissinger.
Der Arzt blickte ihn an. Preissingers Selbsterniedrigung war ihm als Ablenkung in dieser bitteren letzten Stunde sehr willkommen. Es hilft einem immer zu wissen, daß es jemanden gibt, der noch elender ist als man selbst.
»Ich würde Ihnen doch abraten, sich aufzudrängen, wenn wir voneinander Abschied nehmen. Die Menschen haben es nicht gern, gestört zu werden, während sie mit ihren eigenen Gefühlen zu tun haben. Soviel verstehen Sie doch von Psychologie, nicht wahr?«

Preissinger senkte den Kopf, so daß sein feister Nacken hervortrat. Was blieb ihm übrig, als sich an den zu wenden, von dem die ganze Stimmung gegen ihn ausging? Er schob Wallerstein beiseite und trat an Janoschiks Pritsche. »Nur ein Wort!« bat er Janoschik. »Ein einziges Wort! Sagen Sie doch etwas! Lassen Sie mich doch nicht so allein!«
Janoschik lauschte nur noch auf die Botschaft, die er sosehr herbeisehnte. Die Gestalt Preissingers sah er wie durch einen Nebel.
»Ich hab in Ihren Gruben gearbeitet in Kladno«, begann er, »und hab da einen gewissen Petka gekannt. Ein Jungchen. Er hat die blinden Pferde geführt, die unter Tage die Kohlenhunde ziehen. Gestorben ist er. Das ganze steinerne Gebirge ist ihm auf die Beine und den Bauch gefallen. Zerquetscht hat es ihn einfach. Dabei haben wir immer nach Holz verlangt, um das Hangende richtig abzustützen. Aber Sie haben geglaubt, Holz kostet Geld und Menschen sind billig.«
Er hustete.
»Ich war bei Petka, als er gestorben ist. Ich hab ihm die Hand gehalten. Ein Jungchen.«
Preissinger hatte nie in seinem Leben etwas von Petka gewußt. Und er konnte nicht verstehen, was dieser Petka mit seiner eigenen, persönlichen Vereinsamung zu tun haben sollte.
»Und Petkas gibt es viele«, sagte Lobkowitz.
»Ihr seid ja alle nur gegen mich!« schrie Preissinger.
»Stimmt«, nickte Wallerstein.

Reinhardt hatte eine unruhige Nacht verbracht. Gegen zwei Uhr morgens war dann noch ein Kurier Heydrichs eingetroffen.
Heydrich war von seiner derzeitigen großen Liebe zu seinem Amtssitz auf dem Hradschin zurückgekehrt und hatte dort den Bericht von der unglückseligen Radiosendung über Glasenapp vorgefunden und daraufhin einen Brief diktiert. Aus den Zeilen sprach der ganze Jähzorn des Mannes. In bitterbösen, sarkastischen Worten forderte er Reinhardt auf, sich Punkt neun Uhr bei ihm zu melden.
Reinhardt hatte den Brief zusammengeknüllt und ihn wütend in den Papierkorb geworfen. Jetzt holte er ihn wieder heraus, strich ihn glatt und las, was Heydrich ihm androhte:
Ich hatte Ihnen eine wichtige Aufgabe anvertraut, für deren Erfüllung Geschick und Diskretion von größter Notwendigkeit waren. Sie aber haben nicht nur die wahren Hintergründe des Falles bekanntwerden lassen, sondern auch gestattet, daß die Sache per Rundfunk über das ganze Protektorat verbreitet wurde.

Ich gratuliere Ihnen . . .
Und so weiter und so fort.
Reinhardt überlegte. Es würde ihm nicht sehr viel helfen, seinem erzürnten Vorgesetzten auseinanderzusetzen, daß das Funkhaus und damit die zusammenhängenden Sicherheitsmaßnahmen gegen ungeladene Sprecher einer anderen Dienststelle unterstanden. Der Zusammenhang zwischen der Aktion des Feindes und dem Fall, an dem er arbeitete, war zu offensichtlich.
Und das schlimmste war, daß er sich selbst eingestehen mußte, den Kardinalfehler aller Polizeiarbeit begangen zu haben: er hatte den Gegner unterschätzt. Er war nicht imstande gewesen, die Verbindungen zwischen den Geiseln und der Außenwelt zu entdecken und abzuschneiden. Gewiß gab es mildernde Umstände. Auch Murtenbacher und sogar Heydrich selber hätten die eiserne Standhaftigkeit eines Janoschik nicht brechen können. Es war einfach Pech, daß er auf jemanden gestoßen war, der keine Gefühle kannte.
Dem Himmel sei Dank, dachte Reinhardt, daß der Protektor nichts von der wirklichen Dummheit wußte, die er begangen hatte: daß er diesen Janoschik auch noch selber aus dem Gefängnis herausgelassen und auf jene nächtliche Fahrt ins Café Parnaß geschickt hatte – um den angeblich existierenden Brief von Glasenapp zu finden. Jetzt endlich war es dem Kriminaldirektor klar, was Janoschik gewollt hatte: Kontakt aufnehmen mit irgend jemandem, der dann den Gegenschlag, die fatale Rundfunksendung, ins Werk setzen würde. Aber wie, fragte sich Reinhardt, wie hatte Janoschik von dem Selbstmord erfahren? War er dabeigewesen? Oder war der Mann zu allem Überfluß auch noch ein Genie, das die Wahrheit aus einer zufälligen Nebenbemerkung im Verhör erraten konnte? Oder – nach der verfluchten Sendung war Reinhardt bereit, fast alles für möglich zu halten – war Janoschik Glasenapps Mörder? War die ganze Selbstmordtheorie, die er, Reinhardt, entwickelt hatte, falsch gewesen?
Einen Augenblick lang spielte Reinhardt mit dem Gedanken, die Hinrichtung aufzuschieben, um an Janoschik weiterzuarbeiten. Aber er sah sich menschlich einfach außerstande, weiterzumachen in der Spannung und Ungewißheit, die ihn ständig beherrscht hatten, seit er den aus dem Moldauwasser gefischten Brief Glasenapps an Milada gelesen hatte.
Was war denn los mit ihm? Hatte er irgendeinen Knacks wegbekommen? Hatte diese verfluchte alte Stadt mit ihrem melancholischen Fluß, mit ihrer Geschichte voller Sonderlingen und Verrücktheiten, mit ihren Geheimnissen und ihren dunklen Winkeln, ihn angesteckt? Oder war er auf eine Macht gestoßen, die stärker

war als er – eine Macht, die still und allmählich seine Widerstandskraft und seine Denkfähigkeit untergrub, eine Verschwörung, deren Grenzen verschwammen und die gerade deshalb so fürchterlich demoralisierend war?
Nein, wenn er bei Verstand bleiben wollte, mußte er die Geiseln hinrichten lassen – heute und jetzt! Das Toben von Heydrich würde man ertragen. Man stand stramm und hörte sich's an und sage ja und amen zu allem. Irgendwann mußte sogar dem Protektor der Atem ausgehen.

Milada wurde hereingeführt. Er hatte Moenkeberg losgeschickt, Kleider für sie zu organisieren.
Sie hatte ein einfaches dunkles Jackenkleid ausgewählt, dessen einziger Lichtpunkt ein kleiner weißer Pikeekragen war.
Reinhardt war angenehm überrascht. Nichts gibt doch einem Wesen weiblichen Geschlechts soviel Auftrieb wie ein neues Fähnchen, philosophierte er, da kann sie durchgemacht haben, was sie will.
Für Milada jedoch war das neue Kleid und das Gefühl des Gutangezogen-Seins, das davon ausging, ein Stück Widerstand gegen Reinhardt. Sie wußte nur zu gut, was der Mann erreichen wollte, indem er sie der Hinrichtung beizuwohnen zwang. Und sie setzte ihren Willen gegen den seinen: aus ihrer persönlichen Niederlage mußte ein Sieg werden über ihn.
»Na, toll!« sagte Reinhardt.
Der Reiz, der von ihr ausging, wirkte schon wieder auf ihn.
»Ich trage das Kleid zu Ehren der Männer, die Sie erschießen lassen«, bemerkte sie.
»Trauer scheint dir gut zu stehen, Milada«, höhnte er. »Vielleicht kann ich es einrichten, daß du solchen Erschießungen regelmäßig beiwohnst, nur damit ich dich in diesem Kostüm bewundern und diese Mischung von gespielter Würde und Antipathie auf deinem Gesicht genießen kann.«
Er nahm den Hörer von einem seiner Apparate und bestellte Frühstück für zwei. Kurz darauf kam eine Ordonnanz und brachte ein Tablett mit Eiern, frischen Brötchen, Kaffee, Zucker und Sahne. »Auf der richtigen Seite zu sein«, Reinhardt wies auf das Tablett, »hat seine Vorteile.«
Geschickt breitete er die Servietten auf seinem Schreibtisch aus und deckte. Dann öffnete er ihr das weichgekochte Ei, strich ihr Butter aufs Brötchen und goß ihr Kaffee ein.
Milada trank einen Schluck und schob die Teller beiseite.
»Keinen Appetit?« fragte er. »Vielleicht möchtest du lieber erst nach der Hinrichtung frühstücken? Du bist plötzlich so sensibel.

Denk an Kratochvil, der auf deine Veranlassung flachgequetscht wurde. Ich möchte zu behaupten wagen, daß die Arbeit unserer Hinrichtungskommandos sauberer ist.«
Er aß mit Genuß. Milada, die entschlossen war, auch nicht das geringste Zeichen von Schwäche zu zeigen, unterdrückte die Übelkeit, die in ihr aufstieg. Schließlich faltete er seine Serviette säuberlich zusammen.
»Der heutige Tag ist von einer gewissen Bedeutung für mich.« Er nahm die Serviette wieder zur Hand und gestikulierte. »Heute wird die Rechnung für den Mord an dem armen Leutnant Glasenapp zu dem zur Zeit gültigen Wechselkurs beglichen: zwanzig Tschechen für einen Deutschen. Die Lügenpropaganda, die gestern im Rundfunk verbreitet wurde, ändert nichts an den Tatsachen.«
Er verstummte, da er eine Antwort von Milada erwartete. Es kam aber keine. Er wiederholte: »Ändert nichts an den Tatsachen!«
Milada blickte auf ihre Knie. Sie zitterten ein wenig. Sie wußte, er glaubte selber nicht daran, daß Glasenapp ermordet worden war. Oder vielleicht doch? Oder richtete sich die Provokation diesmal nur gegen sie?
Nach Bredas Rundfunksendung konnte sie von dem Selbstmord sprechen, ohne damit sofort zu enthüllen, daß sie es gewesen war, die der Untergrundbewegung die erste Information darüber geliefert hatte.
»Glasenapp ist nicht ermordet worden«, sagte sie langsam, »und Sie wissen es ganz genau. Ihr letzter Vorwand für die Hinrichtung der Geiseln ist Ihnen davongeschwommen. Die Hinrichtung ist nur noch ein perverser Willkürakt.«
»Nicht ganz«, lächelte er. »Nicht ganz. Du hast unrecht, Kleines, weil du schon wieder vergißt, daß *wir* bestimmen, was Tatsachen sind und was nicht. Wenn ich erkläre, daß Glasenapp ermordet worden ist, dann wird durch meine Erklärung der Mord automatisch Tatsache. Auch das ist, genau wie ein gutes Frühstück, einer der Vorteile der Macht. Und aus welchem Grunde ...« – sein durchdringender Blick zwang sie, ihren Kopf zu heben –, »aus welchem Grunde sollte Glasenapp Selbstmord begangen haben? Vielleicht weißt du es?«
Auf diese Frage, die er so überraschend gestellt hatte, war Milada nicht gefaßt gewesen. Wenn sie ihm die Wahrheit sagte, würde er daraus schließen, daß sie auch schon vor der gestrigen Sendung von dem Selbstmord gewußt haben mußte.
»Weißt du's doch vielleicht?« fragte er, immer noch freundlich.
Sie wandte ihr Gesicht dem Fenster zu. Von der Straße her drang ein dumpfes Geräusch herauf wie von einem Gewirr von Stim-

men, die in unterdrückter Erregung sprachen.
»Nein, ich weiß es nicht«, flüsterte sie und fuhr dann mit fester Stimme fort: »Ich kann mir höchstens denken, daß er ebenso ein Selbstmordkandidat war, wie Sie es sind. Es muß einem Menschen doch langsam zuviel werden, von Land zu Land zu ziehen, und immer und immer wieder zu morden, zu verwüsten, zu vernichten. Wer da mitmacht, schließt sich aus von der menschlichen Gemeinschaft, und Erobererstolz ist kein Ersatz für Liebe. Am Ende werdet ihr an euren eigenen Siegen ersticken.«
»Ach nein?« sagte er mit gespieltem Sarkasmus. »Komm, ich zeig dir die Wirklichkeit!« Mit einer Handbewegung hieß er sie ans Fenster zu treten. Eine ungewöhnlich große Anzahl von Menschen befand sich auf der Straße, auf die das Fenster hinausging. Sie schienen auf irgend etwas zu warten. Keine Rufe wurden laut, keine Fahnen wurden getragen. Verhältnismäßig viele Frauen mit Einkaufstaschen waren da. Die Menschen redeten einfach miteinander, nur ihre Bewegungen dabei schienen etwas lebhafter zu sein als sonst. Dann und wann deutete einer auf das Gestapo-Gebäude, in dessen Hof die Hinrichtung stattfinden sollte.
Die stahlbehelmten Wachen marschierten scheinbar unbeteiligt auf und ab. Dann kam tschechische Gendarmerie und versuchte die Leute zu vertreiben. Aber die Menge hatte schon jenen Grad von Dichte und Elastizität erreicht, der die Bemühungen der Gendarmen wirkungslos machte.
»Da hast du alles, was diese Sendung erreicht hat!« höhnte Reinhardt. »Eine dumpfe, desorganisierte, führerlose Masse, die nicht weiß, was sie will, und die wie jeder andere Straßenschmutz in den Rinnstein gefegt werden wird.«
Er ging ans Telefon und gab ein paar Anordnungen.
Milada sah einen Lastwagen mit Soldaten heranholpern und vor dem Gebäude halten. Hauptmann Patzer, gefolgt von seiner Mannschaft, sprang ab. Feldwebel Hollerahn dirigierte seine Leute zum Eingang. Die Menschen, die dicht gedrängt gestanden hatten, gaben bereitwillig einen Durchgang frei.
Plötzlich kam SS im Laufschritt die Straße herauf. Die Maschinenpistolen im Anschlag, ging die SS vor und knüppelte alles um sich nieder. Milada sah Menschen fallen. Langsam zunächst, dann immer schneller zog sich die Menge zurück. Männer und Frauen stießen einander zur Seite, stolperten, traten aufeinander . . .
Milada spürte Reinhardts Hand auf ihrem Nacken und schrie auf. Er war dicht hinter sie getreten und zeigte hinab auf das Bild, das die Straße jetzt bot. »Da hast du die Wirklichkeit!« sagte er. »Macht! Maschinenpistolen!«
Milada wandte sich ab. Er grinste. Die Silberstickerei auf seiner

schwarzen Unifom verschwamm vor ihren Augen, nur der Glanz der polierten Knöpfe blieb, stechend, so daß sie ihn beinahe körperlich spürte.
Sie war allein mit ihm. Warum versuchte sie nicht, ihn zu töten? Es könnte doch nicht so schwer sein. Ihm die Finger um die Kehle legen und nicht loslassen, bis er tot zusammensackte. Oder mit ein paar raschen Schritten zum Schreibtisch, den Dolch nehmen, der dort lag, und ihm die Schneide tief in die Brust hineinjagen.
Sie dachte an Breda und wünschte verzweifelt, sie hätte auch nur ein winziges Teil seiner Kraft.
Aber Reinhardt nahm sie bei der Hand. »Zeit, daß wir gehen«, sagte er, »man wartet auf uns.«
Er bot ihr galant den Arm.

Das Petschek-Palais, von dem aus die Gestapo Prag und die Länder Böhmen und Mähren zu beherrschen suchte, war nicht für polizeiliche Zwecke erbaut worden, und den Hof des Gebäudes, in dem die offiziellen Hinrichtungen gewöhnlich vorgenommen wurden, hatte man dafür erst vorbereiten müssen.
Vom Hauptbau aus erreichte man den Hof durch ein schweres Tor. Die Fenster des Erdgeschosses gegenüber diesem Tor waren seinerzeit in aller Hast mit schmutzigroten Ziegeln vermauert worden.
Das Tor öffnete sich knarrend. Zwei schwarzuniformierte SS-Männer erschienen, und hinter ihnen kamen im Gänsemarsch die fünf Geiseln mit wiederum je einem SS-Mann zur Rechten und einem zur Linken.
Dr. Wallerstein marschierte voran. Den übermäßig großen Kopf zwischen die Schultern gezogen, ging er schlurfenden Schritts und noch unbeholfener als sonst. Er blickte hinauf zu dem viereckigen Stück Himmel, das, ein wolkenloses Kobaltblau, über dem Hofe hing. Der Morgen war kühl, Wallerstein fröstelte.
Hinter ihm kam Prokosch, würdig und gemessen einherschreitend. So hatte er als Othello die Bühne betreten, der sieghafte Feldherr, stark, aufrecht, nicht argwöhnend, welch böse Ränke sich gegen ihn zusammenbrauen sollten. Die SS-Wachen erschienen klein und unscheinbar neben ihm. Er dachte an Mara und empfand jetzt eine große Zärtlichkeit für sie. Und aus dieser Zärtlichkeit heraus spürte er trotz allem, was er inzwischen über sie erfahren hatte, das Bedürfnis, der großartigen Illusion, die sie sich über ihn gemacht hatte, zu entsprechen. Er erhob seine Hände, als wollte er den Himmel und das Land und das Leben darauf segnen, und schrak plötzlich zusammen, als einer von der SS ihn anschnarrte: »Wohl verrückt geworden, was?«

Lobkowitz, der dann folgte, dachte gleichfalls an Mara. Aber er sah sie anders – leichter, lebhafter, menschlicher. Und es war ihm, als habe diese Mara nie irgendwelche Bindungen zu Prokosch gehabt und als gehöre sie ganz ihm. Sie besessen und um ihretwillen gelitten zu haben, war bisher wohl das Wesentliche in seinem Leben gewesen. Die graugrünen Rücken der Soldaten des Hinrichtungskommandos, denen man sich nun langsam näherte, hatten etwas Endgültiges an sich und schlossen jede Fortsetzung seines Lebens aus. Als mußte er sich zufriedengeben mit dem, was er getan und erlebt hatte. Und sonderbarerweise fühlte er sich in diesem Augenblick auch ganz zufrieden.

Janoschik unterdrückte sein Stöhnen und hinkte, seinen wunden Leib schleppend, vorwärts. Jeden Nerv gespannt, hoffte er immer noch. Er haderte mit dem Schicksal, das sich anscheinend weigerte, ihm seinen letzten Wunsch zu erfüllen, nur um es im nächsten Augenblick anzuflehen, ihm diesen kleinen Gefallen zu tun, um dessentwillen er alle Qualen auf sich genommen hatte, die der Mensch ertragen kann – damit, bitte, das große Ereignis noch komme, bevor die Kugel den letzten unabänderlichen Schlußpunkt hinter sein bescheidenes Leben setzte. Was hatte er denn je vom Leben verlangt? Was für Belohnungen, was für Vergünstigungen? Er lauschte, den Kopf etwas schräg, um nur ja keinen Laut, der von der Außenwelt her in das abgeschlossene Viereck dieses Hofes dringen mochte, zu überhören. So wenig Zeit nur noch, in der der Donner der Explosion sein Ohr erreichen konnte. Der Zug der Geiseln war fast bis an die starre Linie des Hinrichtungskommandos gelangt.

Plötzlich mußte Janoschik fast lachen. Der arme Franta Horak aus Kladno war ihm eingefallen, ein Bergarbeiter wie er selber, der ihm die traurigste Geschichte seines Lebens berichtet hatte. Schade, daß es jetzt zu spät war, sie weiterzuerzählen: Wie Franta Horak eines Abends in der Nähe seines Hauses stockbesoffen in einen Abflußgraben geschlittert war und darin genaue achtundvierzig Stunden lang fest geschlafen hatte. Während der Zeit war in der Grube, in der Horak eigentlich hätte arbeiten sollen, ein Unglück passiert. Und wie er dann aufgewacht und noch ganz verschlafen zu Hause angekommen war, hatte er dort einen Zettel vorgefunden, auf dem stand, alle wären sie in der Kirche zur Messe, die für sein, Franta Horaks, Seelenheil gelesen wurde. Wie er dann eiligst losstiefelte zur Kirche, um noch zu seiner eigenen Messe zurechtzukommen und zu hören, was der Herr Pfarrer über ihn zu sagen haben würde, und um zu sehen, wie viele Kerzen für ihn brannten. Und wie er dann, als er endlich vor der Kirche ankam, die Leute schon herausströmen sah. Ach, dieser Franta

Horak! Kam sogar zu seiner eigenen Seelenmesse zu spät!
Janoschik lachte und vergaß einen Moment lang die Frage, die ihn ständig quälte: ob der Eisenbahner mit dem kahlgeschorenen Kopf den Zettel mit der Adresse von Watzlik wohl noch gefunden hatte und ob es ihm und seiner Gruppe noch rechtzeitig gelungen war, die Sprengladungen an den Munitionszügen zu befestigen.
Die scheinbar unbewegliche Linie des Hinrichtungskommandos öffnete sich und ließ die fünf Geiseln und ihre Bewachung passieren.
Wallerstein war der erste, der jenseits der Schatten die Einzelheiten der Wand mit den vermauerten Fenstern bemerkte – die Narben im Verputz, hinterlassen von den fehlgeschlagenen Kugeln früherer Hinrichtungen, die blutig verfärbte Erde direkt vor der Mauer, die Fußabdrücke der vorigen Geiselgruppe auf dem durchweichten Boden, die Vertiefungen, die ihre Leiber hinterlassen hatten, und die Spuren, die zeigten, wie sie weggeschleppt worden waren – alles mit einer erschreckenden Klarheit.
Wallerstein blieb stehen. Seine Augen schlossen sich. Er versuchte, das Bild, das so wirklich und unwirklich zugleich war, aus seinem Hirn zu bannen. Aber das Bild blieb. Und es gab nur ein Mittel, um es auszulöschen – das Hirn auszulöschen, das es aufgenommen hatte.
Preissinger, der als letzter ging, brauchte ein paar Sekunden, um die Bedeutung dieser Mauer und des Bodens vor ihr zu begreifen. Und zuerst sah es aus, als wollten ihn seine Knie nicht mehr tragen und er schlüge der Länge nach hin.
Doch dann stieß er mit einer Kraft, wie sie nur in äußerster Todesfurcht geboren wird, seine Wachen beiseite, brach von ihnen los und raste in phantastischen Sprüngen quer über den Hof. Mit einer Stimme, die kaum noch menschlich war, schrie er: »Nein! Nein! Es ist alles ein Irrtum! Ich bin Lev Preissinger!«
Die SS-Leute rannten hinter Preissinger her, brüllten einander sinnlose Befehle zu und versuchten ihrem Wild den Weg abzuschneiden. Preissinger lief von Ecke zu Ecke, und jedesmal, wenn die SS einen Halbkreis gebildet hatte, um ihn zu fassen, warf er sich vorwärts wie ein wildes Tier und brach durch. Sein Gesicht war scharlachrot, die Haare sträubten sich ihm, und er keuchte so, daß man es über den ganzen Hof hören konnte. Die Szene war ebenso lächerlich wie tragisch – diese Meute von Uniformierten, mit der Jagdlust in den Augen, die hinter ihrer fetten Beute herhetzten. Schließlich zog einer die Pistole, zielte und traf Preissinger ins Knie. Preissinger knickte zusammen und lag dick und grotesk auf der Erde, stieß verzweifelt mit seinem unverletzten Bein und seinen Armen um sich und biß und kratzte. Man brauchte schließ-

lich vier Mann, um ihn aufzuheben und festzuhalten und an Ort und Stelle zu schleppen. Und da er nun nicht mehr stehen konnte, zwang man ihn auf die Knie, mit dem Gesicht zur Wand und die Arme erhoben.
Dann wurden die anderen vier herangeführt und gegen die Wand gestellt. Janoschik hielt immer noch den Kopf schräg und lauschte.

Reinhardt führte Milada in ein dürftig möbliertes Büro, von dessen Fenster man jedoch eine gute Aussicht auf den Hof und die Hinrichtungsmauer gegenüber hatte. Ein Aktenschrank neben dem anderen stand an der Längswand des Raumes. Das einzig Belebende in diesem Büro, in dem zu anderer Tagesstunde wohl ein paar untergeordnete Beamte arbeiteten, war ein schlecht reproduziertes Führerbild.
Wie ein Gourmet, der sich den besten Bissen bis zuletzt aufhebt, hatte Reinhardt dafür gesorgt, daß die Gruppe mit Janoschik erst nach den anderen fünfzehn Geiseln hingerichtet wurde. Patzers kleiner Trupp tat seine tödliche Arbeit mit automatisch anmutender Genauigkeit. Dreimal schon hatte Hauptmann Patzer mit präzisem Schwung seinen blitzenden Degen erhoben und mit klarer, disziplinierter Stimme kommandiert: »Achtung!« Die Soldaten nahmen Haltung an. »Legt an!« Sie hoben das Gewehr. »Feuer!«
Dreimal schon waren die Salven über den Hof gepeitscht, hatte das Echo von den Mauern gehallt, hatte das Glas der Fenster gezittert. Dreimal fünf Geiseln waren schon gefallen, die Glieder sonderbar wie tote Puppen, und waren an den Beinen gepackt und abgeschleppt worden, so daß ihre Gesichter auf dem feuchten Schmutz des Hofes einen langgezogenen Streifen hinterließen.
Reinhardt hatte dem Schaupiel stumm zugesehen, die Zigarette im Mundwinkel. Nur die Asche, die jedesmal, wenn sie zu lang und zu schwer geworden war, zu Boden fiel, verriet, daß er nicht zur Statue erstarrt war.
Auch Milada, die neben ihm stand, hatte ihren Blick nicht von dem Entsetzlichen reißen können, das da vor sich ging. Ihre Lippen waren so weiß wie ihr Gesicht, und ihre Fingernägel hatten sich ihr in die Handflächen gebohrt.
Als die letzte Gruppe der Geiseln, geführt von Wallerstein, auf den Hof trat, hatte sie sich plötzlich umgewandt und mit tonloser Stimme gesagt: »Ich kann nicht mehr.«
Reinhardt schien nicht zu reagieren.
So entfernte sie sich von seiner Seite, um sich endlich zu setzen, etwas anderes zu sehen.

»Komm zurück!« befahl er mit gleichgültig klingender Stimme.
Sie schüttelte den Kopf.
»Ich möchte dir den Janoschik zeigen«, sagte er, »der ein sehr widerspenstiger Bursche war. Damit du siehst, wie wir Widerstand brechen.«
Janoschik. Milada horchte auf. Breda hatte gesagt: *Von den vielen Menschen, denen ich begegnet bin, gibt es eigentlich nur einen, der keine solche Angst kennt – einen Mann namens Janoschik.*
Und sie empfand plötzlich, daß sie eine Aufgabe hatte: Zeuge zu sein der letzten Augenblicke des Lebens des Janoschik, der keine solche Angst kannte, und seines Sterbens. Und weiterdenkend fühlte sie plötzlich die Gewißheit, daß sie, die Zeugin und Chronistin, auch leben würde, um Zeugnis abzulegen – wie Breda es ihr damals gesagt hatte: *Weil Janoschik nur einer von den vielen ist, die gefallen sind und noch fallen werden, und weil doch jemand irgendwo aufstehen und anklagen muß.*
Sie ging zu Reinhardt zurück und trat ans Fenster, gerade als Preissinger sich losriß und um sein Leben zu laufen begann. Von diesem Fenster aus gesehen erschien sein Ausbruchsversuch um so tragischer und hoffnungsloser, denn hier war man selbst Teil der unübersteigbaren Mauern, die den Hof umgaben.
Reinhardt fand Preissingers unbeholfenes Gelauf und Gehüpf nur amüsant. »Na, so was! Schau dir das bloß an!« rief er und verfolgte das vergebliche Hin und Her des Gejagten. »Der da unten, Mädchen, war mal der mächtigste Mann von ganz Böhmen! Du hast mir nicht glauben wollen, mein Kleines – hier wird's dir illustriert und vorgeführt. So einfach machen wir das: gejagt, gefangen, beseitigt. Es gibt nur eine Macht – unsere. Heute gehört uns Europa und morgen . . .«
»Welcher ist Janoschik?« unterbrach sie ihn.
»Der dort!« zeigte er ihr. »Der so ein bißchen lädiert aussieht.«
Janoschik wandte sich gerade nach der wilden Jagd um, und so bekam Milada ihn zu Gesicht, mißhandelt, verunstaltet, kaum noch menschlich. Dann endlich war Preissinger gefaßt und zur Mauer geschleppt worden. Janoschik wandte sich ab und begab sich hinkend zu der Stelle, die man ihm zum Sterben angewiesen hatte.
Ich darf nicht weinen, dachte sie, ich darf mich nicht abwenden. Dies ist meine Verpflichtung.
Reinhardt warf seine Zigarette fort.
»Die letzten Vorbereitungen«, erläuterte er. Ein SS-Mann ging die Mauer entlang und korrigierte die Stellung der Geiseln, so daß die Abstände zwischen ihnen einander genau entsprachen. Dann entfernte er sich eilig aus dem Schußfeld und begab sich zurück auf

seinen Posten neben Patzers Soldaten.
Hauptmann Patzer trat an den linken Flügel seiner Mannschaft. Er nahm Haltung an, wobei er ein wenig auf den Fußballen balancierte, damit er in dem Augenblick, da Arm und Degen hochschnellten, nicht aus dem Gleichgewicht geriet.
Der Degen blitzte. »Achtung! – Legt an!« Zwölf Mann bewegten sich wie einer, die Gewehre gingen in Anschlag.
Heiser, fast krächzend, rief eine Stimme: *»Pravda Vitězi!«* – Die Wahrheit siegt!
Mit diesen Worten auf den Lippen war auch Jan Hus, Prophet tschechischer Freiheit, gestorben, vor Jahrhunderten.
»Feuer!« antwortete Patzer.
»Pravda Vitězi!«
Mit diesem Wort starb Janoschik, ein einfacher, anspruchsloser Mensch im Oktober 1941.
Die Salve erzeugte ein ungeheures Echo. Ein Donnerschlag ertönte vom Güterbahnhof her. Gelbe Stichflammen zerrissen das Kobaltblau über dem Hof, und bald verdunkelte dick zusammengeballter schwarzer Rauch das Himmelsviereck. Explosion folgte auf Explosion und ließ den ganzen Bau der Gestapo bis in seine Grundfesten erzittern. Panik ergriff die Offiziere, die Soldaten, die SS. Durcheinanderrufend, schreiend, stolpernd, einander zur Seite stoßend, suchten sie Deckung.
Irgendwo weit draußen begann die Flak, gegen den unsichtbaren Feind anzubellen. Sirenen heulten auf und Feuerwehrwagen klirrten und rasselten durch die Straßen.
Nur die Geiseln lagen unbewegt und stumm, Janoschik den Kopf noch immer ein wenig schräg.

In dem Büro oben hatte Reinhardt sich geistesgegenwärtig auf den Fußboden geworfen. Die Hände hielt er über dem Hinterkopf verschränkt.
Milada war aber stehengeblieben, gepackt von der Schönheit der Katastrophe. Sie riß das Fenster auf und sog den säuerlich-beißenden Geruch der Luft in die Lungen. »Hören Sie das, Herr Reinhardt!« rief sie durch den Lärm der immer noch krachenden Explosionen hindurch. »Wo ist eure Macht jetzt? Wo ist eure ganze große Überlegenheit? Hören Sie das? Die Geiseln draußen im Hof sind tot. Aber die, die sie hingerichtet haben, verstecken sich hinter Türen und Mauervorsprüngen aus Angst vor den Millionen Janoschiks, die ungreifbar bleiben. Und Sie selbst liegen da auf dem staubigen Boden, die Peitsche ist Ihnen aus der Hand geschlagen worden, Ihr glänzender Dolch ist abgestumpft, Ihre Gewehre treffen nicht mehr. Dabei ist das nur das Vorspiel,

ein erstes leises Beben der Erde. Doch die Zeit wird kommen, da die Erde sich unter euren Füßen öffnet und ihr alle in Dunkel und Vergessenheit versinkt.«

Reinhardt hörte nicht; er dachte nur an die eigene Sicherheit.

Endlich legte sich der Lärm draußen. Ein Telefon klingelte. Reinhardt stand auf, klopfte sich den Staub von Hose und Waffenrock und hob die Mütze auf, die ihm vom Kopf gefallen war.

»Was hast du vorhin gesagt, Kleines?« erkundigte er sich.

Er erhielt keine Antwort. Verblüfft blickte er sich um. Milada war nicht mehr da.

Moenkeberg fuhr mit halsbrecherischer Geschwindigkeit. Vor der Auffahrt zur Karlsbrücke ließ er die Sirene mit voller Kraft aufjaulen.

»Hören Sie auf mit dem infernalischen Gebrüll!« brüllte Reinhardt.

»Wir müssen uns schon bemerkbar machen«, antwortete Moenkeberg schlecht gelaunt. »Die Brücken sind alle gesperrt, und wir müssen zum Hradschin durch.«

Reinhardt sank in seinen Sitz zurück und hielt sich die Ohren zu. Wie sollte einer bei dem Krach denken können? Alles hatte sich gegen ihn verschworen. Milada war in dem Durcheinander, das auf die Explosionen folgte, einfach hinausspaziert aus dem doppelt und dreifach abgesicherten Gebäude. Was nützte es ihm, daß er ihr einen Haftbefehl mit ausführlicher Personenbeschreibung hinterhergejagt hatte – die Freunde, die sie draußen zweifellos besaß, würden sie zu verbergen wissen.

Und dann waren die ersten Berichte über die Serie von Explosionen gekommen und hatten seine ganze Zeit und Aufmerksamkeit in Anspruch genommen.

Alle drei Munitionszüge, die auf dem Güterbahnhof gestanden hatten, waren in die Luft geflogen. Von den Wachen, die die Wehrmacht gestellt hatte, keine Spur – was auch nicht verwunderlich war. Gott mochte wissen, wo ihre zerfetzten Überreste lagen. Munition im Wert von vielen Millionen Mark vernichtet. Die ganze Stadt eine einzige Schadenfreude.

Um sich die Stimmung vorzustellen, in der er Heydrich den Großen antreffen würde, brauchte er keine Phantasie. Und er konnte dem Protektor auch kaum mehr berichten als die Tatsache, daß die Untersuchung eingeleitet war, daß alle seine Leute unterwegs waren und daß man bis jetzt noch nicht genau wußte, wie das Verbrechen begangen worden war, und noch keinen der Verbrecher gefaßt hatte.

Die große Limousine holperte über das Kopfsteinpflaster des

Hradschin, fuhr in die Burg ein und hielt an. Reinhardt, Aktentasche in der Hand, stieg langsam aus, ohne die Ehrenbezeigung der Posten zu beachten. Er ging den breiten Treppenaufgang hinauf, der zu den Diensträumen des Protektors führte. Schließlich blieb er stehen, um sich zu verschnaufen und noch einmal nachzudenken.

Sein Name war schon mehrere Male gerufen worden, bevor er es bemerkte. Ein Adjutant kam die Treppe heruntergelaufen. »Standartenführer Reinhardt«, sagte er tadelnd. »Wie lange wollen Sie den Herrn Protektor noch warten lassen!«

»Entschuldigen Sie!« sagte Reinhardt. »Sie wissen – die Explosion . . .« Er mußte sich beeilen, um mit dem erregten Adjutanten gleichen Schritt zu halten. Dann wurde die Tür zu dem großen Dienstzimmer Heydrichs aufgerissen, und Reinhardt durfte eintreten.

Heydrich stand genau wie bei jenem ersten Besuch Reinhardts am Fenster. Auch seine Pose war die gleiche wie damals. Aber heute wartete er nicht ab, sondern wandte sich seinem Sicherheitsbeauftragten zu, sobald sich die Tür geschlossen hatte.

Er kam sofort zum Thema. »Ich habe hier zwei Schriftstücke, von denen eines Ihrer Unterschrift bedarf. Und zwar wird Ihre Unterschrift benötigt für Ihr Gesuch um Rücktritt von Ihrem Posten. Das andere Schriftstück ist der Befehl zu Ihrer Versetzung zur SS-Division ›Großdeutschland‹, die zur Zeit an der Ostfront im Einsatz steht.

Bitte unterzeichnen Sie hier!«

Heydrich warf das Rücktrittsgesuch auf den Schreibtisch. Reinhardt nahm es vorsichtig zur Hand und las.

Da ich bei meiner Aufgabe, dem Schutz von Führer und Reich in Böhmen und Mähren, jämmerlich versagt habe . . . So fing es an.

Reinhardts Hand war eiskalt geworden. Der Brief entglitt seinen Fingern und flatterte zu Boden.

Heydrich war zu seinem Fenster zurückgegangen. Auch seine Gedanken richteten sich auf die Affäre Glasenapp und ihre Konsequenzen, denn er vermutete, daß die Explosion irgendwie damit zusammenhing. Aber er dachte weiter: an Himmler in Berlin und an den Führer, dem alles zuzutrauen war. Jemand mußte geopfert werden, und Heydrich hatte entschieden, daß dieser eitle Karrieremacher, dieser Reinhardt, der geeignete Sündenbock war.

Versetzung zur Front – für etwas anderes hatte Reinhardt keine Gedanken mehr. Die Panzer waren das Schrecklichste. Sie rollten auf einen zu, unbeirrbar, unerbittlich, und richteten ihre Maschinengewehre, ihre Kanonen, ihr ganzes ungeheures Gewicht gegen einen. Wohin man auch blickte, von überall her kamen Panzer.

»Aber wieso denn?« rief er in seiner Bedrängnis. »Ich habe immer versucht, mein Bestes zu tun. Wenn ich hier oder dort Mißerfolg gehabt habe – es ist nicht meine Schuld. Der Gegner ist ebenfalls stark, Sie wissen das ja selbst, Obergruppenführer.«
Heydrich sprach gegen das Fenster. »Sie fragen noch: Wieso? Wollen Sie etwa meine Entscheidungen in Zweifel ziehen?«
»Nein! Nein!« beeilte sich Reinhardt, ihm zu versichern. »Wie käme ich dazu! Aber selbst wenn ich Fehler gemacht habe, als Fachmann bin ich doch hier nützlicher als irgendwo an der Front.«
Heydrich trat wieder an seinen Schreibtisch. »Wie es scheint, muß ich Ihnen die ganze Tragweite Ihrer Fehler noch erklären«, sagte er und setzte sich. »Es war doch von großer Wichtigkeit, nicht wahr, den Herrn Preissinger korrekt und nach allen Regeln der Gesetzlichkeit zu eliminieren? Statt dessen behandelten Sie die Angelegenheit in einer Weise, die es gewissen Kräften ermöglichte, über den offiziellen Prager Rundfunk die Nachricht zu verbreiten, daß der Fall Glasenapp mitsamt seinen auf Herrn Preissinger bezüglichen Aspekten nichts sei als eine elende Provokation. Selbstverständlich habe ich keine Ahnung gehabt von einem so dummen, ja, verbrecherischen Spiel! Aber Sie werden mir recht geben, wenn ich sage, daß der für diese Schweinerei verantwortliche Beamte allerstrengstens zur Rechenschaft gezogen und bestraft werden muß.«
Reinhardt antwortete nicht.
»Also geben Sie mir recht«, fuhr der Protektor fort. »Wenn ich Sie nicht bestrafte, würden die Freunde des Herrn Preissinger in Berlin mir die Verantwortung in die Schuhe schieben. Sie erwarten doch nicht von mir, daß ich meine Stellung gefährde, um einen Tolpatsch und Dummkopf zu decken?«
Darauf gab es nichts mehr zu antworten.
»Und damit dem Faß der Boden auch gründlich ausgeschlagen wird«, Heydrichs Nase senkte sich trauernd über sein Kinn, »kommt heute früh noch diese mysteriöse Explosion, durch die eine beträchtliche Menge staatlichen Eigentums vernichtet wird. Mir scheint es naheliegend, daß zwischen der Explosion und dem Fall Glasenapp ein Zusammenhang besteht. Aber ganz gleich ob dieser Zusammenhang nur in meiner Einbildung existiert oder nicht – der Beamte, der letzten Endes für den Schutz der Munitionszüge verantwortlich ist, sind wiederum Sie. Und wiederum haben Sie jämmerlich bei der Erfüllung Ihrer Pflicht versagt... Sie sehen, Standartenführer, mir bleibt gar keine andere Entscheidung.«
»Aber an die Front...!« wagte Reinhardt zu widersprechen.

»Sie sind ein Feigling«, sagte Heydrich, »das war zu erwarten. Ich habe den stichhaltigsten Grund in der Welt für Ihre Versetzung an die Front: Auch ich kann es mir nicht leisten, Feinde am Leben zu lassen. Und, mein lieber Standartenführer, machen wir uns doch keine Illusion darüber, daß Sie von dieser Sekunde an einer von meinen Feinden sind.«
Reinhardt straffte sich. Sein Kopf war klar. Der Protektor und er waren Feinde.
»Obergruppenführer!« Er bückte sich und hob sein Rücktrittsgesuch auf. Dann griff er nach dem Füllfederhalter auf dem Schreibtisch des Protektors und unterzeichnete mit festen, steilen Buchstaben. »Aber da ich nun Abschied nehme von Ihnen, hätte ich Ihnen noch gern ein paar letzte Worte gesagt.«
»Bitte!« erwiderte Heydrich, während er das Gesuch entgegennahm.
»Bei meiner Arbeit hatte ich insofern Unglück, als ich auf Menschen stieß, die keine Feiglinge waren. Auf meiner Seite habe ich alles gehabt – einen riesigen Polizeiapparat, Nachrichtenmittel, Waffen, Soldaten. Die anderen hatten nichts als Standhaftigkeit, List und die Bereitschaft, Opfer zu bringen, nein, mehr, zu sterben. Und ich habe die Gelegenheit gehabt zu erfahren, daß es viele solche Leute gibt, viel mehr, als wir ahnen und zu vernichten imstande wären.
Ich habe versagt, zugegeben. Und ich gehe einem Tod entgegen, den ich mir wenig schön vorstelle. Aber ich sage Ihnen, Obergruppenführer, daß meine Nachfolger im Amt, und Sie selbst, genauso versagen müssen.«
»Ich glaube, ich habe mir genug von Ihnen angehört!«
Heydrich wies auf die Tür.
Standartenführer Reinhardt nahm Haltung an. Er hob die Hand. Aber bevor er das übliche »Heil Hitler!« sagen konnte, brüllte der Protektor:
»Gehen Sie schon!«

Stefan Heym

Ahasver
Roman. Band 5331

Auf Sand gebaut. Sieben Geschichten aus der unmittelbaren Vergangenheit. Band 11270

Der bittere Lorbeer
Roman. Band 10673

Collin
Roman. Band 5024

Einmischung
Gespräche, Reden, Essays. Band 10792

Filz
Gedanken über das neueste Deutschland. Band 12010

Der Fall Glasenapp
Roman. Band 2007

5 Tage im Juni
Roman. Band 1813

Der König David Bericht
Roman. Band 1508

Lenz oder die Freiheit
Roman. Band 11132

Nachruf
Band 9549

Reden an den Feind
Herausgegeben von Peter Mallwitz. Band 9250

Schwarzenberg
Roman. Band 5999